THÉÂTRE CURRAN

SAN FRANCISCO, CALIFORNIE

Jeudi 2 août 1923, à 20 heures

DERNIÈRE CE SOIR VENEZ NOMBREUX ! DERNIÈRE CHANCE

CARTER
LE GRAND

– ET SA TROUPE –

De retour d'une tournée triomphale aux confins du globe

Trois actes truffés de magie, de chaos et de mystère

PROGRAMME DE LA SOIRÉE

LEVER DE RIDEAU

ACTE I
MÉTAMORPHOSE

Une cascade d'illusions extraordinaires : *Métempsycose, Envolée !, Le Cottage enchanté, Nuit de Chine* et *Le Mystère sacré de l'éléphant.*

– Entracte –

ACTE II
ENQUÊTE DANS LE MONDE DES ESPRITS

Une séance époustouflante où MADAME ZORAH SAIT TOUT, VOIT TOUT, DIT TOUT. Télépathie, voyance, manifestations spirites, transmission d[illegible] Avant le lever du ridea[illegible] re vos questi[illegible] écrit[illegible] s

– [illegible]acte –

ACTE III
CARTER CONTRE LE DIABLE

En raison du caractère particulier de cette illusion, la direction prie les spectateurs de ne rien révéler du troisième acte, *Carter contre le Diable.*

– Rideau –

ORCHESTRE 8 DOLLARS / CORBEILLE 6 DOLLARS / PARTERRE 5 DOLLARS / DEUXIÈME BALCON 3,50 DOLLARS / TROISIÈME BALCON 2,50 DOLLARS. NI PLACES DEBOUT, NI REMBOURSEMENT, NI RETARDATAIRES.

« *Puisque toutes les créatures sont au fond des frères, il faut traiter vos bêtes comme vous traitez vos amis.* »

Charles Carter est représenté par Carter et Compagnie, San Francisco

LEVER DE RIDEAU

La plus belle expérience qui s'offre à nous, c'est le mystère. De cette émotion fondamentale naissent l'art et la science. Celui qui l'ignore, qui n'est plus capable d'émerveillement, traverse l'existence tel un mort-vivant, le regard voilé.

ALBERT EINSTEIN

San Francisco

Au matin du vendredi 3 août 1923, quelques heures après la mort du Président des États-Unis Warren G. Harding, les journalistes traquèrent sa veuve et le vice-président, ainsi que Charles Carter, le magicien. Dans un premier temps, celui-ci se contenta des déclarations d'usage : « Un homme de qualité, dont la perte sera douloureusement ressentie » ou « sa disparition plonge le pays dans une crise profonde dont nous sortirons en nous serrant les coudes, car l'Amérique n'est jamais plus forte que dans l'adversité ». Pressé par les reporters, Carter accepta d'évoquer sa représentation de la veille, où le Président avait fait sa dernière apparition publique. En revanche, sous prétexte de préserver les mystères de son art, il se refusa à tout commentaire sur le final rocambolesque auquel avait participé Warren Harding.

Comme le coroner tardait à divulguer les causes exactes de la mort du Président et que des rumeurs circulaient déjà, la presse voulut découvrir à tout prix ce qui s'était passé lors de cet étrange troisième acte au cours duquel Carter avait affronté le Diable.

Le même jour, un journaliste déguisé en livreur alla surprendre le magicien en pleine répétition ; cette fois, Carter eut la malencontreuse idée de céder à son penchant pour le sarcasme :

– Au moment où le Président a passé l'arme à gauche, j'étais en camisole de force, suspendu par les pieds au-dessus d'un bain fumant de phénol. Alors, pour répondre à la question qui vous brûle les lèvres, oui, j'ai un alibi.

Carter regretta presque aussitôt son accès d'humeur. Le lendemain, au petit déjeuner, il découvrit en effet cette manchette à la une de l'*Examiner* : « Carter le Grand nie toute implication dans la mort de Harding. » Suivait un article rapportant le témoignage exclusif d'un spectateur, qui décrivait en détail la totalité de la représentation – y compris le fameux troisième acte. Ce témoin était toutefois incapable de certifier que Harding était encore en vie à la fin du spectacle. Après un exposé haletant des sévices que Carter avait infligés au Président, l'auteur de l'article glosait sur l'assassinat d'Abraham Lincoln dans un théâtre, cinquante-huit ans auparavant. En conclusion, l'éditorialiste en appelait mollement à la modération et à la sérénité de la justice.

Carter comprit qu'il risquait le lynchage. Aussi ordonna-t-il sur-le-champ à ses domestiques de préparer ses malles pour un voyage de six mois. Il réserva une place dans un train en partance de San Francisco pour Los Angeles, puis une cabine sur l'*Hercule*, un paquebot à destination d'Athènes. Son attaché de presse était chargé d'expliquer à la ronde que le magicien allait chercher l'inspiration auprès de la pythie de Delphes et qu'il serait de retour à Noël.

Après quoi, le chauffeur de Carter le conduisit de sa résidence de Pacific Heights à la gare centrale, où il fut poursuivi par une meute de photographes. Sur le marchepied du train, se refusant à toute déclaration, il releva le col d'un manteau de fourrure qui semblait bien superflu sous la canicule du mois d'août.

Lorsque le train arriva à Los Angeles, les agents du Service secret étaient postés à toutes les issues de la gare, dans l'espoir d'interpeller M. Charles Carter. Ils se heurtèrent toutefois à une difficulté imprévue : bien que ses bagages eussent été déchargés du wagon, le magicien restait introuvable. On arrêta ses domestiques, on passa en revue ses effets personnels, mais les hommes du Service secret durent vite se rendre à l'évidence : Carter leur avait filé entre les doigts.

Ils scrutèrent alors d'un œil professionnel tous les passagers embarquant à bord de l'*Hercule*, aidés dans leur tâche par des portraits de Carter envoyés par télétype. Comme les réclames représentaient le suspect coiffé d'un turban de soie, des diablotins juchés sur l'épaule et le visage en partie masqué par des effets d'ombre, on leur fournit en complément une description physique détaillée : trente-cinq ans, cheveux noirs, yeux bleus, nez aquilin, peau claire, presque diaphane, et une silhouette svelte qui lui permettait, disait-on, des mouvements d'une souplesse exceptionnelle. Carter était-il de ces magiciens experts dans l'art du déguisement ? La police de San Francisco pensait que non. À l'en croire, sa spécialité était plutôt la « dématérialisation », ce qui ne contribuait guère à rassurer les agents. Après examen du dernier passager, ceux-ci n'étaient pas plus près d'attraper leur homme qu'ils ne l'avaient été sur le quai de la gare. Carter n'avait pas embarqué clandestinement, ni en se cachant dans ses malles ni en se mêlant aux membres de l'équipage.

Ils en conclurent que l'illusionniste avait pris peur devant l'imposant dispositif policier. L'*Hercule* obtint finalement l'autorisation de larguer les amarres ; à peine avait-il franchi la digue que le capitaine du port distingua à travers ses jumelles la silhouette aisément reconnaissable de Charles Carter qui, en chapeau melon et manteau de chinchilla, sirotait une coupe de champagne tout en saluant de la main depuis la dunette arrière.

Les autorités du paquebot et celles de tous les ports où il devait jeter l'ancre furent alertées de la présence à bord du magicien, mais l'agent fédéral le plus optimiste n'aurait pas misé lourd sur sa capture.

Ce n'était pas, loin s'en faut, le premier revers essuyé par le Service secret. Le moral au sein de l'administration dans son ensemble n'avait cessé de décliner au fil des vingt-neuf mois qu'avait duré la présidence de Harding. Au fil des scandales, il était apparu évident qu'à l'inverse de son prédécesseur, Harding tolérait la corruption. En bref, tous les fonctionnaires sans exception s'étaient faits à l'idée que seules les fripouilles parvenaient à leurs fins.

Pour l'agent Jack Griffin, ce triste constat n'avait rien d'une nouveauté.

Il avait reçu l'ordre de se rendre en éclaireur au théâtre Curran quelques heures avant la représentation qu'allait donner Carter en présence du Président. Il savait cependant que cette expédition serait superflue. Le Curran était on ne peut plus sûr : les magiciens prenaient d'infinies précautions pour empêcher la concurrence de leur dérober leurs secrets. En outre, un bataillon de policiers surveillerait tous les accès et garderait l'œil sur les rangs occupés par le Président et sa suite. Griffin n'en avait pas moins l'intention de rédiger un rapport exhaustif : il tenait à prouver que vingt ans de missions ingrates et de fonctions subalternes n'avaient pas réussi à entamer son zèle.

Le Curran, vaste théâtre assailli de courants d'air, avait été réaménagé depuis peu pour accueillir des spectacles d'envergure et des avant-premières de cinéma. La fosse d'orchestre, élargie, pouvait désormais abriter une centaine de musiciens et l'on avait par ailleurs installé une cabine de projection à l'arrière du balcon. Aux vieilles fresques victoriennes – notamment un plafond d'angelots préraphaélites – s'ajoutaient à présent des motifs égyptiens. Des cascades de hiéroglyphes ornaient les murs, tandis que l'avant-scène se trouvait flanquée de deux énormes sphinx en plâtre, dont les yeux luisaient dans le noir.

Le Président Harding faisait halte à San Francisco dans le cadre de son Voyage de la Compréhension, opération visant à galvaniser l'opinion publique. Il fallait donc s'attendre à le voir monter sur scène à un moment ou l'autre de la soirée ; peut-être même se porterait-il volontaire pour participer au spectacle. Par conséquent, Griffin était chargé de déterminer si l'un des numéros du magicien pouvait convenir à la dignité présidentielle.

Au moment où Griffin arriva au théâtre, des machinistes vérifiaient les filins et les contrepoids, hissaient des draperies noires. Il interrogea le responsable des effets de scène, un vieux Belge nommé Ledocq, au dos voûté, qui portait bretelles et ceinture, et se grattait souvent juste au-dessus de l'oreille, au risque de déloger sa calotte de velours. L'agent du Service secret griffonna dans son calepin : « Juif ».

Ledocq lui expliqua les différents numéros. Le spectacle débutait par *Réincarnation*, où une armure prenait vie et poursuivait un malheureux domestique. (Redoutant quelque bouffonnerie, Griffin nota que le Président Harding serait sans doute mieux avisé de s'abstenir.) *Le Cottage enchanté* proposait une série de disparitions et de réapparitions, bientôt suivie par *Nuit de Chine*, une époustouflante démonstration de jongleurs de torches, de cracheurs de flammes, de feux d'artifice. (Griffin écrivit dans son carnet : « Dangereux – à débattre. ») Carter choisissait ensuite un membre du public – en général une jolie jeune femme – et le faisait asseoir sur une banale chaise de bois qui s'élevait au-dessus de la scène, sans soutien apparent. Il lui posait quelques questions plaisantes pour captiver les spectateurs tandis qu'il produisait un pistolet et le chargeait. Il tirait alors sur la femme presque à bout pourtant ; la chaise retombait par terre, et l'aimable participante s'évanouissait dans les airs. (« Hors de question ! »)

Après l'entracte, il y avait un numéro de lévitation, une séance de télépathie et les prédictions de Madame Zorah, l'associée de Carter. (« Envisageable, écrivit Griffin, mais cela ne risque-t-il pas d'entamer la crédibilité du Président Harding ? »)

– C'est tout ce que vous avez ? demanda-t-il.

Ledocq se gratta au-dessus de l'oreille.

– Eh bien, voyons, il ne reste plus grand-chose. Le tour de l'éléphant qui se volatilise...

– Et c'est dangereux ?

– Non, lâcha Ledocq en souriant. Mais je vois mal un Républicain se réjouir de la disparition de l'emblème de son parti.

Griffin biffa *Le Mystère sacré de l'Éléphant.*

– Il n'y a pas de troisième acte ?

– Si, mais c'est difficile à expliquer.

– Franchement, je me fiche des détails de chaque numéro. Le Président peut-il y participer ?

Ledocq eut un bref ricanement.

– Croyez-moi, il vaut mieux que votre patron soit à bonne distance de la scène quand Carter affrontera le Diable !

Une heure plus tard, au Palace Hotel, Griffin rédigea un rapport complet, qu'il tapa sur sa Remington de voyage, en repassant au stylo les endroits où les touches n'avaient pas frappé assez fort pour imprimer les copies. Il alla déposer ses conclusions à l'Hôtel des Monnaies, antenne locale du Service secret, et regagna sa chambre. Il décrocha par deux fois le combiné pour demander à l'opératrice s'il avait reçu des messages. Il n'y en avait pas.

Peu avant le spectacle, le chef du Service rassembla ses dix-huit agents – Griffin compris – pour distribuer les programmes et assigner un poste à chacun. Quand il annonça que le Président monterait bien sur scène, comme volontaire dans le troisième acte, Griffin exprima des réserves. Il s'entendit répondre – sermonner serait plus juste, car ses supérieurs le connaissaient bien – que cette décision ne souffrirait aucune discussion : Harding et le magicien venaient de s'entretenir et étaient convenus que la présence présidentielle serait le mieux mise à profit dans un numéro intitulé *Carter contre le Diable*.

Griffin, qui protestait encore, fut envoyé en faction au fond du théâtre, où il marmonna dans sa barbe jusqu'à l'extinction des feux. Dissimulé par la pénombre, il se mit alors à adresser des gestes obscènes en direction de son patron et d'une brochette de gros bonnets, confortablement installés dans des fauteuils à huit dollars.

Le rideau se leva sur un capharnaüm censé représenter le bureau de Carter le Grand. Un domestique se lamentait face au public :

– Déjà huit heures, le spectacle commence, et le bureau de mon maître n'est pas encore rangé ! Sûr qu'il va me chauffer les oreilles...

Le valet se mit à agiter son plumeau à tour de bras et souleva un nuage de poussière en soufflant sur la tranche d'un vieux grimoire. Le public s'esclaffa, mais pas Griffin : ce pauvre bougre lui inspirait beaucoup de sympathie. Dans sa hâte, le serviteur renversa une armure qui se disloqua en tombant ; il rassembla les morceaux épars d'un air affolé et il vaquait de nouveau à son ménage lorsque l'armure s'approcha sans bruit et lui botta l'arrière-train. Les spectateurs éclatèrent de rire. Griffin les contempla avec amertume. *Fichus snobs*. Quel genre d'homme était ce Carter, qui ridiculisait un pauvre bougre pour en mettre plein la vue ?

Une pincée de violons, puis les premiers accords d'une marche militaire, et Charles Carter fit son entrée, vêtu d'une queue-de-pie et d'une cravate blanche, la tête ceinte du turban vieux rose qui était sa marque de fabrique. L'armure s'immobilisa aussitôt. Le magicien adressa de vifs reproches à son valet pour le désordre qui régnait dans les lieux et lui demanda ce que faisait cette armure au milieu de la pièce. Le serviteur s'efforça d'expliquer qu'elle venait de l'agresser et lui assena une chiquenaude indignée. L'armure s'écroula sur scène, vide. Le domestique eut beau supplier, il ne réussit pas à convaincre Carter de sa bonne foi.

– Moi, je te crois, mon vieux, murmura Griffin.

Deux heures plus tard, le rideau se levait sur le troisième acte. On allait lire dans l'*Examiner* du lendemain matin que « le public avait déjà assisté avec ravissement à une dizaine de numéros, tous plus admirables les uns que les autres. Le Président s'est même exclamé que “le spectacle pouvait s'arrêter là et constituer en soi un tour de force” ». Ici s'interrompait le premier compte-rendu du journal, Carter ayant exigé – sur les programmes comme sur les affiches à l'entrée du théâtre – qu'il ne fût rien révélé du troisième acte.

Le rideau s'ouvrit donc sur une scène vide. Carter entra et déclara à la foule qu'ayant d'ores et déjà apporté la preuve qu'il était le plus grand illusionniste du monde, il ne voyait aucune raison de poursuivre la représentation. Il se proposait donc de renvoyer les spectateurs à leurs pénates, à moins qu'un magicien ne vînt lui contester cette suprématie. Il y eut alors un éclair, puis un panache de fumée noire et une puanteur infernale, mélange d'œufs pourris et de poudre à canon. Le Diable en personne venait de surgir sur les planches.

Vêtu de collants noirs, d'une cape rouge, d'un masque et d'une calotte surmontée de deux cornes pointues, le Diable lança un défi à Carter : ils rivaliseraient d'adresse et seul le plus grand magicien quitterait la scène en vie. Carter avait à peine relevé le gant que le Diable tirait un lapin d'un journal. Carter jeta dans une bassine quatre œufs qui, au contact de l'eau, se transformèrent en poussins. Le Diable mit une jeune femme en lévitation ; Carter la fit disparaître. Le Diable la matérialisa en vieille dame. Carter la livra aux flammes dans un grand éclair de magnésium.

Chacun à une extrémité de la scène, ils réalisèrent une série de prouesses. Tandis que le Diable introduisait un tambourin, une trompette et un violon qui exécutèrent une version désincarnée mais honorable d'*Une nuit sur le mont Chauve*, Carter lança une ligne dans le public et ramena un saumon vivant. Le Diable renchérit : il scia une femme en deux... sans l'allonger dans le cercueil habituellement prévu à cet effet. Carter ne se démonta pas et dessina sur le mur, en ombres chinoises, des animaux qui soudain prirent vie et galopèrent sur scène.

Le Diable produisit un pistolet, le chargea et tira sur son rival, qui dévia la balle à l'aide d'un plateau d'argent. Carter dégaina à son tour et ouvrit le feu sur son adversaire, qui intercepta le projectile entre ses dents.

Ils appelèrent deux fakirs à barbe blanche qui eurent bientôt le ventre percé d'un trou assez large pour qu'on pût voir briller une lampe derrière eux. Le Diable passa le bras à travers le premier fakir et agita la main. Le second avala un verre d'eau et Carter recueillit dans un gobelet le liquide qui s'écoulait de ses entrailles comme du fausset d'un tonneau à vin.

On roula deux canons sur scène. Carter et le Diable poussèrent chacun un fakir dans une bouche à feu, en la pointant vers le haut de manière que la trajectoire des hommes-obus se croisât. *Bang !*

Le canon tonna et les Hindous valsèrent... Lorsqu'ils entrèrent en collision au-dessus des spectateurs, une pluie de lis tomba sur la foule enthousiaste.

Carter cria que c'en était assez : il fallait régler ce différend entre gentlemen. Il proposa une partie de poker, la main la plus forte désignant le vainqueur. Le Diable accepta. S'écartant alors de son programme habituel – qui se passait de l'intervention d'un tiers –, Carter s'approcha de la rampe et demanda le concours d'un volontaire susceptible d'arbitrer cette partie. Un projecteur trouva le Président Harding qui, d'un geste bienveillant de la main, fit mine de se soumettre aux adjurations du public.

Griffin avait des feux de Bengale à la place des pupilles. À chaque déflagration, il devait se pincer pour se convaincre qu'il s'agissait de simples illusions d'optique et qu'à aucun instant le Président ne serait exposé à un réel danger. Mais il avait vu défiler des flammes, des armes à feu, des couteaux et même – *miséricorde !* – des canons. Harding descendit l'allée, serra quelques mains au passage en offrant à tous son sourire discret mais plein de charme. Sur scène, la robuste stature du Président écrasait celle de Carter, qui était moins grand et surtout moins large. Harding paraissait enchanté d'être mis à contribution.

Carter, Harding et le Diable se dirigèrent ensemble vers la table de poker, où les attendait un jeu de cartes géant. Harding s'essaya à battre ces énormes plaques – chacune avait la taille d'un journal – mais un assistant du magicien vint prendre la relève. La partie s'engagea et le Diable ne tarda pas à tricher sans vergogne, au moyen d'un miroir flottant par-dessus l'épaule de Carter. Harding le pointa du doigt, ce qui entraîna sa disparition immédiate.

Carter présentait son spectacle de magie au Curran depuis deux semaines. Chaque soirée s'achevait de la même façon : le magicien exhibait une main apparemment gagnante, mais le Diable, par un nouveau trucage, s'arrogeait la victoire. Carter renversait sa chaise, déclarait la partie close – « Vous n'êtes pas un gentleman, monsieur ! » – et brandissait un sabre sous le nez du Diable. Ce dernier se hissait sur une corde jusque dans les cintres, hors de vue des spectateurs. Aussitôt, Carter, le sabre entre les dents, faisait apparaître une seconde corde et prenait en chasse son adversaire. Après une lutte ponctuée de cris et de râles, Carter prouvait au public, avec un réalisme sanguinolent, qu'il était sorti vainqueur de son duel contre le Diable. Le programme annonçait d'ailleurs la présence dans la salle d'une infirmière, au cas où un spectateur viendrait à défaillir.

Ce soir-là, par courtoisie, Carter offrit au Président de jouer une troisième main. Tenant à grand-peine les cartes géantes, Harding se joignit donc à la partie. Au moment d'abattre son jeu, Carter avait quatre as et un dix, le Diable quatre rois et un neuf. Le public applaudit : Carter avait battu le Diable.

– Monsieur le Président, lança le magicien, je vous en prie, dévoilez votre jeu !

D'un air timoré, Harding tourna ses cartes vers l'assistance : un flush royal ! Nouveaux applaudissements du public, auquel Carter fit signe de se taire.

– Permettez, monsieur : comment pouvez-vous avoir un flush royal alors que les quatre rois et les quatre as sont sortis ? (Puis, sans lui laisser le temps de répondre :) Cette partie est terminée et vous, monsieur le Président, n'êtes pas un gentleman !

Carter et le Diable abattirent leurs sabres sur la table de jeu, qui s'effondra sous le choc. Harding bascula en arrière puis, se redressant d'un bond, se précipita sur une corde qui le souleva dans les airs. Carter et le Diable, agrippés chacun à un filin, partirent à sa poursuite.

Au fond du théâtre, Griffin cherchait frénétiquement ses collègues du regard : avait-il la berlue ? Ces deux dernières semaines, le Président Harding avait paru voûté, comme écrasé par le poids de sa charge. À Portland, il avait annulé plusieurs allocutions officielles afin de garder le lit. Où cet homme de cinquante-sept ans avait-il soudain puisé l'énergie nécessaire à de telles acrobaties ?

Le public en restait bouche bée, lui aussi. Aveuglant par endroits, insuffisant en d'autres, l'éclairage dessinait des silhouettes tantôt nettes, tantôt confuses, et les spectateurs suivaient l'action avec un temps de retard, contraints en permanence d'interpréter ce que leurs rétines avaient enregistré. Mais si, sur le plan visuel, on frôlait le flou impressionniste, l'acoustique était d'une précision implacable : alors que le public se tordait le cou pour mieux voir, on entendit bientôt les duellistes ferrailler avec ardeur.

Et soudain, avec un bruit sourd, un membre s'écrasa sur la scène.

Dans l'assistance, les éclats de rire firent place aux murmures, qui eux-mêmes s'éteignirent peu à peu. Un profond silence envahit le théâtre. Qu'avait-on vu exactement ? N'était-ce pas enveloppé de tissu noir ? Et fléchi au... au genou ? N'avait-on pas entendu le claquement d'un talon à semelle de caoutchouc ? Une voix stridente rompit le silence :

– Sa jambe ! La jambe du Président !

Cette jambe fut suivie de la seconde, puis d'un bras, la moitié du buste... Les morceaux d'un corps pleuvaient sur scène en heurtant les planches comme des paquets de linge humide. Griffin tira son colt de son étui et avança prudemment en se répétant qu'il s'agissait d'un tour de magie et pas d'une farce monstrueuse, concoctée par un cerveau malade : inviter le Président sur scène pour le dépecer sous les yeux de sa femme et de la presse, à la barbe du Service secret, et devant mille spectateurs payants !

Dans la salle, ce fut le chaos. Les uns se levaient pour interpeller leurs voisins, les autres tentaient de réconforter les dames au bord du malaise. Tout à coup, la voix de Carter se fit entendre quelque part au-dessus de la scène.

– Mesdames et messieurs, vous êtes venus voir le chef de l'État, le voici, je vous l'offre !

On vit alors choir d'une hauteur qui sembla vertigineuse une boule – la tête du Président Harding – prise dans une vrille où se confondaient des cheveux gris, des joues pleines et une large plaie écarlate. Un bruit mat ponctua la chute.

Des cris retentirent. Devant Griffin, quelques spectateurs courageux se précipitèrent vers la scène, mais ils s'arrêtèrent net lorsqu'un énorme rugissement résonna dans l'enceinte du théâtre. Comme catapulté de la coulisse côté cour, un lion bondit sur l'avant-scène, où il se reput des restes du cadavre.

– Il n'a rien ! Je suis sûre qu'il n'a rien ! geignit Mme Harding d'une voix hystérique au milieu du tumulte.

Un coup de feu éclata et son écho balaya la salle. Du côté jardin, fusil à la main, Carter entra à grandes enjambées sur scène, un casque colonial vissé sur son turban. Le lion gisait sur le flanc, les pattes encore agitées de soubresauts.

– Mesdames et messieurs, puis-je solliciter votre indulgence encore quelques instants ?

Le magicien parlait d'une voix sereine, seul apparemment dans la salle à conserver son sang-froid. À l'aide d'une scie électrique, il découpa le ventre du lion, ouvrit la cage thoracique... Le Président Harding en sortit, resplendissant de santé. Griffin s'accroupit au milieu de l'allée et secoua la tête, la main sur le cœur.

Comprenant qu'ils avaient été les jouets d'une illusion parfaite, les spectateurs se levèrent peu à peu et ovationnèrent le génie de Carter et la bravoure de Harding. Au plus fort des vivats, le Président s'approcha de la rampe pour crier à sa femme :

– Je suis en pleine forme, Duchesse ! En pleine forme et impatient d'aller à la pêche !

Deux heures après, il était mort.

Quatre jours plus tard, le lundi 6 août, la dépouille du Président Harding cheminait vers son lieu de sépulture, à Marion, dans l'Ohio. Au même moment, l'*Hercule*, où l'on restait sans nouvelles de Charles Carter, essuyait une forte tempête au sud du tropique du Cancer. À midi, ce même jour, Jack Griffin et le colonel Edmund Starling se rendaient en train de San Francisco à Oakland. Là, ils prirent un taxi pour Hilgirt Circle, sur les hauteurs du lac Merritt, où les familles les plus aisées avaient élu domicile après le grand tremblement de terre de 1906. Le 1, Hilgirt Circle était une villa de type méditerranéen, aux murs couleur saumon, dont les sept étages en escalier s'accrochaient au flanc abrupt de China Hill. Alors que ses voisines apparaissaient comme de grosses bâtisses sans caractère, le 1, Hilgirt Circle offrait à l'œil un foisonnement baroque d'arcades, de treilles, de gargouilles et autres sculptures en terre cuite. On pouvait difficilement faire grief à son architecte d'avoir péché par excès de sobriété.

Griffin considéra avec effroi la centaine de marches qui menait à l'entrée de la villa. Il remonta son pantalon sur sa bedaine et entreprit l'ascension. À mi-parcours, il marqua une pause, à bout de souffle. Depuis peu, il avait entamé un programme de remise en forme, mais cet exercice était au-dessus de ses forces. Starling, de treize ans son cadet, continua de monter au petit trot.

Le colonel Starling était un de ces jeunes officiers pleins d'allant qui avaient l'oreille du patron et gravissaient les échelons sans peine. Tous les matins, il se levait à cinq heures pour lire un chapitre de la Bible, faisait sa gymnastique en compagnie de Foster, le chef de l'antenne locale du Service secret, et avalait un petit déjeuner diététique avant d'attaquer la journée. Quand la vie lui souriait (trop souvent au goût de Griffin), il sifflotait des ritournelles populaires. Mais le plus insupportable, c'était cette humilité sincère, jamais prise en défaut : Griffin en avait des scrupules à le détester.

Parvenus au dernier palier de Hilgirt Circle, les agents découvrirent une vue magnifique sur le lac et les rues animées d'Oakland. Au loin, sous un voile de brume laiteux, on distinguait les gratte-ciel de San Francisco, que Griffin affecta d'admirer pour mieux reprendre son souffle. Starling émit un sifflement.

– Je donnerais cher pour avoir mon fusil.

– Vous croyez qu'on va en avoir besoin ?

– Non, monsieur Griffin. Les colverts sur le lac. Et là-bas, je crois voir des morillons à dos blanc, encore que ce serait étonnant en cette saison.

Griffin hocha la tête. Il aurait tant voulu paraître initié, ou intelligent, ou d'une quelconque utilité auprès du colonel. Après plusieurs journées pénibles (sentiment de culpabilité, déprime, vœu de se racheter), il avait consacré des heures à se documenter sur le passé nébuleux de Charles Carter. Dans un rapport, il avait fait part de ses soupçons – nombreux – à Starling, qui s'était contenté d'un « bon boulot ! » sans signification précise.

Griffin frappa au 1, Hilgirt Circle. La porte s'ouvrit presque aussitôt. Charles Carter apparut dans l'embrasure, en chaussettes, vêtu d'une chemise sans col et d'un pantalon sombre. Leur vue sembla l'amuser. Après un rapide coup d'œil par-dessus son épaule, il sortit à la lumière du jour, refermant la porte derrière lui.

– Bonjour, dit Griffin. Charles Carter ?

– Oui ?

– Agents Griffin et Starling, du Service secret.

Il tendit son insigne au magicien, qui s'en saisit de la main gauche. Griffin désigna alors le bras droit de Carter qui, toujours dissimulé dans son dos, maintenait la porte fermée.

– Vous cachez quelque chose, ou quelqu'un ?

– Je veux seulement empêcher mon chat de sortir.

– D'accord. Nous aimerions vous poser quelques questions sur les événements du 2 août.

– Certainement.

– Nous pouvons entrer ?

Carter fronça les sourcils.

– J'ai peur que le moment ne soit pas bien choisi.

Griffin consulta du regard Starling, qui eut un hochement de tête. De toute évidence, ils avaient surpris le magicien la main dans le pot de confiture.

– Veuillez vous écarter, monsieur, dit Griffin.

Carter s'effaça pour laisser passer les agents.

Le grand vestibule s'ouvrait sur un salon et une salle à manger tous deux pourvus de cheminées. Le magicien ayant rapporté des curiosités de ses cinq tournées mondiales, le salon était un indescriptible fourre-tout où – à un détail près – l'œil ne savait que considérer en premier. Il y avait là, au milieu d'une profusion de bibelots, des sculptures aborigènes, des bâtons de pluie de Sumatra et des cristaux en exposition sur des socles d'argent. Mais le seuil à peine franchi, Griffin posa la main sur la crosse de son pistolet. Au centre d'un tapis persan qui couvrait la quasi-totalité de la pièce, un gros lion africain se tenait prêt à bondir, le corps ramassé. Griffin pressa l'épaule de Starling qui, à son tour, considéra l'animal dont les flancs se soulevaient à chaque respiration, tandis que sa queue battait le tapis.

– Vous comprenez maintenant pourquoi je préfère ne pas laisser sortir le chat, dit Carter.

– Il mord ? s'enquit Griffin.

– Si d'aventure il vous mordait, faites le mort. Ce sera beaucoup moins amusant pour lui et il finira par vous lâcher.

– Monsieur Carter, intervint Starling avec son accent traînant du Kentucky, veuillez enfermer votre animal dans une autre pièce pendant quelques minutes.

– Certainement. Viens, Baby.

Carter fit claquer sa langue. Baby détacha à regret ses yeux des visiteurs et quitta la pièce sur les talons de son maître.

– Nom de Dieu, soupira Griffin en rajustant sa cravate. Pourquoi faut-il que tout soit si compliqué...

– Il fallait choisir un autre métier, monsieur Griffin.

Carter revint bientôt. Il avait enfilé un peignoir en soie.

– Puis-je vous offrir un verre ?

– Vous allez le préparer vous-même ? s'enquit Starling.

Les yeux bleu pâle de Carter cillèrent, puis, nouant la ceinture de son peignoir autour de sa taille, il s'inclina.

– En effet, monsieur Starling, j'ai dû presser moi-même mes oranges ces derniers jours...

Griffin les regarda tour à tour sans comprendre.

– Bishop a toujours rêvé de voir la Grèce, poursuivit Carter. Il peint, vous savez. Des paysages, des natures mortes...

Griffin tentait de déchiffrer l'expression de son supérieur. Bishop ? Bishop qui ? Comme d'habitude, il se sentait largué.

Starling chercha une place sur un canapé de cuir où s'entassaient des volumes ouverts de l'*Encyclopædia Britannica*, édition de 1911.

– Pour votre gouverne, monsieur Griffin, nous parlons d'Alexander Bishop, le domestique de Carter, qui se trouve sur le paquebot. (Il ajouta à l'intention du magicien :) Ce manteau de chinchilla était une jolie invention.

– Bishop l'a toujours jugé à son goût. Sérieusement : vous voulez des rafraîchissements ?

– Non, merci.

– Mais vous, monsieur Griffin, je suis sûr que vous ne seriez pas contre un petit en-cas.

Carter fit un geste en direction de la cuisine, comme s'il n'avait qu'à claquer des doigts pour faire apparaître des œufs au bacon et des toasts. Griffin ne répondit pas.

Starling, aussi à l'aise que s'il avait passé toute sa vie vautré dans ce canapé en cuir, consulta son calepin.

– Monsieur Carter, vous avez eu une conversation en privé avec le Président, le soir de sa mort ?

– Exact.

– De quoi avez-vous parlé ?

– Nous nous sommes vus en coulisse avant le spectacle, d'abord en présence des agents du Service secret, puis seuls pendant... – combien ? – peut-être cinq minutes. Je lui ai décrit rapidement les différents numéros. Il a opté pour le final. Voilà tout.

– Comment était-il ?

– Il m'a paru préoccupé.

– Vous lui avez demandé ce qui le contrariait ?

– Au fil de mes tournées, j'ai appris qu'il était sage de ne pas poser ce genre de questions aux puissants de ce monde.

– Avez-vous noté quoi que ce soit d'insolite dans votre conversation ?

– Non, si ce n'est... Je ne sais pas comment le décrire, mais il semblait abattu. Toutefois, quand je lui ai expliqué que son rôle dans le spectacle consistait à être taillé en pièces puis dévoré par un fauve, son visage s'est soudain éclairé. (Le magicien secoua la tête.) Cela défie l'entendement, n'est-ce pas ?

Starling s'éclaircit la voix.

– Pour tout vous dire, monsieur, le Président était sous pression.

– Pour un homme de sa corpulence, il avait l'air étonnamment fragile.

Starling posa les yeux sur une estampe représentant un acteur de kabuki.

– A-t-il mentionné une certaine Nan Britton ?

– Non.

– Ou une certaine Carrie Phillips ?

– Pas davantage.

– A-t-il évoqué quoi que ce soit d'autre ?

Carter leva les yeux au plafond.

– Il n'a pas tari d'éloges sur mon éléphant, ni sur mes chiens, il a été moins séduit par mon lion... Nous avons ainsi passé en revue le règne animal, mais autant qu'il m'en souvienne, aucun être humain n'a été évoqué.

Le magicien sourit comme un enfant qui termine un récital de piano.

– Écoutez, Carter, grimaça Griffin, pour vous, c'est peut-être un jeu, mais la mort du Président est une affaire de sécurité nationale.

– De quoi le Président est-il mort, exactement ?

Les deux agents échangèrent un regard, puis Starling prit la parole.

– La cause du décès reste indéterminée. Trois médecins ont diagnostiqué une apoplexie cérébrale, mais on n'a pas pratiqué d'autopsie.

– Pour quelle raison ?

– C'est nous qui posons les questions ici, répliqua Griffin. Sa mort pourrait bien avoir un rapport avec les acrobaties qu'un homme de son âge et de sa condition physique a été obligé d'accomplir pendant une partie de la soirée...

– Monsieur Griffin, ceci n'a rien d'un jeu pour moi. Je gagne ma vie en protégeant le secret de mes numéros, mais si cela peut vous aider, sachez qu'à partir du moment où le Président a quitté la table de poker, ses acrobaties ont été réalisées par l'un de mes assistants, déguisé pour la circonstance. Le Président est resté tranquillement caché jusqu'à ce que je donne à Baby le signal de faire le mort. Il n'avait aucune espèce d'effort physique à fournir, et je n'ai rien à voir avec son décès, je vous l'assure.

– Alors pourquoi avoir pris la fuite ?

– Mais je n'ai pas pris la fuite, vous le savez bien. Cette comédie autour de mon embarquement présumé à bord de l'*Hercule* visait à m'épargner un lynchage. Je savais que le Service secret finirait par me trouver. C'est d'ailleurs ce que vous avez fait, conclut-il avec chaleur, comme s'ils avaient ainsi mérité son estime. Cet interrogatoire est-il terminé ?

– On vous le fera savoir, mon vieux, commença Griffin sur un ton menaçant, avant de remarquer que Starling refermait son calepin. Bon, ça va. On a terminé. (Il pointa un doigt sur la poitrine de Carter.) Mais restez dans les parages. Nous aurons peut-être d'autres questions à vous poser.

Carter hocha la tête avec l'air fataliste de celui qui se résigne aux impondérables de l'existence, et l'envie démangea Griffin de lui en balancer une à travers la figure.

Le magicien raccompagna les deux agents à la porte. Griffin redescendit l'interminable escalier. Comme il arrivait en bas, il entendit le colonel lui demander de patienter un instant. Il se retourna. Son supérieur et le suspect le regardaient, environ cinquante marches plus haut. Il se mit à tapoter la rampe, dont il perçut les vibrations ; trop loin pour suivre la conversation, il s'abîma dans la contemplation du lac.

Starling laissa s'écouler quelques secondes.

– J'aimerais m'y connaître en jardinage, dit-il enfin.

Des bacs à fleurs étaient disposés en gradins de chaque côté de l'escalier, sous des treilles de jasmin et de chèvrefeuille. Carter désigna une plante qui s'élevait presque à hauteur de ses doigts.

– C'était censé être du basilic de Thaïlande, mais ça s'est transformé en coriandre. Chaque fois que je vais à l'étranger, je rapporte quelques herbes. Pour faire plaisir à mon cuisinier.

– La photographie dans le salon, c'est votre femme ?

– C'était ma femme. Je suis veuf.

– Désolé.

Starling roula une feuille de menthe entre ses doigts puis la porta à son nez, les yeux fermés.

– Le Président avait-il des ennuis ? demanda le magicien.

– Tout dépend. Est-ce que vous me cachez quelque chose ?

Carter haussa les épaules.

– Je n'ai pas passé plus de cinq minutes seul en sa compagnie. (Son regard suivit un pélican qui décrivait un cercle paresseux au-dessus du lac.) La magie est un drôle de métier. J'ai rencontré des présidents, des rois, des Premiers ministres et quelques despotes. Presque tous veulent connaître mes astuces, ou bien me montrer un tour de cartes qu'ils ont appris dans leur enfance. Je suis obligé de sourire et de dire : « Oh, très joli. » Mais c'est une profession plutôt agréable, pourvu que l'on se tienne à l'écart de ces querelles visant à établir qui est le créateur de telle ou telle illusion...

Starling avait de petits yeux, semblables à des billes d'acier.

– Je vois. En tout cas, votre spectacle vaut le déplacement, monsieur.

– Merci.

– Je parle en admirateur et j'espère que ma question ne vous paraîtra pas insultante, mais est-ce que j'ai déjà pu voir certains de ces numéros ailleurs ?

– Pas de la même manière, non.

– Donc vous en êtes le créateur.

Carter trouva un point de mire intéressant – un gros tournesol – par-dessus l'épaule de son interlocuteur.

Starling poursuivit :

– Parce que Thurston – j'ai eu la chance de le voir sur scène – fait aussi ce tour avec les cordes. Je me trompe ? Et j'ai vu Goldin il y a quelques années. Il avait aussi deux fakirs. Y a-t-il une partie de votre spectacle qui...

– Non, l'interrompit Carter. À vrai dire, colonel Starling, peu d'illusions sont des créations originales. Tout est affaire de présentation.

Starling garda le silence.

– En d'autres termes, je n'ai pas inventé le sucre et la farine, mais je réussis une tarte aux pommes assez savoureuse.

– Donc, dans la profession, vous êtes aussi respecté pour la qualité de votre présentation que les magiciens qui *créent* des illusions, dit Starling sans arrière-pensée, comme s'il cherchait une simple confirmation.

Carter croisa les bras. Une lueur amusée brilla dans ses yeux.

– Si je ne m'abuse, nous avons cessé de parler du Président Harding.

– C'est ma faute. Voyez-vous, toutes les formes de supercherie m'intriguent.

Il plongea la main dans sa poche intérieure, en sortit une carte de visite qu'il contempla un instant avant de la remettre à Carter.

– Si vous vous rappelez quoi que ce soit...

– Je vous téléphone.

Starling rejoignit Griffin, mais se retourna après quelques pas.

– Monsieur Carter ?

– Oui ?

– Le Président a-t-il parlé d'un secret ?

– Un secret ? Quel genre de secret ?

– Plusieurs témoins nous ont dit qu'au cours des dernières semaines, le Président leur avait demandé... (Il ouvrit son calepin :) « Que feriez-vous si vous aviez connaissance d'un terrible secret ? »

Le magicien ouvrit de grands yeux.

– Très théâtral... De quoi peut-il bien s'agir ?

– C'est ce que nous comptons découvrir. Merci.

Carter les regarda descendre jusqu'à leur taxi, qui les avait attendus. Cinq cents mètres plus loin, au-dessus du lac, le pélican avait été rejoint par plusieurs congénères. La journée s'annonçait belle et calme, ce qui donnait à Carter une excellente raison de rendre visite à son ami Borax, de se promener dans le parc ou d'aller déguster une pâtisserie dans un café italien, en ville. Le taxi s'engagea sur Grand Avenue, longea les maisons en construction sur Adams Point, avant de disparaître au détour d'un virage.

Carter déchira la carte de visite en petits morceaux qui s'éparpillèrent sur les marches.

L'âge venant, les hommes se divisent en deux catégories : ceux qui en ont beaucoup vu, et ceux qui en ont trop vu. Charles Carter était encore jeune, à peine trente-six ans, mais depuis la mort de sa femme, il se rangeait dans le second groupe. Tous les six mois environ, il parlait de prendre sa retraite, simple velléité car, hormis la magie, il ne savait rien faire de ses dix doigts. Mais un illusionniste qui a perdu la flamme ne fait pas de vieux os dans le circuit. Ledocq l'avait si souvent chapitré à ce sujet que Carter aurait pu réciter son sermon par cœur, y compris les digressions en français et en yiddish.

– Choisis, Charles, la vie ou la mort, mais cesse tes jérémiades. Il faut qu'on sache sur quel pied danser, nous autres.

Carter se promenait parfois dans le cimetière militaire du Presidio. Depuis la guerre hispano-américaine, lorsqu'un soldat se suicidait, on gravait sur sa stèle un ange dont l'aile gauche cachait son visage. Mais autrefois, en des temps plus obscurs, les suicidés n'avaient pas même droit à une pierre tombale : on se contentait de les enterrer face contre terre.

Six soirs sur sept, Carter jouait les trompe-la-mort. Le plus ironique, à ses yeux, était précisément qu'il ne souhaitait plus lui échapper. À ses moments perdus, il s'imaginait étendu face contre terre, pour l'éternité. Depuis la guerre, il avait appris à reconnaître ses frères d'armes, ceux qui en avaient trop vu : au milieu des fêtes les plus folles, ils gardaient dans le regard une certaine vacuité, comme si la simple rencontre de leur reflet dans un miroir avait suffi à les dégriser. Mais le trait qui ne trompait pas, c'était ce sourire à peine esquissé. Un sourire désenchanté.

Une heure avant ce mémorable spectacle au théâtre Curran, Carter vérifiait la disposition des accessoires quand s'était présentée une escouade d'agents du Service secret. Tout fringants dans leur uniforme – veste bleu marine, pantalon noir, chaussures cirées –, ils formaient une sorte de bouclier humain autour du Président Harding.

Ce dernier bénéficiait encore d'une image positive dans la majeure partie de l'opinion. Les critiques dont son administration allait faire l'objet commençaient à peine à filtrer depuis Washington. Harding n'avait jamais caché son intention de recruter ses collaborateurs parmi les gens qu'il appréciait à titre personnel. Seulement, il avait trop tendance à privilégier les flagorneurs...

– Heureusement que je ne suis pas une femme, déclara-t-il naïvement à la presse. Je serais tout le temps enceinte, car je ne sais pas dire non.

En dépit d'un embonpoint qui semblait exercer une contrainte sur son sternum, Harding gardait une certaine prestance et un semblant d'autorité, qu'il devait à son nez droit de sénateur romain, à ses cheveux gris et à ses sourcils épais comme des chenilles. Pourtant, les observateurs les plus avisés décelaient au premier coup d'œil sa faiblesse de caractère dans son triple menton, ses lèvres trop humides et ses yeux de chien battu. Ceux qui eurent l'occasion de le rencontrer durant ses derniers jours relevèrent une nette dégradation physique. Sans rien savoir de la pression considérable à laquelle il était soumis, on pouvait aisément en percevoir les symptômes – une peau flasque, un teint olivâtre.

Carter, habitué à jauger un homme d'un seul regard, ne s'y trompa pas. Il se souvint d'une espèce de perroquet qu'il avait vue en Nouvelle-Zélande et qui avait eu la malchance de proliférer sans prédateur naturel. Gras et bienheureux, ce volatile au plumage bigarré avait perdu toute faculté de voler et se dandinait par terre sans soupçonner qu'on pût lui chercher des noises. Lorsque les premiers hommes débarquèrent sur l'île et mitraillèrent à cœur joie cette colonie d'oiseaux, les survivants hagards se laissèrent ramasser sans résistance, et semblaient encore croire à un malentendu tandis qu'on leur fracassait le crâne sur les rochers.

Harding s'était approché de Carter, la main tendue.

– Enchanté de faire votre connaissance, monsieur.

– Monsieur le Président.

À peine eurent-ils échangé une poignée de main que Harding eut un sursaut de recul : il tenait entre les doigts un bouquet de tubéreuses.

– Pour votre épouse, dit le magicien.

Harding regarda à la ronde, comme pour s'assurer auprès de son entourage qu'il pouvait exprimer sa joie sans porter atteinte à la dignité de sa fonction.

– Ce sont les fleurs préférées de la Duchesse. Merveilleux ! Vous êtes très fort ! Il est fort, non ?

C'était le cadeau habituel de Carter aux chefs d'État et autres personnalités, des fleurs fraîchement cueillies, si possible dans son jardin. Au milieu de l'été, ses tubéreuses étaient magnifiques.

– Il faut que je vous parle de mon éventuelle montée sur scène, poursuivit Harding. J'ai mon idée.

– Oui ?

– Vous l'ignorez sans doute, mais quand j'étais petit, je faisais pas mal de tours de magie.

– Non ?

– Laissez-moi vous montrer un échantillon...

Carter força un sourire. Tandis que Harding s'exécutait, il retint sa respiration et écouta son pouls.

– Oui, nous verrons, dit-il dès que le Président eut fini.

Harding se pencha pour lui murmurer :

– J'apprends que vous avez ici un éléphant. Me permettez-vous de l'approcher ?

– Je peux vous y conduire, hésita Carter, mais sans vos gardes du corps. Il est dans un espace réduit et cette soudaine affluence risque de l'effrayer.

Harding se tourna vers deux agents du Service secret, qui secouèrent la tête : non, ils ne le quitteraient pas d'une semelle. Le Président fit la moue.

– Vous voyez, Carter ? Ah, quel calvaire d'être un grand homme... (Il agita l'index en direction des agents.) Bon, écoutez-moi : je vais voir l'éléphant. Allez, conduisez-moi, Carter.

Se rengorgeant comme s'il venait de remporter une âpre négociation sur les tarifs douaniers, Harding passa sous un rideau que lui tenait le magicien. Les deux hommes longèrent un couloir étroit qui s'enfonçait dans les coulisses.

Ils croisèrent la figure solitaire de Ledocq, qui salua Harding d'un hochement de tête avant de tapoter ostensiblement le verre de sa montre.

– Il n'y a plus beaucoup de temps, Carter.

– Oui, merci.

– Tu as ton portefeuille ?

Carter tâta la poche de son pantalon.

– Oui.

– Bien. N'oublie jamais de l'emporter sur scène.

Harding éclata de rire. Le silence semblait l'indisposer. Tandis que les deux hommes poursuivaient leur chemin, il confessa n'avoir jamais vu un éléphant de près, encore que, lors d'une visite récente à Yellowstone, il eût donné des biscuits au gingembre à un ours noir et à son petit. Il s'épanchait sur un déplacement annulé dans un élevage de lamas quand Carter écarta les pans d'un grand rideau de velours.

– Bonté divine ! souffla le Président.

La pièce exiguë mais haute de plafond était divisée en deux cages, l'une pour l'éléphant, l'autre pour le lion. Il n'y avait pas de gardien. L'éléphant, occupé à manger du foin, frappa deux fois de la patte à l'arrivée de Carter, qui en réponse lui caressa la trompe. Il portait une coiffe ornée de pierres précieuses et des paillettes dorées brillaient autour de ses yeux. Harding jeta un rapide coup d'œil à Baby, le lion, avant de s'approcher de la cage du pachyderme.

– Je ne risque rien ?

– Non. Tenez.

Carter lui donna une cacahuète. Harding la montra à l'éléphant, qui la saisit de sa trompe et l'enfourna.

– Il m'a chatouillé la main ! Vous avez d'autres cacahuètes ?

Carter lui tendit le paquet, que Harding veilla à tenir hors de portée de la trompe.

– Comment s'appelle-t-il ?

– Tug.

– Il me plaît. Il est très calme. On imagine toujours les éléphants en train de barrir ou de charger. Mais toi, tu es très gentil, pas vrai, Tug ? (Harding toucha la trompe qui venait attraper les cacahuètes.) Vous êtes obligé de le garder enchaîné ?

– Non. Tug vit dans une ferme à cent kilomètres au sud de San Francisco. Évidemment, quand nous partons en tournée, il est un peu à l'étroit, mais pas beaucoup plus que nous.

Harding approcha son œil de celui de Tug.

– J'aurais préféré qu'il reste dans sa ferme.

– Je vous présente Baby ?

Harding haussa les épaules.

– Je ne raffole pas des félins. Je suis allergique, vous comprenez. J'ai un chien.

– Bien sûr. Laddie Boy.

Harding sourit, visiblement surpris.

– Vous le connaissez ?

Puis ses traits s'affaissèrent de nouveau.

– Quel idiot ! Monsieur Carter, l'espace d'un instant, j'ai oublié que j'étais le Président.

Il se tut et s'employa à donner le reste du sac de cacahuètes à Tug. Lorsqu'il reprit la parole, ce fut pour marmonner :

– J'essaie de compter mes chiens. J'en ai eu beaucoup. Les gens sont parfois cruels avec eux, n'est-ce pas ? Quand j'étais gamin, j'ai eu Jumbo, un grand setter irlandais. Mort empoisonné. Et puis Hub, un petit dogue. On l'a empoisonné, lui aussi. Je suis sûr que c'était le voisin, qui le détestait. Laddie Boy a plus de chance : si quelqu'un s'en prenait à lui, ça ferait la une des journaux. Un vrai scandale. (Il tendit les bras en avant, paumes ouvertes.) Désolé, mon gros. Tu as tout mangé.

– Monsieur le Président, nous devons décider d'un numéro...

– Hein ? Pardonnez-moi, j'étais en train de me dire que ce serait formidable d'avoir un éléphant à la maison. Un rêve, non ? Je l'emmènerais faire des courses en ville. Je vois d'ici l'expression de l'épicier quand la Duchesse irait acheter sa nourriture ! (Harding rejeta la tête en arrière.) Un éléphant de compagnie ! Ah !

L'idée parut le réjouir. Mais Carter s'aperçut soudain que le Président des États-Unis avait le sourire désabusé d'un homme qui en a trop vu.

– Monsieur le Président...

– J'ai une sœur qui est missionnaire en Birmanie. Un indigène possédait un éléphant vieux et malade. Il a essayé de s'enfuir pour aller mourir seul, à l'écart. Son cornac, qui ne supportait pas cette idée, l'a mis en cage. Tant que l'animal voyait son gardien, il était calme. Mais dès que le maître s'éloignait, il s'affolait. Quand l'éléphant a perdu la vue, il cherchait son maître à tâtons, avec sa trompe. Finalement, il est mort comme ça, la trompe enroulée autour de la main de son meilleur ami.

Harding tourna le dos à la cage et enfouit son visage entre ses mains épaisses. Ses épaules tressaillirent, le plancher grinça sous son poids. Dehors, les automobiles se croisaient, des amis riaient autour d'un repas, des banquiers, des ouvriers, des standardistes, des éboueurs, des danseuses et des avocats vaquaient à leurs occupations, à mille lieues de cette pièce insonorisée.

Harding fit face au magicien.

– Carter, dit-il en faisant un effort pour maîtriser sa voix, si vous aviez connaissance d'un grand et terrible secret, choisiriez-vous, pour le bien du pays, de le révéler ou de l'enterrer au plus vite ?

Son visage trahissait une vive anxiété. Mais comme à son habitude depuis la mort de Sarah, Carter se déroba et feignit de compter les peluches sur la manche de sa veste.

– Je ne suis pas très qualifié pour répondre à pareille question...

– De grâce, donnez-moi un conseil !

Carter prit sa voix de scène, comme pour tenir Harding à distance.

– Vous interrogez un magicien professionnel. Nous prêtons serment de ne jamais révéler nos secrets. Sur le plan intellectuel...

– Oh, laissons là le « plan intellectuel ». Il ne s'agit pas de révéler un truc de magie. Je vous parle d'un secret que l'on tait par malveillance, pas pour amuser la galerie.

– Alors vous tenez sans doute déjà la réponse à votre question, monsieur le Président.

Harding cacha de nouveau son visage dans ses mains.

– J'aimerais que ce voyage finisse. J'aimerais ne pas avoir à porter ce fardeau. J'aimerais...

À cet instant, le magicien sentit la glace se craqueler. Devant lui se mettait à nu une âme en souffrance, qui appelait à l'aide. Et Carter avait une vague idée de la manière dont il pouvait rendre service au Président.

– Je connais un moyen de vous ôter tous vos soucis, dit-il lentement. Vous avez entendu parler du Grand Guignol, en France ?

Harding secoua la tête, le visage toujours dissimulé.

– En tout cas, je sais maintenant quel numéro de mon spectacle vous conviendra le mieux, affirma Carter avec un demi-sourire. Vous y serez taillé en pièces à coups de sabre et dévoré par une bête féroce.

Harding jeta un œil par-dessus ses mains. Il y eut encore un silence, puis les deux hommes, le Président et le magicien, discutèrent. Comme le temps pressait, ils parlèrent peu mais parlèrent bien.

Le vendredi 3 août, le cercueil de Harding reposait dans la partie ouest du hall du Palace Hotel. Il y eut un moment d'embarras lorsqu'on ne trouva d'autre drapeau que celui qui flottait à la façade de l'hôtel depuis 1913, délavé par les intempéries et noirci par la pollution. On finit heureusement par mettre la main sur une bannière étoilée en meilleur état. Les couronnes mortuaires adressées par les dirigeants locaux, nationaux et internationaux commencèrent à affluer. À la tombée de la nuit, le hall regorgeait de compositions florales, au point que l'hôtel fut contraint d'en entreposer à l'extérieur. Le lendemain matin, ce fut tout le quartier qui s'éveilla jonché de fleurs, uniques ou en bouquets, parfois déposées dans des vases de valeur. On prétendait qu'il suffisait de humer l'air aux abords du Palace pour se croire transporté au paradis et, pendant plusieurs semaines, dans le centre de San Francisco, des effluves de rose flottèrent au gré du vent.

Le train à bord duquel Harding avait entrepris son Voyage de la Compréhension fut converti en convoi funéraire. On couvrit de draps noirs les flancs de la locomotive et des trois wagons. Le cercueil fut hissé sur un piédestal à hauteur des fenêtres, afin que les badauds qui se tenaient sur le quai de la gare pussent se découvrir et rendre un dernier hommage à la dépouille présidentielle.

Harding allait bientôt devenir l'homme politique le plus honni des États-Unis, son nom serait associé à la pire espèce de corruption, mais pour l'heure, tandis que le train s'ébranlait, les enfants l'accompagnaient en courant et s'efforçaient de toucher l'emblème présidentiel.

On avait initialement prévu de rallier Washington à toute vapeur afin de célébrer les obsèques officielles, puis d'inhumer le corps à Marion, dans l'Ohio, lieu de naissance de Harding. Mais le train n'avait pas encore franchi les limites de San Francisco qu'il fallut renoncer à cette précipitation. L'Amérique voulait se donner le temps de saluer son Président. La foule s'amassait le long des rails, une bougie à la main, entonnait *Plus près de toi, mon Dieu* tout en implorant la veuve Harding. La Duchesse ordonna qu'on ralentît l'allure, afin que chacun pût apercevoir le cercueil, toucher le wagon ou adresser au défunt un dernier signe de la main, tandis qu'elle-même se délectait des échos de ce cantique mille fois répété.

La nouvelle se propagea à travers le pays. Des familles qui résidaient loin de la voie ferrée s'entassèrent dans des voitures et roulèrent toute la nuit, qu'il vente ou qu'il pleuve, avec l'espoir de voir passer le train. En Illinois, un homme de quatre-vingt-six ans déclara que cinq Présidents en exercice avaient déjà succombé depuis sa naissance et que c'était là sans doute sa dernière chance d'assister à pareil spectacle.

Des enfants placèrent sur les rails des pièces de monnaie qui, broyées sous le poids des essieux, firent bientôt office de médailles commémoratives. On s'aperçut qu'en croisant deux clous de dix pence, ils se soudaient en forme de croix de Malte. La trouvaille se répandit par téléphone, radio et télégraphe, si bien que dans chaque ville, tandis que les fermiers enfilaient leurs habits du dimanche, que les mineurs se débarbouillaient et que les chorales se groupaient sur l'accotement en scandant *Plus près de toi, mon Dieu*, les quincailliers roulaient des tonnelets de clous vers la voie ferrée pour satisfaire les amateurs de reliques.

Mais avant de quitter la Californie, le train traversa la bourgade de Carmel, où il emprunta un pont sur chevalets qui enjambait les gorges de Borges. Le conducteur de la locomotive actionna son sifflet et, au sommet d'une colline voisine, Tug l'éléphant répondit par un bref barrissement, avant de replonger la trompe dans le feuillage de son eucalyptus préféré, où son maître avait caché du céleri, des oranges et bien d'autres friandises.

ACTE PREMIER

MÉTAMORPHOSE

1888-1911

Je me suis souvent assis à table à côté d'Unthan, l'homme-tronc, qui me passait le sucre, ou de l'énorme Big Katie, qui avait l'obligeance de s'installer en bout de table, pour ne pas écraser cette pauvre Emma Shaffer, la femme-squelette.

HARRY HOUDINI

Un magicien ne ressent aucune douleur sur scène ; une sorte d'exaltation suspend toutes les émotions étrangères à son rôle. La faim, la soif, le froid ou la chaleur, la maladie même, sont obligés de battre en retraite devant un tel transport. Mais c'est pour mieux prendre leur revanche ensuite...

ROBERT-HOUDIN

CHAPITRE 1

Carter ne naquit pas illusionniste. Certes, il aimait se prétendre le septième héritier d'une lignée de magiciens, voire l'arrière-arrière-arrière-arrière-petit-fils de sorciers celtes. Parfois, il disait avoir suivi des années d'apprentissage auprès de mages orientaux. Mais ces déclarations destinées à la presse omettaient un détail : dès le début, la magie ne fut pas pour Charles Carter une simple distraction, mais un moyen de survie.

Tous les magiciens ont une histoire d'enfance à raconter. Kellar, Houdini, Thurston et quelques-uns parmi les plus illustres découvrirent leur vocation pendant des périodes d'alitement forcé, lorsqu'un parent leur apporta une boîte de magie pour tromper l'attente. Carter pour sa part donna son premier spectacle dans une maison vide, au cœur de l'hiver, alors qu'il avait à peine neuf ans.

Carter grandit à San Francisco, dans le quartier de Pacific Heights, plus exactement à Presidio Heights, au 3638, Washington Street. C'était une bâtisse de trois étages, dans le style italien, construite en 1874 pour abriter le consulat russe. Mais après dix ans de crise sur le marché de la fourrure, les Russes ne payant plus les traites, M. et Mme Charles Carter III, jeunes mariés, y élurent domicile.

Au rez-de-chaussée se trouvaient le grand et le petit salon, avec leurs bergères et leurs cheminées à la chaleur desquelles les dames prenaient le thé en hiver. Deux fois par semaine, Charles devait s'asseoir devant le piano à queue, où il jouait laborieusement des comptines extraites de *Mélodies pour débutants*, livre de partitions usé jusqu'à la corde, sur lequel son professeur promenait un doigt osseux.

Le petit salon et la salle à manger étaient reliés par quinze mètres de liberté : un long couloir recouvert de tapis. Quand on les nettoyait, Charles faisait le tour de la maison sur la pointe des pieds, s'assurait qu'aucun adulte n'était en vue – parents, gouvernante, cuisinière, valet, femme de chambre – puis il ôtait ses chaussures et glissait en chaussettes sur le plancher. Ensuite, il faisait le guet pendant que son frère James l'imitait. Par prudence, ils se limitaient à deux ou trois glissades, le temps de trouver la position idéale, celle qui les porterait le plus loin et le plus vite possible – ils étaient tour à tour cheval de course, train de marchandises ou comète –, puis Charles s'accroupissait dans un coin, relaçait ses souliers et ceux de James, et, prenant un air innocent, ils allaient demander un verre de lait à Cook, la cuisinière.

La maison, comme la plupart de celles du quartier, était payée grâce à la spéculation boursière. M. Carter travaillait dans une banque d'investissements, où il brillait par la fermeté de son caractère et par la sûreté de son flair, deux qualités qui lui permettaient de résister aux vents de panique périodiques. Il avait en outre la chance d'entretenir une passion : il était collectionneur. Lorsque la mode fut à la peinture européenne, il acheta des toiles comme tout le monde, et quand l'engouement se porta vers le Japon, il fit l'acquisition de trois précieux parchemins tirés du Genji-monogatari. Mais cependant que la fièvre orientaliste poussait les nababs de Pacific Heights à couvrir leurs murs d'estampes représentant les cinquante-trois étapes sur la route du Tokaïdo, M. Carter considérait de son côté que trois objets de même nature constituaient une collection et qu'il était temps de passer à autre chose.

Lilian Carter était quant à elle une originale : elle avait grandi dans un foyer de transcendantalistes de la Nouvelle-Angleterre et quêtait sans relâche les richesses de sa vie intérieure. Capable d'argumenter sans fléchir, trois heures durant, sur la réforme du suffrage, par ailleurs sujette aux évanouissements, elle souffrait d'allergies et d'une nervosité excessive. En l'espace d'un an, elle avait consulté : un neurologue, qui avait décelé un déficit en phosphore provoquant une conductivité médiocre des cellules nerveuses ; un hygiéniste somatique qui prescrivit un alitement prolongé, afin de reconstituer le capital nutritionnel épuisé par les dépenses affectives et intellectuelles ; un psychanalyste qui voulait explorer les conflits familiaux de son enfance ; un hypnotiseur qui la mit en transe afin de soulager ses émotions trop stimulées ; un médium qui se livra à une séance de spiritisme pour la débarrasser des influences néfastes.

– J'ai une myriade de névroses, déclara-t-elle lors d'un thé auquel Charles et James avaient été conviés, à condition de rester sages.

– Moi aussi, dit aussitôt Mme Owens, qui avait l'esprit de compétition.

– On m'a même invitée à Boston pour étudier mon cas.

Mme Carter réussit à clouer le bec de Mme Owens tout en suscitant de nombreuses questions de la part de ses autres invitées : suivait-elle les théosophes ? Ou une pensée plus traditionnelle ?

En fait, Mme Carter allait être la patiente du Dr James Jackson Putnam, psychanalyste et professeur à Harvard.

– Il m'a conseillé ce livre, expliqua-t-elle en exhibant fièrement son exemplaire dédicacé du *Traitement psychique des désordres nerveux.*

– Oh, le traitement psychique, fit Mme Owens avec une moue de dédain. C'était très en vogue... il y a quelques années.

– Non, non, c'est tout à fait nouveau, je vous assure.

Mme Carter sollicita l'appui de son mari.

– C'est...

M. Carter croisa le regard de sa femme et pesa ses mots :

– C'est... absolument incontournable.

Âgé de bientôt neuf ans, Charles suivait la conversation avec un intérêt qui décupla lorsqu'il comprit que sa mère envisageait un séjour à Boston. Combien de temps serait-elle partie ? Pourrait-il l'accompagner ? Il jeta un œil sur James, de trois ans son cadet, qui feuilletait une édition brochée des *Hommes célèbres et leurs exploits*, en fredonnant une chanson. Il faillit murmurer « James, écoute un peu » mais il craignit d'être expédié dans sa chambre. Le sujet fut bientôt abandonné, mais il continua de prêter l'oreille pendant tout l'après-midi, à l'affût de nouveaux indices : sa mère allait-elle oui ou non partir en voyage ?

Quelques jours plus tard, elle vint s'asseoir au pied de son lit pour expliquer que son frère et lui ne resteraient pas seuls : il y avait père, Fräulein Reinhardt et bien sûr les domestiques.

– Il ne faudra pas pleurer. James suivra ton exemple. Il a besoin de toi. (Mme Carter tortillait son collier entre ses doigts.) Il est si jeune. Il va se demander pourquoi il ne peut pas m'accompagner.

Charles évita donc de lui poser la question.

– Quand reviendras-tu ?

– Difficile à dire, Charles. Il y a des cercles à l'intérieur des cercles... D'ailleurs, le Dr Putnam compare son traitement à la *Divine Comédie*. Tu sais bien...

Sa mère hocha la tête et il en fit autant, pour montrer qu'il comprenait. À l'heure du coucher, elle s'adressait toujours à lui comme s'ils étaient deux complices échangeant de lourds secrets.

– D'abord, on s'enfonce dans la vie émotionnelle, guidé par un docteur, puis tous les souvenirs refoulés sont lavés dans le Léthé.

Sa mère avait l'habitude de souligner ses phrases de gestes amples et dramatiques dont Charles avait du mal à s'expliquer l'origine, car elle détestait le théâtre. Pour décrire les étapes successives de l'analyse, elle déploya ses bras en grimaçant de douleur.

– On côtoie les âmes qui se lamentent dans le lac de feu, mais il faut poursuivre sa route... (Elle prit un air de lointaine contemplation)... pour atteindre enfin... (Soupir de soulagement)... la richesse intérieure.

Charles était attentif aux gestes et aux intonations, mais peu au reste. Il comprenait que sa mère partait pour une grande aventure, et qu'à son retour elle irait mieux. Mais il n'y avait pas moyen de savoir combien de temps cette aventure durerait.

– La prochaine fois que nous nous verrons, murmura-t-elle, nous aurons tellement changé !

Debout sur le seuil, elle éteignit la lampe à gaz et ferma la porte à reculons, tandis que Charles gravait dans sa mémoire ce visage pour moitié dans l'ombre et ce regard empli de promesses. Il ne devait revoir sa mère que deux ans plus tard.

CHAPITRE 2

Après le départ de sa mère, Charles devint l'ombre de son père. Le dimanche après-midi, M. Carter pouvait à peine aller des rayonnages de sa bibliothèque à son bureau sans buter contre son fils aîné.

Sur le mur couvert d'œuvres d'art, trois gravures étaient accrochées, faute de place, à hauteur du regard d'un enfant. Ces gravures sur bois, protégées par des plaques de verre biseauté, représentaient des scènes de supplice : les fers, le pilori et le masque d'infamie.

Les fers ressemblaient à des menottes, mais pour les chevilles. Allongé sur le dos, jambes relevées, le condamné avait les pieds passés dans des anneaux soudés au bout d'un pieu métallique. Il était exposé devant une foule qui grimaçait et montrait le poing.

Charles ne comprenait pas bien le châtiment. Son père lui expliqua qu'il était humiliant d'être ainsi entravé contre son gré sur la place publique. Le malheureux voyait sa réputation à jamais ternie.

Charles fit courir un doigt sur le bord du cadre.

– Sa réputation, répéta-t-il.

– S'il te plaît, ne touche pas, dit son père. Les fers sont une marque d'infamie.

À présent, Charles comprenait mieux :

– Ah, oui. Parce qu'on ne peut pas s'échapper.

– Non, soupira son père. Tu n'y es pas du tout.

Charles ne savait pas ce qui l'intéressait autant dans cette gravure. Cette nuit-là, il resta longtemps allongé dans son lit, les jambes tendues, à imaginer ce qu'on ressentait les pieds pris dans des fers, lapidé par la populace. Des pièces de monnaie anciennes, vieux shillings empruntés à la collection de son père, glissèrent de sa poche. Oui, il serait humiliant de ne pas savoir comment s'échapper.

Le lendemain matin, lorsque la gouvernante, Fräulein Reinhardt, réveilla Charles, elle lui pinça les joues :

– Les lits sont faits pour dormir dans l'autre sens.

Elle l'avait trouvé les pieds coincés dans la boiserie ajourée de sa tête de lit.

La deuxième gravure l'attirait moins. Il ne fit jamais semblant d'être condamné au pilori, car il était vite épuisant de rester debout, la tête et les poignets pris dans un étau.

Pourtant, d'après un arrêt que son père avait affiché au mur, en 1659, à Boston, un certain Thomas Carter – un ancêtre, à n'en pas douter – avait été « cloué par les oreilles au pilori, trois pointes par oreille ». On lui reprochait d'être un « accapareur ».

– On l'a cloué au pilori ?

– Oui, répondit son père avec une certaine lassitude, car ces conversations devenaient fréquentes.

– On lui a enfoncé des clous dans les oreilles ?

– Oui.

Charles demanda si la gravure, sous l'arrêt du tribunal, représentait leur ancêtre. À sa grande déception, il s'agissait d'un anonyme.

– C'est quoi, un accapareur ?

M. Carter délaissa un moment ses livres de comptes.

– Lorsqu'un bateau français chargé de tissus venait s'amarrer au port, il achetait la marchandise en gros pour la revendre ensuite au détail. (Les yeux de son père semblèrent guetter une lueur d'intérêt dans les siens.) Autrement dit, il achetait à bas prix pour revendre au prix fort et on l'a puni pour cela...

Une des pendules du bureau se mit à ronronner, comme si elle allait sonner la demi-heure. Charles sentait bien que son père attendait une réaction de sa part.

– S'il était *cloué* au pilori, dit-il lentement, ce devait être encore plus dur pour s'échapper.

– Oui ?

Les lèvres de son père s'arrondirent comme pour poursuivre, mais seulement si Charles y mettait du sien.

L'enfant détourna le regard : il ne trouvait rien à ajouter. Il fit mine de s'intéresser aux autres tableaux, jusqu'à ce que son père retournât à ses finances. Malgré lui, Charles se retrouva nez à nez avec la gravure représentant le masque d'infamie.

Un jour, il était monté dans un train qui avait heurté de plein fouet un attelage de chevaux. Sa mère avait aussitôt plaqué une main sur ses yeux. Il s'était débattu pour voir entre les doigts, tout en souhaitant rester à l'abri du terrible spectacle. Il éprouvait la même sensation à l'égard du masque.

Un après-midi d'octobre, au retour de l'école, Charles et James trouvèrent un fiacre à l'arrêt devant leur maison. Ils se mirent à courir à toutes jambes, en se criant l'un à l'autre que leur mère était de retour.

Mais le cocher sortait des valises de la maison. Elles appartenaient au valet et à une des femmes de chambre. En l'absence de M. Carter, ils avaient forcé la porte de la cave à vins, ce qui leur avait valu une mise à pied immédiate.

Fräulein Reinhardt les quitta peu après. En novembre, elle reçut un câble transatlantique de Mölln : son père avait été victime d'une crise cardiaque. L'après-midi même, elle fit ses adieux aux enfants en versant une larme – ce dont Charles ne l'aurait jamais crue capable.

Comme il était impossible d'engager des domestiques nantis de bonnes références pendant les vacances, M. Carter annonça à ses fils qu'ils se débrouilleraient avec Cook et Patsy jusqu'au nouvel an. Charles espérait que l'on en oublierait certains rituels pénibles, comme le récurage derrière les oreilles ou les leçons de piano. James demanda à son père s'il leur lirait des histoires le soir et, à la surprise de Charles, il accepta avec plaisir.

M. Carter se révéla un conteur très médiocre, mais Charles était trop content d'entendre une voix – n'importe laquelle – pour s'en plaindre. Il ne protesta même pas lorsque, pour se simplifier la tâche, le père fit coucher les deux frères dans le même lit.

Le premier soir, après lecture d'un conte de Grimm, M. Carter souhaita bonne nuit à ses fils et s'en alla. Charles attendit un moment, jusqu'à ce qu'il entendît la porte de la chambre se refermer, puis murmura :

– James, tu te rappelles comment lisait Fräulein Reinhardt ? En prenant plein de voix différentes ?

Comme son frère ne répondait pas, Charles le secoua. James dormait déjà à poings fermés.

Chaque soir, pendant quinze jours, leur père leur fit la lecture et, chaque soir, James sombrait rapidement dans le sommeil alors que son grand frère restait éveillé. Lorsque l'horloge sonnait minuit, il se glissait hors du lit, puis dans le couloir, l'oreille aux aguets.

La nuit, la maison paraissait plus grande, pleine d'ombres et de grincements qui le glaçaient de terreur, et pourtant Charles ne pouvait s'empêcher de l'explorer. Parfois, il se faufilait dans le bureau de M. Carter et sortait sa collection de monnaies anciennes, qu'il n'avait pas le droit de toucher. Il pointait du doigt chaque drachme, chaque cent, en se racontant à voix haute son histoire :

– Cette année-là, six prototypes furent frappés, et le dessinateur était Christian Gobrecht.

Il imaginait que des lutins se cachaient dans la pièce et le mettaient au défi de les trouver. « Viens voir le masque », soufflaient-ils. S'il se concentrait assez fort, sa mère l'entendrait peut-être errer ainsi et elle reviendrait.

Charles se rendait ensuite dans l'imposante salle à manger, plongée dans l'obscurité. Il écartait les rideaux et dessinait en soufflant sur la vitre des nuages gros comme des pièces de cinquante cents, puis regardait le jardin ou écoutait la respiration lointaine d'un accordéon.

Le jardin des Carter était un lieu inquiétant où poussaient vigne vierge, orties et buissons d'épineux. Charles aurait pourtant aimé y jouer, s'il n'y avait eu M. Jenks, le jardinier, figure aussi hostile que difforme. Jenks travaillait surtout le soir ; il ne sortait le jour que pour effrayer les enfants ou les animaux qui s'approchaient trop près du pavillon où il habitait, à l'autre bout du jardin, après la rangée d'ormes.

Au milieu de la nuit, Charles s'asseyait dans les replis des rideaux en velours et tentait de maîtriser sa frayeur. Il avait peur de perdre les siens. Après la naissance de James, sa mère avait posé la main de Charles sur la tête chauve du nouveau-né :

– Tu sens ? Les fontanelles ne se sont pas encore refermées.

Depuis, la fragilité de James n'avait cessé de l'inquiéter.

Il se recroquevilla sous la fenêtre, énumérant tout ce qui lui faisait peur. Les brutes épaisses. Les escaliers trop raides. Les loups. M. Jenks. Ces histoires que sa mère lisait pour se tirer des larmes, où des enfants arrachés à leurs parents finissaient par oublier le son de leur voix. Lui n'avait pas oublié la voix de sa mère, et il ne l'oublierait jamais. Certains soirs, il se glissait dans son placard pour respirer l'odeur de ses vêtements.

– Les âmes qui se lamentent dans le lac de feu, murmura-t-il en grimaçant et en agitant les bras.

Son père et son frère endormis, sa mère partie à l'aventure, il rêvait de lieux où il n'avait jamais mis les pieds, qu'il ne pouvait décrire, et se demandait s'il avait quelque part dans le monde un double, qui, comme lui, guettait les signes de l'inconnu. Il se demandait s'il appartenait bien à la famille Carter, ou s'il était arrivé en son sein par hasard, à la suite d'on ne sait quel échange de nourrissons.

M. Carter ne fut pas insensible au changement d'atmosphère dans une maison soudain privée de plusieurs de ses occupants. À dire vrai, il était difficile d'ignorer le trouble de ces deux garçons livrés à eux-mêmes de plus en plus souvent. À la mi-décembre, les premières couronnes de lauriers apparurent aux portes des voisins, et les lettres de Mme Carter commencèrent à évoquer l'envoi imminent de cadeaux, ce qui accrut encore l'impatience de Charles et de James.

Un jour, leur père se leva de bonne heure et annonça qu'il avait une surprise pour eux. Il avait fait atteler le phaéton pour une promenade, ce qui constitua déjà une agréable surprise aux yeux de Charles – car sa mère préférait toujours la calèche, aussi lente et sûre que le phaéton était vif et léger.

– Nous allons à une foire, dit son père en battant des mains. À Berkeley, à la campagne.

Charles se renfrogna. Il pressentait que cette foire serait aussi amusante qu'une virée chez l'épicier. Des étalages sans fin de couvertures, d'édredons et de cotonnades. Au mieux, James et lui pouvaient espérer une part de tarte.

Mais sur le ferry qui les conduisait à Berkeley, blottis sur le siège du phaéton, fouettés par les embruns salés, M. Carter leur expliqua qu'il s'agissait de tout autre chose. Ces foires vieillottes et – nota-t-il avec dédain – peu rentables avaient été relancées par des hommes d'affaires habiles, qui les avaient agrémentées de nombreuses attractions.

– Nous sortons d'une crise économique et le pays a besoin de s'amuser. (Il déplia un prospectus sous leurs yeux et posa le doigt sur un plan.) Le Midway Plaisance.

– Le quoi ? demanda James.

– C'est comme une petite ville, dont le seul commerce serait le plaisir. Voici le Palais mauresque, le Théâtre égyptien, la Galerie de tir et... Oh, voici le manège avec le célèbre Orgue de Parker.

Charles s'était penché si près que sa joue frottait contre le manteau de son père. Il ne savait pas ce qu'était un manège, mais à mesure que son père énumérait les attractions – le Cratère de Kilauea, les Pâtisseries viennoises, une reconstitution miniature de Saint-Pierre de Rome, l'homme le plus grand du monde, les « phénomènes de la faune et de la flore » –, Charles ne tint plus en place.

Dès qu'ils eurent laissé leur cheval à l'écurie, M. Carter les conduisit sur le champ de foire. James et Charles se disputèrent aussitôt pour savoir par quelle attraction commencer. Leur père n'écoutait plus, plongé dans la lecture d'un dépliant sur une enchère aux bestiaux.

– Mes garçons, dit-il en puisant de la monnaie dans ses poches, voici trente cents pour chacun. On m'attend.

Depuis le temps qu'il leur vantait la foire, il n'avait jamais parlé de rendez-vous, mais les deux frères ne lui posèrent aucune question, distraits par la vue des pièces qui tombaient au creux de leurs mains. M. Carter leur expliqua que posséder du bétail donnait droit à des déductions fiscales et qu'il comptait bien revenir de la foire avec trois belles bêtes.

Il prit donc à gauche, vers le marché aux bestiaux, tandis que ses fils prenaient à droite. C'était leur première grande sortie depuis le départ de leur mère, et Charles se sentait partagé entre la griserie et la peur de se perdre, ou d'être enlevé par ces malfrats qui, selon la rumeur, guettaient leurs proies aux abords des parcs. Mais il se laissa séduire par la musique d'un orgue à vapeur et par le brouhaha de la fête. James ne tarda pas à repérer les stands de confiserie et, la bouche pleine de barbe à papa, de caramels et de dragées à la noix de coco, ils s'enfoncèrent dans les allées.

Contrairement aux promesses du dépliant, ils ne trouvèrent ni galerie de tir, ni manège. Il leur fallait sans cesse regarder où ils mettaient les pieds, sous peine de trébucher, car le sol était sillonné d'ornières, creusées sans doute par les roulottes des forains. Charles n'en dévorait pas moins des yeux les tentes et leurs panneaux aux couleurs alléchantes – « les Merveilles de l'Allemagne ! » « les Panoramas de Venise ! » – et il se sentit bientôt comme un poisson dans l'eau.

Ils s'arrêtèrent devant une baraque qui annonçait « le Cheval le Plus Petit du Monde », en lettres jaunes soulignées d'arabesques. Les deux garçons convinrent sans hésiter qu'il leur fallait absolument voir la chose.

Ils tendirent une pièce de monnaie. Sous la tente, au milieu d'un corral, un poney noir était agenouillé sur un lit de paille, près d'une écuelle d'eau sale. Les deux frères le regardèrent piaffer un moment.

– Il n'est pas si petit que ça, dit Charles.

– Il est petit, mais pas si petit.

Ils sortirent. Carter se sentait floué. Déjà il bondissait vers la baraque suivante, qui promettait de Dangereux Reptiles. À l'intérieur, derrière une vitre, il y avait trois boas constrictors, tous extrêmement féroces, au dire de l'homme qui les avait soulagés d'une pièce, mais ils ne purent vérifier, car ces dragons faisaient la sieste cachés sous les rochers.

Après une escroquerie aussi manifeste, Charles et James évitèrent les deux baraques suivantes : l'Alligator de Floride et la Femme Obèse. Ils firent également l'impasse sur le pavillon abritant des fruits et des légumes aux formes étranges. Mais James insista pour qu'ils voient l'Homme le Plus Grand du Monde.

À l'entrée, le panneau annonçait : Joe Sullivan, le cogneur irlandais, deux mètres cinquante-deux.

– C'est peut-être une arnaque, se méfia Charles.

Mais comme ils avaient du temps devant eux, ils payèrent l'entrée et soulevèrent le rabat de toile jaunie pour se glisser sous la tente.

Il y faisait sombre. Les coutures ayant craqué par endroits, des puits de lumière dessinaient des cercles sur la pelouse défraîchie. Appuyé contre le poteau central, Joe Sullivan lisait le journal. Il jeta un coup d'œil vers les deux garçons avant de reprendre sa lecture, en s'humectant le pouce pour tourner la page.

James serra la main de son frère. À ce contact, Charles se rendit compte qu'il n'avait pas cillé ni respiré depuis leur entrée. Il inspira une bouffée d'air. Les chaussures noires de Sullivan étaient aussi longues que des fusils de chasse. Il aurait pu ramasser une citrouille d'une seule main. La tête renversée en arrière, Charles avait l'impression d'être dans la nef d'une église ; le crâne de l'Irlandais touchait presque la voûte.

Les deux frères avancèrent en crabe. S'ils gardaient leurs distances, ce n'était pas par respect, mais par crainte confuse d'être dévorés. Dans les contes de fées, les géants dévoraient les petits garçons. Charles était assez grand pour comprendre qu'il s'agissait de sornettes, mais trop jeune pour ne pas y croire un peu.

Sullivan portait un costume de laine sombre, une cravate western et un large Stetson. Sa figure sinistre – des yeux enchâssés, une bouche droite comme une règle – semblait sculptée dans une matière cireuse. Le « cogneur » ne paraissait pas d'humeur bagarreuse. Charles sentit pourtant un profond malaise l'emporter sur son étonnement initial.

– Bon, on l'a assez vu, dit-il, faisant mine de s'en aller.

Mais James ne voulut pas bouger d'un pouce.

– Vous mesurez combien ?

Sans quitter son journal des yeux, Sullivan désigna du pouce le poteau contre lequel il était appuyé.

– C'est écrit là-dessus.

Il parlait d'une voix étouffée, comme si, là-haut, l'air se raréfiait. Sur le poteau, des entailles marquaient les décimètres. Il y avait un point d'exclamation à deux mètres cinquante-deux, taille que Sullivan n'atteignait pas vraiment, à cause de son dos voûté.

– Allez, on l'a vu maintenant, répéta Charles.

James mit les mains sur ses hanches.

– Pourquoi vous n'avez pas de chaise ?

– Les gens ne veulent pas me voir assis.

– Ah oui... Comment vous vous appelez ?

– Joe Sullivan.

– Moi, c'est James Carter.

– Mmm.

– Quel âge avez-vous ?

– Vingt-deux ans.

– Oh. Je vais bientôt en avoir sept.

– Sans blague.

Sullivan tourna une page de son journal.

James se mit alors à parler d'un vague ami qui possédait une bicyclette – une histoire sans queue ni tête mais interminable, au point que Sullivan finit par baisser son journal pour regarder fixement le garçon. Charles se sentait de plus en plus gêné, comme s'ils avaient surpris quelqu'un dans son bain et, circonstance aggravante, contre argent comptant. Il tira sur la main de James puis leva une dernière fois les yeux vers la large trogne de Sullivan.

– Excusez-nous...

Il voulait s'éclipser poliment mais un curieux vertige le retenait.

– Il faut qu'on y aille, dit James en tendant la main. Au revoir.

Sullivan se courba lentement. Il posa un genou en terre – ses articulations craquèrent comme des crayons que l'on casse d'un coup sec – et referma doucement son énorme main sur celle de James, qui se tourna vers son frère avec un sourire angélique :

– Tu vois, il ne va pas nous manger.

Sullivan les fixa tour à tour. À genoux, il avait encore la taille d'un adulte normal. Il empestait le sirop contre la toux. Son visage boursouflé n'avait pas changé d'expression ; sans doute ne le pouvait-il pas. Charles avait toujours envie de partir, mais ses yeux tombèrent sur la décoration accrochée à la cravate de Sullivan. Il en eut le souffle coupé.

– Excusez-moi, dit-il en s'efforçant de prendre un ton désinvolte, c'est un dollar Gobrecht ?

Sullivan toucha sa cravate.

– Hein ?

– S'il est de 1838, il vaut plus de trois cents dollars.

– Ce machin ? dit Sullivan en jouant avec la pièce. Qu'est-ce que tu me chantes ?

– Je collectionne les monnaies anciennes. Américaines surtout. (Il récita une phrase qu'il avait entendue dans la bouche de son père :) J'en connais plus sur la valeur des choses que la plupart des gens.

Le géant glissa son journal sous son bras, défit sa cravate et la tendit à Charles.

– Qu'est-ce qu'il y a écrit ?

Charles examina soigneusement la date.

– Oh, fit-il, déçu. Il date de 1850. Et il est rayé.

– Il vaut trois cents dollars ou pas ?

– Il vaut environ cinq dollars, dit Charles en rougissant.

– Pourquoi pas trois cents ? aboya Sullivan.

– En 1838, on n'a frappé que trente et un dollars en argent sur tout le territoire américain. Mais en 1850, il y en a eu quarante-sept mille cinq cents. Si c'était un dollar de 1851, vous auriez plus de chance, parce qu'on en a fabriqué mille trois cents, alors il vaudrait...

– D'accord.

– ... environ cent cinquante dollars.

– J'ai compris, j'ai compris, grogna Sullivan.

Il se releva, laissant les garçons contempler les brins d'herbe collés à son genou.

Charles sortit une pièce d'un pli de sa casquette.

– Vous savez ce que c'est ? demanda-t-il au géant, comme il l'avait déjà fait à de nombreux adultes.

– Une pièce de cinq dollars en or ?

– Non, vous êtes tombé dans le panneau. Ceci est une pièce de cinq cents de 1883 en parfait état. Vous voyez, côté pile, il y a bien écrit « cinq » en chiffres romains mais on a oublié de graver « cinq cents ». Un escroc l'a trempée dans une solution dorée et des pigeons ont cru que c'était une pièce en or de cinq dollars.

Sullivan frappa son journal roulé contre sa jambe.

– Je peux voir ?

C'était la pièce la plus précieuse parmi celles que Charles avait le droit de manipuler tout seul. Il ignorait sa valeur exacte, mais il ne l'avait encore jamais prêtée à quiconque. Sûr de son triomphe, il la tendit au géant.

Sullivan l'examina, puis murmura :

– Tu m'en diras tant... Merci.

Il baissa la main, la pièce entre le pouce et l'index. Lorsque Charles voulut la prendre, l'Irlandais la saisit de son autre main, qu'il ferma puis rouvrit. La paume était vide. La pièce avait disparu.

– Hé ! protesta Charles d'une voix faible.

Sullivan vissa son chapeau sur sa tête et s'appuya de nouveau contre le poteau.

– Rendez-la-moi, dit Charles.

– Quoi donc ?

– Ma pièce de cinq cents.

Sullivan prouva que son visage pouvait bel et bien changer d'expression : il esquissa un sourire sardonique. Puis il ouvrit son journal.

Charles regarda James, qui secouait gravement la tête.

– Papa avait dit de ne jamais montrer la pièce à personne. Tu vas te faire gronder.

– Rendez-la-moi ! cria Charles. Ce n'est pas juste.

– Faudra t'y faire, morveux.

– Je la veux !

C'était arrivé si vite que Charles avait encore du mal à le croire. Son estomac se noua. Il resta un moment immobile, hébété, tandis qu'il se résignait à l'évidence : il avait perdu sa pièce – ou plutôt il l'avait donnée sans espoir de retour. Il bondit en avant et martela la jambe du géant.

– Rendez-la-moi ! Rendez-la-moi !

De ses gros doigts rugueux, Sullivan l'attrapa par le col et le souleva de terre, le hissant contre la toile jaunie. Charles sentit que les boutons de sa veste étaient sur le point de craquer. Le géant l'approcha à quelques centimètres seulement de sa bouche.

– Je devrais te faire disparaître aussi, microbe.

Il ferma sa main libre en un poing de la taille d'une dinde. Charles se rappela une illustration d'un de ses albums d'enfant, où un énorme coquillage avalait un chasseur de perles. Il laissa échapper un long vagissement qui surprit le géant.

– Tais-toi, grommela-t-il après un rapide coup d'œil en direction de l'entrée. Tais-toi, je te dis !

Mais Charles ne pouvait contenir ses larmes. Un moment hésitant, Sullivan le baissa de cinquante centimètres puis le laissa tomber comme un paquet de linge. Charles heurta lourdement le sol et détala aussitôt en entraînant James dans sa fuite.

Son premier élan fut de courir auprès de son père mais, à une centaine de mètres du pavillon où se tenait la vente aux enchères, le leitmotiv de James – « tu vas te faire gronder, tu vas te faire gronder » – le fit changer d'avis.

Charles porta la main à son visage, à la fois brûlant et maculé de larmes séchées. Jamais il ne pourrait raconter à son père ce qui venait de se passer. Il se tourna vers son frère, pour brosser ses vêtements poussiéreux et masser la main qu'il avait tirée trop fort.

– Tu veux encore des caramels ?

– Non !

– Tu es sûr ?

James toussota, les doigts dans la bouche.

– Si, j'en veux.

Ils retournèrent au stand des friandises. Charles surmonta peu à peu sa panique. Il n'avait jamais entendu dire qu'on pût faire disparaître quelqu'un, et sa rage grandit contre le géant. Mais où était passée la pièce ?

Il ne croyait pas son frère capable de garder un secret. Pourtant, quand ils retrouvèrent leur père, James ne pipa mot et il resta tout aussi silencieux pendant la traversée en ferry. Charles de son côté n'ouvrit pas la bouche. Il broyait du noir. Un moment, il avait eu l'impression que la fête foraine allait l'accueillir à bras ouverts, puis il s'était senti berné. Pendant le reste du trajet, il n'eut devant les yeux que l'image d'une pièce d'or en train de tournoyer sur elle-même.

CHAPITRE 3

Ce fut un Noël plutôt lugubre. On accrocha aux murs les traditionnelles couronnes de laurier et de houx, on alluma les bougies devant les fenêtres, James et Charles accompagnèrent leur père sur le perron pour donner un grand coup de balai à l'année qui s'achevait... Mais il régnait dans la maison un silence si austère qu'aucune avalanche de cadeaux – et il y en eut plus encore que d'habitude – n'eût suffi à donner le signal de la fête.

Beaucoup de paquets arrivaient de Boston, soigneusement emballés par leur mère. Un gant de base-ball. Des partitions musicales (« Oh, j'oubliais, les enfants, vous étiez censés continuer vos leçons de piano », marmonna M. Carter). Il y avait aussi des vêtements. Un kaléidoscope. Un kit de magie. Charles restait pourtant d'humeur maussade, se sentant toujours coupable d'avoir perdu la pièce. Il essaya à plusieurs reprises d'embrasser son père, qui le repoussa pour continuer l'ouverture des cadeaux.

À vrai dire, M. Carter était passablement distrait. Il distribuait les jouets avec un rapide commentaire – « très joli » ou « voilà une trouvaille » – tout en se jetant aussitôt sur le paquet suivant. Charles aurait voulu retenir son attention, ne serait-ce qu'un instant. Il connaissait le côté introspectif de sa mère, qui, dans ses lettres, ne cessait de le questionner sur son « moi intérieur ». Mais, jusqu'à présent, Charles n'avait jamais entrevu le moi intérieur de son père. En ce matin de Noël, il aurait voulu lever les barrières qui entouraient cet endroit mystérieux, et obtenir du même coup le pardon pour des péchés véniels, comme la perte d'une certaine pièce.

Quand les garçons eurent déchiré tous les emballages, M. Carter s'assit sur le bord de son fauteuil.

– Les enfants, vous savez en quoi consiste une saisie foncière ?

Charles haussa les épaules mais son frère, qui admirait un soldat de plomb sous toutes ses coutures, se mit à hocher la tête. Son aîné s'apprêtait à lui donner une bourrade quand James déclara d'un trait :

– C'est quand une propriété est vendue aux enchères avant la fin de l'année.

Il n'avait pas sept ans.

– Tu dis n'importe quoi ! cria Charles.

– Il n'est pas si loin de la vérité, sourit M. Carter. En voilà un qui sait écouter. (Puis il leur expliqua :) Vendredi prochain, un domaine va être saisi à Sonoma. Un vignoble. Normalement, la banque publie des avis trois mois avant une mise aux enchères, pour donner aux acquéreurs éventuels le temps de se préparer. Mais les créanciers ont apparemment voulu hâter les choses...

Il s'animait au fil de son exposé, et Charles se rendit compte que son père pouvait se révéler très bon conteur lorsqu'un sujet l'intéressait.

Bref, une affaire exceptionnelle se profilait, mais M. Carter devait se rendre sans tarder à Sacramento. Il reviendrait sous quarante-huit heures, heureux propriétaire, du moins l'espérait-il, de deux mille hectares d'excellentes vignes. Ils fêteraient ce succès tous ensemble à son retour. En attendant, les garçons resteraient seuls avec Cook et Patsy. Ce serait pour eux une forme d'aventure, et une occasion de mûrir.

Le lendemain, à leur réveil, M. Carter était déjà parti. James prit la chose avec sérénité, convaincu que tout allait pour le mieux dans le meilleur des mondes.

Pendant deux jours, la cuisinière et la lingère s'occupèrent d'eux. Mais Cook leur racontait des histoires épouvantables dont elle garantissait l'authenticité et qui se terminaient toujours par le châtiment de garnements que l'on envoyait rôtir en enfer. Quant à Patsy, elle avait les nerfs en pelote, persuadée qu'à tout instant les garçons allaient se casser comme de la porcelaine. Aussi passèrent-ils le moins de temps possible en compagnie des domestiques. Ils faisaient eux-mêmes leur toilette, enfilaient seuls leur pyjama et présentaicnt leurs ongles pour inspection à Patsy, laquelle était tellement pressée d'en finir qu'elle ne leur frictionnait même pas l'avant-bras pour vérifier si la peau était propre.

M. Carter devait rentrer le 28 décembre. Cet après-midi-là, Charles et James s'assirent par terre dans leur chambre et entamèrent une bataille, avec un jeu de cartes trouvé dans un coffre à jouets. Il faisait un froid de canard et les garçons portaient plusieurs couches de lainages, à la mode esquimaude. Un œil sur la pendule, l'oreille à l'affût, Charles guettait l'arrivée d'un taxi. James, qui aimait les jeux de cartes à condition de gagner, se mit en rogne.

– Tu triches !

– James, on ne peut pas tricher à la bataille.

– Patsy !

– On ne doit pas la déranger. James !

Charles suivit son frère, qui venait de s'élancer hors de la pièce.

– Patsy, Charles triche !

James grimpa l'escalier de service sans s'aider de la rampe. Le deuxième étage, où les domestiques avaient leurs quartiers, était traversé par un couloir étroit bordé de portes, toutes fermées. Au mur, des appliques diffusaient une lumière pâle et vacillante. Charles se sentit mal à l'aise. Ils pénétraient là dans un territoire peu familier – les garçons n'étaient pas censés déranger les domestiques jusque dans leur chambre.

Déjà son frère tambourinait à la porte de Patsy. Charles essaya de le retenir, mais James fit un bond de côté et se remit à frapper.

– C'est un menteur !

– Très bien. Vas-y, pleure comme un bébé...

Charles se croisa les bras et affecta de se passionner pour une aquarelle accrochée au mur, dans le couloir glacé. Il essaya de voir sa respiration, mais il ne faisait pas froid à ce point. Pourquoi personne n'avait-il pensé à allumer un feu dans la cheminée ? Par la petite fenêtre au bout du corridor, on voyait s'accumuler de lourds nuages.

James se tut. Il se mordilla un moment les phalanges, puis leva les yeux au moment où Charles baissait les siens. Ils avaient tous deux compris que nul ne viendrait interrompre leur vacarme.

– Cook ! Cook ! appela encore James.

Puis ils dévalèrent l'escalier.

Mais il n'y avait personne dans la cuisine, ni dans la buanderie, ni même dans le réduit où Cook s'asseyait pour lire pendant que son ragoût mijotait. Sur la commode du salon, ils trouvèrent un mot écrit en lettres majuscules. Cook et Patsy étaient allées à une réunion revivaliste, de l'autre côté de la baie, et elles seraient de retour avant la nuit.

Charles actionna les sonnettes sur le mur, reliées à toutes les chambres du deuxième étage. Aucune réponse.

– Elles sont parties ? demanda James.

– Oui. Père va leur passer un savon.

– Pourquoi sont-elles parties ?

– La religion, dit Charles avec la même expression dégoûtée que prenaient ses parents chaque fois qu'ils prononçaient ce mot. « Prévenez votre père que le dîner sera servi à sept heures. En cas de problème cet après-midi, ne vous inquiétez pas, M. Jenks s'occupera de vous. »

– Nous sommes seuls.

James semblait hésiter sur le sens de cette phrase : fallait-il s'en réjouir ? Ou était-ce un cauchemar ?

– Oui, c'est la première fois qu'on nous laisse seuls.

Charles regarda par la fenêtre. Le ciel s'assombrissait.

– Elles vont bientôt revenir.

Il posa une main sur l'épaule de son frère.

– Où Cook range-t-elle le chocolat ?

San Francisco allait bientôt disparaître sous un manteau de neige. Vers trois heures de l'après-midi, lorsque le premier flocon tomba, les frères Carter se précipitèrent dehors et se mirent à tournoyer, la tête renversée en arrière pour mieux sentir la neige sur leur visage. Tout d'abord, ce fut comme si des plumes délicates leur caressaient la peau, puis soudain, une violente bourrasque s'abattit sur eux.

– Aïe !

Charles grimaça de douleur. Pour la première fois de sa vie, il faisait l'expérience d'une averse de grêle.

– Regarde ! cria James en ramassant une poignée de grêlons. Ça fond dans la main !

Les billes de glace rebondissaient et s'éparpillaient en touchant le pavé. On eût dit qu'il pleuvait des pièces de monnaie. Les garçons coururent se mettre à l'abri, sur le seuil de la maison. La grêle ne tarda pas à laisser de nouveau place à la neige.

– Elle tient ! dit Charles.

Il y eut bientôt trois centimètres de neige dans Washington Street. James sortit en frappant le sol de grands coups de botte qui soulevaient des tourbillons de poudre blanche.

Avant de le rejoindre, Charles contempla encore un moment la scène : son frère qui dansait la gigue, l'écharpe au vent, au milieu d'une étendue immaculée. Personne d'autre en vue. Nul autre enfant ne prenait part à ce miracle. Le long de Washington Street, les familles s'étaient absentées pour la semaine des fêtes, les domestiques avaient pris leur congé.

Au crépuscule, il y avait bien vingt centimètres de neige. Charles et James avaient passé la fin de l'après-midi au salon, le nez collé à la fenêtre, émerveillés. Mais toutes les heures, lorsque les pendules se mettaient à sonner, ils se taisaient.

Patsy et Cook ne revinrent pas ce soir-là. M. Carter pas davantage. Les deux frères avalèrent en silence un bol de céréales, avec une tablette de chocolat en guise de dessert.

– C'est la neige qui les empêche de rentrer, pas vrai, Charles ?

Celui-ci hocha la tête. Il avait une meilleure notion de la géographie et des transports que son frère.

– Papa rentre de Sacramento en train, Cook et Patsy prennent le ferry, et la tempête fait rage sur la baie. Elles vont sans doute passer la nuit à Oakland.

Ils en conclurent que tout le monde serait de retour le lendemain, et que le seul problème était de rester bien au chaud en attendant. Ni l'un ni l'autre n'avaient le droit de toucher le gaz ou les cheminées.

– On pourrait demander de l'aide à M. Jenks.

– Laisse tomber, répondit Charles.

Dans le classement de ses terreurs personnelles, Jenks venait avant les loups et même avant Joe Sullivan, en qui il ne voyait après tout qu'une brute épaisse. Jenks était d'une autre nature, entourée de mystère.

Des bûches étaient disposées dans toutes les cheminées de la maison. Celle du bureau de leur père leur parut la plus engageante, car elle contenait aussi du petit bois et de vieux papiers. Charles envoya son frère remplir un seau d'eau, par mesure de précaution, puis, après s'être assuré que le conduit d'aération était ouvert, il approcha une allumette du foyer.

– Nous sommes des explorateurs. Nous avons échoué sur une île après un naufrage et nous avons ramassé les débris de l'épave.

– Et nous allumons un grand brasier. Pour qu'on puisse nous repérer.

Bientôt, le feu crépitait joyeusement. James courut à la fenêtre et agita les bras.

– Qu'est-ce que tu fabriques ?

– J'envoie des signaux aux sauveteurs !

Charles étendit des couvertures par terre.

– Il neige encore.

Il rejoignit son frère. Sur la vitre, les cristaux de neige formaient un rideau de dentelle à travers lequel brillait une lumière, là-bas, dans le pavillon de Jenks. Un fil électrique courait de leur maison à celle du jardinier : Charles n'avait qu'à sonner et il viendrait. Aller à la cuisine, enfoncer le bouton, ouvrir la porte et attendre. L'idée lui parut terrifiante et il eut soudain envie de fermer les volets.

– Dis, Charles, quand est-ce qu'ils vont revenir ?

– Demain matin.
– Mais s'il neige encore ?
– Ils rentreront, c'est tout. Ils savent qu'on est tout seuls...
– Qui le sait ?
– Papa...
– Il croit que Cook et Patsy s'occupent de nous.
Charles haussa les épaules.
– Cook et Patsy savent que nous sommes...
– Non, puisqu'elles s'imaginent que papa est rentré.
– Oh, tais-toi !
– Et M. Jenks ? Il est au courant ?
James dessina une tête sur la vitre, à l'endroit où son souffle avait formé une tache de buée. D'un naturel confiant, il n'avait jamais remarqué, lorsqu'ils jouaient dehors, la silhouette sombre et menaçante du jardinier.
– Je n'en sais rien.
– À mon avis, il est au courant. Papa était censé le payer aujourd'hui.
– Qu'est-ce que tu racontes ?
– Parfois, papa et moi, on fait les comptes.
Charles n'avait jamais « fait les comptes » avec son père. Il ne savait même pas ce dont il s'agissait. James traçait sur la vitre un gros bonhomme souriant.
– On ne va pas tarder à voir M. Jenks. Aujourd'hui, c'est son jour de paie.
Mais le lendemain, Jenks ne parut pas et la neige continua de tomber.

CHAPITRE 4

Le blizzard de 1897 fut la pire catastrophe naturelle que connut San Francisco jusqu'au grand tremblement de terre de 1906. Des câbles télégraphiques cédèrent, des canalisations éclatèrent et jalonnèrent Market Street d'étranges sculptures de glace. Plusieurs bâtiments en construction, comme la nouvelle bibliothèque municipale, s'effondrèrent sous le poids de la neige. Le tramway ne fonctionnait plus et, si les fiacres pouvaient encore assurer des courses impérieuses, rares étaient les cochers capables de braver le verglas, et on déplora de nombreux accidents. Par crainte du pavé glissant, les habitants de San Francisco demeurèrent cloîtrés chez eux, au chaud.

Bien qu'habitué à la neige, Jenks préféra lui aussi rester dans son pavillon, loin des regards curieux qu'attirait sa silhouette d'infirme.

Des années durant, cet ancien chercheur d'or avait traqué la fortune à travers le pays, jusqu'en Alaska. Le froid lui avait rongé trois doigts et tous les orteils. Puis il avait eu la joue traversée par un éclat de cuivre propulsé par l'explosion d'un bâton de dynamite.

Sa prospection vendue à perte, il débarqua à San Francisco, où les Carter le prirent en pitié. Ils l'engagèrent officiellement comme jardinier, sans s'attarder sur son inexpérience en la matière. Il se rendait également disponible chaque fois qu'il fallait soulever ou déplacer des objets encombrants.

Son pavillon était jonché de vieux journaux que lui passaient les Carter et qu'il brûlait sans les lire, car réfléchir lui donnait la migraine. Mais le jour du blizzard, alors qu'il roulait en bûchettes serrées quelque cinquante kilos de journaux, une manchette retint son attention. Difficile de ne pas la voir, car elle occupait la moitié de la page : « RUÉE VERS L'OR ! » Au-dessous, une carte de l'Alaska indiquait l'emplacement exact du Klondike.

La carcasse de Jenks laissa échapper un étrange feulement, comme le bruit d'un tissu que l'on déchire, et des larmes lui emplirent les yeux.

Le matin du 31, la neige commença à fondre. À travers la ville, les habitants risquèrent leurs premiers pas dehors. Mais toujours aucun signe de M. Carter, ni de Cook et Patsy.

Ce jour-là, le troisième qu'ils passaient seuls, Charles relâcha l'effort sur le plan de l'hygiène corporelle. Tant pis s'ils avaient la figure crasseuse.

Il entreprit de fouiller la maison de fond en comble. Il ne relevait pas là le défi que lui lançaient les diablotins tapis dans l'ombre, mais il s'imaginait dans la peau d'un détective en quête d'indices lui permettant de punir ceux qui les avaient abandonnés, son frère et lui. Sa première effraction, dans le dressing de sa mère, fut aussi la dernière, car il tomba sur une énigme insoluble.

C'était un coffret en bois de la taille d'un dictionnaire, fermé par deux loquets qu'il tira sans peine. À l'intérieur, il trouva un objet métallique muni d'un manche, d'un long cou et d'une tête arrondie. On aurait pu le prendre pour un pistolet s'il n'avait été pourvu d'un fil et d'une prise électrique. Jusqu'alors, Charles n'avait vu qu'un seul objet équipé d'une prise : le grille-pain. Son père lui avait expliqué qu'un jour, il y aurait des réfrigérateurs électriques, des fours électriques et que Patsy se servait déjà d'une machine à coudre électrique qui lui facilitait grandement la tâche.

– L'électricité est une invention merveilleuse, avait dit M. Carter. On commence ici, dans la cuisine, mais bientôt il y en aura dans toutes les pièces.

Le coffret contenait une dizaine d'accessoires, dont Charles n'eut aucun mal à comprendre qu'ils s'adaptaient sur la tête arrondie : des cônes, des embouts recourbés, des gaines bardées de picots.

Puis il trouva le mode d'emploi :

LA VIBRATION, SOURCE DE VIE

Quelle femme ne s'est jamais sentie frustrée par ces mystérieuses douleurs qui semblent limiter ses ardeurs et son appétit de vivre ? Les embarras féminins sont un frein à la libre circulation des humeurs vitales et entraînent irritabilité, concupiscence, relâchement des mœurs, et pour finir ruine du ménage.

Offrez-vous une cure de jouvence ! Les vibromasseurs électriques Lindstrom Smith développent quinze mille pulsations à la minute, qui soulageront les tensions et l'asthénie. Cinq ou dix minutes suffisent à vous restituer tous les plaisirs de la jeunesse. Une application régulière traite efficacement les troubles hystériques, la chlorose, la neurasthénie, mais aussi la simple fatigue et la mélancolie.

Appliquez le vibromasseur électrique Lindstrom Smith sur la zone la plus congestionnée et laissez-vous pénétrer par son action stimulante, scientifiquement prouvée. Au bout de cinq à dix minutes (vous ne verrez pas le temps passer !), la manipulation conduit infailliblement à un spasme convulsif dans la partie du corps concernée, puis à un sentiment de relaxation proche de l'extase, parfois suivi d'un sommeil comblé.

Peut être utilisé dans l'intimité d'une chambre ou d'un boudoir.

Cette notice ne lui fut pas d'un grand secours. Il n'avait toujours aucune idée de ce qu'il tenait entre les mains. Des embarras féminins ? Un relâchement des mœurs ? Les maladies citées figuraient certainement dans le dictionnaire, mais il y avait fort à parier que les définitions renverraient à d'autres, avec ce sens de l'esquive qui semblait fait pour exclure les enfants.

Ses yeux retombèrent sur l'instrument oblong. Il aurait été moins surpris de trouver un zèbre en train de brouter la coiffeuse de sa mère. La présence d'un appareil électrique dans ce dressing le troublait, le frappait comme un nouveau mystère du monde adulte.

Sans plus réfléchir, il s'assit sur le divan de sa mère et brancha le vibromasseur. Une illustration montrait une femme le tenant à hauteur de la joue. Charles l'imita, et la sensation était en effet agréable. Il s'imagina qu'il rentrait à la maison après une harassante journée de travail.

Peu à peu, cependant – assez rapidement, en fait –, il s'ennuya. Après cinq minutes d'application assidue sur la joue et le front, il consulta de nouveau le mode d'emploi, n'ayant toujours pas éprouvé de spasme. Il n'avait pas non plus envie de dormir. Encore une minute et il éteignit le vibromasseur, car son visage commençait à s'engourdir.

Un curieux sentiment de frustration le titilla tandis qu'il enroulait le fil autour de l'appareil et le remettait à sa place. La lumière dans la pièce lui parut différente, comme s'il venait de soulever un voile sur le monde, pour découvrir de nouvelles caches, de nouveaux trompe-l'œil. Il se demanda comment Joe Sullivan avait fait disparaître sa pièce.

L'après-midi, pendant que James lisait, il monta au grenier, où en temps normal il n'avait pas le droit d'aller. C'était une vaste pièce bien rangée, sans poussière, éclairée de tous côtés par des fenêtres qui laissaient voir des pans de ciel bleu. Dans un coin, sous une cloche de verre, trônait une statuette de marbre, un nu qui se trouvait autrefois sur le piano. Elle était froide et délicate au toucher. Charles l'examina sous tous les angles, caressant les seins du bout des doigts. Puis il la souleva à la lumière pour mieux en apprécier les détails.

– Cette sculpture vient d'Italie. Admirez la texture...

Soudain, elle lui glissa des mains et alla se fracasser sur le plancher.

Charles en resta bouche bée. Il s'accroupit pour voir s'il pouvait recoller les morceaux, inventer une excuse à ce raffut. Puis cela lui revint : qui viendrait le gronder ?

C'était aujourd'hui la Saint-Sylvestre. Chaque année, on le mettait au lit de bonne heure, en lui disant que lorsqu'il serait assez grand, il pourrait veiller pour fêter le Nouvel An. Cette fois, il était libre de faire ce que bon lui semblait. Ses bras se tendirent, comme mus par une vie propre, saisirent une brique et la tinrent à la verticale de la statue.

– Cette sculpture venait d'Italie, souffla-t-il en lâchant la brique.

Il la ramassa et la refit tomber plusieurs fois. Lorsque la statuette fut réduite en miettes, pareilles à des éclats de coquillages, Charles les écrasa encore sous sa semelle.

Une boule se noua au fond de sa gorge. Il aurait voulu que quelqu'un soit là, n'importe qui, à portée de main, pour le frapper de toutes ses forces. Dehors, la neige était en train de fondre et les gens sortaient à nouveau dans la rue : pourtant ses parents ne revenaient pas. Il n'y avait personne pour l'empêcher de détruire le monde.

Penaud, Charles regagna le bureau paternel, où le feu brûlait encore. Chaque fois qu'il menaçait de s'éteindre, son frère et lui allaient chercher des bûches dans les autres pièces et les jetaient dans l'âtre. Comme ils ne se parlaient plus depuis une dispute à propos du kaléidoscope, Charles ignora James et se tourna vers la fenêtre. La neige en se retirant laissait apparaître de nombreuses nuances de vert : les collines dominant la baie, la mer houleuse, les branches encore gelées des arbres dans le parc du Presidio. Et, tout près, le lierre grimpant sur le pavillon de Jenks. Le fil qui reliait les deux maisons avait survécu au blizzard et un pinson venait de se poser dessus, les ailes frémissantes.

Étendu sur le canapé au milieu d'un amas de couvertures, James avait calé sur son ventre un gros livre prélevé dans la bibliothèque de son père.

– Tiens, tiens, intéressant...

Charles ne répondit pas.

– Très intéressant, répéta James d'une voix plus forte, les yeux rivés sur sa page.

– Je me fiche de ton bouquin.

– Je ne te parle pas.

– Attends, tu vas voir, je vais t'en coller une !

James tendit les mains.

– Abracadabra ! cria-t-il.

Une pièce de vingt-cinq cents roula sur le tapis.

– C'est quoi, ce livre ?

– Il est à moi.

Mais James fut obligé de se lever pour récupérer sa pièce et il laissa l'ouvrage ouvert sur le divan.

Charles aperçut des illustrations, comme dans un album pour enfants, mais aussi des pans de texte. La page de gauche portait une série de diagrammes : une main au creux de laquelle se trouvait une pièce ; un poing fermé ; puis de nouveau la main ouverte, sans la pièce.

À peine Charles eut-il esquissé un pas vers le livre que James le referma contre sa poitrine.

– Je n'ai pas fini.

– Très bien, dit Charles avec un calme qui le surprit.

Il ressentait une envie si cuisante de consulter ce volume que, paradoxalement, il était prêt à patienter le temps nécessaire. Il s'assit devant la fenêtre, le regard perdu dans le vague, jusqu'à ce que James finît par se lasser et par jeter le livre à terre avant de quitter la pièce en maugréant.

Charles ne bougea pas. Lorsqu'il entendit claquer la porte des toilettes, il ramassa l'épais recueil relié de tissu, aux pages jaunies. Sur le dos, en lettres dorées, était gravé le titre : *Manuel de Prestidigitation*, par le Pr Ottawa Keyes.

Ce livre pouvait lui apprendre comment le géant avait subtilisé sa pièce de cinq cents plaquée or ! Il l'ouvrit au hasard et lut à haute voix la première phrase sur laquelle se posa son doigt :

– Si vous achetez du matériel d'occasion, sachez que vous pouvez rendre aux surfaces vernies l'éclat du neuf en les laissant tremper dans un mélange d'eau et de son bouilli.

De son bouilli ? Jamais une phrase ne l'avait autant déçu, pas même dans la notice du vibromasseur. Il sauta quelques pages, jusqu'à un dessin représentant une bougie.

Pour sortir une bougie allumée de sa poche – une des illusions les plus plaisantes à l'œil – utilisez comme mèche une allumette en cire. Les meilleures cires sont d'origine tropicale...

Charles secoua la tête. Ce bouquin était d'un ennui mortel. Il se refusa pourtant à déclarer forfait, car il commençait à entrevoir que le monde appartenait à ceux qui se donnaient la peine de l'explorer. Le livre était dénué de construction logique, le Pr Keyes mêlant sans cesse les explications pratiques aux considérations philosophiques.

Un prestidigitateur doit posséder du caractère et une grande puissance de volonté. Car il doit toujours garder le contrôle de la situation. Comment espérer sinon diriger l'attention du public ?

Charles relut ces lignes. Cela avait déjà plus d'allure que la recette du son bouilli.

Quand on réalise le tour du cercueil, et qu'on se retrouve confiné dans cet espace réduit, il ne faut surtout pas céder à l'affolement, car la panique n'a jamais permis à aucun magicien de s'échapper.

Charles étendit les bras le long de son corps et respira lentement par le nez. Il se découvrit un certain don pour contenir la panique.

S'il avait trouvé d'emblée les diagrammes expliquant comment escamoter une pièce de monnaie, Charles Carter se serait peut-être contenté d'étudier la méthode, le temps de se convaincre que c'était possible, puis il aurait repris sa contemplation à la fenêtre. Mais alors qu'il cherchait la table des matières – il n'y en avait pas –, il tomba sur une page qui transforma sa vie.

Bordée d'un entrelacs de roses, de foulards, de colombes et de cartes à jouer, cette page avait aussi la particularité d'être en couleur. En haut, écrit en petits caractères serrés, se détachait un avertissement :

Si vous avez suivi avec persévérance les enseignements de ce modeste ouvrage, vous avez peut-être un don suffisant pour être initié au mystère. Voici les règles – sept positives, sept négatives – que doit suivre tout prestidigitateur digne de ce nom.

Suivaient deux colonnes de commandements. Carter ne doutait pas de sa capacité à les suivre, voire à les perfectionner. Mais le Pr Ottawa Keyes s'était montré le plus malin, car il avait rédigé ses principes en français.

Comble de la frustration, Charles possédait des rudiments de cette langue, assez pour voir que la première colonne dressait la liste de ce qu'il devait toujours faire et la seconde de ce qui lui était interdit.

Il se rappela que l'affolement ne menait nulle part. D'ailleurs, il comprenait pourquoi le professeur avait écrit ses règles dans une langue étrangère. Il ne pouvait tout de même pas livrer des secrets comme de vulgaires caramels : l'apprenti devait fournir un effort pour les percer à jour.

Son père avait un dictionnaire de français dans sa bibliothèque. Armé d'un crayon et d'un peu de patience, Carter entreprit la traduction. Pendant de longues minutes, il resta absolument silencieux, car il pratiquait déjà la discipline. Tout juste s'autorisait-il un haussement de sourcils quand il venait à bout d'une expression particulièrement obscure. James entra dans la pièce, ce qui lui fit lever les yeux un instant. Mais, quoi que voulût son frère, cela pouvait attendre car, en voyant le visage de Charles, il rebroussa chemin et disparut.

Lorsque la pendule sonna six heures, il avait traduit l'essentiel :

TOUJOURS !!!	*JAMAIS !!!*
– *aider ses confrères*	– *expliquer ou recommencer un tour*
– *garder son sang-froid*	– *regarder où le public ne doit pas regarder*
– *punir les curieux et les fouineurs*	– *confondre audace et témérité*

– *savoir improviser*	– *voler le matériel ou le boniment d'un confrère*
– *repasser vos foulards et cirer vos chaussures*	– *se faire appeler « Le Grand » quand on ne le mérite pas*
– *respecter le public*	– *laisser transparaître sa peur*
– *raccompagner poliment les volontaires pour saluer seul*	– *rater un tour*
– *saluer seul*	

Malgré ses efforts, il dut laisser le travail inachevé. Il y avait une phrase de conclusion, en caractères gras et gothiques, qu'il n'arrivait pas à déchiffrer : « *Puisque toutes les créatures sont au fond des frères, il faut traiter vos bêtes comme vous traitez vos amis.* [1] » Il y était question d'animaux, de frères et d'amis, mais le sens exact lui échappait et il la laissa de côté.

Il remit du bois dans le feu. James fit plusieurs apparitions, mais Charles ne lui prêta aucune attention.

Quand il sentit le moment venu, à la lueur des flammes, il ouvrit le livre à la première page. Puis il s'empara d'un jeu de cartes.

1. En français dans le texte.

CHAPITRE 5

– Regarde, James. C'est ta carte ?
– Non !
– Tu n'as même pas regardé. Il faut tout recommencer.
– Je suis fatigué. Quelle heure est-il ?
Ils avaient prévu de trinquer à la nouvelle année avec un verre de cidre, mais dès dix heures du soir, James avait donné des signes de fatigue. Carter avait donc arrêté toutes les pendules de la pièce. Il ne devait pas être loin d'une heure du matin.
– Il est dix heures et demie, annonça Charles. Maintenant, choisis une carte.
Il ouvrit le jeu en éventail.
– Je ne vais pas rester debout jusqu'à minuit, grommela James.
– Tu dormiras quand j'aurai réussi ce tour.
– Et ça va prendre encore longtemps ?
James prit une carte, la regarda puis la remit dans le jeu. Carter mélangea.
– Tape deux fois sur le paquet.
– Pourquoi ?
– Arrête de râler et fais ce que je te dis.
James leva un doigt qui semblait peser des tonnes.
– Voilà.
Carter retourna la première carte.
– C'était le six de pique ?
James haussa les épaules.
– Je ne me rappelle pas.
– James !
Un pincement sur la joue le réveillerait à coup sûr, mais Charles se souvint qu'en qualité de volontaire, son frère avait droit à tous les égards.

– Pardon. Mais il faut qu'on y arrive. On va essayer encore une fois et puis... tu auras une surprise.

– Quel genre de surprise ?

Carter n'avait pas prévu la question.

– Je ne peux pas te le dire, puisque c'est une surprise.

– Tu ne vas pas me frapper, hein ?

– Non, c'est une surprise agréable. Mais cette fois, concentre-toi bien.

Lorsque son frère eut choisi et replacé une carte, Charles battit le jeu.

– Je me concentre, dit James.

– Moi aussi. Vas-y, tape deux fois.

James s'exécuta. Carter retourna alors la première carte, le neuf de carreau.

– Hé ! s'écria James. Comment tu as fait ?

– Pas mal, non ?

– Recommence.

– D'accord, je... (Puis, se ravisant :) Non, je ne peux pas.

– Pourquoi ?

– C'est une des règles.

Comme depuis plusieurs heures Carter ne cessait d'invoquer ces règles sacro-saintes, James hocha docilement la tête.

– Et tu ne peux pas non plus m'expliquer comment tu as fait. Comme pour la corde que tu as coupée et réparée.

L'enthousiasme de James retombait vite.

– Mais n'oublie pas la surprise... lui rappela son frère.

– Qu'est-ce que c'est ?

Carter ne savait pas encore manipuler son auditoire comme un vrai magicien. Il prit son ton le plus solennel :

– C'est une décision difficile...

– Charles !

– Non, franchement : ça risque de ne pas te plaire. Au moins, tu apprendrais les trucs. Mais interdiction de les révéler. Bref, la surprise, c'est que je te propose d'être mon assistant.

– Assistant ? Assistant de quoi ?

– Dans mes spectacles de magie.

– Tu parles d'un cadeau ! Et d'abord, pourquoi je ne serais pas le magicien et toi l'assistant ?

Carter se mordit la lèvre. Décidément, il n'y arriverait pas. Mais James avait posé la bonne question.

– Oui, je serai ton assistant, de temps en temps. On changera.

James réfléchit à la proposition.

– D'accord, ça me paraît honnête.
– Tu veux commencer à t'entraîner ?
– J'ai sommeil. Réveille-moi quand on sera en 1898.
Ses paupières se fermèrent presque aussitôt.
Le Pr Keyes prodiguait quelques conseils à propos des assistants. « Choisissez de préférence une personne d'allure si obtuse qu'une confrérie de magiciens n'aurait pas trop d'un siècle pour lui enseigner le tour de passe-passe le plus rudimentaire. »
Carter jaugea son frère et en conclut qu'il était malheureusement trop intelligent pour faire un bon assistant. D'un autre côté, il n'avait pas son pareil pour jouer les cabochards, et c'était déjà un début.
Avant de se coucher, Carter réveilla son frère pour lui annoncer qu'ils étaient entrés dans la nouvelle année.
– Tant mieux, se contenta de murmurer James avant de se rendormir aussi vite.

Le matin, James courait voir s'il y avait encore de la neige. Régulièrement, au cours de la journée, il affirmait entendre des chevaux ou même une automobile et il se précipitait dehors, pour revenir peu après, l'air dépité. La neige se recroquevilla dans l'ombre. Le cinquième matin, 2 janvier, elle avait complètement fondu et les fiacres circulaient librement sous leurs fenêtres, mais James ne se précipitait plus à leur passage.
– Ne tentez jamais en public des tours que vous ne maîtrisez pas en privé, lut Carter, le manuel de Keyes sur les genoux.
Les tours se rangeaient en différentes catégories comme la disparition, la transformation ou la transportation, certains nécessitaient un matériel particulier – des cages escamotables, des tapis munis de trappes – qu'il fallait commander en Europe. Les frères Carter en furent réduits à mimer leurs exercices de lévitation et à faire apparaître des colombes imaginaires.
Ils ne réussirent correctement aucun tour. Lorsque James en eut assez de s'exercer à tenir des cartes par la tranche, son frère lui demanda d'aller chercher dans la chambre de leurs parents ce qui pouvait ressembler à un costume de magicien.
Pendant ce temps, Carter essaya en vain de saisir une carte entre ses phalanges. Keyes faisait ainsi l'éloge de la pratique :

Entraînez-vous jusqu'à en avoir des crampes dans les doigts. Puis recommencez.

Et Carter s'obstina pendant encore de longues minutes.

Comme ses adversaires le mettront au défi à la ville aussi bien qu'à la scène, un prestidigitateur portera toujours sur lui quelques petits accessoires qui lui éviteront l'humiliation.

Carter disposa sur la table une longueur de corde, deux as de cœur déchirés, un caillou rond qui faisait office d'œuf et, en guise de rose, un fil de fer à l'extrémité duquel il avait fixé du papier rouge.

– James ?

Il tendit l'oreille. Son frère n'avait pas donné signe de vie depuis une éternité. Il longea le couloir jusqu'à la chambre de ses parents. Devant les portes béantes de la penderie, plusieurs costumes de son père et des robes de sa mère gisaient par terre. James était assis au milieu.

– Je sens leur odeur.

– Ne t'inquiète pas. Ils vont revenir.

– Quand ? Ça fait déjà cinq jours. Ils nous ont oubliés.

– Mais non.

– Qu'est-ce que tu en sais ?

– Viens, il faut qu'on prépare notre spectacle. À leur retour, ils verront.

– Ils verront quoi ? fit James en se frottant le nez.

– Que... que nous avons survécu.

Après un moment, James renifla.

– D'accord, on va s'entraîner pour eux. Mais il nous faudrait un public.

– Et qui veux-tu...

Carter s'arrêta. Il avait deviné à quoi pensait son frère et il ne put se résoudre à briser ce nouvel élan si fragile. C'était une idée à la fois terrifiante et irrésistible.

– Entendu. Quand on sera prêts, on présentera notre spectacle à Jenks.

Jenks dormait dans la pénombre, le corps lourd comme s'il avait été jeté sur son lit par la mer. Il rêvait d'étais brisés et de galeries de mine qui s'effondrent. Une sonnerie incessante retentissait à ses oreilles.

Avec un grognement, il s'extirpa du sommeil. La sonnerie ne s'arrêta pas. Sa mâchoire lui faisait mal. Il massa ses joues déformées par les cicatrices. Il était réveillé : la résidence le sonnait.

À tâtons, il chercha l'interrupteur sur le mur. Puis, encore dans le brouillard, il remit d'aplomb les cadavres de bouteille échoués en demi-cercle autour de son lit, comme s'il devait s'attendre à de la visite.

Mais non – il irait voir ses patrons là-bas, dans la maison. Il plongea les doigts dans une bassine d'eau et se peigna. Ses vêtements sentaient le moisi. Il ne pouvait pas se présenter devant ses patrons dans cet état. Il enfila avec peine sa meilleure chemise et son pantalon le plus présentable, usés en plusieurs endroits mais pas troués.

Il ouvrit la porte pour la première fois depuis des jours. Le soleil l'éblouit. Il n'avait plus rien à manger ni à boire et le sang lui battait aux tempes. Mais tout cela n'avait aucune importance. La sonnerie signifiait que M. Carter était de retour et qu'il allait enfin toucher sa paie.

La porte de la cuisine était ouverte. Jenks s'essuya les pieds, se passa une nouvelle fois la main dans les cheveux et rentra le menton pour dissimuler son visage dans l'ombre.

Il frappa sur le chambranle. Pas de réponse. Il frappa une deuxième fois. Il lui fallait toujours un grand effort de concentration pour parler. Jenks allait former un mot quand une silhouette surgit à une telle vitesse qu'il eut un sursaut de recul.

C'était Charles Carter qui glissait sur le parquet.

– Et voiiiiici Jaaames ! L'apprenti sorcieeeer !

James apparut sur le seuil de la buanderie, attifé d'un chapeau pointu orné d'une plume d'autruche, de la chemise de nuit raccourcie de son père et de foulards de soie noués autour de la taille.

Jenks couvrit de sa main intacte la partie la plus ravagée de son visage.

– Les enfants...

Que mijotaient-ils ? Où diable était M. Carter ?

– Prenez place, cria Charles, le Spectacle de Magie va commencer !

Comme il lui tendait la main, le jardinier, par simple réflexe, l'effleura de ses moignons. Charles en eut la chair de poule.

– Bienvenue, monsieur Jenks, dit James en souriant. Et maintenant, mon premier tour !

– Attends, James, attends que je...

Charles posa une main sur l'épaule de Jenks pour l'asseoir sur une chaise.

James sortit la rose de papier de sa manche.

– Non ! s'exclama son frère en se tapant le front. Tu t'es trompé ! Tu devais d'abord...

– Pour vous, monsieur Jenks, dit James.

Il lui présenta la fleur en papier, que Jenks saisit entre le pouce et l'index, se préparant aux pires moqueries. Devant lui, James faisait mine de se tortiller la moustache, un simple dessin au charbon qui aurait été du meilleur effet si le reste de son visage n'avait été si sale. Charles était aussi crasseux, à croire qu'il n'avait pas fait sa toilette depuis des semaines.

– Et maintenaaaant, mon deuxième tour !

James agita un foulard dont il couvrit son poing fermé. Lorsqu'il l'ôta, il avait un gros caillou blanc dans le creux de la main.

– Assistant ! L'œuf !

Il remit le caillou à son frère.

– À présent, monsieur Jenks, un tour de cartes.

– Non, James, d'abord les pièces.

– Assistant, donnez-moi le jeu de cartes.

– Mais tu devais... Oh, et puis à quoi bon...

Charles tendit le paquet à son frère.

– Prenez une carte, monsieur Jenks, n'importe laquelle.

Un œil sur les cartes en éventail, le jardinier comprit qu'il ne toucherait pas sa paie. Il voulait partir, mais il était assis, et les deux garçons lui bloquaient le passage vers la porte. Il prit une carte.

– Mémorisez-la.

Charles, posté à côté du magicien, souriait à s'en décrocher les mâchoires. Il se désespérait de n'être que l'assistant, mais il avait préféré éviter une nouvelle dispute. Impuissant, il regarda son frère rater son empalmage.

– James...

– J'y arrive. Maintenant, monsieur Jenks, remettez-la dans le paquet. Voilà. Est-ce que c'est bien votre carte ?

Jenks hocha la tête, se croyant quitte à bon compte.

– Abracadabra ! triompha James.

– Maintenant, la pièce, lui souffla Charles.

– Plus tard. Non, monsieur Jenks, ne partez pas, ce n'est pas fini. S'il vous plaît.

James posa la main sur le genou du jardinier, qui se rassit.

Charles ne voulait pas modifier le programme :

– Si tu ne fais pas disparaître la pièce...

– Non, j'ai un autre tour. Le... Mystère Chinois !

– Quel mystère chinois ?

Jenks s'étant montré patient pendant le tour de cartes, Charles s'efforça de le considérer avec les yeux de son frère, comme un pauvre bougre qui ne leur avait jamais causé le moindre mal. Mais bientôt, tandis que James agitait ses foulards, des gouttes de sueur se mirent à perler au front du jardinier. Charles éprouvait la même appréhension que s'il s'était trouvé en présence d'un chien méchant.

– Le Myssstère Chiiinois ! Monsieur Jenks, regardez bien !

James, par de rapides moulinets des bras, dessina des arabesques avec ses foulards.

– Faut que j'y aille, articula péniblement Jenks.

– Non, restez !

– Nous serons très déçus si vous partez maintenant, dit Charles. Il ne reste plus qu'un tour.

Il parvenait mieux à faire abstraction du visage balafré : Jenks était désormais un spectateur qu'il fallait divertir. Charles avait lui aussi préparé quelques tours, avec la rose en fil de fer, des cartes et un caillou, au cas où il devrait prendre la relève de son frère.

– Pour le tour suivant, glissa-t-il à Jenks, nous avons besoin d'une pièce. Si vous voulez bien...

De mauvaise grâce, Jenks tira de sa poche le dernier sou qui lui restait avant la paie.

– Vingt-cinq cents, 1896, San Francisco.

– Regardez comme ils bougent ! s'écria James, dont les foulards décrivaient des vrilles.

– Je n'ai rien dans les manches, commença Carter, mobilisant l'attention de Jenks.

Il prit la pièce entre le pouce et l'index, la saisit dans la main gauche, qu'il referma aussitôt. Puis, désignant son poing, il l'ouvrit lentement et... miracle, pour la première fois en public, Charles Carter réussit un tour de magie : la pièce s'était volatilisée. Joli coup. Il sourit, médusé.

Soudain, ce fut comme si une locomotive le heurtait de plein fouet. Il se trouva projeté contre le mur de la cuisine avec une telle violence qu'il n'eut pas le temps de réagir. Jenks l'avait empoigné à la gorge et soulevé de terre sur trois enjambées, le tout en moins d'une seconde.

Charles s'étranglait, les yeux fixés sur un visage écumant de rage. La poigne de Jenks l'empêchait d'expliquer que la pièce n'avait pas réellement disparu. Avec un hoquet, James fut lui aussi plaqué contre le mur.

Charles agrippa le bras de Jenks, sans parvenir à desserrer l'étau. La pièce tinta sur le carrelage, mais le jardinier ne sembla pas s'en émouvoir. La haine transparaissait dans ses yeux noirs. Pour Jenks comme pour Charles, la magie était source de pouvoirs infinis.

Quand il parvint à respirer un peu, Charles laissa échapper un sanglot. James quant à lui pleurait à chaudes larmes.

– Morpions ! Gosses de riches !

Charles espérait que Jenks s'en tiendrait aux cris et qu'il les reposerait à terre. Mais il prit un garçon sous chaque bras et sortit de la cuisine.

Charles en resta tout hébété, comme si on venait de lui débrancher le cerveau. Une odeur de sueur et d'alcool rance lui sauta aux narines. Jenks descendit l'escalier menant à la cave et, malgré l'obscurité, s'enfonça toujours plus loin sous la maison, sans se soucier des coups qui pleuvaient au passage sur la tête des enfants. Les cris de James résonnaient aux oreilles de Charles. S'il les entendait aussi distinctement, c'est que lui-même se taisait. Surtout ne pas paniquer. Garder son sang-froid.

Un bruit de clés. Ils étaient au fin fond du sous-sol, devant une porte verrouillée que Charles n'avait jamais vue ouverte. Bientôt, ils pénétrèrent dans une pièce éclairée par un simple soupirail, au sol pour moitié en ciment et pour le reste en terre battue.

Charles découvrait les collections secrètes de son père. Ce débarras accueillait en effet tout ce que M. Carter jugeait plus prudent ou plus convenable d'exclure de la maison : un tromblon, un fusil à silex, un mousquet ; des gravures érotiques extraites du *Portier des Chartreux* ; des livres rares figurant à l'*Index librorum prohibitorum* ; des plaques stéréoscopiques en provenance de Paris. Il y avait aussi une lanterne magique et des négatifs rangés dans un meuble à tiroirs sur lequel on pouvait lire : « Tenir à l'abri des regards innocents. » M. Carter avait également demandé à Jenks d'entreposer là quelques articles trop dérangeants pour figurer à l'étage, comme des instruments de supplice remontant à l'époque coloniale.

Jenks déposa James, puis s'occupa de Charles, qu'il plaqua contre le mur, la tête en bas, sa chemise lui couvrant le visage. Le petit garçon avait envie d'appeler à l'aide, mais la curiosité l'emporta : en prêtant l'oreille, il obtiendrait peut-être des indices sur le sort qui lui était réservé. Quelque chose de froid se referma sur ses chevilles. Il y eut un cliquetis de chaînes, un bruit de serrure que l'on ferme, puis il glissa vers le sol, sans le toucher. Il écarta sa chemise.

À la lueur du soupirail, Charles constata que Jenks l'avait mis aux fers. Les pieds passés dans deux anneaux soudés à l'extrémité supérieure d'un poteau, il pendait dans le vide, la tête à l'envers, de sorte que le sang affluait à son cerveau. Dans la poche de son pantalon, la rose en papier montée sur fil de fer lui poinçonnait douloureusement la jambe. Il laissa retomber ses bras.

James pleurnichait. Son costume de magicien était en piteux état, il avait perdu son chapeau et ses chaussures. Jenks le souleva à hauteur du pilori. Lorsque le battant de bois retomba sur la partie inférieure du carcan, l'enfant fut pris entre les deux. Seules dépassaient la tête et les mains. Il se mit à hurler.

– N'aie pas peur ! cria Charles. N'aie pas peur !

Le jardinier cadenassa le pilori. Le visage en feu, James se tut, mais seulement parce qu'il reprenait son souffle pour crier de nouveau.

Jenks le gifla. Charles grimaça.

– Arrêtez !

James fixa son bourreau avec stupeur, comme s'il s'agissait d'une horrible méprise.

– Fermez-la, sales voyous !

James se remit à pleurer.

– Ne pleure pas ! dit Charles en ruant dans ses fers.

Le jardinier frappa de nouveau James du revers de la main.

– Tais-toi !

La moustache tracée au charbon était en partie effacée par la sueur et par un mince filet de sang.

– Jenks ! Je vous tuerai ! cria Charles. (Il se redressa pour tenter d'atteindre ses fers.) Dès qu'il sera rentré, mon père vous chassera !

Le jardinier ne se donna pas la peine de répondre. Il contemplait haletant ses deux prisonniers : James tremblait comme une feuille, mais était réduit au silence ; Charles, lui, ne semblait pas disposé à se taire. Jenks recula alors jusque dans un recoin sombre et en revint avec un objet métallique qui glaça le sang de Charles. C'était le masque d'infamie, encore plus effrayant en réalité que sur la gravure dans le bureau de son père.

Cet assemblage de cerceaux métalliques formait une lourde cage dans laquelle on enserrait la tête du condamné. Sous le trou réservé au nez se trouvait le « mors du Diable », un plateau hérissé de pointes, de longueur réglable, que l'on introduisait dans la bouche. Une seconde rangée de pointes venait s'ajuster sous le menton. Aussi longtemps que le pénitent gardait la mâchoire immobile, il n'était pas blessé, mais qu'il prononçât un seul mot et sa chair était percée en une dizaine de points. Ce masque servait autrefois à punir les mégères, les blasphémateurs ou les mauvais payeurs. À l'oppressante sensation d'enfermement s'ajoutaient des douleurs indicibles.

Jenks posa un genou à terre et tira sur le mors jusqu'à le détacher. Puis il actionna une clé et le masque s'ouvrit en deux. Charles le regardait faire avec un étrange sentiment de distance, seul remède à la terreur. Jenks positionna le masque et le referma sur la nuque du petit garçon. Le nez et les yeux se placèrent devant les orifices prévus.

En lui pinçant les narines, Jenks le contraignit à ouvrir la bouche, pour y introduire le mors rouillé. Un goût âcre de cuivre se colla à son palais. Tandis que Jenks fixait la sangle munie de pointes, Charles déglutit prudemment, sachant qu'au moindre faux mouvement, il s'enfoncerait une pique dans la joue, la mâchoire ou le menton.

Jenks se releva avec un grognement et empocha la clé. Quelques secondes plus tard, la porte du débarras fut fermée à double tour.

Le jardinier parti, Charles songea tout d'abord : « Je ne cède pas à l'affolement. » Mais la seconde réaction, jaillie de ses entrailles, fut de pure panique. La tête en bas, l'estomac révulsé, la langue chargée de rouille, il sentait les pointes appuyer sur son menton et la cage lui raidir la nuque, tandis que son crâne se remplissait de sang au risque d'éclater. Mais, curieusement, cette panique s'avéra passagère, aussi superficielle qu'une onde sur les eaux d'un lac. Car il gardait la conviction qu'ils seraient bientôt secourus.

Il aurait aimé pouvoir réconforter son frère, à présent silencieux, recroquevillé, grelottant.

Un quart d'heure plus tard – ou était-ce une heure ? –, une épouvantable pensée germa dans l'esprit de Charles. Dans combien de temps viendrait-on à leur secours ? Et comment allait-on les trouver dans cette cave ? Quand leur père allait-il enfin se décider à rentrer ?

S'il avait appris une chose dernièrement, c'est qu'il ne fallait compter que sur soi-même. Un lourd sanglot souleva sa poitrine, sa mâchoire frémit. Au contact acéré des pointes sur son menton, il eut un hoquet. Cette fois, ce fut sa langue qui en pâtit. Il était incapable de dire s'il saignait. Il se mit à suffoquer, gagné par l'épuisement. Qui se souciait de leur sort ?

Il n'avait pas su protéger son frère.

Il aurait pu dresser la longue liste de tous ceux qui avaient failli à ses yeux : sa mère, son père, la gouvernante et les domestiques qui s'étaient enfuis. Il garda pour la fin la trahison la plus récente : le Pr Ottawa Keyes. Ne jamais échouer, toujours rester maître de soi... Quelle naïveté et quelle cruauté il y avait à semer un tel espoir ! Le monde n'était pas aussi simple. Comment pouvait-on ne jamais connaître l'échec et conserver son calme en toutes circonstances ?

Soudain, il écarquilla les yeux. Le masque lui faisait si mal qu'il en avait oublié la douleur aiguë qui lui transperçait la jambe.

Il plongea la main dans la poche de son pantalon, où il avait enfoui le caillou, les cartes et la rose. Il sépara méticuleusement le papier rouge de sa tige métallique. Flexible mais résistant, le fil de fer pouvait se plier en boucle pour mieux se cacher dans une manche. Charles chercha à tâtons la serrure qui commandait la charnière du masque. Il y glissa le fil de fer. D'après Keyes, le magicien enfermé dans un cercueil devait non pas se concentrer sur la serrure, mais prendre son pouls à la carotide. C'était censé calmer les nerfs. Charles appuya donc son index gauche à la base de son cou et se mit à compter, pendant que sa main droite s'activait.

Le fil était aussi fin que la serrure était grossière. En outre, il lui fallait travailler la tête en bas. Au fond, il n'avait aucune raison de réussir, à l'exception de celle-ci : les artisans du XVIIe siècle n'avaient pas imaginé un instant qu'un pénitent pût tenter de se soustraire à son supplice.

Au dix-neuvième battement de son cœur, la serrure céda, et le masque s'ouvrit. La loi de la gravité coupa court au triomphe de Charles : le poids du carcan reposait à présent tout entier sur son visage, où le mors et la jugulaire restaient en place.

Les pointes lui labourèrent l'intérieur de la bouche et le maxillaire inférieur. Avec une grimace, il introduisit le fil de fer dans la seconde serrure, qu'il tritura jusqu'à ce qu'elle cède. Le mors du Diable et l'ensemble du masque tombèrent alors avec fracas sur le ciment.

Charles cracha par terre. De profondes éraflures lui entaillaient le visage mais les pointes n'avaient pas pénétré en profondeur la langue ni le menton. Pour autant, il n'était pas libre – il lui fallait s'attaquer à présent aux anneaux qui retenaient ses pieds. Mais il éprouvait une sensation d'euphorie comme il n'en avait jamais connu.

– Hé, James !

Sans bouger, James grommela une vague réponse.

Il ne fallut à Charles que quelques secondes pour se débarrasser de ses fers. La lumière qui descendait du soupirail avait soudain faibli. Le ciel semblait s'obscurcir de nouveau...

– Je vois des roues, dit James. Les roues d'une voiture.

– C'est sans doute Jenks qui s'enfuit avec la calèche. Il ne l'emportera pas au paradis.

Charles se massa les chevilles puis boitilla jusqu'à James pour crocheter le cadenas du pilori.

– Je vais te libérer. Puis on va rattraper Jenks.

– Vaut mieux pas.

La serrure céda, et Charles souleva le battant supérieur. James sortit la tête et les mains, puis se laissa choir sur une vieille chaise. Carter s'accroupit à ses pieds pour lui exposer son plan de vengeance. James évitait soigneusement son regard. Et, quand son frère eut fini, il lâcha :

– Je veux rentrer à la maison.

– Mais nous sommes à la maison.

La voiture était rangée dans l'allée latérale. Charles ouvrit le soupirail, hissa James en premier et se faufila à sa suite. Il firent le tour de la maison pour mieux épier Jenks.

– Papa ! s'écria James.

Leur père, en cravate, veste et manteau, se tenait au pied du phaéton, une main sur sa sacoche de cuir. Il semblait frais et dispos, aussi irréel qu'un mirage. Mais il était bien là ! Les deux garçons se jetèrent à son cou, le renversant presque dans leur élan.

– Hé, bonjour, jeunes gens ! Il paraît que vous avez vécu une drôle d'aventure.

Il mit un genou à terre pour les prendre dans ses bras, tandis que James et Charles lui expliquaient tout en vrac. M. Carter adopta un air soucieux en écoutant les épisodes les plus dramatiques, mais Charles vit à son sourire en coin qu'il ne saisissait pas un traître mot de ce qu'ils lui racontaient.

– Jenks a essayé de nous tuer, résuma-t-il. Où étais-tu passé ?

M. Carter lui fit les gros yeux.

– J'inspectais notre nouveau vignoble.

Le rachat du domaine s'était avéré plus épineux que prévu – ils comprendraient lorsqu'ils seraient grands – et il n'avait vu aucun inconvénient à les laisser quelques jours sous la garde des domestiques.

– Mais Cook et Patsy...

– Vous savez que ce sont de véritables héroïnes ? l'interrompit M. Carter. Le chapiteau de leur congrégation s'est effondré sous le poids de la neige et elles se sont portées au secours des blessés. On leur a même consacré un article dans le journal.

– Pourquoi ne sont-elles pas revenues s'occuper de nous ? demanda Charles.

M. Carter eut une moue désapprobatrice.

– Voyons, il fallait parer au plus urgent. Tous ces malheureux... Et puis vous aviez M. Jenks.

– Il faut le renvoyer. Il nous a...

– Il m'a déjà raconté et je lui ai dit ce que j'en pensais.

– Renvoie-le !

Charles porta la main à son visage tuméfié.

– Il n'aurait pas dû vous conduire dans ma petite réserve...

M. Carter humecta son pouce pour frotter la joue de Charles.

– Ce n'est pas un endroit pour les enfants et vous auriez pu abîmer des objets de valeur.

– Il m'a mis le masque, suffoqua Charles, et...

– Il t'a infligé une légère correction, n'est-ce pas ?

Les coins de la bouche de M. Carter se soulevèrent.

– Il a giflé James et l'a mis au pilori !

– Vous vous êtes moqués de lui et vous avez eu tort, tu le sais bien.

– On ne s'est pas moqués de lui ! (Et, poussant James du coude :) Dis-lui, toi !

Mais James se contenta de serrer la main de son père. Charles suivit son regard. Dans l'allée, Jenks approchait.

– Vous n'allez pas vous en tirer comme ça, siffla Charles.

Le jardinier ne parut pas l'entendre.

– Monsieur Jenks, je vous prie d'excuser la conduite de ces deux garnements, dit M. Carter en sortant une enveloppe de sa poche. Les enfants, avant de monter vous laver, je crois que vous avez quelque chose à dire...

Charles sentit les larmes lui brûler les yeux. Son père refusait de l'entendre.

– Excusez-moi, monsieur Jenks, murmura James.

Le jardinier ne réagit pas. Il fixait l'enveloppe de M. Carter.

– C'est bien. Maintenant, va te laver. Et fais attention à ma chemise de nuit.

James monta cahin-caha les marches du perron et disparut à l'intérieur de la maison. Charles cracha par terre.

– Pas question de m'excuser.

Son père l'attrapa par le col.

– Jeune homme, tu mènes une vie de privilégié et je te prie de faire preuve de respect et d'humilité.

Charles n'était pas seulement fils de banquier. Il voulait devenir magicien, maître des apparences et du trompe-l'œil. Aussi se força-t-il à déclarer, les lèvres tremblantes :

– Monsieur Jenks, je vous présente mes excuses.

Il attendit une réaction, mais il n'y en eut aucune. Le jardinier n'avait d'yeux que pour M. Carter, qui comptait une petite liasse de billets dans la main de son employé.

– Tenez, avec un supplément pour avoir gardé les enfants.

M. Carter ajouta un dernier billet sur la pile. Puis, s'apercevant que Charles était encore là, il agita la main.

– Va te laver.

Jenks empocha les dollars. Charles aurait aimé les faire disparaître. Mais il regagna la maison et monta l'escalier en s'accrochant à la rampe. Il se sentait à bout de forces.

Des nuées de vapeur s'élevaient dans la salle de bains, couvrant les vitres de buée. James était assis sur le bord de la baignoire qui se remplissait ; son costume de magicien traînait sur le carrelage. Charles se déshabilla à son tour. Il s'aperçut que son frère tenait entre ses doigts le caillou rond.

– Prends-le, dit-il. C'est toi qui seras magicien.

Charles le recouvrit de ses doigts et le fit disparaître. Comme James ne réagissait pas, il le fit réapparaître derrière son oreille.

– Regarde, papa avait raison, tu es sale comme un peigne.

James se contenta de renifler.

– Tu sais, j'aurais besoin d'un assistant.

Les yeux de James s'emplirent de larmes. Il détourna la tête.

– Ça ne fait rien, dit Charles. Je me débrouillerai seul.

James se glissa dans la baignoire, s'étendit de tout son long sous l'eau puis refit surface.

Avant de le rejoindre, Charles resta un moment debout, les doigts autour du caillou. Le prodige s'était accompli : lorsqu'elles ne tenaient rien, ses mains lui semblaient horriblement nues, démunies. Une carte à jouer, une pièce de monnaie ou un bout de corde – et elles paraissaient soudain douées de vie et d'intelligence.

CHAPITRE 6

Après deux ans de thérapie, Mme Carter regagna San Francisco, intarissable sur les miracles de la psychanalyse. Pendant plusieurs mois, elle encouragea ses fils à s'allonger sur le divan du salon, les yeux fermés, pour lui raconter comment ils avaient vécu son absence et ce qu'ils éprouvaient à son retour. Lassés de l'entendre s'extasier sur cette « avancée capitale de l'esprit humain », James et Charles finirent par demander la permission de se coucher plus tôt.

Elle exhorta son mari à transcrire ses rêves. Sa déception fut grande – au point qu'elle envisagea secrètement le divorce – lorsqu'elle constata que seules les courbes du marché boursier peuplaient les nuits de son époux.

Les Carter n'en formaient pas moins un couple soudé, et M. Carter prêta une oreille bienveillante à la suggestion de sa femme : puisque leur fils aîné semblait saisi d'une véritable passion pour la magie, ils devaient lui lâcher la bride et le laisser trouver sa voie.

Charles passa du statut de magicien amateur à celui de professionnel à l'âge de quinze ans, alors qu'il était toujours élève au collège Thacher, une institution privée située à Ojai, en Californie. L'établissement offrait un habile dosage de vie au grand air et de rigueur universitaire : outre le cursus traditionnel pour préparer Yale – destination obligée –, les élèves se voyaient confier l'entretien d'un cheval car, selon le fondateur, Sherman Thacher, ce compagnon équin avait un effet bénéfique sur le développement moral et intellectuel des jeunes pensionnaires.

Par la suite, Carter prétendit qu'il était entré à Thacher, pépinière d'hommes politiques et de capitaines d'industrie, dans l'espoir de décrocher une « licence ès magie ». Il n'existait bien sûr rien de tel.

Aussi Carter passa-t-il la première année à répéter ses tours de cartes dans sa chambre, durant l'heure qui séparait le souper de l'étude.

Élève indolent, il s'enthousiasma néanmoins pour Shakespeare, se révéla meilleur qu'on l'eût cru en sciences physiques, nul en économie, médiocre en rhétorique et excellent (comme tous les garçons de Pacific Heights) en cours de maintien et d'hygiène. Le fait que Thacher fût la porte ouverte sur Yale lui importait peu, car l'université formait essentiellement aux métiers de la banque et Carter, à la différence de ses camarades, ne se sentait pas de vocation pour la finance. Il ne se fit aucun véritable ami, mais son cheval – un hongre qu'il gavait de pommes et de réglisse – l'appréciait beaucoup.

Au lieu de réviser ses leçons avec ses condisciples, Carter explorait les arcanes de la physiologie et du développement personnel. Il dérobait des livres d'anatomie à la bibliothèque pour étudier la morphologie de sa main, cette mosaïque d'osselets recouverte de muscles et de ligaments. Certains croquis le fascinaient, notamment celui qui détaillait les muscles du pouce : les abducteurs, les adducteurs, les fléchisseurs ou l'opposant, qui différenciait l'homme de l'animal mais aussi, quand il était développé, le magicien de l'individu ordinaire.

Le succès, lisait-il sous la plume d'Ottawa Keyes comme chez de nombreux auteurs, reposait sur l'exercice de la volonté sur le corps physique. Sa force de volonté serait mise à l'épreuve bien assez tôt ; dans l'immédiat, Carter s'informait sur les outils à sa disposition : la peau, les muscles, les tendons, les ligaments, les os.

Les os de la main avaient été baptisés à une époque où l'on savait respecter le mystère : il y avait ainsi le semi-lunaire, le pisiforme, le scaphoïde ou le trapézoïde, autant de noms que l'on devinait inventés à la lumière d'une chandelle et gravés sur parchemin par des scribes vêtus de bure. Quant aux doigts, ils semblaient rayonner d'efficacité et d'invention.

– Leur extrémité est constituée de *flexor sublimi* et de *flexor profundi*, s'émerveillait Charles.

Il s'attendait presque à en voir jaillir des étincelles.

Un soir, au printemps de sa deuxième année à Thacher, se tint une conférence que personne ne voulait manquer. L'orateur était Borax Smith, dont la fortune, disait-on, défiait l'imagination, même pour des enfants nés avec une cuiller d'argent dans la bouche.

Smith monta en chaire dans la chapelle du collège. Il avait l'air d'un grand-père ventripotent et débonnaire. Abandonné à la naissance près du canal Érié, aux alentours de 1840 (il ne sut jamais son âge exact ni ce qu'étaient devenus ses parents), Francis M. Smith tourna au truand de petite volée. Après une série d'exploits peu recommandables – il avouait avoir volé du linge dans les églises, falsifié des chèques, détroussé des poivrots ou servi de l'alcool frelaté dans un bouge –, il échoua dans le Nevada, avec une pauvre mule et un lopin de vingt-cinq hectares sans valeur, le marais de Teel. Il y chercha en vain de l'or. Pendant des semaines, il creusa sous un soleil de plomb, jusqu'au jour où, apercevant à l'horizon un gros nuage, il pria le ciel de l'envoyer dans sa direction. Au milieu d'une averse qui ne dura guère plus d'une poignée de secondes, il entendit la voix de Dieu, qui lui commandait : « Fais le bien. »

À ce moment de la conférence, il y eut quelques ricanements étouffés dans l'assistance, car cette voix tombée des cieux faisait figure de poncif. Mais la suite de l'histoire laissa les garçons bouche bée. En effet, la pluie avait balayé le sable aux pieds de Borax, laissant affleurer un filon d'une étrange matière blanchâtre, un agent abrasif capable de nettoyer le verre comme le métal. Smith leur raconta que, sur le coup, il avait été déçu – il aurait préféré de l'or ou de l'argent – mais qu'il avait tout de même remercié le Seigneur.

Le marais de Teel contenait en fait quatre-vingt-dix-huit pour cent des réserves mondiales de borax. Smith lança une compagnie d'exploitation et devint milliardaire en l'espace d'un an. Dix ans plus tard, il était riche au-delà de tout calcul, ayant offert aux femmes américaines un lustre domestique dont leurs mères n'avaient osé rêver.

Arrivé en retard à la conférence, Carter ne fut pas particulièrement séduit par l'intervenant : l'« homme le plus riche des États-Unis » évoquait confusément en lui le souvenir de l'« homme le plus grand du monde », et le seul autre chercheur d'or qu'il connût était Jenks. Il fit donc semblant d'écouter, tout en méditant les croquis qui, dans *La Magie moderne*, du Pr Hoffman, illustraient les différentes techniques pour couper les cartes.

Borax déclara qu'il essayait chaque jour de suivre l'injonction divine, et que c'était la raison qui l'avait poussé à s'installer à Oakland. Sur son immense domaine, il avait fait construire une maison d'accueil pour les femmes dans la misère. Cette expérience du confort devait les inciter à rebondir, à ne plus abandonner leurs enfants et à mener une vie honnête. Après une pause, Borax expliqua qu'un homme pouvait faire mille investissements lucratifs, mais que seuls comptaient vraiment, sur terre comme au ciel, nos bonnes actions : la réinsertion des femmes perdues était celle qu'il avait choisie.

Il se proposa de répondre aux éventuelles questions. Aussitôt, une dizaine d'élèves lui demandèrent, sous diverses formes, quelle était l'étendue exacte de sa fortune. Il avoua ne pas le savoir, oui, il était absolument sûr de ne pas le savoir, même comparé à Morgan, par exemple, pas plus qu'à Hearst ou Rockefeller... Peu à peu, ses réponses se firent plus brèves, puis il remercia l'assistance et quitta la chaire sous les applaudissements.

Les pensionnaires prirent pour la plupart la direction du dortoir, où ils devaient se perdre en d'infinies conjectures sur la somme faramineuse qu'avait bien pu amasser Borax Smith au cours de sa vie. Carter resta sur le parvis de la chapelle, sous le poivrier. Après un moment d'hésitation, il sortit un jeu de cartes et le fixa comme on tance un enfant mal élevé. Il croyait avoir trouvé une variante à une méthode de distribution mal explorée par le Pr Hoffman, mais il ne savait pas si le truc était visible et, tout en caressant les cartes une à une avec son annulaire, il se maudissait de ne pas avoir apporté son miroir de poche.

Soudain, il eut conscience d'être observé. Borax Smith posait sur lui ses yeux marron clair.

– Je te regarde depuis deux ou trois minutes, dit le milliardaire en haussant ses sourcils broussailleux. Tu m'as l'air drôlement à ton affaire.

Carter posa les cartes. En tête à tête, il avait du mal à considérer Borax comme un prospecteur parmi tant d'autres. Il se sentait intimidé.

– Je... je ne m'entraînais pas pour le jeu, monsieur.

– Bah, j'ai commis des crimes bien pires dans ma vie.

Borax tira de sa poche une pièce de vingt-cinq cents.

– Montre-moi ce que tu sais faire.

Carter regarda la pièce sans comprendre. Borax se méprit sur son manque de réaction et, avec un long soupir – « Ah, ces gamins de Thacher » –, il sortit une pièce de dix cents.

– Tiens, voilà trente-cinq cents. Pour ce prix, j'ai bien droit à une petite démonstration.

– Oh !

Carter faillit lui rendre son argent, car il n'avait pas à proprement parler de numéro au point. Mais en cette fin de mois, il avait déjà dépensé son argent de poche et ces trente-cinq cents tombaient à pic. Il emprunta le mouchoir de Borax, qu'il fit aussitôt disparaître, pour le retrouver noué autour d'un paquet de cartes, au fond de sa poche. Il avait beaucoup progressé dans la manipulation des pièces, grâce au livre de T. Nelson Downs. Il réussit à doubler, tripler et quadrupler les trente-cinq cents que Borax lui avait donnés. De plus en plus intrépide, il fit même tomber les pièces en cascade de sous le canotier du milliardaire.

Enfin, il salua son public et Borax applaudit d'un air convaincu. Il demanda au jeune magicien s'il avait jamais envisagé de se donner en spectacle. Carter sentit qu'il valait mieux répondre par l'affirmative.

– Tu rencontreras des gens passionnants, continua Borax. Tu seras sur la même affiche que les Barrymore ou la divine Sarah Bernhardt. Bien des magiciens de music-hall n'ont pas ton talent.

Carter avait été bien élevé.

– Merci, monsieur.

Il accepta d'une main timide la carte de visite que lui tendait Borax et promit de le tenir informé de l'évolution de sa carrière.

Il n'avait jusqu'alors eu aucune intention de monter sur scène, mais une graine venait d'être semée, qui germa au cours de la nuit : il pouvait être payé tous les soirs à pratiquer sa passion, la magie. Cela valait bien mieux que de pointer des chiffres dans un livre de comptes. Et s'il réussissait à gagner sa vie sur les planches, il n'aurait plus besoin de se morfondre sur les bancs de l'université.

La confrontation avec un public l'effrayait quelque peu, lui qui préférait la solitude, au point de rester au collège certains samedis après-midi, alors que ses camarades se rendaient à cheval en ville. D'un autre côté, il ressentait souvent le désir de côtoyer des artistes qui partageraient sa passion. Monter sur scène serait une occasion de multiplier les rencontres. Cette idée exerçait sur lui un formidable attrait, comme une fenêtre ouverte.

Dans une lettre à ses parents, il mit en valeur auprès de sa mère les vertus de l'aventure et souligna pour son père les potentialités financières de son projet. Enfin, il leur demanda s'ils savaient comment on entrait dans une troupe de music-hall.

L'idée que Charles pût passer l'été à faire une tournée en tant que magicien amusa les Carter. Il aurait pu tout aussi bien s'engager comme mousse, sauf que c'était moins risqué et plus temporaire. M. Carter était justement en mesure de l'aider, un responsable de la tournée Keith-Orpheum, le plus prestigieux des spectacles de music-hall, l'ayant récemment sollicité pour un emprunt en vue de construire à San Francisco un théâtre réservé aux artistes européens.

Charles Carter obtint donc assez vite une audition, où pendant dix minutes il présenta un numéro à base de pièces et de foulards, le tout assaisonné d'un boniment qu'il avait emprunté à ses livres de magie. Hélas, il ne parvint pas à impressionner favorablement le comité de sélection du Keith-Orpheum. On lui remit toutefois une lettre de recommandation pour des tournées moins réputées, toujours en quête de nouveaux artistes. Trois auditions plus tard, tombé au troisième dessous, il décrocha son premier contrat.

Durant les vacances d'été 1906, Carter écuma les théâtres du Sud profond avec la tournée du Lyceum, qui le rajeunissait de cinq ans sur les affiches pour le présenter comme un « prodige de la nature ». Pendant ces quelques semaines, il fut dévoré par les punaises, on le délesta régulièrement de ses maigres gains et il rentra à San Francisco empestant le cigarillo. Jamais il ne s'était autant amusé.

Son portrait dans l'annuaire de Thacher le montrait en veste de tweed frappée d'un écusson. Sous son nom, comme sous tous ceux des élèves de dernière année, on pouvait lire : « Destination Yale ». Toutefois, un examen plus minutieux laissait entrevoir sa véritable vocation : alors que plusieurs de ses camarades posaient la pipe à la bouche ou consultant un horaire des chemins de fer, Carter tenait dans chaque main un jeu de cartes ouvert en éventail.

Contrairement à ce que prétendait la réclame du music-hall, il n'avait rien d'un prodige. Son visage aux traits communs, encore peu aiguisés, n'annonçait aucun génie précoce. La photographie aux tons sépia atténuait l'impact de ses yeux clairs, bleus comme de la glace. Ses camarades avaient du mal à le décrire, et il passait quasiment inaperçu dans une photographie de groupe.

Cet anonymat lui convenait très bien.

« Comme mon visage est banal, le public n'attend pas grand-chose de moi lorsque j'entre en scène, écrivit-il à son frère James. La beauté physique me ferait perdre une partie de mes moyens, car les spectateurs me demanderaient monts et merveilles. »

L'été suivant, Charles Carter, alors âgé de dix-huit ans, grimpa un échelon en intégrant le Redpath Chautauqua, une tournée de neuf semaines fondée par des revivalistes. Bien que le Redpath eût perdu tout caractère religieux, cette réputation lui était restée et il drainait un public sage, qui respirait l'ordre moral. Carter touchait vingt dollars par semaine, ce qui était la norme. Il acquit bientôt assez d'habileté avec ses cartes, ses pièces et ses foulards pour qu'un rabatteur du Keith-Orpheum lui propose enfin de l'engager – à vingt-cinq dollars la semaine.

Sa dextérité ainsi reconnue, Carter entreprit de travailler sa volonté. Lors d'un dîner de retrouvailles avec ses parents, il leur annonça la nouvelle en la présentant comme une chance exceptionnelle, doublée d'une aubaine sur le plan financier. Il comptait retarder d'un an son entrée à Yale, afin de se forger le « caractère ». Il avait lu que le milliardaire Pierpont Morgan plaçait cette qualité au premier rang de toutes. Son père protesta, mais sans grande vigueur, car lui aussi avait lu la pensée de Morgan.

– D'accord, mais un an seulement.

– Bien sûr, acquiesça Charles avec son sourire le plus convaincant.

Un an plus tard, nouveau dîner, même conversation. Seule différence, la grimace de M. Carter lorsque son fils annonça qu'il repoussait encore d'un an son entrée à Yale.

En 1908 et 1909, lors de ces mêmes repas de famille, Carter se montra de plus en plus explicite sur ses intentions : certains magiciens, disait-il, gagnaient jusqu'à cinq mille dollars hebdomadaires. Aucun n'était allé à l'université. Il lui suffisait d'en gagner le dixième, soit cinq cents dollars par semaine, pour mener une vie confortable.

Mais en septembre 1910, alors qu'il s'apprêtait à quitter San Francisco pour sa cinquième tournée, sa belle rhétorique commença à s'enrayer. Son père le convia dans son bureau et lui servit un verre de vin, un sémillon provenant de leur propriété de Napa.

– Alors, Charles, est-ce que tu te rapproches de ces fameux cinq cents dollars ?

– Je progresse.

En vérité, il gagnait trente-cinq dollars par semaine, à peine quatre de plus que l'année précédente. La conversation retomba, comme souvent, puis son père tira de sa poche la lettre d'un ancien professeur de Charles à Thacher. Pendant de longues minutes, il lut à voix haute cette missive bavarde qui énumérait tous les élèves de la classe 1906 devenus premier commis ou expert-comptable adjoint. La litanie se mua bientôt en sermon, puis en dispute, avant de laisser place à un silence abrupt. Charles Carter serait mort plutôt que de l'admettre, mais il n'était pas loin de donner raison à son père : la magie pouvait offrir une carrière à des hommes de talent, mais ce rêve était sans doute hors de sa portée.

Après un dîner morose, Carter alla se promener en ville. Il aurait vingt-trois ans en novembre. Il avait grimpé les échelons jusqu'à se faire une place dans la tournée du Keith-Orpheum, position presque respectable dans le monde du show-business. Mais il stagnait. Depuis quatre ans, il n'était qu'un manipulateur de cartes et de pièces. Son rang sur l'affiche était médiocre – il apparaissait en milieu de programme, entre *Laszlo et ses Hussards Yankees,* une formation musicale qui imitait les chefs d'orchestre les plus célèbres, et *Fun in Hi Skule*, un numéro de comédie aux blagues éculées.

Malgré toute son envie, il ne savait plus comment progresser. Il avait bien quelques idées d'illusions spectaculaires, malheureusement sans aucune chance de les mettre en pratique, car son contrat stipulait qu'il s'en tiendrait à des tours minimalistes de close-up. Quand il discutait avec d'autres magiciens ou avec ses parents, il était obligé d'avouer qu'il continuait à présenter son spectacle en solo, sur l'avant-scène, devant le rideau baissé.

Le changement ne viendrait qu'avec Mystérioso.

Carter errait au hasard depuis deux heures environ lorsqu'il fut attiré par le tumulte d'une fête foraine. Il observa un moment un moustachu qui escroquait les pigeons au bonneteau. Une dizaine de stands proposaient aux badauds de mesurer leur adresse au tir ou au lancer, avec pour prime des animaux en peluche, tandis qu'un orgue à vapeur jouait *Turkey in the Straw* ou *Waltz Me Around Again, Willie*. Il fit la queue pour voir la diseuse de bonne aventure, Madame Zinka, qui le complimenta sur sa ligne de cœur et fit la moue devant ses rascettes. Elle lui apprit qu'il travaillait de ses mains, qu'il allait bientôt entreprendre un long voyage et qu'il était idiot de ne pas suivre les traces de son père.

Il sortit un billet d'un dollar. Mais lorsque la chiromancienne voulut s'en saisir, il le fit disparaître. Elle poussa un soupir :

– Tous les gosses de riches connaissent un tour de magie. Au suivant !

– Non, attendez. En touchant ma paume, vous avez déduit que je travaillais de mes mains. À mon costume, vous avez compris que je ne suis pas vraiment dans le besoin. À propos du long voyage, vous avez vu juste, mais où est l'astuce ?

Il lui tendit son dollar, et lui en offrit un de plus. Comme Madame Zinka restait de marbre, il ajouta :

– Je suis magicien, je pars en tournée avec le Keith-Orpheum. Ce n'est pas comme si j'allais visiter l'Europe aux frais de la princesse...

– Tout le monde rêve de faire un grand voyage, mon garçon. C'est aussi simple que ça. Suivant !

– C'est tout ?

– J'ai été assez claire, non ?

Carter sortit de la tente, les mains dans les poches, tandis qu'un autre client prenait place à la table de Madame Zinka. Il n'avait pas fait dix pas qu'elle le rappela :

– Hé !

Il se retourna. Elle avait écarté un pan de sa tente.

– Vous allez vous marier cette année. Elle s'appelle Sarah.

– Pardon ?

Mais la tente s'était déjà refermée et Carter comprit qu'il n'en saurait pas plus. Il reprit son errance à travers les rues de San Francisco.

Au cours de ces cinq dernières années, une dizaine de gitanes lui avaient prédit l'avenir en se penchant sur les lignes de sa main, les cartes du tarot ou une boule de cristal. Il avait ainsi appris qu'il allait s'embarquer pour un long périple, gagner des fortunes colossales, qu'il devait éviter les mers agitées ou encore qu'il cherchait à entrer en contact avec le monde des esprits – chose qui pouvait s'arranger, moyennant une somme modique. L'astuce consistait à le regarder droit dans les yeux et à guetter ses plus infimes réactions.

Pourtant, il y avait un point qu'il ne parvenait pas à s'expliquer. Plusieurs prophéties, au milieu d'un fatras de généralités ou d'erreurs manifestes, lui avaient annoncé qu'à l'âge de vingt-trois ans il épouserait une certaine Sarah.

De retour chez ses parents, il ne put trouver le sommeil. Il avait toujours du mal à s'endormir la veille d'un départ en tournée, mais cette nuit-là se révéla pire que d'habitude. Comme James, inscrit à Yale, ne vivait plus à la maison, il ne pouvait faire part à personne des questions qui l'assaillaient. Pourquoi se sentait-il si différent des autres, sans pour autant sortir du lot commun ? Pourquoi certains individus devenaient-ils célèbres, quand d'autres passaient leur vie dans un anonymat complet ? Mais surtout, était-il réellement à la veille de se marier ? Il écrivit dans son journal : « Trois possibilités : les lois du hasard ; une cabale des diseuses de bonne aventure ; ou bien le monde physique recèle des secrets que je suis incapable de percer. »

Il ouvrit la main droite, contempla la ligne de tête, la ligne de cœur, le mont de Vénus et les quatre doigts que les gitanes appelaient Mercure, Apollon, Saturne et Jupiter. Sous la peau, il imagina l'anatomie brute, aussi poétique à ses yeux : le muscle palmaire capable de saisir les dollars en argent, l'adducteur oblique qui permettait la flexion du pouce...

Vers quatre heures du matin, il transféra tous ses accessoires dans une malle neuve. La vieille inscription au pochoir – Cartes et Pièces – lui apparaissait comme un aveu d'échec, mais il ne se sentait pas encore prêt à s'arroger un titre comme « l'Incroyable » ou « le Magnifique ». Il découpa un nouveau nom – simple, direct – qu'il peignit au pochoir sur le flanc de sa malle : CHARLES CARTER, MAGICIEN.

CHAPITRE 7

Le lendemain, les Carter accompagnèrent leur fils à la gare. Le père se garda de poser des questions et la mère s'abstint de toute parole d'encouragement. Lorsqu'ils lui remirent leurs cadeaux d'adieu – elle, *Les Pensées capitales*, dernier opuscule attribué à J. P. Morgan, et lui *l'Interprétation des rêves*, de Sigmund Freud –, il comprit qu'ils avaient dû parvenir à un compromis à son sujet.

– Alors, mon chéri, combien gagnes-tu par semaine maintenant ? lui demanda doucement Mme Carter.

– Trente-cinq dollars. (Charles arrêta le porteur qui poussait sa malle sur un chariot.) Je vais la prendre.

Mieux valait ne pas débuter une tournée en affichant aux yeux de tous qu'on avait les moyens de s'offrir les services d'un porteur. Charles regretta presque de ne pas avoir vieilli sa malle.

– Comment peux-tu vivre avec une somme pareille ? dit son père.

– Je me débrouille. En faisant attention.

Sa mère lui envoyait en secret quinze dollars de plus par mois, ce qui lui permettait d'équilibrer son budget.

– Écoute, mon fils, nous avons eu des mots, je sais, mais je me rends compte que tu dois suivre ton cœur.

Il parlait comme un acteur qui découvre son texte.

– Nous espérons que tu feras des progrès, ajouta Mme Carter.

– Bien sûr, acquiesça Charles, qui supportait cette menace voilée depuis plusieurs années maintenant.

Il accéléra le pas.

– En d'autres termes, reprit sa mère, je crois que cette tournée devrait être la dernière.

Ces mots, venant d'elle, le firent piler net. Plus loin, d'autres artistes se pressaient, les femmes avec des boas autour du cou, les hommes tirant de lourdes valises. Carter regarda ses parents, qui semblaient unis pour faire front.

– Nous t'aimons, ajouta sa mère en actionnant machinalement le fermoir de son sac à main.

Carter eut un hochement de tête. La tension qui venait de s'instaurer rendait plus délicate encore la transition, toujours difficile, entre sa famille et l'univers du music-hall.

– Oui, dit-il. Je comprends. Venez, allons sur le quai.

Mais quand il aperçut le train, son courage l'abandonna. La couche de crasse, que l'on ne s'était pas donné la peine de nettoyer depuis la saison précédente, laissait escompter une odeur de vieille paille et de crottin que toute la citronnelle du monde ne suffirait pas à effacer avant trois semaines. Ses parents contemplèrent les wagons avec le sourire forcé qu'ils avaient arboré toute la matinée.

Un contrôleur à la casquette cabossée agita son mégot de cigare sous le nez de Carter :

– Nom ?

– Carter. Magicien.

Le contrôleur se redressa.

– Le magicien ? Tout de suite, monsieur.

Il claqua des doigts et un adjoint vint prendre sa malle.

– C'est tout ce que vous avez comme bagages ? Nous nous en occupons, monsieur.

Carter fit un pas vers le train mais une main se posa sur son épaule. Un groom en livrée lui dit en riant :

– Oh non, monsieur. Par ici, veuillez me suivre.

– Ils font bien les choses, nota Mme Carter.

– Tu t'attendais à un tel accueil, Charles ?

Il eut un geste vague pour masquer sa surprise.

– J'ai un nouveau contrat ; les magiciens sont traités avec plus d'égards ces derniers temps.

Prenant les devants, le groom les conduisit jusqu'à un train composé de quatre wagons rutilants. La locomotive, qui exhalait un panache de fumée, était peinte en pourpre.

– Votre train, monsieur.

– Mon... train ?

– Le train du magicien, monsieur. Comme le stipule votre contrat.

Les boutons de sa livrée scintillaient sous le soleil.

– Mère, père... Vous voulez monter ?

Le premier wagon était plongé dans la pénombre, le seul éclairage provenant des portes ouvertes, à l'avant et à l'arrière. Carter invita ses parents à avancer prudemment dans l'étroite allée centrale. De chaque côté s'entassaient les panneaux de décor, les accessoires, les malles et d'innombrables caisses en bois. Sur l'une d'elles, Carter lut cette inscription au pochoir : « Propriété de MYSTÉRIOSO !!! » C'était la première fois qu'il voyait ce nom. À l'extrémité du wagon, Carter remarqua une cage recouverte d'une grande toile, sous laquelle s'agitait on ne savait quel animal.

– Ma couchette est sans doute dans la voiture suivante.

Mais celle-ci était occupée par une dizaine d'inconnus, tous en costume sombre, qui le dévisagèrent d'un air soupçonneux.

– Bonjour, dit Carter.

Les hommes ne répondirent pas à son salut. Peut-être allait-il voyager avec les acrobates russo-chinois... Il leur adressa un signe de tête gêné tout en traversant leurs quartiers – mais aucune des couchettes ne portait son nom.

– Bizarre...

– Peut-être dans le prochain wagon, dit son père.

Une plaque dorée était apposée sur la porte de la troisième voiture : DOMUS MAGII, la Maison du Magicien. Flatté par cette charmante attention de la direction, Carter poussa la porte, s'attendant à trouver une nouvelle rangée de couchettes. Mais ce qu'il découvrit le laissa pantois : la majeure partie du wagon avait été transformée en une vaste pièce, aux parois tapissées de velours et au plafond tendu de soie. Jamais il n'avait vu de compartiment plus luxueux : fauteuils, divan et bureau Louis XV ; immense lit à baldaquin à la tête duquel étaient sculptés des angelots ; un coin salon qui, avec son fouillis de coussins et ses chandeliers cuivrés, semblait tout droit sorti d'un sérail ottoman.

– Dieu du ciel ! s'exclama son père.

– Tu seras très à l'aise ici, dit sa mère.

Carter ne savait que penser. À coup sûr, il ne méritait pas tant de splendeur. Soudain, la porte arrière s'ouvrit et un homme de haute taille apparut, vêtu d'une veste de damas chatoyante.

– À qui ai-je l'honneur ?

– Je suis Carter. Le magicien.

L'homme haussa les sourcils, du haut de son mètre quatre-vingt-dix.

– Le... magicien ?

– Oui. Charles Carter. Et voici mes parents.

Il tendit la main. L'inconnu s'avança. Il avait des cheveux noirs de jais et une moustache lustrée. Lorsqu'ils furent face à face, Carter se rendit compte de son erreur, mais, incapable de parler, il attendit en silence une poignée de main qui ne vint jamais.

L'homme se contenta de fixer sur lui des yeux d'un noir profond. Carter sentit une vague de mépris se dresser devant lui puis se retirer brusquement, l'inconnu le jugeant probablement indigne de sa fureur. L'inconnu se tourna vers ses parents.

– Vous devez être si... fiers de votre prestidigitateur.

– Oh, oui, dit Mme Carter.

Ayant repris ses esprits, Carter intervint :

– Vous êtes Mystérioso ?

– C'est une question qu'on a rarement besoin de me poser.

– Vous êtes aussi magicien ?

Carter et son nouvel ennemi restèrent un moment suspendus à ce petit mot, *aussi*, dont l'écho semblait se répéter à l'infini dans le wagon.

– Monsieur et madame Carter, soyez de bons Samaritains : aidez votre fils à trouver sa place dans... l'autre train.

Il les reconduisit poliment à la portière.

Les mâchoires serrées, Carter remonta le quai, appelant de ses vœux une quelconque diversion, un tremblement de terre par exemple, pourvu qu'on lui épargnât tout commentaire.

– Le train des « autres artistes » est par là ? s'enquit sa mère auprès d'un porteur.

Celui-ci acquiesça.

– Tout au bout ?

– Mère...

– Là-bas, où on charge la volaille ?

– Maman ! s'énerva Carter en vissant son chapeau sur ses yeux.

– On engage souvent deux magiciens sur une même tournée ? demanda son père.

Carter secoua la tête.

– Je fais un numéro de close-up. Ce doit être un illusionniste.

– Alors vous serez amis, dit sa mère.

M. Carter suçota l'intérieur de sa joue, en homme qui a appris à ne jamais contredire sa femme.

– J'y vais, dit Charles. Je reviendrai bientôt...

– Dans six mois et une semaine, répondit sa mère. Nous avons déjà nos tickets pour l'Orpheum ce soir-là.

– Cette fois, mon spectacle sera au point...

– Nous sommes impatients de voir quels prodiges tu auras inventés, dit son père avec une affection sincère. Je suis sûr que tu te débrouilleras très bien avec tes cartes et tes trucs...

Charles serra sa mère dans ses bras.

– Carter ! appela Mystérioso, penché à la fenêtre de son wagon. On a chargé votre malle sur mon train. Ne vous inquiétez pas. Je vous la ferai envoyer.

Le train des artistes s'ébranla bientôt, mais s'arrêta un moment pour laisser la priorité à la locomotive de l'illusionniste. À travers la vitre sale, qu'il avait descendue au maximum pour chasser l'odeur de paille moisie, Carter vit passer les trois premières voitures de Mystérioso – toutes d'un violet si éclatant qu'il semblait peint sur de l'émail. Puis vint le dernier wagon, dont les étranges décorations suscitèrent de vives discussions parmi les artistes. Lorsque la tournée arriva à Sacramento, sa première étape, Carter avait entendu l'histoire en long, en large et en travers.

Cette quatrième voiture abritait le chien de Mystérioso, un animal de race chinoise d'une grande rareté, à peine plus gros qu'une main, aux yeux globuleux et à la tête hérissée d'une crête de poils blancs, comme une touffe de coton. Il jappait sans arrêt, tremblant sur ses pattes, et mordait tout ce qui lui tombait sous la dent. Il s'appelait Narcisse.

Sa voiture comprenait un matelas de plumes, une écuelle en or dans laquelle on lui servait du steak et un enclos de deux mètres sur trois, planté d'une pelouse tout spécialement importée de Chine afin que Narcisse pût y enterrer ses os. Sur le flanc du wagon, on avait peint son portrait, surmonté de cette phrase, en latin : « Plus je connais les hommes, plus j'aime mon chien. »

La première représentation eut lieu à Sacramento. Une heure avant son numéro, Carter demanda pour la énième fois au régisseur si Mystérioso avait rapporté sa malle. Il reçut en réponse un billet expliquant que le magicien ne l'avait malheureusement pas retrouvée et qu'elle avait sans doute été égarée parmi ses cinq tonnes de matériel.

Bon gré mal gré, Carter improvisa un spectacle avec des pièces de monnaie empruntées au public. Il broya la montre d'un spectateur et la fit réapparaître intacte. Plus tard, quand il se présenta à la pension où il était logé, on lui dit que sa malle l'attendait dans sa chambre. Le moindre accessoire avait été examiné de près et remis en place.

Il se démaquilla, bouillant de rage et de curiosité. Puis il retourna au théâtre pour découvrir comment un tel misérable pouvait mériter quarante-cinq minutes de scène.

À en croire son programme, Mystérioso avait parcouru l'Inde mystérieuse, où il avait étudié sous la férule de sages dont le nom ne pouvait être révélé. Il avait un rire sonore de boucanier, surtout quand il se savait écouté. Il semblait prendre plaisir à occuper le plus de place possible, se campant en coulisse les jambes écartées et les poings sur les hanches. En scène, il parlait avec un accent de lord britannique, mais Carter devinait à certaines intonations nasillardes qu'il était originaire d'un trou perdu de l'Indiana ou du Kentucky.

Carter s'installa au fond de la salle lorsque débuta le spectacle. Après les cracheurs de feu et les acrobates montés sur échasses, trois Indiens sanguinaires surgirent côté cour, armés de tomahawks. Au moment où les saltimbanques allaient être scalpés, Mystérioso fit irruption côté jardin sur son cheval, un drapeau américain à la main.

– Voici pour Custer ! Et voilà pour Alamo !

Brandissant son sabre de cavalerie, il décapita un Peau-Rouge, puis, à l'aide d'une corde qui sembla défier les lois de la gravité, il en hissa un deuxième dans les cintres. Mais le dernier Sioux réussit à le menotter et à s'échapper en emportant avec lui une belle captive. On fit monter sur scène un volontaire qui vérifia la solidité des menottes. Il eut beau tirer en tous sens, les chaînes semblaient impossibles à ôter. Pourtant, en quelques secondes à peine, Mystérioso réussit à se défaire de ses liens, pour enfourcher aussitôt sa monture en criant vengeance.

Après un rapide changement de décor, pendant lequel se distinguèrent à nouveau les cracheurs de feu, on découvrit la jeune femme ligotée à un totem au milieu d'un campement indien. Les braves firent montre de leurs talents d'acrobates et de jongleurs, mais la jeune femme refusa obstinément de leur céder. Furieux, le chef décida de son sort : elle serait livrée au lion.

On roula sur scène une grande cage à l'intérieur de laquelle un lion s'agitait.

– Acceptes-tu de la prendre pour épouse ? lui demanda le chef.

L'animal fit entendre un rugissement terrible.

Tandis que les Indiens jonglaient avec des torches enflammées, on jeta la prisonnière dans la cage. Elle se blottit contre les barreaux, impuissante face à ce fauve qui se recroquevillait sur le sol, prêt à bondir. Après quelques secondes de suspense insoutenable, il s'élança soudain – et Mystérioso jaillit sous la crinière.

Le héros souleva la femme dans ses bras, une trompette sonna la charge et la cavalerie, dans un final grandiose, incendia le campement sous des applaudissements frénétiques.

Au bout de la deuxième représentation, Carter avait compris comment fonctionnaient toutes les illusions. Avec le personnel et l'argent nécessaires, il aurait pu faire mieux. Il savait à quel moment exact se passait l'échange entre le fauve et le magicien – quand tous les yeux étaient braqués sur les jongleurs de torches, une plateforme pivotait. Mais Carter avait beau retourner le problème en tous sens, il ne comprenait pas comment on faisait rugir le lion en réplique synchrone à la question du chef.

Quelle différence entre ses modestes tours et l'énorme production de Mystérioso ! Il se promit qu'à la vingt-septième semaine de tournée, au moment où se renégociaient les contrats, il serait en mesure de présenter une illusion de son cru.

Pour l'heure, il avait besoin d'en savoir plus. Peut-être en échangeant des secrets... Rien à espérer du côté de Mystérioso, mais certains membres de sa troupe seraient peut-être contents d'apprendre des tours de passe-passe. Ce soir-là, lorsque Carter invita un jongleur à boire un verre, celui-ci l'arrêta tout de suite. Mystérioso avait fait insérer une clause spéciale dans son contrat : ses employés ne devaient subir « aucune espèce d'agression » de la part des artistes de la tournée. En clair, il était rigoureusement interdit de leur adresser la parole.

Carter faisait peu de cas de Mystérioso. Mais il voulait savoir comment étaient réalisés dans le détail les trucages de son spectacle. D'autant que la jeune femme livrée chaque soir aux griffes du lion était d'une beauté à couper le souffle. Elle s'appelait miss Sarah O'Leary.

CHAPITRE 8

Les deux semaines suivantes, le Keith-Orpheum fit halte à Auburn, Reno et Carson City. Le marasme sévissait partout et la menace de licenciements pesait sur les membres de la tournée comme une épée de Damoclès. À l'Elko Palladium, un écriteau placé en coulisse annonçait : « Les artistes sont priés d'attendre que le directeur ait vu leur numéro avant d'envoyer leur linge à la blanchisserie. »

Carter n'était pas en ligne de mire : les villes de l'Ouest adoraient la magie. À vrai dire, les seuls sur l'affiche à avoir des raisons de s'inquiéter étaient Karl et Evelyn Kowaleski, dont la prestation relevait du pathétique.

Ce couple d'immigrés polonais voyageait avec un piano, une guitare, une vache, un coq, un mouton et deux cochons. Le programme décrivait leur numéro, baptisé *La Ferme en folie*, comme un « hilarant concert de meuh, de bêêê et de grouik ». Karl jouait des airs populaires à la guitare, pendant que sa femme trayait la vache en rythme. Puis Evelyn plaquait des accords sur le piano – elle n'avait jamais maîtrisé la mélodie – tandis que son mari secouait les animaux pour en tirer des bruits désopilants devant un public pantois.

Carter suivait chacune de leurs représentations, peiné par les efforts sincères que les Kowaleski mettaient à exécuter ce numéro pitoyable. Il arrivait souvent en avance, au cas où il faudrait leur dire au revoir. À Salt Lake City, au moment de *La Ferme en folie*, Carter se tenait en coulisse à côté de Minnie Palmer, la patronne de *Fun in Hi Skule*, la comédie qui mettait en scène plusieurs de ses fils. Le magicien n'avait pas besoin de lui demander la raison de sa présence ici ; les doigts croisés, Minnie sembla retenir son souffle jusqu'à ce que le rideau retombe sur les Kowaleski. Elle laissa alors échapper un long soupir et tapota l'épaule de Carter. La *Ferme en folie* avait tenu un soir de plus.

Après son numéro, Carter discutait un moment avec Chase le tragédien et nourrissait les bêtes des Polonais, puis il faisait une courte balade en ville, où il achetait un journal et des cartes postales. Il revenait au théâtre juste à temps pour l'entrée en scène de Mystérioso. Sarah fréquentait les hommes de la troupe, mais aucun en particulier. Elle portait toujours la même écharpe de soie, nouée en turban, et un manteau de laine, au moins jusqu'à Denver, où elle passa une étole de fourrure.

Lorsque le temps le permettait, et que le théâtre disposait d'une arrière-cour assez grande, la compagnie s'échauffait à l'extérieur. Les hommes exécutaient des roues et des sauts périlleux pendant que Sarah dansait.

N'ayant pas le droit de lui adresser la parole, Carter radotait tout seul. Il se répétait qu'il ne la connaissait pas, que le monde était rempli de Sarah. Il se demandait quel abruti pouvait se toquer d'une femme sur la foi d'une prédiction énoncée par une – voire plusieurs – diseuse de bonne aventure. Mais Sarah O'Leary était très belle et Carter brûlait de faire sa connaissance.

Pour un jeune homme encore doté de quelques scrupules, le music-hall était un métier solitaire. Au fil des tournées, il avait constaté que son cœur était sans doute son accessoire le plus fragile. Il avait cependant gardé le frêle espoir de rencontrer un jour l'âme sœur. Malheureusement, le miracle ne s'était pas accompli. Dans les villes où ils s'arrêtaient, les filles de bonne famille n'avaient pas le droit d'approcher les acteurs. Quant au monde du spectacle, il offrait un choix limité : quelques robustes matrones, deux ou trois bigotes, des épouses souffrant le martyre auprès de maris alcooliques et enfin des aventurières dont le contact nécessitait une bonne dose de salvarsan. Mais Sarah n'entrait dans aucune de ces catégories.

Un soir, à Denver, alors qu'il était assis sur un vieux cheval de manège dans les coulisses du Métropole, Carter comprit qu'il était en train de tomber amoureux. La pelouse derrière le théâtre avait été arrosée tout l'été et la troupe disposait d'un beau carré de verdure pour s'entraîner. Le magicien se hissa à hauteur d'une petite fenêtre couverte de suie. Il frotta la vitre avec son mouchoir, découvrant peu à peu le gazon, les sycomores et les artistes à l'œuvre : un malabar grimpé sur les épaules d'un autre, deux acrobates qui faisaient des étirements, un jongleur enchaînant les pirouettes.

Sarah dansait seule. Sa robe blanche était accrochée à un arbre. Elle ne portait plus qu'un léotard noir, des chaussons et une petite croix en argent. Ses cheveux blonds tirés en arrière révélaient la délicatesse de ses traits.

Il aurait voulu lui dire qu'elle était jolie. Mais ils n'avaient pas eu l'occasion d'échanger deux mots. En fait, il n'avait jamais entendu le son de sa voix. Juché sur son cheval de manège, Carter se désolait : Sarah n'avait rien vu en lui qui l'incitât à enfreindre les règles d'isolement imposées par Mystérioso. Il la regarda disparaître de son champ de vision en virevoltant.

Le lendemain soir, sa chambre dans la maison garnie lui parut affreusement triste et exiguë. Il n'avait aucune envie de lire, ni de travailler ses tours de cartes.

En mal de compagnie, il alla frapper aux portes des chambres voisines, mais tous les artistes étaient de sortie, sans doute dans les bars et les bordels de la ville. Quant à la troupe de Mystérioso, elle logeait dans un hôtel digne de ce nom – Carter ne savait pas lequel.

Au salon, les joyeux drilles de *Fun in Hi Skule* disputaient une partie de poker animée. Tous avaient à peu près l'âge de Carter et se montraient en général assez cordiaux à son égard. Il les salua, mais n'obtint en retour que de tièdes salutations : les magiciens n'étaient jamais bienvenus à l'heure du poker. Le chapeau à la main, Carter s'arrêta un moment devant la table et le jeu reprit son cours, au milieu des insultes et des éclats de rire.

Leonard remporta une partie ; avec un tonitruant « Par ici la bonne soupe ! », son frère Adolphe tenta de lui arracher le pot des mains. Carter se demanda où se trouvait son frère en ce moment même. James était de première force au poker. Sans doute était-il à Yale, entouré d'amis. Plus Carter y pensait, plus il avait envie de rejoindre Sarah.

Minnie Palmer connaîtrait peut-être le nom de l'hôtel. Carter la repéra à travers les rideaux de dentelle, sous la lumière de la véranda. Il ouvrit la porte et sortit. Minnie tenait la main d'Evelyn Kowaleski, qui pleurait à chaudes larmes. Ne voulant pas déranger, il rebroussa chemin, mais Minnie l'aperçut.

– Monsieur Carter...

Elle avait un accent germanique à couper au couteau. Quand elle sermonnait ses fils, son discours s'émaillait d'expressions en allemand ou en yiddish.

– Je peux vous dire un mot ?

– Bien sûr, répondit-il tout en restant sur ses gardes.

Âgée d'une cinquantaine d'années, Minnie portait une perruque rousse et un corset pour en paraître vingt de moins, au cas où elle devrait remplacer une actrice dans le numéro de ses fils. Evelyn avait les joues rondes, avec des pommettes d'un rouge vif.

– M. et Mme Kowaleski ont de gros soucis, dit Minnie, avant de s'indigner. Cet homme est un monstre !

– Que se passe-t-il ?

Ravalant ses larmes, Evelyn expliqua qu'au vu de leur dernière représentation, le régisseur avait décidé de les renvoyer. Elle l'avait supplié de leur donner une seconde chance.

– Je lui ai promis que demain, nous serions bons. Il a accepté, mais...

Elle s'effondra en sanglots, tandis que Minnie lui tapotait l'épaule.

– Je trouve votre numéro très bon, dit-elle. Ce régisseur n'a pas de cœur.

Elle se tourna vers Carter pour solliciter son appui.

– Oui, fit-il. Votre numéro est charmant.

– Il manque juste un peu de chien, enchaîna Minnie. Il lui faudrait plus de tape-à-l'œil.

Carter ne voyait quant à lui aucune amélioration possible.

– Je suis sûr que vous trouverez quelque chose, dit-il.

– Ah, si seulement Karl ressemblait à son frère ! Un marin. Il était si beau... (Evelyn pleurait, la tête contre l'épaule de Minnie.) Je ne sais pas pourquoi ça va si mal. Nous avons eu tellement de succès à Cracovie ! Nous avons même joué dans des châteaux, devant des têtes couronnées.

– Vous pourriez peut-être apprendre de nouvelles chansons, suggéra Carter.

– Ou quelques tours de passe-passe...

– Des tours de passe-passe, répéta Carter sans réfléchir.

Puis il regarda Minnie, le sourcil froncé.

– Qu'entendez-vous par là ? renifla Evelyn.

– Personne ne s'attend à voir des tours de cartes dans *La Ferme en folie*, n'est-ce pas ? s'exclama Minnie. Voilà qui serait original.

Malgré toute sa compassion pour les Kowaleski, Carter n'avait pas l'intention d'apprendre à quiconque des tours dont dépendait sa paie.

– Madame Palmer, je sors me promener. Vous savez dans quel hôtel est logée la troupe de Mystérioso ?

– Oui... C'est bien là que se trouve cette jolie fille... Sarah, n'est-ce pas ?

– Je crois, en effet.

Au sourire malin qu'elle lui décocha, Carter comprit comment ce petit bout de femme en perruque rousse avait su si bien servir les intérêts de ses fils.

– J'ai dû le noter quelque part. Pourquoi ne pas essayer, vous et moi, de voir d'abord ce que nous pouvons faire pour les Kowaleski, et puis j'irai le chercher ?

Carter accompagna Mmes Palmer et Kowaleski jusqu'à la grange. Les deux femmes s'entretenaient avec animation de cette chance qui s'offrait. Le magicien, qui avait apporté un petit sac d'accessoires, passait en revue les possibilités. Il y avait bien les tours de cartes. Les manipulations de pièces. Mais c'était le clou de son spectacle. Quant au bonneteau, sans doute le plus vieux tour du monde, il fallait des semaines de pratique pour acquérir une dextérité suffisante, et ils ne disposaient que de vingt-quatre heures. En revanche, un duo pouvait facilement faire disparaître un objet d'un sac noir. Ou sortir un animal d'un chapeau.

Mais cct optimisme parut bien prématuré lorsque Carter découvrit Karl. Affalé dans la paille sous une couverture de selle, il fredonnait, une bouteille de whisky renversée à côté de lui. Son visage bouffi était encore plus rougeaud que d'habitude, et des fétus de paille s'accrochaient à ses cheveux.

Carter ramassa la bouteille et s'approcha des animaux. La vache était attachée à un poteau, le mouton et les deux cochons enfermés dans leur enclos, le coq dans sa cage en bois. Pendant que les femmes tentaient de réveiller Karl, il gratta les bajoues d'un cochon, en murmurant :

– *Puisque toutes les créatures sont au fond des frères, il faut traiter vos bêtes comme vous traitez vos amis* [1].

– Karl est censé savoir le français ? demanda Minnie.

– Non. C'est une phrase tirée du premier livre de magie que j'ai lu... Madame Kowaleski, vous allez être obligée d'apprendre le tour de magie toute seule.

– Mais je ne saurai pas ! C'est Karl qui...

– Karl est ivre mort. Et nous n'avons pas le temps de le dessaouler.

Carter sortit deux sacs noirs et une corde. Sous les lanternes de la grange, il expliqua un vieux truc tout simple. Adolescent, il l'avait

1. En français dans le texte.

appris en cinq minutes, et au bout d'une heure, il y ajoutait des fioritures de son cru.

Une personne se glissait dans un grand sac que le magicien nouait avec une corde, sous les yeux de deux volontaires. Ceux-ci prenaient chacun une extrémité de la ficelle, qu'ils maintenaient tendue. On dissimulait alors le sac derrière un paravent, on comptait jusqu'à trois et les volontaires tiraient de toutes leurs forces sur la corde. Le sac voltigeait – vide !

Comme ils avaient besoin de Karl, Carter demanda à Minnie d'aller chercher du café. À son retour, elle lui remit un bout de papier sur lequel elle avait griffonné « King Edward Hotel ». Il le glissa dans sa poche et, jetant un œil à sa montre, constata qu'il était déjà très tard.

Karl et Minnie tinrent d'abord le rôle des volontaires, pendant que Carter faisait disparaître Evelyn en utilisant une couverture pour masquer les manipulations. La première fois, tout fonctionna à merveille. Mais lorsque Karl, qui avait un peu repris ses esprits, passa de volontaire à assistant, ce fut un désastre. Il ne pensait qu'à brailler des chansons de marins.

– Pas de ma faute si elle préfère les matafs...

Et il se remettait à chanter à tue-tête.

Carter eut beau lui expliquer cent fois les gestes simples qu'il devait exécuter, Karl s'emmêlait les pieds et, à trois, il était encore empêtré dans le sac, avec un sourire honteux qui faisait enrager Evelyn.

Ils finirent cependant par réussir. Il ne restait plus qu'à leur souhaiter bonne chance.

Il était minuit passé lorsque Carter, débraillé et les ongles sales, courut enfin au King Edward. Il était trop tard pour demander une dame à l'accueil et de toute façon, après deux heures passées dans la grange (le cochon des Kowaleski s'était pris d'affection pour lui), il empestait à dix mètres. Il fallut improviser : le magicien cueillit une douzaine de roses blanches dans le jardin de sa propriétaire, ôta son faux col et se coiffa d'une casquette élimée.

Lorsqu'il entra dans le hall, le réceptionniste somnolait sur son tabouret, les pouces dans son gilet à rayures. Carter toussota.

– Hum ? Oui, quoi ?

– Est-ce que des acteurs sont descendus dans votre hôtel ?

Le réceptionniste cligna des paupières.

– Parce que vous vous imaginez que cet établissement est du genre à recevoir des saltimbanques ?

– C'est bien ce que j'ai dit à mon patron quand il m'a envoyé au King Edward. Donc vous n'avez personne au nom de Mystérioso ?

– M. Mystérioso, qui loue une de nos suites, n'est pas acteur. C'est un magicien, comme Houdini.

– Compris. Et vous avez une Sarah O'Leary ?

– Mlle O'Leary n'est plus ici.

– Ah non ? Alors, dans quel hôtel ?

– Mon gars, c'est mal parti pour ton pourboire... M. Mystérioso l'a mise dans un train.

– Hein ? Mais pourquoi ?

– Qu'est-ce que j'en sais, moi ?

– Mais enfin où... où...

Carter n'arrivait pas à formuler sa question. Le réceptionniste se rassit sur son siège, s'adossa au mur, ferma les yeux et remit les pouces dans les poches de son gilet.

Carter traversa le hall, la tête basse. Il faillit rebrousser chemin pour demander s'il n'y avait pas erreur sur la personne, mais il savait que c'était inutile. Quel idiot il avait été de vouloir courtiser Sarah ! De retour à la pension, il s'aperçut qu'il avait encore les fleurs à la main.

Il arrangea le bouquet et le déposa contre la porte des Kowaleski.

Le lendemain, en se rasant, Carter eut une illumination : quelle que soit la ville où Sarah était partie, la tournée Keith-Orpheum finirait bien par y passer. La difficulté et la distance ne rendraient que plus douces les retrouvailles. Il fredonnait presque lorsqu'il arriva au théâtre.

Il prit place dans un des nombreux fauteuils vides. Sur scène, l'air hébété, Karl jouait *Three Blind Mice* à la guitare pendant qu'Evelyn s'échinait sur les pis de la vache. Carter les entendait à peine, car dans les allées les fils de mineurs s'empoignaient avec les fils de fermiers. En coulisse, on s'était rassemblé pour suivre *La Ferme en folie*. En effet, le bruit avait couru que Carter avait apporté son concours aux Kowaleski et on guettait la nouveauté.

À la fin de leur répertoire musical, Evelyn se leva et annonça d'une voix funèbre :

– Et maintenant, un numéro spécial. Un petit tour de passe-passe.

Carter porta ses doigts à son front, prêt à se couvrir les yeux au besoin. Evelyn appela deux volontaires à monter sur scène. Comme elle n'avait pas clairement précisé qu'il s'agissait d'un tour de magie (Carter, pourtant au courant, avait eu du mal à saisir le mot *passe-*

passe entre les heurts gutturaux de son accent), deux fermiers en salopette se présentèrent, croyant sans doute que les Kowaleski avaient besoin d'un coup de main avec leurs animaux.

– Oh, non, dit Evelyn, c'est un tour de magie. Pas un travail de ferme. Quelqu'un d'autre, peut-être...

Carter fronça les sourcils : les fermiers faisaient très bien l'affaire – pourquoi ne les prenait-elle pas ? La main en visière, elle scruta la salle. Suivant son regard, il aperçut avec horreur deux marins assis au troisième rang. Que pouvaient bien fabriquer des marins à Denver ? Il croisa les doigts pour qu'Evelyn ne les choisisse pas.

– Ah, je vois ici deux patriotes. Montez sur scène.

Carter leva les bras pour attirer l'attention d'Evelyn. Il avait oublié de lui donner une règle essentielle à propos de ce tour, car la possibilité lui avait paru absurde, mais voilà que l'invraisemblable se produisait sous ses yeux : quand on veut jouer les rois de l'évasion, il ne faut jamais demander à des marins de faire les nœuds !

Trop tard. Les deux volontaires avaient rejoint les Kowaleski sur scène et Karl, les paupières lourdes, entrait déjà dans le sac noir. Evelyn le maintint fermé pendant que les matelots s'activaient.

– Non, Evelyn, murmura Carter. Tu devais faire les nœuds toi-même pendant qu'ils regardaient...

Les deux marins s'en donnèrent à cœur joie. Depuis le sixième rang, Carter reconnut un double nœud de chaise, renforcé par une gueule de raie et terminé par un tour mort avec demi-clés. Evelyn, trop inconsciente pour s'inquiéter, remit une extrémité de la corde à chacun des marins, en les priant de la tenir tendue. Puis, avec un paravent emprunté au numéro de danse chinoise, elle cacha le sac dans lequel Karl était recroquevillé.

– Un ! Deux ! Trois ! compta Evelyn en battant des mains.

Les marins se mirent à tirer chacun de leur côté. On entendit le mouton bêler. Rien d'autre.

– Quatre ?

Le public, jusqu'alors assez distrait, sentit qu'il se passait quelque chose d'inhabituel. Les gamins qui s'ébrouaient dans l'allée se tournèrent vers la scène. Les marins redoublèrent d'efforts.

– Cinq ? Karl ?

Soudain, le sac jaillit par-dessus le paravent, vide, et les marins tombèrent les quatre fers en l'air. Il y eut un bref éclat de rire dans le public. Evelyn considéra le sac avec stupeur. Carter n'était pas moins surpris. Le tour avait marché !

Evelyn pria les marins d'inspecter les nœuds. Une fois époussetés, grommelant qu'on ne les avait pas prévenus de cette chute, ils durent reconnaître que les liens étaient intacts. Evelyn fit tomber le paravent. Karl avait disparu.

– Où est-il ? demanda-t-elle. Quelqu'un dans la salle sait-il où se trouve Karl ?

Carter sentit un trouble parcourir l'assistance – l'inquiétude d'Evelyn semblait tellement sincère que nul n'aurait su dire si la disparition de son mari faisait ou non partie du numéro. Puis Karl entra sur scène, côté jardin. Il adressa un signe de la main à la foule. Aucun applaudissement ne retentit.

– Merci, murmura Evelyn en saluant.

Déjà, les spectateurs consultaient leur programme, se demandant s'ils devaient rester pour le numéro de claquettes ou bien aller chercher une pomme cuite et revenir plus tard. Mais il se produisit alors une chose que Carter n'avait encore jamais vue au music-hall. Depuis les coulisses, du haut des cintres, des applaudissements sincères enflèrent peu à peu : c'étaient les artistes et les machinistes qui donnaient à *La Ferme en folie* une ovation méritée.

Quelques minutes plus tard, Carter avait rejoint les coulisses. Il y avait là Chase le monologueur, Reilly et Schultz, les chanteurs, Minnie Palmer et deux de ses fils, la fille diaphane qui dansait dans le numéro chinois, ainsi que le chef d'orchestre Laszlo, avec toute sa section de cuivres. À coups de légères tapes dans le dos, ils congratulaient Evelyn, qui montrait à la cantonade les sacs noirs en expliquant le truc.

– Vous voyez, c'est tout bête...

Carter se fraya un chemin parmi la foule, à la fois pour la féliciter et pour l'empêcher d'en dire plus. Elle déposa un baiser sonore sur la joue de Karl, qui ferma douloureusement les paupières lorsqu'on lui cria un mot d'encouragement à l'oreille. Evelyn aperçut Carter et lui ouvrit ses bras.

Mystérioso, qui d'ordinaire ne venait jamais si tôt, se dirigea vers la sortie, la mine sombre. Il croisa le régisseur, qui portait une moustache et un postiche. Tandis qu'Evelyn l'étreignait, Carter vit le magicien déplier un document et le brandir sous le nez du régisseur.

Peu après, celui-ci s'approcha de la troupe. Il pointa le menton en direction de Karl et Evelyn.

– Vous êtes virés.

La foule des artistes resta interdite.

– Il ne peut pas y avoir trois numéros de magie sur le même

programme. C'est dans le contrat, j'ai vérifié. Ramassez vos affaires et déguerpissez !

Un brouhaha s'éleva : que racontait-il ? On renvoyait les Kowaleski ? Mais c'était affreux ! Pourtant, tandis que Minnie, après avoir brièvement consolé Evelyn, courait après le régisseur pour lui dire le fond de sa pensée, les autres artistes se dispersèrent peu à peu, on installa les décors du numéro suivant, et chacun se retira dans sa coquille. Un numéro à la rue – mieux valait garder ses distances.

Carter recula dans un coin sombre des coulisses. Il savait qu'il n'était pas seul. En partie caché derrière un panneau en papier mâché, Mystérioso se tenait immobile, son petit chien dans les bras. S'apercevant soudain de la présence de Carter, il s'inclina légèrement, pivota sur ses talons et se retira.

Ce soir-là, Carter exécuta ses tours avec sa grâce et son aisance habituelles. Pourtant, il bouillait de rage. Chaque fois qu'il jetait un coup d'œil en direction des coulisses, il y voyait Mystérioso. À sa connaissance, c'était la première fois que celui-ci suivait son spectacle ; pourtant ses apparitions côté cour ou côté jardin semblaient anticiper à la perfection les jeux de scène de Carter. Sourire aux lèvres, Mystérioso hochait la tête, comme s'il appréciait en expert.

Pour le chasser de son esprit, Carter se livra à un calcul mental. Ils étaient en tournée depuis cinq semaines. Il lui restait vingt-deux semaines pour présenter une illusion spectaculaire à l'Orpheum de San Francisco. En principe, cela lui laissait du temps pour réfléchir.

Mais il avait un autre souci en tête. D'après Minnie, Sarah était rentrée chez elle, à Bristol Bay, en Alaska. La tournée ne passerait pas à moins de mille cinq cents kilomètres de cette ville. En outre, la jeune femme avait quitté le music-hall pour retrouver son premier amour, l'Église. Elle entrait au couvent. Elle avait renoncé à toute carrière dans le spectacle le jour où Mystérioso avait refusé de la laisser interpréter une chorégraphie inspirée des *Lamentations*.

Carter agita un foulard, qui se transforma en drapeau américain. D'aucuns se seraient étonnés de cet amour à distance pour une fille qu'il connaissait à peine. Lui rendait Mystérioso responsable du départ de Sarah, comme il le rendait responsable du renvoi des Kowaleski. Et depuis sa mésaventure avec Jenks, Carter éprouvait une haine sourde pour toutes les brutes triomphantes.

Vint le moment où il faisait appel à un volontaire pour le final. Robert-Houdin avait coutume de dire : « Il est plus facile de duper un homme intelligent qu'un ignorant », et Carter avait retenu la leçon.

– L'homme le plus intelligent de la salle veut-il bien monter sur scène ?

La question provoquait toujours des éclats de rire. Ce soir-là, sous les sifflets et les encouragements, un homme à l'air prospère descendit crânement l'allée. Il portait un costume sombre taillé à l'européenne, avec deux fentes sur le côté. Visiblement, il était de ceux à qui on ne faisait pas prendre des vessies pour des lanternes.

– Quelle est votre profession, monsieur ?

– Je suis banquier.

Un banquier. Peut-être même respectait-il le nom des Carter, réputé dans le monde des affaires.

– J'imagine que vous savez jauger un homme d'un seul coup d'œil.

– Oui.

– Et le caractère est la première des qualités, n'est-ce pas ?

– C'est ce que prétend Morgan.

– Si je me présentais à votre banque, m'accorderiez-vous un emprunt, monsieur ?

– Non.

Il y eut quelques rires dans la salle et, du coin de l'œil gauche, Carter devina le ricanement de Mystérioso.

– Nous allons peut-être vous faire changer d'avis...

Carter lui présenta un paquet de cartes neuves, le pria de battre le jeu, de choisir une carte et de la glisser dans une enveloppe.

– À présent, monsieur, voulez-vous signer la carte, puis sceller l'enveloppe et inscrire votre nom au dos ? (Et, tandis que l'homme s'exécutait :) C'est la signature dont vous vous servirez demain lorsque je viendrai à vos guichets ?

– C'est celle avec laquelle je signe tous les documents.

Carter mit l'enveloppe dans la poche de la veste du volontaire. Il ne lui restait qu'à lancer le jeu en l'air et à attraper la bonne carte. Mais pour la première fois, Carter pécha par distraction. Il ouvrit le paquet avec trop de précipitation.

Le quatre de pique.

– Monsieur, est-ce votre carte ?

– Non.

Carter considéra un moment le quatre de pique.

– Vous êtes sûr ?

Dans la coulisse, Mystérioso s'approcha au plus près de la scène. Bras croisés, il s'appuya contre un décor représentant une sarabande de diablotins et de magiciens.

Les spectateurs échangèrent des regards, des murmures se firent entendre. Carter eut la sensation que le temps restait suspendu. Mais l'improvisation était devenue pour lui une habitude : il localisa discrètement la bonne carte tout en méditant un final percutant.

Armant son bras, il fit coulisser le couteau caché dans sa manche et le lança d'un coup sec contre le décor où s'appuyait Mystérioso. La lame transperça le bois à dix centimètres de la tête de son rival, qui recula en sursaut.

Tourné vers le public, Carter entendit le fracas d'une chute dans les coulisses.

– Et maintenant, fit-il d'une voix pleine de sang-froid, pouvez-vous me dire si cette carte est la vôtre ?

– Quelle carte ? s'enquit le banquier, le sourcil froncé.

Carter pointa l'index vers le décor. Le six de cœur – portant la marque du banquier – y était fiché. La lame du couteau l'avait proprement embroché. Le banquier sembla désappointé.

– Ça alors... Oui, c'est bien ma signature.

– Merci.

Carter le raccompagna jusqu'à l'orchestre, salua le public et quitta la scène.

Lorsqu'il eut rangé son matériel, il se hâta de regagner la pension. Mais les chambres de Karl et d'Evelyn étaient déjà vides. Il arrivait trop tard pour leur dire au revoir.

Cette nuit-là, il resta longtemps allongé sur son lit, les yeux fixés sur le plafond dont la peinture s'écaillait, tandis que les chats miaulaient sous sa fenêtre. Il essaya d'imaginer le scénario d'une illusion extraordinaire, qui le distinguerait de ses confrères. Mais ses pensées ne cessaient de le ramener aux Kowaleski, que personne n'avait accompagnés à la gare. À Sarah, partie elle aussi. Tous chassés par Mystérioso, la toute-puissante tête d'affiche. Dehors, les miaulements des chats de gouttière montaient comme les hurlements d'une sirène.

Carter rejeta brusquement ses couvertures, ouvrit la fenêtre et répondit à leurs cris. Les chats se turent, surpris. Le jeune homme retourna se coucher, mais sans trouver le sommeil.

CHAPITRE 9

Carter fêta ses vingt-trois ans à Wichita. Borax Smith lui envoya un stylo à plume, en l'invitant à lui écrire aussi souvent qu'il le désirait. Il reçut aussi un paquet de sa famille – des livres, des caleçons longs, une photographie truquée sur laquelle James posait en Hercule de foire. Carter célébra l'événement en montant sur le toit de la pension, où il contempla les étoiles, un verre de whisky à la main. Il fit un cadre avec ses doigts et balaya le ciel jusqu'à trouver une constellation connue. Il se demanda si elle était visible depuis l'Alaska. Il n'avait aucune nouvelle de Sarah, mais il l'imaginait en train de l'attendre, prise dans la glace.

Les deux dernières soirées de la vingt-deuxième semaine auraient lieu à San Francisco, à l'Orpheum, apothéose de la tournée. Avec son orchestre de cinquante musiciens et ses deux mille fauteuils en velours, l'Orpheum était le rendez-vous des plus grands artistes du monde – Houdini, Sarah Bernhardt ou les Barrymore y jouaient pour cinq mille dollars la semaine. Les artistes de la tournée, qui gagnaient en moyenne cent dix dollars par mois, profitaient de ces deux soirées exceptionnelles pour présenter leurs numéros à la direction, avec l'espoir de renégocier à la hausse leur contrat pour la saison suivante. Ces spectacles étaient donc l'occasion pour eux d'apporter des perfectionnements ou des innovations.

De son côté, Carter n'avançait guère. Ses idées lui paraissaient tantôt désuètes, tantôt morbides : dernièrement, en effet, son imagination le portait vers des illusions comportant des décapitations, des électrocutions ou même le masque d'infamie. Il écrivit aux frères Martinka, grands constructeurs d'illusions, pour s'informer sur le coût d'un appareil de lévitation, un « aga » ou mieux encore un « asrah », où le sujet non seulement flotte dans les airs mais disparaît. Malheureusement, Carter pouvait à peine s'offrir le premier sans toucher au compte en banque ouvert à son intention par son père.

Vers la douzième semaine, la « propagande » battait son plein. Quand la troupe de music-hall devait faire halte dans une petite ville – Okmulgee, dans l'Oklahoma ; Nacogdoches, au Texas ; Plaquemine, en Louisiane –, des éclaireurs se rendaient dans les tavernes et les églises, où ils commentaient à voix haute les nombreuses attractions de la tournée Keith-Orpheum. À l'église, ils claquaient la langue de dépit en songeant à leurs pauvres femmes qui avaient raté le beau Chase Wiley, le poète monologueur. Dans les tavernes, ils riaient aux éclats en se remémorant les facéties de *Fun in Hi Skule* puis se mettaient soudain à chuchoter pour évoquer les danses suggestives de *La Fumerie d'opium*. Comment avait-on pu laisser cette fille s'exhiber presque nue ? On remplissait les salles par ces procédés.

Mais l'engouement du public fut bientôt attisé par l'arrivée d'un nouveau membre dans la troupe de Mystérioso : après l'éviction de trois candidates, Annabelle avait été choisie pour remplacer Sarah O'Leary.

Carter montra peu d'intérêt pour la nouvelle recrue. En l'absence de Sarah, il afficha même pendant presque trois jours une sorte de détachement noble à l'égard de la jeune fille. Le troisième jour, il la croisa en coulisse. Annabelle, en justaucorps noir, travaillait à la barre, la jambe tendue, tandis qu'il comptait les as cachés dans la doublure de son chapeau. Il lui trouva tout d'abord un air gauche et une figure écarlate, grimaçante sous l'effort.

Lorsqu'il eut coiffé son haut-de-forme et fait tournoyer sa cape en préparation de son entrée en scène, il jeta à nouveau un coup d'œil vers Annabelle. Elle avait de beaux cheveux, d'un roux soyeux, qui encadraient un visage en forme de cœur. Ses mains aux ongles ébréchées semblaient démesurément grandes. Le ruban bleu qui retenait sa chevelure pendait tristement, tout effiloché. Soudain, alors qu'il n'était pas loin de s'apitoyer sur la jeune femme, elle changea ses appuis et il vit rouler les muscles de son dos.

Elle surprit son regard. Il ne dit rien. Elle non plus. Puis ils se détournèrent. L'orchestre entama *Pomp and Circumstance* et Carter entra sur scène. Son numéro se déroula sans problème, mais tandis qu'il faisait apparaître un œuf derrière l'oreille d'un jeune garçon, il ne pouvait s'empêcher de penser à ce feu ardent qu'il venait d'entrevoir dans les yeux d'Annabelle.

Il n'osait pas lui parler. Il avait trop peur de la fougue qui luisait dans ses pupilles vertes et dorées, et qui faisait d'elle un atout précieux dans la troupe de Mystérioso. Cette femme couvait une colère volcanique.

Le premier soir, à Topeka, elle se battit – sans chiqué – avec les Indiens qui venaient l'enlever. Le premier fut écarté d'une manchette, le second prit un coup de pied dans le ventre, avant de recevoir un crochet au menton. Brusquement, Annabelle sembla se désintéresser de la lutte et se laissa capturer sans plus de résistance. La foule, qui n'avait encore jamais vu une femme capable d'envoyer ses adversaires au tapis, réagit avec enthousiasme. Au tomber du rideau, elle prit la liberté de saluer à part, ce qui lui valut un regard noir de son patron et une nouvelle salve d'applaudissements.

Le bruit courut qu'après cette première représentation, Mystérioso l'avait renvoyée et qu'il s'était ensuite ravisé. En effet, les habitantes de Topeka avaient pris d'assaut l'entrée des artistes pour le remercier d'avoir montré au monde que les femmes étaient aussi capables de tenir tête aux Peaux-Rouges. Elles lui firent un tel triomphe et promirent si fort d'envoyer leurs voisines aux prochaincs représentations qu'il réengagea Annabelle, incorporant ses talents de pugiliste au numéro. Lorsque ses « Indiens » protestèrent, il répliqua avec son rire énorme qu'il était convaincu désormais d'avoir pris la bonne décision.

Si Carter avait été tenté d'observer Annabelle (mais il s'était juré qu'on ne l'y prendrait pas), il aurait pu se poster sur la pelouse derrière le théâtre, où, jour après jour, elle chorégraphiait une bagarre de plus en plus athlétique. Les hommes se montrèrent d'abord réticents, mais comme Annabelle payait une bière à tous ceux qu'elle assommait, ils devinrent ses plus fervents supporters.

Chaque fois que le Keith-Orpheum croisait sur sa route une autre troupe de music-hall, Carter étudiait avec soin les numéros des autres magiciens, souvent le calepin à la main. Il assista également à des spectacles de magie dans des salles de théâtre réputées : le Grand Raymond (« Très bon », nota Carter dans son journal) ; Adelaïde Herrmann, la benjamine de la célèbre famille Herrmann (« bonne ») ; Thurston, le successeur de Kellar, considéré par ses pairs comme le plus grand magicien du monde (« pas mal », inscrivit Carter) ; T. Nelson Downs, roi de la manipulation (Carter ne fit aucun commentaire particulier, mais consacra une page à défendre son propre numéro, pour conclure la mort dans l'âme qu'il devait absolument renouveler ses trucs).

Et puis vint l'émerveillement au théâtre Keith de Boston. Houdini. « Hier soir, écrivit Carter à son frère, cet artiste de renommée mondiale a donné une représentation qui était sans doute pour lui simple routine. Il est maintenant trois heures du matin et je ne suis pas encore remis de ce que j'ai vu : un homme de petite taille, musclé, s'exprimant avec précision, comme un Hollandais qui aurait appris l'anglais à Cambridge, vêtu d'un smoking sale – de la rangée où je me trouvais, je pouvais voir des taches de graisse sur ses manches –, cet homme donc a expédié les tours de cartes en dix minutes, avant de passer aux choses sérieuses. T'ai-je dit qu'il est connu dans le monde entier ? En tout cas, il ne s'est pas privé de le rappeler, à plusieurs reprises. “Mesdames et messieurs, selon George Bernard Shaw, les trois hommes les plus célèbres de l'Histoire sont Jésus-Christ, Sherlock Holmes et Houdini. Un seul d'entre eux est présent ce soir...” Il a ensuite énuméré toutes ses évasions au cours des douze derniers mois : les menottes, les chaînes, les cordes, mais aussi une camisole de force, un sac de marin, un cachot, une chambre froide, un cercueil, un cube de verre, une cage cadenassée, un ballon géant, une chaise de torture... Puis il a évoqué tous les vils imitateurs qu'il avait terrassés. Enfin il a projeté un film où on le voyait sauter enchaîné dans le Mississippi, ou bien se faire ligoter sur une poutrelle au sommet d'un gratte-ciel en construction ; chaque fois, il s'en sortait sain et sauf. On a rallumé les lumières et Houdini a réalisé le tour le plus incroyable que j'aie jamais vu. »

On roula sur scène deux chaudières, l'une vide et l'autre emplie d'eau. Des ouvriers de la chaudronnerie Albert Mann attachèrent le magicien avec des chaînes qu'ils avaient eux-mêmes apportées. Houdini entra debout dans la chaudière vide, dont seule dépassait sa tête. On entreprit alors d'y transvaser l'eau contenue dans la deuxième chaudière. Cela prit un certain temps, que le magicien meubla de plaisanteries : « Me voilà dans le bain et on n'est même pas samedi », ou : « Si j'en sors vivant, ce sera un bon tour. Sinon, vous pouvez acheter une chaudière Albert Mann dès demain, qualité garantie. »

Lorsque l'eau arriva à ras bord, deux hommes apportèrent le couvercle. Houdini prit une longue inspiration avant de s'immerger complètement, tandis que l'on serrait les boulons. Aussitôt, l'orchestre attaqua *Asleep in the Deep*.

Jusqu'alors impressionné, Carter fut soudain déçu : il suffisait de dévisser le couvercle. Mais bientôt deux ouvriers apparurent, tenant à la main des riveuses. Avec un bruit grinçant de métal percé, ils rivetèrent le couvercle en vingt endroits. Le rideau se baissa sur une chaudière agitée de soubresauts.

Dans le public, les discussions allaient bon train. L'homme assis à gauche de Carter avait sorti sa montre.

– Voilà deux minutes qu'il retient son souffle.

– Déjà ?

– Oui. À votre avis, il y avait de l'air entre la surface de la chaudière et le couvercle ?

– Je crois, mais pas tant que ça.

– Le couvercle avait l'air concave...

Derrière Carter, des femmes racontaient qu'elles avaient vu Houdini s'échapper d'un entrelacs de pneus maintenus par des chaînes.

– Il paraît qu'il est capable d'ouvrir un cadenas avec ses orteils, affirma l'une d'elles.

– Il a toute une batterie d'outils cachée au fond de la gorge, répondit son mari avec l'autorité de celui qui répète une rumeur.

– Quatre minutes, annonça l'homme à la montre.

– En Russie, il s'est évadé d'un fourgon cellulaire dans lequel il était entré nu : les clés ne pouvaient être cachées qu'au fond dc sa gorge.

Au bout de cinq minutes, l'orchestre joua les dernières notes de *Asleep in the Deep*. Après une brève consultation entre le chef d'orchestre et un machiniste, les musiciens reprirent la mélodie au début. Il se passait quelque chose d'anormal.

Les conversations cessèrent à mesure que l'angoisse se répandait parmi les spectateurs : la catastrophe qui guettait Houdini à chaque nouvelle tentative d'évasion était-elle finalement en train de se réaliser ?

Carter se dit que le magicien avait dû prendre ses précautions – il ne pouvait pas risquer réellement sa vie – et pourtant, au fil des secondes, son inquiétude grandissait. Il roulait et déroulait son programme entre ses mains, consultait nerveusement sa montre. Quel jour était-ce ? Il pourrait dire à ses petits-enfants qu'il se trouvait présent dans la salle le soir où Houdini n'avait pas réussi à s'échapper. Combien de temps un homme pouvait-il demeurer en apnée ? Trois minutes ? Quatre ? On en était déjà à huit minutes et, dans l'orchestre, les musiciens s'agitaient.

Soudain, le rideau de velours rouge s'entrouvrit et Houdini, ruisselant, la chemise en lambeaux, tituba sur l'avant-scène. Il avait les mains en sang. La foule applaudit à tout rompre tandis que l'orchestre entonnait une marche patriotique.

– Huit minutes, quarante secondes ! dit le voisin de Carter en rangeant sa montre.

Houdini écarta les bras, comme pour prendre la parole, mais il vacilla et mit un genou à terre. Un frisson parcourut l'assistance. Deux infirmières vinrent l'envelopper dans une couverture, puis l'aidèrent à se relever. Les acclamations étaient assourdissantes. Carter lui-même applaudit jusqu'à en avoir mal aux mains. Houdini, courbé en deux, rejeta la couverture et, au prix d'un suprême effort, leva les bras en signe de victoire. Toute la salle, comme un seul homme, se mit à scander son nom. Il porta la main à sa tempe, pris de vertige, et les infirmières le soutinrent jusqu'en coulisse.

Le rideau se leva et on montra au public que le couvercle de la chaudière était toujours bien en place, riveté. Les applaudissements redoublèrent. Le régisseur finit par annoncer qu'Houdini avait été conduit à l'hôpital. Mais pour ceux qui voudraient le revoir, le lendemain à midi, il devait s'échapper d'une ampoule géante, gracieusement fournie par la compagnie Edison Power.

Carter quitta le théâtre enthousiaste, porté par le flot des spectateurs qui, répétant à l'infini le nom d'Houdini, s'extasiaient sur le nouveau triomphe du magicien, accompli au péril de sa vie. Alors qu'il franchissait les doubles portes du théâtre, Carter sentit une main se poser sur son avant-bras.

– Vous avez été bluffé, Carter.

Cette voix... Il s'arrêta, ses yeux se posèrent un court instant sur les doigts qui agrippaient son coude, puis se levèrent sur un visage au sourire déplaisant. Mystérioso portait un costume sombre, un manteau en laine et une écharpe de soie noire. Il se tenait si près de Carter que celui-ci dut pencher la tête en arrière pour croiser son regard.

– Vous avez applaudi.

C'était un reproche.

Carter dégagea son coude.

– Le spectacle en valait la peine.

– Ce type n'a jamais été en danger, c'est un charlatan de la pire espèce, tonna Mystérioso, ignorant l'air outré des spectateurs autour de lui. Faire payer une salle entière pour cet exercice d'autocélébration ! Sans parler de cette comédie grotesque avec la chaudière...

– Je respecte le courage...

– Oh, de grâce : ces rivets étaient faux.

Les joues en feu, Carter essaya de lui imposer silence.

– Les murs ont des oreilles, vous savez.

– Je me fiche bien d'être entendu : Houdini est un escroc !

Du haut de son mètre quatre-vingt-dix, Mystérioso contempla crânement les chapeaux des spectateurs.

– Il est sorti de cette baignoire en cinq secondes, et il est allé lire le journal en coulisse, pendant que des gamins dans votre genre transpiraient sur leur siège. Vous faisiez des prières pour son salut qu'il était en train de compter tranquillement la recette du jour, avant de se badigeonner les mains de rouge.

Pour maîtriser sa colère, Carter se força à observer calmement son interlocuteur. Il remarqua qu'il portait sous l'œil droit la trace d'un coup récent.

Carter avait appris à reconnaître l'œuvre d'Annabelle : Leonard, le fils aîné de Minnie Palmer, avait été retrouvé inconscient dans les coulisses ; et pour avoir eu la main baladeuse, Walter Hudson, le danseur de claquettes, en avait été réduit pendant toute une semaine à se traîner en scène sur sa seule jambe valide. Curieusement, les hommes semblaient ignorer que certaines femmes ne les aimaient pas. La contusion sur le visage de Mystérioso était exactement de la grosseur du poing d'Annabelle Bernhardt.

– L'escalope crue fait des merveilles, railla Carter.

– Occupez-vous de vos oignons ! rétorqua Mystérioso.

L'œil mi-clos, il frotta entre ses doigts le revers du manteau de Carter.

– Un cadeau de votre père, je présume ?

– Il y a des années que j'achète moi-même mes vêtements.

Carter repoussa la main du magicien, regrettant de ne pouvoir le faire avec une batte de base-ball.

– Quant à Houdini, vous avez raison, il nous a tous bluffés. Il nous a trompés, donc il nous a enchantés. Plus j'y pense, plus je le crois capable de s'échapper d'une ampoule électrique. (Ignorant le sourire de mépris affiché par Mystérioso, il ajouta :) Eh oui, eh oui... C'est ça, la magie...

– Oh, gémit Mystérioso, comme si Carter l'avait touché en plein cœur. La magie... Bien sûr, j'oubliais.

Puis, avec commisération :

– Je me demandais à quel point vous étiez naïf.

La foule s'était éclaircie. Mystérioso secoua la tête d'un air apitoyé et s'éloigna.

– Mystérioso ! cria Carter.

Ne recevant aucune réponse, il continua :

– Comment faites-vous rugir le lion ?

– La magie, gros nigaud, répondit Mystérioso sans se retourner.

CHAPITRE 10

Au début du printemps, la tournée Keith-Orpheum décrivit une boucle en Nouvelle-Angleterre. Les spectateurs, qui mettaient le nez dehors pour la première fois depuis l'automne, lui firent un accueil des plus chaleureux. La troupe gagna ensuite l'ouest par la route des Grands Lacs, avec de fréquentes incursions au Canada, où le public se montrait calme et discipliné, ce qui n'est jamais bon pour des artistes : mieux valait s'y produire en plein hiver, quand les spectateurs sont prêts à applaudir à tout rompre pour se réchauffer les mains. Alors qu'ils prenaient la direction de territoires plus rudes – le Montana, le Dakota –, Carter remarqua un changement d'attitude chez Mystérioso.

Chaque fois qu'ils s'installaient dans une nouvelle ville, plusieurs numéros donnaient une démonstration gratuite sur la grand-place. Mystérioso prononçait un rapide boniment, disparaissait derrière un paravent pour montrer à quelle vitesse il pouvait changer d'uniforme – un cinquième de seconde – puis il lançait dans la foule des jetons frappés à son nom. À Butte se produisit un petit événement. L'illusionniste venait de passer du simple troufion au colonel de cavalerie lorsqu'on entendit une bande de cow-boys crier d'une seule voix :

– Annabelle !

Le magicien les fusilla du regard.

– Oui, Annabelle Bernhardt sera au théâtre ce soir. La plus indomptable des furies ! Amenez vos femmes !

Les hommes, appuyés contre la grille en bordure de la place, continuèrent à réclamer :

– Annabelle ! Annabelle !

Chaque fois qu'il repensait à cet incident, Carter se demandait ce qu'il aurait fait à la place de Mystérioso. Il aurait sans aucun doute encouragé cette clameur en faveur d'un membre de sa troupe. Mystérioso, au contraire, ignora les cow-boys et aboya un ordre à un assistant. Bientôt, une pile de chaînes et de menottes roula sur scène.

– Regardez bien ! cria l'illusionniste.

C'était une nouveauté dans son répertoire. Tenu par plusieurs paires de menottes, il invita tous ceux qui le désiraient à en examiner la solidité. Puis il se débattit une fois, deux fois, trois fois, et les menottes tombèrent à ses pieds.

La foule applaudit.

– Je suis le maître ! cria Mystérioso. Le briseur de chaînes !

Parmi les spectateurs, quelqu'un lança :

– Houdini, au rancart !

Mystérioso resta un moment les bras en l'air, comme s'il attendait d'être frappé par la foudre.

– Oui, ricana-t-il. Au rancart, Houdini !

C'était un comportement aussi suicidaire que de cracher sur un crucifix, avec la menace d'un châtiment encore plus rapide.

La semaine suivante, Carter guetta la réaction d'Houdini, qui ne craignait pas d'apparaître à l'improviste au milieu d'un spectacle pour ridiculiser ses rivaux, quand il ne se contentait pas de leur tomber dessus à bras raccourcis dans une allée sombre.

Mais le célèbre illusionniste venait d'accomplir une de ces métamorphoses périodiques dont il était coutumier. Il sillonnait désormais le pays avec ce simple slogan : « Sans menottes ». Ne pouvant plus endiguer le flot toujours plus grand de magiciens qui s'autoproclamaient rois de l'évasion, il avait préféré lancer une bombe, un livre intitulé *Les Secrets des menottes*, qui expliquait en détail tous les trucs utilisés. Et d'annoncer qu'il laisserait le champ libre aux imitateurs serviles. Houdini, quant à lui, ne s'échapperait plus que de machines originales, comme *Le Bidon de lait cadenassé* ou *Le Cabinet de torture chinois*.

Mystérioso n'avait donc couru aucun risque ce jour-là à Butte. Quelque temps plus tard, à Vancouver, les artistes paressaient dans un parc, profitant d'un rare après-midi sans nuage. August Schultz, le bras en écharpe – œuvre d'Annabelle –, disputait une partie de cartes avec Leonard, de *Fun in Hi Skule*. Assis sur l'herbe un peu plus loin, Carter tentait d'imaginer une nouvelle illusion. Un numéro qui serait à la fois le reflet de sa personnalité et sa marque de fabrique, immédiatement identifiable par le public. « Est-ce que je veux être connu comme le magicien... qui sort un lapin de son chapeau ? Qui se délivre de menottes ? Ou qui se transforme en lion ? »

Porté par la brise, un bruit étrange, comme un vrombissement, leur parvint par-dessus la cime des arbres. Carter aperçut soudain un avion.

– Regardez ! s'écria-t-il.

Un aéroplane était un spectacle si rare que tous abandonnèrent leur sieste, posèrent leurs jetons de backgammon ou leur guitare pour suivre des yeux l'étrange machine. Carter s'y connaissait un peu depuis qu'Houdini, quelques mois auparavant, était devenu le premier homme à survoler l'Australie en avion. Or l'appareil qui approchait – une boîte rectangulaire pour les ailes et un cube pour la queue, le tout relié par une sorte d'échelle – ressemblait trait pour trait à celui qu'avait piloté le magicien : un Voisin, fabriqué en France et doté d'un moteur anglais. Le cœur de Carter battit plus vite. Pouvait-il s'agir d'Houdini en personne ? Bien sûr ! Une entrée en lice spectaculaire avant d'affronter Mystérioso ! Le moteur crachota, l'aéroplane volait à vingt mètres du sol, tout au plus.

– On dirait celui d'Houdini ! cria August Schultz.

Carter regretta de ne pas l'avoir dit en premier, car, à ce signal, tous les artistes bondirent sur leurs pieds pour agiter leur chapeau et encourager l'audacieux pilote. Mais lorsqu'il entama un cercle dans le sens des aiguilles d'une montre, un murmure de déception s'éleva parmi la foule : MYSTÉRIOSO ! Le magicien tournoya un moment au-dessus de la troupe, puis disparut derrière les arbres.

Deux semaines plus tard, la tournée Keith-Orpheum entama sa dernière ligne droite, la descente le long de la côte ouest des États-Unis. À Portland, Carter reçut un paquet des frères Martinka : c'était l'appareil de lévitation « aga » qu'il avait commandé. Simple mais efficace.

La tournée se produisit au Galaxy de Portland, un petit théâtre en pierre, austère, qui avait été autrefois une église luthérienne. Le matin de la première représentation, Carter déballa sur scène son matériel, en suivant les instructions jointes par les Martinka, et il ne lui fallut pas plus d'une heure pour réussir la lévitation d'un mannequin en cire trouvé dans le magasin des accessoires. Il passa un cerceau le long de son corps, de son haut-de-forme à ses bottes noires, et s'adressa aux fauteuils vides :

– Vous voyez ? Pas de fil, aucune attache. L'esprit rationnel se récrie : il y a forcément des fils ! Et j'aurais tendance à vous donner raison, mesdames et messieurs, mais comme vous pouvez le constater...

Il se tut. C'était d'un ennui épouvantable. Autant se tirer tout de suite une balle dans la tête.

Il sortit de sa poche un des jetons de Mystérioso. Côté face, on reconnaissait le lion Baby, avec cette inscription : « Acceptes-tu de la prendre pour épouse ? » Carter jeta un rapide regard circulaire. La pièce où l'illusionniste avait entreposé son matériel n'était qu'à quelques mètres de là. Chaque soir, on y remettait le lion en cage et on l'abandonnait pour la nuit.

Carter s'assura que le théâtre était désert. Puis il veilla à ne pas être dérangé en obstruant les serrures avec du papier mâché. L'entrepôt de Mystérioso n'était accessible que par une porte métallique, munie d'un mécanisme à double clé capable de décourager la plupart des cambrioleurs. Carter l'ouvrit en un tournemain, se faufila à l'intérieur et referma le battant sans bruit derrière lui.

Il laissa ses yeux s'habituer à la pénombre. Une unique fenêtre, à environ cinq mètres de hauteur, dispensait une faible lumière. Tous les accessoires de Mystérioso étaient rangés dans des caisses qui, empilées jusqu'à hauteur de poitrine, formaient des allées. Carter avança sur la pointe des pieds. La cage de Baby devait être au bout, encore dissimulée. Il préférait ne pas réveiller l'animal, même s'il était sans doute difficile d'approcher d'un lion sans attirer son attention.

Lorsqu'il fut à deux mètres seulement de la cage, il constata avec effroi qu'elle était vide et la porte ouverte. Il tenta de se rassurer en se disant qu'on avait dû l'emmener ailleurs, mais il entendit soudain une toux dans son dos. Ce n'était pas une toux humaine.

La porte se trouvait distante d'environ cinq mètres, soit trois ou quatre enjambées. En théorie, il pouvait l'atteindre, mais elle était verrouillée. Il avait entendu dire que les lions sentaient la peur. Et que si l'un d'eux vous chargeait, il fallait lui assener un grand coup sur le museau. En prenant soin de ne pas fourrer la main par mégarde dans sa gueule...

Il ne voyait pas le fauve, probablement tapi dans une des allées. Il y eut un bruit léger, comme le claquement de la queue de Baby sur le sol. Carter prit son pouls : quatre-vingts, non, quatre-vingt-dix, non, cent vingt battements par minute. *« Puisque toutes les créatures sont au fond des frères... »* songea-t-il. Il avait beau regarder partout, aucun signe du lion. Puis il pivota sur ses talons.

Il croyait avoir aperçu quelque chose au coin d'une caisse, dans l'allée voisine : deux pieds. Quelqu'un était-il allongé par terre ?

Oui, c'étaient bien des jambes avec, posée à côté, une paire de chaussures. Il se pencha au maximum. Annabelle était là, couchée sur le flanc. Accroupi près d'elle, le lion fixait l'intrus de ses yeux jaunes. Carter reconnut cette position. Son père possédait autrefois un chien de chasse qui détestait être approché lorsqu'il rongeait son os. Le magicien recula d'un pas, et le lion fit un pas en avant. Les muscles roulaient sous son pelage doré.

L'animal enjamba le corps d'Annabelle, avec des pattes aussi grosses que son visage. La technique du coup de poing dans le nez sembla soudain très inadéquate à Carter.

– Annabelle ? souffla-t-il.

Aucune réaction.

– Annabelle ?

Dans sa vie, il avait peu entendu de sons si graves et si profonds qu'on les ressentait viscéralement avant que l'oreille ne les perçût : la rumeur d'un tremblement de terre, le grondement d'un train et désormais le grognement d'un fauve. L'animal allait le tuer. Ramassé sur lui-même, il bondit soudain en avant, décrivant une parabole parfaite. Mais au moment où il allait retomber sur Carter, il fut stoppé net dans son élan. Derrière, Annabelle le retenait par la queue. Elle donna une violente secousse et le lion alla s'écraser contre une caisse en bois.

– Mademoiselle Bernhardt ! s'écria Carter. Vous n'avez rien ?

– Surtout ne bougez pas.

De nouveau prêt à l'attaque, le lion avait les yeux rivés sur la gorge de Carter.

– Baby, grommela Annabelle, arrête ton cirque... Ne m'oblige pas à aller te chercher.

La queue du lion battit plusieurs fois le sol. Puis Annabelle eut un simple geste : elle posa ses mains sur ses hanches. Aussitôt, toute animosité sembla quitter le fauve, qui se pourlécha les babines.

– C'est mieux... (Elle l'attrapa par le collier et le tira jusqu'à sa cage. Puis, revenant à Carter, encore pétrifié :) Qu'est-ce que vous fabriquez ici ?

– Je pourrais vous poser la même question.

– Je dormais.

– Pourquoi pas à l'hôtel, avec Mystérioso ?

– Allez-y, vous, dormir avec Mystérioso. (Elle prit une cigarette.) Quelle heure est-il ?

– Sept heures et demie.

Elle rangea la cigarette.

– Qu'est-ce que vous venez faire ici à cette heure matinale ?

– Je suis entré... par effraction.

Comprenant qu'il pouvait bouger en toute sécurité, il redressa la caisse renversée par Baby.

– J'espérais découvrir comment on fait rugir le lion sur commande.

Annabelle alluma finalement sa cigarette. Ses cheveux roux masquaient en partie son visage. Elle jeta un regard par-dessus son épaule, vers la cage.

– Hé, Baby, comment ils te font rugir ? (Elle se retourna vers Carter.) Il n'est pas très coopératif. Vous devriez peut-être employer la manière forte.

Carter s'approcha de la cage et, l'index levé, imita la grosse voix du chef indien :

– Acceptes-tu de la prendre pour épouse ?

Aucune réaction. Il se tourna vers Annabelle.

– Vous n'êtes pas curieuse ?

– Ce n'est pas mon numéro, fit-elle avec un haussement d'épaules.

– Pourquoi la cage était-ellc ouverte ?

– Je le laisse sortir pour qu'on puisse jouer. Nous sommes amis, lui et moi.

– Je vois. Et vous dormez à côté de lui ?

– Parce que vous vous imaginiez en train de voler à mon secours ?

– Non, mais je lui aurais flanqué un coup de poing dans le nez, au besoin.

– Quoi ?

– Vous savez, il paraît que si on...

Annabelle réprima un sourire. Elle rajusta ses cheveux, les nouant avec son sempiternel ruban effiloché. Une voix grave et rauque s'échappa des lèvres qui pinçaient la cigarette.

– Vous ne m'avez même pas remerciée de vous avoir sauvé la vie.

– Eh bien...

– Eh bien, quoi ?

– Ce lion m'a l'air doux comme un agneau. Un regard et il a déguerpi la queue entre les jambes.

Elle se leva d'un bond.

– Un regard, oui, mais le mien. Vous auriez pu le fixer toute la journée, tôt ou tard vous auriez fini dans son estomac. Parce qu'en posant les yeux sur vous, il a vu un paquet de viande. De la chair fraîche.

Puis, éteignant sa cigarette avant de se rasseoir :
– Exactement ce que voit Mystérioso.
– Désolé de vous avoir dérangée, dit-il en s'inclinant.
Elle ferma les yeux et porta la main à sa bouche comme pour étouffer un bâillement.
– Surtout ne faites pas de bruit en crochetant la porte.

Il plut toute la journée et Carter passa son temps à arpenter sa chambre en inventant les reparties qu'il aurait dû lancer à Annabelle.

Quand il regagna le théâtre, il découvrit, l'estomac noué, qu'on avait ouvert puis remballé son nouvel appareil Martinka. Le cambrioleur avait été soigneux : si Carter n'avait pas été aussi soucieux de personnaliser son matériel, il n'aurait peut-être pas remarqué qu'un des éléments avait été replacé à gauche de l'endroit où il l'avait laissé. Était-ce l'œuvre d'Annabelle ? Peu probable. Il y avait très peu de personnes capables de forcer ce type de serrure.

Comme il réfléchissait mieux en marchant, il sortit se promener sous la pluie. Il finit par tomber sur une petite fête foraine près de la statue de Lewis et Clark, dans le parc des Trois Ponts. La plupart des attractions étaient fermées pour cause de mauvais temps. Les animaux avaient été abrités dans la partie la plus détrempée d'une vaste tente qui sentait le chien mouillé. Des jongleurs se lançaient tristement des quilles en sautillant sur place pour se réchauffer. Carter donna vingt-cinq cents à la diseuse de bonne aventure, une jolie Chinoise enrhumée. Elle jeta une poignée de brindilles sur une table pliante et après les avoir examinées, le nez dans son mouchoir, elle annonça qu'il allait incessamment épouser une dénommée Sarah.

Carter plaqua les mains sur ses genoux. Son regard se posa sur un coin d'herbe où la pluie dégoulinait. Il devait exister quelque part une sorte de manuel de prophétie.
– Et si je vous disais que cette Sarah est partie... Est-ce que je dois la suivre ?
Elle se moucha.
– Je n'en sais rien.
– Ou bien lui écrire ?
– Je n'en sais rien.
Carter entrouvrit sa veste, juste assez pour laisser apparaître son insigne de la Société des magiciens américains. La pluie tambourinait sur le chapiteau. La Chinoise regarda longuement l'insigne puis

hocha la tête pour montrer qu'elle l'avait vu. Elle pouvait, si l'envie lui en prenait, avouer sans risque qu'elle se servait d'un manuel.

Mais la jeune femme haussa les épaules.

– J'ai un don, voilà tout.

– C'est ça, soupira-t-il. Un don...

Après une nuit agitée, il se réveilla à quatre heures du matin avec une sensation de vide : il avait rêvé d'une nouvelle illusion présentée par Annabelle. Malheureusement, il s'agissait d'une simple variation sur un procédé de Robert-Houdin. Rien d'original. Pire, c'était un tour assez cruel, qui ne méritait pas qu'on s'y attarde. Il le dessina néanmoins dans son calepin avant de retourner se coucher.

Impossible de trouver le sommeil. Mentalement, il tourna les pages des *Confidences d'un prestidigitateur* de Robert-Houdin, puis *Les Tricheries des Grecs dévoilées*, *Les Secrets de la prestidigitation et de la magie*, enfin *Magie et physique amusante* ; le tour d'Annabelle n'était dans aucun d'eux. Carter ouvrit brusquement les yeux.

Il relut ses notes à la lumière de la lampe, tirant les draps sous son menton. Il venait de rêver une illusion entièrement neuve. Le procédé serait à la fois inélégant et coûteux, il nécessiterait plusieurs assistants, et seul un esprit démoniaque pouvait s'en servir. Pour un peu, il avait honte de l'avoir imaginé. En lettres majuscules, il baptisa son nouveau numéro : CHANTAGE.

À cinq heures du matin, il courut au bureau du télégraphe, réveilla l'opérateur pour envoyer un câble aux Martinka. Une commande urgente. Trois miroirs optique, une poulie à courroie, plusieurs mètres de velours noir. Un mortier. Une table munie d'une trappe métallique. Une plate-forme pivotante. Enfin, au diable l'avarice, la modification de son « aga » en « asrah ».

Une heure plus tard, une réponse lui parvint. Francis Martinka estimait le coût à cinq cents dollars et le délai de fabrication à un mois. Carter lui fit savoir qu'il avait besoin du tout d'ici quinze jours. Il dicta à l'opérateur : « SUIS SUR LA TOURNÉE KEITH-ORPHEUM. »

Il pensait que cela suffirait à lever toute hésitation, mais Martinka lui expédia un autre télégramme : « EN TÊTE D'AFFICHE ? »

Carter comprit qu'il devait recourir aux grands moyens pour convaincre le fabricant. Puisant dans l'argent que sa mère lui avait envoyé, il passa un appel téléphonique, à l'autre bout du pays, pour vingt-deux dollars. Il fallut quinze minutes pour tout arranger. Au milieu des craquements et des sifflements, des voix fantômes qui allaient et venaient, il devait crier pour se faire entendre.

– Un de mes employés vous remettra des arrhes quand vous le désirerez, et le solde à la réception.

En fait, ce serait un employé de son père et Carter devrait affronter tous les cercles de l'enfer pour avoir déboursé pareille somme, mais il ne pouvait plus reculer.

– Il y a quelques semaines, vous avez commandé chez nous un équipement modeste, monsieur, mais cette fois... il s'agit de cinq cents dollars.

– Il me le faut pour la dernière représentation de la vingt-septième semaine.

Une pause.

– L'Orpheum de San Francisco ? Albee ?

– Albee sera là, oui.

Francis Martinka s'exclama avec chaleur :

– Alors mon appareil aussi !

CHAPITRE 11

Carter, qui se trouvait en pension à Thacher au printemps 1906, avait échappé au grand tremblement de terre et à l'incendie qui avaient ravagé San Francisco. Mais il avait lu les journaux et reçu les lettres de ses parents qui décrivaient les efforts de reconstruction. Les dignitaires de la ville invitèrent E. F. Albee, patron de la tournée Keith, à participer au relèvement général en édifiant un théâtre à l'angle de la Cinquième Avenue et de Mission. Le hall de l'Orpheum s'enorgueillissait d'un plafond en verre coloré, signé Tiffany, qui avait coûté un million de dollars, d'une voûte en berceau où l'on voyait des paons en haut-de-forme courtiser des paonnes en robe longue dans les champs Élysées. Sur les murs, des mosaïques surpassaient en richesse les plus belles découvertes de Pompéi (après tout, l'art pompéien n'était pas rehaussé d'or russe) ; les comptoirs des seize bars étaient en marbre d'Italie incrusté d'argent espagnol. Tous les fauteuils étaient recouverts de velours. Les travaux achevés, Albee, debout sur l'avant-scène, vint tester l'acoustique exceptionnelle de la salle :

– On pourrait y entendre chuchoter les anges.

L'Orpheum comportait une curiosité malheureusement peu enviable : une série de fresques commanditées par les quarante familles les plus riches de la ville. Chacune d'entre elles avait choisi et financé une scène d'inspiration mythologique. San Francisco comptant plus de prostituées et de négociants en or que de peintres, la réalisation de ces vastes tableaux n'alla pas sans mal. Refusant les artistes locaux, Mme Mark Hopkins affirma qu'elle ne traiterait qu'avec les « vieux maîtres » et envoya chercher en Europe un Vénitien peu scrupuleux, qui se prétendait le descendant direct de Raphaël. Modèle d'art pompier, sa fresque se révéla suffisamment criarde pour épater les autres familles, qui s'empressèrent d'engager les amis du Vénitien, lesquels, par une étrange coïncidence, se trouvèrent apparentés à Bronzino et au Titien. Les résultats déconcertèrent les régisseurs d'Albee, mais afin de ne pas offenser les riches mécènes, on retint tout jugement sur ces fiers-à-bras volant au secours de femmes dénudées, aux prises avec d'énormes serpents, et les rares érudits que comptait la ville feignirent un vif engouement pour des épisodes aussi injustement méconnus que *Hercule et les Sabines* ou la *Flagellation d'Artimus*.

Les Carter, préférant la discrétion, se contentèrent quant à eux de contribuer au fonds général pour l'entretien du bâtiment.

L'Orpheum brillait donc de mille feux lorsque la tournée arriva à San Francisco pour sa vingt-septième semaine. En entrant dans la loge des artistes en fin d'après-midi, Carter trouva une enveloppe sur sa table de maquillage. Une main délicate avait tracé son nom et l'adresse du théâtre. À l'intérieur, une photographie, de la taille d'une carte de visite, au dos de laquelle on avait écrit, de la même encre bleue que sur l'enveloppe :

« Mes meilleurs vœux pour vous, monsieur Carter. »

Elle était signée Sarah O'Leary.

Il n'eut pas le temps d'analyser ce que signifiait ce message, car bientôt son père et sa mère se jetèrent dans ses bras, ainsi que son frère James, accompagné par un camarade d'université. Tous les artistes, à l'exception de la tête d'affiche, occupaient une vaste loge qui, ce soir-là, était encombrée d'amis et d'admirateurs. Quand le regard de Carter croisa celui de son père, il comprit qu'il n'échapperait pas aux réprimandes.

– Charles, attaqua M. Carter tandis que sa mère l'étreignait toujours, j'apprends que tu as retiré une énorme somme sur ton fonds de dépôt.

– Une somme extravagante, mais...

– Mille dollars ?

– Exact.

– À quelles fins ?

Carter leva les yeux au ciel. Il chercha en vain l'appui de James, qui devisait tranquillement avec son ami. Le magicien s'efforça de paraître aussi sûr de lui que lorsque son père n'était pas présent dans la pièce.

– Il me fallait un nouveau final.

M. Carter était plus grand, plus robuste, plus corpulent que son fils aîné. Comme James, il avait des yeux marron et des cheveux bouclés. Charles, si différent, se demandait parfois s'il n'avait pas été trouvé sur un pas de porte.

– Et pour ce final, reprit son père, tu as dépensé l'équivalent de tes gains annuels ?

– Ce n'est qu'un emprunt.

M. Carter ne dit rien.

– Un investissement sur mon avenir, ajouta Charles.

Son père pointa la langue contre sa joue, ce qui n'était jamais bon signe, puis il se tourna vers Mme Carter, occupée à feuilleter les cartes postales que son fils avait rapportées des quatre coins du pays.

– Nous en reparlerons après le spectacle, trancha M. Carter.

– Certainement. Mais après le spectacle, il faudra aussi que je renégocie mon contrat, et je compte bien retirer des bénéfices de cette nouvelle illusion.

– Cela me paraît indispensable, Charles.

– Je comprends. Tu n'es pas dans les affaires pour me servir éternellement de caution. Je garderai cela à l'esprit en négociant mon contrat pour la prochaine saison.

Il hochait la tête avec un tel empressement que son col lui cisaillait la nuque.

– Pardon ? Pour la... prochaine saison ?

– Il faut bien que je rembourse cet emprunt.

Les narines de M. Carter frémirent comme s'il venait de déceler la proximité d'une porcherie.

– Quand tu auras fini, Charles, intervint Mme Carter, les yeux brillants, il faut absolument que tu viennes à la maison pour répondre à un questionnaire rédigé par mon club de femmes. C'est à propos du complexe d'Œdipe...

– Voilà qui s'annonce très distrayant, mère.

– C'est ton grand soir, dit-elle.

Cette brève interruption permit à M. Carter de rassembler toute sa volonté d'armistice. Il tenta même un sourire.

– Pour les négociations... tu vois Albee ?

– Non, Murdoch.

Murdoch, le directeur adjoint, était un homme acariâtre qui avait toujours un pot de miel sur son bureau : lorsqu'il parlait affaires, il aimait étaler du miel sur des biscuits. Seules les vedettes avaient le privilège de rencontrer Albee.

Carter espéra malgré tout avoir favorablement impressionné son père. Puis vint un de ces instants où chacun semble s'être donné le mot pour s'exclamer : « Oh, si tard déjà ! Comme le temps passe ! » Carter salua ses parents et se tourna vers le miroir pour se maquiller. Il contempla son smoking, sa frêle stature, ses cheveux noirs soigneusement peignés, comme s'il était face à un inconnu. À sa droite, Laszlo discutait en tchèque avec un homme qui lui avait apporté une énorme saucisse ; à sa gauche, Chase le tragédien sifflotait en arrangeant un bouquet de fleurs envoyé par les filles du 46, Anna Lane.

Carter compta jusqu'à dix, le temps de chasser de son esprit toutes les pensées relatives à son père. Puis il se tourna vers son frère.

– James, il me faut un assistant.

James leva les yeux au ciel. De leur mésaventure avec Jenks, il avait gardé une considération mesurée pour la magie. De temps à autre, il donnait un coup de main à son frère, mais contraint et forcé.

– C'est la dernière fois, promis, insista Charles. Mais ce soir, j'ai vraiment besoin de toi.

Comme James grimaçait de nouveau, Tom lui donna une bourrade sur l'épaule. Le torse large, les yeux bleus, Tom jouait au football dans une équipe universitaire. Carter avait vu sa photo dans un programme sportif que lui avait adressé son frère. La légende stipulait : « Tom-Tom Crandall : fonceur, coriace, bon vivant. »

– Allez, fais un effort. Pour ton frère.

– D'accord, Charles. Qu'attends-tu de moi ?

Carter lui expliqua son plan. Lorsqu'il eut fini, James poussa un long soupir :

– Cet homme est fou ! Charles, quiconque prétend que tu es sain d'esprit ment effrontément.

À six heures et demie, Charles glissa un œil entre les rideaux. Pour la première fois de la tournée, la salle était comble dès le numéro d'ouverture, *Les Russo-Chinois volants du colonel Munson*. En fait, on ne voulait manquer pour rien au monde une véritable tradition à l'Orpheum de San Francisco : l'arrivée tardive mais toujours très remarquée de Jessie Hayman et de Tessie Wall. Le centre des allées G et H avait été réservé, et les ouvreuses refoulaient sans merci les étourdis qui tentaient d'occuper ces sièges encore vides.

Carter abandonna quelque temps son matériel pour suivre le spectacle, tout en jetant de fréquents coups d'œil en direction de Tom, qu'il avait prié de faire le guet. Tom se grattait la nuque, ce qui signifiait que personne n'avait touché l'instrument de lévitation. James se tenait non loin de là, dans le magasin, en compagnie de deux maîtres artisans que Carter avait payés cinq cents dollars pour modifier et embellir l'appareil des Martinka, destiné à son numéro *Chantage*. Il était recouvert d'une toile épaisse et quiconque posait des questions à son sujet s'entendait répondre qu'il s'agissait du nouveau décor pour *La Fumerie d'opium.*

Lorsque les acrobates eurent fini leurs cabrioles, le rideau se baissa et les machinistes préparèrent aussitôt les panneaux pour les tableaux vivants, un numéro où des acteurs prenaient la pose d'œuvres célèbres. Carter entendit des rires et des murmures. Plusieurs artistes s'approchèrent du rideau et regardèrent dans la salle en gloussant.

L'orchestre attaqua *Ain't She a Beauty* et Jessie Hayman descendit l'allée à la tête d'une vingtaine de femmes parmi les plus belles de San Francisco. Elle marchait d'un pas altier, offrant à la cantonade un sourire de bienséance. Le seul signe de son non-conformisme était sa chevelure orange, montée en choucroute sous un large chapeau texan.

Chase, qui n'avait pas les moyens de s'offrir les filles de Jessie, marmonna :

– Je prendrais bien celle aux cheveux noirs. Non, plutôt la blonde grassouillette.

Carter se souvint de la photographie qu'il avait reçue. Sarah avait-elle signé « avec mon meilleur souvenir » ? Non, elle lui avait seulement souhaité bonne chance. Peut-être ne voyait-elle en lui qu'un ami. Il regarda de nouveau les filles, leurs robes aux couleurs pastel et leurs petits chapeaux ornés de roses. En gagnant leur siège sous la houlette de Madame Jessie, elles feignirent d'ignorer que tous les regards convergeaient sur elles, mais chacune prit bien soin de saluer le maire Rolph, assis à côté du chef de la police.

Carter ricana.

– Qu'y a-t-il de si drôle ? s'enquit Chase.

– Rien. Elles n'ont pas eu une seule œillade pour un homme marié.

– Comment sais-tu qui est marié ?

– Je suis né ici. Je connais presque tout le monde dans la salle.

– Sacrée pression, siffla Chase.

Carter s'éloigna du rideau, le front soucieux. Absorbé par la mise au point de son illusion, il en avait oublié qu'il allait la présenter pour la première fois devant un parterre d'amis et de parents. Quel accueil réserveraient-ils à son nouveau numéro ? Certes, il faisait figure d'enfant du pays, mais un enfant qui s'adonnait à une profession à demi respectable, voire tout juste honorable. Mais il refusait de s'aventurer sur ce terrain marécageux... Il se retourna : Tom agitait sa casquette avec frénésie.

Carter resserra sa cravate pour montrer qu'il avait compris. Profitant de la diversion créée par l'arrivée des demi-mondaines, Mystérioso était venu saboter son appareil de lévitation. Le marécage s'assécha aussitôt, Carter retrouva la terre ferme et éprouva même une certaine délectation en songeant à la suite des opérations.

Jessie et ses créatures une fois installées, l'orchestre entama une étude de Debussy. Le rideau se leva sur une perspective d'arcades majestueuses devant laquelle un groupe de personnages se tenait immobile, dans l'attitude de *L'École d'Athènes* de Raphaël. Un murmure de satisfaction parcourut la salle, puis le narrateur, debout sur la gauche de la scène, en mortier et toge d'universitaire, annonça :

– Mesdames et messieurs, *L'École d'Athènes*. De Raphaël.

La salle applaudit.

Il était sept heures et quart. Carter disposait d'exactement une heure avant son entrée sur les planches. Il lui restait une dernière chose à accomplir, qui lui prendrait une vingtaine de minutes, en allant vite.

Sur scène, les artistes passaient en revue les images bibliques. Ils interprétèrent *Saint Matthieu et l'Ange*, du Livre de Lindisfarne, et des morceaux choisis de la chapelle Sixtine. Vinrent ensuite Giotto et Mantegna, quelques exemples aussi de l'art séculier, comme *les Époux Arnolfini* de Jan van Eyck.

Puis ce fut le bouquet final, agrémenté d'une nouveauté dont San Francisco devait parler pendant plusieurs semaines. Comme à l'ordinaire, on eut droit à une succession continue de tableaux : du *Radeau de la Méduse*, avec ses marins à l'agonie, on passait à la *Liberté guidant le peuple* de Delacroix. Mais ce soir-là, la Liberté apparut on ne peut plus fidèle à l'original, autrement dit seins nus, et au changement suivant, la Liberté se dévêtit entièrement pour entrer dans un coquillage. Tandis que des anges aux tuniques amples flottaient autour d'elle, l'aboyeur annonça :

– *La Naissance de Vénus* !

Des cris outragés fusèrent dans la salle, Jessie Hayman s'époumonant « Vulgaire ! Vulgaire ! », car Vénus (non pas nue mais vêtue d'un collant couleur chair) n'était autre que sa grande rivale Tessie Wall.

Puis, de chaque côté de la scène, apparurent ses protégées, saluées par les cuivres de l'orchestre. À tour de rôle, elles vinrent poser un moment sous les feux de la rampe, dans leurs affriolants froufrous parisiens, avant de gagner la salle. La dernière à descendre fut bien sûr Tessie, qui avait enfilé une robe longue. La poitrine opulente et la chevelure blonde, elle saluait toutes ses connaissances en brandissant un boa de plumes roses. Elle alla s'asseoir en prenant tout son temps, et bientôt, à l'entracte, son audace devint le seul sujet de conversation, chacun se demandant par quelle entrée fracassante Jessie Hayman pourrait bien lui damer le pion l'année suivante.

Chase eut la malchance de passer à la reprise, à huit heures moins vingt. Il avait beaucoup répété ses monologues de Shakespeare mais, bien qu'il eût pimenté son programme d'une parodie mordante signée Henry Irving, l'accueil fut tout juste poli. Visiblement, son contrat serait au mieux reconduit tel quel l'année suivante.

À huit heures moins trois, Laszlo et ses Hussards Yankees envahirent la scène. Tandis que l'orchestre jouait un pot-pourri de marches militaires, Carter vérifia soigneusement ses accessoires, bourra ses poches de foulards, examina ses paquets de cartes.

– Bonne chance, Carter.

Cette voix mielleuse était celle de Mystérioso.

– Est-ce que j'en aurai besoin ?

– Pas si vous êtes bon magicien. Nerveux ?

– Non.

– Alors pourquoi transpirez-vous ?

Carter en avait assez de jouer au chat et à la souris. Il déclara avec une décontraction qui le surprit lui-même :

– Parce que j'ai dû courir jusqu'à la gare et revenir à toute vitesse.

Mystérioso plongea les yeux dans les siens.

– Vous mentez.

– Vous ne m'avez pas vu ? Vous étiez peut-être occupé ailleurs.

Ils continuèrent à s'affronter du regard, puis Carter murmura :

– Je ne veux pas me mettre en retard.

Il cacha un serpent dans la doublure de son manteau.

Mystérioso tourna les talons. Lorsqu'il eut disparu, Carter tira sur les fils reliés à la poulie. Au lieu de se tendre, ils se relâchèrent ; s'il essayait maintenant de faire léviter un volontaire, celui-ci tomberait à coup sûr. L'heure du Chantage avait sonné.

CHAPITRE 12

À huit heures et quart, l'orchestre attaqua *Pomp and Circumstance*, le thème musical de Carter, qui entra en scène sous des applaudissements nourris. Un moment, il se concentra sur le rythme de son souffle, quinze inspirations, quinze expirations par minute. Dans son dos, mais devant le rideau baissé, plusieurs paravents chinois masquaient l'appareil de lévitation. Carter remercia le public – « Quel plaisir de retrouver son vieux quartier ! » –, compliment qui ne manqua pas de provoquer une nouvelle salve d'applaudissements. Malgré les projecteurs et les feux de la rampe, il distinguait mieux que d'habitude la salle, depuis l'orchestre, avec ses messieurs en smoking et ses élégantes, jusqu'au troisième balcon, où les hommes gardaient leur chapeau et où les femmes en fanfreluches agitaient le programme en guise d'éventail. Carter évita de regarder la loge de ses parents. Il songea à la carte que lui avait envoyée Sarah et se demanda si celle-ci était présente.

– Je sais que, ce soir, on attend beaucoup de l'enfant du pays. Je vais donc me débarrasser tout de suite d'une corvée...

Il ôta son haut-de-forme, plongea une main gantée à l'intérieur et saisit deux longues oreilles. Lorsqu'il tira dessus, on découvrit qu'il ne s'agissait pas d'un lapin, mais d'un ours en peluche blanc, avec des oreilles d'une taille absurde.

Le public éclata de rire. Carter s'excusa platement, puis sortit de son chapeau, en succession rapide, une tortue et un serpent, tous deux affublés de longues oreilles blanches, et enfin un vrai lapin. Au deuxième rang au centre, Albee applaudit de bon cœur, flanqué de Murdoch et d'un vieux monsieur qui tenait une canne et portait un œillet rouge à la boutonnière.

Carter passa ensuite à quelques tours de cartes, qu'il réussit sans problème, en choisissant des volontaires parmi les personnalités des premiers rangs. Il retrouvait les cartes de manière de plus en plus difficile, avec en apothéose le lancer de couteau qu'il avait intégré à son spectacle depuis Denver.

Comme à Denver, Mystérioso l'observait en coulisse (mais du côté opposé à celui où Carter lançait le couteau). À l'approche du final, Carter se tourna quelques secondes vers Mystérioso, qui, les paumes vers le ciel, sembla l'engager à poursuivre.

Carter fit face au public.

– Mesdames et messieurs, ce soir, je vous propose de terminer par un modeste numéro de lévitation. Il me faut un volontaire. L'homme le plus intelligent de la salle veut-il bien monter sur scène ? Je vois déjà des mains qui se lèvent...

Carter attendit, un index sur les lèvres, le coude posé au creux de la main. Des rires fusaient, des encouragements aussi, des suggestions. Monsieur le maire ! Tessie Wall !

– Tout bien réfléchi, reprit Carter, il y a en effet trop de personnes intelligentes dans cette salle. Je vais donc enfreindre un principe sacré et désigner moi-même un volontaire, contre son gré s'il le faut. Veuillez réserver l'accueil qu'il mérite à... Mystérioso !

En coulisse, l'illusionniste se rembrunit. Carter l'invita à approcher, encouragé par les applaudissements qui enflaient. Mystérioso recula d'un pas, mais se heurta à Tom, qui lui barrait la retraite tout en lui montrant poliment le chemin.

Se résignant à avancer sur les planches, Mystérioso salua le public et serra la main de Carter.

– Chers amis, je sais bien ce que vous êtes en train de vous dire, reprit celui-ci. A priori, c'est une très mauvaise idée de demander à un magicien d'en assister un autre.

Il claqua des mains et James se faufila sur scène pour ôter les paravents chinois. Les spectateurs découvrirent une planche toute simple, qui reposait sur le dossier de deux chaises. C'était l'appareil de lévitation commandé chez les Martinka, mais avec un supplément : sous la planche s'étendait un tapis de clous d'aspect redoutable, avec des pointes acérées, longues d'une trentaine de centimètres, qui luisaient sous les projecteurs.

Carter s'adressa à Mystérioso.

– Vous voulez bien vous allonger sur cette planche ? J'ôterai ensuite les chaises pour faire une expérience de lévitation.

– Il n'en est pas question, répondit Mystérioso en regardant ses ongles.

– Pourquoi donc ? Parce que nous sommes complices ?

– Jamais de la vie.

– Alors voudriez-vous expliquer au public pourquoi vous refusez ?

– Parce que je ne suis pas persuadé de votre talent.

– Autrement dit...

– Votre installation minable peut connaître des ratés et provoquer un accident.

– Je vois. Mesdames et messieurs, voici l'homme le plus intelligent de la salle ! Notez toutefois que Mystérioso s'est simplement montré mauvais joueur, sans réussir à prouver que nous n'étions pas de mèche.

Le rideau se leva et la planche de lévitation parut soudain ridiculement petite, écrasée sous la masse d'une machinerie monstrueuse. Sur la scène se dressait en effet un enchevêtrement de rouages, de poulies, de cames et de leviers, qui tenait à la fois du moteur à explosion et de l'horloge géante. Bon nombre de ces pièces ne remplissaient aucune fonction mais Carter, qui avait passé deux semaines à plancher sur les croquis, savait à quel point les apparences étaient essentielles. Dans la salle, on n'avait jamais rien vu de semblable ; même les rustres du troisième balcon en bavèrent des ronds de chapeau.

– Qu'est-ce... qu'est-ce que c'est ? parvint à articuler Mystérioso.

– Je l'ai baptisé *Chantage*, répondit Carter avec fierté. Choisissez une carte.

– Hein ?

Mystérioso semblait déboussolé.

Carter ouvrit un jeu en éventail.

– Prenez une carte.

– Oh, s'il ne s'agit que de prendre une carte...

Au moment où Mystérioso tendait la main vers le paquet, une carte se souleva et s'agita comme pour lui faire signe. Le public éclata de rire.

– Vous n'allez tout de même pas m'imposer un choix ! s'indigna Mystérioso.

– Pardonnez-moi. Je vous en prie...

Mystérioso lui arracha le jeu des mains, le mélangea, le coupa, le battit à nouveau, fit courir ses doigts sur la tranche et choisit une carte avant de remettre le reste du paquet à Carter.

– Vous me compliquez la tâche. Je l'avoue, je n'ai aucune idée de la carte que vous avez choisie.

Il fit un pas vers la salle.

– Monsieur le maire, savez-vous quelle carte il a prise ? Non ?

Monsieur Albee ? Non plus ? (Carter se caressa le menton.) Eh bien, mon cher rival, vous m'avez coupé la chique. Mais heureusement, nous vivons à l'ère des exploits techniques. *Chantage* va nous dire quelle carte vous avez choisie.

Carter plaça le jeu – moins la carte que Mystérioso tenait toujours – sur un plateau de cuivre, lequel reposait sur le dernier wagon d'un train miniature.

– En voiture tout le monde... Attention au départ !

Le convoi escalada une pente jusqu'à une corniche où, avec un bruit métallique, le wagon versa le plateau sur le bras d'une balance.

– Très ingénieux, grommela Mystérioso.

Les doigts de Carter lui apprirent que la carte tirée était le trois de carreau. Mais il savait aussi, quelle que fût la carte désignée par la machine, que son rival en montrerait une autre.

Sous le poids du paquet de cartes, le plateau vide monta et heurta une pierre à briquet. Une gerbe d'étincelles fit exploser deux ballons, d'où s'échappèrent deux pigeons blancs. Au même moment, un étau libéra une caisse en bois, qui avança lentement sur un tapis roulant, avant de basculer sur le plateau vide de la balance.

Carter s'approcha alors de cette caisse, fermée par un gros cadenas. Il introduisit une clé dans la serrure. Puis il se tourna vers Mystérioso.

– Votre carte ne serait-elle pas le trois de carreau ?

– C'est à lui de me le dire, non ? cria Mystérioso à l'intention du public.

Quelques huées se firent entendre dans les balcons. D'un rapide mouvement de poignet qui n'échappa pas à Carter, Mystérioso sortit de sa manche un huit de trèfle, qu'il tint caché derrière sa main, pincé entre l'index et l'annulaire. Le public n'en avait rien vu. Certes, ce huit de trèfle provenait d'un autre paquet, mais Mystérioso pouvait encore tout gâcher, si Carter ne l'en empêchait pas.

– Je vous donne une dernière chance, dit-il d'une voix grave. S'agit-il du trois de carreau ?

– Mon pauvre ami, je suis au regret de vous décevoir, mais...

Mystérioso n'alla pas plus loin. Carter venait d'ouvrir la caisse. Elle contenait une cage à oiseaux. Et dans cette cage se trouvait Narcisse.

– Est-ce bien votre chien ?

Mystérioso en resta bouche bée. Puis il se mit à agiter les mains :

– Ne le touchez pas ! Je vous interdis de le toucher !

Il s'élança vers la cage mais s'arrêta net, Carter venant de brandir un revolver sous son nez. Le public s'amusait.

– Attrape la balle avec tes dents, cria quelqu'un, provoquant de nouveaux éclats de rire.

Carter compta les battements de son cœur. Il buvait du petit-lait.

– C'est une excellente idée, mon ami. Pourquoi ne pas essayer d'attraper une balle ?

– Vous bluffez.

– Bien sûr que je bluffe. Mais vous devez répondre maintenant à deux questions. Tout d'abord, ce chien vous appartient-il ?

– Oui, oui, c'est Narcisse. Et si vous touchez à un seul de ses poils...

– Deuxième question, Narcisse est-il un menteur ?

– Quoi ?

Carter pointa le canon de son arme vers la cage. Narcisse portait au cou le trois de carreau. Carter cacha le trou que l'affreux roquet avait fait dans son gant au moment où il avait glissé la carte sous son collier. Tout en surveillant le moindre geste de Mystérioso, il devinait du coin de l'œil la troupe qui s'était amassée dans les coulisses pour suivre leur duel.

– Chers habitants de San Francisco, dit-il, avez-vous déjà vu un magicien se donner autant de mal pour un simple tour de cartes ?

Il y eut de maigres applaudissements, surtout dans l'orchestre. Mauvais signe.

– Puisque vous ne voulez pas me répondre, Mystérioso, je vais devoir employer les grands moyens.

Il recouvrit la cage de sa longue cape noire. Lorsqu'il l'ôta, la cage avait disparu. Narcisse aussi. Nouveaux applaudissements, cette fois plus nourris, mais pas aussi généreux que Carter l'eût souhaité.

– Une de Kolta, bien sûr, grommela Mystérioso. Où est-il ?

Un éclair, un nuage de fumée, et Narcisse, qui hurlait à la mort, réapparut sur la planche posée entre les deux chaises – sur l'appareil de lévitation saboté ! Le chien et la cage étaient beaucoup plus légers qu'un homme mais l'installation se mit néanmoins à émettre des grincements inquiétants.

– Non ! cria Mystérioso.

– Vous n'avez pas tout vu, dit Carter. Regardez.

À la verticale de la cage, une enclume était suspendue à une chaîne qui disparaissait dans les cintres.

– J'attends : votre carte est-elle bien...

– Le trois de carreau ! Oui, la voici, tenez, le trois de carreau !

Mystérioso montra la carte à tout le monde.

– Merci.

Carter salua, sous un tonnerre d'applaudissements. Les balcons, les loges et l'orchestre lui réservèrent une véritable ovation. Albee, Murdoch et surtout le vieux monsieur qui portait un œillet à la boutonnière, tous paraissaient enchantés. Carter rengaina son revolver et remercia le public :

– Voici qui conclut notre démonstration...

Mais ce n'était pas tout à fait fini. Tout en volant à la rescousse de son chien, Mystérioso méditait une dernière fourberie. Il n'était plus qu'à trois mètres de la cage quand un cri d'effroi retentit depuis les cintres. La chaîne venait de céder. Un instant, les anneaux de fer dessinèrent un grand point d'interrogation, puis l'enclume broya la cage et la planche, avant d'atterrir sur le tapis de clous avec une volée d'étincelles.

Mystérioso fit un bond en arrière comme s'il avait reçu une balle en plein cœur. Il tomba à genoux parmi les éclats de verre, deux miroirs optiques s'étant brisés. Tout d'abord, aucun son ne sortit de sa bouche ouverte, puis un long gémissement s'éleva comme une plainte.

La salle retenait son souffle – les mains se crispèrent sur les bras des fauteuils. On n'entendait plus que le cri de douleur de Mystérioso. Carter nota que, la prochaine fois, il lui faudrait agencer autrement les miroirs afin de ne pas les casser. Et peut-être viser la chaîne avec son revolver, au lieu de simuler l'accident.

James l'attendait en coulisse, juste au bord de la scène.

– Tu n'y es pas allé avec le dos de la cuiller...

– Nous en reparlerons plus tard, James. Je peux ?

Carter lui prit la cage des mains. À l'intérieur, Narcisse était sain et sauf, mais plus agressif que jamais. Le magicien regagna le centre de la scène en sifflotant, ce qui fit lever les yeux à Mystérioso.

– Ce chien est à vous ?

Mystérioso balbutia une réponse inaudible et se leva précipitamment pour se saisir de la cage.

– J'adore les animaux, lui souffla Carter à voix basse. Et les Kowaleski aussi les aimaient. Narcisse n'a jamais couru le moindre danger. (Et, après une pause :) C'est bien ce que vous disiez à propos d'Houdini, non ?

Mystérioso resta muet. Le rideau tomba, les coupant de la salle. Les artistes s'empressèrent autour de Carter pour le féliciter. Il quitta la scène alors que, déjà, on démontait sa machine pour mettre en place les accessoires du numéro suivant. Leonard, Adolph et le reste de la bande lui donnèrent des tapes sur l'épaule. Pourtant, il se sentait vide, maussade, vaguement honteux du mauvais tour qu'il venait de jouer.

Le bureau de Murdoch, au troisième étage de l'Orpheum, donnait sur Market Street, afin qu'il pût voir de sa fenêtre jusqu'où s'étendait la file des spectateurs venus acheter leur place. Être convoqué dans ce lieu, c'était rendre une « visite à saint Pierre », car on y recevait ou bien d'excellentes nouvelles ou bien une terrible sentence.

Murdoch était un homme sans cœur, mais une parcelle de son être restait sensible à l'opinion. Il avait fait construire une cheminée assez large pour laisser passer un homme, dont le conduit était muni d'une échelle de barreaux. À la période des fêtes, un employé déguisé en Père Noël empruntait ce chemin pour venir distribuer les primes. Les artistes qui s'asseyaient dans cette pièce ne pouvaient donc pas s'empêcher de couler vers l'âtre un regard plein d'espoir et de convoitise, malgré le coup de bambou qui les attendait peut-être.

Quand il fut introduit, Carter s'efforça de prendre un air dégagé, mais il gardait à l'esprit le châtiment infligé à Mystérioso et, malgré sa satisfaction d'avoir vengé les Kowaleski, il éprouvait une vague appréhension.

Murdoch semblait encore plus grincheux que de coutume. Tout le miel du monde n'eût pas suffi à adoucir son ton tranchant :

– Je n'ai pas le choix, gamin. Vous êtes viré.

– Quoi ? Comment ça ?

Murdoch attrapa une liasse de documents et chaussa ses lunettes.

– Il est spécifié ici, dans le contrat de Mystérioso, que les membres de sa troupe ne pourront être soumis à aucune espèce d'agression. Et ça vaut pour son clébard.

– Mais c'est ridicule !

Carter croisa les jambes, essayant de prendre les choses à la légère.

– Nous sommes d'accord, rétorqua Murdoch. Mais c'est la vedette. Il nous tient en otages.

– Monsieur Murdoch, le chien n'a couru aucun danger. C'était une illusion. On pouvait croire qu'il était sous l'enclume mais en fait...

– Oui, oui... Dites-moi, comment vous êtes-vous procuré ce chien ? Il n'était pas dans le train de Mystérioso ?

Carter fit la moue. Son estomac se noua.

– C'est-à-dire...

– Vol avec effraction. Bien sûr, vous êtes chez vous à San Francisco, donc...

Carter s'éclaircit la voix. Il n'avait pas l'intention de s'avouer si vite vaincu.

– C'était une blague qui a mal...

– Les spectateurs n'ont pas beaucoup apprécié.

– Ils ont applaudi.

– Couci-couça, marmonna Murdoch. Trop dérangeant à la fin.

– Ils ont adoré ! Je les ai vus applaudir.

– Pas la fin.

– Je sais, j'aurais dû tirer sur la chaîne.

– Vous n'y êtes pas. C'était trop cruel.

– L'illusion s'appelle *Chantage*, ce n'est pas pour les enfants de chœur.

Carter rougissait de colère, mais aussi d'embarras.

– Mauvaise idée pour un tour de magie. D'abord, comment comptez-vous procéder la prochaine fois ?

– Je tirerai sur la chaîne, et je déplacerai les miroirs pour...

– Non, non. Vous avez sur scène un type que vous n'aimez pas. Et vous lui volez son chien. Ça peut se produire une fois, peut-être deux. Mais tous les soirs ? Ça m'étonnerait.

Carter ne sut que répondre. Il se souvint d'un jour à Thacher où il avait oublié de sangler la sous-ventrière de son cheval ; lorsqu'il avait voulu le monter, la selle avait tourné de cent quatre-vingts degrés. Lui qui s'attendait à voir le monde du haut de sa monture l'avait découvert au ras des pâquerettes, la tête à l'envers.

– J'aimerais vous aider, Carter. Je pourrais toucher un mot à votre sujet à Shubert.

Le baiser de la mort. Carter venait de recevoir une balle en plein front. Quand on était chassé du Keith-Orpheum, on ne pouvait que tomber au troisième dessous. Les Shubert dirigeaient une tournée d'à peine cinq représentations, où le public crachait des jets de tabac sur les artistes. Accepter un contrat chez eux, c'était se condamner à une vie de paria.

– Monsieur Murdoch, insista Carter avec un frémissement dans la voix, pendant six mois cet homme a tyrannisé tout le monde. Il a supprimé un numéro sans raison valable...

– C'est son droit, Carter.

– Il a tenté de saboter mon numéro !

Pendant plusieurs secondes, Murdoch eut un hochement de tête saccadé, comme s'il souffrait de paralysie.

– Ce que vous avancez est grave. Très grave. Vous avez des preuves ?

Des preuves ? Carter, accablé, l'esprit vide, fit comme des milliers d'artistes avant lui : il tourna la tête vers la cheminée, espérant qu'un barbu en costume rouge allait débarquer et lui tendre un gros chèque.

– Si on se mettait à croire toutes les accusations portées contre nos têtes d'affiche, on serait dans de beaux draps.

– Mais Mystérioso... Il mérite... Monsieur Murdoch, Mystérioso n'a aucun respect pour la magie !

Le grief enfantin resta un moment en suspens entre les deux hommes. Puis Murdoch tendit la main vers son pot de miel. Il en versa une larme sur un biscuit qu'il grignota d'un air pensif. Carter se mordait les doigts d'avoir parlé de magie.

– Allez, vous ne crèverez pas de faim.

Ainsi c'était décidé.

Carter se leva en gentleman.

– Les Shubert... S'il le faut, j'irai.

Ils échangèrent une poignée de main.

L'entrevue était close. Carter descendit l'interminable escalier, en songeant que la chute était plus dure que ne pouvait l'imaginer Murdoch : il avait déboursé mille dollars pour une illusion qu'il ne jouerait plus jamais – même si on l'embauchait ailleurs. Avec les Shubert, il ne parviendrait pas à mettre un sou de côté. Incapable de rembourser son emprunt – car son père le laisserait couler –, il perdrait le reste de son compte en dépôt.

De retour dans les coulisses, il croisa Annabelle, qui lui adressa un signe de tête, mais il n'était pas d'humeur à bavarder. Il suivit le spectacle d'un regard morne. La droguée de *La Fumerie d'opium* se tordait sur scène, tourmentée par un proxénète qui faisait mine de lui présenter une pipe, pour la lui arracher aussitôt.

Carter appuya la tête contre le mur, avec l'envie de la taper assez fort pour s'assommer. Il avait commis l'erreur de perdre de vue la frontière entre illusion et réalité. Il y avait sans doute quelque noblesse à être pauvre, mais aucune à être pauvre par bêtise.

Dans leur loge, ses parents, James et Tom devaient attendre la bonne nouvelle, mais Carter se sentait incapable de les rejoindre. Il imagina la conversation, la débâcle, les sombres prévisions de son père confirmées. Carter le Magicien. Carter le Fauché. Carter le Banquier. Il s'assit sur un tonneau vide, dans un coin isolé, et, le menton dans la main, se lamenta sur son sort.

Peu après, alors que Whipple et Huston débutaient leur numéro de claquettes, il fut rejoint par Julius, un des quatre frères de *Fun in Hi Skule*. Adolph jouait l'Irlandais Patsy Brannigan, Leonard le Rital, Milton le mauvais garnement et Julius le Juif volubile ou l'Allemand rigoriste, selon la ville où ils se produisaient. Julius ne manquait ni d'intelligence ni d'instruction, mais Carter ne se sentait guère d'atomes crochus avec lui, car Julius était avant tout un râleur invétéré. La moindre remarque attirait chez lui une réplique pleine de cynisme, ce qui finissait par lasser.

– Alors ? Il paraît qu'on t'a jeté ?

– Les nouvelles vont vite.

– Ce pauvre Einstein s'est fourré le doigt dans l'œil, fit-il avec son accent de la 93e Rue Est. Les rumeurs se déplacent beaucoup plus vite que la lumière. Tiens.

Il lui tendit une bouteille de whisky. Carter en avala une lampée.

– J'ai appris que vous étiez augmentés de quinze pour cent l'année prochaine. Félicitations.

– Oui. Encore une augmentation de ce genre et on pourra enfin mourir de faim.

– Je vois, fit Carter en lui rendant la bouteille.

– Garde-la. On fait un fichu métier. Il paraît que cette ordure de Mystérioso va demander une augmentation. Albee ne peut rien lui refuser, sous peine de le voir partir. Les producteurs se bousculent au portillon pour lui faire des offres.

Et, sur un soupir de Carter :

– C'est ignoble, ce que t'a fait Mystérioso. J'ai su que c'était un salaud le jour où il a viré cette fille – comment elle s'appelait déjà...

Carter s'apprêtait à lui répondre, mais il s'aperçut que Julius tirait de sa poche une petite photographie rectangulaire qu'il reconnut aussitôt, le cœur brisé.

– Sarah O'Leary, lut Julius. C'est ça.

– Elle t'a envoyé une photo ?

– Chic fille. Elle en a envoyé à tous les artistes de la tournée.

– Oh, laissa échapper Carter avec un dépit transparent.

– Je vois... Tu avais le béguin pour elle.

– Merci pour le soutien.

À ce mot, Julius fronça les sourcils. C'était le terme à ne pas utiliser. Le tir de barrage commença.

– Carter, tu vaux au moins le double de Mystérioso, ce qui ne pèse toujours pas lourd. Que des adultes puissent gagner leur vie en sortant des lapins de leur chapeau, ça me dépasse. À mon avis, il n'y a qu'une chose de pire qu'un magicien... C'est un magicien au chômage ! Mais bon, après le spectacle, mes frères et moi, on va rendre visite à quelques filles accommodantes. J'ai pensé que tu aurais peut-être envie de tailler une bavette avec ces dames, quasiment des consœurs, vu qu'elles ont plus d'un tour dans leur sac, si tu vois ce que je veux dire...

Les sourcils de Julius tressautèrent, et Carter éclata de rire. Ce flot de paroles lui avait fait oublier un instant qu'il venait de perdre son emploi. Il promit de se joindre à eux, mais sans y croire. Il aimait autant rester assis toute la nuit sur ce tonneau. D'autant qu'il avait hérité d'une bouteille de whisky.

CHAPITRE 13

À dix heures, un rythme tribal marqué par les timbales annonça l'entrée en scène de la troupe de Mystérioso, avec ses cracheurs de feu et ses acrobates montés sur des échasses. Une horde de Peaux-Rouges se jeta sur eux en poussant des cris de guerre. Carter laissa tomber, l'un après l'autre, ses pièces, ses cartes, ses foulards, ses fleurs et ses balles de caoutchouc dans le tonneau sur lequel il était assis. Il porta son pouce à hauteur de ses yeux :

– Mon *flexor longus pollicis* et sa précieuse phalange terminale...

De la scène lui parvenaient des bruits de lutte et la musique martiale qui accompagnait la correction infligée par Annabelle à ses assaillants. Carter ferma les yeux, la tête contre le mur. Il ne les rouvrit que lorsque résonna, plus fort que les soirs ordinaires, la clameur de Mystérioso : « Voici pour Custer ! Et voilà pour Alamo ! ».

Carter répéta « Alamo » en secouant la tête et siffla une goulée de whisky.

Bientôt, Mystérioso se trouva ligoté, écrasé sous le poids des menottes et des chaînes. Pour cette soirée spéciale, il fit appeler non pas un volontaire mais tout un comité pour vérifier la solidité de ses liens. Au bord de la nausée, Carter vit s'approcher Albee et Murdoch, ce dernier visiblement peu perturbé par leur récent entretien. Entre les patrons de l'Orpheum marchait, appuyé sur une canne, les cheveux gris sous d'épaisses lunettes rondes, le vieux monsieur à l'œillet rouge. Sans doute le père d'Albee.

L'examen des chaînes fut plus long qu'à l'accoutumée. Le vieil homme se courba péniblement en deux et fit courir une main tremblante sur le dos de Mystérioso, allongé par terre.

Carter sentit qu'il se passait quelque chose d'inhabituel lorsqu'il entendit sur scène un bref grognement. Mystérioso se tortillait comme s'il cherchait à se soustraire aux doigts qui inspectaient les cadenas. Puis le vieux monsieur se releva lentement, et agita le bout de sa canne vers le public.

– Oui, je suis convaincu que ces chaînes sont solides !

Tandis qu'Albee et Murdoch le reconduisaient à son fauteuil, Mystérioso se débattait sur scène comme une bête sauvage prise dans un filet. Carter voulut croire qu'il était réellement en difficulté, puis il se souvint avec résignation, après une nouvelle rasade de whisky, que la justice n'était pas de ce monde.

Pourtant, en temps normal, Mystérioso aurait déjà foulé aux pieds ses chaînes et le matamore enfourché sa monture. Mais il restait là, sur le ventre, ficelé comme une dinde, sous cinquante kilos de chaînes. La figure rougie par l'effort, il se démenait en tous sens, mais ne réussissait pas même à se retourner. Les bras passés autour des genoux, Carter tendit le cou, animé par un fragile espoir.

L'assistant cria, la bride du cheval à la main :

– Maître, je suis sûr que vous allez vous venger de ces diables rouges !

– Oui ! Oui ! répondit Mystérioso. Vengeance !

Si ce retard faisait partie du numéro, c'était une très mauvaise idée, songea Carter. Soudain, on baissa le rideau pour procéder au changement de décor, et plusieurs hommes se précipitèrent au secours de Mystérioso, armés de clés, de passes ou de cisailles. Carter, aux premières loges sur son tonneau, pouvait contempler à la fois les avaleurs de flammes qui, sur l'avant-scène, distrayaient le public et, derrière le rideau, les secours qui s'affairaient autour de l'illusionniste.

Pour celui-ci, les mauvaises surprises s'accumulaient. Il découvrit en premier lieu que les cadenas n'étaient pas ceux dont il se servait d'ordinaire et qu'ils semblaient impossibles à forcer, des billes en acier enduites de graisse bloquant le mécanisme. Par ailleurs, les anneaux étaient fondus dans un alliage qui résistait aux pinces coupantes.

– Qui était ce vieux bonhomme avec Albee ? demanda quelqu'un.

– Personne ! Sortez-moi plutôt de là !

Le pire restait à venir : non seulement Mystérioso était enchaîné, mais de minuscules crochets, chevillés dans les planches, le retenaient cloué là. Impossible de le déplacer. Mystérioso donna ses instructions : il fallait écourter le spectacle, un des danseurs n'aurait qu'à se glisser par la trappe sous la cage et à enfiler la peau de lion d'où il jaillissait d'habitude.

Au lever de rideau, une flûte joua une mélodie apaisante, censée évoquer la dignité du bon sauvage. Le public découvrit un camp indien, avec des montagnes en toile de fond. Ligotée à un totem, Annabelle se débattait, tandis que les braves du village se tenaient en arrêt, prêts à bondir. Au milieu de la scène, une pile de couvertures, agitée d'étranges ondulations, laissait échapper à l'occasion des grognements étouffés et des bruits de chaîne assourdis. Carter pouffa de rire.

L'orchestre donna le signal des danses et des jonglages. Une couverture, en roulant de la pile, révéla les chevilles enchaînées de Mystérioso et fit naître quelques gloussements parmi les spectateurs. Les danseurs devaient sans cesse enjamber le magicien et se prenaient les pieds dans les chaînes. La troupe fit de son mieux pour assurer le spectacle, jusqu'à ce qu'Annabelle s'écrie avec dégoût :

– Arrêtez ! Je n'épouserai aucun d'entre vous !

Les artistes s'efforçaient d'ignorer les soubresauts qui soulevaient les couvertures. Le petit gros qui jouait le chef indien lança sa réplique, d'une voix mal assurée :

– Le sort en est jeté, femme. Tu seras mariée... au lion !

Deux machinistes avancèrent la cage. Carter sauta au bas de son tonneau pour s'approcher le plus possible de la scène, en restant caché du public. L'orchestre jouait moderato, un pincement de cordes, un tapis de percussions, pour accroître le suspense. Le chef regarda Annabelle, puis s'adressa au lion en rassemblant toute sa puissance déclamatoire :

– Acceptes-tu de la prendre pour épouse ?

Il y eut un long silence. Baby tournait dans sa cage, frottant sa crinière contre les barreaux. Il ne rugissait pas.

– Acceptes-tu de la prendre pour épouse ?

La pile de couvertures remua légèrement, l'orchestre reprit en boucle les mêmes huit mesures de percussions, mais il ne se passa rien. Le lion ne poussait pas son habituel rugissement. Carter était intrigué au plus haut point.

– Pardon, jeune homme.

Carter fit un pas de côté, puis reconnut l'œillet rouge, la canne : le vieux monsieur avait quitté la salle pour se faufiler en coulisse. Il posa un regard brillant sur Carter.

– J'ai aimé votre final. Très original.

– Merci.

L'homme renifla l'espace qui les séparait.

– Bourbon ?

– Whisky.

– Je vous conseille d'y renoncer.

Puis le vieil homme, courbé sur sa canne, se tourna vers la scène. Que se passait-il ? Pouvait-il s'agir de... ? Non ! Carter avait bu, mais il n'était pas saoul. Ignorant le silence obstiné du lion, l'orchestre avait enchaîné, fortissimo cette fois. Les Indiens se mirent à jongler avec des torches enflammées, exécutant des figures de plus en plus complexes et hypnotiques. Puis ils escortèrent Annabelle jusqu'à Baby, qui arpentait toujours sa cage. Soudain, elle planta ses talons dans le sol.

– Attendez, souffla-t-elle. Arrêtons là pour ce soir. Baby n'a pas l'air dans son assiette.

Le vieux monsieur se tourna vers Carter.

– Surtout ne bougez pas.

Il entra sur scène en boitillant, mais soudain, avec une agilité étonnante, contourna les danseurs et agita la main.

– Arrêtez ! Arrêtez tout !

Un à un, les danseurs s'immobilisèrent, pour considérer l'intrus avec perplexité.

– Maestro, s'il vous plaît !

L'orchestre s'interrompit. Du bout de sa canne, le vieil homme écarta les dernières couvertures encore en place. Mystérioso apparut alors aux yeux de tous, en nage, échevelé, grimaçant. Il n'avait pas ôté une seule de ses chaînes. Un grondement s'éleva parmi le public. Le vieil homme planta sa canne, puis se balança d'avant en arrière, en faisant claquer sa langue.

– Briseur de chaînes, mon œil.

Carter sentit des aiguilles lui picoter le visage. Il en avait la chair de poule.

– Mes-dames et mes-sieurs ! cria le gentleman avec une voix de stentor qui figea toute la salle – le maire, les Carter, les demimondaines dans l'orchestre et les spectateurs des balcons, les machinistes perchés dans les cintres comme les musiciens dans la fosse, jusqu'aux artistes massés en coulisse comme des phalènes autour d'un feu de camp.

Cette voix ne souffrait aucune contradiction.

– L'homme qui est ici, cloué au sol, impuissant, vous promettait dans son programme le roi de l'évasion...

À ces mots, le vieil homme jeta sa canne. Puis il ôta ses lunettes.

– Eh bien... Il n'a pas manqué à sa parole.

La perruque grisonnante laissa place à une houppe de cheveux châtains. Les épaules se redressèrent, les bras se croisèrent sur un torse bombé, tandis que les jambes se campaient dans l'attitude du lutteur.

– Mesdames et messieurs, je vous présente... Houdini !

Le lendemain, l'*Examiner* titrait sur cinq colonnes : CHARIVARI ! Pour une fois, les journalistes n'avaient pas exagéré. L'Orpheum de San Francisco fut soudain en proie au délire : les hommes se levèrent d'un bond, le doigt tendu, en criant : « Houdini ! », ou bien abandonnèrent leur siège pour se jeter dans les allées.

Carter murmura :

– 1905. Il n'a pas fait ça depuis 1905...

Sur les planches, Houdini parlait, mais il aurait pu annoncer le second avènement du Christ que personne ne l'aurait entendu, tant ses paroles étaient noyées dans le tohu-bohu que sa présence venait de provoquer. Tessie Wall semblait avoir tourné de l'œil, et plusieurs bonnes âmes se portèrent à son secours, tandis que Jessie Hayman, soupçonneuse, la piquait avec la pointe de son ombrelle. Seul peut-être dans toute la salle à tendre l'oreille, Carter ne parvint à saisir que des bribes de discours, comme « ce charlatan » et « ne vous laissez jamais abuser par des imposteurs ». De temps en temps, Houdini se penchait au-dessus de Mystérioso, lui demandait s'il voulait être libéré et reprenait aussitôt son discours sans écouter la réponse.

Six ans auparavant, Houdini avait déjà sabordé le spectacle d'un rival. Pourquoi recommencer ce soir ? Pourquoi torpiller ce magicien, ici et maintenant ? Certes, Mystérioso était un personnage odieux, qui méritait une punition à plusieurs titres : il avait exigé le renvoi des Kowaleski, attenté à la réputation d'Houdini et bafoué l'esprit même de la magie. Mais il y avait sans doute une autre raison à la présence du maître : le directeur de l'Orpheum avait peut-être fait appel à lui pour refréner les ambitions salariales de Mystérioso, qui exigeait une augmentation de cinquante pour cent.

Houdini tendit les mains pour solliciter l'attention du public. Oubliant Mystérioso, il se dirigea vers Carter, toujours debout dans la coulisse, posa une main sur son épaule et lui parla en conspirateur.

– Vous vous appelez Charles Carter ?

Il était plus petit que Carter, mais carré, extraordinairement puissant. Ses yeux gris étincelaient de hardiesse et d'intelligence.

– Oui, monsieur Houdini.

Le célèbre illusionniste éclata de rire.

– Inutile de me donner du monsieur. Appelez-moi Houdini.

Ils se serrèrent la main. Celle d'Houdini avait la fermeté d'un étau recouvert de cuir.

– Vous êtes assez sobre pour m'accompagner sur scène ?

– Oui. Je n'ai bu que quelques gorgées, vous savez...

D'une main levée, Houdini lui imposa silence.

– Nous en reparlerons. C'est une manie détestable, qui pousse les faibles à commettre de graves erreurs. Venez.

Il était inutile de lui résister. Aussi Carter lui emboîta-t-il le pas, sans trop savoir ce qui se tramait. Il ne pouvait réprimer le sentiment naïf, enfantin, qu'Houdini allait annoncer la déchéance de Mystérioso et l'intronisation de Carter. Un miracle, en somme : une heure après avoir été chassé comme un malpropre, il allait se trouver adoubé par le magicien le plus célèbre du monde. Ils vinrent se placer à côté de Mystérioso, qui ne bougeait plus, ayant succombé à l'épuisement. Une odeur âcre de fumée flottait dans l'air, laissée par les torches des jongleurs. Carter évitait le regard des membres de la troupe de Mystérioso. Houdini lui donna une tape sur l'épaule et allongea l'autre main vers le public. Certains spectateurs regardaient encore la scène, mais beaucoup étaient trop occupés à échanger leurs impressions, quand ils n'échangeaient pas des cartes de visite avec les filles assises aux rangs G et H.

– Maestro, *Pomp and Circumstance*, dit Houdini, mais *sotto, sotto.*

L'orchestre entama le thème de Carter.

– Mesdames et messieurs, cria Houdini. Je demande toute votre attention pour Carter ! Carter le Grand !

Il y eut quelques cris et des applaudissements, qu'il interrompit d'un geste impatient.

– Un magicien exceptionnel !

Houdini lui serra de nouveau la main. Carter s'efforça de graver cet instant dans sa mémoire : la pression à la fois ferme et moite de leurs paumes, le maquillage qui commençait à peler sur le visage de Houdini, le regard attentif de ses compagnons en coulisse, sa propre excitation enfin. Pour la première fois de la soirée, il se permit de lever les yeux vers la loge de ses parents : M. et Mme Carter, ainsi que James et Tom, étaient debout à l'applaudir et à le saluer. Quelle fierté !

– Merci à tous d'être venus, salua Houdini. Bonsoir. Rideau, s'il vous plaît.

Le rideau tomba devant eux à la vitesse d'un arbre que l'on abat.

– Sans rire, poursuivit le maître en lui tapotant le bras, vous êtes un bon magicien.

– Merci.

Houdini hocha la tête et s'éloigna. Carter restait aussi incrédule que perplexe : le plus grand magicien du monde venait de prononcer son éloge ; le rideau était tombé ; l'histoire s'arrêtait là. Il était toujours à la rue.

Les danseurs quittèrent la scène en file indienne pour aller se démaquiller, à l'exception d'Annabelle, qui, dans sa robe blanche froncée, s'assit à côté de la cage et se roula une cigarette. Les machinistes décrochaient le décor. Une petite foule s'agglutinait autour d'Houdini, qui tira de sa poche un paquet de cartes de visite couleur crème, préalablement signées. Il les distribua à ses admirateurs, s'épargnant ainsi la peine d'engager la conversation avec eux, avant de jeter un trousseau de clés aux acolytes de Mystérioso, en leur disant que s'ils voulaient libérer leur patron avant minuit, ils feraient bien de s'y mettre sans tarder.

Puis il revint à Carter.

– *Chantage* est une illusion assez extravagante.

Carter s'apprêtait à le remercier du compliment, mais à la réflexion, il n'était pas sûr de ce qu'Houdini entendait par « extravagante ».

– J'ai beaucoup apprécié votre façon d'humilier ce gredin. Mais vous ne trouverez pas tous les soirs un ennemi flanqué d'un chien.

– On me l'a déjà dit.

De toute évidence, Houdini s'était entretenu avec Murdoch. Il devait donc savoir que Carter était renvoyé.

– D'un autre côté, murmura le célèbre magicien en se caressant le menton, j'ai moi-même beaucoup d'ennemis...

– Je ne suis pas sûr de comprendre.

– Vous connaissez mon frère Hardeen ?

Carter avait eu deux fois l'occasion de voir Theo Hardeen sur scène, mais il hésitait à l'avouer. En effet, Hardeen était réputé pour l'admiration sans bornes qu'il vouait au numéro de son frère : en d'autres termes, il copiait en douce ses illusions six mois après leur lancement. D'où les fréquentes querelles qui les opposaient.

Houdini prit Carter par le bras et l'entraîna à l'écart. Il s'exprima avec un débit rapide mais une diction parfaite.

– Lui et moi avons un arrangement et il n'est pas mauvais de faire monter la sauce de temps en temps. Imaginons qu'il s'affiche en compagnie d'un chien pendant quelques mois, je pourrais utiliser votre *Chantage* à l'Hippodrome et faire un tabac. Tous les soirs, six mille personnes verraient votre illusion. (Il en parlait comme s'il avait tout planifié depuis des mois.) Je vous paierais bien. Combien vous a coûté cet appareil ?

– Deux mille dollars.

– Deux mille, répéta Houdini, une moue sur les lèvres. (Puis, souriant, il le menaça du doigt.) Attention, il faut jouer franc jeu avec moi. Je vous en offre huit cents dollars, payables de suite.

Carter leva les yeux au plafond. Cette première enchère était ridiculement basse. Comme quoi on risquait parfois des déceptions à trop fréquenter ses héros personnels.

– C'est non.

– Non ?

Houdini sembla surpris, comme s'il entendait ce mot pour la première fois. Sur la scène, au milieu des machinistes qui s'affairaient à démonter le décor, Baby se mit à grogner. Ce n'était pas un rugissement de rage, plutôt une plainte contenue.

– Excusez-moi, dit Carter.

– Je vous en prie, répondit Houdini en s'inclinant légèrement.

Carter se faufila parmi les artistes et les machinistes. Il avait besoin d'un moment pour réfléchir. Fallait-il être idiot pour refuser de l'argent au moment où il en avait aussi cruellement besoin ? Son père l'aurait étranglé.

Il rejoignit Annabelle, qui considérait Baby avec inquiétude.

– Je ne comprends pas, dit-elle. Je lui parle, j'essaie de le calmer. Mais on dirait qu'il a mal.

Baby poussa un rugissement apeuré, cligna des yeux, fit deux pas dans un sens, se retourna en raclant ses griffes sur le sol métallique. La cage était divisée en deux par une fausse paroi. Une plaque tournante permettait à Mystérioso, caché sous une peau de lion, de prendre la place de Baby. La fourrure était roulée en boule dans la partie cachée de la cage, à l'endroit où le magicien venait se recroqueviller.

Après s'être assuré que Baby ne pouvait pas franchir la paroi, Carter se glissa dans ce réduit. Annabelle l'y suivit, tenant d'une main les plis de sa robe.

– Qu'est-ce que vous fabriquez ?

– Je veux savoir comment on le fait rugir.

Il repoussa la peau de bête – une authentique peau de lion, qui sentait la teinture et le formol – pour examiner la jonction entre la paroi et le sol caoutchouté.

Annabelle s'accroupit à côté de lui.

– Votre numéro m'a plu.

– Merci. Je me suis fait virer.

– Oui, mais ça en valait la peine, non ? Vous avez savouré votre plaisir ?

Carter la regarda avec surprise.

– Je ne me suis pas posé la question... Oui, beaucoup, malgré quelques remords après coup. Et vous, vous aimez vous bagarrer tous les soirs ?

– J'adore ça. Pourquoi Houdini reste-t-il dans les parages ?

– Il veut acheter *Chantage*.

Le magicien s'approchait d'eux. Elle murmura :

– Faites-le cracher au bassinet.

Carter gratta le matelas de caoutchouc. Soudain, il laissa échapper d'une voix triste :

– Oh, non...

– Qu'y a-t-il ?

Carter en avait assez vu. Il savait à présent ce qui faisait rugir Baby et pourquoi il tournait ainsi en rond.

Houdini attrapa les barreaux de la cage.

– Carter, vous ne me ferez pas monter mon prix en me laissant poireauter. D'ailleurs, je crois que sept cent cinquante est une offre excellente.

– Ceci va peut-être vous intéresser, Houdini.

– Quoi donc ?

Carter lui expliqua le mystère qu'il venait de résoudre : chaque soir, lorsque Mystérioso était tapi au fond de la cage, sous la peau de lion, derrière la paroi escamotable, le fauve, de l'autre côté, rugissait.

– Ce n'est pas un gros mystère, ricana Houdini. Il suffit d'un ordre donné par la voix ou le geste...

– Non.

– Ou bien alors...

Houdini se releva, compara les deux parties de la cage.

– Bon sang, murmura-t-il.

Il jeta un œil sous la cage, puis fixa Carter. Sa bouche sembla former des mots, une rougeur lui monta au visage. Puis il s'écarta brusquement, criant aux machinistes :

– Détachez-le ! Détachez tout de suite Mystérioso !

– Il y a une différence de ce côté, dit Annabelle comme à elle-même. Cette partie est tapissée de caoutchouc. Alors que l'autre est en métal...

Elle avait l'œil aussi vif que celui de Carter. Elle eut tôt fait de découvrir deux fils électriques dont les extrémités dépassaient. Il suffisait de mettre ses fils en contact et...

– Il lui donnait une décharge électrique ! s'exclama Annabelle. Il l'électrocutait. Soir après soir. Le salaud !

Elle bondit hors de la cage. Tout devenait clair : le lion arpentait nerveusement sa cage parce qu'il savait, au moment où il entrait sur scène, qu'il allait bientôt recevoir une décharge électrique. Et ce soir, il croyait que l'on prolongeait le supplice.

Mystérioso, enfin libéré, se releva en chancelant et frotta ses poignets meurtris. Les machinistes lui tournaient le dos comme des élèves ignorent le cancre châtié par le maître. Houdini, bien que lui rendant une tête, le saisit par les pans de sa veste et le secoua :

– Vous êtes cuit, Mystérioso ! Vous m'entendez ?

Il n'avait pas fini – quand Houdini habillait quelqu'un pour l'hiver, il n'était jamais à court de vocabulaire – et Carter fut surpris de l'entendre déclamer, avec un fort accent :

– *Puisque toutes les créatures sont*[1]...

Mais il n'alla pas plus loin. Une furie à chevelure rousse renversa Mystérioso et le cloua sur les planches.

– Espèce de lâche ! cria Annabelle.

Elle immobilisa les bras du magicien sous ses genoux et se mit à le frapper au visage, poing droit, poing gauche, avant de lui assener de violentes gifles, paumes ouvertes. Carter et Houdini firent mine de vouloir arrêter le massacre, mais ni l'un ni l'autre ne semblait vraiment pressé d'intervenir.

– Espèce de lâche !

Elle le saisit par les oreilles et lui cogna la tête contre les planches.

– Oui, vous êtes un lâche, confirma Houdini. Vous avez enfreint une règle absolue de notre profession, vous ne pouvez donc plus vous produire sur scène. Je vais vous faire radier de la Société américaine des magiciens.

Il continua un moment dans cette veine. C'était la première fois que Carter entendait quiconque citer la maxime de Keyes, mais le moment était mal choisi pour poser la question. Il s'approcha d'Annabelle.

– Annabelle...

Elle se tourna vers lui, sans lâcher la tête de Mystérioso. Une coulée de lave vert et or brûlait dans ses pupilles. Elle se releva, en balançant un dernier coup de pied à l'illusionniste.

– Il est toujours vivant, déclara-t-elle, comme déçue.

Elle secoua sa main droite et se suça le pouce.

– Aïe ! Il me faut de la glace, grommela-t-elle.

---

1. En français dans le texte.

Et elle s'éloigna à grandes enjambées.

– En voilà une qui a du tempérament, nota Houdini dès qu'elle eut quitté la scène. C'est votre fiancée ?

– Non, soupira Carter avec une pointe de regret. Dès que les hommes se montrent un peu trop entreprenants, elle s'en sert de punching-ball.

– Je vois. Elle vous a déjà frappé ?

– Non.

Houdini lui donna une tape dans le dos.

– Vous me plaisez, Carter ! Si vous vous débarrassez de votre problème de boisson, vous serez magicien jusqu'à cent un ans. Maintenant, au sujet de *Chantage*...

– *Chantage* n'est pas à vendre. Mais je suis très flatté.

– On ne reçoit pas tous les jours une offre d'Houdini...

– Puisque me voilà sans revenus, je devrais plutôt songer à en déposer le brevet. Imaginons que cinq ou six magiciens l'utilisent...

– Cinq ou six ennemis ?

– Cette illusion pourrait faire fureur. On la verrait un peu partout...

– Quelle horrible idée ! dit Houdini avec la grimace de quelqu'un qui vient de tremper les lèvres dans du lait tourné.

Carter semblait perdu dans de vastes rêveries. Houdini suivit son regard. Sur scène, le lion, satisfait peut-être par la rossée infligée à Mystérioso, était paisiblement assis, la langue pendante, les pattes entre les barreaux de sa cage. Carter contemplait les accessoires épars avec l'œil du propriétaire. Il pensa de toutes ses forces : *Faites que je devienne tête d'affiche. Et que je puisse continuer ce métier que j'adore.*

– Je vois, soupira Houdini. Eh bien, je peux peut-être vous aider. Mais répondez-moi franchement : nous allons trouver un arrangement pour *Chantage* ? Je peux compter sur vous ?

Carter hocha la tête.

– Très bien. D'où venez-vous ?

– De San Francisco.

– Votre mère est encore de ce monde ?

– Oui.

– Et vous l'aimez ?

– Je l'adore. Récemment, elle s'est prise de passion pour la psychologie, mais...

Il s'arrêta. À quoi bon ces détails ?

– Vous pouvez me jurer sur la tête de votre mère que vous serez honnête avec moi ?

– Bien sûr.

– Alors jurez-le.

Il prit les mains de Carter entre les siennes.

– Allez, jurez-moi loyauté au nom de votre mère.

La conversation avait pris un tour étrange, mais Carter ne s'en étonna qu'à moitié, ayant entendu dire qu'Houdini affectionnait ces promesses sur l'honneur. Il se sentit empli de fierté : le magicien le jugeait digne d'un serment.

– Je jure sur ma mère, sur la vie de ma mère...

– Très bien ! Excellent !

– ... loyauté à Houdini.

Celui-ci lui relâcha les mains.

– Vous avez dîné ? Non ? Allons trouver Albee. Il connaît les meilleures tables de San Francisco.

CHAPITRE 14

Dans la salle de maquillage, Carter présenta Houdini à ses parents, à James et à Tom. Le roi de l'évasion montra un empressement particulier auprès de Mme Carter, la félicitant d'avoir si bien élevé son fils. M. Carter se risqua à demander ce qui se préparait pour la saison suivante. Charles s'apprêtait à lui répondre que l'avenir déciderait de tout, quand Houdini intervint :

– Je vais faire de Charles Carter la prochaine tête d'affiche ; il n'aura plus qu'à marcher dans mes pas !

Sur ce, il tourna les talons, salua la compagnie d'un geste désinvolte et quitta la pièce en grand seigneur.

Les parents de Carter souriaient béatement, James et Tom échangeaient des clins d'œil épatés. Jamais sa carrière de magicien n'avait suscité tant d'enthousiasme de leur part. Il en ressentait de la joie, bien sûr, mais aussi une étrange mélancolie, comme si cette victoire devait nécessairement s'accompagner d'une perte, encore mal définie.

– Papa...

– Je comprends. Va, mon fils, rejoins-le.

Charles avait tant de choses sur le cœur. Il aurait voulu expliquer que ce jour était peut-être l'aboutissement de tous ses efforts pour échapper à une existence ordinaire. Mais déjà Houdini revenait, les sourcils froncés.

– Carter, où êtes-vous ? Nous avons rendez-vous.

Ils s'en allèrent bras dessus bras dessous. Tandis qu'Houdini dessinait un plan d'attaque, Carter approuvait en hochant la tête, tracassé cependant à l'idée que, au moment où la réussite lui souriait, il tournait le dos à ses parents, et tout particulièrement à son père.

Pendant le dîner – chez Wallach, à l'angle de Hyde et d'Ellis, le restaurant français qui servait un canard à l'orange si bon que les

Parisiens, disait-on, fondaient en larmes dès la première bouchée, saisis par le mal du pays –, Carter déclina la proposition d'Albee, qui lui offrait de prolonger son contrat de plusieurs semaines. Il exprima son intérêt pour le théâtre « officiel », où il pourrait se produire seul. Il laissa entendre que, grâce aux relations de son père, il n'aurait aucun mal à trouver les fonds nécessaires pour monter un spectacle. Houdini intervint alors pour suggérer un compromis : Carter acceptait de terminer la tournée chez Albee, mais en remplacement de Mystérioso, ce qui lui permettrait de roder ses illusions avant de prendre du galon. Carter feignit de fortes réticences – après tout, n'avait-il pas été mis à la porte quelques heures plus tôt ? D'un geste de la main, Albee imputa cette décision regrettable à Murdoch. Lui, Albee, n'en avait rien su. Mais il ajouta qu'il songeait à financer d'autres genres de spectacles, car le cinéma commençait à grignoter les parts de marché du music-hall.

Cette remarque entraîna une conversation animée sur les mérites du cinématographe : l'opinion générale fut que, même s'il s'agissait d'une mode passagère, un homme d'affaires avisé devait se préparer à acheter une ou deux salles de cinéma, peut-être même envisager de produire des films. Houdini obtint très vite un accord verbal selon lequel Albee financerait plusieurs courts métrages le mettant en vedette, en échange d'un pourcentage sur les profits.

Revenant à ses moutons, Carter déclara que, de toute façon, il devait y avoir sur le circuit une pléiade de magiciens assez talentueux pour reprendre la tête d'affiche. Houdini confessa qu'il n'en connaissait aucun. Il expliqua que le théâtre dit « sérieux » les avait tous engagés – et si Albee ne faisait pas le nécessaire pour conserver Carter, son music-hall perdrait sa meilleure chance d'offrir un spectacle de magie de qualité.

– Il est si bon que ça ? demanda Albee.

Houdini lui jeta un regard d'aigle par-dessus la table.

– Albee, il me suffit d'un battement de cils pour jauger un homme. Et M. Carter ici présent mérite... (Ses yeux s'illuminèrent.) Oui, il mérite de s'appeler Carter « le Grand ».

À la fin du repas, Houdini avait conclu avec son protégé un arrangement sur l'exploitation de *Chantage*, le directeur de l'Orpheum avait arraché à Carter la promesse qu'il tiendrait la tête d'affiche pendant un an, et Carter de son côté avait obtenu un salaire de mille dollars par semaine – somme moyenne versée aux artistes promus vedettes et sur laquelle il devrait payer les membres de sa troupe.

– Déjà si tard ? fit Houdini en se levant. Il faut que j'y aille. Je dois appeler Bess, lui raconter comment j'ai battu à plate couture ce misérable Mystico.

– Mystério... commença Carter. (Puis, toussant dans sa main :) Oui, merci d'avoir donné une bonne leçon à Mystico. Je peux vous dire un mot ?

Ils traversèrent le restaurant, franchirent la porte en chêne et se retrouvèrent sur le trottoir, où ils se serrèrent la main.

– Houdini, je voulais vous demander...

– Oui ?

– *Puisque toutes les créatures sont au fond des frères...* Ottawa Keyes a été ma première référence en magie, ma première lecture.

Houdini n'eut aucune réaction perceptible. Il héla un taxi qui, après un coup de klaxon, s'extirpa de la circulation pour se ranger le long du trottoir.

– Je me suis livré à quelques recherches, dit Houdini. Vous savez, Keyes a volé toutes ses règles à d'autres auteurs.

– Oh.

– Mais elles restent valables.

Et, une main sur la portière du taxi, l'autre pointée vers Carter, comme pour le distinguer dans la foule :

– Carter, vous me serez loyal, n'est-ce pas ?

– Aussi loyal que...

– Oui, oui. Sachez qu'on peut enfreindre plusieurs règles de ce livre et rester un grand prestidigitateur. Prenez moi, par exemple...

Houdini marqua une pause. Carter crut qu'il allait avouer ne jamais repasser ses foulards.

– J'ai constaté que feindre la peur était un ressort très efficace. Et au moment du final, je m'accommode très bien de partager les applaudissements avec les volontaires...

– Hé, vous montez ou quoi ? aboya le chauffeur.

Houdini prit un air outragé. Carter s'exclama :

– Une seconde. C'est Houdini !

– Oh.

Le chauffeur réfléchit une seconde, puis enclencha le compteur.

– Je pourrais ajouter plusieurs règles de mon cru, continua le roi de l'évasion. Mais ce soir, nous en avons mis une en exergue : toujours bien traiter ses animaux. Le reste suivra... Bonne nuit.

Ils se serrèrent la main, et Houdini monta à bord du taxi. Lorsque le véhicule s'écarta du trottoir, il descendit la vitre pour crier :

– Et n'oubliez pas : à partir d'aujourd'hui, vous êtes Carter le Grand !

De retour dans le restaurant, Albee fit signer Carter sur un coin de serviette – ils établiraient le lendemain les contrats en bonne et due forme – puis le magicien dressa mentalement la liste de ses nouvelles responsabilités. Il envoya un messager (car il avait désormais accès au service de messagerie du Keith-Orpheum) dans l'immeuble où était logée la troupe, pour convoquer tout le monde à une réunion exceptionnelle. Il aurait des quantités de détails à régler, mais pour l'heure, il baignait dans une incrédulité béate.

M. Wallach remit à Albee sa toque en poil de castor et à Carter son chapeau melon, et les deux hommes sortirent dans la rue, où le directeur de l'Orpheum se frotta le ventre de plaisir. Il avait des touffes de poils dans les oreilles et un crâne entièrement chauve qu'il faisait masser deux fois par jour avec une lotion à l'eau de rose, afin de stimuler l'activité de son cerveau. Carter le vit tirer de sa poche un écrin carré en cuir, qu'il soupesa un moment, comme s'il hésitait encore à s'en défaire. Sa décision prise, il le tendit à Carter.

– Ouvrez.

À l'intérieur reposait une montre Edward Koehn, semblable à une médaille sur son coussinet de velours. Le boîtier en or à dix-huit carats, à l'aspect dépoli, portait gravés les masques de la comédie et de la tragédie.

– Elle a été fabriquée à Genève, précisa Albee.

Carter n'eut pas le temps de la toucher. Le directeur de l'Orpheum s'en empara de ses doigts courts et l'ouvrit pour en révéler les rouages silencieux. Son poignet inclina plusieurs fois la montre, dont le mécanisme se mit à scintiller :

– Trente et un saphirs. C'est une montre à répétition.

– Elle sonne ?

– Si elle sonne ? Les marteaux sont sertis de pierres précieuses. On jurerait que le carillon est joué par des anges.

– Je suis très touché, dit Carter, qui n'avait jamais vu de montre aussi belle.

– Regardez un peu l'écran.

Albee eut un sourire fier et enfantin. Carter la pencha pour mieux la voir à la lueur du réverbère. L'écran était de nacre et de porcelaine, et à l'endroit où d'ordinaire on inscrivait la marque de fabrique, il put lire, en lettres d'or : Jessie Hayman.

– Il vous suffira de montrer cette montre à son majordome. Vous serez reçu comme un prince.

Carter le remercia. Mais il ajouta qu'il était très fatigué et qu'il allait rentrer directement « à la maison », puisque ses parents habitaient en ville. Albee ne voulut rien entendre. Il mit Carter dans un taxi et ordonna au chauffeur de le conduire au 44, rue Mason, sans discussion. Puis, penché à la portière :

– Dites donc, Carter, êtes-vous sûr que, dans cinquante ans, vous voulez vous rappeler que, le soir où vous avez décroché la tête d'affiche, vous êtes rentré vous coucher chez vos parents avec un verre de lait chaud ?

La question était assez pertinente pour occuper l'esprit de Carter jusqu'au 44, rue Mason, la jolie bâtisse à colonnades où résidait Jessie Hayman. La première fois qu'il consulta sa montre, il était une heure et demie du matin. La nuit était tiède. Il entendait un piano et des rires de filles. Quelqu'un jouait *Waltz Me Around Again, Willie* sur un rythme endiablé. Devait-il sonner à la porte ou prendre un taxi et rentrer chez lui ? Il n'était pas le genre d'homme à fréquenter les maisons de plaisir, mais il n'avait pas sommeil et se sentait parfaitement capable de s'en tenir à un verre.

Le majordome de Jessie le débarrassa de son chapeau, de son manteau, et le conduisit au salon, où résonnait la musique. Plusieurs membres de la tournée étaient déjà montés à l'étage, mais Carter trouva encore deux confrères, Adolph et Leonard, qui, assis sur le banc devant le piano, jouaient une valse à quatre mains. Autour d'eux se mouvaient les protégées de Jessie, une dizaine, pour la plupart en long négligé de soie. À leurs silhouettes découpées par la lumière ambrée, Carter devina qu'elles avaient ôté leur corset. Il croisa les bras et les décroisa, mal à l'aise. La politesse exigeait-elle de regarder ou de ne pas regarder ?

Leonard donna un coup de coude à Adolph, qui le lui rendit aussitôt – ils passèrent alors à *Peasie Weasie*. Aussitôt, Julius jaillit d'un canapé en cuir (Carter ne l'avait pas vu) et se mit à esquisser un pas de danse maladroit qui fit rire les filles. Puis il chanta :

L'autre jour ma mère a appelé Sœurette.
« Je prends un bain », lui dit ma sœur.
« Enfile donc vite quelque chose, v'là Parson Brown. »
Et elle s'est enfilé l'escalier jusqu'au vestibule.

Tous, à l'exception de Carter et de Jessie Hayman, reprirent le refrain en chœur, pendant que Julius continuait sa mazurka, la jambe levée et les bras croisés comme un marin russe. Jessie remarqua alors Carter et le pria d'entrer. Elle fit arrêter la musique, demanda une nouvelle tournée de champagne, et porta un toast à la vedette du Keith-Orpheum.

– Les nouvelles vont vite, sourit Carter.

– Einstein s'est trompé, dit Julius, les rumeurs se déplacent plus vite que la lumière. (Il y eut quelques rires, et il ajouta :) Si vous êtes plus rapides que la rumeur, les filles, vous savez où me trouver...

Le mildiou qui sévissait en France faisait du champagne une denrée rare, mais Jessie avait des réserves abondantes. Julius chanta *The Boy in the Boat* et *Pick Me a Flower*. Son répertoire de chansons grivoises épuisé, il inventa des paroles égrillardes aux airs les plus innocents, pendant que ses frères se disputaient le piano.

Carter était content d'être venu, content d'avoir bu une coupe de mousseux à l'œil et prêt à partir. Comme il cherchait son hôtesse, Jessie vint remplir son verre.

– Monsieur Carter... j'aimerais vous présenter vos plus ferventes admiratrices.

Elle désigna deux petites femmes drapées de soie bleue, à la peau mate, aux longs cheveux noirs et aux yeux en amande.

– Marissa et Lupe Juarez, qui nous viennent du Brésil. Je vais chercher plus de champagne.

– Mon nom est Marissa, dit l'aînée.

Hormis une petite tache de variole sur le front, à la naissance des cheveux, son teint de bronze était sans défaut. On n'entendait aucun accent dans sa voix :

– Voici ma jeune sœur, Lupe. Elle est un peu timide.

Il leur serra la main, fragile et douce. Difficile de leur donner un âge, dix-huit ans peut-être, mais Carter n'aurait pas été étonné d'apprendre qu'elles étaient plus jeunes encore. Un serviteur leur apporta du champagne et elles levèrent leur verre au triomphe de Carter.

– Vous êtes un merveilleux magicien, dit Marissa.

– Merci. La soirée a été mouvementée.

– J'ai surtout aimé votre numéro *Chantage*, intervint Lupe. Autour de nous, les gens étaient ébahis.

– C'est gentil, remercia Carter, charmé, bien que sachant à quoi s'en tenir sur ces compliments. J'ai eu peur que les spectateurs n'aiment pas.

– S'ils n'ont pas aimé, ils ont eu tort.

Soudain, il se passa une chose que Carter ne comprit pas : les yeux noirs de Lupe s'emplirent de larmes.

– Merci aussi pour ce que vous avez fait subir à cet horrible individu.

Puis elle s'excusa et quitta la pièce.

Carter chercha une explication auprès de Marissa. Les yeux humides, elle se contenta de boire une gorgée de champagne.

Carter vida sa coupe, puis ouvrit avec précaution sa montre Edward Koehn. Il était arrivé depuis une demi-heure seulement et il avait fait pleurer deux jolies filles.

Au piano, Leonard joua les premières notes de la *Danse hongroise en fa mineur* de Brahms puis, d'une pirouette, il passa à *The Maple Leaf Rag*, en martelant les touches du clavier. Adolph reprit ensuite la seule chanson qu'il connaissait, *Waltz Me Around Again, Willie*, et les filles, encore pleines d'énergie, dansèrent le Texas Tommy et le Bunny Hug.

Grisé par l'alcool, Carter les regardait, assis sur le canapé à côté de Julius, qui tenait sur les genoux une Allemande plantureuse. Bientôt, le magicien expliquait à Julius, qui s'en souciait comme de sa première chemise, qu'il avait beau retourner la question en tous sens, il ne savait qu'une chose : il en savait moins aujourd'hui qu'hier.

– Parce que, hier, tu croyais savoir quelque chose ?

– Tu t'intéresses à la psychologie, Julius ? J'ai honte, mais aujourd'hui je crois que j'ai remplacé mon père par une figure paternelle. Mais ça date peut-être du jour où j'ai rencontré Borax Smith...

– Toi, tu es un drôle de sac de nœuds.

– Quand on est enfant, on veut d'abord être aimé de ses parents, mais quand on monte sur scène, c'est différent...

Julius le regarda de biais et Carter se rappela soudain qu'il s'adressait à un comique dont le patron était sa propre mère. Il y eut un silence gêné.

– Tu sais ce que c'est, la vie ? dit enfin Julius. Une tuile après une autre. Non, attends, ça, c'est la définition de l'amour... La vie est un conte raconté par un idiot, et qui ne signifie rien.

Carter regarda les filles. Le champagne les avait rendues encore plus belles. Mais n'y avait-il pas une fille qui l'attendait, dans un couvent du Yukon ? Difficile d'imaginer deux existences plus différentes, entre celle que menait Sarah et celle des locataires de cette maison.

– Le problème, c'est qu'en amour, j'y vois encore moins clair qu'ailleurs, conclut-il presque pour lui-même.

– Crois-moi, l'amour est un conte raconté par un idiot, répéta Julius.

L'Allemande l'embrassa dans le cou et, de ses bras robustes, l'aida à se lever.

– Évidemment, je peux me tromper...

Quelques heures plus tard, Carter actionna la sonnerie de sa montre. C'était la première fois qu'il entendait ce carillon, mélodieux, varié, profond – quatre sons de cloches, une pause, puis trois tintements argentins –, que l'on eût dit en effet joué par des anges. Comment pouvait-il être déjà quatre heures trois du matin ? Il n'avait pas bougé du canapé. Julius était monté depuis longtemps, Leonard avait disparu à trois reprises, avec trois filles différentes, mais voilà une heure, il était parti se coucher en compagnie de Gladys, aux cheveux qui descendaient jusqu'aux reins. Adolph avait fait mine de ne pouvoir choisir entre les filles qui restaient, pour finalement soulever une poupée russe qu'il avait emportée dans l'escalier en poussant des hurlements de pillard.

Carter resta dans son coin, enveloppé par la torpeur de la nuit. Il était désormais le seul homme parmi dix femmes. Il remarqua leurs bâillements, les sourires qu'elles lui adressaient, leurs coups d'œil en direction de la fenêtre – Jessie interdisait les pendules chez elle mais, à certains angles, on pouvait apercevoir l'horloge sur la place. Quelqu'un remonta le gramophone et deux filles dansèrent enlacées au son d'un concerto pour luth de Vivaldi.

Jessie vint trouver Carter, sourire aux lèvres.

– Vous êtes bien songeur, ce soir. Si une de nos filles peut vous aider à soulager votre esprit, vous n'avez qu'un mot à dire. Si vous nous faites l'honneur de rester cette nuit, votre chemise sera lavée et repassée, vos chaussures cirées, et nous avons un excellent cuisinier pour le petit déjeuner.

– Merci.

– Bonsoir.

Avant de s'en aller, elle glissa quelques mots à voix basse aux sœurs Juarez, qui l'accompagnèrent.

L'une après l'autre, les filles lui souhaitèrent bonne nuit, en lui faisant savoir, chacune à sa manière, qu'il était le bienvenu s'il désirait les rejoindre.

Puis il se retrouva seul.

Il entendit de légers bruits de pas qui montaient l'escalier. Le papier de soie tendu sur les murs était orné de fleurs et la pièce embaumait le parfum français. En face de lui, par la baie vitrée, il voyait un petit jardin où le chèvrefeuille poussait au pied d'un chêne.

Savourant le silence et la solitude, il laissa libre cours à la méditation.

Soudain, un petit terrier entra en courant dans la pièce, suivi de Marissa et Lupe.

– Ginger ! appela Marissa. Je suis désolée, monsieur Carter. Nous voulions sortir le promener.

– Et vous présenter un chien adorable, ajouta Lupe.

– Bonjour, Ginger, dit Carter, laissant le chien renifler ses doigts. Il connaît des tours ?

Lupe secoua la tête.

– Aucun, à part rouler par terre, mais seulement s'il en a envie.

– Ginger ! Roule ! ordonna Carter.

Il l'encouragea du geste, mais le chien l'ignora superbement, à la grande joie des sœurs Juarez.

– Roule ! aboya encore Carter.

Autant s'adresser à un mur. Ginger lécha le menton de Marissa, qui venait de s'asseoir en tailleur sur le tapis.

– Vous n'êtes pas un bon dresseur de chiens.

– Si je vous disais que, dans quelques heures, je vais devoir amadouer un lion...

Lupe chuchota quelques mots à Marissa, en se couvrant la bouche.

– C'est du portugais ? demanda Carter.

– Pardon ?

– La langue que vous parlez ? C'est du portugais ?

– Non.

– Quelle autre langue parle-t-on au Brésil ? s'étonna-t-il, puis il comprit que ni l'une ni l'autre n'en avait la moindre idée.

– Toutes sortes de langues, répondit cependant Lupe en coulant un regard vers sa sœur aînée. Français et allemand, par exemple... Marissa, je peux lui dire ?

– Non. Enfin, je n'en sais rien.

Elle leva les yeux vers l'escalier, comme si quelqu'un pouvait les épier. Puis elle murmura à Carter :

– Nous ne sommes pas vraiment brésiliennes.

– Alors d'où êtes-vous ?

– Nous avons grandi au Texas. Nous sommes... (Marissa hésitait encore à lui faire confiance.) Nous sommes comanches.

– C'est pour ça que nous détestons tant ce Mystérioso. Ces peintures de guerre grotesques !

– Et Alamo ! Il n'y avait pas d'Indiens à Alamo. Mais surtout ne répétez pas à Jessie que nous vous avons dit la vérité.

Marissa prit la main de Carter.

– Je suis contente que vous lui ayez volé la vedette.

Elle l'embrassa tendrement sur la joue. Son haleine sentait la menthe. Lupe lui déposa un baiser sur l'autre joue.

– Je vais reprendre le numéro et supprimer les Indiens. De toute façon, ça manquait d'unité dramatique.

Marissa glissa la main sur sa nuque.

– C'est important que les illusions aient une unité dramatique, ânonna Carter tandis que Lupe lui baisait les paumes.

– Vous avez des mains fortes.

Marissa ouvrit la bouche. Carter était fasciné par ces lèvres charnues qui s'écartaient.

– Ma sœur et moi, nous vous sommes reconnaissantes.

Elle lui mordilla le lobe de l'oreille.

– Oui... Tous vos désirs seront des ordres...

Il tenait deux jolies filles entre ses bras et ne savait plus où donner de la tête. En riant, elles le renversèrent sur le canapé et l'Orpheum s'envola à des années-lumière. Carter se noya dans un océan de soie et de parfums, mélange de baies sauvages, d'abricot et de mandarine.

Marissa lui prit la main et la plaqua sur sa cuisse gainée. Lupe en fit autant avec sa main droite. Il pouvait à peine respirer.

– Vous ne voulez pas monter avec nous ? souffla Lupe.

Elles s'écartèrent, presque à l'unisson, comme s'il s'agissait d'un nouveau pas de danse. Carter n'embrassa plus que le vide.

– Si, bien sûr...

Les filles quittèrent la pièce en se tenant la taille, et bientôt, il put les entendre trotter dans l'escalier. Il n'était pas sûr de pouvoir se lever.

Puis, mû par un soudain ressort, il se dressa sur ses jambes et traversa la pièce. Il était au pied de l'escalier, une main sur la rampe, quand il entendit un bâillement dans le salon. Ginger s'étirait sur le tapis et semblait lui faire un signe de la patte.

Il hésita.

Il regagna le canapé et se rassit, sans trop savoir ce qu'il faisait. Ginger grimpa à côté de lui, posa la tête sur son ventre. Il allait avoir des poils plein la chemise. Cette chemise qui pourrait être soigneusement repassée... Et ces chaussures qui pourraient être cirées... On pensait à tout dans cette maison. Il se souvint que lorsque son père rentrait d'un voyage d'affaires, sa mère inspectait toujours ses vêtements d'un air grave. Il s'allongea sur le divan, les yeux fixés sur l'escalier. Il n'avait qu'à s'agripper à la rampe, monter les marches une à une... Il essaya d'imaginer à quoi ressemblait leur chambre : la rose rouge dans un long vase de porcelaine, les gravures érotiques, un lit aux montants de cuivre, non, plutôt un lit en bois à baldaquin. Elles l'y attendraient, à moins que, par jeu, elles ne lui tendissent une embuscade au moment où il entrerait dans la pièce. Avant de se relever, il se souvint de ses doigts caressant la chair soyeuse, et Lupe, la cadette, se reculant pour lui dire : « Vous ne voulez pas monter avec nous ? » Cette question lui rappelait vaguement quelque chose, puis cela lui revint, oui, c'était évident, la même intonation, exactement, que : « Acceptes-tu de la prendre pour épouse ? » Une illusion. Tout ici, dans cette maison, jusqu'à la sincérité, était feint, un simple numéro exécuté avec un art consommé.

Il s'endormit sur le divan. Il eut des rêves confus mais agréables. Une sensation de soulagement. Puis quelque part, on se mit à jouer la *Bénédiction de Dieu dans la solitude* de Franz Liszt. Une musique pour piano qui évoquait une nuit d'été, passée au bord d'un lac frémissant, à contempler les comètes.

Quand il rouvrit les yeux, il était toujours allongé sur le divan mais Ginger avait disparu. À l'autre bout de la pièce, Annabelle Bernhardt jouait l'étude de Liszt sur le piano à queue de Jessie. Elle avait les paupières fermées, les lèvres à peine entrouvertes.

Lorsqu'il s'éveille à une vision irréelle, l'esprit tente de s'inventer des excuses – ceci n'est qu'un rêve. Mais Carter savait, bien que flottant dans un demi-sommeil, que ceci était bien réel. Annabelle était assise à quelques mètres de lui, dans ce salon, et elle jouait divinement du piano. C'était une musique délicate, qui s'enflait peu à peu, avec passion, puis revenait à une humeur plus méditative, avant de s'abandonner de nouveau aux transports et à la tempête. La *Bénédiction* était une longue pièce entrecoupée de digressions, comme autant de chemins de traverse. Quand Carter fermait les yeux, il se laissait bercer par une douce rêverie, et quand il les rouvrait, Annabelle était là, vêtue d'une simple vareuse et d'une salopette.

Il découvrait ses talents de pianiste. Quand trouvait-elle le temps de répéter ? À vrai dire, il ne savait rien de sa vie en dehors de la scène. Et pour commencer : que faisait-elle ici, au 44, Mason Street ?

Elle surmonta sans faille un passage difficile, mais sur le diminuendo, elle manqua un changement d'accord. Son dos se raidit, elle poussa un soupir irrité et referma le clavier.

– C'était magnifique, dit Carter.

– Taisez-vous. C'était très mauvais.

Il alla s'asseoir à côté d'elle sur le banc. Elle s'écarta le plus possible de lui. Par la fenêtre, le ciel violet annonçait le lever du jour.

– Je réfléchissais, dit-elle avec soin, les yeux baissés, et je me suis aperçue que vous êtes le seul homme de la troupe que je n'aie pas frappé.

– Vous êtes venue réparer cette injustice ?

Elle secoua tristement la tête.

– Vous jouez très bien.

– Ne commencez pas avec ça. Hier soir, j'étais en train de mettre ma main dans la glace après avoir étendu Mystérioso, et je me suis mise à réfléchir...

Elle n'en dit pas plus.

– Avec votre talent de pianiste, vous ne devriez pas courir le risque de vous blesser en cognant les gens. Vous avez peut-être remarqué qu'Houdini et moi avons gardé nos distances pendant que vous vous en preniez à Mystérioso.

– Les hommes sont tous des mauviettes.

– Pardon, je ne...

Carter s'arrêta. Il croisa les bras et s'aperçut qu'il souriait. Annabelle se rongea un ongle.

– Je n'arrivais pas à dormir. Tout le monde disait que vous alliez reprendre le numéro et je ne savais pas quoi en penser. Comment comptez-vous vous y prendre ?

– Je n'en ai aucune idée.

– Bah, de toute façon, j'avais l'intention d'arrêter.

– Je vous l'interdis.

– C'est ça... Bref, j'ai appris que vous étiez ici et je me suis dit : me voilà bien, encore un patron coureur de jupons. Du coup, je suis venue ici et j'ai grimpé dans un arbre. (Par la fenêtre, elle montra le petit jardin.) Et je vous ai observé... pendant des heures ! Je n'arrêtais pas de me dire : d'une minute à l'autre, Charles Carter va montrer son vrai visage, celui d'un pourceau. Mais non...

Elle le regarda. Le magicien plaisanta :

– Vous savez, la maison est très accueillante – on vous aurait apporté un oreiller.

– Si vous étiez monté avec ces deux gamines...

Carter se demanda quelle aurait été la sanction.

– Mais vous n'êtes pas monté. Je ne peux pas démissionner tout de suite. Alors j'ai décidé d'entrer. Sans compter que je commençais à avoir de drôles de crampes là-haut.

Carter alla à la fenêtre. Les feuilles d'un magnolia se profilaient plus distinctement, à mesure que le ciel passait du noir au bleu.

– Pourquoi avez-vous joué du piano ?

– Ça m'arrive.

– Rarement.

– Qu'en savez-vous ?

Il se dirigea vers la fenêtre donnant sur la rue, écarta les épais rideaux de damas qui sentaient le feu de la cheminée. Dehors, la rue était silencieuse. Une aube exceptionnelle se levait sur San Francisco : aucune trace de brouillard. Au loin, entre les toits, on pouvait même voir une des flèches de la cathédrale Saint-Boniface. Un temps superbe. Annabelle et lui étaient seuls au monde. Il était cinq heures et demie du matin.

– Vous voulez bien marcher avec moi ?

– Vous avez une idée en tête ?

– Une simple promenade. Pas de quoi me coller votre poing dans la figure.

CHAPITRE 15

Il faisait si doux qu'ils auraient pu se passer de manteaux. Sur Mason, ils ne croisèrent pas âme qui vive, et Carter entraîna Annabelle du côté de Market et Powell.

– Écoutez...

Les tramways ne fonctionnaient pas encore mais, sous les briques rouges qui pavaient la rue, on entendait le gémissement d'une turbine.

– La nuit, les voitures sont parquées sous un hangar, mais le système ne s'arrête pas. Vous voyez ces plaques métalliques ? Dessous, il y a un câble qui continue son périple toute la nuit, sur des kilomètres, en décrivant une énorme boucle à travers la ville.

Elle lui dit qu'elle venait de Lawrenceville, dans le Kansas, une région plate comme la main, et que les côtes abruptes de San Francisco n'étaient pas à son goût. Sur Columbus, il lui montra les immeubles tout récents et les terrains vagues qui attendaient de nouvelles constructions. Il lui décrivit les splendeurs disparues, avalées par le tremblement de terre et l'incendie de 1906 : les parcs d'attractions, les monuments, les vieilles demeures, les terrains de jeu, tous détruits voilà cinq ans. Carter ne les avait pas oubliés.

– Vers l'âge de dix ans, j'avais souvent du mal à m'endormir. Je me réveillais à quatre heures du matin, remonté comme une pendule. Alors je sortais de la maison et je marchais pendant des kilomètres, en ligne droite, sur Washington Street, jusqu'à Barbary Coast.

– Ce n'était pas très malin.

– Je sais. Beaucoup de jeunes garçons ont été enlevés et vendus à des marins à Shangai Kelly's. Je ne sais pas comment je me suis débrouillé, mais je partais en vadrouille une ou deux fois par semaine, et personne ne m'a jamais inquiété. Je rentrais à la maison après le lever du soleil.

– Que disaient vos parents ?

– Ils n'en ont jamais rien su. Ils dormaient. J'en parlais à mon frère, James, mais il n'était pas plus conscient que moi des dangers que je pouvais courir. J'aurais tellement aimé avoir de la compagnie...

– Vous n'aviez qu'à emmener James.

– Il dormait.

À leur gauche, la statue de la Victoire ailée, à leur droite, un terrain nu sur lequel s'élevait autrefois une rangée de maisons.

– Et vous ? Vous avez des frères et sœurs ?

– Non.

– J'aurais voulu vous connaître enfant.

– Vous auriez été déçu, répliqua Annabelle en secouant la tête.

Après Columbus, ils bifurquèrent sur Filbert Street, et Carter la prévint qu'ils auraient à grimper un raidillon. En chemin, la jeune femme se plaignit à nouveau que toutes ces escalades n'étaient pas faites pour les habitants du Kansas. Un petit parc occupait le sommet de la colline. Carter allongea le bras vers la baie, où des navires étaient ancrés, des goélettes, des ferries, des trois-mâts aux voiles carrées, des jonques chinoises qui, à cette heure matinale, rentraient de la pêche à la crevette.

– Un jour, je me tenais ici, peu avant le lever du soleil ; sur le quai, il y avait un énorme bateau couché sur le flanc, la coque en l'air jusqu'à la quille. Des dizaines d'hommes s'affairaient tout autour, montés sur des radeaux munis de lanternes. C'était la première fois que je voyais la partie en principe immergée d'un navire. En fait, ils étaient tout simplement en train de le radouber, mais j'ai cru que je venais de tomber par hasard sur un secret extraordinaire. En rentrant à la maison, je regardais à droite et à gauche, les yeux grands ouverts, persuadé qu'entre chien et loup, on pouvait percer tous les mystères du monde adulte.

– Et c'est comme ça que vous avez décidé de devenir magicien...

– Oh, non. Ma vocation est née le jour où l'homme le plus grand du monde m'a volé ma pièce porte-bonheur.

Il lui raconta l'histoire, qui la fit rire aux éclats. Il prenait plaisir à observer chez elle des détails infimes, pourtant d'une grande banalité, comme sa façon de mettre sa main en visière quand elle regardait l'horizon. Par moments, tout à sa contemplation, il en oubliait complètement ce qu'elle disait, et il lui faisait répéter une phrase, une question.

Ils achetèrent des biscuits, du miel et du lait, et entreprirent l'ascension de Telegraph Hill. Sur le sentier en épingle à cheveux, qui les conduisait parmi les buissons saupoudrés de rosée, il évoqua pour elle les figures excentriques de San Francisco. Il lui parla de Lilian Hitchcock, cette petite fille fascinée par la brigade de pompiers de Knickerbocker. Ses parents, qui la jugeaient trop délurée, l'avaient envoyée en France, où elle se présenta en costume de pompier à un bal donné par Napoléon III. Sa famille, horrifiée, la fit revenir à San Francisco, bien décidée à la marier. Au cours de l'année suivante, quinze prétendants demandèrent sa main, mais elle les repoussa tous.

– Voilà une fille comme je les aime, sourit Annabelle.

Carter lui raconta comment Lilian, héritière à vingt et un ans, acheta une grande maison à Pacific Heights et donna de somptueuses réceptions. Les parents de Carter avaient assisté à l'une d'elles : Lilian avait fait installer un ring dans son salon et, toute la soirée, elle avait présenté des combats entre boxeurs professionnels.

– Elle s'est mariée ?

– Non. Mais elle avait une compagne. Une très jolie femme appelée Irène. Une comtesse russe, à ce qu'on disait.

Ils traversèrent un potager où les tomates, encore vertes, luisaient au soleil. Annabelle n'eut pas d'autres commentaires sur la vie de Lilian Hitchcock. Carter était déçu, car il avait espéré que son récit l'inciterait à des confidences. Ils arrivèrent au sommet de Telegraph Hill. Le parc était en partie municipal, en ceci qu'il y avait des bancs publics pour admirer la vue, mais aussi des enclos à chèvres et des jardinets privés.

Ils s'assirent face à la baie et finirent leurs biscuits. Par endroits, les eaux avaient des reflets verts, ou gris, ou bleus, mais la mer était d'huile.

Carter lui parla encore de tout ce que le tremblement de terre avait détruit : un vieux château, une ligne de tramway, des maisons de la taille d'une cathédrale. Mais chaque fois qu'il tentait de lui poser une question personnelle, elle trouvait le moyen de se dérober.

– Vous vous êtes beaucoup entraînée avant de monter sur scène ?

Elle haussa les épaules.

– Vous avez déjà pensé à jouer du piano en public ?

– Je préfère la boxe.

– L'un n'exclut pas l'autre.

Annabelle ne répondit pas, le regard rivé sur ses mains.

– Vous avez un jeu très expressif.

– Hein ? fit-elle en le fusillant du regard.

– C'était un compliment.

– Taisez-vous !

Elle se leva et avança de quelques pas, le dos tourné. Sa silhouette se détachait sur les couleurs de la baie.

– Oh, la barbe, grommela-t-elle.

Soudain résignée, comme si toute une armée venait en elle de hisser le drapeau blanc, elle se rassit sur le banc.

– Quelle situation atroce ! (Nouveau silence.) Avant toute chose, je dois vous faire un aveu. Je vous déteste. (Elle regarda à terre, puis de nouveau Carter.) Non, deux choses. Vous avez de très beaux yeux. Et je vous déteste.

– Vous allez me frapper ?

– Non.

Elle poursuivit d'une voix plus lente, comme si elle craignait de ne pouvoir aller au bout de ses phrases :

– J'ai été une enfant prodige. À quatre ou cinq ans, il suffisait de me jouer un air une fois, n'importe lequel, et je pouvais le rejouer, en mieux.

– C'est incroyable.

– Je ne savais rien faire d'autre. Et quand j'ai eu douze ans... Non, je ne vais pas pleurer.

Elle se tourna un moment vers la baie, le temps de ravaler ses larmes.

– J'ai eu l'impression d'entrer dans un brouillard. Du jour au lendemain, mon don s'est envolé. Les gens trouvaient encore que je jouais bien, mais pour moi, ce n'était plus pareil.

– Tout à l'heure, c'était merveilleux...

– Imaginez que vous vivez la musique, vous la sentez à travers vous comme un sixième sens, et un beau jour, vous vous réveillez et vous n'êtes plus qu'une excellente pianiste.

Carter secoua la tête.

– Normalement, on s'améliore au fil des ans. J'ai fait l'inverse. Ce soir, quand je vous ai trouvé, j'étais... j'étais fière de vous. Vous avez été formidable, avec ce numéro de *Chantage*, et Mystérioso, et Houdini, les filles et tout. Vous êtes un type bien. J'ai eu envie de vous le dire d'une manière ou d'une autre, et il y avait ce piano dans la pièce...

Sa voix veloutée avait des modulations presque musicales. Elle marqua une pause, soudain abattue, puis reprit avec emportement :

– Qu'est-ce qui m'a pris de vous suivre ? Je suis idiote ! (Elle cacha sa figure dans ses mains.) Je suis amoureuse de vous, Carter. Et ça me dévore.

– Vous m'aimez ?

– Je n'arrive même plus à me mettre en colère ! C'est affreux !

Elle tapa du pied par terre.

Carter ne voulait rien perdre de la scène : les mèches rousses qui tombaient sur son front, l'anxiété peinte sur son visage, ce regard qui s'obstinait à fixer la baie, les poings fermés sur ses genoux, mais aussi les gouttes de rosée sur le banc, les herbes folles aux alentours, les parfums mêlés de sauge et de romarin dans les jardins avoisinants.

– Votre compagnie est un véritable supplice. Vous n'avez pas cessé de vous moquer de moi.

– C'est faux, je vous assure ! Mais j'ignorais vos sentiments pour moi. Je croyais que le seul plaisir que vous preniez avec les hommes était de les frapper.

Elle se tourna enfin vers lui. Il prit son visage entre ses mains, leurs lèvres s'effleurèrent, gercées par l'air frais, douces pourtant. Leur baiser fut juste assez long pour laisser entrevoir à Carter des paradis infinis : la tenir dans ses bras ! caresser sa peau ! respirer son odeur ! Submergé par le bonheur, il eut la soudaine révélation qu'Annabelle Bernhardt était la femme de sa vie.

– Je pourrais rester à vous regarder toute la journée.

Il sourit. Autour d'eux palpitaient la ville, le monde et l'univers, connu ou inexploré, et l'avenir leur tendait les bras.

La réunion prévue avec les artistes devait débuter dans à peine une demi-heure. Carter et Annabelle allaient arriver en retard. Il l'entraîna par les ruelles et les contre-allées, jusqu'à ce qu'ils trouvent un tramway. Serrés contre la foule des employés qui se rendaient à leur travail, ils avaient du mal à détacher leurs yeux l'un de l'autre.

En l'espace d'une douzaine d'heures, Carter était devenu la vedette du Keith-Orpheum, il avait côtoyé son héros Houdini, qui l'avait baptisé Carter le Grand, et il tenait la main d'une femme qui le ravissait.

– Charles Carter, c'est votre vrai nom ?

Bousculés par les passagers qui montaient ou descendaient, ils se rapprochèrent encore. Le tramway repartait à l'assaut de la colline.

– Oui. Difficile d'imaginer un nom plus banal, n'est-ce pas ?

– Mon dernier patron se faisait appeler Mystérioso, et Houdini est un pseudonyme...

– Exact.

– Quant à Minnie Palmer, elle a abandonné le nom de son mari, Marx, pour cacher son lien de parenté avec ses fils. Et je parie que toutes les filles du 44, Mason Street travaillent sous un nom d'artiste. C'est la mode.

– Non, je suis et je resterai Charles Carter. Vous vous appelez vraiment Annabelle Bernhardt ?

Le tramway freina brusquement, le chauffeur actionna deux fois sa cloche et redémarra.

– Non.

– Non ?

– Je m'appelle Bernhardt, mais Annabelle est en fait mon deuxième prénom. Je n'aurais jamais pu faire carrière sous le premier, car c'est le nom d'une actrice célèbre, et on aurait pu m'intenter un procès.

Elle s'arrêta. Carter la regardait, interloqué. Un frisson le parcourut comme si on venait de lui chatouiller la nuque. Il demanda, bien que la réponse lui brûlât les lèvres :

– Votre vrai prénom, c'est...

– Sarah.

DEUXIÈME ACTE

ENQUÊTE DANS LE MONDE DES ESPRITS

1923

L'expérience m'a appris que toute ma réussite reposait sur mon aptitude à aborder le public avec générosité. Et pour cela, il n'existe qu'un moyen, c'est de ressentir sincèrement cette générosité. Car on peut tromper les yeux et l'esprit des spectateurs, jamais leur cœur.

HOWARD THURSTON

Pour captiver le public, toute la science et les accessoires du magicien valent moins qu'une parcelle d'âme.

OTTAWA KEYES

CHAPITRE 1

Autrefois, il y a fort longtemps, Jack Griffin était assez maigre pour se glisser dans un conduit de cheminée. Il s'y était d'ailleurs employé en 1901, lors de sa première mission, à Cleveland. Mochnacz Flats était un quartier de taudis où se réfugiaient les pires rebuts de l'immigration et où il ne faisait pas bon se promener en plein jour. Griffin s'y était rendu au milieu de la nuit, seul, avec pour ordre d'espionner une réunion qui se tenait au dernier étage d'un meublé, à l'angle de Broadway et de Fleet.

Agent du Trésor, âgé de vingt-deux ans, Griffin faisait ses premiers pas dans le Service secret. Il avait suivi des cours sur la fraude fiscale et la contrefaçon de monnaie (sujets qui l'ennuyaient à mourir), sur le maniement du poing américain et autres armes (beaucoup plus intéressant) et enfin sur la collecte de renseignements et les techniques d'interrogatoire. Il avait obtenu dans ces matières des résultats si brillants que le chef Wilkie l'avait pris à part pour lui proposer une mission spéciale.

Griffin avait entendu parler de ces missions. Elles avaient en grande partie motivé son entrée dans le Service secret. Lorsque le chef Wilkie posa une main sur son épaule et le scruta de ses yeux noirs, il se mit au garde-à-vous, comme pour saluer un invisible drapeau.

– Mon gars, dit Wilkie, car il appelait « ses gars » toutes les jeunes recrues, j'ai un grand projet. Il n'est pas encore inscrit dans le budget, mais ça viendra. Surtout si vous réussissez...

Wilkie avait une intuition que, selon ses propres termes, seul un fou ou un homme politique pouvait avoir : un jour, le Service secret serait chargé de protéger le Président des États-Unis. Des années durant, il avait tenté de convaincre les membres du Congrès, qui se refusaient à envisager une tentative d'assassinat contre le chef suprême.

– Tous ces ramollis du Capitole, grommelait Wilkie, ils sont forts en gueule, mais c'est rien que du sang de navet...

Bref, Griffin ne toucherait pas de salaire officiel, les missions seraient dangereuses et il ne fallait s'attendre à aucun remerciement. Il s'attacherait à suivre toutes les pistes, en particulier quand des étrangers étaient impliqués. Une de ces pistes le conduisit à Mochnacz Flats, où un groupe d'anarchistes devait se réunir dans une heure environ.

Son plan était simple : monter par l'échelle d'incendie, s'accroupir sous la fenêtre et guetter le moindre indice de complot criminel. Manque de chance, le meublé ne disposait pas d'escalier extérieur. Il eut une pensée émue pour les pauvres locataires, mais sa compassion ne s'étendit pas jusqu'à excuser les projets visant à renverser le gouvernement. Il remarqua une corde à linge cassée qui pendait sur le mur de brique. Il en éprouva la résistance. Elle était solide. Il escalada les deux étages comme à l'entraînement.

Mais une fois sur le toit, il s'aperçut qu'en l'absence d'escalier de secours, il n'y avait aucun endroit d'où il pût épier la réunion anarchiste. Le toit lui-même offrait très peu de cachettes au cas où un suspect viendrait à monter : il ne pouvait se tapir que derrière la cheminée, ou derrière la guérite de l'accès au toit. Sans bruit, il arpenta le périmètre en jetant des coups d'œil par-dessus le parapet. Au dernier étage, une pièce était allumée, fenêtres fermées. Des voix lui parvenaient faiblement, inintelligibles.

Comment espionner cette réunion ? Il s'appuya contre la cheminée et mâchonna la pointe de sa moustache. Il passa mentalement en revue les méthodes d'infiltration : se déguiser ; soudoyer un informateur ; écouter depuis un mur mitoyen ; se cacher dans la pièce. Toutes ces techniques exigeaient de la préparation et le temps lui manquait. Il se cogna la tête contre les briques rouges, avec l'espoir peut-être de faire jaillir la solution comme on déloge le dernier haricot collé au fond d'une boîte de conserve.

La cheminée. Elle formait une souche aussi basse que large. Plus large que ses épaules ? Il ôta son blouson et, les pieds d'abord, se glissa dans le conduit. Ses vêtements seraient bons pour la poubelle et cela ne ferait ni chaud ni froid aux huiles du Trésor. Griffin n'avait pas les moyens de se payer un pantalon neuf ; ce fut pourtant cette pensée même qui le propulsa dans la cheminée. Surtout, ne jamais reculer devant un sacrifice.

Les bras levés, il se tortilla jusqu'à ce que son corps fût tout entier enserré dans le conduit comme un chiffon dans le goulot d'une bouteille. Il eut un instant de panique, le seul, lorsque ses yeux perdirent de vue la surface du toit. Les parois lui comprimaient le torse, l'obligeaient à respirer par courtes saccades.

Il lui fallait étirer au maximum le bout de ses chaussures, trouver une saillie, y prendre appui et pousser avec les mains. Dans le service, une dizaine d'histoires circulaient déjà sur son compte, dont celle-ci : il était orphelin depuis l'âge de quatre mois. Alors que ses parents traversaient en chariot une crête de montagnes, ils avaient été surpris par un violent orage d'été. Leur chariot avait versé dans un ravin, tuant sur le coup les deux chevaux et clouant ses parents sous son poids. Les fortes pluies entraînèrent une crue soudaine. Le lendemain matin, lorsque les secours arrivèrent, les roues du chariot tournaient au milieu d'un torrent de boue. À première vue, aucune trace de survivants.

Mais bientôt les sauveteurs découvrirent un spectacle qui allait nourrir les discussions dans le comté pendant les dix années à venir : en amont, après les îlots formés par les naseaux et les jambes brisées des deux chevaux, un bébé surnageait au-dessus des flots, crotté, endormi, mais en vie.

On crut d'abord qu'il reposait sur les branches d'un arbre. Ce ne fut qu'en entrant dans la rivière pour le sauver qu'on s'aperçut qu'il était soutenu à bout de bras par sa mère, noyée.

Lors de son recrutement dans le Service secret, Griffin avait déclaré qu'il admirait par-dessus tout les qualités suivantes : l'abnégation et la ténacité face à une situation désespérée. L'impossible ne lui faisait pas peur. Ce soir-là, il descendrait dans un conduit de cheminée. Demain, il débusquerait des faux billets cachés dans une ruche ou neutraliserait un homme armé d'une bombe.

La poussière et la suie lui brûlaient les yeux. Il les garda fermés pendant presque toute la descente. À vrai dire, il ne pouvait guère voir que le carré de ciel étoilé au-dessus de sa tête, qui s'éloignait lentement. Ses mains tailladées le faisaient souffrir. Pour oublier la douleur, il s'imagina en train d'offrir un bouquet de fleurs à Lucy, la fille du sénateur Hartley : pris sur le fait, il tenait tête au sénateur qui, après avoir tancé les amoureux, était si favorablement impressionné par l'opiniâtreté du jeune homme qu'il consentait à leur mariage, non sans approuver la tirade militante de son futur gendre : « Bon sang, mais vous avez raison, Griffin, les faux-monnayeurs et la fraude fiscale, c'est une chose, mais le Service doit aussi se donner pour mission de protéger le Président. »

Ses pieds se balancèrent dans le vide : il était arrivé au bout du conduit, les parois s'évasaient. Il se tassa dans cet ébrasement, où il pouvait reprendre son souffle sans être repéré par les occupants de la pièce. Ses yeux encrassés de suie ne lui étaient d'aucun secours, et cligner des paupières ne faisait qu'empirer les choses. Il força quelques larmes pour les laver.

Deux femmes discutaient dans une langue étrangère, mais par intermittence, avec de longs silences, comme si la conversation les ennuyait prodigieusement. Griffin passa rapidement la tête. Assises sur des chaises, deux dames fortes, en robe noire et chignon serré, lui tournaient le dos, faisant face à la porte. L'une d'elles prononça une phrase sur un ton sinistre, en montrant le dos de ses mains. Des taches de vieillesse, songea Griffin. Elle est en train de se plaindre de son âge.

Un informateur lui avait promis qu'il y aurait une réunion ce soir. Une réunion de douairières ?

Les femmes se turent. Il y eut des bruits de pas dans le couloir, trois coups rapides frappés à la porte puis un quatrième, après une pause. Un code ! Lorsque la porte s'ouvrit, Griffin baissa de nouveau la tête. Une poignée d'hommes à l'aspect sombre encombrait le palier.

– Merci d'être venus, dit une des deux femmes en anglais, comme si elle récitait une phrase apprise par cœur. (Puis elle ajouta :) C'est en bas.

Griffin n'entendit pas la réponse, mais il dut y en avoir une, car elle reprit :

– Léon a dit qu'ici, ce serait une mauvaise idée. Les murs ont des oreilles. On ne sait jamais. Dans la cave, c'est plus sûr.

Elle ferma la porte et s'adressa à sa compagne :

– Les abrutis...

Griffin remarqua le colt que l'autre femme berçait sur ses genoux. C'était un vieux revolver, et elle ne semblait pas du genre à en maîtriser le maniement, mais il ne sentit pas rassuré. Une femme apeurée armée d'un revolver était plus imprévisible qu'un assassin patenté.

Quelque part sous lui, le conciliabule anarchiste avait commencé. S'il descendait dans l'âtre, il se ferait sans doute tuer avant d'avoir pu prononcer un mot. Et si elles ne le criblaient pas de balles, elles trouveraient certainement le moyen de donner l'alerte.

Il n'avait donc pas le choix, il lui fallait remonter. Il considéra le conduit avec la lassitude du bûcheron qui, après avoir abattu un grand chêne, mesure la distance qui le sépare de la scierie.

Ce fut dans la montée que Griffin se fatigua le plus, les mains tendues, grappillant centimètre après centimètre, les pieds en quête d'appui. Sa chemise se déchira, les briques lacérèrent à loisir sa poitrine et son dos. Oubliés ses rêves de sérénade sous les fenêtres de Lucy. Il se demandait simplement s'il arriverait sain et sauf sur le toit.

Ses doigts trouvèrent enfin l'ouverture. Mais ses muscles étaient si fourbus qu'il dut rester encore un long moment dans le conduit, les bras par-dessus la tête, les pieds calés, jusqu'à trouver l'énergie nécessaire pour se hisser et basculer enfin sur le toit, la main en avant.

Il laissa échapper un gémissement de douleur. Son poignet ! Il berça son bras endolori contre sa poitrine. Il se rappela qu'il n'y avait pas d'escalier extérieur. Avec son poignet cassé, il ne pourrait pas tenir la corde à linge.

Il fit le tour du toit, en traînant la patte car une de ses jambes semblait engourdie par l'effort. Puis, à bout de forces, il se laissa tomber par terre.

Il ne restait plus qu'une solution, l'escalier intérieur. Il bondit vers la guérite, ouvrit la porte en grand. Elle heurta bruyamment le mur. Trop fort ! Courant et trébuchant tout à la fois, il dévala les trois volées de marches, persuadé que de tous côtés, les portes allaient s'ouvrir, les femmes se mettre à crier et les balles fuser...

Mais il parvint à regagner la rue sans encombre. De la lumière brillait au sous-sol, entre les planches pourries qui obstruaient le soupirail. Griffin ne pouvait pas rester longtemps ainsi au milieu de la rue – sa chemise en lambeaux, couvert de suie et de sang.

Soudain, ses yeux tombèrent sur la goulotte à charbon. Sans enthousiasme, il ouvrit la vanne et jeta un œil dans le conduit. La voie était libre.

De nouveau, il fit taire les plaintes de son corps et entama la partie de sa mission qui devait asseoir sa célébrité parmi toute une génération d'agents du Service secret : il entra dans la goulotte à charbon et se laissa glisser.

Cette fois, la chance était de son côté. Dans la pièce voisine, des applaudissements étouffèrent le bruit de ses chaussures heurtant le sol. La cave à charbon, bien que froide, était plus confortable que la cheminée : Griffin parvint à se blottir dans un angle, l'oreille collée contre la porte.

Il passa une bonne vingtaine de minutes dans cette position. Il entendit une voix d'homme, jeune sans doute, avec un accent du Midwest, proférer un long monologue idéologique. Griffin avait suivi une formation pour décrypter ce genre de charabia, mais ce discours lui parut particulièrement hermétique. De temps à autre, il percevait le bruit d'une baguette frappant un tableau noir. Il imagina des diagrammes situant le prolétariat, la bourgeoisie, les moyens de production, les marchands. La routine. Griffin finit par prêter davantage attention aux élancements de son poignet. Cette mission tournait au fiasco.

Mais soudain l'orateur changea de sujet. En des termes que Griffin ne put jamais répéter avec précision, il se mit à évoquer un plan pour assassiner le Président McKinley.

L'agent prétendit par la suite que ce seul mot le fit bondir, mais en vérité, il resta si incrédule qu'il lui fallut un moment pour enregistrer ce qu'il avait entendu. Heureusement, l'orateur était plutôt confus et il avait tendance à répéter deux fois tout ce qu'il disait. En Italie, l'assassinat du roi Umberto par Gaetano Bresci avait ouvert la voie aux anarchistes américains, souvent accusés de préférer la posture à l'action. Ils allaient montrer aux Italiens et au reste du monde de quoi ils étaient capables. Oui, le moment était venu de frapper le Président des États-Unis. À l'endroit convenu. Griffin entendit le bruit de la règle sur le tableau. Quel endroit ? Tous ses sens d'enquêteur en éveil, il en oublia la douleur.

– Le Président sera dans la foule, précisa l'orateur.

Griffin se colla contre la porte. Un grincement retentit dans la cave à charbon.

La voix s'arrêta.

– Vous avez entendu ?

Des voix nouvelles résonnèrent. Cinq ou six. Griffin respira par la bouche. Il ne bougea pas. S'ils ouvraient la porte, il jaillirait brusquement et le battant assommerait le premier adversaire. Il devait y avoir des chaises dans la pièce : elles lui serviraient d'armes.

– Ça venait de la cave à charbon, reprit l'orateur.

Griffin se le représentait, l'œil enfiévré, soupçonneux, prêt à ouvrir le feu. Soudain, il eut l'impression d'être dans un navire soulevé par une vague monstrueuse. Il y eut de nouveaux grincements, alors qu'il n'avait pas bougé d'un cheveu. Au-dessus de sa tête, un coin de ciel étoilé apparut : dans la rue, quelqu'un venait d'ouvrir la trappe.

Cependant, dans la cave, une voix rassura l'orateur :

– T'inquiète pas, Léon. C'est le bougnat.

– À cette heure-ci ?

– C'est du charbon volé.

– Ah. Bon... Revenons à nos moutons. Un homme s'approchera du Président, il aura la main droite bandée...

Un grondement, puis le vacarme d'un glissement de terrain. Le charbonnier venait de déverser sa livraison. Griffin eut tout juste le temps de se protéger la tête : une masse sombre dévala le conduit et le percuta comme une locomotive à vapeur suivie de quarante wagons de marchandises.

Il n'entendit pas la suite du plan.

Quand il reprit connaissance, il grimaça de douleur. Recroquevillé sur lui-même, il s'appuya contre la porte métallique. Une légère poussée de l'épaule suffit : il bascula par terre, à la lumière du jour, se tordant une nouvelle fois le poignet.

Il quitta le quartier cahin-caha et, malgré sa tenue en lambeaux, alla aussitôt présenter son rapport à Wilkie. Il avait beaucoup appris ce soir-là, mais il lui restait encore beaucoup à apprendre, notamment sur la façon dont marchait le monde. Car il considérait encore cette trilogie – l'obstacle, la lutte, la récompense – comme aussi inéluctable que la loi de la gravité.

Wilkie n'eut pas la réaction attendue. Griffin était le bleu du Service, on n'accorda aucun crédit à son histoire. Il se jura d'apporter la preuve de ses dires, et d'ouvrir l'œil sur l'homme à la main droite bandée.

Une semaine plus tard, lors de l'Exposition panaméricaine à Buffalo, dans l'État de New York, le Président McKinley accueillit une foule imposante au Temple de la musique. Griffin, présent sur les lieux, remarqua soudain que le chef de l'État serrait la main gauche d'un individu dont la main droite était enveloppée de bandages. Il plongea aussitôt sur l'homme, le renversa, laissant le Président en ligne de mire de Leon Czolgosz, qui l'abattit à bout portant.

Peu après, le Service secret reçut officiellement pour mission de protéger le chef suprême contre tous les ennemis étrangers ou intérieurs. Griffin eut droit à un éloge tardif, lors d'une cérémonie discrète, à laquelle aucun de ses collègues n'assista. On fuit comme la peste l'agent prometteur qui a chuté. Les vieilles histoires sur Griffin cessèrent ; on en chuchota de nouvelles dans son dos.

Commencèrent alors pour lui vingt ans de boisson, de mises à l'épreuve et de fonctions subalternes. Il essayait encore et toujours de comprendre quelle leçon – car il persistait à considérer la vie comme une succession d'enseignements – il avait bien pu apprendre dans la cave à charbon. Se montrer plus entreprenant ? Il n'avait pas manqué de suite dans les idées, passant de la cheminée à la cave en une soirée. Être plus prudent ? Toutes les précautions du monde n'auraient pu empêcher la livraison du charbon. Il n'arrivait pas à tirer une quelconque philosophie de son terrible échec.

Toutefois, il ne quitta pas le Service. Quand on lui demandait pourquoi il restait, il répondait par une pirouette : « Pourquoi pas ? » ou bien « Je ne sortirai que les pieds devant ». En fait, il s'accrochait à un espoir.

Dans son calepin, outre le relevé de ses frais et divers renseignements, on pouvait lire des spéculations sur la notion de sacrifice. Il avait dressé la liste des méthodes d'assassinat (poison, bombe, sabotage d'un navire) avec, en regard, les sorts promis à l'agent dévoué (coma, mutilation, noyade). La possibilité de mourir pour une cause juste lui donnait une raison de vivre. Et on avait beau lui infliger les pires humiliations, le marteler comme une enclume, il gardait en lui ce fragile espoir.

CHAPITRE 2

MERCREDI 1ER août 1923 – Rapport. Top secret (suite).

16 h 00 : le Pdt Harding se repose (migraine). Aspirine prescrite par le Dr Midvale, du Palace. Entretien non supervisé avec le médecin.
17 h 30 : le Pdt et Mme dînent dans leur chambre (room-service). (Lui : saumon, pommes de terre frites, asperges, petits pains, beurre, gâteau au chocolat, eau. Mme : agneau, riz, asperges, eau.)
18 h 30 : le Pdt se repose (migraine, maux de ventre).
19 h 15 : le Pdt part pour le théâtre Curran.
19 h 45 : entretien non supervisé entre le Pdt et Carter (le magicien).
20 h 00 : spectacle de Carter (le magicien).
23 h 00 : le Pdt et Mme sont de retour à l'hôtel.
23 h 15 : le Pdt mange dans sa chambre (service d'étage) : gâteau au chocolat, eau gazeuse.
23 h 30 : des photographes de l'*Examiner* sont autorisés à entrer dans la suite. Entretien supervisé. Le Pdt évoque ses projets de pêche, etc.
23 h 45 : tous les visiteurs sont congédiés.

JEUDI 2 AOÛT 1923. DERNIER RAPPORT. TOP SECRET.

01 h 02 : Mme téléphone à Starling : demande un médecin d'urgence.
01 h 20 : arrivée des Drs J.T. Boone et Ray Lyman Wilbur.
01 h 22 : arrivée du Dr C.M. Cooper.
01 h 35 : le Président Warren Gamaliel Harding est déclaré mort.

FIN DU RAPPORT

(signé)
Agent Jack Griffin

Lorsque le convoi funéraire du Président Harding partit à destination de Washington, Griffin resta à San Francisco. Sa mission officielle consistait à barrer tout accès à la suite présidentielle, afin de décourager les chasseurs de souvenirs. On procéda à la levée du corps, et lorsque la Duchesse fut escortée jusqu'à une autre chambre, il apposa sur les portes de la suite 8064 des scellés de cire portant le cachet du département du Trésor. Les femmes de chambre n'eurent pas même le droit d'emporter les draps.

Le samedi, Coolidge prêtait serment dans le Vermont et les hauts dignitaires commençaient à affluer à Washington pour les funérailles. Pendant ce temps, à bord de l'*Hercule*, on continuait à traquer Charles Carter. Au fil des jours, plusieurs agents furent rappelés de San Francisco, mais à chaque nouveau tableau de service, les mêmes lettres apparaissaient après le nom de Griffin : APM – affectation précédente maintenue.

Pour preuve de sa bonne volonté, Griffin ne rechigna pas devant les heures supplémentaires. Il n'en passait pas moins la plupart du temps à se tourner les pouces. Comme les autres agents fréquentaient les bars et les restaurants sur le Tenderloin, il préférait aller sur North Beach, où il pouvait s'asseoir dans une gargote à lire le journal – faire les mots croisés ou rechercher toute bribe d'information qui lui aurait échappé. Son ancien patron était mort ; le nouveau n'avait pas encore requis ses services. Tout en avalant son déjeuner, il lisait les articles concernant le Président Coolidge ou noircissait les lettres « o » en considérant les photos du nouvel occupant de la Maison-Blanche avec une certaine sympathie. Après tout, si Griffin devenait un jour Président, il ne voudrait pas non plus d'un garde du corps qui avait failli à deux reprises.

Personne ne le lui disait en face, mais c'était facile à deviner. Il savait qu'en salle de cours ou durant les voyages en train, les anciens accueillaient les jeunes recrues en leur racontant les légendes du Service. Et il avait appris à intercepter leurs regards. En voyant ses cheveux roux grisonnants, peignés en arrière pour masquer une calvitie naissante, sa moustache taillée, ses deux dents en or, son gros nez, sa dégaine pesante (on disait en riant qu'il marchait comme s'il venait de percuter une tonne de charbon), les plus jeunes le reconnaissaient au premier coup d'œil : Jack la poisse.

Le samedi, la mort du Président lui paraissait toujours insuffisamment expliquée. Il demanda l'autorisation d'enquêter sur le départ de Charles Carter, que l'on croyait encore en route vers la Grèce. (Plusieurs journées et une bagarre séparaient encore Griffin de son déplacement à Oakland, en compagnie du colonel Starling.)

Chaque tableau de service, avec les invariables initiales APM, semblait une forme de désaveu : il devait garder les scellés sur la chambre de Harding, point final. Durant ces heures d'oisiveté forcée, l'idée le traversait parfois que cette mission avait pour but essentiel de lui saper le moral.

Alors il faisait des réussites, assis sur son lit. Il avait acheté un jeu de cartes pour le poker, mais jusqu'à présent il avait dû se contenter de parties en solitaire. Il joua jusqu'à en avoir mal aux yeux : lorsqu'il les fermait, il voyait tourbillonner les cartes, rouges et noires, et se sentait pris de vertige.

Sa chambre était plongée dans la pénombre. Ses effets personnels se limitaient à une photographie de sa fille, à qui il n'avait pas parlé depuis des mois. C'était une vieille photo, qui remontait à l'époque où elle chassait encore : le fusil dans une main, elle avait mis un genou à terre à côté d'un cerf qu'elle venait d'abattre. Il l'avait fait encadrer, mais après plusieurs donnes particulièrement désastreuses, il avait préféré coucher le cadre face contre table.

Le dimanche 5 août, tard dans la soirée, il était allongé sur son lit en maillot de corps quand il entendit du bruit dans la pièce voisine. Il faisait une dernière réussite avant de commencer son quart de garde devant la suite 8064, entre minuit et quatre heures du matin. Il s'interrompit, une carte à la main. Son imagination lui avait-elle joué un tour ? Un agent s'était sans doute introduit dans la pièce, la sachant vide, pour y faire une sieste en douce. Griffin repoussa ses cartes. Pas question de laisser une sentinelle relâcher sa vigilance.

Il éteignit la lumière et colla l'oreille contre la porte. Il entendit de légers grincements – quelqu'un qui s'asseyait sur le lit, peut-être. Il actionna la poignée, ouvrit la porte, et ses semelles glissèrent sur la moquette épaisse du Palace. Une fois dans l'obscurité de la chambre voisine, il se dirigea lentement vers le lit. Volets fermés, rideaux tirés, la pièce baignait dans une chaleur moite. Il y régnait une étrange sensation d'étroitesse et de confinement, comme si on y avait entreposé un amas de meubles. Griffin entendit, mais trop tard, un froissement de tissu sur sa gauche, et soudain des bras lui ceignirent le torse. Des mains le fouillèrent et il tenta d'appeler à l'aide mais une paume puissante le bâillonna. Une voix qu'il connaissait murmura :

– La ferme, Griffin.

Puis une autre voix, plus forte :

– Il n'est pas armé.

Il crut reconnaître l'agent Stutz.

Une troisième voix qu'il identifia aussitôt. Wheeler.

– C'est bon. Lumière.

L'une après l'autre, les lampes s'allumèrent et Griffin constata que le lit, l'armoire et la commode avaient été poussés contre les murs pour laisser plus de place à un groupe de ses collègues. Il n'eut pas besoin de les compter pour comprendre, la gorge nouée. Ils étaient sept, plus un qui devait attendre le bon moment pour apparaître. Les Huit Hommes Vertueux.

Quatre d'entre eux se tenaient contre le mur opposé, en rang d'oignons. Deux autres le maintenaient solidement. Enfin Wheeler était assis dans un fauteuil, un livre relié de cuir sur les genoux. Levant les yeux vers Griffin, il ajusta ses lunettes et lissa ses cheveux brillantinés. Puis, approchant le livre de la lumière, il toussota dans sa main.

– Je sais ce que vous mijotez, bande de salauds, grogna Griffin.

Wheeler pesa ses mots comme s'il lisait une proclamation officielle :

– « Servir l'État est l'apanage d'une minorité. Le département du Trésor en rassemble l'élite. Un pour cent seulement des candidats intègrent le Service secret. »

– Qu'on en finisse ! cracha Griffin. Où est le huitième homme ?

Wheeler continua sa lecture :

– « Seuls les meilleurs éléments ont le privilège de veiller sur la sécurité du Président. Servir, c'est reconnaître les imperfections de la démocratie. Car si l'éducation et l'amour divin régnaient en maîtres dans les esprits, les hommes n'éprouveraient que vénération pour le chef suprême et le Service serait inutile. Mais la tentation de l'anarchie hante le cœur des hommes... »

– Hollis, Stutz ! aboya Griffin aux deux hommes qui le ceinturaient. Espèces d'idiots ! Vous êtes avec Wheeler ?

– Qu'est-ce qu'on fait là, à ton avis ? grogna Stutz.

D'une main levée, Wheeler demanda le silence. Griffin soupira :

– Je connais la suite. J'en ai vu d'autres, et bien avant vous tous. Faites entrer votre huitième homme.

– « Pour être efficace, un agent du Service secret doit présenter des dispositions pour les langues étrangères, les activités physiques, le tir au pistolet et à la mitraillette, l'observation, la tactique, la stratégie, la psychologie, la boxe et la lutte. Toute lacune est considérée comme un manquement à l'égard du Service, du Président et de la Patrie. »

– « En conséquence... » dit Griffin.

Assis dans le cercle de lumière décrit par l'abat-jour, Wheeler lui fit écho :

– « En conséquence, le Service ne tolérera chez ses membres ni faiblesse ni humiliation. Sur la demande d'un cercle de Huit Hommes Vertueux, un agent peut être appelé à se défendre. S'il échoue, il s'en ira avec les honneurs : les hommes ne saliront pas sa mémoire et le Service ne saura pas pourquoi il a choisi de prendre sa retraite. S'il réussit, son triomphe effacera tous les stigmates. »

Wheeler ferma le livre et rechaussa ses lunettes.

– Nous sommes huit à considérer que l'agent Jack Griffin a eu une conduite répréhensible. Le défi est lancé par Francis O'Brien.

La porte de la salle de bains s'ouvrit, et O'Brien apparut dans l'embrasure, torse nu. Avec ses cent dix kilos pour un mètre quatre-vingt-dix, il avait joué arrière dans l'équipe de football américain de Notre-Dame, avant guerre.

– Pourquoi tu ne me regardes pas dans les yeux ? appela Griffin.

Les mains qui le retenaient relâchèrent leur emprise et le poussèrent au centre de la pièce.

– Alors vous me jugez responsable de la mort de Harding ? D'où sortez-vous ça ?

– Économise ton souffle, dit Wheeler.

O'Brien se mit à tourner autour de Griffin, ses mains épaisses décrivant de petits cercles à hauteur de sa poitrine. Il était moins réputé pour la vivacité de son intelligence que pour sa pugnacité. Griffin ne s'étonna pas du choix de cet adversaire : ce serait sans doute une victoire facile sur un homme vieillissant, mais c'était aussi un sale boulot, le genre qui n'avait jamais rebuté O'Brien.

Griffin lui fit face à contrecœur, les bras ballants. Il devait lui rendre vingt centimètres et autant de kilos. Pour garder une chance de s'en sortir, il allait devoir se servir de ses méninges.

– Tu as bien réfléchi, O'Brien ? demanda-t-il. Tu crois que tu peux frapper un supérieur ?

– Si je te bats, tu ne seras plus mon supérieur.

Son poing droit passa tout près de la mâchoire de Griffin, le gauche lui caressa la bouche. Il sentit les phalanges de son adversaire frotter contre ses dents. Griffin fit un pas en arrière, semblant inviter O'Brien à avancer, puis, les pieds fichés sur le sol, il lui décocha un direct au menton. La tête du colosse eut un bref mouvement de recul, mais ce fut tout : loin de s'affaler, il ceintura son adversaire et entreprit de le broyer. Griffin tenta de libérer ses bras, sans y parvenir. Il pouvait à peine respirer, la sueur lui brûlait les yeux. O'Brien, qui empestait la bière et les cornichons, l'enveloppait de toute sa stature. Les jambes de Griffin s'agitaient en vain, ses bras s'épuisaient. Il ne pouvait plus que bouger la tête, de gauche à droite, ou un peu en avant. Il relâcha alors tous les muscles de son cou, collant le menton contre sa poitrine, puis, de toutes ses forces, il projeta la partie arrière de son crâne contre le nez d'O'Brien.

On eût dit le bruit d'une noisette que l'on casse. O'Brien le laissa tomber comme un paquet de linge et Griffin resta un genou à terre, haletant, une main sur ses côtes endolories. O'Brien repartit à l'assaut, en tenant son nez ensanglanté, et Griffin devina qu'il allait lui donner un coup de pied dans le bas-ventre. Avec une souplesse oubliée depuis plusieurs années, il esquiva la frappe d'une pirouette.

Un coup de pied dans les parties ! Si O'Brien voulait jouer à ce petit jeu, Griffin en connaissait aussi un rayon. Avec une soudaine jubilation, il attrapa son adversaire par la nuque et lui fracassa la tête contre l'armoire. Les bras et les coudes d'O'Brien absorbèrent l'essentiel du choc, mais Griffin le cogna à plusieurs reprises contre le meuble, jusqu'à en arracher une planche d'un mètre environ. Tandis qu'O'Brien, sonné, tentait de retrouver son équilibre, Griffin ramassa le bout de bois, le soupesant comme une batte de base-ball. Quand O'Brien chargea, il lui en décocha un coup en plein dans le plexus.

Il y eut une expectoration, puis un cri étouffé, et O'Brien s'effondra sur le tapis, où il se roula en boule comme une crevette grillée.

Les organisateurs du traquenard échangèrent un regard, mais aucun ne leva le petit doigt pour aider l'un ou l'autre des pugilistes. Griffin, le souffle court, les dévisagea tour à tour, comme pour mettre au défi le prochain amateur. Puis il jeta la batte en direction de Wheeler, qui cligna des paupières.

Griffin se pencha sur O'Brien, qui sifflait bruyamment, et lui tapota l'épaule :

– Te fais pas de bile. Toi aussi, un jour, tu te feras une place au soleil...

Puis il se releva en rajustant ses vêtements. Il remarqua que sa langue butait bizarrement sur ses dents. Une de ses couronnes en or était tombée.

Wheeler jouait avec son livre.

– Vous vous en êtes bien sorti, agent Griffin.

Il lui tendit la main. Griffin le toisa, frémissant. L'adrénaline refluait dans son corps, laissant place à la douleur. Il prit la main de Wheeler mais, au lieu de la serrer, il la tourna paume ouverte et y laissa tomber sa dent en or.

– En souvenir de l'agent Bell. Un Homme Vertueux, lui aussi. Il y a vingt-deux ans de ça. J'avais payé la note du dentiste. Cette fois, je vous présenterai l'addition. Vous y voyez un inconvénient ?

Wheeler secoua la tête.

Griffin se tourna vers ses comparses, qui baissaient les yeux sur la pointe de leurs chaussures.

– Vous devriez remettre les meubles en place. Moi, je vais me coucher.

La porte de sa chambre à peine refermée, il s'effondra contre le battant. Il resta plusieurs minutes sans bouger. Puis, il alla ramasser ses cartes à jouer et les jeta dans la corbeille du Palace.

Il avait la bouche en feu. Il sortit une flasque de whisky, mais à la réflexion, appela le service d'étage et commanda un seau de glace, qu'on apporta dans sa chambre pendant qu'il prenait une douche froide. Plus tard, il entendit un coup frappé à sa porte, mais il aboya « foutez-moi le camp » et les pas s'éloignèrent sur la moquette épaisse du couloir.

Il oscillait entre la colère et l'abattement. Un instant, il songea à taper sa lettre de démission et à la faire porter sur le bureau du directeur le lendemain matin. L'agence Pinkerton recrutait des détectives, y compris parmi les ratés, pour peu qu'on ne fût pas trop regardant sur le salaire. Mais à ses yeux, c'était renoncer et Griffin n'était pas encore disposé à baisser pavillon.

Il avait surmonté l'épreuve des Hommes Vertueux, mais cela ne changerait rien à sa réputation. Le rachat, si rachat il devait y avoir, ne viendrait pas par les canaux habituels. Et loin du Président Coolidge, il pouvait difficilement faire rempart de son corps ou écarter un verre de poison.

Tout au long de son existence, Jack Griffin avait trop souvent porté le chapeau. Il colla de la glace sur ses gencives, puis se remit à feuilleter ses notes concernant le Voyage de la Compréhension.

CHAPITRE 3

Le lendemain, on leva les scellés sur la chambre de Harding au Palace. Griffin eut du mal à se convaincre qu'il s'agissait là d'une simple coïncidence : la veille, on avait compris qu'on ne se débarrasserait pas si facilement de lui et voilà que, brusquement, il devenait urgent de tourner la page, de confier l'ancienne administration aux mains de la postérité. Ayant reçu ordre de répertorier tous les effets personnels du Président, il rédigea un mémo de sept pages qui décrivait en détail, jusqu'aux bouloches du tapis, l'état et la disposition de chaque objet, avant emballage. Il se trouvait à présent au deuxième étage de l'Hôtel des Monnaies, debout devant le bureau de Wheeler, qui feuilletait son rapport.

– « ... cinq jeux de cartes, de marque Bicycle, deux paquets neufs ; une boîte de cigares, trois cigares manquants ; une bande dessinée Krazy Kat, parue dans l'*Examiner* de San Francisco le 18 juillet 1923, avec une lettre à en-tête de William Randolph Hearst. On lit sur la note : “J'ai pensé que les mésaventures d'Ignatz vous feraient sourire. Bill.” »

Wheeler n'utilisait plus ce ton solennel avec lequel il avait lu l'acte d'accusation des Huit Hommes Vertueux. Pour autant, Griffin ne devinait chez son supérieur ni respect, ni pardon – seulement de la peur.

La liste se poursuivait. Les reliefs d'un dîner, y compris le gâteau au chocolat que le Président avait mangé en revenant du théâtre : l'analyse n'avait révélé aucune trace de toxicité. La garde-robe de Harding, ses chaussures, les souvenirs de son Voyage de la Compréhension, le texte de ses discours, les coupures de presse. Harding avait succombé alors que la Duchesse lui lisait à voix haute un article du *Saturday Evening Post* consacré à l'une de ses bonnes œuvres. Ses derniers mots avaient été : « Excellent. Une description bien sentie. Je peux avoir un verre d'eau ? »

Il y avait également des médicaments homéopathiques contre l'infection, les abaisse-langue que Griffin avait trouvés dans la corbeille, les deux bouteilles d'oxygène utilisées en vain pour ranimer Harding, et même le dernier verre d'eau que lui avait apporté la Duchesse.

Wheeler s'éclaircit la voix, signe qu'il allait risquer une plaisanterie.

– Votre mémo ne précise pas si le verre était à moitié plein ou à moitié vide.

– Regardez les annexes, capitaine.

– Oh.

Wheeler sauta quelques pages et lut :

– « Le verre était vide mais, à en juger par les résidus minéraux, il devait contenir approximativement un quart d'eau au moment de la mort de Harding. »

– D'après le labo, c'est de l'eau du robinet.

– Merci, agent Griffin.

Wheeler considéra un moment le document puis, au prix d'un grand effort, regarda pour la première fois Griffin dans les yeux.

– Comment va cette dent, Jack ?

– Bien, capitaine. Vous recevrez bientôt la facture.

Après cette tentative d'humanité maladroite, Wheeler retourna au mémo. La dernière page, marquée top secret, dressait la liste de plusieurs objets que Griffin avait glissés dans une enveloppe à part. Il les avait trouvés dans le double fond de la trousse de toilette de Harding : deux lettres de Nan Britton, où elle demandait de l'argent pour élever leur enfant ; des billets que lui avaient remis des inconnues, à Chicago, Helena ou Seattle, en lui proposant un rendez-vous galant ; trois boîtes de préservatifs.

– Où est cette enveloppe ? soupira Wheeler.

Griffin la déposa sur son bureau. Son supérieur y jeta un œil, sortit une des boîtes de Ramsès, décorée de hiéroglyphes égyptiens.

– Aucune des boîtes n'était ouverte. D'après leur état, le Président les aurait achetées il y a environ un an. J'en conclus qu'il faut écarter l'hypothèse de maîtresses récentes.

– Très bien, fit Wheeler en rangeant le paquet sous son bureau. Il paraît qu'on en a aussi trouvé à la Maison-Blanche, dans le Bureau ovale. Aucun préservatif manquant. À mon avis, il aimait juste en avoir sous la main.

Griffin s'abstint de tout commentaire.

– Bon travail, agent Griffin. Nous avons une autre mission à vous confier. D'une nature plus prioritaire...

– Pour le Président Coolidge, monsieur ?

– Indirectement, oui, indiqua Wheeler, ce qui était une manière de dire non. Nous avons besoin de vérifier les antécédents de Charles Carter, le magicien que Harding a rencontré le soir de sa mort.

– Dois-je essayer de le localiser, monsieur ?

– Sur ce fichu paquebot ? Non. D'après le colonel Starling, il se terre dans une des maisons qu'il possède dans la région. Nous sommes en train de resserrer le champ d'investigation.

Griffin ravala sa déception.

– Le Président est toujours mort de cause naturelle, capitaine ?

– Oui.

– Autrement dit, Charles Carter n'est pas considéré comme suspect ?

– Non. Mais il a pris la fuite, donc il représente une menace éventuelle. Il y a de fortes chances qu'il soit simplement en quête de publicité mais, pour notre tranquillité d'esprit, nous allons nous assurer qu'il n'a rien sur la conscience.

Wheeler continua, mais Griffin n'écoutait plus que d'une oreille distraite. Lorsque son supérieur le congédia, il salua d'une légère inclinaison du buste.

La mission était sans doute importante, mais les raisons invoquées lui paraissaient peu crédibles. En clair, ça puait l'embrouille. Ce qui n'était pas forcément pour lui déplaire.

Dans le hall, Griffin feuilleta son calepin, où il retrouva bientôt le nom qui devait l'aider à déterrer le passé de Carter : Olive White, bibliothèque municipale de San Francisco, salle des périodiques. Il composa le numéro depuis une cabine. Une femme, d'une politesse frisant la névrose, lui fit savoir qu'officiellement la bibliothèque était fermée pour travaux, mais que si le bruit et la poussière ne le dérangeaient pas, il aurait la bibliothèque pratiquement pour lui tout seul, disons à partir de quatorze heures. Il répondit que ce serait parfait.

Il trouva un bistrot sur Geary Street, à l'écart des foules, et se mit à feuilleter un journal qui regorgeait de mauvaises nouvelles. Une actrice dont il n'avait jamais entendu parler avait percuté un arbre au volant de sa voiture : elle était sous l'emprise de la drogue. Il s'étonnait parfois qu'il y eût encore autant d'actrices, au rythme où elles trépassaient. Au bas de la première page, il y avait aussi un article à vous donner la chair de poule. Griffin le lut plusieurs fois. Une nourrice de Boston venait de coucher les bambins dont elle avait la charge lorsque le téléphone sonna. Une voix d'outre-tombe lui demanda si elle avait bien bordé les enfants. L'appel se renouvela trois fois : « Avez-vous bien bordé les enfants ? » Prise de panique, la nourrice prévint la police, qui lui apprit que l'appel provenait de la maison ! Les policiers enfoncèrent la porte juste à temps pour empêcher un colosse de découper les bambins à coups de hache. Tout était bien qui finissait bien, et les parents avaient offert une semaine de congé à la nourrice. Griffin secoua la tête. Il croyait avoir tout vu, et chaque fois un fait divers atroce venait lui dresser les cheveux sur la nuque.

Sous cet article, il tomba sur un entrefilet : des policiers appartenant à la brigade des stupéfiants de Chicago reconnaissaient avoir détourné des tonnes de cocaïne saisies lors d'interventions, pour les revendre à des trafiquants. Griffin ne fut pas autrement surpris.

Harding était décédé sans qu'on sût exactement les causes de sa mort. Griffin avait déjà entendu plusieurs explications : crise cardiaque, poisson avarié, apoplexie cérébrale et même, hypothèse murmurée avec une légèreté surprenante, empoisonnement par Mme Harding, lassée de ses infidélités. Ces dernières semaines, le Président avait évoqué un scandale susceptible de déclencher un séisme national. Mais rien que l'année passée, Griffin avait vu défiler tant de scandales : les faux contrats d'exploitation pétrolière ; les services de douane qui faisaient passer des armes à Abd-el-Krim en échange de gin ; les infiltrations communistes dans la légion américaine ; le complot juif dans la haute finance ; les sénateurs arrosés de pots-de-vin par des bootleggers ; l'argent détourné à la poste ou sur les pensions des anciens combattants. De quel scandale parlait Harding ? À Washington, on comparait les affaires aux piqûres de moustique : il pouvait y en avoir deux ou cinquante, elles n'étaient jamais mortelles.

Griffin leva les yeux vers les passants et se demanda où allait le monde. O'Brien qui tentait un coup sous la ceinture. Un cinglé qui brandissait une hache sur des enfants. Sans parler de l'assassinat du Président... À trop vouloir tracer des limites, on ne faisait peut-être qu'inciter les gens à les franchir.

Il était presque deux heures de l'après-midi et Griffin s'inquiéta soudain des oignons qu'il venait de manger avec son hamburger. Heureusement, il avait dans sa poche une boîte de pastilles à la menthe de marque allemande – « PEZ, soulage les rages de dents, la mauvaise haleine et la fatigue » – et, en quittant le restaurant, il en suçota une, non sans quelque scrupule. PEZ avait envoyé une caisse de ces pastilles dans tous les camps militaires et les bureaux du Service secret, gratis, en « témoignage d'une nouvelle amitié ». Dans son prospectus, la compagnie ajoutait que « grâce à notre produit, les soldats et les policiers sauront conquérir le respect de la nation ». Il y avait donc des boîtes de PEZ un peu partout, mais Griffin ne voyait pas cela d'un très bon œil, sachant que rien n'était jamais gratuit. L'ancien Président Wilson aurait probablement ordonné la réexpédition de ce chargement de pastilles en Allemagne. Car il suffisait souvent de gratter la surface pour dénicher un complot, ou une basse manœuvre en vue de quelque profit.

À l'entrée de la bibliothèque, il montra son badge au garde, qui lui remit un casque de chantier et lui désigna l'escalier. La salle des périodiques se trouvait au troisième étage. Les battants de porte avaient été sortis de leurs gonds, et Griffin dut se faufiler sous un échafaudage pour entrer dans cette pièce immense, sombre malgré les puits de lumière qui tombaient sur les bâches recouvrant le sol. La municipalité faisait percer des lucarnes dans le plafond, déjà troué en plusieurs endroits. En levant les yeux, Griffin pouvait apercevoir des pans de ciel bleu entre les moulures et les tubes d'acier. Les ouvriers étaient partis déjeuner et, l'espace d'un instant, Griffin crut qu'il était entièrement seul.

– Monsieur Griffin ? fit une voix énergique dans un coin sombre. C'est vous ?

– Madame White ?

Lorsque ses yeux s'habituèrent à la pénombre, Griffin distingua une femme assise à une grande table en bois, entre des piles de journaux et des objets de tailles diverses, enfouis sous un drap blanc. La bibliothécaire vint à sa rencontre ; il remarqua le contraste entre sa robe à fleurs et ses bottes de caoutchouc.

– Mademoiselle, corrigea-t-elle en lui tendant la main. Je suis ravie de vous aider, monsieur Griffin. Sur quelle affaire travaillez-vous ? Mais je n'ai peut-être pas le droit de vous poser la question... Vous voulez un verre d'eau ?

– Je fais juste une petite vérification, m'dame.

– Mademoiselle, je vous en prie. Ces travaux sont épouvantables, n'est-ce pas ? Il y a six mois qu'ils devraient être terminés et nous avons eu de la chance qu'il ne pleuve pas ces derniers temps, encore que la météo annonce un changement imminent. Quel dommage pour tous ces mariages du mois d'août ! Il faut voir le nombre de bans publiés en ce moment... Alors, agent Griffin, vous qui faites partie du Service secret, vous êtes certainement très observateur. Qu'avez-vous appris sur moi ? Mes bottes en caoutchouc vous intriguent-elles ?

Griffin n'eut pas le temps de répondre. Mlle White lui expliqua qu'elle ne voulait pas salir ses souliers pendant les travaux. Il n'eut pas non plus l'occasion de placer qu'il l'avait deviné : elle tenait aussi à lui préciser que c'était pour elle un immense honneur de servir le Service, pour ainsi dire, et que d'ailleurs son père avait combattu les Espagnols. Elle avait déjà relevé plusieurs détails à propos de Griffin, qu'il ne portait pas d'alliance, bien qu'un homme de sa prestance eût certainement été marié autrefois, mais il était sans doute indiscret de poser la question, n'est-ce pas ? Le temps que Mlle White l'installe à une place de travail, Griffin en avait la tête qui tournait. Il se sentait parfois plus à son aise face aux criminels qu'à des citoyens dévoués.

– Merci, mademoiselle White.

Il hocha la tête poliment, mais elle ne bougea pas.

– Je vous laisse, mais j'ai encore une petite question. Agent Griffin, est-ce que vous portez une arme ?

– Oui, mademoiselle White.

Un large sourire éclaira le visage de la bibliothécaire. Elle pivota sur ses caoutchoucs et s'éloigna en fredonnant un air que Griffin ne reconnut pas. Enfin seul, il se frotta l'arête du nez. Devant lui se trouvait un épais dossier, avec cette étiquette : « Carter, Charles, 1888 -... ». Il ajusta son casque. Le premier article, collé sur un carton brun, provenait de l'*Examiner*, à la date du 12 septembre 1912 :

CARTER LE GÉNIE PROMET DE NOUS ENCHANTER

Dans un entretien exclusif pour l'*Examiner*, Charles Carter, l'enfant du pays, le magicien qui, à vingt-trois ans, s'est déjà produit devant des milliers de spectateurs à travers le monde, déclare qu'il existe encore de nombreux domaines que les microscopes et les théodolites de nos savants n'ont pas explorés. Il raconte au public médusé un épisode où sa vie fut en danger, sur l'île de Ceylan : « J'avais présenté mon spectacle devant le sultan, et en échange de ma méthode de lévitation, son vizir m'a révélé le secret permettant de se passer un couteau à travers le corps sans se blesser. Comme j'ai juré le silence, disons simplement qu'il y est question d'hypnotisme. Un sbire du sultan, un gredin qui convoitait ce secret depuis des années, m'a menacé d'un pistolet chargé. Sans mon fidèle Baby et sans la présence d'esprit de mon assistante Annabelle, je ne serais pas là aujourd'hui. » *Le Sultan et le Sorcier*, le dernier acte de son spectacle, en représentation pour deux semaines au Majestic, recrée cet incident au bénéfice de...

Griffin survola le reste de l'article. Il nota sur son calepin : « Ceylan. Hypnotisme. Acolytes : Annabelle. » L'article suivant était du 14 janvier 1913.

LA FIN D'UNE ILLUSION EXTRAORDINAIRE
CARTER SE RETIRE DANS L'ANTRE DU SORCIER

Charles Carter vient d'annoncer que, près de la ville de Grindu, dans les Carpates, le mage qui lui a enseigné les arts occultes est aujourd'hui à l'agonie. Carter doit combler une distance d'environ douze mille kilomètres pour se rendre à son chevet. Il emporte avec lui les plans de l'illusion qui clôt son spectacle, *Le Sultan et le Sorcier*, afin qu'ils soient incinérés avec le grand maître. « Ce numéro ne sera plus jamais présenté sur scène, et je dois partir impérativement jeudi prochain. »

La coupure suivante, un entrefilet d'une ligne, était datée de six jours plus tard : « Au Fox, le spectacle de Carter le Mystérieux est prolongé de trois semaines. » Griffin, tout en se demandant comment tant de gens pouvaient payer pour se faire rouler dans la farine, nota : « Grindu. Carpates. » Il y avait là quelque chose qui lui semblait suspect.

Venaient ensuite, glissés dans une chemise, divers documents concernant la fondation d'une association de bienfaisance en faveur des animaux du spectacle à la retraite : un formulaire d'enregistrement, un acte de donation, plusieurs câbles transatlantiques et des manuscrits portant des sceaux étranges. Quelle était cette association ?

La chemise contenait une lettre rédigée sur du papier à en-tête de l'hôtel Raffles, à Singapour.

1er octobre 1913

Mon cher James,

Nous partons ce jour pour le Japon (à ce propos, j'ai une nouvelle idée d'illusion, avec un canon japonais). Tu m'as demandé de te rapporter un souvenir du Siam. Que dirais-tu d'une histoire rocambolesque ? Tu vas croire que j'ai tout inventé, mais c'est la stricte vérité, je le jure !

Une autre main – une écriture féminine, jugea Griffin – avait ajouté : « Je veillerai à ce qu'il n'oublie rien. »

La lettre, augmentée de quelques annotations dans la marge, racontait que Carter avait présenté *Le Sultan et le Sorcier* deux soirs de suite dans un théâtre de Bangkok. Rama VI, le roi de Siam, les avait ensuite invités, Annabelle et lui, dans son palais d'été. Là, à l'occasion d'un banquet, Carter avait réalisé *Le Mystère royal*, dans la tradition de Robert-Houdin. « Lors d'une représentation devant le roi de France, écrivait-il, Robert-Houdin fit disparaître un mouchoir, laissant ensuite à Sa Majesté le choix de trois lieux différents pour sa réapparition. Premier problème pour moi, le roi de Siam ne porte pas de mouchoir. »

Annabelle avait ajouté : « Non, le premier problème, c'est que les femmes ne sont pas admises au banquet : pendant qu'il cassait la croûte avec Son Altesse Sérénissime, j'étais exilée avec les dames. Bah, tant pis pour eux. »

Carter avait emprunté la montre du roi, une Hamilton à laquelle le souverain tenait beaucoup. Le magicien l'avait placée dans un bocal de verre fumé, il avait demandé à Rama VI de taper sur le couvercle. La montre avait disparu. « Applaudissements des invités et regard noir de mon hôte, qui s'imaginait que je lui avais subtilisé sa précieuse breloque. » Carter distribua alors aux convives des feuilles de papier en demandant à chacun d'inscrire l'endroit où la montre devait réapparaître. Il mélangea les réponses et pria le roi d'en choisir trois.

Rama VI avança lentement la main. Il préféra écarter la première suggestion, sous sa chaise (« Trop facile pour vous, j'en ai peur ! »), et la deuxième, dans la barque d'un marchand de fruits sur le marché de Proha. Après avoir longtemps scruté Carter de son œil malin, il opta finalement pour la troisième solution : au pied de la statue de Bouddha, dans le jardin, à environ cinq cents mètres de là. Il envoya ses hommes creuser.

Tandis qu'un quatuor jouait du Bach et que l'on servait des pâtisseries, Carter devisa agréablement avec le roi, qui guettait chez son invité des signes d'inquiétude. Enfin, les domestiques revinrent avec un gros coffre, fermé par un sceau de cire. À l'intérieur, on trouva non seulement la montre, mais un parchemin en thaï archaïque qui chantait les louanges de Charles Carter, l'illustre étranger.

Le roi se montra si enchanté qu'il fit don d'une île au magicien. Cette île s'appelait Koh Pheung Thawng, dans la mer d'Andaman, à l'extrémité d'un archipel réputé pour ses falaises abruptes et ses criques sablonneuses.

Carter écrivit à son frère qu'il n'avait eu aucune raison de soupçonner là un cadeau empoisonné. Mais le lendemain, on vint lui présenter un avis d'imposition. Il apprit par la même occasion que Thurston avait déjà renoncé à son titre de propriété et restitué *son* île au roi de Siam.

Pourtant, cette histoire me turlupine et, pendant mon séjour au Japon, j'aimerais que tu planches un peu sur le droit international. J'ai un projet d'association caritative...

Le reste de la chemise rassemblait diverses paperasses concernant la Maison de retraite des animaux du spectacle. Griffin nota les coordonnées de l'île sur son calepin. Il ajouta : « Encore Annabelle. »

En mai 1914, il y avait plusieurs brèves tirées du *Call* et de l'*Examiner*.

RETOUR DE CARTER LE MYSTÉRIEUX
APRÈS UN LONG VOYAGE AU JAPON

Le magicien globe-trotter Charles Carter, alias Carter le Mystérieux, a fait une découverte stupéfiante qui pourrait bien éclipser toutes les nouvelles en provenance d'Europe. Les Japonais possèdent une terrible arme secrète : ils ont le moyen de projeter leur infanterie à travers la matière solide. Il ne faut sans doute pas chercher plus loin les raisons de leurs succès contre la Chine et la Russie.

Griffin fronça les sourcils. Il avait assisté aux négociations avec le Japon lors du traité sur les Armes navales et il n'avait jamais entendu parler d'une arme secrète. Il continua à lire :

Carter affirme que dans son prochain spectacle, une personne sera introduite dans un canon spécial et projetée à travers un mur de brique, pour atterrir dans un filet dressé de l'autre côté de la scène. « J'ai obtenu des Japonais les droits d'exploitation de cet équipement pour une très courte période. Je reste très inquiet pour la sécurité. En voulant m'expliquer le fonctionnement, les Japonais ont mal réglé les paramètres et ils ont tué trois de leurs hommes par accident ! »

Horrifié, Griffin écrivit : « Arme secrète nippone », mais le dernier mot n'était pas encore sec qu'il fut soudain pris de doutes. Projeter un homme à travers un mur de brique ? Cela semblait ridicule. Mais les ondes radio aussi, après tout. Pourtant, les services du chiffre avaient décodé des tonnes de documents secrets japonais : une invention de cette nature pouvait difficilement passer inaperçue. Et qu'était-il advenu de ce voyage de Carter dans les Carpates ?

Il tourna la page, s'attendant à trouver un compte-rendu du spectacle, ou un avis de prolongation, preuve que cet emprunt temporaire de matériel militaire – d'abord, pourquoi les Japonais auraient-ils prêté ce canon miracle à un étranger ? – n'était qu'un stratagème publicitaire.

Mais le document suivant, classé par ordre chronologique, datait d'octobre 1917, soit trois ans plus tard. Griffin vérifia : il y avait bien l'article de mai 1914 puis, deux pages blanches plus loin, celui de 1917. Sur la page en regard, un coupon rectangulaire, bleu clair, marqué du tampon de la bibliothèque, portait cette mention : « Pour les autres articles, consulter les collections spéciales ». Il pensa interroger Mlle White. Mlle White l'hystérique. Mais il préféra en terminer avec ce premier volume.

L'article de 1917 évoquait un gala de charité donné à l'Hippodrome de New York au profit des familles des victimes de l'*Antilles*, un vaisseau torpillé par un sous-marin allemand. Griffin lut l'article avec une perplexité croissante :

> ... le plus grand rassemblement de magiciens professionnels ayant jamais eu lieu. Lorsque la cause est juste, et que l'organisateur se nomme Harry Houdini, nul ne veut gâcher la fête. Ainsi Kellar, le roi des magiciens américains, est sorti de sa retraite pour la première fois depuis 1908. À la fin de son numéro, les femmes se sont précipitées sur scène pour le couvrir de chrysanthèmes rouges et jaunes. L'orchestre de l'Hippodrome, fort de ses cent vingt-cinq musiciens, entonna *Auld Lang Syne*, repris en chœur par six mille spectateurs. Kellar fut porté en triomphe sur une chaise à porteurs soutenue par les plus grands magiciens sur le circuit : Houdini, Thurston, Jansen, Nicola, Raymond et Goldin.

Puis, en conclusion, ce paragraphe :

> Charles Carter, un magicien de San Francisco, est également sorti d'une retraite forcée, due à un incident fâcheux. Mais les

magiciens firent taire les rancunes et il fut accueilli à bras ouverts...

Une retraite forcée ? Quel incident ? Griffin feuilleta le reste du dossier mais ne trouva aucune information sur la période allant de 1914 à 1917.

Les articles après ce gala de charité à l'Hippodrome ne contenaient rien de très intéressant : critiques de spectacles, promesses d'illusions sensationnelles qui paraissaient interchangeables. Plus aucune mention d'Annabelle.

Il apporta le coupon « collections spéciales » à Mlle White, qui lisait à sa table, sous une petite lampe.

– Oh, vous m'avez fait peur ! dit-elle, les mains jointes sur sa poitrine.

– Pardon, mademoiselle...

– J'étais en train de lire un article affreux à propos d'une nourrice. Un homme n'arrêtait pas de l'appeler pour lui demander si elle avait bien bordé les enfants et...

– Oui, j'ai vu ça.

Mlle White prit le coupon que lui tendait Griffin.

– Vous savez, je crois que la même chose s'est produite l'année dernière, mais à Atlanta, en Géorgie. Je me demande s'il peut s'agir du même homme...

– Le M.O. est plutôt inhabituel.

– Le mode opératoire, traduisit Mlle White en fermant les yeux. Oh, monsieur Griffin, c'est un tel plaisir de bavarder avec vous !

– Vous pouvez me dire ce qu'il y a dans les collections spéciales ?

Elle se leva comme si on venait de l'appeler au tableau et expliqua que la bibliothèque faisait preuve de discrétion en archivant les documents concernant les principales familles de San Francisco.

– On trouve tellement de ragots dans les journaux, de nos jours, nous ne voudrions pas encourager une curiosité de mauvais aloi. Voyons... 1914...

Elle souleva un drap qui recouvrait un meuble à tiroirs, en se répétant la date.

– J'ai vu Carter une dizaine de fois. C'est un homme absolument merveilleux. Je me demande si je l'ai vu en 1914...

– Il présentait une espèce de canon importé du Japon.

– Ah, *Le Canon de la Guerre fantôme*, soupira-t-elle.

– Oui, ça doit être ça.

Mlle White forma un ovale avec ses lèvres et se mit à fouiller dans ses dossiers. Elle était soudain si silencieuse que Griffin finit par s'inquiéter.

– Ça vous rappelle quelque chose ?

– Oh, oui, fit-elle en levant vers lui des yeux brillants, emplis de larmes. Une épouvantable tragédie. Ce pauvre M. Carter !

CHAPITRE 4

– Nous ne sommes pas encore prêts, objecta Ledocq.

– Je suis sûr que ça peut marcher, répliqua Carter.

Sur scène, huit hommes astiquaient les charnières de cuivre, repeignaient les accessoires ou disposaient les miroirs avec une précision scientifique. Le canon était démonté en cinq ou six pièces.

– Carter, repousse la première. Rien que d'une semaine.

– Pas question.

– Quand tu es aussi sûr de toi, j'ai envie de t'étrangler.

Ledocq consulta sa montre de gousset. Carter l'avait rencontré en Angleterre un an auparavant et l'avait débauché de chez Maskelyne, en lui promettant une seconde jeunesse.

– Charles, la nuit va tomber dans une heure. Je ne sais pas combien de temps je peux encore travailler sur cet engin.

– Tout va bien se passer. Fais-moi confiance.

– Je te fais confiance. C'est ce fichu canon qui m'inquiète.

Il se gratta le nez, laissant une tache de cambouis sur son visage.

Le spectacle était divisé en trois actes. Le premier s'intitulait *Le Modèle de l'artiste* : Carter y peignait une très belle femme qui prenait vie et livrait un combat contre un gang de cambrioleurs. Après un interlude où elle jouait du piano – car il s'agissait bien sûr d'Annabelle – Carter lançait le deuxième acte, *Corne d'abondance*, qu'il concevait comme un hommage à la prospérité américaine. D'une bouteille en verre bleu, apparemment inépuisable, il versait toutes les boissons demandées par le public – bière, Coca-Cola, eau, jus de pomme. Puis, d'une caisse en bois d'un mètre cube, vide, suspendue au centre de la scène, il produisait des bouquets de fleurs, des ballons, des colombes, et enfin une jeune femme habillée en bleu, blanc et rouge, des cierges magiques à la main. *Le*

Canon de la Guerre fantôme constituait le troisième acte, mais il ne marchait pas et le spectacle devait débuter dans deux heures.

Carter aurait pu le remplacer par une autre illusion, bien qu'il jouât à guichets fermés grâce à ce clou de la soirée. Mais il y avait une complication : Léon le Grand, à Philadelphie, et P. T. Selbit, à Londres, devaient présenter dans la semaine leur propre version de ce numéro. Tous avaient affirmé que l'idée leur était venue chacun de son côté, mais, aiguillonnés par l'esprit de compétition, ils rêvaient de coiffer leurs rivaux sur le poteau.

Ces derniers jours, Ledocq avait répété qu'il valait mieux attendre : après tout, Léon jetait une femme contre une paroi d'*acier*, et Selbit faisait *marcher* une femme à travers un mur de brique. Les méthodes employées n'avaient rien de commun avec *Le Canon de la Guerre fantôme*. Mais Carter connaissait bien les réactions du public : le premier magicien qui réussirait à faire passer une fille à travers un mur serait décrété vainqueur. Et Carter détestait perdre.

– Qu'est-ce qui ne marche pas ? demanda-t-il.

– Demande-moi plutôt ce qui marche.

Ils s'approchèrent de l'installation, que Carter avait conçue en quelques croquis sur un coin de nappe et que Ledocq avait tâché ensuite, pendant huit longs mois, de conformer aux lois de la physique. L'appareil terminé était ingénieux, mais souffrait d'un défaut majeur.

Dans le meilleur des cas, il devait correspondre à la description livrée par Carter dans sa demande de brevet : « Des volontaires sont appelés sur scène pour examiner le mur de brique. Ils signent deux grandes feuilles de papier, de soixante-quinze sur soixante-quinze centimètres, qui sont ensuite collées de chaque côté du mur. Une explosion retentit et la femme jaillit du canon. Elle passe à travers le mur et atterrit de l'autre côté, dans un filet de sécurité. Les volontaires reviennent vérifier la paroi. Elle est intacte. Mais les deux feuilles de papier ont été déchirées au passage de la femme obus. »

Toute la semaine, on avait glissé dans le canon des boudins d'un mètre soixante, remplis de cinquante-cinq kilos de sable, que l'on avait catapultés contre le mur. Suite à ces expériences, on avait modifié de cinq degrés l'angle de tir, rehaussé le filet d'un mètre cinquante et renforcé ses points d'attache sur le cadre. Toute la semaine, Toots Becker, la championne de plongeon, avait attendu à l'hôtel son tour d'entrer dans le canon. Sarah Annabelle, elle, ne s'était jamais passionnée pour ce numéro. Elle s'amusait à jouer le modèle du peintre et à voler dans les plumes des cambrioleurs, mais l'idée de jaillir d'une corne d'abondance ou d'un canon ne la tentait en rien.

À la demande de Carter, les machinistes assemblèrent le canon pour un nouvel essai.

– C'est un problème de sécurité ? demanda Carter.

– Non. De vibration.

Carter claqua trois fois dans ses mains. Le silence tomba sur le théâtre.

– Merci. Nous allons faire un test dans deux minutes.

Aussitôt, les ouvriers quittèrent leurs travaux pour aller s'asseoir dans la salle, aux premiers rangs.

Pendant que Carter récitait son boniment, par cœur, sans intonation, on introduisit le sac de sable dans le canon et un petit groupe de machinistes vint signer les feuilles, que l'on appliqua de part et d'autre du mur. Ce soir, le comité serait composé de quatre professeurs en génie civil, de l'université de Californie, invités pour l'occasion. Tandis que les assistants se mettaient en position, Carter remarqua sa femme debout dans la coulisse. Elle portait un nouveau chapeau sur la tête et un sac dans chaque main. Lorsque leurs regards se croisèrent, elle loucha et lui tira la langue. Il continua son boniment comme si de rien n'était.

À côté du canon, on avait dressé un faux tableau de commandes, qui brillait de mille feux, tandis qu'un filament électrique vacillait entre deux antennes.

– Des forces phénoménales vont être libérées, je vous conseille donc de rester à distance. Je compte jusqu'à trois... Non, attendez ! (Se tournant vers Ledocq :) Et si on gardait deux volontaires sur scène ? Comme ça, ils verront qu'on n'a pas reculé le mur vers la toile de fond.

Ledocq approuva. Lorsque tout le monde fut en place, le magicien reprit son boniment.

– À trois, cette intrépide jeune femme sera projetée à travers cette paroi de brique.

On abaissa le canon, on roula l'affût à environ cinquante centimètres du mur. Mais soudain, celui-ci fut secoué de forts tremblements.

– Arrêtez !

Carter alla jusqu'à la rampe et demanda, bien que connaissant la réponse :

– Alors ? À quoi ça ressemble ?

– Ce n'est... pas si mal, dit un jeune machiniste au milieu de la salle.

Carter se promit de ne plus jamais solliciter son avis.

– Un enfant de quatre ans ne se laisserait pas berner, intervint Ledocq. Un mur de brique... qui bouge. « Dis, maman, pourquoi il bouge, le mur ? – Je ne sais pas, mon poussin, mais je suis sûre que ce n'est pas parce qu'il y a un moteur à l'intérieur. »

Carter poussa un long soupir.

– Bon. Messieurs, reculez le canon. Ledocq, peut-on empêcher ce mur de trembler ?

– Bien sûr. On n'a qu'à le tenir à bras-le-corps, toi et moi. Sinon, il me faut une semaine pour tirer plus de jus d'un moteur plus petit, ou pour stabiliser le mur.

Carter sortit de sa poche un demi-dollar qu'il fit circuler entre ses doigts. Ledocq savait qu'il valait mieux le laisser réfléchir en silence. Bientôt, ce furent deux pièces de vingt-cinq cents qui serpentaient entre ses phalanges.

– Suis-je bête ! s'exclama soudain Carter. La réponse nous crève les yeux. Il suffit de mettre à contribution les volontaires. Ce sont eux qui tiendront le mur !

Ledocq hocha la tête.

– Charles, j'ai bien fait de t'engager...

– À vos places !

Il fallait deux minutes pour tout réinstaller. Carter se dirigea vers sa femme, tout en improvisant son nouveau laïus :

– Pour vous prouver qu'il n'y a là aucune illusion d'optique, je vais vous prier, messieurs, de vous placer de chaque côté du mur et de le tenir fermement, et cetera...

– Et cetera, répéta Annabelle.

– Ce serait beaucoup plus simple, non ? « Mesdames et messieurs, et cetera. Bonsoir. »

– Que dis-tu à ta femme ? demanda Annabelle en abaissant le rebord de son chapeau sur ses yeux.

Carter lui releva le menton.

– Tu es la plus belle...

– Non.

– La plus forte, la plus rapide, la plus intelligente...

Annabelle secouait la tête et la plume démesurée qui ornait son chapeau vint lui chatouiller le visage. Elle donna la réponse sur le ton de l'évidence :

– La femme la plus futée du monde.

– Comment pouvais-je deviner ça ?

– Figure-toi que j'ai appris que tu allais avoir de la visite ce soir. Kellar.

– Kellar ? Il n'a pas mis un pied hors de Los Angeles depuis des années.

– Ta réputation de cinglé a dû l'impressionner. (Elle ôta son chapeau et le tendit à Carter.) Du coup, je me suis dit que j'avais bien mérité un petit cadeau.

Carter caressa distraitement la plume. Devait-il se féliciter ou s'inquiéter de cette nouvelle ? Kellar avait autrefois désigné son successeur en la personne de Thurston, et depuis, il semblait se désintéresser de la magie. *Le Canon de la Guerre fantôme* serait-il à la hauteur ?

– Alors, dis-moi comment tu l'as su.

Annabelle reprit son chapeau.

– Tu as de la chance de m'avoir rencontrée...

On siffla à l'autre bout de la scène. Ledocq désignait sa montre :

– Désolé, on n'a pas toute la nuit !

Annabelle chuchota à l'oreille de Carter :

– Et si tu oubliais Toots Becker pour ce soir ? C'est une gourde, si tu veux mon avis.

– Tu me suggères de tirer un sac de sable à travers un mur de brique ?

– Non, je prendrai sa place.

– Toi ?

– Juste pour ce soir. Kellar sera ici et ça peut être amusant. Ainsi j'aurai tout essayé avant de prendre ma retraite.

– Tu es sûre ?

– Si ce n'est pas dangereux.

– Bien sûr que non.

– C'est ce que disent tous les maris.

– Oui, et si j'étais toi, je ne me ferais pas confiance. Ledocq ! On va changer le sac !

Avec son mètre soixante-quinze, Annabelle était plus grande et donc plus lourde que Toots Becker. Le temps manquait pour allonger le sac, mais le poids constituait une donnée plus importante que la taille : on rajouta donc dix kilos de sable pendant que Carter discutait avec la scripte des modifications concernant les volontaires.

– À vos places !

Il pensait à Harry Kellar, maître parmi les maîtres. Houdini le dépassait en notoriété, mais Kellar ! Au moment de sa retraite, il avait derrière lui un demi-siècle de magie, avec des tours faisant appel à toutes sortes d'accessoires, du plus simple au plus sophistiqué. Surtout, il possédait un sens inné des attentes du public.

– « Mesdames et messieurs, cinq hommes sont morts pour faire venir aux États-Unis, ici sous vos yeux, cette arme terrible... »

Les volontaires examinèrent le mur de brique. Puis ils signèrent les feuilles de papier que les assistants de Carter apposèrent au mur.

– La trajectoire décrite par cette jeune femme va la propulser dans l'Histoire.

Tandis qu'on introduisait le sac dans le canon, Carter considéra sa propre « trajectoire ». À vingt-cinq ans, il était déjà le plus jeune magicien à effectuer une tournée mondiale avec son propre spectacle. Mais cette illusion, *Le Canon de la Guerre fantôme,* pouvait ce soir lui faire franchir un nouveau cap, le catapulter parmi les trois ou quatre magiciens les plus célèbres du circuit.

– Tout le monde est en place ?

Dans la salle, derrière lui, sous la scène, on entendit des mots d'acquiescement. Les volontaires tenaient le mur. Le sac de sable était engagé dans la bouche à feu, le canon pointé sur le mur.

– Les volontaires, vous sentez les vibrations ?

Ils répondirent « non » en chœur. Après avoir arpenté le plateau pour vérifier tous les angles de vue, Ledocq posa la main sur les briques :

– On dirait simplement qu'il tremble à cause de l'affût qui avance.

Carter consulta sa montre, puis jeta un œil vers les coulisses, où Annabelle fumait une cigarette. L'avantage de cette illusion, c'était que la personne transformée en projectile ne courait aucun danger et n'avait besoin que d'un minimum de souplesse pour se recevoir en douceur. Il fallait cependant veiller à la question du poids et de la taille : et si Annabelle passait à côté du filet ? Les essais étaient indispensables.

– On y va ! (Puis, reprenant son boniment :) Il me suffit de tourner ces cadrans pour transformer cette femme en un flux d'électrons, de neutrons et de protons. Ce flux va traverser la matière solide comme les rayons X. Il me faut plus d'énergie ! Plus d'énergie !

En coulisse, les machinistes secouaient des boîtes métalliques ou jouaient de la scie musicale pour imiter les modulations sonores d'un appareil électronique.

– Un !

Les lumières se concentrèrent sur le canon, sur le mur de brique et sur le filet.

– Deux !

Roulement de tambour dans la fosse d'orchestre.

– Et trois ! Que tonne la machine infernale !

Une torche de magnésium s'alluma, simulant la mèche, puis, derrière la toile de fond, un fusil tira un coup à blanc au moment où les ressorts catapultaient le sac de sable à une vitesse de quarante mètres par seconde : le boudin déchira la première feuille de papier, passa à travers l'ouverture pratiquée dans le mur, creva la seconde feuille et atterrit presque sans bruit dans le filet, qui ploya à l'intérieur du cadre, presque à toucher les planches. Le canon marchait, se réjouit Carter. Quel serait le verdict de Kellar ? Mais soudain la force du sac arracha une des six attaches qui maintenaient le filet sur le cadre. La pince en métal – une masse d'acier de neuf kilos – décrivit un mouvement de balancier et, dans sa trajectoire ascendante, alla heurter de plein fouet le front d'Annabelle.

Sa tête partit en arrière, d'un coup sec, les bras se soulevèrent et elle tomba à la renverse.

– Annabelle !

La première pensée de Carter, dans le premier quart de seconde, fut qu'elle ne pourrait pas monter sur scène ce soir-là. Puis il eut l'impression que la terre venait de se dérober sous ses pieds.

– Non !

Il se précipita, trébuchant et chancelant, traversa ce plateau long de plusieurs kilomètres et tomba aux côtés d'Annabelle. Sa jupe était retournée, ses jambes tordues, le rebord de son chapeau écrasé sous sa tête. Il n'y avait aucune trace de sang. Les paupières étaient fermées. Il voulut croire que le choc n'avait pas été si violent, qu'elle faisait semblant, mais quand il lui toucha les joues, son ventre se noua. Il sentait le sang affluer, s'accumuler par poches sous la peau, qui soudain sembla gonfler et s'assombrir. Il pensa lui soulever la tête, la bercer. Mais si la nuque était brisée ? Il ne savait plus que faire. Il répétait « Non, non ! », sans même s'en rendre compte. Puis il hurla :

– À l'aide !

Mais son cri s'étrangla. Autour de lui, le flou, les ténèbres. À genoux sur les planches, il demandait du secours, d'une voix qui s'éteignait. À côté de lui, Ledocq donna l'ordre d'appeler aussitôt un médecin. Les machinistes s'affairaient en tous sens. Le désespoir enfla au fond de sa gorge, le submergea. Plié en deux, il murmura à l'oreille d'Annabelle :

– Pardonne-moi, mon amour, pardonne-moi.

Plusieurs articles relataient le terrible accident. Lorsqu'il les eut terminés, Griffin quitta sa chaise pour faire le tour de la bibliothèque, puis se rassit. Il nota dans son carnet : « Juin 1914, mort d'Annabelle (sa femme). » Il avait du mal à lire entre les lignes, à comprendre ce qui s'était réellement passé. Ses doigts tambourinèrent un moment sur son casque, puis la pointe de son stylo se porta au-dessus du mot « mort ». Après une brève hésitation, il ajouta au-dessous « assassinée ? », et revint au dossier.

Suivait le rapport d'un expert en assurances. Il se plongea dans la lecture.

CHAPITRE 5

En 1915, le monde semblait placé sous le signe de l'accélération. Partout, on dévidait des rouleaux de fils téléphoniques et de câbles télégraphiques, qui aussitôt se mettaient à crépiter sans relâche, chargés de bruits de guerre. Chaque semaine, sur terre, sur mer ou dans le ciel, on battait de nouveaux records de vitesse. Horace Goldin devint soudain le magicien le plus célèbre en exécutant sur scène un tour à la minute. Lorsque Carter se produisit de nouveau, deux mois seulement après la mort d'Annabelle, il prit modèle sur Goldin.

Quand sa famille ou Ledocq lui demandaient s'il était sage de remonter si vite sur les planches, il répondait « oui ». Ou plutôt ses poumons inspiraient une goulée d'air, puis son larynx et ses cordes vocales prononçaient ce mot dans un souffle. Son corps astral flottait parmi les nuages et envoyait vers la Terre des plaintes de douleur, le long de ce fil de la Vierge qui le retenait à son enveloppe charnelle, encore capable de bouger et de sourire de manière mécanique.

En mai 1915, après neuf semaines de représentations en Australie, il s'embarqua à destination de Tokyo. En mer des Moluques, le steamer modifia sa route pour répondre à un appel de détresse lancé par un navire. Ce SOS était un piège et l'équipage se trouva rapidement maîtrisé par des pirates indonésiens. Leur chef, Tulang, n'avait aucun goût pour la politique ni pour le rapt, à la différence de sa mère, Madame Darah : il ne s'intéressait qu'à l'argent.

Après avoir délesté les passagers de leurs objets de valeur, les pirates s'en prirent à la cargaison. Ils remontèrent de la soute tout le matériel de Carter, très excités par le poids et par la taille de certaines caisses : ne disait-on pas que ces steamers transportaient des armes et des munitions, sous couvert d'équipement agricole, par exemple ? Mais à leur grande déception, hormis quelques jolis costumes à offrir à leurs femmes, ils trouvèrent bien peu d'articles à négocier au marché noir.

Carter, tenu en joue sur le gaillard d'avant, à l'écart des autres passagers, se représenta son moi astral, suspendu au-dessus de la scène comme un cerf-volant. Malgré la chaleur accablante, il lui sembla même sentir les effets d'une brise légère, tandis que sur le pont, en contrebas, les pillards régnaient en maîtres. À l'ombre de la passerelle, ils mettaient à sac sa garde-robe, et devant le carré des officiers, ils pointaient leur fusil sur les matelots et sur les membres de sa troupe, pelotonnés de peur. Ledocq observait le spectacle d'un œil aigu, les mains frémissant chaque fois qu'on menaçait l'une ou l'autre de ses précieuses machines. Carter n'éprouvait aucune inquiétude ; il flottait. Les pirates enfoncèrent la pointe de leurs baïonnettes dans les malles de miss Aurora, sa jeune médium aux tenues extravagantes. L'un d'eux se couvrit d'une chemise de nuit et tortilla le bassin de manière grotesque, déclenchant l'hilarité de ses comparses. Un autre, plus trapu, cherchait un éventuel double fond en donnant des coups de massue sur une table de bois dont Carter se servait pour le numéro de lévitation.

La dernière caisse vidée, Tulang se fit amener Carter aux fins d'interrogatoire. Il savait qu'il tenait entre ses griffes un artiste qui avait fait salle comble pendant plus de deux mois en Australie. Où cachait-il sa recette ?

Tulang, petit, la peau ocre, les yeux enfoncés et les cheveux noirs noués en chignon, parlait un anglais parfait, avec un accent que Carter ne parvenait pas à identifier.

– Où avez-vous été élevé ? demanda-t-il.

La main droite du pirate se leva brusquement, le frappant au visage avec juste assez de force pour le renverser. Carter se redressa sur un genou, la joue en feu. La douleur cuisante venait de lui faire brutalement réintégrer son corps physique. Une trentaine d'hommes, dans sa troupe ou parmi l'équipage, l'avaient vu tomber ; Carter se demanda s'il en resterait diminué à leurs yeux.

– Où est cachée la recette ? répéta Tulang.

Carter hésitait à se relever, par crainte de prendre un nouveau coup.

– L'argent a été déposé dans un établissement de Sydney qui a un accord avec ma banque, à San Francisco.

Il ouvrit les mains, paumes vers le ciel, comme pour témoigner de sa bonne foi. Tulang le scruta longuement. Le magicien avait appris à vaincre le scepticisme du grand public, mais le regard méprisant du pirate était autrement plus perçant et incrédule.

– Debout.

Il ordonna à ses hommes de « monter le colis ». Aussitôt, deux d'entre eux saisirent Aurora et lui firent gravir l'escalier, malgré sa résistance. Carter n'avait pas prévu cela. La vue de cette jeune femme exposée au danger lui ôta brusquement toutes ses forces. C'était une godiche d'à peine vingt ans, portée sur les caprices et les constantes jérémiades sur les conditions d'hébergement. Poussé par Ledocq, Carter avait prévu de résilier son contrat après Tokyo.

Grande lectrice de romans à l'eau de rose, Aurora avait revêtu à la hâte un pantalon court, une chemise d'homme et une casquette de tweed, dans l'espoir que les pirates la prendraient pour un garçon.

– Ôtez vos sales pattes, espèces de brutes !

Pour la plupart, les pirates n'avaient jamais vu d'Américaine, sauf peut-être sur les publicités, et ils la considéraient avec curiosité, la main en visière, attendant les ordres de leur chef. Celui-ci, ayant grandi dans un bordel et ayant vu sa mère disposer sans état d'âme des otages dont la rançon restait impayée (sa méthode préférée consistait à les attacher à la chaîne d'une ancre qu'on jetait ensuite à la mer, les malheureux se trouvant happés l'un après l'autre, à la grande joie du petit Tulang), ce Tulang, donc, estimait que les hommes étaient partout les mêmes. Autrement dit, il emploierait les moyens habituels pour contraindre Carter à lui remettre sa cagnotte.

Un an plus tôt, le magicien aurait sans doute risqué l'impossible pour épargner les moindres sévices à Aurora, mais un orgueil ombrageux s'abattit sur lui comme une mauvaise bourrasque. En dépit du danger, il refusait de se laisser de nouveau humilier par Tulang.

– Carter ! Enfin, vous voyez comme il me traite ! Faites quelque chose !

Il ignora les cris d'Aurora. Tulang alluma une cigarette roulée à la machine, une Player's Navy Cut qui provenait d'un chargement récemment piraté. Tout en fumant, il déplia l'affiche du spectacle de Carter.

– Si vous avez tenu neuf semaines au Palace, vous avez dû gagner environ quarante mille.

– Cinquante-cinq.

– Bravo, ricana Tulang. J'ai vu Horace Goldin l'année dernière.

– Le magicien qui fait un tour à la minute...

– Il n'arrête jamais, dit Tulang en agitant les poignets. À mon avis, vous avez remis une partie de vos gains à la banque, mais vous n'avez pas voulu payer les taxes sur toute la somme. Alors vous en avez caché quinze mille, peut-être vingt...

Carter resta muet. Il pensait aux affiches de Goldin, inspirées des portraits de Giuseppe Arcimboldo. À première vue, il s'agissait d'une peinture en buste de Goldin, mais en y regardant de plus près, on s'apercevait que le visage et la veste de smoking étaient formés par une mosaïque de foulards, de colombes, de drapeaux, de fleurs, de pièces, de cartes et de lutins espiègles. Une véritable idée de génie.

– Carter ! s'impatienta Aurora en tapant du pied.

– C'est vous qui lisez dans les pensées ? lui demanda Tulang.

– Oui. Mon nom est Aurora.

– À quoi je pense en ce moment ? fit le pirate en tirant sur sa cigarette.

– Je m'en contrefiche, espèce d'animal.

Elle fit volte-face mais les pirates lui bloquèrent le passage.

– Avec trente mille dollars, je pourrais prendre ma retraite, murmura Tulang à l'intention de Carter.

– D'après vous, j'en aurais caché vingt au maximum...

– Je connais un endroit à Djakarta où on me donnerait trente mille pour cette fille.

– Alors elle vous ferait gagner plus gros qu'elle ne m'a jamais rapporté.

Tulang eut un rire bref, puis souffla un anneau de fumée.

– Vous ne manquez pas de sang-froid. Aurora, approchez.

Deux hommes la poussèrent devant leur chef. Elle protesta vivement, mais Tulang la fit taire en agitant la main près de son visage.

– Regardez.

Il éteignit sa cigarette dans sa paume gauche, sans même sourciller. Aurora poussa un cri aigu, ses jambes se dérobèrent et elle s'effondra sur le pont. Mais déjà, Tulang lui montrait sa peau intacte et la petite pièce de monnaie qu'il avait cachée au creux de sa main.

– C'est un vieux truc, dit-il en rallumant sa cigarette, car il avait horreur du gaspillage.

Comme Aurora éclatait en sanglots, il marmonna à Carter :

– Plutôt sensible, la demoiselle. À Djakarta, elle risque d'en baver.

– C'est à vous de voir, grogna Carter.

Il éprouva une pointe de remords. Après tout, Aurora n'était qu'une gamine qui réclamait son aide.

– Êtes-vous sûr de pouvoir kidnapper une Américaine sans vous exposer à certaines conséquences ?

Le pirate haussa les épaules mais l'idée d'être pris en chasse par la marine américaine et britannique ne lui plaisait qu'à moitié. Toutefois, il ne voulait pas quitter le bateau sans l'argent de Carter. Il tendit galamment la main à Aurora, qui s'en saisit. Elle jetait encore un regard noir au magicien – comme pour lui reprocher son manque d'empressement à la protéger – quand Tulang lui écrasa son mégot sur la main.

La surprise fut telle qu'Aurora ne poussa aucun cri. Au moment où la douleur la traversait, Carter vit sur son visage une chose que peu de gens ont l'occasion de voir : l'expérience qui pénètre et voile les yeux de l'innocence.

Un lointain sursaut de compassion fit vibrer le cordon qui le reliait à son corps terrestre. Tulang relâcha la jeune femme. Elle recula d'un pas, fixant sa main avec stupeur, puis la serrant contre sa poitrine, sans même songer à s'évanouir.

Carter se sentait coupable. Il se concentra sur Tulang, s'obligea à attendre la fin de ce jeu cruel. Et puisque ses mains tremblaient, il les cacherait dans son dos.

Tulang déclara alors que, vu que ses hommes et lui repartaient les mains vides (il oubliait les objets de valeur dérobés aux passagers), on pouvait bien leur offrir ce qu'ailleurs les gens payaient au prix fort : il voulait voir un spectacle qui valait cinquante-cinq mille dollars. Carter fut d'abord soulagé : Tulang quittait le domaine de la violence pour entrer dans un univers où il était roi. Bien sûr, en plein jour, sur le pont roulant d'un steamer rouillé, sans maquillage, privé de la plupart des accessoires et sous la menace des fusils, la représentation semblait vouée à l'échec. Mais Carter était décidé à relever le défi.

Il présentait à l'époque une imitation de Ching Ling Foo, le magicien chinois qui travaillait sur la disparition de colombes et de bols remplis d'eau, le tout à un rythme effréné, digne de Goldin. Carter n'avait pas de colombes sous la main, et à cause du léger tangage du bateau, il pouvait difficilement faire tenir en équilibre des récipients d'eau – son essai avec un verre se solda par une douche sous son col de chemise. Il se concentra sur son boniment, qui était excellent, mais à cause de l'acoustique exécrable et des pirates qui pour la plupart ne comprenaient pas l'anglais, il fit un four complet.

On l'autorisa ensuite à installer la table de lévitation, avec Ledocq comme volontaire, Aurora s'étant effondrée aux pieds de l'infirmière du bord, une compresse sur la main. Chaque fois que son regard tombait sur la jeune femme, il songeait « je suis désolé », mais la phrase sonnait faux. Lorsqu'il renversa la table, un brouhaha s'éleva parmi les pirates : on voyait clairement les câbles qui maintenaient Ledocq en l'air.

Désorienté, Carter revint à des tours simples, au close-up, en se fiant à sa dextérité plus qu'à ses appareils. Il produisit une cascade de pièces en or, mais l'une d'elles glissa entre ses phalanges moites et roula sur le pont, au grand amusement des pirates.

– Je suis désolé, dit-il à voix haute.

Il tenta de tourner l'incident à la plaisanterie, mais son moral en avait pris un coup. Il se trouvait soudain à court de numéros. Et puis à quoi bon ? Secouez une bonne fois le portrait de Goldin, avec ses cartes, ses foulards, ses drapeaux, ses pièces de monnaie si soigneusement assemblés, secouez-le et les fragments d'illusion se détachent, s'effondrent, jusqu'à ce qu'il ne subsiste plus rien du magicien. Carter se rendit compte que depuis six mois, il s'était servi de ses talents d'escamoteur non pour gagner sa vie, mais pour chasser une pensée désagréable et l'empêcher de se préciser.

Cette pensée lui parut si surprenante qu'il la prononça à voix haute :

– Jc ne suis personne.

Des voix d'outre-tombe lui parvenaient, indistinctes. Des souvenirs, des doutes. Il avait l'impression de se vider, comme si s'échappaient de lui des entités informes, indéfinissables, mais qui n'en composaient pas moins son être propre, son identité. Sans la magie, il n'était plus qu'un écran sans relief, sur lequel une seule image se réfléchissait encore : celle d'une masse d'acier qui, en décrivant un arc de cercle implacable, venait heurter violemment la tête d'Annabelle.

Il abandonna brutalement la scène improvisée pour aller s'asseoir contre le bastingage, les jambes dans le vide. Aussitôt, le visage piqué par le sel, il se sentit apaisé. Lorsque Tulang approcha, il leva vers lui des yeux de chien battu et avoua qu'il avait caché douze mille dollars dans la table de lévitation. Puis il se tut, le regard perdu sur la crête des vagues.

Dans son dos, il entendit les coups de hache qui réduisaient la table en miettes, puis les cris de protestation de sa troupe lorsque les pirates entreprirent de jeter par-dessus bord, l'une après l'autre, les illusions qui iraient reposer à plus de mille mètres de fond, où les anémones de mer refermeraient leurs tentacules sur les jeux de cartes, tandis que les murènes grimaçantes viendraient nicher dans le cabinet des esprits.

Carter tira sa révérence. Fini les représentations, même en privé. Pas même un tour de passe-passe pour les enfants du quartier. Il se réinstalla chez ses parents, dans son ancienne chambre, où il s'enfermait des journées entières à tailler des bouts de bois.

Sa mère l'encouragea à voir un psychanalyste, mais il s'y refusa. Sa bouée de sauvetage à lui avait longtemps été la magie. Mais voilà que celle-ci, après tant de promesses, avait tué sa femme.

Pendant une année entière, Carter fut prisonnier d'un cycle : il pensait à Sarah Annabelle, le chagrin le submergeait et il s'effondrait à terre comme pour implorer La Mecque. Il versa une telle quantité de larmes qu'il fallut changer le tapis de sa chambre.

Jenks avait disparu. De plus en plus porté sur la boisson, il était mort pendant une tournée du magicien. S'apercevant que son pavillon était très bien exposé, Mme Carter l'avait converti en atelier de peinture, au cas où l'inspiration lui viendrait. Son fils prit l'habitude d'y méditer aux plus belles heures de l'après-midi. Le monde lui semblait vain, même en ces jours parfumés où les rayons du soleil illuminaient les particules dorées en suspension dans l'air.

On avait remisé les outils de jardinage dans une cabane infestée d'araignées. Carter se mit à planter des tomates et des fleurs. Rien ne lui procurait plus de satisfaction que d'arracher les mauvaises herbes, jusqu'à la dernière radicelle.

La guerre approchait à grands pas. Déjà, les journaux étaient emplis de son écho. Il partait pour de longues promenades à travers les collines du Presidio, où la vue sur la baie était magnifique, mais de colline en promontoire, il n'apercevait plus que des navires à destination de l'Europe à feu et à sang. Il les saluait de la main :

– Bonne chance ! Bonne chance à vous tous !

Sa mère s'était découvert un nouveau hobby, la photographie, et elle faisait partie d'un club qui organisait des excursions de plusieurs jours, pour mieux capturer la beauté de la nature sauvage. Son père était lui aussi souvent absent – en voyage d'affaires, comme d'habitude. M. Carter avait eu la satisfaction de se trouver un successeur : diplômé de Yale, James avait en effet commencé à amasser une belle fortune, notamment en veillant sur les intérêts familiaux dans la métallurgie chilienne.

Comme il supportait mal de rester seul dans la maison de son enfance, Carter allait souvent au cinéma. Il évitait les grandes salles de Market Street, avec leur orchestre, préférant les cinémas de quartier comme le Red Wagon ou le Glitter, pourvus d'un seul piano droit désaccordé, mais plus proches à ses yeux de l'esprit du music-hall. Comédies, mélodrames, peu lui importait. Il y faisait sombre, et il y avait du spectacle.

Puis, de longues heures durant, il errait au hasard. Il n'aurait su dire quand il s'était mis à rendre de fréquentes visites à Borax Smith. Deux fois par semaine, il prenait le ferry pour Oakland et suivait l'allée sinueuse qui menait des grilles d'Arbor Villa à la Maison des femmes perdues. Borax y vivait entouré de drames épouvantables, et c'était probablement ce qui attirait Carter.

Au cœur du domaine se dressait une grande bâtisse cernée d'une dizaine de pavillons, tous occupés par des femmes enceintes ou par de jeunes mamans, que l'on voyait assises sur les vérandas, à balancer un berceau en osier. Certaines s'installaient devant un chevalet pour peindre le paysage, d'autres allaient se promener dans les bois. Toutes alternaient les initiations artistiques et des activités plus pratiques, comme les travaux domestiques ou de secrétariat. Elles portaient en permanence un chapeau muni d'une voilette blanche et ne prononçaient pas un mot en présence de visiteurs, pour protéger leur anonymat et faciliter ensuite leur réinsertion dans la société.

Borax encouragea Carter à raconter ses malheurs. Le lieu incitait aux confidences : on y savait ce qu'était la douleur d'une perte, et ces chagrins lancinants capables de ronger les cœurs. Carter parla longuement d'Annabelle autour d'une tasse de thé, servie par des silhouettes silencieuses, habillées en apicultrices.

– Tu sais, lui dit Borax un après-midi d'été, les filles seraient ravies d'assister à un spectacle de magie : ça leur remonterait le moral.

– Bien sûr. Oui.

L'été laissa place à l'automne. Borax relança l'idée :

– Moi aussi, ça me ferait plaisir, dit-il en caressant sa longue barbe blanche.

C'était un homme patient. Il avait conservé vingt-deux ans un terrain près de l'estuaire plutôt que de le vendre à perte.

Le lendemain de Noël, Carter arriva avec une voiture pleine de babioles et de colifichets pour les pensionnaires. Mais il trouva la maison principale et les pavillons plongés dans l'obscurité. Arbor Villa avait connu la veille sa pire journée, qui resterait à jamais comme le « Noël noir ».

Borax vint lui ouvrir la porte en traînant les pieds.

– Elle était vive comme l'eau claire, dit-il sans préambule.

Puis il se tut. Borax n'avait rien d'un orateur né. Il préférait écouter, aussi eut-il toutes les peines du monde à raconter le terrible événement. Une de ses pensionnaires préférées, arrivée au cours de l'été, enceinte de quelques semaines, recevait régulièrement des lettres de l'homme qui l'avait abandonnée. Celui-ci, un temps fiancé à une autre, désirait renouer avec son premier amour, son seul et unique amour.

– Elle ne voulait rien savoir, elle déchirait toutes ses lettres. Puis un jour, il est venu ici. J'ai vu beaucoup d'hommes sincères et amoureux dans ma vie : j'étais sûr d'en reconnaître un. (Borax leva les yeux sur Carter.) J'ai dit à la fille : « Va avec lui, suis-le... »

Borax était assis sur le porche. Il marqua une pause, assez longue pour que Carter pressentît le pire. Il fut pris de vertige. Le vent soufflait à travers les grands arbres exotiques que Borax avait importés du Siam, des oiseaux gazouillaient aux alentours, et cependant l'air semblait silencieux, immobile. Borax se leva en s'appuyant sur sa jambe valide, les phalanges blanchies sur la pomme de sa canne.

– Il l'a tuée, Charles. Il l'a emmenée dans un chalet, il l'y a enfermée. Puis il a mis le feu.

– Oh, mon Dieu...

– Le bébé devait naître dans deux mois.

La nausée s'insinua comme un serpent dans le corps de Carter. Son regard se posa sur sa voiture, encore chargée de cadeaux.

– C'est affreux, murmura-t-il.

– Pire que tout.

Borax essuya une larme. Il allait dire quelque chose, puis se ravisa :

– Ce monstre a disparu. J'ai des contacts qui en savent plus long que les flics : il a fui au Mexique. On ne lui fera pas payer son crime.

– Ce n'est pas ta faute.

– Je l'ai encouragée à partir. Je l'ai poussée dans ses bras.

Carter aurait pu lui répondre « je suis désolé » et partir, mais il alla à sa voiture d'un pas lent, comme si on venait de lui prélever une pinte de sang. Il demanda l'aide de Borax pour porter les cadeaux à l'intérieur. Le vieil homme lui tint la porte, tandis qu'il déchargeait les paquets par pleines brassées.

Il posa ensuite une main sur l'épaule de son ami :

– Tu te sens coupable, je sais. Il ne faut pas.

Les lèvres de Borax frémirent un moment, puis il trouva la force de répondre :

– Si je te tenais ce discours à propos de Sarah, ça te soulagerait ?

Carter secoua la tête.

– Ce qui est arrivé à cette fille, continua Borax, ce qu'il lui a fait subir, c'est l'horreur absolue.

Carter hocha la tête. Il passa la journée à Arbor Villa, à arpenter le domaine et à donner des graines aux oiseaux. Un deuil profond pesait sur la maison, comme si toutes les pensionnaires étaient mortes en ce Noël noir.

Mais on n'arrête pas si facilement le cours de la vie. En fin d'après-midi, de retour d'une longue méditation au bord de la rivière, il entendit les vagissements de bébés qui se réveillaient et sentit une odeur de bacon grillé. Il eut soudain une faim de loup.

Le soir de la Saint-Sylvestre, Borax installa ses trente meilleurs fauteuils dans le petit salon et, devant les pensionnaires d'Arbor Villa, Carter se présenta en habit de gala, pour la première fois depuis deux ans.

Toutes les femmes étaient en tenue de deuil, certaines avaient même teint leur voilette en noir. Habitué à lire l'émerveillement, ou l'incrédulité, sur les traits des spectateurs, Carter ne sut d'abord où poser le regard face à ce public sans visage. Expédiant son boniment, il fit apparaître des foulards qui se transformèrent bientôt en colombes. Plusieurs chapeaux se redressèrent et il y eut même quelques hoquets de surprise. Carter en prit son parti : il allait devoir jouer « à l'oreille ».

Quand il en eut fini avec les foulards, il salua sous des applaudissements feutrés. Il s'apprêta à annoncer le prochain numéro puis marqua un temps d'arrêt, face à cette mer de voiles, derrière lesquels il devinait les pires souffrances :

– Comme vous le savez peut-être, ma femme est morte, dit-il, la lèvre tremblante.

Il sortit un paquet de cartes et le regarda un instant comme on examine un fruit blet. Puis il s'efforça de prendre un ton enjoué :

– Pour ce tour, il me faudrait deux volontaires...

Il craignait que personne dans la salle ne voulût prendre part à une telle frivolité.

– Je peux avoir deux volontaires ?

La réponse instantanée le fit reculer d'un pas. Elles avaient toutes levé la main en même temps. Vingt-cinq ou trente mains gantées de blanc, qui demandaient à être choisies. Puis un murmure s'éleva. Pour la première fois, il entendait leur voix :

– Moi, disaient-elles. Moi.

Un sourire éclaira le visage du magicien. Quelque chose se craquela en lui, quelque chose de vieux, d'extrêmement pesant :

– Parfait ! Je n'ai que l'embarras du choix !

♣ ♦ ♥ ♠

Griffin leva les yeux au plafond et se massa la nuque, victime de crampes. Les derniers articles étaient consacrés aux tournées mondiales de Carter. Il y avait là plusieurs comptes-rendus venant des États-Unis, de Chine, d'Inde ou de Ceylan. Rien d'extraordinaire, comparé à un abordage par des pirates, à une île reçue en cadeau ou à un accident mortel. Invariablement, le magicien commençait ses représentations par ces mots : « Ce soir comme chaque soir, je vais tout donner... »

Une brève datée du 20 juillet promettait deux semaines d'émerveillement au théâtre Curran, puis un dernier article, du 25 juillet, annonçait : « Le Président Harding assistera au spectacle de magie de Carter le Grand. »

Griffin lut cette coupure en y cherchant soigneusement le moindre indice d'un complot.

♣ ♦ ♥ ♠

– Charles Carter, qui s'en fiche comme d'une guigne... Non. Charles Carter qui, s'il était moins bien élevé, qualifierait la venue du Président de non-événement... Que dirais-tu plutôt de : Charles Carter fait ses adieux à la rampe...

Il guetta la réaction de Ledocq.

– Je te l'ai déjà dit : ne nous fais pas languir. Tire-toi une balle dans la tête et qu'on en finisse. Qu'est-ce que ça peut me fiche ?

Cette conversation avait lieu dans un entrepôt d'East Oakland, le 24 juillet 1923 au soir. Quelques semaines plus tôt, les deux hommes avaient décrété qu'il y aurait relâche ce jour-là au théâtre Curran, afin de satisfaire une passion assez inattendue chez Ledocq.

Le magicien s'était pris d'une grande affection pour son concepteur d'effets spéciaux, à cause de leurs talents complémentaires, et de ce qu'ils avaient vécu ensemble, mais aussi parce que Ledocq était à sa manière un original qui, comme lui, avait échappé à son milieu. Il était né dans une famille d'usuriers, avec une ambition inouïe parmi les siens : il voulait construire des objets. Des horloges. Des automates. Premier en cours de physique, il tenait tellement à créer ses étranges machines qu'il était prêt à quitter la maison pour parvenir à ses fins. Mais avec quel espoir ? En Belgique comme dans les pays voisins, personne n'aurait engagé un Juif pour bâtir quoi que ce fût.

Puis il entendit parler de Robert-Houdin et de ses jouets mystérieux. Il apprit que le monde de la magie lui était ouvert, puisqu'il y était question de supercherie. Il gagna l'Angleterre, où il travailla pour Maskelyne.

– On sait comment fonctionnent quatre-vingt-dix-neuf pour cent de l'Univers, dit-il à Carter peu après leur rencontre. Ils forment les rouages de nos machines. Mais c'est le un pour cent restant qui imprime son mouvement aux pendules. La force d'inertie. Personne ne sait comment ça marche, et pourtant ça marche. C'est la part du mystère. Le secret de notre Créateur. Accouplez l'énergie et l'inertie, l'explicable et l'inexplicable, et vous obtenez la magie, notre gagne-pain...

Lorsqu'il construisait un appareil – un cabinet des esprits, un distributeur de cartes ou une boîte à double fond –, il était capable de veiller la nuit entière, sans arrêter une minute de parler. D'une folle érudition sur les occurrences de la magie dans l'Ancien Testament, il pouvait aussi donner une conférence sur la résurgence de la sorcellerie au Moyen Âge comme sur l'historique des meules à moudre. Mais aucun sujet n'avait plus d'attrait à ses yeux que la boxe.

Comme tout Européen qui se respecte, Ledocq n'éprouvait que mépris pour les sports populaires du Nouveau Monde. Le base-ball ou le football américain ne présentaient aucun intérêt à ses yeux. En revanche, il avait une singulière passion pour le noble art, et pour un boxeur en particulier, Benny Leonard, dit « le Professeur », un Juif de vingt-sept ans, originaire du Lower East Side, à Manhattan. Champion des poids légers, il avait perdu sa couronne et ce soir-là, 24 juillet, il affrontait Lew Tendler pour la récupérer.

Ledocq avait montré plus d'enthousiasme à l'idée d'écouter à la radio le combat en compagnie de Carter qu'à suivre la dernière représentation de son spectacle. Il rêvait de s'asseoir tranquillement dans leur entrepôt, à boire de la bière et à manger des sandwiches, loin du monde – autrement dit, loin de Mme Ledocq. Quant à Carter, il n'avait jamais été à proprement parler un passionné de sport mais il se sentait gagné par la ferveur de son ami.

Ce fut donc avec un certain dépit que le magicien apprit, par téléphone, que le Président Harding assisterait à sa dernière représentation au Curran. L'*Examiner* devait envoyer un reporter pour l'interviewer le soir du combat. C'était une publicité formidable, et il ne pouvait se dérober.

Lorsqu'il arriva à l'entrepôt, il y flottait une odeur de pin fraîchement coupé : Ledocq était en train de découper des planches. Il éteignit sa scie électrique pour entendre Carter annoncer qu'ils allaient recevoir la visite d'un certain Bernie, un scribouillard de l'*Examiner*. Carter embraya sur un torrent de lamentations, bientôt interrompu par son ami.

– Pardonne-moi, fit le magicien. Je suis d'une humeur de chien.

– On peut le dire. Tiens, laisse-moi plutôt te montrer quelque chose.

Il alla jusqu'à l'établi où était posée sa radio. Une Crosley sur laquelle, quelques semaines plus tôt, ils avaient suivi le combat de Benny Leonard contre Kepler, le géant suédois.

– C'est ta radio...

– Oui. Et à côté, qu'est-ce que tu vois ?

Carter découvrit un deuxième appareil, différent de tous ceux qu'il avait vus. Alors que l'ancienne Crosley était une simple plaque d'acier munie de deux boutons et d'un récepteur en cristal, celle-ci se composait d'une boîte élégante, en bois verni, avec trois boutons vert émeraude, rehaussée d'un filet de cuivre. Devant, sur une lame d'acier poli, on pouvait lire « Crosley » en lettres rondes. La vieille radio paraissait nue et strictement utilitaire, un vulgaire moteur à explosion placé à côté d'une belle voiture de tourisme.

Ledocq ouvrit le capot de son nouveau poste, révélant plusieurs tubes à vide.

– La réception est mille fois meilleure. Et il y a des haut-parleurs séparés. À peine six mois et le fabricant l'a complètement transformée.

– Le monde change, siffla Carter.

Bientôt, les radios ne se poseraient plus seulement sur un coin d'établi, elles trôneraient dans le salon, à côté du divan, comme un vase ou un phonographe.

– Devine à quoi sert le troisième bouton, rayonna Ledocq, comme s'il en était lui-même le concepteur. Réglage de la longueur d'onde. Tu as des dizaines de stations différentes, à portée de main.

– Sur quelle station se bat Benny Leonard ?

– KUO.

Leur soirée débuta comme prévu. Ils tirèrent des chaises et bavardèrent pendant que KUO passait des disques. Une nuit d'été, des criquets dehors et deux hommes, l'oreille collée au poste, sous la lumière orange d'une ampoule, dans un vaste entrepôt plein de vieilles affiches et de décors peints. Mais Carter ne parvenait pas à se détendre complètement. Tandis que Ledocq lui expliquait le style « scientifique » de Leonard, il vérifiait régulièrement sa montre, car Bernie était en retard.

Puis une voix à la radio :

– L'*Examiner* salue les cinquante mille auditeurs à l'écoute des ondes. Ici Sparks Gaal. Vous avez entendu de l'excellente musique. Si vous souhaitez acheter ces galettes, courez chez Doeflinger, sur Jackson Street. Doeflinger, votre marchand de disques...

– De la publicité à la radio. Qui l'eût cru ?

– C'est une bonne idée, fit Carter.

– Et maintenant, continua Sparks Gaal, le combat Leonard-Tendler. Nous en sommes au quatrième round...

Ledocq et Carter émirent un grognement d'impatience. Lorsque la retransmission leur parvint, ils eurent d'abord du mal à comprendre ce qui se passait, d'autant que le présentateur avait quelques soucis de microphone. Mais Leonard menait aux points. Bientôt, ils furent plongés dans le combat.

À la fin du cinquième round, Carter attaqua un sandwich au corned-beef, pendant que Ledocq décapsulait une bouteille de bière.

– Ce boxeur, quelle esquive ! fit Carter.

Puis il se fendit d'un adage mille fois répété à propos de Leonard :

– Ses adversaires n'arrivent même pas à le décoiffer.

– Bonsoir, dit soudain Ledocq.

Carter se retourna. Une jeune femme se tenait debout sous le faisceau d'une lampe électrique, au milieu de l'entrepôt. Elle portait un chapeau cloche, un tailleur en tweed et une cravate. Son regard mobile semblait enregistrer la disposition des lieux.

– Bernie, s'annonça-t-elle. Vous êtes Carter ?

Carter s'éclaircit la voix. Il s'attendait à voir un homme, mais Bernie devait être le diminutif de Bernadette.

– Bonsoir, dit-il, avant de s'essuyer la bouche dans une serviette. Enchanté.

– Jolie planque que vous avez là, commenta la journaliste.

Elle lui serra la main. Elle avait des yeux noisette très expressifs, dont elle savait jouer à merveille, à grand renfort de battements de paupières.

– Je vous en prie, faites comme chez vous.

– Merci. J'ai vu votre spectacle hier, donc j'ai déjà la trame de mon article. Il me manque juste quelques bonnes citations de la bouche du mage et j'en aurai fini. Où en est le match ?

– Leonard mène, dit Ledocq.

– Ses adversaires n'arrivent pas à le décoiffer, fit Carter.

– Vous l'avez déjà dit, sourit-elle. Alors, monsieur Carter, que pensez-vous de la visite de M. Harding ?

– Eh bien... C'est un honneur pour moi.

Il observait la journaliste. C'était une de ces jeunes femmes modernes, et il pensait distraitement au droit de vote, à la liberté conquise, aux jupes dont l'ourlet raccourcissait, et il se demandait où elle avait bien pu trouver un rouge à lèvres aussi fascinant.

– Quoi d'autre ?

– Harding est un grand homme. C'est un privilège de le recevoir dans mon théâtre. J'ai eu l'occasion de jouer devant de nombreux chefs d'État... Harding rallongera la liste...

Bernie hocha la tête. Elle s'approcha d'un mur où étaient punaisées les affiches du magicien. Carter se tourna vers Ledocq, qui roula des yeux et lui fit des signes de la main qui voulaient dire : « Vas-y ! »

Sur un poster, on voyait Carter s'échapper en fumée d'un nœud coulant, au grand dam d'une foule de Chinois venus assister à son exécution.

Elle lut à voix haute :

– « Condamné à mort pour sorcellerie, Carter échappe à la potence. »

– Oui, c'est un truc que nous avons emprunté à Goldin. Nous ne le faisons plus mais...

– J'aime bien votre spectacle.

– Merci.

– Et j'aime vos affiches. Elles sont romantiques.

– Ah, oui ? Elles sont... Pardon ?

Elle lui sourit, et leurs yeux se croisèrent.

– Romantiques, répéta-t-elle. Le reflet d'une époque révolue.

– Oh, fit-il, encaissant un coup dans la poitrine.

– Je vous taquine. Je veux dire romantique, dans le bon sens du terme.

– Et vous, vous êtes du genre romantique ?

Elle ne répondit pas. Elle avait un comportement provocant et ne connaissait visiblement qu'une méthode de séduction, la confrontation. Mais elle savait mener un homme comme Carter par le bout du nez, aussi facilement qu'avec une canne à pêche et un moulinet. Bien sûr, il avait des moyens de résister et de se dérober. Malheureusement, il ne se rappelait plus lesquels...

– Bon, fit-elle en sortant un calepin. Si nous en finissions avec les citations ?

– Avec plaisir. Je peux vous offrir quelque chose... ? Nous avons de la bière et des sandwiches, mais...

– Une autre fois.

Elle avait changé de ton. Carter avait échoué à un test, et elle ne pensait plus qu'à boucler son travail.

– Alors, en quoi ça consiste, votre magie ?

– Pardon ?

– Même un imbécile peut tirer un lapin de son chapeau. J'ai demandé à Thurston pourquoi il le faisait, il m'a répondu que c'était pour faire plaisir aux enfants. Quant à Houdini, il prétend vouloir apporter la démonstration qu'un homme peut échapper à n'importe quelle situation. Et vous, quelle est votre approche ?

– Eh bien...

Le stylo était prêt à noter. Carter, lui, ne savait quel boniment inventer. Ce qu'il ressentait en son for intérieur, la vérité, lui semblait inapproprié. Comment expliquer qu'il était devenu magicien parce qu'on l'avait abandonné dans une grande maison vide ? Qu'il avait mis fin à une retraite anticipée pour soulager des femmes en difficulté ? Qu'il avait si souvent lutté contre la solitude en ramassant un jeu de cartes que c'était devenu un geste machinal ? Bref, que s'il n'était pas magicien, il ne serait pas grand-chose ?

– C'est une manière de repousser les ténèbres...

– Pardon ?

– Le monde n'est pas un endroit particulièrement réjouissant. La magie le rend un peu plus tolérable l'espace de quelques minutes. Si j'arrive à soulever la misère du monde des épaules d'un homme, je m'estime heureux.

À mesure qu'il parlait, le visage de Bernie semblait se fermer poliment.

– Je peux apporter de la joie et de l'émerveillement. J'adore la scène. Rien de tel pour chasser la solitude. De toute façon, c'est tout ce que je sais faire...

– Je comprends.

Il y avait peu de chances qu'elle le comprît. Pourtant, il venait de mettre ses mains en porte-voix et de crier par-delà un canyon, en espérant se faire entendre.

Lorsqu'elle prit congé, il la salua de la main.

– Eh bien, fit Carter à Ledocq, comment j'ai été ?

– Catastrophique.

– Hein ?

– Je ne sais même pas par où commencer. Ou plutôt si : tu avais de la moutarde sur le col.

– Ça n'a rien d'une catastrophe.

– Mais c'est très révélateur.

– Je suis un peu rouillé pour le flirt, c'est tout...

– Carter, tu as été pitoyable.
– J'essayais seulement d'être sincère.
– Exactement.
Ledocq parut livrer un bref combat intérieur, puis il éteignit la radio, alors qu'on venait de sonner la dixième reprise.
– Réponds-moi franchement : qu'attends-tu de la vie ? De quoi as-tu besoin ?
– Ce dont j'ai besoin ? Je ne sais pas. Rien. Je suis comblé.
Ledocq haussa les épaules et fit apparaître un dollar en argent.
– Comblé, mon œil. Tiens, regarde.
Il tint la pièce par la tranche, la plaça dans le creux de sa main, ferma le poing et le rouvrit aussitôt après. Carter l'observait attentivement. Le dollar en argent n'avait pas bougé.
– Quelque chose m'a échappé ?
– Oui.
Ledocq recommença. Une deuxième puis une troisième fois. Carter finit par comprendre : la date sur la pièce changeait, de 1921 à 1923.
– C'est un tour plutôt ennuyeux, soupira-t-il.
– Exact. Mais pourquoi ?
– Si le public ne peut pas voir ton tour...
– Ah ! Je te tiens ! Un public. Tu as besoin d'un public.
– La belle affaire !
– Nous avons tous besoin d'amour. Et quand tu seras prêt, tu le trouveras ailleurs. Auprès d'une jolie fille, par exemple.
– Je n'ai pas besoin de ça.
– Si. Je t'ai vu, il y a une minute.
– J'ai besoin de Bernie ? Tu rêves !
– Non, pas elle, c'est une *nishtikeit*, une *pitsvinik*. Oublions Bernie. L'important, c'est que derrière ces tours de magie, il y a un homme, Charles, et un jour ou l'autre, il faudra le laisser sortir.
Ledocq hocha gravement la tête comme s'il était venu à bout d'une démonstration géométrique, puis il ralluma le poste. Il y eut des crépitements, puis les cris d'une foule et la voix du présentateur.
Leonard menait toujours à la marque. Carter fut bientôt absorbé par le récit du combat, avec son avalanche de gauches et de droites, cet uppercut dévastateur que le boxeur évita de justesse, grâce à la qualité de son jeu de jambes. Puis il y eut un assaut brutal de Leonard, qui n'était pas réputé pour sa force de frappe, mais qui martela de coups son adversaire, le coinçant dans les cordes. Et soudain :
– Leonard a envoyé Tendler au tapis !

Le gong retentit et Ledocq poussa un cri de triomphe. À la quinzième reprise, son favori restait seul debout sur le ring.

– Tu sais, dit Carter, j'aime la magie pour elle-même. Elle me suffit.

– Si tu fais un tour et que personne ne le remarque, est-ce que tu es satisfait ? Ou bien est-ce comme cet arbre qui s'abat dans la forêt, sans personne pour l'entendre tomber ?

Après une gorgée de bière, Carter soupira :

– J'ai de la peine pour cet arbre.

♣ ♦ ♥ ♠

On dit le Président fatigué, mais il ne risque guère de s'endormir ce soir au théâtre Curran, où il vient rendre hommage à l'enfant du pays, Charles Carter. Celui-ci promet en effet des illusions mirobolantes, « de la joie et de l'émerveillement ». Le Président a consacré plusieurs semaines à son Voyage de la Compréhension, mais Carter parcourt les mers et les continents depuis des années. Après plusieurs tournées mondiales, il confie encore : « J'adore la scène. » Et la charge de divertir le chef de l'État ne semble pas affecter l'amène et sémillant mahatma, qui déclare, avec un clin d'œil : « Si je peux soulever la misère du monde des épaules d'un homme, je me sens mieux. »

BERNIE SIMON

♣ ♦ ♥ ♠

Lorsque Griffin eut fini de compulser les archives, il était l'heure de dîner. Les ouvriers avaient soulevé un nuage de particules de plâtre et dans les puits de lumière qui descendaient obliquement du plafond, on eût presque dit qu'il neigeait. Mlle White lui avait apporté plusieurs verres d'eau, et bien qu'il eût sucé des pastilles de menthe presque sans interruption, sa nouvelle dent le faisait toujours souffrir.

Les dossiers et son calepin refermés, Griffin resta un moment assis en silence. Puis il remercia Mlle White, remit son casque à l'accueil et quitta la bibliothèque. Une intuition qui se confirmait mettait les jeunes agents en ébullition : ils se précipitaient dans le bureau de leur supérieur pour lui débiter des théories encore bancales. Mais plus Griffin avançait, plus il restait serein. Carter avait volé les numéros d'un autre magicien ; il reconnaissait avoir frayé avec des militaires japonais ; sa femme était morte dans un mystérieux accident ; il y avait aussi cette arnaque aux assurances en Indonésie, que Carter avait tenté de camoufler en attaque de pirates. Quant à cette île pour animaux à la retraite, Griffin ne savait trop qu'en penser, mais il s'agissait peut-être d'un repaire de contrebande. Il n'y avait pas beaucoup d'alcool dans cette région du monde, mais l'opium ne manquait pas. Oui, Carter était peut-être trafiquant d'opium...

Le magicien s'était produit devant le Président Harding, décédé le soir même, d'une mort dont on cherchait à dissimuler le caractère suspect. Soulever la misère du monde des épaules d'un grand homme... Que voulait dire cette expression sibylline dans la bouche de Carter ?

Griffin médita ses récentes trouvailles pendant le dîner. Sa langue revenait sans cesse buter contre sa nouvelle couronne, au goût âcre de métal. Carter n'avait pas pu agir seul. Le meurtre avait sans doute été commandité. Par les personnes compromises dans les différents scandales qui agitaient Washington. Ou peut-être même par la Duchesse, lassée par les aventures extraconjugales de son mari. Le Service secret avait prêté main-forte à Carter, et voulait à présent recueillir des armes pour neutraliser son nouveau complice.

Ou bien le magicien était blanc comme neige, et le Service cherchait un bouc émissaire.

Le repas terminé, Griffin se mit à feuilleter son calepin. Harding avait posé la même question à plusieurs personnes : « Si vous connaissiez un secret, choisiriez-vous, pour le bien du pays, de le divulguer ou de l'enterrer ? » Griffin voyait mal un magicien comme Carter opter pour la révélation d'un secret.

De retour à l'hôtel, il trouva un message de Starling : voulait-il l'accompagner à Oakland le lendemain matin ? Il se dit que le colonel avait mis la main sur Carter et qu'il avait besoin de son aide pour l'interroger.

♣ ♦ ♥ ♠

Le lundi 6 août 1923, dans l'escalier de sa maison d'Oakland, Carter caressait du bout des doigts ses plants de basilic thaï, tandis que son esprit agile s'efforçait de suivre le colonel Starling, dont les chausse-trappes commençaient à l'agacer.

– La photo dans le salon, c'est votre femme ?

– C'était ma femme. Je suis veuf.

– Désolé.

Pendant que Starling malaxait une feuille de menthe et la portait à son nez, Carter soupesa une question, qu'il jugea suffisamment innocente.

– Le Président avait-il des ennuis ?

– Tout dépend, dit Starling. Est-ce que vous me cachez quelque chose ?

Carter haussa les épaules.

– Je n'ai pas passé plus de cinq minutes seul en sa compagnie. La magie est un drôle de métier. J'ai rencontré des présidents, des rois, des Premiers ministres et quelques despotes. Presque tous veulent connaître mes astuces, ou bien me montrer un tour de cartes qu'ils ont appris dans leur enfance. Je suis obligé de sourire et de dire : « Oh, très joli. » Mais c'est une profession plutôt agréable, pourvu que l'on se tienne à l'écart de ces querelles visant à établir qui est le créateur de telle ou telle illusion...

Carter s'en tint là, satisfait de n'avoir en rien répondu à la question.

Mais les yeux de son interlocuteur changèrent d'expression. Carter se rendit compte qu'il venait de marcher sur un piège à ours et que Starling tournait autour de lui, en cherchant le meilleur endroit pour lui sectionner la jambe.

– Je vois. En tout cas, votre spectacle vaut le déplacement, monsieur.

– Merci.

– Je parle en admirateur et j'espère que ma question ne vous paraîtra pas insultante, mais est-ce que j'ai déjà pu voir certains de ces numéros ailleurs ?

– Pas de la même manière, non.

– Donc vous en êtes le créateur. Parce que Thurston – j'ai eu la chance de le voir sur scène – fait aussi ce tour avec les cordes. Je me trompe ? Et j'ai vu Goldin il y a quelques années. Il avait aussi deux fakirs. Y a-t-il une partie de votre spectacle qui...

– Non, l'interrompit Carter. À vrai dire, colonel Starling, peu d'illusions sont des créations originales. Tout est affaire de présentation.

Il espérait que cela mettrait un terme à la discussion. Mais devant le regard fixe de Starling, il se crut obligé d'ajouter :

– En d'autres termes, je n'ai pas inventé le sucre et la farine, mais je réussis une tarte aux pommes assez savoureuse.

– Donc, dans la profession, vous êtes aussi respecté pour la qualité de votre présentation que les magiciens qui *créent* des illusions.

Carter eut la sensation que Starling venait de poinçonner sciemment un nerf. Il aurait voulu crier : « Oui, c'est vrai, je ne suis plus aussi respecté qu'autrefois, je suis un vulgaire escroc », mais il se ressaisit aussitôt, croisa les bras et sourit :

– Si je ne m'abuse, nous avons cessé de parler du Président Harding.

– C'est ma faute. Voyez-vous, toutes les formes de supercherie m'intriguent.

Starling plongea la main dans sa poche intérieure, en tira une carte de visite qu'il considéra un instant avant de la tendre à Carter.

– Si vous vous rappelez quoi que ce soit...

– Je vous téléphone.

Starling rejoignit Griffin. Après quelques pas, le colonel se retourna.

– Monsieur Carter ?

– Oui ?

Carter ressentit un coup de fatigue, comme si on venait de repousser brusquement la ligne d'arrivée du marathon.

– Le Président a-t-il parlé d'un secret ?

– Un secret ? Quel genre de secret ?

– Plusieurs témoins nous ont dit qu'au cours des dernières semaines, le Président leur avait demandé... (Il ouvrit son calepin :) « Que feriez-vous si vous aviez connaissance d'un terrible secret ? »

– Très théâtral... De quoi peut-il bien s'agir ?

Il avait prononcé ces mots dans un soupir exténué, et Starling le fixa de son regard froid. Carter se sentait vidé, au bord de l'effondrement.

Mais sa physionomie composée devait encore faire illusion, car Starling se contenta de lui lancer :

– C'est bien ce que nous comptons découvrir. Merci.

Et les deux agents du Service secret abandonnèrent le magicien à ses pensées.

CHAPITRE 6

Après le départ des deux agents, Charles Carter se réfugia un moment dans son vestibule, en robe de chambre, la tête appuyée contre le battant de la porte, une main sur la poignée, l'autre sur son front brûlant, le coude pointé vers les poutres du plafond.

Lorsqu'il fut certain qu'on ne reviendrait pas le déranger, il ploya les genoux jusqu'à s'asseoir par terre, les jambes repliées sous son poids.

– C'est fini...

En l'espace de trois jours, il avait dormi dix heures au total et il trouvait à peine la force de se relever.

Il était seul à présent, face à lui-même. Son regard tomba sur une liasse de cinquante affichettes, posée sur le carrelage, au pied du portemanteau. Le portrait ne brillait guère par son originalité : un buste de trois quarts, Charles Carter en smoking et turban, entouré de diablotins qui venaient lui chuchoter à l'oreille. Depuis Kellar, tous les magiciens avaient adopté la même symbolique, qui suggérait au public : « Venez voir un homme qui tient ses secrets du prince des Ténèbres en personne. » Dans tous les théâtres du monde, ces petits diables signalaient que l'artiste à l'affiche était un magicien.

Mais pour Carter, ils avaient une autre signification. Ils lui murmuraient :

– Tu peux rester assis... Et ne plus bouger jusqu'à ton dernier souffle...

Pour un homme à bout de forces, affalé dans l'entrée de sa maison d'Oakland, la proposition avait de quoi séduire. Pourtant Carter se redressa et gagna la cuisine, où il fit la vaisselle, tout en réfléchissant aux récents événements comme au programme des prochains jours.

– Monsieur Carter, dit-il à voix haute, en lavant son verre de jus d'orange, votre présentation du célèbre numéro de Goldin était tout à fait remarquable.

Si on devait lui reposer la question du colonel Starling, voici ce qu'il répondrait :

– Messieurs, j'ai réalisé beaucoup d'illusions qui sont à la fois exceptionnelles et originales.

Quand, Carter le Grand, avez-vous présenté pour la dernière fois une telle illusion ?

Récemment.

Mais quand ?

Ses yeux étincelèrent. Il lança à voix haute :

– J'ai bien peur de ne pouvoir vous répondre.

Sans tenir compte du conseil donné par Ledocq à propos des arbres que personne n'entend tomber, Carter avait réalisé un tour à l'insu du public. Ce qui rendait plus irritantes encore les piques de Starling. Non seulement son spectacle actuel n'était que du réchauffé, mais la seule et unique illusion intéressante s'était produite après le final, en coulisse. Nul n'en avait rien su, et nul ne devrait jamais rien en savoir.

Son procureur intime, plus habile à diriger un interrogatoire que n'importe quel agent du Service secret, poursuivit : *Alors ? Laissons de côté les arbres qui tombent dans la forêt... Quand avez-vous pour la dernière fois présenté une illusion entièrement originale, devant un public ?*

– En 1914, dit-il.

La suite ne fut pas prononcée à voix haute : *Le Canon de la Guerre fantôme.*

Carter s'essuya les mains.

Sur une étagère de son bureau, il prit un cahier relié de cuir et l'ouvrit. Il y avait des colonnes de chiffres en rouge, d'autres en noir. Au cours de sa dernière tournée, il s'était produit dans soixante-douze théâtres, il avait visité des pays lointains et enchanteurs.

Et les bénéfices nets étaient réduits à une misère. Une fois de plus.

Certes, les deux semaines au Curran avaient été un formidable succès, mais après tout, il était ici chez lui. Terminer par San Francisco, c'était le cadeau qu'il se faisait pour oublier que, partout dans le monde, il jouait devant des salles de plus en plus clairsemées.

Thurston se débrouillait bien mieux, et Houdini semblait à l'abri de tout déclin. Nicola et Goldin proposaient un tel nombre d'attractions nouvelles chaque année qu'ils devaient aussi dégager des profits. Mais, sortie de cette courte liste, la magie devenait une profession de plus en plus aléatoire. Grover George, alias George El Diablo, avait su en tirer les leçons. Ces derniers temps, il partait en tournée à l'étranger, dans les Andes et dans des villages reculés où l'on n'avait pas encore vu l'ennemi mortel : le cinéma.

Alors, monsieur Charles Carter, reprit-il en son for intérieur, *avez-vous seulement essayé de mettre au point de nouveaux numéros ?*

– Bien sûr, répondit-il avec assurance, comme pour se leurrer lui-même. Des numéros puisés dans la vie réelle, ce qui est toujours préférable.

Peu après le « Noël noir », une inscription avait fait son apparition sur le domaine de Borax. On la voyait gravée sur les troncs d'arbres, sur le mur des pavillons, par terre près de l'enclos des cochons ou en bordure du domaine. *Elle n'est pas morte.* C'était un cri silencieux, en mémoire de la malheureuse femme assassinée le jour de Noël 1917. Un moyen de dire qu'elle restait présente dans tous les cœurs.

Juste avant les élections de 1920, l'inscription avait surgi sur plusieurs façades d'immeubles à Oakland, et jusqu'à San Francisco, parfois avec cet ajout : *Ne gâchez pas notre vote.* L'épitaphe optimiste s'était muée en slogan féministe : à l'image de cette inconnue qui refusait l'oubli, les femmes dans leur ensemble revendiquaient une existence plus active. La *Tribune* y était allée de son commentaire, entre ses diatribes contre les communistes ou la Prohibition, deux maux qui minaient l'*American way of life* : « Maintenant que les femmes ont le droit de vote, vont-elles l'utiliser à bon escient ? »

L'inscription trouvait un écho particulier en Carter. Il ouvrit un deuxième cahier, aux pages couvertes de dessins à l'encre de Chine. Des idées de numéros. En 1919, il avait conçu une illusion baptisée *Elle n'est pas morte.* Il l'examina attentivement, pour se rafraîchir la mémoire : il faisait disparaître une assistante, et à chacune de ses tentatives pour la faire réapparaître, tous les objets sur scène s'évanouissaient l'un après l'autre. Lui-même finissait par se volatiliser. Rideau.

Mais quel rapport avec le titre ? Page suivante, un autre projet portait le même nom : une femme déchire des foulards en deux, puis en quatre ; Carter la couvre d'un voile noir ; elle s'envole en fumée et il ne reste que des lambeaux de foulards. Fin. Une troisième version encore : il invoque l'esprit des morts, qui le rassurent sur leur condition dans l'au-delà ; puis ils reviennent à la vie. Fin.

En feuilletant ces pages, en se remémorant ces idées incomplètes, sans joie, pour la plupart intitulées *Elle n'est pas morte*, il s'avoua une chose qu'il avait longtemps niée : si le titre lui plaisait, jamais il n'avait réellement ajouté foi à l'espoir qu'il contenait.

Sur une page plus récente, il lut cette phrase de sa main : « Si je devais réaliser un numéro original, il serait métaphysique. » Il avait divisé la feuille en trois. Sur la partie supérieure, il s'était représenté, coiffé d'un turban, armé d'une baguette magique, avec cette légende : « Dans ce numéro, je vais, sans l'aide de filins ni de miroirs, transformer mon spleen en joie sincère. » Dans la bande du milieu, le même petit personnage s'abîmait dans une intense concentration, la tête entourée de gouttes de sueur. Au bas de la page, le magicien, d'une humeur toujours aussi sinistre, se faisait bombarder de tomates.

Quand avait-il dessiné cette horreur ? Le croquis n'était pas daté. On eût dit qu'il était apparu de lui-même, comme griffonné par des lutins.

« Je vais bien », se dit-il. Il était là, dans son bureau, à feuilleter un cahier noirci de dessins ridicules, rongé par la morosité et la frustration. Mais après tout, les idées de génie ne tombaient pas toutes rôties du ciel...

À moins que...

Il regarda par la baie vitrée. Le vent agitait les feuilles et les fleurs de jasmin sur les treilles. Dans son bureau, il avait un télescope de marine, de marque Alvin Clark, qui rouillait sur place car il le laissait en permanence braqué sur le gratte-ciel de la *Tribune*, au centre-ville d'Oakland. Pendant la guerre, dans un accès d'optimisme, le journal avait fait élever au sommet de l'immeuble un mât de vingt mètres, où viendraient s'amarrer les dirigeables. C'était un rêve fou, que la *Tribune* avait illustré dans une édition spéciale, où l'on voyait les monorails, les ponts immenses, les tunnels et les métros que réservait l'avenir. Très avant-gardiste, le journal avait même loué de nombreux espaces sur les toits de la ville, afin d'y installer des panneaux publicitaires destinés aux voyageurs aériens...

Le rêve était tombé à l'eau et, à ce jour, le mât restait inutilisé. Pourtant, Carter regardait souvent vers l'immeuble de la *Tribune*, au cas où un zeppelin serait arrivé en ville. La plupart du temps, il n'y avait rien, parfois un corbeau.

Il colla son œil à la lunette. Le mât nu. Rien d'autre. Il pouvait rester là à contempler cette vue pendant des heures. Un jour, on retrouverait son squelette enveloppé de vigne vierge. « Ce n'était pas Charles Carter ? dirait-on. Le magicien qui avait autrefois réalisé des numéros originaux ? »

Il alla décrocher le téléphone.

Bientôt, une voix claire répondit :

– James Carter. Allô ?

– Vous êtes bien le jeune frère de Carter le Grand ?

– Charles ! Tu m'appelles depuis ton paquebot ?

– Non, je me suis livré à une petite... substitution.

– Où es-tu ?

– À Oakland.

– Tom et moi revenons tout juste de quatre mois en Europe. Nous pensions te voir, et nous avons appris que tu filais pour la Grèce...

– Je sais. James, regarde par la fenêtre. Est-ce qu'il y a dans la rue un homme qui se donne un mal fou pour passer inaperçu ?

Un moment s'écoula.

– En effet, il y a un jeune homme qui lève des yeux pieux vers ma fenêtre. Dois-je l'inviter à boire un café ?

– Il appartient au Service secret, et il n'a pas encore reçu le feu vert.

– Qu'est-ce que c'est que cette histoire dans les journaux, à propos du Président et toi ?

– James, il faut que je te voie.

– Excellente idée. Je t'ai rapporté quelques souvenirs de voyage et, de toute façon, il faut qu'on fasse les comptes, maintenant que ta tournée est terminée. Madame Zorah, par exemple...

James parla d'une demande d'augmentation, de pourcentage sur les bénéfices, d'intérêts sur une facture impayée. Mais Carter lui prêtait une oreille de plus en plus distraite. Son regard était retombé sur le portrait aux diablotins. Il s'accroupit devant la liasse d'affiches, déchira le papier brun qui l'enveloppait à moitié et interrompit son frère.

– James, excuse-moi... Tu te souviens de mon portrait, celui avec les diablotins ?

– Nous les avons payés huit cents pièce et tu prétends qu'un des diablotins te pousse au suicide. C'est de ceux-là que tu parles ?

– Je crois que ce diablotin s'est mis à me chuchoter une nouvelle idée d'illusion.

– Une idée de Selbit ?

– Non, une idée originale. J'ai un nouveau projet en tête.

Silence sur la ligne, accentué par les grésillements.

– Je t'assure. Un trucage entièrement original.

– Une énième version de *Elle n'est pas morte* ?

– Non, non, et pardonne-moi de t'avoir cassé les pieds avec ça. Non, un bon numéro. Enfin.

Une pause. Puis, sur un ton prudent :

– Viens m'en parler, Charles. Demain à huit heures. Disons neuf. Et apporte-moi du panettone.

Ils raccrochèrent. Carter attrapa une cravate qui était enroulée autour du télescope. À un moment donné de leur existence, James s'était mis à se comporter à son égard comme un aîné. Il noua sa cravate puis décrocha son deuxième téléphone, le nouveau modèle, avec un support séparé et un combiné microphone-récepteur. Cet appareil avait surtout l'avantage de disposer d'un cadran : plus la peine de passer par l'opératrice pour obtenir un numéro.

– Allô, oui ?

– Le fleuriste ? Ici, Charles Carter.

À l'autre bout du fil, la voix – qui n'appartenait pas à un fleuriste – était enjouée :

– Nous nous occupons de votre commande, monsieur Carter. Mais nous n'avons pas encore trouvé la fleur que vous voulez.

– Vous avez cherché partout ?

– Partout à San Francisco et dans les comtés d'Alameda. Aucune fleur de ce nom, nulle part. Nous avons vérifié tous les points de vente.

Carter se demanda si la personne qu'il cherchait pouvait élire domicile dans un meublé plutôt que dans un hôtel.

– Vous avez pensé aux pépinières ?

– Rien non plus. Monsieur Carter ?

– Oui.

– Vous avez des goûts très rares en matière d'horticulture : personne ne nous a jamais demandé cette espèce.

Voilà au moins qui était rassurant.

– Merci. Continuez les recherches.

Peu après, Carter glissa un repas léger dans une mallette en cuir et prit le tramway jusqu'au sommet de Piedmont Avenue. À sa gauche, une boutique de pompes funèbres, à sa droite un fleuriste, un vrai celui-là. Et devant lui, le cimetière de Mountain View, spacieux, verdoyant. Près de l'entrée, sur le terrain plat, se trouvaient les sections destinées aux indigents, aux Juifs, aux Chinois et aux Portugais. Venaient ensuite les collines, et les sentiers qui sinuaient autour de pièces d'eau. Ici, un monticule garni de lilas était réservé aux enfants non baptisés. Là, une combe en fer à cheval abritait les Espagnols qui voulaient reposer orientés vers la patrie de leurs ancêtres. On avait planté des rangées d'eucalyptus et de cyprès, afin que le vent y fît entendre un léger bruissement, propice à la contemplation.

Carter marchait d'un pas vif, les yeux baissés sur le sentier. Autour de lui, des dizaines de jeunes gens sautaient de tombe en tombe ou s'asseyaient sur les bancs de marbre. Une faible proportion d'entre eux avait un parent enterré ici. Les autres venaient pour rencontrer des membres du sexe opposé.

Carter avait d'abord choisi le cimetière de Mountain View parce qu'il était paisible, à l'abri des regards. Mais tout avait changé depuis la guerre et l'épidémie de grippe. Les enterrements s'étaient succédé à longueur de journée, au point que les familles devaient attendre des heures, parfois jusque tard dans la nuit, que se dispersent les cortèges funèbres précédents. Comme on venait souvent commémorer les victimes de la guerre, les jeunes gens s'étaient rendu compte qu'il y avait là un excellent moyen de se rencontrer sans être chaperonnés par leurs parents. Par ailleurs, un garçon qui déposait des fleurs sur une tombe était à n'en pas douter d'une moralité élevée, et s'il honorait la mémoire d'un héros, la fille pouvait le présenter à sa famille comme un fervent patriote.

Carter remarqua ainsi plusieurs femmes qui portaient la même robe de deuil, ornée de glands et d'une ceinture décorative. Avec un petit chapeau et des bottines à boutons, la tenue était assez coquette pour signaler que la malheureuse ne repousserait pas un brin de compagnie.

Carter faisait en sorte de venir aux heures où Mountain View ne se transformait pas en terrain de jeux amoureux. En été, le cimetière grouillait de jeunes gens. Il marcha d'un pas alerte jusqu'au sommet de la plus haute colline, qui offrait la meilleure vue sur la baie. C'était l'allée des Millionnaires, où les caveaux de famille prenaient la forme de cathédrales gothiques ou de pyramides maçonniques. Il coupa à travers un taillis pour gagner la rangée en contrebas, moins ostentatoire. Il contourna un chêne en s'accrochant à une branche basse et s'arrêta devant une stèle de granite sur laquelle un nom était écrit avec des éclats d'obsidienne : CARTER.

La façade ressemblait au fronton d'un petit temple grec, avec son toit en pointe. Il y avait eu autrefois un tympan en marbre représentant les dieux au repos, mais des vandales l'avaient arraché. Un nom était gravé dans le marbre : Sarah Annabelle Carter, 1888-1914.

Derrière ce fronton, le toit du caveau était plat. Carter se hissa dessus. À l'abri de la corniche, qui lui servait à la fois de coupe-vent, de pare-soleil et d'appuie-tête, il se mit à éplucher une pomme à l'aide d'un canif, dont il essuya ensuite la lame dans son mouchoir.

Le ciel était d'un bleu profond, la pomme sucrée à souhait. Lors de sa dernière visite, dix jours auparavant, ainsi allongé sur le dos, il avait raconté à Annabelle toutes les péripéties de la tournée. Les incidents heureux et malheureux. Il avait évoqué les voyages de ses parents, partis récemment en Amérique du Sud. Les Carter semblaient tous attirés par ce continent, mais ils n'arrivaient jamais à s'y croiser. En fait, Carter n'avait pas vu ses parents depuis plusieurs années. Mais ce jour-là, il ne pensait guère à eux, car son esprit était en ébullition.

Il aurait pu parler des derniers potins, d'un récital de piano auquel il avait assisté, ou encore de ses animaux. Comment se portait Baby ? Il vieillissait. Quant à Tug, il était toujours aussi doux. Carter lui avait découvert depuis peu un goût prononcé pour la compote de pommes. Mais il laissa de côté ce tendre bavardage pour souffler avec l'excitation d'un homme qui confesse un crime :

– Annabelle, j'ai une idée pour une nouvelle illusion.

Il tira de sa poche un étui à cigare.

– Si tu avais connaissance d'un terrible secret, est-ce que tu choisirais, pour le bien du pays, de le divulguer ou de l'enterrer ?

Des pas en contrebas, des éclats de voix. Carter jeta un œil pardessus la corniche. Un jeune couple venait de s'asseoir à l'ombre d'un saule. Il ne pouvait pas entendre ce qu'ils se disaient, mais le ton était assez explicite : il s'agissait d'une querelle d'amoureux, sans doute attisée par la flasque d'alcool que la jeune femme avait glissée dans sa bottine. Les mains sur les hanches, elle pointa un doigt accusateur sur son amant, visiblement outragée. Le jeune homme baissa la tête, se passa les doigts dans les cheveux, prononça quelques mots inaudibles, auxquels elle répondit avec conviction :

– Tu peux aller te faire cuire un œuf !

Elle se leva et se faufila entre les tombes avec l'indignation que seul peut inspirer un amour furieux, et le jeune homme bondit à sa poursuite.

– Attends, chérie ! Je plaisantais !

Carter leur souhaita bonne chance, puis se réinstalla sur le toit du caveau. Il éprouvait pour ce couple, comme pour tous ceux qu'il croisait dans la rue, une tendresse nostalgique, semblable à celle que le boxeur à la retraite ressent pour le ring.

Si tu connaissais un secret, que ferais-tu, Annabelle ? Elle irait le crier sur tous les toits, à coup sûr.

Ses doigts tambourinèrent sur l'étui à cigare. Le monde était vaste. Curieusement, l'idée lui parut neuve : le monde était vaste, mais il en embrassait les contours. Car il détenait un secret extraordinaire. Il lui fallait juste un peu de calme pour réfléchir.

Lorsque la chapelle sonna cinq heures, il sauta du caveau sur la pelouse et gagna la sortie.

Il ne remarqua pas les deux hommes qui lui emboîtèrent le pas.

Tandis que le soleil se couchait sur Oakland, des citoyens en colère, à quelque trois mille kilomètres de là, déposaient une plainte pour la troisième soirée consécutive.

Le ciel de Marion, dans l'Ohio, était noir de cendres. Le *Star*, journal dont le Président Harding avait été autrefois propriétaire, ne publia aucun article à ce sujet, mais son rival, le *Press-Telegram*, releva que les autorités municipales s'étaient déclarées très surprises par les récriminations de certains habitants, qui trouvaient leur maison, leur gazon et leur voiture couverts d'une fine couche de poussière grisâtre. Le deuxième soir, la police refusa tout commentaire et le *Press-Telegram* lui-même cessa de signaler ces étranges « pluies noires ».

Ce n'était pas tout. Au-dessus de la zone industrielle d'Alexandria, en Virginie, les cieux connurent le même dérèglement. Comme il ne s'agissait pas d'un quartier résidentiel, les seules plaintes provinrent de la halle aux fruits et légumes, où les camions des grossistes furent maculés de cendres.

Le patron du marché, A. J. Vaughn, accompagné de quelques comparses, se mit à traquer l'origine de cette pollution. Elle provenait d'un entrepôt de trois étages, flanqué d'une haute cheminée. Lorsqu'ils voulurent entrer, Vaughn et ses hommes furent repoussés par des policiers surgis précipitamment du bâtiment.

Vaughn battit en retraite et retourna à sa halle, où il érigea un auvent de toile pour protéger sa marchandise. Pendant un peu plus d'une semaine, les cendres continuèrent à tomber aux petites heures du jour.

À la Maison-Blanche, on faisait aussi du feu. La Duchesse avait entrepris de détruire les papiers personnels du Président Harding. Le Bureau ovale comptait deux fichiers métalliques, avec une clé pour chaque tiroir. Le premier soir, la Duchesse brûla tous les documents qu'ils contenaient, avec leurs chemises cartonnées.

Elle n'était plus chez elle, mais les nouveaux locataires n'émirent aucune objection. Calvin Coolidge était un homme taciturne, amateur de longues siestes, et dont la phrase favorite était *chi va piano va sano*. Le reste de la Maison-Blanche suivit le mouvement.

Deux domestiques attisaient le feu de cheminée dans la chambre Lincoln lorsque la Duchesse apparut, portant une lourde valise cadenassée. Elle leur ordonna de tourner le dos, puis jeta aux flammes le contenu de la valise.

Le lendemain, plusieurs caisses frappées des initiales de l'Armée américaine furent entassées au centre du Bureau ovale. Assise par terre, le visage hagard, la Duchesse triait les papiers en deux piles. Elle finit par tout incinérer. Nul ne fut autorisé à l'aider ou à jeter un œil sur ces documents.

La Duchesse exigea que fût creusée une fosse dans le jardin, derrière la Maison-Blanche. Là, elle amoncela un véritable bûcher de dossiers, de cartons et d'effets personnels, qu'elle contempla en répétant à voix basse :

– C'est mieux ainsi, Warren, c'est mieux ainsi...

Souvent, elle allait se reposer dans son ancien dressing-room. De grands personnages publics vinrent lui présenter leurs hommages. Le ministre de l'Intérieur Albert Fall exprima ses condoléances, et s'attarda assez longtemps pour jurer de son entière innocence, face à ces ignobles accusations concernant les droits d'exploitation pétrolière.

– Tout cela appartient au passé, le rassura-t-elle, et il partit, visiblement soulagé.

Puis vinrent Edward Doheny et Harry Sinclair, magnats du pétrole, qui tenaient à dire à la Duchesse – après s'être inclinés devant sa douleur – que s'ils avaient tiré profit de certains contrats, c'était uniquement « par accident » et qu'il n'y avait pas là matière à scandale. Elle les assura qu'elle était parfaitement au courant.

Une heure plus tard, Charles Forbes, qui avait la réputation de crier avant qu'on l'écorche, fit irruption dans la pièce en expliquant que s'il avait paru escroquer le Bureau des Anciens Combattants, c'était uniquement à cause d'une mémoire défaillante et d'une fâcheuse erreur de comptabilité. La Duchesse, d'une voix posée, lui fit remarquer qu'il venait à l'instant de prouver son absence de mémoire, puisqu'il avait oublié de pleurer la disparition de Warren – lequel n'ignorait rien de ses efforts en matière comptable. Forbes se tut, s'épongea le front et prit enfin la main de la Duchesse :

– Merci, dit-il.

Harry Daugherty arriva bon dernier, dans un état d'ébriété avancé. Il regrettait vivement Warren, dit-il, comme un ami cher, comme un frère. Lui parti, qui pouvait balayer les méchantes rumeurs qui couraient sur les licences de débits de boissons accordées à des bootleggers, sur les pots-de-vin versés à des juges, ou sur la confiscation par la Poste de chèques adressés à l'opposition démocrate ? Il continua ainsi tant et si bien que la Duchesse finit par l'interrompre sèchement, en soulevant sa voilette :

– Harry, Warren est mort. Vous êtes encore ministre de la Justice. Votre supérieur est M. Coolidge.

Elle remit sa voilette en place et le visage de Daugherty s'éclaira comme celui d'un homme soudain transpercé par une flèche de Cupidon.

Ainsi fut-il. Tous les conspirateurs, petits ou grands, se rendirent compte que le seul homme pourvu d'un reliquat de conscience morale ne pouvait plus se mettre à table. La Duchesse vaqua à ses occupations, et quand elle en eut fini avec ses autodafés, elle quitta définitivement la Maison-Blanche, les mains couvertes d'ampoules.

L'entrepôt Paddock, un long bâtiment voisin de l'incinérateur de Marion, dans l'Ohio, comprenait deux cents locaux à louer. Le plus grand – trois mille mètres carrés – était payé à perpétuité par une compagnie fondée par Harding au début de sa carrière. Lorsque les enquêteurs fédéraux obtinrent enfin un mandat de perquisition, il était déjà entièrement vidé.

L'entrepôt d'Alexandria, quant à lui, avait contenu au moins quatre mille caisses pleines de documents. Quand les responsables des Archives nationales sollicitèrent des documents ayant trait à la vie publique et privée de Warren G. Harding, ils reçurent en tout et pour tout deux cartons à moitié vides.

CHAPITRE 7

Une heure environ après le coucher du soleil, Carter descendit l'escalier en colimaçon qui menait à son garage et Baby se faufila entre la Pierce-Arrow et la Bentley, sans oublier de s'arrêter pour renifler les roues. Ils s'engagèrent ensuite dans les rues d'Oakland, à la lumière des réverbères.

Carter ne tenait jamais le lion en laisse : le félin obéissait à sa voix. Cela faisait une dizaine d'années qu'ils déambulaient ainsi de par le monde, dans les grandes villes comme dans les bourgades, à la plage comme en montagne. Depuis quelque temps, Baby préférait trotter paresseusement ou même s'asseoir pour écouter le vent à travers les arbres plutôt que de piquer des sprints après les écureuils. Âgé de bientôt treize ans, la crinière mitée, il avait perdu une trentaine de kilos et souffrait d'arthrite à la hanche. Tandis que l'animal négociait les marches étroites qui conduisaient au parc, le magicien songea que son apparition devant le Président Harding était peut-être la dernière d'une longue carrière.

Carter habitait à côté du parc de Lakeside qui entourait le lac Merritt. Cette tache de verdure rappelait qu'Oakland s'était autrefois piqué de rivaliser avec New York et son Central Park ou San Francisco et le parc du Golden Gate. Mais faute de moyens, les buissons n'étaient pas taillés, les mauvaises herbes envahissaient les sentiers. Qui plus est, on disait le parc hanté. À la nuit tombante, les promeneurs désertaient les lieux, au profit des détrousseurs et des drogués. Bref, c'était l'endroit idéal pour promener son fauve.

Baby trotta entre les deux lions de pierre qui flanquaient l'entrée du parc, sans leur adresser le moindre regard, au grand dam de Carter, qui espérait le voir un jour reconnaître les siens. Fidèle à son habitude, il alla droit jusqu'au bord du lac pour regarder, les mâchoires entrouvertes, les hérons qui s'assemblaient sur l'eau, hors de sa portée. La brise qui soufflait sur l'onde brouillait le reflet des ampoules suspendues par milliers en guirlandes entre les réverbères. Ce collier de lumière, désormais vanté dans les dépliants touristiques, devait son existence à la peur des fantômes.

L'idée que ce parc fût visité par des esprits plaisait à Carter. Qui ne rêverait de rencontrer un spectre ? Malheureusement, au cours de ses nombreuses flâneries nocturnes, il n'avait jamais eu cette chance. Était-ce ce qui l'avait poussé à introduire un élément de spiritisme dans son premier projet original en neuf ans ? Certes, son dernier spectacle comportait déjà, avec *la Lévitation de Madame Zorah*, des gémissements désincarnés et des coups frappés sur une table. La voyante flottait en l'air, prédisait l'avenir ou répondait aux questions des spectateurs sur leurs chers disparus. Carter n'avait jamais été à son aise avec ce numéro, mais tous ses confrères présentaient des illusions similaires et elles remportaient partout un franc succès. Pour se décharger de ses scrupules, il promettait une récompense de cinq mille dollars en or à toute personne susceptible de lui présenter une manifestation surnaturelle exempte de trucage. Il espérait prouver ainsi que le spiritisme n'était qu'une vaste supercherie ; pourtant, après chaque représentation, il recevait immanquablement plusieurs lettres qui lui demandaient, avec des accents désespérés, de rappeler d'outre-tombe un être aimé. Tantôt ces requêtes le consternaient – car leurs auteurs ne brillaient pas par leur intelligence –, tantôt elles lui brisaient le cœur.

Il savait que, dans l'esprit du commun des mortels, tirer des lapins de son chapeau revenait à transformer l'eau en vin. Et quand on peut accomplir des « miracles », il est tentant de prétendre à la divinité, surtout lorsque la foule le réclame à cor et à cri. Une revue comme le *Scientific American*, sous prétexte d'étendre le champ des connaissances, commençait même à s'intéresser aux machines utilisées par les médiums. Le monde moderne disposait bien de gaz inodores capables de ronger les chairs et de moisissures microscopiques qui luttaient contre les maladies : pourquoi pas un procédé permettant de s'adresser aux défunts ? Personne ne savait plus ce qui relevait du possible ou de l'impossible, de la prouesse technique ou du prodige. Carter avait remarqué à ce propos que les explications d'ordre strictement rationnel – comme le squelette rendu visible par les rayons X – suscitaient une certaine déception chez le public, qui se serait préféré victime d'un double enchantement : s'extasier d'abord devant l'innovation, puis s'émerveiller de voir la toute-puissance du Créateur damer encore le pion au progrès.

Carter s'interrogeait : comment rendre cette nouvelle illusion la plus spectaculaire possible, sans pour autant faire preuve de cruauté à l'égard des spectateurs les plus crédules ? Il commencerait par jeter au rebut tous les artifices du spiritisme – les tambourins, les plaintes de l'au-delà, les spectres en forme d'ectoplasmes – et opterait pour un dénuement absolu. Capturer un fantôme sur scène, lui poser des questions puis le renvoyer *ad patres*. Mais pour mener à bien son projet, il avait besoin du concours de Ledocq et de son frère James. Après la pergola, Carter et Baby se dirigèrent vers le sanctuaire des oiseaux. À cette heure, la plupart des hérons et autres volatiles nichaient sur les îles ; les autres s'envolèrent à l'approche du lion. Celui-ci, parfaitement inoffensif, n'aurait sans doute pas su que faire d'une oie s'il en avait attrapé une mais, à l'occasion, il aimait encore bondir et réveiller ses instincts de chasseur, comme pour rappeler à la gent ailée qu'il était le roi des animaux.

– Esprit, es-tu là ? murmura Carter.

Il étendit un bras côté cour, imagina une brève apparition dans une boule de cristal géante.

– Ou bien ici ?

Le fantôme se transportait aussitôt côté jardin, dans une seconde boule de cristal. L'idée que ce numéro pût promettre des réponses à des personnes fragiles continuait de le perturber. Peut-être éviterait-il de parler d'esprit ou de fantôme, préférant les termes de lutin ou de farfadet. Le doute s'insinua dans son esprit, ce doute qui l'habitait depuis l'époque de *Chantage* : tenait-il vraiment une bonne illusion ?

Baby ouvrait la marche. Soudain, son corps se raidit, la touffe de poils au bout de sa queue fouetta l'air et il piqua droit dans les taillis. Suivit un vacarme de brindilles piétinées. Si Baby avait gardé un peu de souplesse féline, il cachait bien son jeu. Carter siffla, les bruissements cessèrent, mais le lion ne revint pas.

Il avait quitté les bords du lac pour s'enfoncer à l'intérieur du parc. A priori, il ne risquait pas de rencontrer d'animaux sauvages et s'il en avait après un voleur, son maître n'y voyait aucun inconvénient. Carter attendit donc sans bouger, scrutant les buissons, à l'affût du moindre bruit. Il aperçut une tache claire lorsque le lion bondit d'un fourré à l'autre. Où courait-il ainsi ? Les guirlandes d'ampoules ne suffisaient pas à éclairer le sous-bois mais, à distance, sous un réverbère, Carter distingua le chapeau et la silhouette d'une femme assise seule sur un banc. Baby fonçait droit sur elle.

Il n'eut pas le temps de crier. En moins d'une seconde, l'animal avait déjà sauté par-dessus le banc et atterri de l'autre côté avec un bruit mat, les pattes écartées, le dos creusé, les crocs à nu. Carter se précipita, en se récitant le discours qu'il avait déjà tenu aux policiers de Londres ou aux douaniers de San Francisco : Baby était seulement joueur, jamais il ne ferait de mal à une mouche.

Puis il pila net : la femme tendait à Baby un bout de son sandwich. Quand le félin l'eut saisi et dévoré bruyamment, elle tira un autre morceau de viande, apparemment peu troublée par ce grand fauve couché à ses pieds.

Lorsque Carter fut à dix pas derrière le banc, elle dit à voix haute, par-dessus son épaule :

– J'espère que ça vous ne vous ennuie pas si je lui donne un peu de rosbif.

– Non, non. Au contraire, il adore ça.

Le sang-froid de l'inconnue le sidérait.

– De quelle race est-il ?

Carter éclata de rire.

– C'est un caniche.

– Vous vous moquez de moi.

Elle avait la diction soignée d'une institutrice. Carter s'approcha dans son dos. Elle portait une robe toute simple, passée de mode depuis des années et sans doute trop légère pour ce début de soirée. Son visage lui était apparu de façon trop fugitive, il n'avait aperçu que des lèvres rouges et des lunettes. Le chapeau à large bord masquait son teint, la couleur de ses cheveux et son âge.

– Les caniches sont beaucoup plus petits. Comment s'appelle-t-il ?

– Baby.

– Et de quelle race est-il ?

– Si ce n'est pas un caniche, ce doit être un lion.

– Vous recommencez à vous moquer de moi, dit-elle en lançant à Baby un morceau de viande qu'il goba aussitôt.

– C'est un lion, un vrai, venu tout droit d'Afrique.

Elle ne répondit rien. Puis elle tendit un bout de rôti et, lorsque Baby s'avança pour le saisir, elle l'attira doucement, l'obligeant à passer devant ses genoux. Ses doigts coururent de la crinière jusqu'au plumeau de la queue.

– Oh, mon Dieu ! hurla-t-elle.

Elle se leva brusquement, fit volte-face et, à la lumière du réverbère, Carter découvrit enfin son visage, blême, tremblant, encore partiellement caché par la main qu'elle venait de porter à sa bouche. Elle portait des lunettes noires.

– Oh, fit-il. Vous êtes aveugle.

– C'est un lion !

– Désolé, je croyais que vous le saviez... J'ai cru... Surtout, pas de panique. Il est apprivoisé.

– Vous avez un lion !

– N'ayez pas peur, je vous en prie. Il ne vous fera aucun mal. Il a dû sentir votre sandwich.

Baby était en train de lécher le papier d'emballage.

– Vous n'avez rien à craindre. Mais il a fini votre dîner.

Elle s'éloigna à reculons, jusqu'à heurter le réverbère, qu'elle attrapa à deux mains.

– Mon nom est Charles Carter, je suis magicien, dit-il en prenant cette voix apaisante dont il se servait sur scène avec les volontaires. J'habite à côté et je promène mon lion le soir, pour éviter les passants. Désolé de vous avoir fait peur. Nous allons continuer notre chemin...

D'un claquement de langue, il appela Baby, qui se redressa à contrecœur. Carter porta l'index sur le bord de son chapeau, façon probablement absurde de prendre congé d'une aveugle.

Il s'était éloigné de quelques pas lorsqu'elle le rappela :

– L'amène et sémillant mahatma...

– Pardon ?

– Dans le journal. On vous appelle « l'amène et sémillant mahatma ».

– Oh, oui. On aurait mieux fait de préciser « le sémillant mahatma qui se promène le soir avec un lion ».

Encore frémissante, elle croisa les bras sur sa poitrine.

– Vous n'allez pas me sortir une souris blanche ou une tarentule, j'espère ?

– Non, je suis venu seul. Les mains vides.

– Et vos amis ?

– Pardon ?

– J'ai la nette impression qu'il y a plusieurs hommes dans le bosquet, derrière nous.

Carter se retourna :

– Les vrais amis ne se cachent pas dans le noir...

Il n'allait pas laisser une aveugle seule à la merci de maraudeurs. Mais pourquoi ne sollicitait-elle pas son aide ?

– C'est le fameux lion qui a avalé le Président Harding ?

– Il a toujours eu les yeux plus gros que le ventre.

Aucune réaction de sa part, pas même l'ébauche d'un sourire. Partagé entre son envie de la taquiner et son élan de bon Samaritain, il ajouta :

– Il n'a pas vraiment mangé le Président, vous savez. C'était un truc.

– Des rumeurs ont couru.

– Je sais.

Elle inspira profondément, les bras toujours croisés, apparemment peu troublée par le silence.

– Je ne crois pas vous avoir jamais croisée...

– Je m'appelle Phoebe Kyle.

– Et qu'est-ce qui vous amène dans ce parc, mademoiselle Phoebe ?

– Je me... promenais.

– Vous savez où vous êtes ?

– Bien sûr. Le lac est de ce côté, le sanctuaire des oiseaux par ici, et le foyer est...

De la main, elle indiqua une vague direction.

– Par là-bas. Et, oui, je suis au courant qu'il y a beaucoup de drogués qui traînent dans ces parages.

Bien sûr. C'était par fierté qu'elle se refusait à demander de l'aide.

– Accepteriez-vous l'escorte d'un lion et de son maître jusqu'à ce foyer ?

– Je ne suis pas perdue.

– Je sais bien.

Elle tapota son col, hésitante. Puis elle tendit la main pour prendre le coude de Carter. Il fut surpris par la fermeté de sa poigne.

– J'habite à l'angle de Telegraph Avenue et de la Trente-Sixième : je ne peux pas vous demander de m'accompagner jusque-là.

– On avisera.

Il sentait sur son avant-bras la pression de chacun de ses doigts, comme animés de pulsations. Ils marchèrent à pas lents et, malgré plusieurs tentatives, il ne réussit pas à bien distinguer son visage.

– Il paraît que ce parc est hanté ? dit-elle.

– Vous m'avez pris pour un fantôme ?

– Non.

– Vous êtes sûre de ne pas avoir froid ?

– Juste un peu.

Il lui passa sa veste sur les épaules.

– Vous êtes trop gentil, monsieur Carter.

– Ce n'est rien.

– Si on nous voyait en train de marcher ainsi, on nous prendrait pour un couple d'amoureux.

– Bah, quand on a été soupçonné d'avoir assassiné le Président des États-Unis, toutes les autres rumeurs paraissent bien fades.

Elle ne répondit pas mais, à mesure qu'ils marchaient, son attitude se fit plus engageante. Carter, qui ne savait toujours pas à qui il avait affaire, ni même de quoi elle avait l'air, décida de la laisser parler.

– Je fabrique des balais, annonça-t-elle.

– Pardon ?

– Plusieurs heures par jour. Toutes les filles du foyer. Nous fabriquons des balais.

– J'en ai un à la maison. Vous pourriez peut-être me le dédicacer.

Il aurait voulu se mordre la langue. Il se souvint qu'enfant, il s'amusait à lancer des fléchettes en essayant de les diriger par la force de la volonté, mais au moment où elles quittaient sa main, il savait qu'elles allaient manquer largement la cible.

– Et ça vous plaît, de fabriquer des balais ? reprit-il.

– Oui. J'ai beaucoup d'amies au foyer. Nous travaillons en écoutant un gramophone. Bientôt nous aurons une radio. Parfois, la surveillante nous fait la lecture. Je gagne assez pour m'acheter des robes et quelques petits plaisirs. Plus tard, peut-être, je fabriquerai des chaises en rotin.

– C'est une promotion ?

– Il faut plus de dextérité. Si j'avais la patience, je confectionnerais des colliers, mais je ne suis pas assez intelligente...

Elle lui expliqua que les filles les plus douées pouvaient réaliser des colliers d'une incroyable complexité, en enfilant des perles de toutes les couleurs, selon un schéma qu'elles visualisaient mentalement. Les hommes étaient très impressionnés par leurs prouesses.

– Ils ont moins de chance que les femmes. Comme ils sont plus nombreux, la compétition est grande, et les filles ne manquent pas de prétendants. (Elle hésita.) Vous devez avoir aussi beaucoup de femmes à vos trousses.

– Elles risquent de courir longtemps.

– Cette veste vient de Londres, n'est-ce pas ? Le tissu est différent. Les réclames de chez Sears prétendent que leurs produits sont de la même qualité que les vêtements importés, mais on sent la différence. Surtout n'allez pas vous imaginer que je passe mon temps à tâter les vestes des messieurs.

Ils s'engagèrent dans une allée de grands chênes.

– Vous avez un ami, mademoiselle Kyle ?

La terre battue fit place au macadam et Mlle Kyle en profita pour allonger le pas.

– Ce n'est pas simple, au foyer. Nous pouvons difficilement sortir sans prendre le bras d'un homme, mais ils se font parfois de fausses idées...

– J'espère au moins que vous l'avez giflé.

– Qui donc ?

– Celui qui vous a abandonnée à votre sort.

– Nous sommes déjà sur Grand Avenue ? Je peux prendre un taxi d'ici.

– Nous approchons, oui, mais les chauffeurs de taxi s'arrêtent rarement pour prendre les clients accompagnés d'un lion.

Baby bifurqua dans une allée.

– Il s'en va ? demanda Mlle Kyle.

– Il y a une fontaine un peu plus loin. Le jour, il a peur du bruit, mais la nuit, elle est éteinte. Écoutez.

Bientôt, ils entendirent Baby laper à grands coups de langue. Les pattes sur le bord de la fontaine, il penchait sa grosse tête à fleur d'eau. Phoebe Kyle souriait peut-être, mais il était toujours aussi difficile de voir son visage dans la pénombre. Carter réfléchissait à la meilleure façon de formuler une proposition sans passer pour un mufle : l'emmener chez lui, prendre la voiture et la reconduire jusqu'à sa porte.

– Monsieur Carter, vous suivez la mode ?

– De loin. Je ne suis pas très coquet.

– Je veux parler de la mode féminine. Il paraît qu'il y a une nouvelle mode, surtout chez les garçonnes : la peinture sur genou.

– Pardon ?

– J'ai entendu dire que certaines filles dessinaient le portrait de leur fiancé sur leurs genoux et se promenaient ainsi dans la rue. C'est vrai ?

– Désolé, mais je ne regarde pas assez les genoux des femmes.

– Promettez-moi de faire plus attention.

– Mademoiselle Kyle ?

– Vous n'aurez qu'à leur dire que c'est pour une aveugle...

– Mademoiselle Kyle ?

– Phoebe.

– Phoebe...

Baby revenait vers eux en se pourléchant les babines.

– Montons jusqu'à mon garage et j'enfermerai Baby pour la nuit, puis je vous raccompagnerai chez vous en voiture. À moins que ça ne fasse naître des rumeurs...

– Les rumeurs ne sont pas toujours déplaisantes... (Puis, après une pause :) Merci.

Ils empruntèrent une allée qui longeait l'avenue, à quelques mètres sous les arbres, afin que Baby n'effrayât pas les passants. La conversation devint hachée. Il ne parvint ni à lui soutirer des renseignements personnels ni à se détendre tout à fait en sa compagnie.

Phoebe avait vu juste : nombreuses étaient les femmes qui auraient voulu faire plus ample connaissance avec le célèbre magicien. Plusieurs fois, depuis la fin de la guerre, il avait accepté des rendez-vous galants, avec une danseuse ou une héritière, mais cela s'était toujours mal terminé, avant même de commencer. Il en avait conclu qu'il était d'une maladresse insigne avec le sexe opposé et, depuis, se contentait de flirter par stricte politesse.

Arrivés au bas de l'escalier menant au 1, Hilgirt Circle, ils s'arrêtèrent un moment pour laisser entrer Baby par la porte du garage.

– Vous êtes séduisant, mais pas sémillant.

– Vous ne m'avez pas trouvé sémillant ? fit Carter en fermant la cage de Baby.

– Non. Vous plaisantez parfois, vous savez être taquin, mais pas sémillant. Votre voix, votre façon de vous tenir et, je le devine, votre visage, tout me laisse à penser que vous êtes plutôt un « mahatma triste et séduisant ». Je me trompe ?

– Carter ! Carter !

Amanda et Amy Chong, les deux jumelles qui habitaient la maison voisine, descendaient les marches avec précipitation, en chemise de nuit.

– Attention aux enfants ! dit Carter.

Il se tourna vers Mlle Kyle d'un mouvement trop brusque et la heurta. Elle laissa échapper un hoquet, car ses lunettes venaient de sauter de son nez. Il les attrapa au vol.

– Je les ai.

– Carter !

Les enfants du quartier criaient souvent son nom, pour lui réclamer un tour de passe-passe. En général, son heure de gloire durait jusqu'au carillon annonçant l'arrivée du marchand de glaces. Mais ce soir, les jumelles Chong ne voulaient pas de démonstration de magie. Elles le prirent par la main pour l'entraîner dans l'escalier. Il s'excusa auprès de Mlle Kyle, occupée à remettre ses lunettes. Juste avant que les verres ronds reprennent leur place, il aperçut son visage angélique, ses grands yeux verts...

– Carter !

– Des hommes sont venus... Vite !

– Deux gros types...

– Carter, tu vois la corde qui pend...

Il suivit les deux fillettes, qui grimpaient l'escalier en relevant leur chemise de nuit. Une fois devant sa porte d'entrée, elles lui racontèrent toute l'histoire :

– On venait de se coucher, et on regardait par la fenêtre, on cherchait Baby... Ils ne nous ont pas vues...

Carter disposait d'un système de sécurité redoutable. D'abord parce que ses rivaux pouvaient tenter de s'introduire chez lui pour lui voler ses plans (il les enfermait dans un coffre-fort) ou ses illusions (elles étaient démontées à la fin de chaque tournée, et les pièces principales confiées à Ledocq). Par ailleurs, les pages mondaines annonçaient régulièrement ses départs à l'étranger et ses retours triomphants, avec de nombreuses allusions aux trésors qu'il avait amassés. S'il avait été monte-en-l'air, Carter aurait lu cette presse avec attention. Aussi préférait-il transformer en forteresses ses maisons de San Francisco et d'Oakland.

Une corde au bout cisaillé pendait devant sa porte. Par terre, des traces noires indiquaient qu'un des malfrats avait dû partir en traînant son complice.

– Ils n'ont pas pu entrer, dit Amanda.

– Est-ce que l'un d'eux a tenté de forcer la serrure ?

– Oui, il a essayé, puis...

– Quand le piège s'est déclenché, l'autre a dû couper la corde pour le libérer ?

– Oui... et puis...

– L'un d'eux a touché la poignée. Et qu'est-ce qui s'est passé ?

– Boum ! jubila Amy.

Les jumelles se mirent à danser d'un pied sur l'autre, en agitant les bras.

Phoebe Kyle finissait de monter les marches.

– Boum ?

– Tout le monde sait qu'il ne faut pas toucher la porte de Carter ! chanta Amy.

– Sinon... Boum !

Après leur mésaventure, les cambrioleurs n'avaient pas reparu. Quand les jumelles eurent mimé la scène plusieurs fois chacune, Carter les remercia, leur glissa une pièce et elles rentrèrent en vitesse chez leurs parents.

– Ces enfants, commenta Mlle Kyle. Elles sont si gaies...

– Oui, elles sont adorables. Pour un magicien, les enfants constituent le plus difficile des publics. Ils regardent toujours là où il ne faudrait pas... Mais ce défaut peut les transformer...

– En vigiles efficaces ?

– Exactement.

Carter désactiva les alarmes et entra dans la maison. Il conduisit Mlle Kyle jusqu'à un fauteuil, puis inspecta les pièces une à une. Il ne manquait rien.

Lorsqu'il regagna le vestibule, le fauteuil de Mlle Kyle était vide. Elle s'était levée et faisait courir ses doigts sur le bord d'un vase.

– Mlle Kyle, je dois vous raccompagner au plus vite. Vous n'êtes pas en sécurité dans cette maison.

– Vraiment ?

– Je ne plaisante pas. Votre vie au foyer ne vous enchante peut-être pas, mais il faut savoir qu'il y a sur terre des hommes sans scrupules qui...

Elle continua d'explorer le vestibule à tâtons puis, en suivant le mur, elle entra dans la première pièce à gauche. Ses mains caressèrent la table, les étagères du salon, et elle gagna ainsi son bureau, où elle trouva le télescope, sur lequel elle s'attarda un moment.

– Il est pointé vers le ciel, je vous assure.

– Il est pointé sur l'immeuble de la *Tribune*.

– C'est extraordinaire, s'exclama Carter, aussi étonné que si elle avait fait apparaître un bouquet de fleurs. Comment avez-vous deviné ?

– Je n'ai pas deviné. Alors, dites-moi ce que vous ressentez, après tout ça ?

– Tout ça quoi ?

– Ces cambrioleurs. Ces hommes sans scrupules.

Son pouls était à quatre-vingts, sa respiration normale.

– Bah, ça ne m'émeut pas spécialement.

– Je vois... Monsieur Carter, quel effet ça fait, de savoir que des inconnus se font électrocuter sur le pas de votre porte ?

Comme il pensait avoir répondu à cette question, il la contempla sans mot dire.

– Pendant que vous y réfléchissez, je vais regarder vos livres.

– Bon courage.

Le mot lui était sorti de la bouche. Mlle Kyle esquissa un lent, très lent mouvement de rotation dans sa direction. Après une éternité, il put enfin voir clairement son visage. Un visage radieux. Elle souriait, et ses lèvres rouge carmin entrouvertes révélaient des dents d'une blancheur éblouissante. C'était la première fois qu'elle lui souriait.

Puis elle se retourna vers la bibliothèque. Elle avait réussi à mettre ses sens en émoi – sans même paraître lui accorder de l'attention.

Elle prit un coupe-papier en ivoire, puis le reposa, ses doigts effleurèrent une série de bibelots. Elle pouvait y passer la nuit.

Carter se mit donc à réfléchir. Qu'éprouvait-il réellement à l'idée d'être la cible de ces malfrats ? Si c'était un nouveau défi à relever, il se sentait plutôt bien armé. N'avait-il pas récemment faussé compagnie au Service secret ? Ne venait-il pas de repousser sans coup férir deux cambrioleurs maladroits ? Certes, il possédait un objet qu'ils convoitaient – mais ils ne pouvaient pas être sûrs et certains qu'il l'avait en sa possession.

Pourtant, il était inquiet.

– Excusez-moi, dit-il.

Il revint bientôt de la cuisine avec deux verres pleins. Il en tendit un à Phoebe, qui feuilletait le plus vieux livre de sa bibliothèque – un incunable consacré aux sortilèges censés invoquer les démons.

– En quoi est cette reliure ? s'enquit-elle, étonnée.

Il lui prit l'ouvrage des mains.

– En peau humaine. Écoutez-moi. Je voudrais porter un toast.

Elle porta le verre à son nez.

– Oh, de l'eau. Je peux bien boire de l'eau... Mais à quoi buvons-nous ?

– À l'inconnu.

Elle y réfléchit un instant puis leva son verre. Il fit délicatement tinter le sien.

– À l'inconnu, répéta-t-elle avant de boire une gorgée. Alors, monsieur Carter, l'inconnu, quel effet ça fait ?

– Je m'y sens comme un poisson dans l'eau.

À ces mots, elle leva de nouveau son verre.

CHAPITRE 8

Nul ne saurait vivre d'air pur et d'eau fraîche. Mais d'air pur, d'eau fraîche et... de haine ? C'était l'heure de la prière au Caire et la mosquée située en face du théâtre Ezbekieh diffusait l'appel du muezzin sur les haut-parleurs d'un gramophone récemment installé. Devant le théâtre, un homme au rictus amer attendait le propriétaire des lieux, Bechara Hemaidan. Il abhorrait cette chaleur de four et cette mélopée arabe qui lui perçait les tympans.

Inutile d'espérer voir Hemaidan avant la fin de la prière. Son regard s'attarda sur les affiches collées sur les fenêtres poussiéreuses : « Prescott ! ». Imprimées en deux couleurs seulement, rouge et bleu, elles ne comportaient aucun portrait de l'artiste, car celui qui se faisait appeler Prescott craignait d'exposer son visage. Elles ne précisaient pas davantage qu'il était magicien, car il ne pouvait prendre le risque de voir son identité découverte, même ici, au bout du monde.

Il alluma une cigarette. Il portait un feutre neuf, un costume clair et un nœud papillon. Il se rasait le crâne deux fois par jour, se teignait le bouc en blond et utilisait deux eaux de toilette, une pour le matin, l'autre pour le soir. En dépit de cette dernière précaution, une puanteur d'excréments humains lui sautait aux narines chaque fois que le vent se levait le long des ruelles. Il ferma les paupières, maudissant le tourbillon qui envoyait une colonne de détritus dans sa direction. Il se blottit dans l'alcôve formée par la caisse du théâtre, afin de protéger ses chaussures en peau de python, à cent dollars la paire, qu'il avait gagnées à un joueur malchanceux en Rhodésie.

La prière se termina enfin, un bref silence tomba sur la ville puis la foule se répandit de nouveau sous le soleil de plomb. À la fenêtre de Hemaidan, le store remonta sur son rouleau.

Prescott frappa aussitôt sur la vitre dépolie. Il venait dans l'intention de prolonger son spectacle de deux semaines.

Hemaidan, petit et bedonnant, ne montra aucune émotion particulière en faisant entrer Prescott dans son bureau, mais à la vue de ce qu'il tenait dans les bras, il dit à voix basse, tout en devinant la réponse :

– Vous voulez bien laisser votre animal dehors ?

– Pas question.

Prescott prit place dans un des deux fauteuils de cuir réservés aux visiteurs. Le bureau de Hemaidan, comme tous les bureaux de producteurs à travers le monde, offrait un aspect miteux savamment étudié : affiches d'artistes disparus de longue date, mobilier disparate hérité de spectacles morts-nés. Le message était clair : Hemaidan n'avait pas d'argent à jeter par les fenêtres et il n'hésiterait pas à se servir sur la bête en cas de non-respect des engagements.

Hemaidan s'installa dans son fauteuil et échangea un regard avec le chien qui tremblotait sur les genoux de Prescott.

– Heureusement que je comprends l'attachement de certains propriétaires envers leur animal domestique.

– Narcisse n'est pas un animal domestique.

Hemaidan attendit un développement qui ne vint pas, puis il se racla la gorge et poursuivit :

– J'ai bien reçu votre mot. Mais ce que vous me demandez est impossible, j'en ai peur...

Prescott caressa le dos de son chien. C'était la procédure habituelle : il fallait subir les pires avanies, s'entendre dire qu'on n'avait pas besoin de vous, puis on avançait une première offre sur le tapis.

Mais Hemaidan lui apprit une nouvelle à laquelle il ne s'attendait pas :

– J'ai engagé un nouveau duo qui commence demain soir. Un couple de clowns acrobates.

– En quoi consiste leur spectacle ?

– C'est mon beau-frère qui m'a écrit de Carthage pour me les recommander. L'homme joue l'ivrogne et sa femme lui jette des assiettes à la figure. Le public en raffole.

– Ça ne m'étonne pas.

Prescott examina ses ongles. Ils étaient parfaits. Sa voix resta suave mais se fit plus ferme :

– J'ai confiance, vous allez tenir votre engagement à mon égard.

– Quel engagement ?

– Mon cachet pour la semaine prochaine, puisque j'étais censé me produire jusque-là.

Hemaidan se croisa les mains sur la bedaine.

– Votre contrat précise que vous êtes payé à la soirée, et que vous pouvez être renvoyé à tout moment, à ma discrétion. Je vous fais cadeau de vingt-quatre heures parce que j'ai pitié de vous.

Prescott eut un bref haussement de sourcils.

– De la pitié pour moi ? Quelle générosité de votre part, monsieur Hemaidan ! Puis-je vous demander la raison de ce mouvement de compassion ?

– Votre spectacle est un désastre. Est-ce que c'est seulement de la magie ? Je n'y comprends rien, le public n'y comprend rien.

– Alors vous devriez songer à changer de public.

– Je ne crois pas. Vos tours n'ont ni queue ni tête. Vous parlez à des êtres invisibles... Quand je vous ai engagé, j'ai cru qu'il s'agissait de spiritisme, mais pas du tout : vous interpellez des inconnus qui ne sont pas physiquement présents sur scène, rien de plus. (Les mains de Hemaidan s'animèrent.) Quand vous versez du lait, des œufs et de la farine dans le chapeau d'un spectateur, poursuivit-il avec indignation, vous êtes supposé en faire un gâteau. Quelle magie y a-t-il à laisser là cette mixture et à lui remettre son chapeau sur la tête ?

– J'apprends aux gens à ne se fier à personne.

– Je ne trouve pas ça amusant, monsieur Prescott. Dommage, car vous avez plusieurs tours intéressants. Je suis même disposé à vous rédiger une lettre de recommandation. Comme ce lancer de cartes... Propulser une carte à travers une bougie, puis une orange et un bambou, c'est impressionnant. Mais ici, c'est un théâtre populaire : je n'aime pas la scène où vous abreuvez d'insultes ce mannequin. Les spectateurs sont très mal à l'aise quand vous lui fracassez le crâne et que vous le sciez en deux. Ce n'est pas un spectacle à mettre devant tous les yeux, Prescott. Tenez.

Hemaidan attrapa le mannequin derrière lui et le posa sur son bureau, les membres retournés, le smoking défait. Le magicien se contenta de gratter son chien entre les oreilles, en regardant fixement la moumoute noire du mannequin et les boutons bleus qui lui servaient d'yeux. Puis il eut l'étrange sourire d'un prince héritier à qui l'on vient d'apprendre qu'il va enfin monter sur le trône.

– Vous feriez mieux d'annuler vos comiques troupiers. Dès que le bouche-à-oreille aura fonctionné, le public va remplir votre théâtre, comme à Tanger.

– Vous n'avez jamais rempli la salle. Ces deux derniers jours, j'ai eu beau supplier les oncles et les cousins de ma femme, ils ne veulent plus venir.

Hemaidan marqua une pause, puis il commit une grave erreur :

– Vous avez de la présence sur scène et quelques bons trucs, mais il faut travailler plus. Prenez modèle sur les grands magiciens...

– Pardon de vous interrompre, mais qui sont les grands magiciens ?

Hemaidan leva les yeux au plafond.

– Vous savez bien. Houdini. Thurston. Nicola. L'année dernière, mon beau-frère a vu Carter le Grand : il paraît qu'il est exceptionnel.

– Décidément, votre beau-frère est un sacré veinard.

– Désolé de ne pas pouvoir vous garder une soirée de plus, Prescott. Soyez beau joueur et allez ramasser votre matériel en coulisse.

Sur ce, Hemaidan fit mine de se plonger dans la paperasse qui encombrait son bureau.

Serrant Narcisse dans ses bras, Prescott se leva mais ne quitta pas la pièce.

– Vous n'avez qu'à me laisser votre carte en partant, marmonna Hemaidan.

– Pardon ? fit Prescott.

– Laissez-moi votre carte.

– Vous l'aurez voulu.

Ce soir-là, contrairement à ce que stipulait leur contrat, aucun taxi ne vint chercher Olian et Bugeau, le couple d'acrobates, à leur descente du train. Après une brève scène de ménage, ils chargèrent leurs valises dans un taxi qu'ils payèrent de leur poche et se rendirent au théâtre Ezbekieh, où ils frappèrent en vain à la porte du directeur.

Ce fut seulement à l'arrivée du régisseur que l'on découvrit le corps de Bechara Hemaidan. Sa mort n'avait pas été douce et rapide : les fauteuils et les étagères étaient renversés, des cartes à jouer jonchaient le sol, le sang avait giclé jusque sur les murs. On lui avait tranché la gorge, tailladé les poignets et le torse.

Les policiers furent incapables d'identifier l'arme du crime : il n'y en avait pas sur place et les blessures ne correspondaient pas à celles infligées par un couteau, un pic à glace ou une baïonnette. Lorsqu'on examina le corps, on le trouva couvert d'entailles, si nombreuses qu'il parut d'abord impossible de les dénombrer. Mais soudain, alors que le compte n'avait pas même commencé, l'inspecteur en chef annonça avec autorité :

– Il y a cinquante-deux blessures.

Les policiers présents dans la pièce échangèrent quelques commentaires à voix basse. Les intuitions de leur vénéré chef se révélaient souvent justes... Comment avait-il pu se prononcer aussi vite ?

En réponse, il tira un bout de carton qui était resté collé dans la plaie béante, sur la gorge de Hemaidan : c'était un as de pique.

CHAPITRE 9

– Tu plaisantes, Sam.

– Non ! Puisque je te dis que je l'ai vu. De mes yeux vu !

Le mardi matin, les agents du Service secret étaient assis autour d'une table dans un restaurant à l'angle de Market et de la Septième Rue. Les effectifs en poste à San Francisco avaient été réduits et, des Huit Hommes Vertueux, il n'en restait plus que quatre, dont trois étaient attablés et le dernier occupé à commander au comptoir. Ces jeunes agents, fabriqués dans le même moule, s'appelaient Hollis, Stutz, Samuelson et O'Brien, lequel arborait un nez cassé et un œil au beurre noir. En l'absence de leurs supérieurs, ils se sentaient libres de griller une cigarette et de maltraiter la grammaire.

– De quoi il avait l'air ? demanda Stutz.

Samuelson, le tombeur de ces dames, fit durer le suspense. Hollis arriva bientôt avec un plateau chargé de cafés et de tartes. Une houppette sur le haut du front, les joues encore rougies par le rasage matinal, Hollis était le plus jeune agent affecté au bureau de San Francisco.

– J'ai raté quelque chose ? Vous étiez en train de vous marrer...

– Sam a vu une drôle de sirène ce matin, dit O'Brien d'une voix pâteuse, conséquence de la sévère correction administrée par Griffin.

Samuelson secoua la tête.

– Je n'ai pas dit ça, je n'ai pas dit ça...

Il avait l'art de raconter une histoire en laissant de côté certains détails clés qui suscitaient les questions.

Hollis prit une chaise.

– Alors qu'est-ce que tu as vu ?

– Je traversais le Presidio vers cinq heures du matin et j'approchais de la marina quand j'ai vu, dans la baie...

– Attends, l'arrêta Stutz d'un coup de coude. Qu'est-ce que tu fichais dans le parc à cinq heures du matin ?

– Eh bien, je... je profitais des plaisirs de la nature.

– C'est ça, oui. Comment elle s'appelait ?

– Mais qu'est-ce que tu as vu dans la baie ? répéta Hollis.

Samuelson lui jeta un regard contrarié.

– Tu as passé la nuit dans le Presidio, hein ? sourit O'Brien. La fille du maire... C'est ça ?

Samuelson souffla un nuage de fumée vers ses collègues.

– M'est avis que vous devriez vous donner la peine d'explorer un peu mieux les attraits de cette belle ville.

– Tu l'as travaillée au corps, pas vrai, Sam ? ricana Stutz.

– Messieurs, messieurs ! coupa l'intéressé. Un gentleman ne raconte jamais ce genre de choses. Mais qu'est-ce que je vois, à cinq heures du matin, dans la baie ? Cette vieille baderne de Jack Griffin, en train de piquer une tête.

– En train d'empuantir la baie, tu veux dire, marmonna O'Brien.

– Allons, mon vieux, fit Samuelson avec un sourire compatissant. Tu as fait de ton mieux.

– Je parie qu'il était saoul.

– De quoi il avait l'air ? demanda Stutz.

– Tu sais bien de quoi il a l'air, grimaça Samuelson.

– Il se préparait peut-être pour sa gymnastique suédoise, suggéra Hollis en mordant dans sa tarte. (Puis, comme les autres riaient grassement :) Quoi ?

– Très drôle, très drôle...

– Peut-être aussi qu'il allait enfiler un tutu et faire du patin à glace.

– Non, sérieux, fit Hollis. Parce que, hier, à six heures, je l'ai vu faire de la gymnastique.

– Quoi ? grommela Stutz. Et de la boxe pendant que tu y es ?

– Parfaitement ! Il piquait aussi des sprints et faisait des assouplissements. Je l'ai vu s'enquiller vingt-cinq tractions et une centaine de pompes. Quand je suis parti, il travaillait ses abdos.

– Et où ça exactement ?

Personne ne remarqua le tremblement dans la voix de Samuelson.

– À la marina, hier vers six heures du matin.

Stutz émit un sifflement :

– Ce n'est pas le Griffin dont on m'a parlé.

– Il a dû se sentir pousser des ailes après avoir flanqué une rouste à O'Brien, jugea Samuelson.

Ils discutèrent encore un moment de cette métamorphose chez l'agent Griffin. Puis Stutz, un œil à demi clos :

– Au fait, Hollis, qu'est-ce que tu fichais près de la marina à six heures du matin ?

Hollis rougit et porta sa serviette à sa bouche.

– Oh, rien. C'est cette fille...

La suite fut couverte par des éclats de rire et par les commentaires de plus en plus jaloux de Samuelson.

CHAPITRE 10

Le mardi matin de bonne heure, Carter arpentait Lake Shore Avenue. Il ne se souvenait pas d'avoir vu un temps plus splendide sur cette malheureuse ville d'Oakland : l'air embaumait comme du pain chaud. Un vol de canards passait au-dessus du lac, tandis que des aigrettes et des oies picoraient sur la pelouse. Carter traversa la rue pour mieux les observer. C'était un de ces jours où, s'il avait su chanter, il aurait entonné un air joyeux.

Sur le ferry pour San Francisco, les mains dans les poches, il réfléchit à l'argent, concept qu'il avait quelque difficulté à cerner. Il avait besoin de capital avant le lancement de chaque tournée et, pour développer sa nouvelle illusion, il avait aussi besoin de capital – jusque-là, tout paraissait limpide. Et il gagnait de l'argent grâce à ses spectacles. Mais les méandres par lesquels une semaine de recettes au Broadway Showcase de Buenos Aires pouvait approvisionner son compte en banque lui étaient aussi mystérieux que le chemin emprunté par l'eau, de la nappe phréatique jusqu'à sa baignoire.

D'après ses affiches, Thurston avait dépensé cinquante mille dollars sur son illusion du *Cheval qui disparaît.* Carter allait devoir en dépenser au moins autant pour concrétiser ce qu'il avait en tête. Ses lèvres remuèrent en silence : *Mesdames et messieurs, j'ai l'honneur de vous présenter un feu follet, un farfadet surgi de l'au-delà...*

Lorsque le ferry eut abordé, Carter prit la direction de North Beach. Ravi de trouver des magasins ouverts à une heure si matinale, il entra dans l'épicerie de la New Union, en baissant la tête pour éviter les saucissons pendus au-dessus de la porte. C'était la boutique préférée de James, sorte de caverne d'Ali Baba emplie de spécialités culinaires importées. Carter ignora les fromages et les fruits confits pour jeter son dévolu sur un excellent panettone, qu'il assortit de quelques pâtisseries.

Peu après, une boîte rose à la main, Carter entra dans l'immeuble Ferry, situé à mi-chemin entre le débarcadère et le quartier des théâtres. Il y était venu la première fois un jour de 1911, pour annoncer qu'il prenait la succession de Mystérioso. Il appuya sur la sonnette, à côté de la plaque en cuivre « J. Carter-T. Crandall », et la porte s'ouvrit presque aussitôt.

James Carter avait acheté cet immeuble en 1920 et avait transformé le dernier étage en un appartement de grand standing où il vivait, recevait et appelait parfois son bureau pour se tenir informé de la bonne santé de ses investissements.

James gérait la carrière de Carter le Grand depuis son retour à la scène fin 1917. Pour financer sa nouvelle illusion, le magicien venait donc, le chapeau à la main, demander une avance à son jeune frère. Tout en frappant avec énergie, il regretta soudain de ne pas avoir apporté des fleurs au lieu de pâtisseries.

James lui ouvrit la porte, en pyjama de soie bleu nuit, sous une robe de chambre frappée de ses initiales – un cadeau de Carter. Ses cheveux blonds étaient moins fournis qu'autrefois mais toujours aussi brillants.

– Charles ! Tu as même pensé au panettone !

En étreignant son frère, Carter remarqua qu'il avait encore grossi. Ses voyages à l'étranger étaient sans doute agrémentés d'innombrables spécialités locales.

James assuma son embonpoint avec fierté :

– Tu vois, je suis devenu opulent !

– Un vrai pacha !

Les grandes fenêtres inondaient le salon de lumière et offraient une vue panoramique sur la baie de San Francisco. James ayant fait abattre la plupart des murs, à l'exception de la section réservée à ses appartements privés, il ne restait guère qu'une vaste pièce en forme de L.

Sans être collectionneur dans l'âme, James avait hérité de son père un goût pour les beaux objets, avec un penchant certain pour le dépouillement. À chacune de ses visites, Carter était d'abord effrayé par la rareté du mobilier, mais il ressortait avec la même envie urgente de vider sa maison de tout superflu et de réaménager ses pièces.

James découpa le panettone et disposa les pâtisseries autour, tout en énumérant la liste des amis qui l'avaient chargé de transmettre leurs salutations. Il donna des nouvelles de leur mère, qui se révélait de plus en plus douée pour la photographie, au point que leur père semblait même s'intéresser à son travail.

– Comment vont tes animaux ?

– Baby s'éteint doucement. Et Tug s'est découvert une passion pour la compote de pommes.

– Sans blague !

– Où est Tom ?

– Tu ne vas pas me croire : à l'église.

– Non, je ne te crois pas.

– C'est à peu près le seul endroit où sa famille accepte de le voir. Viens, allons boire le café à côté.

James emporta le percolateur jusqu'à une table basse, près de la cheminée.

Carter prit place dans un fauteuil.

– Alors, quoi de neuf en Europe ?

– Paris était magnifique. Londres était superbe. Berlin déprimant. Je suis sûr que tu adorerais Berlin.

James était passé expert en transitions de ce genre, de la pluie et du beau temps aux considérations personnelles. Carter ne put réprimer un éclat de rire.

– Tu es malade, Charles ? Qu'est-ce qui t'arrive ?

– Quoi ? Je ris, c'est tout !

– Première nouvelle... Écoute, je suis content de te voir d'aussi bonne humeur... Mais nous avons quelques soucis à régler.

Il consulta son carnet de notes. James possédait ainsi plusieurs calepins, tous parfaitement organisés.

Il alla à l'autre bout de la pièce et revint avec un poster de quarante centimètres sur cinquante, qu'il présenta à son frère. Celui-ci écarquilla les yeux. C'était son affiche – le diable cornu, avec son carré de rois, et le magicien à la tête enturbannée, exhibant un carré d'as – mais l'illusionniste portait un monocle et une fine moustache. Le titre lui donna la chair de poule :

– Dalton contre le Diable... *Dalton* ? Qui est ce fichu Dalton ?

– Un imbécile d'Anglais qui va passer les cinq prochaines années de sa vie à la barre des tribunaux. Mais ce n'est pas ce qui m'inquiète le plus. Le problème, c'est qu'il ne s'agit pas d'une sérigraphie.

Carter examina soigneusement les détails de l'affiche et ne décela aucun défaut.

– Tu veux dire qu'on s'est servi de planches ?

– Elle a été imprimée sur *tes* planches. J'ai vérifié. Elles ont disparu.

Carter inspira profondément, contrôlant les battements de son cœur.

– Il y a un traître dans la compagnie.

La chose s'était déjà produite. On lui avait volé certains de ses trucs et, chaque fois, il avait fallu passer le personnel au crible.

– Carlo ?

Carlo comptait plusieurs maîtresses à travers le monde, à qui il offrait des bracelets d'argent ou des colliers de perles hors de prix. Sur le carnet de James, la pointe du Waterman s'était arrêtée au-dessus de son nom.

– La saison est terminée. On va donner congé à tout le monde et on reformera l'équipe à l'automne, mais il n'y aura plus de place pour Carlo.

– Oui, c'est une solution, murmura Carter. Non, non, attends...

– Quoi ? Tu préfères lui accorder une augmentation ?

– Non. Mais ce n'est pas forcément mauvais d'avoir un mouchard dans la troupe. On va dire à Carlo que la prochaine tournée part pour l'Antarctique : les Dalton et consorts vont s'empresser d'affréter des bateaux de pêche pour me devancer au pays des manchots. James, cette nouvelle me plaît beaucoup. Merci.

– De rien, fit James en regardant son frère comme s'il avait perdu l'esprit. Autre problème. J'ai reçu un télégramme. Là, sur le plateau.

Le télégramme, adressé à « James L. Carter, chargé d'affaires de Charles Carter le Grand » était signé « M. Thomas Bryson, avocat de Madame Zorah ». Carter n'avait jamais entendu parler de cet individu, mais sachant que sa voyante s'appelait en réalité Thelma Brysonski et qu'elle était d'une pingrerie notoire, il se dit qu'elle avait probablement recruté un conseiller juridique à bas prix dans le cercle familial.

– Qu'est-ce qui lui fait croire que nous allons doubler son salaire ? grommela Carter, après lecture du télégramme.

– Elle prétend que le soir où Harding est venu, elle avait prédit sa mort.

– C'est faux. Je l'aurais virée sur-le-champ.

– Les syndicats sont derrière elle...

– Ils n'ont qu'à lui payer son salaire.

Il jeta le télégramme dans l'âtre éteint, puis, imitant l'accent de Ledocq :

– La garce, bon débarras !

– Il va te falloir une nouvelle voyante.

Carter pesa un instant la question. Quel genre de personne devait-il engager et former ? Car en plus de son numéro de spiritisme, il prévoyait une séance de lecture de pensées. Et si la nouvelle voyante était aveugle ? N'en serait-elle pas que plus convaincante ?

– Charles, tu es encore avec moi ?

– Je réfléchissais...

James termina son beignet sans demander à son frère le fruit de ses réflexions.

– Je me disais... Avant tout, James, sache que je suis ouvert à toute proposition lucrative. C'est vrai, par le passé, je n'ai pas suivi de très près mes finances, mais je ne demande qu'à apprendre.

– Bien. Parfait. J'ai justement quelque chose à te montrer.

Il rapporta de son bureau une affiche qu'il déroula sur le tapis.

– Un contact chez l'imprimeur m'a remis cette épreuve. Ton ami mijote un gros coup...

L'affiche vantait *Les Merveilles de l'Univers*, le spectacle que Thurston présentait depuis une quinzaine de saisons. Sa plus célèbre illusion, le *Camion de pompiers qui disparaît*, y était immanquablement mentionnée. Mais cette année, Thurston s'était surpassé : on voyait une dizaine de jeunes femmes en robe diaphane autour d'une automobile rutilante, que Carter jugea tout d'abord beaucoup moins impressionnante que la voiture de pompiers. Puis il lut le texte à voix haute :

– « Le plus grand mystère de Thurston : la Six Cylindres Willys Whippet qui disparaît. Venez tous admirer cette voiture de luxe, ses fauteuils en cuir et son tableau de bord en merisier... » Comme c'est pratique : il y a même les conditions d'achat, en petits caractères...

– Je peux t'arranger quelque chose dans ce goût-là.

– À une seule condition : que je puisse enfermer Madame Zorah dans le coffre et la faire réapparaître sous la patte de Tug.

– Le constructeur paie Thurston quinze mille dollars pour qu'il utilise cette voiture pendant la prochaine saison.

– J'ai fait quatre tournées mondiales, j'ai joué dans les salles les plus prestigieuses, et je n'ai jamais accepté de faire de la publicité pour un produit.

– Encore une saison aussi triomphale et tu pourras t'estimer heureux de faire le bateleur devant des marins en bordée. (James tira sur les pans de sa robe de chambre, puis il reprit :) Charles, je croyais que tu étais ouvert aux propositions lucratives.

– Émarger chez Henry Ford, ce n'est pas une proposition lucrative, c'est un pacte avec le Diable.

– Tu as une meilleure idée ?

– Un spectacle entièrement nouveau. Qui va attirer les foules !

Carter avait haussé le ton, mais sa voix sembla se perdre dans cet immense appartement. Il songea à *La Ferme en folie*, son baromètre personnel en matière de four.

– James, à propos de cette publicité, je te promets d'y réfléchir.

– Splendide ! À présent, je veux entendre le récit de tes dernières aventures. Et ne me cache rien.

– Par où commencer ?

Il raconta sa représentation devant le Président Harding, son simulacre de fuite vers l'étranger, son interrogatoire par le Service secret et la tentative de cambriolage à son domicile. Cela prit une dizaine de minutes, pendant lesquelles James mangea deux tranches de panettone. Puis il resta un moment silencieux, avala sa dernière goutte de café, les yeux au plafond.

– Alors, lâcha-t-il enfin, comment elle est, cette fille ?

– Quelle fille ?

– Phoebe Kyle.

– Excuse-moi, mais j'ai l'impression que tu as raté le piquant de l'histoire.

– Je ne crois pas.

– Tu as entendu la partie sur le Président ?

James haussa les épaules.

– Elle te plaît ?

– Tu es impossible, soupira Carter.

Son regard hésita entre le tapis persan et la fenêtre, cherchant un endroit où se poser. Il s'arrêta finalement sur une aquarelle de Klimt, un paysage automnal aux couleurs bleu et or.

– Je ne sais pas quoi faire, dit-il en se penchant en avant, les mains nouées.

– À propos de Mlle Kyle ?

– Non. C'est une jeune femme qui... Elle m'a paru très bien, mais nous n'avons pas vraiment eu le temps de faire connaissance.

– Tu vas la revoir ?

– Elle a laissé ses gants chez moi. Je ne m'étais même pas rendu compte qu'elle les avait ôtés.

– Pas folle, la guêpe ! dit James en riant.

– Tu ne comprends pas. Elle est tellement... fraîche.

– Comme un grand souffle d'air dans ta vie ?

– Oui.

– En quoi est-ce si terrifiant ?

– Moi, je manque de « fraîcheur ». Et je ne veux pas la contaminer.

– Je ne comprends rien de ce que tu racontes. (Puis, comme son frère faisait mine d'expliquer :) Tu sais pourquoi les gens aiment ton spectacle ?

– Je t'écoute. Pourquoi ?

– Parce qu'on s'y amuse. Tu leur offres quelques heures de plaisir, et quand ils y repensent à tête reposée, ils en sourient encore. Mais il faut que tu t'amuses, toi aussi.

Carter cherchait une réplique bien sentie, mais James ne lui en laissa pas le temps :

– J'aime les artistes. C'est pour ça que Tom et moi avons choisi de vivre dans ce quartier plutôt qu'à Pacific Heights. C'est tellement plus stimulant pour l'esprit de dîner avec une mezzo-soprano qu'avec un directeur de banque ! Mais franchement, à quoi rime ce nuage noir que tu trimballes au-dessus de ta tête en coulisse et partout où tu vas ? Je sais que la mort de Sarah t'a brisé. Mais il y a presque dix ans de ça. On dirait que tu te complais à jouer les saint Sébastien criblé de flèches. Au fond, ce n'est peut-être pas plus mal, si ça t'empêche de harceler les jeunes filles aveugles...

La perspicacité de son frère troublait Carter. Du coin de l'œil, il apercevait encore la peinture de Klimt, des troncs d'arbres qui disparaissaient au milieu d'un tapis de feuilles cuivrées. Il imagina une illusion : un tableau de maître était retrouvé lacéré, vandalisé. Carter couvrait le cadre d'un drap noir, l'ôtait, et la peinture réapparaissait, miraculeusement restaurée.

Il s'éclaircit la voix.

– À chaque heure qui passe, à chaque minute, j'ai l'impression de m'ouvrir davantage à la vie.

– Formidable.

James lui jeta quelque chose, une clé, que Carter attrapa par réflexe.

– Qu'est-ce que c'est ?

– Une clé.

– Un jour, je finirai par t'étrangler.

– La Bayerische Motoren-Werke est une petite société allemande qui fabriquait des moteurs d'avion, mais le traité de Versailles lui interdit de poursuivre cette activité. Le patron s'appelle Max Friz, un type très bien. Il essaie désespérément de vendre un produit à l'exportation, n'importe lequel, et il a construit une automobile. Vois si elle peut te servir.

– Pas dans mon prochain spectacle.

– Comme tu voudras. Tu as sans doute une meilleure idée.

– Je ne suis pas encore prêt à en discuter : ça va coûter de l'argent, alors j'ai besoin...

– Je ne t'ai rien demandé. D'ailleurs, ça ne m'intéresse pas le moins du monde. Va sur les quais, il y a un cadeau qui t'y attend, importé d'Allemagne. Balade-toi au volant de cette voiture, on ne sait jamais, elle pourrait t'inspirer une nouvelle illusion.

– Entendu, soupira Carter. (Puis, après une longue inspiration :) C'est un numéro de spiritisme. Une nouvelle méthode. Je crois qu'on peut s'en servir aussi pour la lecture des pensées, les disparitions et les réapparitions. Et si Ledocq arrive à construire cette machine, elle devrait aussi me permettre de faire du close-up devant une grande salle.

James jeta quelques miettes dans la cheminée.

– Si je comprends bien, après neuf ans de silence, tu viens d'inventer un procédé qui va révolutionner toute la magie.

– Une bonne partie de la magie.

– Et tu as sorti ça de ton chapeau ? C'est le fruit du hasard ? Ou bien une soudaine inspiration ?

– Non.

– Non ?

– Non.

– Alors un type est venu te trouver et il t'a tendu un bout de papier sur lequel était inscrite l'idée ? grommela James avec agacement.

– Tu as deviné.

Carter claqua des doigts. L'étui à cigares apparut entre son pouce et son index. Il le posa sur la table. C'était un tube tout blanc, à l'exception d'un petit écusson qui représentait un aigle tenant des flèches entre ses serres.

James le regarda fixement.

– Rassure-moi : ce n'est pas le sceau présidentiel ?

– Le Président Harding me l'a donné le soir de sa visite. C'est après cet objet qu'en avaient mes cambrioleurs.

Pendant quelques secondes, James ne pipa mot.

– Ils ne peuvent pas s'acheter leurs propres cigares ?

Carter poussa l'étui vers son frère.

– Qu'est-ce qu'il y a dedans ?

– Ouvre.

James porta la main à son front.

– Que je comprenne bien : tu es en train de me dire que le Président t'a remis un procédé magique qui lui a coûté la vie ?

– Ouvre-le. L'explication est à l'intérieur.

James renifla l'étui comme s'il s'agissait d'un maquereau pas frais. Il ouvrit le tube et le secoua au-dessus de la table. Il en sortit huit feuillets en pelure d'oignon, couverts de diagrammes tracés à la main et d'équations truffées de lettres grecques. Il les regarda un moment, leva les yeux vers son frère, revint aux feuillets, qu'il tourna en tous sens.

– Je n'ai absolument aucune idée de ce que c'est.

– Pour tout te dire, j'ai besoin d'une traduction, moi aussi.

– Alors ?

– Si tu es libre ce soir, nous avons rendez-vous avec un Belge, un supporter juif de Benny Leonard...

CHAPITRE 11

Au volant de sa Ford Torpedo, James emprunta un itinéraire qui évitait soigneusement les collines, car il redoutait de caler. Son frère, après l'avoir encouragé à vivre dangereusement, s'était résigné à cette route plus tranquille. Ils traversèrent ainsi North Beach en empruntant Bay Street (plat comme la main), puis montèrent Van Ness (une pente douce où James refusa obstinément de montrer ce que la voiture « avait sous le capot »), et ils continuèrent tout droit sur Ellis (plat de nouveau), jusqu'au quartier juif, qui, par cette agréable soirée, à l'heure où s'allumaient les réverbères électriques, grouillait de familles allant de cafés en restaurants kasher.

La maison des Ledocq se trouvait sur Byington, une ruelle perpendiculaire à Fillmore. Cette bâtisse de deux étages, véritable capharnaüm rempli d'automates et de vieux journaux en quatre langues, comprenait une dizaine de pièces que Ledocq avait peu à peu soustraites au contrôle de sa femme, laquelle tentait vaillamment de maintenir un semblant d'ordre. Le jardin n'était pas moins encombré, avec son four en brique, son creuset, son four à cloche et ses débris perdus au milieu des herbes folles. Ledocq était diplômé de cette fameuse école de mécanique qui a pour devise : « Ce fichu bidule doit être là quelque part. » Carter avait un jour trouvé un jeu de tournevis dans le réfrigérateur.

Pour l'heure, tout en buvant un verre de thé glacé, il regardait les souvenirs de tournées punaisés aux murs : des cartes postales, des photographies, des manchettes et des articles découpés dans *Billboard*. Il y avait aussi le brevet du *Canon de la Guerre fantôme*, dont ils avaient cédé les droits à plusieurs magiciens. Neuf ans après le drame, il ne pouvait voir ces quelques mots sans détourner aussitôt le regard.

Carter, Ledocq et James se trouvaient dans une pièce occupée du sol au plafond par des kilomètres de rails pour trains miniatures. Cinq ou six trains pouvaient ainsi circuler en même temps, dans des quartiers industriels hérissés de cheminées ou à l'assaut de villages alpins.

– Le Président Harding m'a demandé ce que je ferais si je connaissais un secret. Je lui ai dit que les magiciens étaient tenus au silence par serment, mais ma réponse ne l'a pas satisfait. Ce qui le tracassait, c'était *son* secret.

Carter fit danser la rondelle de citron dans son verre.

– Nous avons discuté un moment de sa participation au spectacle, puis il est revenu à la charge. Comment réagirais-je si j'avais entre les mains un terrible secret ?

– Pourquoi insistait-il comme ça ?

– C'est exactement la question qui m'est venue à l'esprit, renchérit James en examinant un wagon-lit que Ledocq avait garni de passagers en bois, peints à la main.

– Il était au bout du rouleau. Il pensait qu'on en voulait à sa vie.

– Puis il est mort, conclut James.

– Qu'est-ce qui le travaillait tant, Charles ? demanda Ledocq, prenant le wagon-lit des mains de James pour le reposer sur les rails. Il te l'a dit ?

– Il a énuméré une liste de scandales longue comme le bras : un qui concernait la Poste, un autre les contrats d'exploitation pétrolière, et ainsi de suite, j'avoue que j'écoutais d'une oreille distraite. Il était gentil, mais j'avais un peu l'impression de me retrouver coincé au bar par un poivrot. Moi, je ne voyais pas la différence : détournement de fonds publics, prévarications en tout genre, délits d'initiés... D'ailleurs, ces affaires ne semblaient pas le traumatiser outre mesure : c'était la routine, en somme... sauf une. Un savant avait mis au point une invention que Harding trouvait tout à fait extraordinaire. Elle lui avait été présentée à la Maison-Blanche à l'occasion d'une de ces « journées portes ouvertes » dont il était si friand.

– Ah ? fit Ledocq, déçu. C'est tout ? Encore un savant fou ?

– Non, un gentil savant. Harding m'a parlé d'un jeune homme très doux.

– Oui, un doux dingue.

– C'est aussi ce que j'ai dit, intervint James. Nous sommes sur la même longueur d'onde. Ce pauvre Harding manquait décidément de jugement. Qu'est-ce que vous avez fabriqué dernièrement, Ledocq ?

– Vous avez vu le tunnel de miroirs ?

– Non.

Ledocq alluma un transformateur.

– Envoyez un train là-haut, dit-il en désignant un pont à chevalets jeté entre deux montagnes, à environ deux mètres cinquante du sol.

James prit les commandes et le train quitta la gare en direction des montagnes.

Carter ne se laissa pas démonter par cette indifférence qu'il devinait feinte :

– Harding a consulté ses amis, poursuivit-il. Il leur a parlé de cette invention et du gentil savant qui cherchait des investisseurs. Et c'est là que le scandale est né.

– J'ai déjà entendu des histoires de ce genre, marmonna Ledocq sans quitter le train des yeux. Ces types voulaient acheter le brevet et s'asseoir dessus ?

– Non, dit Carter. Ce serait trop banal. D'après Harding, ils voulaient voler l'idée et tuer l'inventeur.

– Tuer l'inventeur ? grimaça Ledocq. Qu'est-ce que tu racontes ?

– Je te parle d'un assassinat.

Ledocq ôta ses lunettes et les essuya dans un pan de sa chemise.

– Un assassinat ? Commis avec la bénédiction du gouvernement ? Impossible.

– J'aimerais pouvoir répéter ça à Harding. Mais il n'est plus de ce monde, à ce qu'il paraît...

– Tu crois qu'il a été assassiné, lui aussi ? demanda James.

– Il avait mangé du poisson pas frais qui l'avait rendu très malade... Mais tu as déjà regardé sa femme dans les yeux ?

– Oui, il y a de quoi vous donner froid dans le dos, dit Ledocq. D'ailleurs, c'est pour ça que j'ai voté Cox.

– Harding m'a affirmé que cette invention était si étonnante qu'on aurait dit un tour de magie. Il a voulu à tout prix me la décrire. Je l'ai écouté. D'après ce que j'ai compris, c'est un procédé très ingénieux, encore à l'état brut, mais au potentiel énorme. Avec un peu d'imagination, nous pourrions le perfectionner et l'utiliser sur scène, si nous obtenons les droits exclusifs. Qu'en dis-tu ?

– Difficile de se faire une opinion sans un descriptif technique, grimaça Ledocq.

– Il suffit de demander, répondit Carter en lui tendant l'étui à cigares.

Ledocq le considéra un long moment.

– Tu ne peux pas laisser un vieux bonhomme comme moi jouer tranquillement au train électrique ? Ah, nom d'une pipe...

Il prit l'étui et en tira les feuillets, d'un papier fin et huilé. Le train piloté par James changea plusieurs fois de voie et continua son ascension à travers les alpages, où des fermières à couettes trayaient des vaches en bois.

– Où est ma loupe ? grommela Ledocq.

– À sa place, railla Carter.

La loupe était montée sur un bras mobile fixé à l'établi par une charnière. Ledocq tira dessus et une petite ampoule s'alluma.

– Qu'est-ce que c'est que ce fichu bazar ?

La première page portait une lettre manuscrite. Ledocq lut à voix haute :

– « Monsieur le Président, mon nom est Philo Farnsworth. J'ai inventé un procédé... » Et patati, patata... Les inventions, ce n'est pas ce qui manque...

Les yeux plissés, Ledocq se pencha sur la deuxième feuille. Il la tourna et la retourna. C'était un diagramme surchargé de notes. Les feuillets restants étaient aussi couverts de dessins et de formules chiffrées. Ledocq les manipula l'un après l'autre, avec une expression qui ne trahissait rien d'autre que la concentration.

– C'est la seule trace écrite, précisa Carter.

– Pardon ?

– Le savant avait peur de coucher son invention par écrit.

– Alors pourquoi a-t-il remis ses plans à cet abruti de Harding ?

– Tu n'as qu'à lire la lettre.

– « À qui se fier de nos jours, si on ne peut pas faire confiance au Président des États-Unis ? » déclama Ledocq, avant de secouer la tête. Aïe, aïe, aïe, on a affaire à un fin connaisseur de la nature humaine... Harding y a décelé de la magie et, comme tu es magicien, il te donne les plans.

James, aux commandes du train, ruminait une idée :

– Vous avez remarqué comme les choses bougent vite, ces derniers temps ? Depuis la guerre, peut-être. Chaque fois que je reviens de voyage, j'essaie de prendre le pouls du pays, mais tout a tellement changé...

Pendant que Ledocq continuait sa lecture, Carter se leva pour se dégourdir les jambes. Dehors, il faisait chaud et brumeux. Il préféra ne pas ouvrir les rideaux tirés, car sa silhouette se détacherait clairement et il songea qu'en effet les choses avaient bien changé... Il s'appuya sur un autre établi, où Ledocq soufflait le verre.

– Il suffit de lire la presse, continua James. Tout a commencé avec le gaz moutarde... À l'époque, on avait du mal à croire que quelqu'un ait pu inventer une chose aussi atroce. Mais de nouveaux gaz plus terrifiants encore sont sortis, presque tous les jours. Depuis, c'est la course à l'horreur. Et les gens se disent : « Ah, oui, il fallait s'y attendre, ça nous pendait au nez... » Il y a un sentiment de lassitude, une sorte de nausée. Alors, dans un tel climat, pourquoi ne pas assassiner le Président ? Pourquoi ne pas faire disparaître un inventeur ?

– D'un autre côté, dit Carter, les gens sont restés extraordinairement naïfs.

– Ils l'étaient peut-être jusqu'en 1914, répliqua James.

– À quand remonte la dernière fois qu'on vous a invités à un dîner, Tom et toi, et qu'on vous a assis en face de deux ravissantes jeunes femmes ?

– Un point pour toi, soupira James. Mais je maintiens ce que j'ai dit. C'est un paradoxe.

– Cela tient à votre caractère national, intervint Ledocq, délaissant un moment les feuillets.

– Notre caractère ?

– Les Belges croient au progrès, ni plus, ni moins. Mais ici, tous les Américains disent : « Bah, j'ai tout vu, on ne me la fait plus... » et deux minutes plus tard, ils s'extasient devant un automate qui joue aux échecs : « Oh, c'est merveilleux, comment ça marche ? » Mais au fond, ils ne tiennent pas vraiment à le savoir. Les gogos et les blasés, voilà notre public, voilà notre gagne-pain.

– Je croyais que c'étaient l'explicable et l'inexplicable, sourit Carter.

– C'est la même chose. Maintenant, mettez-la en sourdine pendant cinq minutes.

Ledocq se pencha sur les diagrammes. C'était un de ces génies rares qui savent rendre simple la matière la plus complexe. Dans un coin de la pièce, il y avait un gramophone, silencieux, mais sur lequel Ledocq jouait parfois un disque incroyable, qu'il avait pressé lui-même : un enregistrement où on l'entendait scier et donner des coups de marteau en fredonnant. Il le passait certains soirs, pour éviter que Mme Ledocq ne vînt frapper à la porte et lui demandât de réparer l'évier qui fuyait.

– Concentration des électrons... grommela Ledocq. Je vois... Bobines magnétiques... Ouverture de l'anode...

Puis il se tut.

– Ah, très joli ! s'exclama soudain James.

Alors que le train s'engageait sur le pont, un jeu de miroirs le fit soudain disparaître, pour laisser la place à deux danseurs tyroliens en culotte de peau.

– Tube à vide...

Ledocq leva les yeux vers les frères Carter, comme s'ils pouvaient lui être d'un quelconque secours.

– Et un canon à faisceau cathodique qui bombarde... C'est monstrueux, absolument monstrueux !

Il écarta sa loupe. James fit un geste pour solliciter une explication, et Ledocq lui tendit les feuillets.

– Alors, c'est un rayon de la mort ?

– Non.

– On peut en faire quelque chose ?

– Où est ce Farnsworth ? demanda Ledocq.

– Quelque part en ville, murmura Carter.

– Où ? le pressa James.

– Je peux téléphoner ?

– Bien sûr.

Ledocq se mit à farfouiller dans son bazar.

– Tiens, vise un peu...

Flambard, il sortit un téléphone équipé d'un combiné émetteur-récepteur :

– Ça vient de sortir.

Comme Ledocq se flattait de posséder les gadgets dernier cri avant tout le monde, Carter ne lui fit pas l'affront de lui signaler que son appartement d'Oakland était aussi équipé du nouveau modèle.

– Très chic, dit-il en composant le numéro. (Puis, lorsque la connexion fut établie :) Bonsoir, c'est bien le fleuriste ? Ici Charles Carter, j'appelle à propos de ma commande.

Il parla pendant moins d'une minute, presque uniquement en monosyllabes, puis raccrocha.

– Peut-être qu'il n'est pas en ville, après tout. Mes sources ont passé au peigne fin tous les hôtels, les meublés, les entrepôts, les boutiques de matériel scientifique. Il est introuvable. Heureusement, personne d'autre n'est à sa recherche. Harding m'a affirmé qu'il n'avait donné son nom à personne, et maintenant je veux bien le croire. S'il y a des méchants, j'ai encore une longueur d'avance sur eux.

Carter mit les mains dans ses poches. Une sirène mugit dans la nuit, douce et solitaire.

– Je vais le trouver.

– Mais comment, Charles ? fit James, vaguement inquiet.

– Harding a obtenu un rendez-vous pour Farnsworth. Avec le

seul chef d'entreprise en qui il avait à peu près confiance. Et la rencontre doit avoir lieu demain à midi.

James battit des mains.

– Parfait. Tu sais où il sera, donc il te suffit...

Il s'interrompit en voyant son frère se frotter le menton d'un air soucieux.

– Ça ne va pas être simple...

Ledocq et James restèrent suspendus à ses lèvres.

– Ce magnat de l'industrie... C'est Borax.

CHAPITRE 12

Allongée à côté de son mari sous le drap de coton, dans leur suite du Palace, Pem Farnsworth écoutait le bruit de la circulation qui lui parvenait par la fenêtre entrouverte. Le dessus-de-lit en velours était tombé en boule par terre. En ce mois d'août, l'air était lourd et humide. Curieusement, Pem croyait détecter dans cette moiteur d'étranges effluves de rose. Elle n'avait jamais été aussi heureuse de sa vie.

– Continue.

– J'avais peur de t'ennuyer, Pem.

– J'adore le son de ta voix. Mon mari.

– Ma femme.

Ils s'embrassèrent et se donnèrent encore plusieurs fois du « mon mari » et « ma femme ». Ils avaient convolé en justes noces quatre jours auparavant, à Provo, dans l'Utah.

– Bon, d'accord. Quand tu fermes les yeux, dans le noir, tu vois danser de petites lumières : ce sont des flashes rétiniens.

– On dirait des libellules.

– C'est lié aux cônes et aux bâtonnets...

Elle ne l'écouta plus que d'une oreille distraite, mais son enthousiasme la ravissait. Dans la pénombre, elle devinait les mouvements de sa pomme d'Adam, elle imagina ses bras et ses jambes maigres, qui semblaient presque imberbes. Chaque fois, elle était surprise de sentir au toucher un fin duvet blond. Mais ce qui l'étonnait surtout, c'était la vitesse vertigineuse à laquelle fonctionnait son cerveau, au point qu'elle s'attendait toujours à voir sortir de la fumée de ses oreilles. Dans le train de Provo à San Francisco, il avait dessiné des « ballons captifs » qui, selon lui, flotteraient un jour à plusieurs centaines de kilomètres au-dessus de la terre et rendraient obsolètes les câbles télégraphiques.

– Tout ce que je sais, dit-elle, c'est que, dans le noir, je vois ces dessins lumineux. Comme si je me faisais une séance de cinéma, rien que pour moi.

– J'aime ça. J'adore ça...

Il se redressa sur un coude et alluma la lampe de chevet.

– Et puis d'abord j'ai envie d'arrêter le temps, déclara-t-elle.

Il éclata de rire. Quand une vague de bonheur la submergeait, elle voulait arrêter le temps. La première fois qu'elle lui avait dit cela, il s'était lancé dans une analyse sur les possibilités théoriques de modifier le cours du temps, avant de comprendre qu'elle parlait au figuré. Ce souhait était devenu l'une de leurs plaisanteries fétiches.

– Chérie, si tu en as vraiment envie, je te construirai une machine...

– D'accord, mais il faut qu'elle soit assortie à ma coiffure. Pourquoi as-tu allumé ?

Il lui caressa la joue.

– Je voulais voir ta réaction quand je t'annoncerais la nouvelle...

Philo avait des cheveux blonds en épis, des yeux vert clair, un nez retroussé. Ils s'étaient rencontrés deux ans auparavant en classe de chimie – elle était élève et lui enseignant, en dépit de ses quinze ans. À l'époque, ses parents refusaient qu'ils se voient après l'école car il avait beaucoup de travail à la maison. Il passa donc trois nuits blanches à construire une machine à laver le linge et une pompe capable de traire les vaches deux fois plus vite. Ainsi, les deux tourtereaux purent bavarder les yeux dans les yeux, jusqu'au jour où le linge prit feu. Philo dut recommencer son lavage à la main... Depuis, il avait grandi : dix-sept ans. Sa voix n'avait pas encore fini de muer, elle se cassait encore sous le coup de l'excitation. Leur jeune âge leur interdisant de prendre une chambre à leur nom au Palace, ils avaient dû présenter une autorisation parentale et signer le registre sous le nom de famille de Pem.

– Tu es contente de ta lune de miel ?

– Oh, Phil, bien sûr. C'est merveilleux.

– Tu aurais préféré Paris ? Ou Londres ?

– Oh, non, ici, c'est parfait. De toute façon, nous n'avons pas les moyens d'aller en Europe.

– Pour être franc, Pem, nous n'avons pas non plus les moyens de nous offrir cet hôtel...

– Comment ça ? Ne me dis pas que tu as accepté de l'argent de tes parents ?

– Jamais de la vie ! J'aurais trop peur de te mettre en colère.

Mais nous avons accumulé quelques dettes... Si j'ai choisi San Francisco, c'est parce qu'il doit y avoir beaucoup d'investisseurs ici. Mais si tu préférais Paris...

Pem se redressa sur son séant et tira les draps autour d'elle. Ils n'avaient encore jamais connu la moindre dispute et elle ne voulait pas commencer maintenant, mais une intonation dans la voix de Philo la troublait :

– Quels investisseurs ? Pour quoi ?

Sans répondre, il se leva pour prendre une clé sur la commode.

– Je vais te montrer, dit-il en lui tendant la main. Je suis sûr que ça va te plaire.

Pem posa un pied nu sur le sol.

– Où va-t-on ?

– Pas la peine de mettre ton peignoir, ma chérie. C'est juste à côté.

– Je ne savais pas qu'on avait la pièce d'à côté.

– Tu n'es pas au bout de tes surprises. Viens. Ne sois pas timide...

Pem s'était demandé si elle serait jamais capable de marcher nue dans une pièce en présence d'un homme. Après quelques jours de mariage, elle se sentait aussi à l'aise avec Philo que lorsqu'elle était seule. Mais ce soir, elle hésitait. Il passa un bras protecteur autour de sa taille, déverrouilla la porte et la fit entrer dans la pièce voisine, plongée dans l'obscurité.

– Il faut que je te dise : il y a une autre femme dans ma vie.

Pem se raidit.

– Et j'aimerais te la présenter.

Il alluma une petite lampe. Les poings sur les hanches, Pem découvrit un amoncellement de matériel de laboratoire.

– Une invention.

– Oui, ma chérie. Tu n'as tout de même pas cru... Chérie ! Mon poussin !

Il l'embrassa.

– Ne m'en veux pas. J'ai tout fait venir de Salt Lake City.

Il souleva les draps blancs qui protégeaient les condensateurs et les transmetteurs, puis se mit à actionner des interrupteurs et à brancher des fils.

– Je n'ai encore dit à personne ce que pouvait cette machine, une fois terminée. Sauf à ce pauvre Président Harding, et maintenant à toi, bien sûr. J'avais décidé de ne pas t'en parler tant que ça n'était pas nécessaire. (Philo écarta le rideau et fit les derniers raccordements.) Mais aujourd'hui, je peux te la montrer parce que j'ai de grands projets. Ferme les yeux un moment, ma chérie.

Il posa les mains sur ses épaules et la dirigea face à un meuble en bois d'environ un mètre de haut. Dans sa partie supérieure était inséré un cercle en verre de couleur laiteuse, d'environ dix centimètres de diamètre, qui ressemblait à une assiette.

– Tu peux ouvrir les yeux.

– Qu'est-ce que c'est ?

– Tu vas voir.

Il se posta derrière elle et lui remit un fil électrique au bout duquel se trouvait un interrupteur.

– Quand tu veux, appuie sur le bouton.

Pem le regarda, puis se tourna de nouveau vers l'étrange lucarne. Elle appuya sur le bouton. Aussitôt un léger ronronnement se fit entendre dans la pièce. Une étincelle jaillit entre deux connexions et Pem sursauta, mais Philo la serra dans ses bras.

– Regarde devant toi.

Le verre se mit à luire, passant d'un blanc laiteux à un bleu électrique. Une douzaine de lignes et de bandes parallèles apparurent. Pem entendit un bruit de sabots.

– Qu'est-ce que c'est ?

– On dirait un cheval. Regarde.

Les bandes bleutées se réfractèrent et, sous les yeux écarquillés de Pem, laissèrent place à un cavalier au galop. Elle voyait bouger ses bras et les jambes du cheval. Philo lui expliqua qu'il avait un peu triché : ce n'était pas encore exactement ce qu'il avait en tête, seulement une boucle de six secondes, et le son n'était qu'un bruitage. Pem restait éberluée. C'était comme posséder une parcelle du monde, rien que pour soi, sous cloche. Longtemps, Philo et Pem Farnsworth restèrent enlacés, leurs silhouettes baignées dans la lumière bleue de l'écran.

– Pem, je te présente la télévision.

CHAPITRE 13

Le vendredi, en s'éveillant peu avant l'aube, Carter eut la surprise de se retrouver recroquevillé sur le canapé de son frère, sous une couverture. Tous ses rêves avaient eu Oakland pour théâtre.

Lorsque Ledocq avait lâché le mot « télévision », James n'avait pas réagi. À vrai dire, ils n'étaient qu'une poignée, pour la plupart des scientifiques, au courant de cette invention. De la radio avec l'image, expliqua Ledocq. Qui devait permettre non seulement d'écouter le combat de Leonard mais de le *voir*, ajouta-t-il, les yeux écarquillés. C'était comme installer un écran de cinéma dans son salon, le son en prime. Il plongea dans une pile de journaux, pour exhumer différents articles techniques qu'il avait vus passer ces dernières années : d'abord de simples débats théoriques sur la possibilité de transmettre des images animées grâce aux ondes, puis les premières expériences, parfois farfelues et sans lendemain. La télévision mécanique – projection d'un faisceau lumineux à travers un disque rotatif – avait été tentée en Angleterre, mais l'image, à peu près aussi précise qu'une ombre chinoise, n'était pas assez probante. Les plans de Farnsworth ne constituaient pas seulement une innovation, mais une véritable révolution, car nul n'avait encore songé à la télévision électronique. Cette idée a priori folle pouvait marcher.

Comme la discussion était trop théorique pour les frères Carter, Ledocq renversa un aquarium sur sa radio et glissa sous la paroi de verre les premières photos qui lui tombaient sous la main. Ce fut d'abord Helen Willis, brandissant une raquette de tennis.

– Vous pourrez regarder Forest Hills. Vous verrez les joueurs courir sur le terrain, mais vous les entendrez aussi frapper la balle... Et quand vous en aurez assez... (Helen Willis fit place à Leopold Stokowski :) Vous pourrez voir et écouter un concert symphonique.

– Alors que le cinéma est muet, dit James.

– Et il n'y a pas de pellicule : les spectateurs vivront l'événement en direct. Ils auront l'impression d'y être, sans le côté artificiel du cinéma, le montage, le mélo fabriqué : rien que la vraie vie. Non, vraiment, c'est fantastique !

Ledocq en était tout fébrile.

Carter s'amusa à jeter quelques photos dans le bocal.

– Est-ce qu'ils peuvent nous voir aussi ?

– Pardon ?

Le magicien rougit légèrement, craignant d'avoir posé une question idiote.

– Si je regarde Pola Negri sur cet écran et qu'elle... Enfin, est-ce que, de son côté, elle peut me voir ?

– Non, répondit l'inventeur belge. Enfin... Il faudrait... Non, je ne crois pas...

– Ledocq, tonna James, construisez un appareil qui permette à mon frère de reluquer Pola Negri sans qu'elle le voie et je vous promets la fortune !

Sur un ton mi-plaisant, mi-sérieux, ils imaginèrent alors tout ce qu'on pourrait regarder (« et écouter », s'empressait d'ajouter Ledocq) sur cet écran de télévision : des débats politiques, des peintres à l'œuvre, des pièces de théâtre, peut-être même des policiers en service. Les possibilités semblaient infinies. Mais tandis que son frère et Ledocq continuaient de s'envoyer de nouvelles idées, Carter s'absorba peu à peu dans le silence, se demandant comment exploiter cet étrange appareil sur scène. Dès le début, son instinct lui avait soufflé que la télévision était un instrument doté d'un réel pouvoir magique.

Ce soir-là, en s'allongeant sur le divan de James, il avait songé à Philo Farnsworth. Comment fallait-il l'aborder ? Quel genre d'homme était-ce ? Accepterait-il de céder les droits d'exploitation de son invention à un magicien ? Les points d'interrogation ne manquaient pas et Carter avait veillé jusque tard dans la nuit. Vers deux heures du matin, il s'était mis à feuilleter les derniers numéros de *Sphinx* – un très mauvais choix pour sa tranquillité d'esprit, car les pages spectacles ne parlaient que de ses célèbres confrères ou de la génération montante.

À son réveil, il prépara du café en suivant du regard les navires dans la baie. Puis il s'efforça de calculer ses avoirs nets, tâche ardue qui l'obligea à fermer les yeux. Sur les recommandations de James, il avait ouvert plusieurs comptes en banque, où l'argent semblait suivre le flux et le reflux de la marée. Pendant la guerre, il avait fait l'acquisition de la vieille boutique des Martinka, mais, sans dispositions pour la gestion d'entreprise, il avait fini par la revendre à Houdini. Il possédait sa maison d'Oakland, la propriété de Napa, et avait racheté à James sa part sur la maison familiale de Pacific Heights. Mais le bien qui comptait le plus à ses yeux était aussi celui qui avait le moins de valeur marchande : Koh Pheung Thawng, son île perdue dans la mer d'Andaman, don du roi de Siam.

Sur le mur, dans le bureau de James, était accrochée une photographie prise avec un appareil de fabrication militaire, capable de pivoter sur son axe. On y voyait une ribambelle d'animaux sur la plage : des zèbres, des lamas, des chevaux, un chat, deux chiens... D'ici un an, lorsqu'il prendrait sa retraite, Tug viendrait se mêler à cette ménagerie.

Au centre de l'image, les maîtres des lieux, recrutés par Carter, esquissaient un salut de la main un peu emprunté (ils avaient dû poser pendant cinq bonnes minutes) : Karl et Evelyn Kowaleski. Chassés comme des malpropres du music-hall, ils avaient ensuite disparu de la circulation. Mais ayant eu vent de la mort de Sarah dans *Billboard*, ils avaient adressé un mot de condoléances à Carter. Celui-ci avait ainsi appris, sous la plume d'Evelyn, qu'ils étaient devenus cuisiniers au sein d'une communauté de Middletown, dans le Connecticut, mais qu'ils répétaient un numéro et qu'ils remonteraient un jour sur les planches.

Sur la photo, ils paraissaient fiers de leurs nouvelles fonctions, mais aussi inquiets qu'on pût leur retirer à tout moment ce bout de paradis. Carter leur fit un signe de la main. Quoi que lui réservât l'avenir, il y aurait toujours, perdu en mer d'Andaman, un point minuscule où il avait rendu deux êtres heureux. Rien n'était plus difficile que de « sauver » les gens et, plus il avançait en âge, plus la tâche lui paraissait insurmontable. Pourtant, il devait rencontrer Philo Farnsworth ce jour même et, au besoin, le sauver.

En attendant, c'était l'heure de sa gymnastique quotidienne. Il mit une casserole de lait à feu doux, puis il alla chercher un coffret en bois sur une étagère, dans le bureau de James. Un œil sur le lait, qui devait être chaud sans bouillir, il positionna un miroir de poche au-dessus de la table. Puis il sortit du coffret et disposa devant lui des pièces de monnaie, deux jeux de cartes, des balles en mousse, trois boules de billard, une bougie et un paquet de cigarettes.

Il versa le lait chaud dans deux bols, ajouta plusieurs cuillerées d'huile d'olive. Quand il fut satisfait des proportions, il y plongea les mains et les laissa tremper cinq minutes, les yeux fermés. Après s'être essuyé dans un torchon, il entreprit quelques tours de passe-passe avec les pièces, sous le contrôle du miroir.

Depuis peu, son intérêt pour le close-up s'était trouvé ravivé. Si la magie s'apparentait à un canal qu'il aurait creusé toute sa vie dans l'espoir de se relier aux autres, la télévision allait lui permettre d'agrandir cette voie de communication de manière considérable. Grâce à cette invention, on pourrait voir les mouvements de ses mains du premier au dernier rang. Les spectateurs du troisième balcon, en casquette et col de chemise crasseux, qui étaient obligés de plisser les paupières pour distinguer l'artiste, pourraient soudain apprécier les manipulations de pièces jusque dans les moindres détails. Le meilleur public était celui qui, installé aux premières loges, se laissait mystifier par plaisir.

Des bruits de pas résonnèrent dans le couloir. Tom Crandall entra dans la cuisine. Surpris de trouver Carter assis à la table, il marqua un temps d'arrêt et se renfrogna comme un sceptique s'armant à l'avance contre le boniment d'un bateleur.

– Bonjour ! lança le magicien.

– Salut, ronchonna Tom.

– J'ai fait du café.

– Mmmm.

Tom jeta un œil au fond de la cafetière et se servit un grand bol, en humant les volutes de vapeur. Carter, qui avait rarement l'occasion de s'entraîner sous l'œil d'un spectateur, aurait voulu attirer Tom sur la chaise en face de lui. Mais Tom ne se montrait pas très coopératif : depuis sa participation à l'illusion *Chantage* en 1911, il avait perdu beaucoup de patience et d'enthousiasme. Comme nombre d'athlètes universitaires, il traversait une période, passé trente ans, où la vie lui apparaissait comme une longue suite de déconvenues. Il avait des cernes sous les yeux et se comportait souvent en présence de Carter comme un vieillard perclus de rhumatismes.

– Approche, Tom, et prends une carte.

– Autant m'enfoncer un clou dans le front.

– Allez ! Qu'est-ce que tu as ?

– Je suis fatigué.

– Comment ça s'est passé, avec tes parents ?

Tom secoua la tête.

– Mmmm... Un peu comme quand on t'enfonce un clou dans le front.

Il se mit à geindre tout en sirotant son café, mais plus la liste des récriminations s'allongeait (la longue station sur le banc d'église qui avait réveillé ses problèmes de dos, sa circulation sanguine qui était toute détraquée suite à leur voyage en train, deux nuits auparavant, etc.), plus il semblait se revigorer. Quand il eut fini, il parvint presque à ébaucher un sourire.

– « Fonceur, coriace, bon vivant », dit Carter.

– Oh, ça, c'était il y a des siècles !

– Bah, à ta façon, tu es resté fonceur, coriace et bon vivant.

Tom jeta un œil dans le petit miroir.

Carter décida de tenter sa chance :

– Veux-tu me faire l'honneur de participer à ce tour de cartes ?

Silence. Une gorgée de café. Puis Tom hocha la tête. Le magicien tira trois cartes, face contre table.

– Devine où est la dame de cœur.

Tom désigna une carte. Carter la retourna : dame de cœur. Il leva les yeux sur son vis-à-vis, qui resta impassible.

– Incroyable. Maintenant, si on passait au petit déjeuner ?

Carter dut laisser poindre un peu de contrariété, car Tom s'excusa :

– D'accord, d'accord, continue.

Le magicien ouvrit le jeu en éventail, l'étala sur la table, face dessus, face en dessous, fit disparaître les cartes l'une après l'autre...

James entra dans la pièce.

– Bonjour, Charles, dit-il, en posant une main sur l'épaule des deux hommes attablés. Alors, Tom, tu lui as demandé ?

– Tu avais une question à me poser, Tom ?

– Non. Rien.

– Si, vas-y, n'hésite pas.

Tom regarda James, qui l'encouragea du menton, et lâcha :

– D'accord. Ramon Novarro ?

– Ah, Ramon Novarro, soupira Carter. Désolé de vous décevoir, mais je crois qu'il est marié.

– Et alors ? Ça ne veut rien dire !

– Marié et heureux en ménage, précisa Carter.

– Dommage, soupira James en se versant une tasse de café. Il est beau comme un dieu grec.

– En tout cas, il cible un certain public. (Tom s'absenta brièvement dans son bureau.) Regarde plutôt.

Il rapporta une photo coloriée, sur laquelle on voyait Ramon Novarro, les sourcils en pointe, tenant une cigarette d'un air crâne. Elle était signée : « À Tom Crandall. Amitiés sincères. Ramon Novarro. »

Le visage de Tom s'anima :

– Tu ne vois pas ?

– Quoi ? Sa manière de tenir sa cigarette ?

– Non ! La cravate ! exulta Tom en tambourinant du doigt sur la photo. Il porte une cravate rouge !

Comme ce code ne signifiait rien pour lui, Carter resta de marbre, se contentant de déposer sa tasse dans l'évier. Mais la curiosité l'emporta :

– Une cravate rouge ?

– Personne ne porte une cravate rouge, à moins d'en être...

Comme il appuyait son propos d'un geste maniéré, Carter jeta un coup d'œil à la cravate de son frère : elle était rouge.

– Ça alors ! fit-il, avec le ton ravi de celui qui en apprend tous les jours. Qui l'eût cru ?

Bientôt, ils dégustaient tous trois des toasts, des œufs et du bacon grillé dans la salle à manger. Carter alluma un feu dans la cheminée en se servant des affiches de Dalton et de Thurston.

– Je me demande ce que dirait notre mère si elle te voyait, murmura James en regardant les rivaux de son aîné partir en fumée.

– Oui, dommage qu'elle soit au Brésil. James, j'ai une question importante à te poser.

– Elle penserait sans doute que cet autodafé dénote des tendances agressives...

– De combien d'argent puis-je disposer ?

La question fut accueillie par un silence brutal, au point que Carter eut l'impression d'avoir fait irruption à l'Opéra en bleu de chauffe, la braguette ouverte.

– Pourquoi me demandes-tu ça ? fit James.

– Je veux inclure la télévision dans mon prochain spectacle. Thurston a dépensé cinquante mille dollars pour sa dernière illusion, j'aimerais en faire autant. (Et, comme la réponse tardait :) Si possible.

– Thurston a dépensé trois mille dollars. D'où sors-tu ce chiffre de cinquante mille ?

– Sur ses affiches, il prétend...

Il s'interrompit. Quel pigeon il faisait !

– Il a déboursé trois mille dollars au maximum, répéta James. Combien coûterait l'exploitation de la télévision sur scène ? Je n'en ai aucune idée. Est-ce qu'on sait seulement s'il y a un appareil en état de marche ? La télévision existe peut-être uniquement dans la tête de ce Farnsworth...

– Je n'en sais rien. Mais nous avons les plans. Et Farnsworth essaie d'attirer les investisseurs. On ne devrait pas avoir de mal à obtenir une licence d'exploitation, parce que pour lui, c'est de la publicité gratuite. Alors ? J'ai combien ?

Tom toussota.

– Je vais trier le courrier. Je serai dans la pièce à côté.

Lorsqu'il eut fermé la porte, Carter plaisanta :

– C'est bizarre comme de nos jours on peut parler de sexe en toute liberté, mais l'argent reste tabou.

– Charlie, tu n'as plus de liquidités.

– Je possède des maisons, je sais, mais je n'ai aucune espèce de revenus qui...

– Tu as des biens immobiliers et tes spectacles te garantissent un revenu très confortable, aussitôt gagné, aussitôt dépensé. Tu as aussi un compte d'épargne qui te permet de tenir pendant la morte-saison. Tu veux vraiment t'intéresser de près à tes finances ?

– Absolument.

James alla jusqu'à son bureau, d'où il sortit un petit cahier noir.

– Tiens, c'est un livre de comptes. Max Friz va te donner sept mille cinq cents dollars aujourd'hui. Écris le montant sur cette ligne. Non, non, ici. Bien. Et au-dessous, inscris deux mille cinq cents dollars.

– Qui sortent d'où ?

– C'est la somme que je mets de côté chaque saison pour les préparatifs de ton prochain spectacle. En général, ça suffit à couvrir les nouveaux décors et les appareils que vous achetez, Ledocq ou toi. Donc...

– J'ajoute les deux montants et j'obtiens dix mille dollars. C'est simple comme bonjour.

James lui jeta un regard difficile à interpréter, mais qui se mua bientôt en sourire bienveillant.

– C'est le budget dont tu disposes.

– Pour le spectacle.

– Pour tout. Inscris tes frais personnels dans cette colonne, et tes dépenses pour le spectacle dans celle-là.

– Mais qu'est-ce que j'ai d'autre ?

– Comment ça ?

– Tu te souviens, avant, j'avais de l'argent investi dans la boutique des Martinka, puis je l'ai débloqué, exact ? Je dois avoir aussi des actions, des titres...

James secoua la tête.

– Rien, Charlie. Rien.

– Mais j'ai une Pierce-Arrow et une Bentley...

– Point final.

Carter sentit un frisson glacé lui parcourir l'échine.

– Je vois. Mon intérêt pour la finance se réveille au moment où j'ai le dos au mur.

James hocha la tête.

– Bon. Il y a au moins un côté positif...

En effet, il éprouvait une étrange satisfaction, comme un propriétaire qui vient de passer en revue les bouteilles dans sa cave. *Voilà tout ce que je possède...* Il consulta sa montre. Il était neuf heures passées. Il se leva.

– La journée promet d'être longue. Max Friz d'abord. Puis je dois voir Borax aux alentours de midi et...

– Tu n'as pas peur d'être pris en filature ?

Les mains dans les poches, un large sourire au visage, Carter fit non de la tête.

– Tu te sens de taille ?

– Je suis de taille. Mais surtout, ils ne vont pas tarder à se rendre compte que je n'ai pas ce qu'ils cherchent.

– Et pourtant tu l'as.

– À propos, voici l'étui à cigares de Harding.

Carter voulut le remettre à James, mais comme celui-ci s'obstinait à garder les bras croisés, il le posa sur une tablette, à côté d'un vase.

– Il n'est pas en sécurité ici, protesta James. Et je ne veux pas des plans chez moi.

– Ce n'est que le tube. Vide.

Carter exhiba un autre étui, en argent.

– Les plans sont ici. C'est très pratique. Ils ne risquent rien.

– Et les types qui savent que tu les as ?

– Ils le savaient. Ils ne le savent plus.

James considéra un moment les yeux pétillants et le sourire énigmatique de son frère puis se frotta la joue, renonçant à demander tout éclaircissement. Il raccompagna Charles à la porte :

– Tu as la conduite droite et limpide d'un pape Borgia, grommela-t-il en embrassant son frère. Puis-je au moins te rappeler de rapporter les gants de Mlle Kyle ?

– J'y compte bien.

– Tu sais, le monde a beaucoup changé. Tu peux coucher avec une femme sans être obligé de l'épouser.

– James, il m'est arrivé de sortir une fois ou deux, merci, fit Charles, la main sur le bouton de porte.

– Ah oui ? Avec qui ?

– Je suis un gentleman.

– Justement. Avec qui ?

– Personne que tu connaisses.

– Je ne crois que la première partie de cette affirmation. Charlie, les filles ont le droit...

– Merci.

– Non seulement de parler de sexe, mais aussi...

– Merci !

Carter avait déjà franchi le seuil.

– Surtout amuse-toi bien !

Il avait descendu deux volées lorsque James se pencha par-dessus la rambarde pour crier :

– Mais ne dépense pas un sou !

CHAPITRE 14

Le colonel Starling était chargé de coordonner les efforts entre les côtes est et ouest, tâche malaisée dont il s'acquittait de bonne grâce. Il se rendit de San Francisco à Washington en moins de quarante-huit heures et, en arrivant dans la capitale fédérale, il prit aussitôt rendez-vous avec un petit homme aux talents singuliers.

Tous les effectifs que comptait à l'époque l'espionnage américain avaient élu domicile au deuxième étage d'un immeuble décrépit, dans un quartier insalubre à la périphérie de Washington. La propriétaire, une veuve bigote mais vindicative, avait entamé à leur encontre une procédure d'expulsion pour loyers impayés. Le 1er septembre, sauf miracle, le Cabinet noir, seul service à assurer le Chiffre, la surveillance intérieure et internationale, ainsi que le contrôle des communications, mettrait la clé sous la porte.

L'agence se composait de Herbert Yardley et de quelques assistantes, toutes sur le point de démissionner, car elles n'avaient pas touché leur salaire depuis deux semaines.

Yardley avait passé l'essentiel de sa vie d'adulte à tenter de faire oublier son surnom d'enfant, Tête d'Oignon, dû à la forme étrange de son crâne et à la houppe rebelle qui le surmontait. Durant toutes ses études, puis ses voyages à l'étranger, il avait été incapable de trouver l'âme sœur, mais n'avait jamais laissé ses problèmes personnels entraver sa destinée.

Au-dessus de son bureau, Yardley avait fait encadrer une lettre de protestation signée par Stimson, l'ancien ministre de la Guerre. Après deux paragraphes incendiaires, la conclusion tombait : « Je vous rappelle, monsieur Yardley, qu'un gentleman ne lit pas le courrier adressé à un autre. » Yardley conservait précieusement cette missive pour ne jamais oublier contre quelle mentalité il avait dû lutter.

Récemment, il avait encore perdu deux préposées au Chiffre. La première, qui décryptait des messages depuis un an, avait été renvoyée pour raisons médicales : harassée de travail, elle avait accusé son patron de la laisser sous la surveillance permanente d'un bouledogue invisible. La seconde, après s'être vaillamment accrochée à son poste pendant quatorze mois, avait fini par rêver la nuit qu'elle marchait sur une plage déserte, freinée par le poids d'un énorme sac rempli de galets de formes diverses, auxquels elle devait trouver des petits frères. Lorsqu'elle avait fondu en larmes dans son bureau, Yardley avait été obligé de lui donner congé.

Il ne restait donc plus que trois jeunes femmes pour faire tourner le service du Chiffre. On était bien loin de la glorieuse époque du traité de Versailles et du Traité naval avec le Japon, lorsque le Cabinet noir avait à sa disposition, vingt-quatre heures sur vingt-quatre, une bonne dizaine d'étudiants ou de missionnaires parlant couramment les langues alliées et ennemies (ainsi qu'une ligne directe avec le Président). Yardley était allé à Paris, il avait décrypté des câbles nuit et jour, il avait bu du champagne aux frais de la princesse, et s'il n'avait pas trouvé l'amour en France, il y avait monté de toutes pièces un service qu'il avait baptisé la « Chambre noire ».

Mais tout s'était effondré, et on pouvait sombrer encore plus bas. Yardley n'était pas le seul à connaître ainsi les affres de l'incertitude : après la mort de Harding, tous les fonctionnaires de Washington mettaient les bouchées doubles pour convaincre la nouvelle administration de l'utilité de leur poste. En attendant l'arrivée imminente du colonel Starling, Yardley se demanda s'il valait mieux paraître décontracté et maître de la situation ou bien submergé de travail.

Il laissa une pile de paperasse en évidence sur le coin du bureau, à côté des trois messages que le colonel lui avait ordonné de décoder. Yardley se mordilla le pouce. S'agissait-il d'un piège ? Si Starling était de la vieille école et considérait qu'un gentleman ne devait pas lire le courrier adressé à un autre, Yardley avait peut-être signé là son arrêt de mort. Deux des messages étaient tout à fait anodins, mais en songeant au troisième, il se mordit sauvagement le pouce, jusqu'à y laisser les traces de son dentier.

Heureusement, il avait un atout dans sa manche. Une information que le colonel ignorait.

Une heure plus tard, Starling était assis en face de lui, en train de parcourir avec un léger sourire la demande de crédits qu'il venait de lui soumettre. Yardley attendait, la respiration silencieuse mais irrégulière. Il s'était senti mal à l'aise à la minute où le colonel avait ouvert la bouche et révélé un fort accent du Kentucky. Aucun doute, ce Starling était un gentleman jusqu'au bout des ongles, et les gentlemen n'avaient que mépris pour les services proposés par Yardley. Il se frotta le pouce, se préparant à lancer en riposte toutes les raisons qui plaidaient contre le démantèlement du Cabinet noir.

– Alors, risqua Yardley, comment trouvez-vous notre nouveau Président ?

– Bien.

– Mmm. Il paraît qu'il aime le fromage. Le cheddar du Vermont.

Le colonel acquiesça de la tête. Il n'avait pas détaché les yeux de la demande de crédits.

– Il paraît aussi qu'il fait la sieste l'après-midi. Et qu'il serait plutôt dur à la desserre. Je me suis laissé dire qu'il vous a déjà emprunté dix cents. Ha ha ha !

Le colonel leva les yeux.

– D'où tenez-vous ça ?

– Bah, les bruits courent...

C'était une de ses expressions favorites, mais elle ne fut visiblement pas du goût de son interlocuteur.

– Recueillir l'information, c'est notre métier, ajouta-t-il aussitôt, en tremblant sous le regard glacial du colonel. Mais je devrais plutôt vous montrer des échantillons ?

Les trois messages étaient tombés sur son bureau le matin même, accompagnés d'une demande de décryptage signée Starling.

– Le premier vient d'un trafiquant d'alcool. Un amateur. Je me trompe ?

– Vous avez raison, monsieur Yardley.

– C'est du menu fretin. À mon avis, il ne risque pas de mettre en péril la loi sur la Prohibition. Mais je n'ai pas à vous apprendre votre métier, hein ? Ha ha.

Il tendit à Starling le message original et la version décryptée.

J'ai reçu ta lettre hier soir et j'étais rudement content d'avoir de tes nouvelles. Je sais que tu portes toujours son alliance, mais plus pour longtemps. Au moins toi, tu n'es pas seule la nuit. Ces jours-ci, la chasse aux rats a été dure : seulement trente-cinq dollars en poche, et tu sais déjà comment je vais en dépenser huit. J'aimerais que tu sois ici, à chasser avec moi. J'ai très envie de te voir. Je t'embrasse tendrement.

– « Chasser les rats », c'est transporter du gin. Et je suis sûr que les sommes mentionnées sont largement sous-évaluées. Le reste est en langage direct.

– Des agents du Trésor ont trouvé ce billet avec une cargaison de gin à destination de Chicago.

– Un truand qui y va toujours par quatre chemins et qui n'est même pas capable de se dégoter une petite amie attitrée...

– J'ai été frappé comme vous par le sentimentalisme de cette lettre, monsieur Yardley.

– Il a une liaison avec une femme mariée ! Ha ha !

– Le message suivant ?

– Oui. Celui-là était chiffré. Du cousu main. Mais il ne m'a pas fallu plus d'un quart d'heure pour en venir à bout. Il s'agit de la Standard Oil Petroleum : une analyse chimique de forages en Oklahoma, avec des pourcentages en méthane, butane, pétrole brut, etc. Les chercheurs ont préféré coder leurs résultats parce qu'ils les envoyaient par télégramme.

– Et le troisième message ?

– Oh. Oui. Mmmm...

Il ouvrit sur le bureau un cahier relié de cuir et posa à côté trois feuillets tapés à la machine. Lorsque Starling prit la traduction, Yardley commença sur un ton circonspect :

– En ce qui concerne celui-là... C'est un canular, à coup sûr. Oui. Très amusant, d'ailleurs...

– Un canular ?

– Je me suis dit qu'un agent du Service... Eh bien, ça se présente comme un journal tenu par feu le Président, mais je lui ai trouvé un ton, comment dire... ha ha ha... un ton plutôt irrévérencieux.

Yardley s'expliqua : non seulement les notations de ce journal étaient pour la plupart d'une affligeante banalité (des scores de gin-rummy, avec le montant des gains et le nom des débiteurs, des vers de mirliton écrits pour des femmes autres que la Duchesse), mais le code utilisé était parfaitement crétin.

– Crétin ?

– A égale 1 ; B égale 2, et la suite paraît évidente... Mais l'auteur a même copié la grille en dernière page, comme s'il avait peur de l'oublier. Et il trouve encore le moyen de faire des erreurs !

Yardley secoua la tête :

– Non, ce n'est pas possible, ça ne peut pas être Harding. Alors je me suis dit que c'était une blague...

Il haussa les épaules. Deux fois.

Le journal de Harding se terminait par ce paragraphe :

Vu un merveilleux spectacle de magie. L'éléphant s'appelle Tug. J'ai été dévoré par un lion, dans une ambiance très bon enfant. Le magicien voulait connaître certains secrets mais je n'ai rien dit. Ce soir, je me suis enfin décidé. Je me suis absenté aux toilettes et j'ai brûlé toutes les notes concernant la T.V.

– Vous voyez ? fit Yardley. Je ne sais pas ce qu'il entend par « la T.V. » : il ne devait pas être dans son assiette.

Starling hocha la tête, le regard vide. Yardley ne savait plus que penser. Avait-il raté son examen de passage ?

– Merci pour votre aide, monsieur Yardley. Je transmettrai toutes ces informations au Président, qui est occupé à fixer ses priorités.

Yardley ne comprit pas davantage ce que cela signifiait.

– J'ai bien peur, toutefois, que nous ne puissions pas vous promettre de nouveaux crédits. Car cela dépend d'abord du Congrès...

– Une minute...

Yardley avait gardé en réserve un argument de poids pour justifier le maintien du Cabinet noir, il l'avait même mémorisé. Mais soudain, il était incapable de raisonnement, il sentait que ses paroles ne feraient que rebondir sur le colonel. Il tira alors de sa poche son dernier atout : une liasse de télégrammes décryptés.

– Nous sommes sur les traces d'un meurtrier.

– Expliquez-vous.

– Le Cabinet noir... Nous sommes utiles à l'avenir de notre pays.

Non, ça, c'était la suite de l'argumentation. Yardley s'embrouillait.

– Le monde change. Aujourd'hui, quand on est fonctionnaire, les gens vous rient au nez... D'un autre côté, si nos gamins sont élevés par les cocos...

– Monsieur, je respecte votre enthousiasme, mais j'ai du mal à vous suivre.

Yardley tapa du doigt sur les télégrammes.

– Nous contrôlons tout. Toutes les communications. Il ne reste plus que les filles et moi, mais nous faisons de notre mieux. Et nous avons des contacts, des complices... Parfois, les câbles internationaux atterrissent chez nous.

Starling prit les télégrammes et les posa sur son genou. Puis il parcourut les traductions.

– Au départ, ça ressemble à une partie de cartes, expliqua Yardley. Il y a des gens qui jouent au bridge par correspondance. Ne me demandez pas comment ça marche, ça doit prendre des mois. Il se trouve qu'une des opératrices joue au bridge. Elle s'est aperçue que les enchères n'avaient ni queue ni tête et, du coup, elle a transmis les télégrammes au Cabinet noir... Ils sont tous adressés à la même agence de théâtre à New York. Et l'expéditeur se trouvait à Tanger, puis en Rhodésie, puis au Caire, dans la semaine où se sont produits ces meurtres.

– Quels meurtres ?

– Oh, je n'y voyais pas clair non plus, au début. Mais je traque ce type depuis un moment maintenant. C'est devenu une sorte de hobby, en dehors des heures de travail. Le code qu'il utilise m'a plu : très rusé. J'ai eu envie de découvrir son véritable nom. Chou blanc de ce côté-là, mais les journaux locaux en langue anglaise ont fait état des meurtres très inhabituels qu'il a laissés dans son sillage. Le dernier en date, c'était un homme au Caire, tué avec un paquet de cartes.

– Des cartes ? Des cartes à jouer ?

– Oui, lancées comme des lames de rasoir... Alors quand j'ai lu le dernier télégramme, très court, je me suis dit que vous voudriez peut-être le transmettre à la police des frontières.

Starling lut avec attention le télégramme en question :

DEMANDE RÉPONSE RAPIDE STOP RETOUR POSSIBLE AUX ÉTATS-UNIS ? STOP

Starling sourit et hocha la tête. Le cœur de Yardley bondit. L'expression sur le visage du colonel avait changé du tout au tout.

– C'est très intéressant, monsieur Yardley. Vraiment très intéressant. Merci beaucoup. Je peux le garder ?

CHAPITRE 15

À San Francisco, la section locale du Service secret enseignait aux agents à évaluer une information et à mener un interrogatoire (« Ne jamais questionner seul une suspecte » ; « Employer une syntaxe correcte, avec le beau linge comme avec la pègre »). Jusqu'à la guerre, parmi les épreuves obligatoires pour l'obtention du diplôme, figurait l'Étrier de Satan, un casse-tête de chaînes et de fers à cheval enchevêtrés qu'il fallait séparer en trois éléments. Pour réussir, le candidat devait démontrer des qualités à la fois inductives et déductives. Autrement dit, il lui fallait attaquer ce nœud gordien par un bout, puis par l'autre, en faisant appel successivement à la force et à la finesse.

En son temps, Griffin s'était bien sorti de l'Étrier de Satan. Malheureusement, la section semblait avoir perdu le goût des métaphores. Pour préparer la nouvelle génération à traquer les criminels, on se contentait de la gaver de manuels et de postulats scientifiques.

Lorsque Griffin ne parvint plus à suivre l'itinéraire chronologique de Carter, il prit la piste par son extrémité la plus récente et tira sur le fil...

Après la représentation du jeudi 2 août, le magicien avait supervisé le démontage du spectacle. Des dizaines de personnes pouvaient l'attester : les membres de sa troupe tout d'abord (mais leur témoignage était suspect aux yeux de l'agent Griffin), les policiers en poste au théâtre Curran et enfin les cheminots qui avaient aidé à charger l'éléphant dans un wagon à destination de Carmel. Carter avait été entouré de gens en permanence. Toutefois, nota Griffin en consultant un plan de la ville, la gare et le Palace Hotel n'étaient distants que de huit cents mètres. Il parcourut lui-même le chemin, montre en main. Carter aurait pu s'éclipser une vingtaine de minutes, empoisonner le Président et revenir avant qu'on ne remarquât son absence.

Il lui fallait des complices. Qui ? Forcément quelqu'un de haut placé. D'ailleurs, aucune autopsie n'avait été pratiquée sur le corps de Harding. Était-ce la Duchesse ? Les médecins présents ce soir-là ? Le gang des affairistes ? Ou bien un membre du Service secret ?

Une fois établi que Carter avait eu la possibilité matérielle de commettre le crime, Griffin se pencha sur la question du mobile. Lors de leur entretien, le magicien n'avait pas brillé par la cohérence de sa pensée. Visiblement, il avait peu de respect pour l'autorité et partageait sans doute les théories fumeuses défendues par Mme Blavatsky et les satanistes. Il ne restait plus qu'à déterminer le mode opératoire. Griffin n'avait pas le pouvoir nécessaire, loin s'en fallait, pour ordonner une autopsie sur le corps de Harding, et il ne voyait pas auquel de ses supérieurs il pouvait s'adresser en toute confiance.

Par souci de discrétion, il marcha un bon quart d'heure jusqu'à un bureau de la Western Union qui n'avait pas de compte ouvert au nom du Service secret. Là, il paya de sa poche un télégramme adressé aux employés du cimetière de Pineview, à Marion, dans l'Ohio, afin de se renseigner sur l'enterrement de Harding. Il apprit ainsi que ce dernier n'avait pas été enseveli : sa dépouille, ou plutôt ce qu'il en restait, reposait au columbarium. Le Président avait été incinéré.

Griffin envoya aussitôt un second télégramme : à quelle date le cimetière de Pineview avait-il pratiqué l'incinération et sur ordre de qui ?

En découvrant la réponse, Griffin ne put s'empêcher de penser à l'Étrier de Satan :

AVONS REÇU CENDRES STOP LIEU DE CRÉMATION INCONNU STOP

À chaque arrêt, tout le long du trajet, la foule s'était agenouillée autour du convoi funéraire pour entonner des cantiques, main dans la main. Jamais personne n'avait transporté la dépouille présidentielle à un crématorium. Griffin compulsa l'annuaire, constata qu'il n'y avait aucun crématorium à San Francisco même. Le plus proche se trouvait à Oakland. Dans le cimetière même où reposait la femme de Carter.

Au moment où le colonel Starling apprenait à la lecture du journal de Harding que les plans de la télévision avaient été détruits et que Carter ne pouvait donc les avoir en sa possession, Griffin téléphonait à la chapelle des Carillons, à Oakland, pour demander un rendez-vous.

Ce rendez-vous, hélas, ne devait jamais avoir lieu, car, de retour à sa chambre, Griffin trouva sur sa porte un nouveau tableau de service, signé par le colonel Starling. L'enquête sur Charles Carter était déclarée close. Le Président Coolidge prévoyait un déplacement dans les gisements pétrolifères du Sud-Ouest : Griffin avait quarante-huit heures pour se présenter à Albuquerque, où il recevrait sa prochaine affectation.

Il relut plusieurs fois son ordre de mission, dans l'espoir d'en démêler toutes les implications. Des instructions sèches mais courtoises, émanant directement du colonel. Un coup trop brutal sur l'Étrier de Satan et Griffin se trouvait soudain désarçonné. Un moment, il s'imagina en train de rassembler ses affaires de toilette et de faire sa valise. Il s'arrêta à la photo de sa fille, sur la table de nuit. Que penserait-elle de son père ? Elle avait hérité de lui – à moins que ce ne fût de sa femme – une certaine dureté de caractère, mais elle avait aussi tendance à s'attendrir chaque fois qu'il commettait des actes héroïques.

Il était censé téléphoner au chef du Service pour accuser réception de ses instructions. Pas moyen d'y couper. Machinalement, il décrocha le téléphone.

Lorsque l'opératrice de l'hôtel répondit, il donna son nom et demanda le département du Trésor.

– Vous avez un message, monsieur Griffin, lui dit-elle. La bibliothèque municipale de San Francisco a appelé.

L'opératrice sembla réprimer un éclat de rire.

– Vous avez un livre à rendre.

– Hein ? Quoi ?

Elle plaqua ses doigts sur le microphone, mais sans grand succès, car Griffin l'entendit souffler à ses collègues :

– Il fait l'idiot. (Ricanements étouffés. Puis elle reprit :) Le livre de Sherlock Holmes que vous avez emprunté. *L'Aventure du duc empoisonné.*

Griffin resta muet. Le duc. La Duchesse.

– Ça vous dit quelque chose ?

– Peut-être.

– Mlle White vous demande de passer à la bibliothèque aujourd'hui.

– Entendu.

– Vous vouliez téléphoner ?

– Tout compte fait, ça peut attendre.

Il raccrocha. Ses yeux fixèrent longtemps les arabesques du tapis.

Quelques minutes plus tard, il descendait dans le hall. Avant de quitter sa chambre, il avait pris soin de se tapoter le visage avec de l'eau de Cologne.

CHAPITRE 16

Le port d'Oakland était plus à l'abri des tempêtes que celui de San Francisco, sa profondeur autorisait l'accès des gros cargos et la ville était en outre le terminus de la voie ferrée transcontinentale. Grâce à cette situation exceptionnelle, Oakland aurait dû devenir le plus grand port d'Amérique du Nord. Malheureusement, aussi mal géré que l'ensemble de la municipalité, il resta sale et désaffecté, éternel parent pauvre de San Francisco.

Les bateaux en provenance d'Allemagne et d'autres nations vaincues débarquaient pourtant à Oakland. Carter prit le ferry (cinq cents, nota-t-il dans son journal) puis un taxi (trente-cinq cents, pourboire compris) jusqu'aux quais. L'air empestait : les déchets de la sardinerie étaient déversés à proximité, sur les monceaux de vase dragués dans les bassins.

L'*Hermione* mouillait au dernier poste d'amarrage, à côté d'une construction en bois, mi-cabane, mi-entrepôt, qui offrait un accueil rudimentaire aux membres d'équipage entre deux destinations.

Carter, que la perspective d'un nouveau spectacle avait ragaillardi, poussa la porte avec énergie et entra dans la bâtisse où s'entassaient les caisses et les cargaisons bâchées.

Max Friz, qui faisait les cent pas à l'intérieur, écrasa aussitôt sa cigarette et lui serra chaleureusement la main, tout en se présentant :

– Max Friz. Bienvenue. Bienvenue.

Il était petit, les joues creusées, avec une moustache tombante et une barbe de trois jours. Il semblait habité par un incommensurable chagrin, comme s'il avait perdu la guerre à lui tout seul.

Friz avait préparé un discours, où il était question de remercier le célèbre magicien au nom des relations internationales, mais sa nervosité lui fit oublier presque tout son anglais. Carter le rassura en baragouinant quelques mots d'allemand, puis il en vint au fait :

– Mon frère me dit que vous avez quelque chose pour mon spectacle.

Friz baissa les yeux. Il expliqua que son usine produisait dorénavant des boîtes à outils, mais que les affaires ne marchaient pas fort car les Allemands ne voulaient plus rien acheter qui portât le nom de sa compagnie.

– Pas bon, pas bon pour Bé-Èm-Vé.

– Je vous aiderai avec plaisir, si je peux, répondit Carter avec une pointe d'impatience. Montrez-moi votre automobile.

Friz ouvrit de grands yeux :

– Vous voulez une automobile ?

– Oui. Non ?

– *Mein Gott.*

Friz tira de sa poche une boîte de pastilles à la menthe. Il en jeta une dans sa bouche et en offrit à Carter :

– PEZ ?

Carter accepta une pastille.

– Prenez la boîte, dit Friz. Il y en a des caisses entières, là derrière.

Puis il souleva une bâche, tout en s'excusant de ne pas avoir d'automobile et en disant qu'il comprendrait parfaitement si Carter décidait d'annuler le contrat.

C'était une motocyclette. Noire, anguleuse, élégante, typiquement européenne. Carter eut le coup de foudre. Il n'avait jamais rien vu d'aussi beau. Il la voulait à tout prix et se battrait si on s'essayait à la lui reprendre. Quand pourrait-il la conduire ? Max Friz lui expliqua qu'il avait horreur des motocyclettes mais qu'elles avaient l'avantage de se rapprocher plus des avions que les boîtes à outils. Il énuméra la liste des caractéristiques techniques comme un boucher vante les morceaux de choix d'une carcasse de bœuf : moteur à deux cylindres monté à plat, avec un piston entièrement fermé ; double système de freinage (bois dur pour temps sec ; bois tendre pour la saison pluvieuse) ; levier révolutionnaire, à trois vitesses. Ledocq aurait sans doute apprécié la description à sa juste valeur, mais Carter s'intéressait plus à l'aspect extérieur : le moteur mat argenté, encastré dans un cadre noir brillant, les deux lignes blanches qui ornaient le réservoir et les garde-boue. Alors que les motos américaines étaient toujours flanquées de deux affreux caissons en métal, la R32 – c'était son nom – possédait une paire de sacoches noires aux formes arrondies, légèrement inclinées comme sous l'effet de la vitesse. Elles étaient frappées du logo de Max Friz, un cercle divisé en quartiers bleus et blancs, seule touche de couleur.

– À combien monte-t-elle ?

– Cent dix, cent vingt kilomètres/heure, en Allemagne. Chez nous, il y a grandes routes goudronnées. Ici, deux kilomètres, trois kilomètres, et puis *pfft*...

– Je connais de bons coins pour rouler.

– Réservoir de quatorze litres. Ah, petit robinet. Vous tournez, de *auf* sur *zu*, et ça coule, ça coule. Cette marque indique la réserve. Ici, tuyau d'alimentation. Toujours vérifier qu'il est bien fermé, sinon le carburant s'échapper. Comprenez ?

– Je peux l'essayer ? J'ai déjà conduit des motos.

– Américaines ? rétorqua Friz avec dédain.

Il lui montra comment démarrer et comment régler le phare révolutionnaire.

– Oh ? fit Carter, amusé, en enfourchant la selle. Le phare aussi est révolutionnaire ?

– *Ja, ja.* Sur batterie. Six volts. Électrique, pas acétylène. Plus brûler les mains.

– Quel carburant dois-je utiliser ?

– Comme vous voulez. Kérosène.

Il y avait des papiers à signer. Friz sortit des déclarations de douane et des contrats déjà approuvés par James. Pour sept mille cinq cents dollars, Carter devait concevoir une illusion mettant en scène la R32 de Bayerische Motoren-Werke. En échange, BMW utiliserait l'image de Carter le Grand dans sa publicité pour le Salon de l'automobile qui se tiendrait à Paris en octobre 1923.

Max mit un genou à terre puis, à l'aide d'un canif à lame courte, ouvrit une caisse en bois. Il en tira trois petits sacs de toile fermés, portant le sceau de l'Hôtel des Monnaies de San Francisco.

– Attention, c'est lourd, dit-il.

Carter les glissa dans les sacoches de la moto.

– Quel sera le prix de vente public de la R32 ? demanda-t-il, en homme d'affaires avisé.

Friz suça bruyamment sa pastille de menthe et annonça sur un ton funèbre :

– Ce sera la motocyclette la plus chère du monde.

Carter s'abstint de tout commentaire. Les motos étaient réservées aux amateurs de sensations fortes, aux étudiants ou à tous ceux qui n'avaient pas les moyens de s'offrir une automobile. Miser sur une machine hors de prix pour faire fortune lui paraissait un projet complètement irréaliste.

Ce qui bien sûr ne lui rendait Max Friz que plus sympathique.

Carter cala deux fois en route, le temps de s'habituer au dosage entre l'embrayage et l'accélérateur. Il eut du mal à savourer pleinement cette première balade car il n'avait pas l'équipement adéquat. Il rentra donc chez lui, mit l'or à l'abri dans son garage (il en garda une partie, pour le plaisir) et enfila une tenue plus adaptée : un blouson de cuir, un pantalon en grosse toile et une paire de bottes à lacets.

Bientôt, il remontait sur sa moto, les yeux protégés par d'épaisses lunettes teintées. Trois kilomètres seulement le séparaient de la maison de Borax, par la route la plus directe. Il opta pour le chemin des écoliers, un circuit d'une quinzaine de kilomètres autour du lac Merritt et sur le flanc sinueux des collines. Son moteur faisait entendre un ronflement syncopé qui augmentait en cadence mais pas en volume lorsqu'il accélérait dans les lignes droites.

La première fois qu'il enclencha la troisième et lâcha les gaz, la R32 fit un bond en avant, pour atteindre la vitesse de quatre-vingt-dix kilomètres/heure. Il laissa échapper un juron en négociant le virage suivant, puis une image lui vint soudain à l'esprit : la même équipée sauvage, mais avec Phoebe Kyle sur le siège passager.

Il s'engagea sur la Quatrième Avenue, avec ses alignements d'arbres et sa vue sur la baie. Il était à la fois impatient et nerveux à l'idée de voir Borax, comme on peut l'être avant de rencontrer un roi ou un prince. Il aurait voulu poursuivre indéfiniment sa promenade à moto, mais il lui fallait arriver avant Philo – si toutefois Philo venait – et il se présenta donc à la grille d'Arbor Villa peu avant midi.

Il gara sa moto à l'ombre d'un poivrier et fuma une cigarette, toujours assis sur la selle. Bientôt retentit au loin une légère détonation, comme un bouchon de champagne qui saute : le canon de midi d'Arbor Villa. Il se réjouit que son vieil ami pût encore se permettre ce petit luxe, car Francis Marion « Borax » Smith, l'octogénaire maître des lieux, était passé d'une fortune colossale à la banqueroute en l'espace de quelques années.

Carter se fraya un chemin à travers les ruines de son domaine. Il manquait des lettres sur les grilles en fer forgé de l'entrée. On ne lisait plus que : ARB   V LL .

Borax avait commis une grave erreur après le tremblement de terre de San Francisco en 1906. Il avait engagé toute sa fortune, jusqu'au dernier sou, dans un achat massif de terrains. Il avait ainsi acquis la quasi-totalité des comtés de Contra Costa et d'Alameda, tous les lopins de terre de mont Diablo au front de mer d'Oakland, soit des centaines d'hectares de zone urbaine destinés à l'industrie, aux commerces ou à l'habitat, plus des milliers d'hectares de fermes et de ranches.

Au bout d'un an, la population n'ayant pas augmenté, Borax se persuada que pour attirer ces futurs habitants, il fallait doter Oakland d'un bon système de transports : il racheta donc toutes les compagnies de tramways, les fusionna et recruta des chauffeurs sobres, une première dans les services municipaux. À chaque terminus de ligne, il développa un lieu intéressant : un parc d'attractions à Idora ; à Stolzer, le jardin botanique ; un théâtre ; la plage de Neptune ; le lac d'Anza.

Deux événements, presque simultanés, firent de Borax un visionnaire et une légende populaire. Tout d'abord, les habitants les plus nomades de San Francisco se laissèrent enfin séduire par les charmes d'Oakland et vinrent s'installer dans les quartiers résidentiels qu'il avait conçus pour eux. L'argent commença à rentrer dans les caisses. Second événement : en 1918, à Mexicali, la Branson Chemical Exploration découvrit une nouvelle mine de borax, un filon d'une grande richesse et d'une exploitation peu onéreuse. La situation de Borax changea du jour au lendemain : le richissime propriétaire foncier, qui avait acquis ses terrains par le biais de l'emprunt, était désormais à la tête d'une dette de plusieurs centaines de millions.

Ce coup du sort aurait dû lui être fatal. En fait, il se maintint pendant des années, au prix d'un numéro d'équilibriste : il dégageait d'énormes profits grâce aux ventes immobilières, et dans l'heure suivante, il était à la merci de billets à ordre. Sa position restait un mystère, qu'il entretenait d'ailleurs savamment, car nombre de ses concurrents et créanciers auraient pu se repaître de sa carcasse s'ils avaient connu le moment opportun pour lui porter l'estocade.

En sonnant à la porte de la grande bâtisse, Carter se demanda quel serait le menu du jour : caviar ou bouillon clair ? On le conduisit jusqu'à l'arboretum, où Borax prenait son déjeuner. Des taches de lumière venaient éclairer les feuilles des palmiers nains. Carter remarqua une ombre mobile sur le sol et, en levant les yeux, il avisa sur la verrière une femme en salopette et grand chapeau, qui nettoyait les carreaux à l'eau savonneuse. Il lui fit un signe auquel elle répondit à grands gestes.

Le journal du jour à portée de main, ouvert aux pages financières, Borax reposait dans un fauteuil en osier qu'il quittait rarement ces derniers temps. Son corps, autrefois pansu et bouffi par la prospérité, était désormais aussi informe qu'un vieux ballon, tandis que son visage fripé n'offrait plus au regard qu'une succession de rides et de replis sous une fine barbe blanche.

– Charles Carter, dit-il. Quoi de neuf ?

Carter approcha une chaise, mais, la trouvant trop bancale, en chercha une autre. Ses yeux tombèrent sur un grand objet de bois et de métal, le dernier qu'il s'attendait à voir chez Borax.

– Qu'est-ce que c'est que ça ?

– Une guillotine.

– Je vois bien, mais où l'as-tu dénichée ? demanda Carter avec une pointe de jalousie.

– En France, quelle question ! Tu restes déjeuner ? Les filles peuvent te préparer un sandwich.

Carter s'approcha de la guillotine, en caressa le vernis. Sur la lame – en position abaissée –, étaient gravées des roses aux tiges épineuses, ainsi que des lettres en partie effacées par l'usure.

– Elle doit dater du XVIIIe siècle.

– C'est ce que m'a affirmé le gars de chez Sotheby's hier.

– Tu veux dire que tu la vends ?

– Il a passé plusieurs heures à fouiner un peu partout dans la maison. J'ai une édition originale des *Voyages de Gulliver* qui semblait beaucoup l'intéresser. Il a noté toute une liste d'objets que je ne me rappelais même plus avoir achetés.

– Elle est en état de marche ?

– Je ne l'ai pas essayée. Mais ça n'a pas d'importance : apparemment, il s'agit d'une pièce authentique, construite par le bon Dr Guillotin en personne.

– Si un représentant de Sotheby's m'annonçait une chose pareille, je le flanquerais à la porte illico.

– Dis-moi plutôt ce qui t'amène, Charles.

– Je suis là pour te sauver des griffes de Sotheby's. Ces gens sont capables de te raconter n'importe quoi pour présenter un objet dans leurs ventes.

Il s'accroupit devant le cadre de la guillotine pour déverrouiller la lame.

– Les cinquante-trois premières guillotines ont été construites en avril 1792 par un fabricant de clavecins nommé Tobias Schmidt. Le bourreau trouvait trop difficile de trancher la tête des condamnés à l'épée. Guillotin a prononcé un beau discours et on a donné son nom à cet instrument. (Il remonta la lame de quelques centimètres.) Tiens, tu vois ? La marque de fabrique. Suisse. C'est une pièce de valeur, mais...

Carter marqua une pause. Il voulait cette guillotine. Il lui semblait même injuste de ne pas la posséder, alors qu'il en connaissait tout l'historique.

– Elle est rouillée. Il faudrait bien la nettoyer...

– Sotheby's l'a estimée à mille dollars.

– Je t'en donne sept cent cinquante.

– Vendu ! Mais règle-moi en liquide. Et ne souris pas comme ça !

Carter se redressa, un bras passé autour d'un montant du cadre, imaginant déjà tout ce qu'il allait pouvoir faire avec une guillotine. Soudain, il se rappela qu'il avait promis à James de ne plus jeter l'argent par les fenêtres. Il lui suffirait d'omettre cette dépense dans son livre de comptes.

Il s'accroupit à côté du fauteuil de Borax.

– J'ai besoin de ton aide pour éclaircir un problème.

– Tu veux des renseignements ? Apprends-moi un tour de magie et je te dirai ce que tu veux savoir.

– Impossible. Ces trucs sont mon gagne-pain.

– Si je pouvais bouger de ce fauteuil, je te flanquerais un coup sur la tête, je t'arracherais tous tes secrets et je prendrais ta place.

Carter chercha de nouveau un siège parmi les plantes d'intérieur, les sculptures et les outils de jardinage. Il approcha une chaise.

– Moi aussi, le secret est mon gagne-pain, soupira Borax.

– D'accord : j'ai besoin d'une information et je te révélerai un de mes trucs en échange.

Borax considéra le plateau de sandwiches placé devant lui.

– Voilà un marché qui me paraît honnête.

– Dis-moi qui est derrière cette histoire de télévision.

Un courant d'air chaud agita les feuilles des dattiers. Borax arrêta de mâcher.

– Très bien, lâcha-t-il enfin. Comment fais-tu disparaître un éléphant ?

– Ça vaut si cher que ça ?

– Prends un sandwich.

Borax semblait le jauger du regard. Depuis vingt ans qu'ils se connaissaient, Carter avait eu de nombreux tête-à-tête avec le milliardaire, mais pour la première fois, il prit conscience du redoutable adversaire auquel il avait affaire.

– Tu as le nom de l'inventeur ?

– Je me suis laissé dire qu'il devait venir ici d'une minute à l'autre.

– Il ne viendra pas.

Borax expliqua avec un certain agacement que, deux jours auparavant, l'inventeur l'avait appelé pour annuler poliment leur rendez-vous. Il avait bien tenté de l'en dissuader, mais en vain.

– Je lui ai dit qu'il y avait un paquet de requins prêts à lui voler son idée. Il m'a répondu qu'il était au courant et qu'il en faisait son affaire.

– Je connais des gens assez menteurs pour inventer une histoire pareille alors qu'ils ont eu un entretien la veille avec l'inventeur en personne...

– Tu as l'intention de me mentir à propos de la disparition de Tug ?

Carter fit non de la tête.

– Bon. Je parie que c'est un jeu de miroirs...

– Non, il n'y a pas de miroirs. Qui convoite cette télévision ?

– Qu'y a-t-il dans le sac à tes pieds ? Oui, la poche en toile blanche. Ramasse-la.

Borax se contorsionna pour attraper un plateau en bois qu'il installa devant lui. Il en tapota la surface pour indiquer à Carter d'y verser le contenu du sac. Des soldats en plomb s'entassèrent, peints aux couleurs des armées britanniques et révolutionnaires.

– J'avais les mêmes à l'orphelinat, soupira Borax. Mais on voulait toujours me les piquer. Quand j'ai eu cinquante ans, de passage à Londres, j'ai vu ceux-ci dans la vitrine d'un magasin de jouets...

Il se mit à ranger les soldats en ordre de bataille sous l'œil de Carter, qui se demandait si son vieil ami ne devenait pas gâteux.

– Il y aura toujours des gens riches prêts à payer une fortune pour racheter les jouets qu'on leur a confisqués pendant l'enfance. Alors, comment Harding a dit que ce type s'appelait ?

– Si j'avais son nom, est-ce que je serais ici ? ricana Carter.

– C'est la deuxième fois que tu ne réponds pas à ma question. (Il désigna les soldats de l'armée révolutionnaire :) Ceux-là, les gueux, sans foi ni loi, c'est RCA, Westinghouse, d'autres encore. En gros, les compagnies qui contrôlent la radio.

Carter ne put réprimer un mouvement de surprise.

– Logique, non ? fit Borax. Bon sang, j'espère qu'un jour Oakland aura droit à mieux que KJWR et ses chants religieux. Y en a marre de ces bondieuseries...

– L'autre soir, j'ai pu écouter le combat de Leonard.

– Ah oui ? Avec toutes ces nouvelles fréquences, la radio est promise à un grand avenir. Pour l'instant, les seuls à gagner de l'argent sont les fabricants d'appareils. Mais à mon avis, il y a encore plus gros à récolter dans la vente d'espaces publicitaires. Peut-être. Et, comme la télévision, c'est de la radio avec l'image en plus, les patrons de RCA se disent qu'ils ont tout intérêt à s'approprier le brevet. Quitte à le garder sous le coude jusqu'à ce qu'ils aient ramassé un gros pactole en vendant une ou deux radios par foyer. C'est à eux que tu dois la visite de tes deux monte-en-l'air...

– Parce que tu es au courant ?

– J'en ai eu vent, répondit Borax avec la mine du gamin pris les doigts dans la confiture. De toute façon, il fallait bien qu'ils essaient un jour ou l'autre. Tiens, regarde... (Il toucha le chapeau des tuniques rouges.) Voilà les soldats britanniques. L'armée.

– Qui représentent-ils ?

– L'armée. Le ministère de la Guerre. Voilà comment raisonne le général Pershing : on place des caméras sous le ventre des avions, ou sur les chars d'assaut, et les officiers restés à l'état-major peuvent voir ce que mijote l'ennemi. Alors les autorités officielles, comme le Service secret ou la police, sont sur le pied de guerre. En ce moment, tout ce qui porte uniforme n'est pas ton allié.

Il balaya les soldats dans le sac de toile ouvert.

– RCA. Le ministère de la Guerre. Ils veulent à tout prix mettre la main en premier sur la télévision. Et ils se disent que le Seigneur détournera le regard s'il faut dévisser un ou deux gugusses en chemin. C'est pour ça que les gars du Service secret t'ont en ligne de mire : ils sont persuadés que tu sais quelque chose.

– Ah ?

– Sans compter que tu as peut-être assassiné le Président.

Carter lui prit le sac des mains.

– J'ai l'impression d'avoir été lavé de l'accusation de meurtre beaucoup trop facilement, dit-il en jetant un à un les derniers soldats dans le sac.

– Charlie, tu n'as rien d'un meurtrier, alors ne fais pas semblant. Mais oublions le nom de ce type... Pourquoi veulent-ils le tuer ?

– Je n'en sais rien.

– Ce n'est pas logique. Pourquoi ne pas plutôt acheter son brevet quelques millions ? Il y a des milliards en jeu. Ou bien une refonte complète de la stratégie militaire. C'est énorme !

Autour d'eux, la maison semblait maintenant déserte. Personne dans l'arboretum, aucun bruit dans les pièces voisines. Même le toit était vide.

– Mais toi, que viens-tu faire dans cette mêlée ? s'enquit Borax en buvant une gorgée de thé.

– Eh bien, je me suis dit que la télévision serait un moyen idéal pour présenter mes tours de cartes.

Borax fut pris d'un tel fou rire qu'il faillit s'étrangler.

– Les grandes compagnies et l'armée d'un côté, Charles Carter de l'autre. Au moins, maintenant, je sais sur qui miser...

– Tu n'as pas confiance en moi ?

– Je n'ai pas dit ça. Seulement tu ne fais pas le poids face à des gens prêts à tuer. Vous n'êtes pas de la même trempe.

Carter soutint longuement le regard de son ami. Puis il fit tomber le dernier soldat dans la poche de toile et la referma :

– La confiance est toujours récompensée.

Il imprima de légères rotations au sac, puis le renversa. Il en tomba une pluie de pièces de dix dollars en or. Puis il retourna le sac comme un gant : il n'y avait plus un seul soldat à l'intérieur.

Borax fit courir ses mains calleuses sur les pièces.

– À première vue, il y en a bien pour sept cent cinquante. Alors, comment s'appelle ce type ?

Carter poussa un soupir résigné. Quand il parlait affaires, Borax n'était pas du genre à se laisser distraire par un tour de magie.

– Harding m'a expliqué le principe de la télévision et m'a donné le nom de l'inventeur. J'ai essayé de le localiser, sans succès. À mon avis, personne n'a encore mis la main sur lui.

– Tu crois qu'après la mort de Harding, il a bouclé ses valises ?

– S'il a été assez intelligent pour inventer la télévision, et pour ne pas révéler son nom, il doit être capable de voir un sérieux avertissement dans la mort de son bienfaiteur. À mon avis, il fait le dos rond quelque part. En tout cas, c'est ce que je ferais. J'aimerais lui venir en aide.

– On ne peut pas aider les gens.

Et c'était lui, Borax, qui proférait ce jugement pessimiste ? Carter eut la désagréable impression que, pour son ami, un rideau venait d'être tiré.

– Il faut essayer, répondit-il d'une voix qui manquait de conviction. (Il retourna de nouveau le sac :) Tiens, regarde, je viens déjà de sauver une petite armée.

Les soldats de plomb réapparurent comme par enchantement.

– Imaginons que tu le retrouves. Ton idée d'acheter les droits d'exploitation de la télévision pour ton spectacle de magie ne tient pas debout... Il va recevoir des propositions très alléchantes, sur lesquelles il te faudra surenchérir. Y compris la mienne.

– Tu roules pour qui ?

– Pour le plus offrant.

– Tu as aussi le droit de sponsoriser mon spectacle.

Au regard que lui lança Borax, Carter comprit que, dans cette lutte, il faisait figure de bambin monté par erreur sur un ring de boxe.

– Et l'éléphant ? s'enquit Borax.

– Ah, oui, c'est vrai. Mais promets-moi...

– Je serai muet comme une tombe.

– Non, non. Promets-moi que tu ne seras pas déçu.

– Pourquoi serais-je déçu ? Je vais enfin savoir comment tu fais disparaître un éléphant de dix tonnes !

À l'aide d'une série de croquis, Carter lui expliqua le principe : Tug montait sur une plate-forme et on relevait de chaque côté des battants qui le masquaient entièrement, pendant à peine deux secondes. Lorsqu'on rabaissait les panneaux, il avait disparu. De la salle, le public ne voyait jamais le truc : en fait, la plate-forme était plus profonde qu'il n'y paraissait, assez pour accueillir deux éléphants.

– Tug monte dessus et on relève les quatre panneaux qui forment une sorte de boîte. Sauf qu'il y a une cinquième paroi au milieu, que l'on dresse entre l'éléphant et le public. Et quand on rabaisse le panneau frontal, cette fausse paroi ressemble comme deux gouttes d'eau à celle du fond : richement décorée, avec des mots hindous écrits en gros, en fait une publicité pour un sirop contre la toux.

Borax sembla ruminer ces explications.

– Et c'est pour ça que je t'ai affranchi sur la télévision ?

– Je t'avais prévenu.

– Oui, mais... D'accord.

– Tu viens de mettre le doigt sur un point essentiel : les secrets ne protègent pas le magicien, mais le public.

En sortant d'Arbor Villa, Carter se sentait désemparé. En vingt ans, il ne s'était encore jamais ainsi frotté à Borax. Il avait l'impression qu'ils venaient de s'enfoncer tous deux dans une forêt épaisse et qu'ils avaient égaré en chemin un précieux bagage.

À une centaine de mètres de la maison, il aperçut un graffiti peint en rouge : *Elle n'est pas morte*. Une phrase empreinte à la fois de tristesse et d'espoir.

Carter s'abandonna à la mélancolie. On ne sauve personne, avait dit Borax. Il avait eu ses bonnes œuvres, mais il ne semblait plus croire à l'esprit qui animait les auteurs de ces inscriptions. Le magicien rejoignit sa moto. Il savait ce qui le rendait si triste : quand la foi s'amenuisait, la soif du profit venait toujours remplir le vide.

CHAPITRE 17

La Carter & Compagnie occupait un étage entier du 333, Pine Street. Là, derrière les portes en verre dépoli, on glissait contrats, télégrammes ou cotations boursières dans des tubes pneumatiques qui fusaient de bureau en bureau, où ces documents étaient pris en compte, réexpédiés ou archivés dans des fichiers en acajou. Plusieurs employés lisaient à voix haute le ruban du téléscripteur à leurs collègues en tablier blanc qui notaient sur de grands tableaux noirs les fluctuations du Dow Jones, lequel se stabilisait ce jour-là à quatre-vingts points.

Mais les véritables décisions se prenaient dans les deux bureaux du fond, au design sobre, à la décoration dépouillée, hormis quelques photographies personnelles et une affiche de Carter le Grand que James aimait particulièrement, une des débuts, qui annonçait *L'Évasion du pilori.*

Comme chaque fois qu'il rentrait de voyage, James alla d'employé en employé, du simple réceptionniste au chef-comptable, pour s'assurer du bon fonctionnement de la maison. Pendant ce temps, Tom triait le courrier, car son humeur souvent grincheuse ne le prédisposait pas à ces conversations de motivation.

À midi et demi, en l'absence des employés sortis déjeuner, James consultait le ruban du téléscripteur quand il entendit Tom pousser un violent juron. Comme cela lui arrivait souvent, James leva à peine les yeux, jusqu'à ce que son ami vînt le rejoindre, la mine défaite. Il tenait une lettre à la main.

– Regarde. C'est arrivé ce matin.

L'enveloppe leur était adressée à tous deux et leurs noms étaient correctement orthographiés.

– « Chers messieurs Crandall et Carter, je crois savoir qu'il vous arrive de financer des entreprises privées lorsque vous les jugez dignes d'intérêt. Je ne sais pas encore quel est son potentiel économique, mais j'ai mis au point un appareil révolutionnaire... »

James laissa échapper un « Oh, non » avant de poursuivre :

– « ... un appareil révolutionnaire qui combine la radio et l'image. Cette invention s'appelle la télévision. »

James blêmit.

– Continue, dit Tom.

« Cet après-midi, à dix-sept heures, je ferai une démonstration publique de la télévision à l'auditorium Wheeler, sur le campus de l'université de Californie. J'ai invité de nombreux investisseurs locaux, pour savoir quels financements mon procédé peut espérer réunir.

« Pardon de vous prendre ainsi de court, mais cette notification de dernière minute vise à décourager les imitateurs.

« Philo FARNSWORTH »

– Attends, il y a pire ! grimaça Tom.

– Toi et ton pessimisme, maugréa James.

Tom lui tendit les pages financières de l'*Examiner*. En page trois, un encart publicitaire annonçait la démonstration de Farnsworth, à l'université, à cinq heures.

– Nous y serons, décida James, le visage grave. Appelle un coursier. Il faut absolument que Charles y soit aussi.

♣ ♦ ♥ ♠

Durant l'été 1771, un courrier parti de Francfort-sur-le-Main fut foudroyé par un éclair surgi dans un ciel serein. Les témoins – des paysans, mais aussi un médecin et un gentilhomme – constatèrent que le corps de l'individu était carbonisé jusqu'à la moelle, mais que sa sacoche en cuir était restée intacte. À l'intérieur, on trouva un manifeste intitulé *Le Jour des Illuminations* : un plan pour influer en sous-main sur les événements du monde au nom d'une organisation jusqu'alors inconnue, les Illuminati.

Outre cette abomination théorique, on découvrit sur le corps un objet qui suscita bien des interrogations : il s'agissait d'une bourse contenant une douzaine de petits crânes en ivoire, qui portaient gravés sur la mâchoire un nombre à trois chiffres.

Tous ces nombres se suivaient, mais il manquait le 322, envoyé à un agent dans les colonies rebelles d'Amérique, « afin que les Illuminati en place puissent contribuer au nouvel ordre mondial ».

Lorsque la confrérie Skull & Bones (Tête de mort et tibias croisés) fit son apparition à l'université de Yale, dans la loge 322, on ne manqua pas d'y voir un lien avec les Illuminati, d'autant que ses membres se proposaient comme objectif (du moins le prétendait-on) la domination mondiale, avec pour armes le secret et la manipulation.

À midi, alors que Carter se trouvait chez Borax et que Tom Crandall s'apprêtait à ouvrir la lettre de Farnsworth, l'agent Samuelson avait une conversation téléphonique capitale avec l'un de ses supérieurs. Assis dans la cabine d'un restaurant, en retrait du comptoir, il griffonnait des notes d'une main rapide. Cet ancien étudiant de Yale, aux cheveux plaqués en arrière, se donnait beaucoup de mal pour ne jamais révéler qu'il sortait de cette université. Depuis toujours, il attendait cet appel. Il joua avec sa montre de gousset, au dos en ivoire, sculpté en forme de crâne, sur lequel était gravé un nombre en caractères dorés : 322.

Pendant les trois premières minutes de la conversation, son cerveau eut du mal à s'extraire du brouillard. À force d'ânonner « merci, monsieur », il se sentit ridicule et préféra se taire. Il se rappelait certains bouts de phrases que le colonel avait prononcés au début : « quel temps fait-il ? », « cela requiert de la discrétion et de la souplesse » et « grâce au concours précieux de l'agent Griffin, nous avons dressé un profil... » ou « nous pourrions bien sûr continuer de mobiliser l'agent Griffin, car c'est un homme d'expérience », et enfin, après une courte hésitation, « mais il faut passer à l'action ».

Le colonel Starling cessa alors de tourner autour du pot. Bien que lavé du soupçon de dissimulation de preuves, Charles Carter allait probablement tenter d'entraver une opération du Département du Trésor, à l'université de Californie, à dix-sept heures. Samuelson pourrait-il, à titre de faveur personnelle, l'écarter de la circulation ? Le placer sous détention aux alentours de seize heures trente ?

Samuelson accepta sans hésiter. Après tout, ce n'était pas très différent d'embarquer un bootlegger en virée dans les bois.

– Entre nous, ajouta le colonel, je vous signale que le magicien a déjà échappé à un coup de filet opéré selon des méthodes traditionnelles. (Puis, après une pause :) Nous aimerions qu'il soit mis hors circuit pendant quelques heures au minimum. Mais il n'y a pas de maximum. Vous me suivez ?

– Oui, monsieur. Merci de votre confiance, monsieur.

La première tentative d'arrestation s'était soldée par un échec parce qu'on avait oublié qu'on avait affaire à un illusionniste.

Samuelson passa l'heure suivante à méditer un plan assez habile pour lui garantir à coup sûr une promotion. Il s'entraîna à dire « Non, vraiment, c'était un jeu d'enfants », pour répondre aux prochaines félicitations de ses confrères. « Nous avons montré à M. Carter qui était le plus fort. » Cela énoncé avec toute la gravité qui seyait à un membre de la confrérie Skull & Bones.

Un quart d'heure plus tard, dans une chambre du Palace, Samuelson exposait les points successifs de son plan à O'Brien, Hollis et Stutz.

– On va lui montrer qui est le plus fort.

Approbation de ses collègues. Stutz, qui n'avait pas encore fait entendre sa voix de grenouille, intervint :

– Il va falloir l'assommer ?

– C'est à envisager.

– Je m'en charge.

Samuelson poursuivit son exposé, en répondant aux éventuelles questions avec un goût de la précision qu'il avait toujours considéré comme sa plus sûre qualité.

♣ ♦ ♥ ♠

Sur le chemin de la bibliothèque, Griffin sifflotait en feignant une parfaite insouciance. Il s'arrêta pour acheter le journal et, au carrefour, salua de la main l'agent de la circulation. Mais sous cette apparente bonhomie, il guettait les reflets dans les vitrines ou les rétroviseurs des voitures garées le long du trottoir, à l'affût d'un visage récurrent parmi la foule.

Il ne pouvait pas savoir que personne ne le surveillait, et qu'au fond nul ne se souciait de son emploi du temps. Griffin était sur ses gardes, et la décision administrative la plus banale – un ordre de mission pour Albuquerque, par exemple – lui semblait lourde de menaces. Un agent l'attendrait-il dans le train ? Lui proposerait-il d'aller fumer une cigarette entre deux wagons ? Et le lendemain, retrouverait-on le corps de Jack Griffin sur le ballast, victime d'un suicide ?

À la porte de la bibliothèque, il montra son insigne et coiffa le casque de sécurité. Lorsqu'il entra dans la salle des périodiques, Mlle White lui fit un signe de la main :

– Ouh ouh !

Il sortit un livre de sa poche : *La Pêche à la mouche* d'Anderson. C'était son seul bouquin, mais au moins il ne venait pas à la bibliothèque les mains vides.

– Bonjour, mademoiselle White.

– C'est si gentil d'avoir pensé à le rapporter.

Elle prit le livre et en examina le dos.

– Ah, Doyle, Doyle, Doyle. (Puis elle se mit à chuchoter :) Suivez-moi.

Elle l'entraîna dans un petit bureau aux parois de verre, dans un angle de la salle principale. Lorsqu'elle alluma la lumière, Griffin cligna des paupières. Du sol au plafond, les murs étaient tapissés de titres de la presse mondiale.

Mlle White le regarda avec des yeux ardents :

– Monsieur Griffin, comme c'est malin de votre part d'avoir apporté un livre ! Mais c'est votre métier, après tout, n'est-ce pas ?

Les manuels ne manquaient jamais de mettre en garde les agents contre les femmes qui éprouvaient une fascination particulière pour le Service secret. Mais l'intelligence de Mlle White faisait d'elle une exception à la règle.

– C'est un métier plus ennuyeux que vous ne le croyez.

– Rien de ce que vous faites ne peut être ennuyeux, articula-t-elle, les yeux comme des soucoupes. Mais que vous est-il arrivé ? (Elle braqua une lampe de bureau sur son visage.) Vous vous êtes battu ? Il y a plusieurs jours ? Sous cette lumière, ça se voit comme le nez au milieu de la figure. La première fois que vous êtes venu ici, ça devait être tout récent et vous n'en avez même pas parlé.

Il n'était pas question d'expliquer les Huit Hommes Vertueux à une personne extérieure au Service.

– Vous aviez quelque chose à me dire, mademoiselle White ?

– Appelez-moi Olive. Oh, oui.

Elle déverrouilla un fichier.

– Comment progresse votre enquête sur M. Carter ?

– Nous ne discutons jamais de...

– Oh, oui, bien sûr, je comprends. Je comprends parfaitement. Voilà ce que je voulais vous montrer.

C'était un dossier fermé par une cordelette, comme celui consacré à Charles Carter. On lisait sur l'étiquette : « Warren Harding à San Francisco, été 1923 ».

Griffin l'ouvrit. Les premières coupures de presse annonçaient que le Voyage de la Compréhension s'arrêterait à San Francisco ; venaient ensuite plusieurs comptes-rendus, au fil des étapes ; quelques brèves sur l'état de santé préoccupant du Président ; des photographies qui montraient les maires d'Oakland, de San Francisco et de Sacramento en train d'accueillir Harding ; un article dressant la liste de tous les rendez-vous annulés pour cause de maladie ; un entretien avec J. Phillip Roemer, le chef cuisinier du Palace, qui promettait de servir au Président les plats les plus diététiques (« Ce ne sera pas ma faute s'il ne retrouve pas l'appétit »).

– Vous avez sans doute vu cette photo, murmura Mlle White.

C'était le dernier cliché de Harding publié dans la presse, le teint cireux, assis sur son lit d'hôtel, en pyjama et robe de chambre. Arborant son célèbre sourire, il esquissait un salut d'une main qui semblait peser une tonne. Dans un fauteuil voisin, la Duchesse paraissait soucieuse ou contrariée. « Sans le savoir, disait la légende, Warren Harding nous fait là ses adieux. »

– Oui, je l'ai déjà vue.

– Mais pas celles-ci.

Elle décacheta une grande enveloppe jaune dont elle tira une liasse de photos.

– Pour tous les événements importants qui concernent la ville, l'*Examiner* nous envoie les négatifs et les clichés rejetés. Ce qui nous cause des problèmes dont vous n'avez pas idée : lorsque les photographes ont appris que la salle des périodiques était tenue par une femme... (Elle ferma les yeux et secoua la tête d'un air dégoûté :) Ils m'envoient de véritables horreurs.

Griffin n'écoutait plus. Il était en train de trier les photographies – vingt au total, numérotées d'après les négatifs. Aucune ne manquait. Il les disposa dans l'ordre. Sur la troisième et la dix-huitième, on apercevait la pendule dans un angle. La séance photo avait donc eu lieu pour l'essentiel entre vingt-trois heures trente-cinq et vingt-trois heures quarante-deux, le 2 août.

L'image était floue sur l'*Examiner*, mais le cliché original avait une excellente profondeur de champ et la pièce fourmillait de détails : au premier plan, on voyait les fioles de médicaments et des cartes à jouer sur le bureau. À droite, sur la commode, il y avait une note, sans doute celle envoyée par Randolph Hearst, à en juger par la taille de l'en-tête.

– Vous avez dit Hearst, agent Griffin ?

– Hein ?

Il ne s'était pas rendu compte qu'il avait parlé à voix haute.

– Je connais cette chambre par cœur. Je cherche seulement...

Comme il n'ajouta rien pendant de longues secondes, la bibliothécaire finit par lui demander ce qu'il voyait :

– Rien, mademoiselle White.

– Olive, je vous en prie. La photo que vous examinez est justement celle qui a retenu mon attention...

C'était aussi celle qu'avait publiée l'*Examiner*, mais en la recadrant.

– Difficile de penser à la mort du Président Harding sans s'interroger sur sa maladie, poursuivit-elle. On a prétendu qu'il avait mangé du poisson avarié. Mais regardez, on voit ici son dernier repas, qui a été coupé dans le journal : ce n'est pas du poisson, mais du gâteau au chocolat.

– Et c'est pour ça que vous m'avez appelé ?

– C'est la preuve qu'il y anguille sous roche, non ? conclut Mlle White, l'œil brillant.

– Le Président a mangé du poisson plus tôt, vers cinq heures et demie.

– Oh, fit-elle, déçue. Moi qui espérais vous être utile...

– Ce n'est rien... Olive. Vous m'avez été très utile...

– Pourquoi vous êtes-vous arrêté sur cette photo, vous aussi ?

– Elle sera parfaite pour nos archives.

Elle lui jeta un regard soupçonneux :

– Là, vous êtes en train de m'embobiner. Qu'est-ce que vous avez vu ?

Griffin aurait dû faire main basse sur le cliché, mais il essaya de se rappeler la dernière fois qu'une femme avait paru apprécier sa compagnie, et son geste manqua de vivacité. Mlle White lui saisit le poignet.

– Un indice, je parie !

– Je dois emporter cette pièce à conviction, affirma-t-il d'une voix dépourvue d'autorité.

– Oh, monsieur Griffin, regardez, j'en ai la chair de poule. Depuis que j'ai lu Keats, j'attends l'instant où surgira une « folle hypothèse » : n'est-ce pas exactement l'expression qui convient ici ?

– Je ne sais pas, grogna-t-il en tirant sur la photo. Il faut que j'y aille.

– Une folle hypothèse, répéta-t-elle. C'est la bouteille de vin qui vous intrigue, n'est-ce pas ?

– Il n'y a pas de bouteille de vin sur la photo.

Elle désigna les autres clichés.

– Oh, si, il y en a une. Ici. Et là.

Tandis qu'il rassemblait les vingt photos pour les glisser dans l'enveloppe, Mlle White se mordillait l'ongle de l'index.

– Et qui dit bouteille de vin dit... Ah ! Du vin empoisonné !

– Calmez-vous.

Il roula de gros yeux et Mlle White se tut aussitôt. Son enthousiasme de détective amateur laissa place à un sentiment que Griffin n'avait encore jamais vu : une passion dévorante. Non plus pour son travail, mais pour sa personne. Il faillit en lâcher l'enveloppe.

– Écoutez, dit-il, je vous remercie de m'avoir appelé. Il y a autre chose ?

– Oh, non. C'est tout.

– À qui d'autre en avez-vous parlé ?

– À personne, monsieur Griffin.

– Des agents sont venus vous poser des questions ?

– Y aurait-il une cabale contre vous ? Oh, oui, j'en suis sûre maintenant ! La bagarre à laquelle vous avez été mêlé !

– Non.

– Est-ce que cela a un lien avec Charles Carter ?

– Je ne sais pas. J'y vais.

Il fit un pas vers la porte. Leurs regards se croisèrent.

– Agent Griffin ? Il faut que je vous prévienne... Je suis en train de tomber sous votre charme.

Il voulut la saluer en portant l'index sur le bord de son chapeau, mais il fut tout surpris de se cogner au casque de chantier.

– Je repasserai plus tard, quand, enfin...

Ses jambes flageolaient, aussi fragiles que des flûtes de pain. Il parvint cependant à mettre un pied devant l'autre. Au milieu de la pièce, il s'arrêta pour se gratter la nuque avec le coin de l'enveloppe. Il avait un service à demander à Mlle White, mais il n'aurait pas su dire s'il en avait réellement besoin ou si c'était un simple prétexte pour prolonger la conversation.

Elle continuait de fixer sur lui des yeux enamourés.

– Olive, combien de temps vous faudrait-il pour trouver les cinq, disons les dix rabbins les plus proches du Palace ? Ceux qui ont une grande, enfin, vous savez... une grande communauté.

– Des rabbins ? répéta-t-elle, le pouce sur la lèvre supérieure.

La perplexité se lut sur son visage. Mlle White devait mener une vie protégée et il ne voulait surtout pas l'entraîner dans la fange du ruisseau, aussi préféra-t-il ne pas s'expliquer davantage. Mais les yeux de la bibliothécaire se mirent soudain à pétiller :

– Ah, vous êtes si drôle ! Des rabbins. Oui, bien sûr. Attendez-moi ici.

Elle quitta la pièce, en riant sous cape à l'idée des « rabbins ». Resté seul, Griffin desserra le nœud de sa cravate, car la bibliothécaire avait réussi à lui donner une bouffée de chaleur.

CHAPITRE 18

En sortant de chez Borax, Carter pensa d'abord rentrer chez lui pour téléphoner à James, mais tandis que les arbres défilaient sur le bas-côté, il s'aperçut qu'il n'avait rien de particulier à lui dire, hormis qu'il avait dépensé sept cent cinquante dollars et que Farnsworth restait introuvable, deux nouvelles sur lesquelles il n'avait pas envie d'épiloguer. Sans compter que James allait encore le taquiner à propos de Phoebe Kyle.

Arrivé devant le foyer pour aveugles, Carter crut entendre le « Surtout, amuse-toi ! » lancé par James, comme s'il exhortait Ledocq à essayer les fruits de mer au moins une fois dans sa vie. Il résolut d'entamer le jour même une liaison sans lendemain avec une jolie jeune femme : marivaudage, baisers échangés et plaisirs réciproques.

Il descendit de moto, s'épousseta les cuisses et se dirigea vers le foyer, en préparant une ou deux répliques pleines de tact et de pudeur au cas où elle repousserait ses avances, car, à l'instar de bien des membres de la gent masculine, il avait du mal à concevoir qu'une femme qui lui plaisait pût l'aimer en retour.

Le foyer avait dû être autrefois une grande maison privée, avec ses pignons, ses fenêtres cintrées, ses coupoles à l'étage et sa véranda qui semblait faire le tour du rez-de-chaussée. Le bâtiment principal était flanqué de deux dortoirs d'aspect austère, séparés par un mur de brique.

Dans l'allée, Carter croisa plusieurs personnes qui, pour la plupart, marchaient deux par deux. Il les salua d'un signe de tête, sans trop savoir lesquels étaient non-voyants. Phoebe attendait-elle sa visite ? Il avait plusieurs choses à lui dire, qui toutes paraissaient futiles et idiotes. Heureusement, il avait pensé à cueillir une rose dans le jardin de Borax et l'avait cachée dans sa poche. Comme son vieil ami lui avait servi un atroce pâté de foie, il ouvrit sa boîte de PEZ et enfourna de deux pastilles de menthe.

La porte du foyer s'ouvrit en grand et trois femmes en sortirent précipitamment, une bible à la main. L'une d'elles pleurait, consolée par les deux autres.

– C'était horrible ! s'écria la plus bouleversée des trois, en essuyant les larmes qui ruisselaient sur ses joues.

– Pardon, commença Carter.

Mais à cet instant apparut sur la véranda une femme en uniforme blanc, qui se mit à crier, les mains en porte-voix :

– Toutes mes excuses !

– C'était horrible, répéta la femme sans se retourner.

Elle éclata de nouveau en sanglots et, toujours soutenue par ses deux amies, se dirigea vers un minibus garé à proximité. Les yeux de Carter allèrent des jeunes femmes à l'infirmière.

– Bonjour, dit-il à celle-ci.

– Une seconde.

Elle l'interrompit d'une main levée, puis cria vers la maison, d'une voix forte mais lasse, comme si la scène s'était répétée des milliers de fois :

– Phoebe ! (Puis, à Carter :) Puis-je vous aider ?

– Je viens vois Mlle Kyle.

– Mon Dieu, qu'a-t-elle encore fait ?

– Rien. Je vous assure...

Elle inclina la tête en arrière, comme pour mieux le toiser du regard. Dans cette position, elle lui rappela sa mère quand elle choisissait parmi une brochette de poulets sur l'étal du boucher. Sans se laisser intimider, il la rejoignit sur la véranda, d'où il put jeter un œil dans le vestibule. Il aperçut une grosse corde tressée qui courait le long du mur, à hauteur de hanche.

– Vous êtes Carter ? s'enquit l'infirmière.

– Oui, madame.

– Alors vous existez vraiment !

Ne sachant si cette nouvelle la réjouissait ou l'attristait, il se contenta de lui adresser un léger salut, le doigt sur la bordure de son chapeau.

– Vous savez qu'elle ment comme elle respire ? continua-t-elle.

– Ah, non, je l'ignorais.

– Je l'adore, mais c'est une incorrigible menteuse.

– Très bien, répondit-il, car elle semblait sérieuse. Je tiendrai compte de cet avertissement.

– Ça m'étonnerait.

– Je...

– Phoebe, dit l'infirmière d'une voix normale cette fois, car la jeune femme venait d'apparaître sur le seuil, la main droite encore posée sur la corde tressée.

Elle portait une robe vichy toute simple et ses cheveux noirs étaient ébouriffés comme si elle tombait du lit.

– Monsieur Carter, s'exclama-t-elle, comme c'est gentil d'être venu ! Vous avez fait connaissance avec Jan ?

Phoebe tapota l'épaule de l'infirmière, puis lui passa un bras sous le coude.

– Elle est fâchée contre moi.

– Phoebe, il faut aller t'excuser.

– Je sais, je n'aurais pas dû, dit-elle gaiement. Monsieur Carter, merci. Merci beaucoup. Il est gentil, n'est-ce pas ?

Elle tendit les bras, les paumes tournées vers le ciel, ce qui le déconcerta. On eût dit qu'elle attendait un cadeau.

La rose dans sa veste. C'était bien la peine de la cacher ! Comment ne lui était-il pas venu à l'esprit que les tours de passe-passe dont il se servait d'habitude pour séduire lui seraient ici parfaitement inutiles ? Il déposa la rose entre les doigts de Phoebe. Elle la respira et en caressa les pétales, en suivant le tracé d'infimes nervures.

– J'adore les roses...

– J'avais très envie de vous voir, lança-t-il avec un enthousiasme qui lui parut exagéré.

– Il va falloir patienter encore un moment, soupira Jan. Phoebe...

– Oh, d'accord, c'est bon ! Où sont-elles ?

Elle glissa la rose sur son oreille, la fixa avec une barrette, puis tendit la main pour solliciter une escorte. Carter devança l'infirmière.

À son contact, il reconnut un parfum familier, mélange subtil de vanille et d'amande – La Renommée de D'Orsay. Plusieurs femmes dans sa troupe portaient le même, mais aucune de manière aussi enivrante.

Ils descendirent avec précaution les quelques marches du perron et se dirigèrent vers le parking. Lorsqu'il lui remit discrètement sa paire de gants, elle toussota :

– La ficelle était un peu grosse, j'imagine.

– Il paraît que vous mentez comme vous respirez ?

– Autrefois, oui. Quand je buvais.

– Parce que vous buviez.

– Comme un Polonais !

Elle exerça deux pressions de la main sur son avant-bras, comme pour lui signifier un message en morse.

– Vous me promettez de ne pas écouter notre conversation ?

– Je ferai de mon mieux.

Les trois femmes de tout à l'heure étaient montées dans leur minibus et le chauffeur avait mis le contact. Il dut le couper lorsque Phoebe prit la parole pour présenter des excuses. Il s'agissait apparemment de scientistes chrétiennes qui effectuaient des visites régulières au foyer. Ce jour-là, dans leur sermon, elles avaient soutenu que la cécité était avant tout spirituelle et que les pensionnaires inspirés par une foi sincère ne tarderaient pas à recouvrer la vue. Deux hommes qui avaient subi d'horribles accidents du travail s'étaient alors levés, avaient crié au miracle et déambulé dans la pièce en se heurtant aux meubles et aux murs, ce qui avait causé un vif émoi dans l'assistance. Puis, ôtant leurs lunettes, ils avaient collé leurs orbites énucléées sous le nez des missionnaires, en leur demandant de vérifier si la foi leur avait bien rendu leurs yeux.

Ce geste avait soulevé un énorme éclat de rire parmi les aveugles, sous les cris d'approbation de Phoebe, qui en était l'instigatrice. Debout à la portière du bus, en l'entendant donner les raisons de son mauvais tour, Carter regretta de ne pas être arrivé dix minutes plus tôt pour assister à la scène.

– Je suis désolée, conclut-elle. Sincèrement.

Elle eut un grand sourire.

– Chauffeur, démarrez, ordonna la plus âgée. (Et d'ajouter à l'intention de Phoebe :) Nous reviendrons.

– Avec plaisir.

Après le départ du bus, lorsqu'ils furent seuls, Phoebe demanda :

– Monsieur Carter, vous connaissez Helen Keller ?

Toute trace d'amusement avait disparu de sa voix.

– Oui, elle a assisté à l'une de mes représentations. Et elle est venue dans ma loge me complimenter sur le spectacle. Le courage de cette femme est une vraie source d'inspiration.

Tout en parlant, il songeait au moyen d'entraîner Phoebe jusqu'à sa R32, convaincu que son côté rebelle se laisserait tenter par une escapade à moto. Mais elle ne semblait pas vouloir bouger.

– Helen est d'une telle gaieté, murmura-t-elle. Quand on y pense, on se sent presque gêné de n'être qu'aveugle.

– Je peux vous montrer quelque chose ?

– À condition que ce soit une bouteille de scotch !

Il la prit par la main.

– Je croyais que vous aviez arrêté de boire.

– J'essaie, dit-elle. Tous les jours.

Ils s'approchèrent de la moto, leurs pieds crissant sur les graviers.

– Voilà. Touchez.

Dès que ses mains touchèrent le guidon, son visage s'éclaira.

– C'est un joli monstre.

Sa main caressa le réservoir.

– Une petite promenade, ça vous dirait ?

– À moto ? s'écria-t-elle, comme saisie de vertige. C'est comme ça que vous faites la cour aux femmes ?

– Mes patins à roulettes sont au garage.

– Le sémillant mahatma...

Elle posa les mains sur la selle de cuir, en suivit les coutures.

– Non. Vous ne les avez jamais emmenées à moto.

– Pardon ?

– Vous n'avez jamais emmené une fille sur cet engin.

– C'est exact, mais comment...

– Monsieur Carter, j'ai peur de ne pas être de très bonne compagnie aujourd'hui. Enfourchez votre bolide, évitez les malfrats, attrapez les balles entre les dents et sciez les femmes en deux, mais ne perdez pas votre temps ici avec moi. (Elle lui prit le bras et l'entraîna vers la maison.) En tout cas pas aujourd'hui. Merci pour la fleur et pour mes gants.

Il traîna les pieds, cherchant quelque chose à dire :

– Je ne scie jamais les femmes en deux. Ma mère ne le permettrait pas.

Elle s'arrêta brutalement et lui fit face :

– Vous vous moquez de moi.

– Non, pas du tout ! Ma mère a toujours détesté l'idée que l'on tronçonne des femmes en deux. Et comme elle se pique de psychologie...

À ce mot, il poussa un soupir qui arracha un bref éclat de rire à Phoebe.

– Vous êtes sûre de vouloir entendre la suite ?

– J'ai encore une minute à vous consacrer.

En quelques mots, Carter lui raconta que, depuis des années, sa mère était persuadée que P. T. Selbit, l'inventeur du numéro de *La Femme sciée en deux*, haïssait secrètement la gent féminine. Elle voyait son diagnostic se confirmer à chaque nouvelle invention de Selbit. De fait, la liste avait de quoi effrayer : *La Femme élastique* ; *La Femme écrasée* ; *Condamnée au chevalet* ; *La Poupée vaudoue* ; jusqu'à *Une lady indestructible*, sa dernière illusion, qui démontrait a contrario que la lady en question pouvait être détruite, pour peu que le magicien s'en donnât la peine.

– De mon côté, je pensais que Selbit ne faisait que répéter une recette qui marchait, mais ma mère a mené l'enquête et elle a appris qu'avant de breveter sa première illusion...

Phoebe s'exclama sans hésitation :

– Sa femme l'a quitté, c'est ça ?

– Oui. Elle l'a plaqué et, six mois plus tard, il mettait en charpie sa première assistante.

– Votre mère est merveilleuse.

– Il semble en effet qu'il y ait un consensus à ce sujet.

Elle rit, puis se tut de nouveau. Il ne se lassait pas d'admirer sa beauté. Après des années de réclusion, sa peau était devenue comme translucide et il pouvait voir passer sur son visage toutes les émotions et les ombres qui traversaient son esprit : le plaisir, le chagrin, la colère.

– Je me suis toujours demandé comment on pouvait couper quelqu'un en deux, dit-elle. À mon avis, il faudrait un compartiment secret, et deux filles...

– Oh, non, ne me gâchez pas le plaisir !

– Si je dois monter sur votre moto, il faut que j'enfile un pantalon, déclara-t-elle.

Puis elle laissa éclater son sourire, son merveilleux sourire.

Un quart d'heure plus tard, on s'activait beaucoup autour de la baie de San Francisco. Samuelson et son équipe avaient réuni tout le matériel dont ils avaient besoin, camion compris, et ils décidaient de l'itinéraire à suivre après la capture de Carter. Pendant ce temps, sur le campus de l'université de Californie, des fourgonnettes de déménagement déchargeaient devant la Maison de la science des caisses sur lesquelles on pouvait lire « Ogden, Utah ». Au même moment, un coursier sortait de chez Borax, un autre se rendait au foyer pour aveugles, d'autres encore passaient au peigne fin les cafés et les parcs que Carter aimait fréquenter.

Au milieu de cette agitation, personne ne prêtait la moindre attention à Jack Griffin, qui continuait de raser les murs comme si des ennemis invisibles menaçaient à tout instant de le pousser dans une chausse-trappe. À quatorze heures, il fit une expérience sans précédent dans sa carrière : une de ses initiatives ne rencontra aucun obstacle et fut même couronnée de résultats immédiats.

Il était retourné au Palace, au sous-sol de l'hôtel, où la direction mettait à la disposition des employés ayant un certain niveau d'ancienneté une chambrette équipée d'un lit de fer et d'une armoire, avec pour toute fenêtre un vasistas dont l'ouverture était limitée par une chaîne. Une de ces chambres était occupée par Tony Alhino, que Griffin avait déjà interrogé. Vingt-sept ans, d'origine portugaise, Alhino était responsable des boissons au Palace : à ce titre, il avait apporté à Harding son dernier verre d'eau.

Comme il finissait son travail à seize heures, il n'avait aucune raison de se trouver dans sa carrée lorsque l'agent frappa. Pourtant, il était là. Il avait le teint olivâtre, une moustache épaisse, des joues crevassées par la variole et, au vu de son expression en découvrant Griffin sur le pas de porte, on lui aurait volontiers collé sur le dos la totalité des crimes commis dans l'État de Californie.

– Tony Alhino ?

– Euh...

– Griffin, du Service secret. On s'est déjà parlé.

– *Macacos me mordam.*

La surprise lui avait fait jeter quelques mots de portugais mais, se ressaisissant aussitôt, il ponctua sa phrase d'un large sourire, comme si son bilinguisme lui donnait une supériorité sur le visiteur.

– Je me fous de l'endroit où les singes te mordent, répliqua alors Griffin.

Ce qui cloua le bec du Portugais. Griffin décida de pousser son avantage.

– Écoute, mon pote, j'aimerais qu'on parle d'une certaine bouteille de vin.

– Oh, non ! fit Alhino en se laissant tomber comme une masse sur le lit, la figure entre les mains. J'ai huit frères et sœurs. Mon père était coiffeur, mais il a la maladie de Parkinson...

– Où est la bouteille ?

– Je ne veux pas perdre ma place !

Griffin avait l'habitude des geignards. Il éprouvait même une certaine compassion pour celui-là, dans sa piaule aux carreaux noirs de suie. Le lit étant trop étroit pour son fessier, Griffin s'accroupit devant Tony et articula d'une voix calme :

– *E muita areia para e seu camioneta.*

C'était un vieux dicton qu'employaient les adultes pour signifier à leurs enfants que la coupe était pleine.

– Où avez-vous appris le portugais ? renifla Alhino.

– Mon ex-femme. J'aimais autant savoir ce qu'elle disait quand elle me balançait des chaises à la figure.

Le jeune homme ricana. Griffin lui offrit une cigarette, qu'il accepta.

– Vous avez des enfants ? demanda Alhino.

– Une fille.

– Moi aussi. C'est plutôt un ange ou une tigresse ?

Griffin réfléchit un moment.

– Les deux.

Alhino écrasa sa cigarette, se leva et ouvrit son armoire. À l'intérieur, enveloppée dans une serviette, se trouvait une bouteille de vin. Il la remit à Griffin.

Les choses doivent toujours se passer ainsi pour Starling, songea Griffin. *Simplement.*

Alhino expliqua qu'il avait découvert cette bouteille dans la suite présidentielle vers minuit quinze, un quart d'heure avant la mort de Harding. Il l'avait aussitôt subtilisée, de peur qu'on l'accusât d'avoir fait entrer illégalement de l'alcool dans l'hôtel. Il l'avait gardée en souvenir.

– Il faut me croire. Ce n'est pas moi qui l'ai apportée. Président ou pas, on ne me fera pas entrer du vin ici. Je serais viré et vous savez ce que j'y perdrais ? Ma femme.

Ses yeux noirs croisèrent ceux de l'agent. Les deux hommes se comprenaient.

Griffin examina la bouteille. Un vin de Californie. L'étiquette beige portait un étrange dessin cabalistique, à côté duquel on pouvait lire cette mention : « À usage sacramentel ». Elle était vide.

– Qui l'a apportée ?

Griffin avait posé la question sans véritablement espérer de réponse, aussi haussa-t-il les sourcils lorsque Alhino lui dit :

– Le type du bar clandestin.

– Quel type ?

– Le type.

Il raconta que, juste avant l'arrivée des journalistes, il avait croisé un homme dans le couloir, qui portait un sac en papier brun. Comme Alhino allait lui demander ce qu'il faisait là, l'inconnu lui avait adressé un signe de connivence.

– Comme ceci, montra-t-il, en levant le pouce, puis en l'agitant de gauche à droite. Je n'en ai parlé à personne parce que j'avais peur de perdre mon emploi. Ma femme...

– De quoi avait-il l'air ?

– *Madre*. C'était il y a des semaines.

Il donna une description qui fit devenir Griffin vert de rage : taille moyenne, corpulence moyenne, costume ordinaire.

– Est-ce qu'il avait les yeux bleus ?

– Pfff... Oh, il portait un chapeau.

– Il avait les cheveux noirs ?

– Oui ! s'exclama Alhino. Les cheveux noirs, oui. Ou blonds. L'éclairage dans le couloir n'est pas très bon.

L'interrogatoire ne donnant plus de résultats probants, Griffin enveloppa la bouteille dans la serviette.

– Tu garderas ton boulot si tu continues de la boucler.

– Merci. Je ne veux aucun ennui.

Griffin ouvrit la porte.

– Au fait... Quel bar clandestin se sert de ce signe ?

– De l'autre côté de la rue.

– Où exactement ?

– Juste en face. Le plus grand. Jossie's, juste sous le poste de police.

CHAPITRE 19

À droite sur Telegraph Avenue et à gauche sur Shattuck Street... Carter choisit l'itinéraire qui lui permettait de rester en deuxième ou troisième vitesse. Puis la route se mit à serpenter à flanc de colline : il pouvait à loisir se pencher dans les virages, ralentir pour mieux accélérer ensuite. Phoebe s'accrochait à sa taille. Après les premières boucles, il lui demanda si tout allait bien.

– Encore, s'il vous plaît !

La conversation s'arrêta là et Carter choisit lui-même la destination : Neptune Beach, sur la côte d'Alameda. Il ralentit devant l'entrée, une tour mauresque sous laquelle les promeneurs passaient pour la plupart en maillot de bain, une serviette ou une paire de lunettes à la main. Un peu plus loin, il y avait un pavillon où jouait un orchestre de jazz, des bassins d'eau de mer réservés aux enfants, des bains publics et enfin une longue étendue de plage, noire de monde.

La moto arrêtée, Phoebe relâcha la taille de Carter. Elle inspira profondément l'air chargé d'iode :

– La plage ? J'ai peur de ne pas être très à mon aise parmi la foule.

Carter se reprocha de ne pas y avoir pensé.

– Vous aimez la moto ?

– J'adore la vitesse.

– Il faudrait un endroit où nous puissions bavarder.

– J'aimerais... Comment conduit-on cet engin ? Vous accélérerez par un mouvement du poignet, je me trompe ?

– Ça vous intéresse vraiment ?

– Bien sûr !

Il mit la moto sur la béquille et installa Phoebe sur la selle du pilote.

– J'adore ! s'écria-t-elle en arrondissant le dos, les mains sur le guidon. (Elle serra les freins.) Vous êtes prêt à tenter votre chance ?

– Euh... Non. Mais vous pouvez démarrer.

Il ouvrit l'arrivée d'essence.

– Attention à ce tuyau d'alimentation, ou vous risquez la fuite. Bien. Maintenant, mettez le pied ici, et donnez un coup sec.

Au troisième essai, elle réussit à démarrer et leva les poings en l'air.

– Idora ! Le parc d'attractions. Allons-y. C'est un drôle d'endroit pour parler, mais au moins il n'y aura pas trop de monde.

Carter se rangea à son avis et ils remontèrent sur la moto. Il se mêla à la circulation sans un regard derrière lui, et comme il n'avait pas de rétroviseur, il ne vit pas le coursier qui, sur le trottoir, lui courait après en agitant les bras.

Ils suivirent la voie ferrée pendant plusieurs kilomètres et accédèrent au parc par l'entrée nord, sous le grand panneau de bois sculpté qui annonçait, en lettres peintes aux couleurs de l'arc-en-ciel : « Parc d'Idora, attractions pour toute la famille ». Au-dessous, en petits caractères, on pouvait lire : « Propriété de Borax Smith ».

Carter aida Phoebe à descendre de moto sans perdre l'équilibre, exercice peu commode pour une aveugle. Il n'y avait pas de queue au guichet, ce qui le réjouit et l'attrista en même temps : Phoebe et lui seraient tranquilles, mais c'était un investissement infructueux de plus pour son ami Borax.

Il acheta deux tickets (trente-cinq cents pour deux adultes, nota-t-il dans son cahier) et entraîna la jeune femme à l'intérieur du parc. De loin en loin, des pancartes clouées sur les troncs d'arbres indiquaient la direction du zoo, de la piscine, de la piste de patinage ou du verger où les familles pouvaient cueillir des pommes et des pêches.

Le vent soufflait en rafales mais le ciel était d'un bleu limpide. Phoebe marchait la tête légèrement rejetée en arrière, comme pour mieux capter les rayons du soleil et les multiples odeurs qui circulaient dans l'air. Carter ferma un moment les yeux. Il entendit des cris sur fond d'orgue à vapeur, il huma le pop-corn et le caramel.

– Il y a une chose... hasarda-t-elle.

– Oui ?

– Au foyer, nous faisons connaissance en nous touchant le visage. C'est un peu bizarre, d'accord, mais vous voulez bien...

– Oui, bien sûr.

– On pourrait peut-être s'isoler un peu ?

Ils allèrent s'asseoir sur un banc à l'ombre d'un grand orme. Elle retira ses gants, doigt par doigt, et les glissa dans la poche de son pantalon.

– Pour nous, c'est presque une façon de se dire bonjour.

Elle commença par le sommet de son crâne. Alors qu'il s'attendait à un effleurement léger, comme tout à l'heure quand elle avait suivi les nervures sur un pétale de rose, il fut surpris de se retrouver entre les mains vigoureuses d'une sculptrice.

– Vous avez des cheveux bien fournis.

– C'est une perruque.

– Taisez-vous ! Jan m'a dit que vous étiez beau : il faut que je vérifie si elle ne m'a pas menti.

Ses doigts descendirent le long du front, plus délicatement cette fois, comme des gouttes d'eau qui coulent sur une vitre. Après les sourcils, les pommettes et les oreilles, ses mains se rejoignirent sur le nez, caressèrent le contour des lèvres et du menton. Phoebe recommença à rebours, l'obligeant à fermer les paupières lorsqu'elle toucha ses cils.

Elle plaqua ensuite les paumes sur ses joues et resta un moment sans bouger. Carter respira un parfum de vanille, d'amande douce et de lanoline. Puis le pouce droit de Phoebe caressa une cicatrice sur sa lèvre inférieure. Son visage au teint de porcelaine, mais aux traits fermes, reflétait cette intense concentration qu'il avait vu souvent imiter par les médiums. Chez elle, rien n'était jamais parfaitement immobile : un frémissement des lèvres ou un haussement de sourcils qui débordait soudain la monture de ses lunettes fumées trahissaient une vive activité intérieure. Il songea que sous les cheveux noirs, emmêlés par le vent, un esprit analysait avec sagacité les secrets intimes que révélait chacun de ses traits.

Il se sentit soudain mal à l'aise.

– Quel est le verdict ?

– Jan et moi resterons amies. Vous avez faim ?

– Oui.

Ils allèrent acheter à manger dans une baraque à quelques mètres de là. Phoebe avala son hot-dog en trois bouchées, puis demanda à Carter la liste des attractions ouvertes. Ils avaient manqué l'ascension en ballon mais le feu d'artifice quotidien était prévu à trois heures et demie. D'une certaine façon, rien n'avait changé depuis la première visite de Carter dans une fête foraine : la plupart des attractions restaient des mirages inaccessibles. Le toboggan était fermé, le studio électrique aussi, mais la balançoire hantée, le manège et surtout les montagnes russes étaient ouverts.

– Les montagnes russes, sans hésiter ! s'enthousiasma Phoebe. En premier. En deuxième et en troisième.

En chemin, elle lui confia qu'elle venait rarement au parc d'Idora car les responsables du foyer y voyaient une distraction pernicieuse :

– Toutes nos activités sont supposées nous édifier. À croire que le foyer est peuplé de scélérats et de dépravés.

– Comment avez-vous atterri là ?

– En perdant la vue. Tiens, j'entends les montagnes russes. Vous aussi ?

L'impressionnant circuit, avec ses sommets hauts comme des immeubles de cinq étages, faisait hurler d'effroi les passagers des deux sexes. C'était d'ailleurs la seule attraction du parc où il fallût faire la queue. Carter et Phoebe attendirent donc au pied de l'énorme structure de bois et de métal.

– Un jour ou l'autre, sans le faire exprès, vous finirez par répondre à une question personnelle.

Elle réprima un sourire avant de lui demander d'où venait la cicatrice sur sa lèvre.

– Je venais de tomber entre les mains de pirates indonésiens quand...

Phoebe étouffa un bâillement.

– Pardon. C'est encore une de ces histoires interminables ?

– Je disais donc... Un pirate avait pris à l'abordage le bateau sur lequel je me trouvais. Il m'a frappé au visage, il a menacé de réduire ma voyante en esclavage, puis il m'a contraint à donner un spectacle de magie...

Carter poursuivit à grand renfort de détails, sans mentionner toutefois le profond désenchantement qu'il avait ressenti ce jour-là.

– C'est le coup au visage qui a laissé cette cicatrice ?

– Oh, non. Une heure plus tard environ, pour nous remettre de nos émotions, le commandant a proposé de m'initier au lancer de boomerang. Je me suis bien débrouillé au premier jet, mais au second, j'ai dû être un peu présomptueux... et je l'ai pris en pleine figure.

– Vous auriez pu vous contenter de me répondre : « J'ai reçu un boomerang sur la lèvre. »

– Oui, mais le temps que je raconte mon histoire, nous avons progressé de dix bons mètres dans la queue.

– Non, désolée, mais cette histoire de pirates n'a absolument rien à voir avec votre cicatrice.

– C'était pour mettre un peu de couleur locale.

– Attendez, je vais vous tomber dessus à coups de boomerang

et vous allez en voir de toutes les couleurs, locales ou pas ! La vérité, c'est que vous avez voulu m'épater.

– Simple déformation professionnelle. Et puis j'ai décidé de conter mes exploits tant que vous ne me parlerez pas un peu de vous.

Ils étaient arrivés en tête de queue. Il sentit qu'elle pesait sa réponse.

– Je n'ai pas confiance en vous, lâcha-t-elle.

Il s'attendait à une saillie ou à une dérobade, mais pas à ce ton sérieux, à ce visage grave. Il mesurait soudain le handicap qu'il y avait à ne pouvoir lire dans les yeux d'une femme.

– Vous avez tort : je suis un homme digne de confiance.

Elle secoua la tête. Le wagon s'arrêta devant eux en brinquebalant, quatre jeunes gens en descendirent, hilares et titubants. Un employé aida Phoebe à monter, Carter prit place à son tour et rabattit la barre de sécurité. Ils durent attendre ensuite que le couple devant eux fût installé. Carter se sentait mal à l'aise, comme s'il venait de se disputer avec Phoebe.

– Ce que je voulais dire, reprit-elle, c'est que je ne vous ai pas cru à l'instant, quand vous avez raconté cette histoire à propos de Tulang.

– Et pourtant, c'est la vérité. (Il crut soudain entrevoir ce qui la tracassait :) Vous redoutez qu'on vous mente ?

– Non. Je crois que les faits que vous décrivez ont bien eu lieu. Mais vous ne m'avez pas tout dit.

L'employé desserra le frein et abaissa un levier. Lorsqu'ils furent propulsés en avant, Phoebe eut un hoquet de surprise et saisit les mains de Carter. Le wagonnet se mit à grincer et à tanguer sous l'action de la chaîne qui les tractait vers le premier sommet.

Carter ferma les yeux pour se rendre compte de l'impact que pouvait avoir cette montée vertigineuse lorsqu'on ne voyait pas le sol s'éloigner en contrebas. Pourquoi se méfiait-elle de lui ? Le vent soufflait plus fort à mesure qu'ils montaient, et les sons de l'orchestre, près de la piste de patinage, ne leur parvenaient que par intermittence.

Quand il rouvrit les yeux, ils étaient parvenus au sommet et se tenaient suspendus au bord de l'abîme, si haut qu'il pouvait voir miroiter au loin la baie parsemée de voiles immobiles. Ces brefs instants de pause avant la chute étaient toujours ce qui l'effrayait le plus. Il se tourna vers Phoebe, qui retenait son souffle, sourire aux lèvres.

– Attendez... Je ne vous ai jamais dit le nom du pirate...
Et ils basculèrent dans le vide.

Peu après, lorsqu'on les aida à descendre, Phoebe s'accrocha à son bras.
– Je me sens toute flagada !
Ils regagnèrent le plancher des vaches par un escalier de fer.
– On recommence ?
– Vous connaissiez cette histoire !
Le visage de Phoebe, qui arborait un de ses sourires radieux, se figea.
– Vous êtes sûr de ne pas avoir prononcé son nom ?
– Je ne le dis presque jamais.
– Pourquoi ?
– Pourquoi ?
Il n'en avait aucune idée. Tulang était gommé, repoussé dans l'ombre, à l'instar de certains autres aspects peu glorieux de cette aventure.
– Où avez-vous entendu cette histoire ?
– Mon triste mahatma, soupira-t-elle, trouvons un endroit plus tranquille, voulez-vous ?
Il l'entraîna vers un banc, à côté d'une attraction peu courue qui s'appelait l'Europe en auto.
– Difficile de s'amuser et d'être sérieux en même temps, n'est-ce pas ? murmura-t-elle.
– D'où saviez-vous son nom ?
– Vous êtes un vrai chien de chasse. Charles ?
– Oui.
Il aimait sa façon de prononcer son nom, mais il eut aussi le vague pressentiment d'une catastrophe à venir.
– Voilà comment je me représente la scène. Dites-moi si je me trompe. Je vois un vieux bateau à vapeur. D'un côté, il y a les pirates, les prisonniers, et vous êtes assis sur le pont, contre le bastingage, les jambes pendant dans le vide. Vous êtes accablé de remords. Voilà ce que je vois.
Elle tendit la main, peut-être pour toucher sa cicatrice, mais il lui saisit le poignet.
– Quel est votre truc ? demanda-t-il sèchement.
– Aïe, vous me faites mal !
– Je suis désolé... Pardon. (Il desserra son emprise.) Je n'ai jamais confié cela à quiconque.

Son esprit passa en revue la liste des passagers.

– Vous êtes une amie d'Aurora ? Vous la connaissez ?

Phoebe fit non de la tête. Elle semblait soudain toute petite, comme s'il la voyait du haut des montagnes russes.

– Non. Mais je vous connais, vous.

Le vent tourna, un nuage filandreux masqua le soleil. Carter lâcha la main de la jeune femme et se croisa les bras sur la poitrine.

– J'ai l'impression que vous venez d'enfiler une armure, dit-elle. J'aurais mieux fait de me taire.

– Et maintenant ? Vous allez m'annoncer que vous pouvez me mettre en contact avec ma défunte femme, contre rémunération ?

– Vous devriez me ramener au foyer.

– Les aveugles voient tout, savent tout, disent tout. La belle arnaque...

– Arrêtez. Vous n'y êtes pas du tout...

– Au fait, j'ai renvoyé ma voyante, vous n'avez qu'à...

– Ne me reprochez pas de vous connaître.

Elle avait prononcé ces mots d'une voix calme qui le désarma. Puis elle se pencha pour murmurer :

– Ce n'est pas ma faute si je sais la douleur que vous avez ressentie. Ne me punissez pas en retour. Je vous en prie !

Derrière eux, l'Europe en auto avait enfin des clients, un couple avec deux enfants en bas âge. Ils s'assirent dans une voiture de tourisme qui se mit à tressauter légèrement, tandis que défilait une toile peinte montée en boucle : un château, une cathédrale, puis la Tour de Londres et le Parthénon...

– Vous connaissez le stand où il faut casser les bouteilles de lait ? demanda Phoebe. On vous donne trois balles de base-ball pour un dollar ?

– Oui.

– Il y a trois mois, j'y suis allée, j'ai payé mon dollar et j'ai senti que le type derrière le comptoir était curieux de voir comment une aveugle allait gagner l'ours en peluche. Vous savez ce que j'ai fait ? J'ai lancé les balles dans toutes les directions : une dans l'allée, une autre à la tête du forain, puis j'ai posé une pièce de cinquante cents et j'ai demandé trente balles de plus. Il a refusé mon argent et m'a immédiatement fait cadeau de l'ours que je voulais.

Carter hocha la tête sans répondre.

– Je croyais qu'on allait s'amuser aujourd'hui, soupira-t-elle. Si on m'avait dit que j'allais me faire cuisiner sur ce banc...

– Dans ma profession, il y a beaucoup de charlatans et de faux médiums qui vivent de l'espoir des gens. Je n'aime pas ça, Phoebe.

– Oh, vous avez prononcé mon nom ! C'était très agréable.

– N'essayez pas de détourner la conversation. J'ai l'esprit très méthodique quand on aborde ce genre de sujet. Il faut que je sache... Est-ce que je vous connais ?

Elle secoua la tête.

– Quelqu'un vous a raconté cette histoire ?

Elle secoua de nouveau la tête.

– On va rater le feu d'artifice ?

– Non, on a encore le temps.

Il continua la liste de questions qu'il avait préparée des années auparavant, pour faire face à une situation de ce genre.

– Avez-vous l'impression de posséder un don qui...

– Un don ? Je m'en passerais volontiers. Si j'essaie de vous toucher, vous allez encore m'en empêcher ?

Elle posa la main sur la joue de Carter.

– Il fut une époque où vous ne rejetiez pas la magie et le surnaturel. Mais c'était il y a bien longtemps...

– On croirait entendre une cartomancienne. Les diseuses de bonne aventure font toujours des déclarations assez vagues et générales pour...

– Oh, taisez-vous !

Elle continua d'explorer son visage.

– Vous avez même cru à la magie au point de chercher partout les femmes qui se prénommaient Sarah. Jusqu'à ce que vous trouviez la bonne.

Au-dessus de leurs têtes, les roues en acier crissèrent contre le bois. Le wagonnet des montagnes russes passa au ras du sol, rempli d'enfants qui poussaient des cris de joie et de terreur, puis remonta dans le ciel parsemé de nuages.

– Qui êtes-vous ? demanda Carter.

Il était saisi de frissons comme si on lui avait appliqué un glaçon sur la nuque.

– Êtes-vous...

Il parlait si lentement qu'il en oublia la fin de sa question.

– Je sais seulement des choses sur vous.

– Êtes-vous...

– Je ne voulais pas être quoi que ce soit à vos yeux. C'était un accident. Je sais, vous avez un esprit clair et méthodique, mais vous aimez aussi le mystère. Laissez-moi rester un mystère, d'accord ?

Quand il eut retrouvé sa voix, ce fut pour murmurer :

– Vous êtes si belle...

– Pardon ?

Il voulut lui ôter ses lunettes mais elle l'arrêta aussitôt.

– J'ai trente et un ans, dit-elle.

– Et alors ?

– Je préfère avouer ce fait embarrassant plutôt que de vous laisser me voir sans lunettes.

– Compris. Vous avez été mariée ?

– Non. J'ai...

– Vous préférez jouer les mantes religieuses ?

– J'ai toujours été douée pour les adieux.

– Vous avez des frères et sœurs ?

– Je ne voudrais pas rater le feu d'artifice.

– Vous avez toujours été aveugle ?

– Non. J'ai eu les yeux brûlés par du sumac vénéneux.

– Oh, c'est affreux ! Quand avez-vous...

Mais il estima que l'équilibre entre le méthodique et le mystère était atteint, et il mit fin à son interrogatoire.

– À mon avis, le meilleur endroit pour voir le feu d'artifice, c'est la grande roue.

Elle sourit, et il crut voir passer une étrange lueur, comme ce feu follet que l'on aperçoit parfois dans les cimetières, sautant de tombe en tombe : l'espoir.

Elle lui prit le bras et ils s'engagèrent dans une allée déserte. La grande roue, autrefois entourée de palmiers, depuis longtemps desséchés, se dressait seule en bordure du parc, comme un gros éléphant blanc. Il fallait pour s'y rendre traverser une vaste esplanade broussailleuse dont l'aspect désolé décourageait les visiteurs. Carter et Phoebe eurent donc la roue pour eux tout seuls. En les faisant monter dans une cabine, l'employé consulta sa montre de gousset.

– Je vous laisserai au sommet à trois heures et demie pile, dit-il.

Ils le remercièrent de cette attention. À peine assis, ils sentirent une douce mais irrésistible poussée les arracher au sol. Bientôt, l'horizon s'ouvrit devant eux.

– Charles ?

– Oui.

– Vous me trouvez vraiment jolie ?

– Bien sûr. Vous êtes très belle.

– Il y a longtemps que je n'ai pas entendu ces mots. Au foyer, personne ne vous complimente jamais sur votre beauté, sauf peut-être les infirmières, et en général c'est quand vous avez fait une bonne action ou terminé un balai.

Après un tour complet, ils recommencèrent l'ascension, mais

cette fois, arrivée au sommet, la cabine s'immobilisa. Il était trois heures et demie.

– Je suis sûre que ça va être magnifique, dit-elle.

Le fond de l'air devenant frisquet, Carter lui proposa son blouson. Elle s'y pelotonna et attendit.

Les feux d'artifice en plein jour étaient une spécialité d'Oakland. Les visiteurs qui en entendaient parler voulaient y assister au moins une fois, mais rarement plus, car on se lassait vite de ces gros pétards qui laissaient derrière eux des traînées de fumée, quelques gerbes d'étincelles et des lambeaux de papier noirci.

En contrebas, la foule se rassemblait – si le terme de foule pouvait s'appliquer à ces grappes de quatre ou cinq personnes, bras croisés et nez en l'air – pendant que la section de cuivres de l'orchestre se postait à l'entrée du verger pour jouer du Haendel. En dépit ou à cause de la modestie du spectacle, il régnait dans le parc une atmosphère bon enfant.

– Vous savez ce qui est le plus difficile ? demanda Phoebe quand s'élevèrent les premières fusées. C'est de garder la foi, sans rien oublier de ce que la vie nous a appris.

À chaque coup de canon, on voyait fleurir dans le ciel une maigre nuée brune ou violacée, parfois un halo d'étincelles, bientôt suivi par une pluie de débris carbonisés.

Il eût été facile à Carter, en cet instant précis, avec la ville d'Oakland qui s'étendait à ses pieds, de prétendre avoir la foi. Il ferma les yeux. Les fusées explosaient, toutes avec ce même son mat et étouffé, auquel répondaient les exclamations de la foule.

Il ouvrit les yeux. À côté de lui, Phoebe écoutait les sifflements et les détonations. Il n'était pas seul. La foi relevait de l'acte volontaire. L'émerveillement aussi, par voie de conséquence.

Après le bouquet final – de grosses pelotes roses saupoudrées de paillettes dorées –, il entendit une voix intérieure crier « bravo » en chœur avec la foule. Aussi incroyable que cela pût paraître, il était sincèrement désolé de voir le spectacle se terminer si vite.

Une demi-heure plus tard, il déposait Phoebe à la porte du foyer. Ils remontèrent à pas lents l'allée de gravier, s'attardèrent entre le portail de brique et un immense cyprès qui cachait en partie la maison. Il était en chemise, car elle avait gardé son blouson.

– C'était formidable, dit-elle.

– Un peu agité par moments, mais formidable, oui.

Les poings dans les poches, elle écarta les pans du blouson, comme des ailes.

– Bon.

– Bon.

Elle dansa d'un pied sur l'autre.

– Vous avez remarqué comme deux personnes ont l'air idiot juste avant de s'embrasser ? demanda Carter.

– Non, jamais.

– Et si j'enlevais vos lunettes ?

– À cœur vaillant, rien d'impossible.

Délicatement, il ôta ses lunettes. Elle avait fermé les paupières. Mais lorsqu'il posa les mains sur ses épaules, elle se détendit et ouvrit de grands yeux vert émeraude, comme la belladone des pharmaciens. Les pupilles, qui ne fixaient rien, papillonnaient d'un point à l'autre comme des colibris.

– Voilà, vous m'avez vue.

Elle semblait sans défense. Des veines fragiles palpitaient sous sa peau.

– Vous tremblez.

– Je me sens nue sans mes lunettes.

– Phoebe.

Il tenta de déchiffrer son visage comme elle avait lu dans le sien.

– Je vais finir par croire que vous êtes sadique, souffla-t-elle. Je peux récupérer mes lunettes ?

– Non.

– Ou alors un sac sur la tête ?

– Je veux encore vous regarder.

– C'est un plaisir non partagé.

Elle s'empara de ses lunettes d'un geste vif, les chaussa et sembla aussitôt retrouver son aplomb.

– Charles, si vous ne m'embrassez pas d'ici cinq secondes, je vais m'enfuir.

Dès que les lèvres de Carter effleurèrent les siennes, elle noua les mains autour de sa nuque et l'embrassa goulûment, le laissant bientôt hors d'haleine. Il tenta de se dérober, mais elle s'accrocha à lui.

– Vous n'avez qu'à respirer avec moi, dit-elle avant de ressouder leurs deux bouches.

Elle lui tenait le visage entre les mains, tandis que celles de Carter se plaquaient sur le creux de son dos. Ils partagèrent un même souffle, puis deux. Lorsqu'elle brisa enfin leur étreinte, ses épaules s'affaissèrent légèrement, de sorte qu'il put apercevoir la ligne de sa clavicule et, un peu au-dessous, dans un renflement strié d'ombre, un ourlet de dentelles.

– Vous en avez assez ? murmura Phoebe.

– Non.

Elle lui tapota la poitrine puis s'écarta du pilier de brique contre lequel elle s'était appuyée. Tandis qu'elle remontait seule l'allée familière conduisant au foyer, Carter referma lentement la bouche, incapable de la quitter des yeux. En écho au bruit des pas de Phoebe sur le gravier, les battements de son cœur résonnaient à ses oreilles.

CHAPITRE 20

Le bar privé tenu par Jossie Dover ne portait ni enseigne ni nom officiel. Ayant quitté Paris en 1920, écœurée par l'arrivée massive de ces Américains qui « saccageaient la ville », elle avait ouvert son club à San Francisco le jour même de l'entrée en vigueur de la Prohibition. L'endroit était couramment appelé « Les Lèvres » car la police qui occupait les étages supérieurs n'avait pour le trouver qu'à regarder sous son nez.

Griffin frappa à la porte blindée. Un judas coulissa et deux yeux méfiants le toisèrent. À moins qu'il ne fût juché sur un tabouret, leur propriétaire devait mesurer au moins deux mètres.

Griffin leva un pouce et l'agita de gauche à droite. Il entendit le bruit d'un verrou que l'on tire, et la porte s'ouvrit.

Son officiant, doté du physique flatteur d'une star hollywoodienne, avoisinait en effet le double mètre. Le reste des lieux n'offrait rien de saillant : c'était un bar clandestin comme les autres, sombre, enfumé, avec des murs tendus de velours lie-de-vin pour la touche de prestige. La nuit n'étant pas encore tombée, les affaires tournaient au ralenti : quelques clients se tenaient accoudés le long du zinc, d'autres étaient installés autour de tables éclairées à la bougie, certains avec une jeune femme sur les genoux.

Griffin s'approcha du bar et exhiba quatre billets d'un dollar.

– Deux rouleaux de monnaie, s'il vous plaît.

La barmaid le regarda sans prendre son argent. Elle était petite, les cheveux gris, et portait un costume d'homme.

– C'est la première fois que je vous vois ici, dit-elle avec une pointe d'accent anglais. Je suis Jossie.

– Enchanté.

Ils échangèrent une poignée de main.

– Jack Griffin. Département du Trésor. Deux rouleaux de monnaie, s'il vous plaît.

Elle inclina la tête vers le tabouret le plus proche.

– Vous connaissez le capitaine Morgan ?

Morgan grimaça en entendant mentionner son nom, mais ne remua pas le petit doigt.

– En tant qu'agent fédéral, vous ne connaissez peut-être pas le chef de la police locale...

– Il ne s'agit pas d'une descente, dit Griffin. Si ça peut vous rassurer, donnez-moi une bière avec les deux rouleaux de pièces : vous pourrez raconter à tout le monde que je me suis saoulé chez vous. Je veux juste voir le rabbin.

– Ah ! fit-elle, claquant la main sur le bar. Alors pardonnez la froideur de mon accueil, monsieur Griffin.

Elle lui versa une bière pression et décapita la mousse d'une main experte.

– Pendant la visite du Président Harding, tous les fédéraux de passage ont cru qu'ils pouvaient se servir dans ma caisse.

Elle échangea ses billets contre deux rouleaux de petite monnaie.

– Le rabbin Golod est à la dernière table sur votre gauche.

Griffin la remercia, et elle alla servir d'autres clients. Il but une gorgée de bière (le premier alcool qu'il ingurgitait en une semaine) puis sortit la liste de rabbins que lui avait préparée Olive White. Golod arrivait presque en tête. Selon les clauses spéciales de la loi sur la Prohibition, il avait le droit de commander un certain nombre de caisses de vin de culte, pour répondre aux besoins spirituels des quelque quinze mille Juifs qui fréquentaient sa synagogue. Comme il n'y avait guère plus de deux mille Juifs dans un rayon de cinquante kilomètres, ou bien Golod faisait preuve d'un optimisme effréné quant aux perspectives de croissance de sa communauté, ou bien il était aussi filou que les huit autres rabbins locaux, qui revendiquaient chacun plus de cinq mille ouailles.

– Monsieur le rabbin Golod ? demanda Griffin en se présentant à une table du fond.

Il avait du mal à voir le visage du rabbin, à cause de la fille qu'il berçait sur ses genoux. Elle buvait un verre de gin, sec.

– Oui ? Excuse-moi, mon cœur.

Golod jeta un œil par-dessus l'épaule nue de la jeune femme. Il avait le regard doux et un sourire rêveur sous sa barbe.

Griffin lui montra son insigne.

– Mon nom est Jack Griffin. Je travaille pour le Service secret.

Le rabbin souleva la fille.

– Désolé, ma belle, les affaires d'abord, dit-il en lui donnant une tape sur les fesses. Allez, dégage !

Il la regarda s'éloigner, les yeux sur sa croupe rebondie, puis s'adressa à Griffin :

– Tout est classé et archivé. Je peux fournir tous les noms, jusqu'au dernier.

Griffin ouvrit de grands yeux innocents :

– Quels noms ?

– Ceux de ma communauté.

– Ah, parfait ! dit Griffin. Je voudrais me convertir.

– Pardon ?

– Je veux me convertir.

Griffin laissa tomber sur la table les deux rouleaux de monnaie.

– Vous voulez... quoi ? Devenir juif ?

– Oui. J'en ai ma claque d'être presbytérien. Ma soif spirituelle n'est pas étanchée. Alors j'ai décidé d'embrasser la religion juive.

Il ramassa un rouleau, puis l'autre, et referma les doigts un à un.

– C'est un élan très noble de votre part, dit le rabbin, les yeux sur les poings serrés de Griffin.

– Que dois-je faire pour me convertir ?

– Oh, il y a toute une série de démarches. Le chemin est long et étroit...

La nuque courbée, Griffin surplombait son interlocuteur.

– Les rabbins ne portent-ils pas ces drôles de mèches ? Comment ça s'appelle, déjà ?

– Hé, attendez, je suis rabbin, d'accord ? Vous n'avez rien contre moi !

C'était un vrai plaisir de le voir se décomposer. Griffin regrettait de ne pas avoir inventé lui-même cette méthode. Le mérite en revenait à Izzy Einstein, l'un des rares incorruptibles de la Prohibition.

– Alors ? Par où faut-il commencer ? Je dois étudier ou bien...

– Oui, c'est une bonne idée. Il faut manger kasher et étudier la Bible pendant... quarante jours, oui, pour commencer.

– Merci, rabbin Golod.

Griffin relâcha le rouleau de pièces et sortit un bout de papier.

– Qu'est-ce que vous écrivez ?

– Votre nom. Voyez-vous, j'écris une lettre au... Euh, comment ça s'appelle déjà ?

Il lui mit sous le nez le nom qu'il avait copié sur le mémo d'Izzy Einstein :

– Le B'nai B'rith. Pour leur dire que vous m'avez été très utile, que vous m'avez conseillé d'étudier la Bible pendant quarante jours.

La Fondation B'nai B'rith Hillel, qui avait vu le jour depuis peu, se fixait pour objectif, entre autres missions, de faire la chasse à ces rabbins dont la foi s'était trouvée brusquement ravivée par la Prohibition.

– C'est bon ! fit Golod en frappant du poing sur la table. Qu'est-ce que vous voulez ? Hein ?

Griffin aurait pu prolonger le jeu – car il s'amusait follement – mais il ouvrit sa sacoche et lui tendit la bouteille de vin.

– D'où vient cette bouteille ? demanda-t-il.

Le rabbin s'en saisit et la tourna à la lumière de la bougie, afin d'en examiner le cul puis l'étiquette.

– Une cuvée maison : ça peut venir de n'importe où.

Griffin ramassa en silence ses deux rouleaux de pièces.

– Je dis la vérité, geignit Golod. Je n'ai aucune envie d'être passé à tabac. Je consigne dans un livre toutes les marques dont j'ai fait le commerce, et un exemplaire de toutes les étiquettes que j'ai pu croiser. Croyez-moi, celle-ci n'y figure pas.

– Vous livrez souvent au Palace ?

– Souvent ? Vous voulez rire ? À peu près toutes les dix secondes.

– Vous employez un homme de taille moyenne, corpulence...

– Jossie ne fait appel qu'à des filles. Toutes mes affaires avec le Palace transitent par elle, en échange d'une commission.

Griffin allait prendre congé quand un souvenir lui revint :

– Vous avez un fidèle du nom de Ledocq ? Juif, qui travaille pour un magicien.

Golod fronça les sourcils.

– Il travaille pour un magicien ? Ledocq ? Vous savez, il n'y a pas beaucoup de Juifs par ici...

Griffin griffonna quelques notes sur son calepin. Cuvée maison. Difficile de remonter la piste... Son enquête était dans une impasse, son séjour à San Francisco touchait à sa fin et il ne savait plus de quel côté se tourner. Il avala une gorgée de bière.

– *Mikvah*, dit-il.

– Pardon ?

– Le prochain qui vient ici pour se convertir, arrangez-vous pour glisser le mot *mikvah* dans la conversation : ça devrait lui en boucher un coin.

Golod le regarda avec des yeux ronds. Il ignorait manifestement tout des bains rituels. Tout en vidant son verre d'un long trait, Griffin se demanda ce qui le poussait à se montrer si serviable ces derniers temps.

De retour dans la rue, il consulta sa montre. Dans quelques heures, il devait monter à bord du train qui le conduirait au Nouveau-Mexique. Il pouvait essayer de revoir Carter pour lui tirer les vers du nez. Ou bien porter la bouteille à ses supérieurs. Il esquissa trois pas vers l'hôtel, mais, pris d'une soudaine et inexplicable inspiration, il fit volte-face et se dirigea vers la bibliothèque.

CHAPITRE 21

Aucune sensation au monde ne méritait d'être plus précieusement conservée que le baiser d'une jolie femme. Arrêté à un carrefour, Carter se caressa la lèvre inférieure en songeant que Phoebe avait touché sa cicatrice. Une Ford T klaxonna derrière lui.

Il tourna sur Grand Avenue, en se penchant plus que nécessaire dans le virage, accéléra et sentit l'air s'engouffrer le long de ses manches. Soudain le moteur toussota puis baissa en régime. Le réservoir était presque vide. Carter se mit sur la réserve et la R32 se relança aussitôt.

Deux stations-service se disputaient la pointe ouest du lac Merritt : une Standard Oil et une Shell. La première était couverte d'affiches vantant le super éthylique garanti « sans ratés », mais Carter opta comme toujours pour la Shell, en raison de sa vue imprenable sur le lac, du costume plus seyant des pompistes et de la forme originale du bâtiment – un coquillage géant en stuc jaune.

À peine arrivé, il fut accueilli par un essaim de six jeunes pompistes. Béats d'admiration devant sa BMW, ils en oublièrent le boniment qu'ils étaient censés réciter aux clients sur leurs produits : aucun d'entre eux n'avait jamais vu une moto comme celle du magicien.

– Monsieur Carter, c'est un vrai bijou, dit Jimmy, un fils de mercier qui était aussi un fou de mécanique.

– Elle ronronne comme une chatte, jugea un autre. Qu'est-ce qu'elle boit ?

– Du kérosène.

La réponse de Carter suscita des commentaires respectueux.

– Vous avez du kérosène, n'est-ce pas ?

– Pour sûr !

Carter voulut sortir son livre de comptes mais se rappela qu'il l'avait laissé dans son blouson. Un excellent prétexte pour retourner voir Phoebe. Pendant qu'il dévissait le bouchon du réservoir, les six garçons jouèrent à pierre-papier-ciseaux le privilège de pousser la moto jusqu'à la pompe. Premier éliminé, Jimmy, tête basse et mains dans les poches, se dirigea à l'autre bout de la station, où une camionnette noire de boulanger venait de se garer.

– Bonjour, m'sieur, dit-il d'une voix monocorde, vous voulez essayer notre essence Blue Stripe au plomb, plus performante que toutes les autres marques de super ?

– D'accord, dit l'homme en costume assis au volant.

Jimmy fit le plein, vérifia le niveau d'huile, lava le pare-brise et les vitres du véhicule, sans oublier de sourire aux passagers, pendant que ses amis ne se lassaient pas d'admirer la moto.

– Décidément, c'est pas mon jour, grommela-t-il.

Il gribouilla l'addition sur un feuillet jaune.

– Quarante cents, annonça-t-il.

Le chauffeur lui tendit un dollar, les yeux fixés au loin. Jimmy suivit son regard.

– Sacré engin, pas vrai ? dit-il en faisant l'appoint.

– Et comment, fiston.

Fiston ? Le chauffeur et les passagers du camion étaient à peine plus âgés que lui. Et d'abord, que faisaient ces quatre types en costume sombre dans une camionnette de boulanger ?

Puis il entendit un ronronnement doux et régulier – la BMW venait de démarrer.

Carter décrivit un large cercle sur l'esplanade de la station-service, salua de la main les pompistes qui le suivaient comme une boussole suit le nord magnétique, puis se mêla de nouveau à la circulation de Lake Shore. Quelques secondes plus tard, le fourgon noir prenait le même chemin.

Un des coursiers envoyés par James se laissa tomber sur le perron de Charles Carter, à Hilgirt Circle. Il avait abordé l'après-midi avec enthousiasme – il était chargé de remettre un message à un célèbre magicien ! – mais l'ennui l'avait gagné depuis longtemps ; il sortit son harmonica et s'adossa contre le mur.

Sa journée avait failli devenir bien plus mouvementée, car Samuelson et Stutz envisagèrent un moment de l'enlever et de le remplacer par Hollis, qui aurait délivré à Carter un faux message – « Rendez-vous sur les quais, urgent, signé James ». Stutz eut beau militer en faveur de cette solution – il répéta plusieurs fois, comme un argument irréfutable, qu'il avait sur lui une dose suffisante de chloroforme –, Samuelson n'en démordit pas : le seul fait de projeter un enlèvement était un crime et sa conception du Service excluait tout recours à l'illégalité. Il se garda bien de révéler la véritable raison de son refus : les idées dont il n'était pas l'auteur avaient par principe peu de chances d'être adoptées.

Le plan arrêté consistait à intercepter le magicien dans son garage, mais en quittant la station-service, il tourna à droite sur Lake Shore – au lieu de prendre à gauche – et les agents le suivirent sur la Quatorzième Rue, puis sur Harrison et Lakeside Park, et de nouveau sur Grand Avenue. Il venait d'effectuer un tour complet du lac.

– Il nous a repérés, grommela Stutz. Il essaie de nous semer. Ce type nous prend pour des billes.

Samuelson lui ordonna de se taire.

Après le troisième tour du lac, alors que dans la camionnette la conversation commençait à tourner au vinaigre, Hollis émit une suggestion intéressante : en se garant à l'extrémité ouest de Lakeside Park, ils pourraient suivre le circuit de Carter sans bouger et sans risquer de se faire repérer.

– Il va ficher le camp, nota Stutz.

Samuelson, qui s'attendait à cette objection, tira le frein à main, se croisa les bras et déclara que si Carter tentait de leur fausser compagnie, ils finiraient bien par le rattraper.

Pendant un quart d'heure, ils regardèrent la moto graviter autour du lac, et de temps à autre, quand le vent soufflait dans la bonne direction, ils entendaient même le ronronnement de son moteur. Ils se demandaient s'il était en train de se payer leur tête, et Samuelson maugréa qu'il fallait s'attendre qu'un magicien eût plus d'un tour dans son sac.

– Heureusement qu'on a tout prévu.

Du pouce, il désigna l'arrière de la camionnette, où O'Brien, le quatrième et dernier membre de l'équipe, somnolait au milieu du matériel qu'ils avaient collecté le matin même au Trésor, à la Poste et dans plusieurs autres antennes fédérales de San Francisco.

Soudain, alors que le manège semblait devoir se poursuivre indéfiniment, Carter modifia son trajet : en entrant dans le parc, alors qu'il dépassait leur véhicule pour la dixième fois au moins, il ralentit, prit à droite et fut masqué par un bosquet de chênes.

Il réapparut bientôt. Après avoir contourné une colline couverte de jonquilles, il revenait vers eux. Il s'arrêta sur le bas-côté, mit la moto sur la béquille et coupa le moteur.

– Il nous a vus, dit Samuelson.

Carter marcha droit sur le fourgon.

– Attends, murmura Stutz, c'est peut-être notre chance.

– J'apprécie ton optimisme, répliqua Samuelson.

L'agent Stutz haussa les épaules. Il ne voyageait jamais sans un flacon de chloroforme et un masque, car de tous les cours dispensés à l'académie, la « procédure d'enlèvement » était le seul qui eût véritablement retenu son attention. L'idée qu'il pût utiliser son anesthésique dans le cadre de ses fonctions l'excitait au plus haut point. Et si Carter s'approchait d'un pas nonchalant de leur cachette, c'était un cadeau du ciel, une occasion à ne pas manquer.

Mais au dernier moment, le magicien obliqua sur l'allée en terre battue qui serpentait autour du lac. Appuyé au tronc d'un eucalyptus, il suivit du regard quelques oies qui trottinaient sur la pelouse.

– Qu'est-ce qu'il fabrique ? grommela Hollis en avançant la tête entre ses deux collègues. Il remue les lèvres.

– Il est peut-être en train de chanter ?

Stutz abaissa sa vitre et tendit l'oreille, les sourcils froncés :

– Oui, il chante.

Inspiré par ses sentiments pour Phoebe Kyle, Carter s'essayait en effet à fredonner une ballade populaire – *Oh, la fille aux yeux noisette* – mais l'air n'était pas facile, même pour un chanteur averti, et Charles, malgré la sincérité de sa flamme et sa voix entraînée sur les planches du monde entier, était résolument fâché avec la mélodie.

Devant lui, il apercevait le banc où ils s'étaient rencontrés. Un besoin lancinant l'avait attiré jusqu'ici. « Le triste et séduisant mahatma », avait-elle dit. Il se souvint d'une chanson qu'il avait entendue autrefois au music-hall, *Mystérieuse Mélanie*, dont l'intégralité des paroles vantait la gorge de l'aimée, son galbe et sa blancheur.

L'air était de plus en plus lourd et humide, le ciel s'assombrissait à l'approche d'un de ces orages d'été qui ne semblaient jamais affecter San Francisco. Carter se réjouit à l'idée d'une averse rafraîchissante. Il alla s'asseoir sur le banc, d'où il pouvait contempler un bras du lac Merritt, avec ses canards et ses nénuphars, mais il ne voyait dans les reflets argentés que la silhouette de Phoebe Kyle, et ce mouvement par lequel elle avait révélé le creux de sa clavicule. Que de mystères contenus dans ces jeux d'ombre et de lumière...

– Excusez-moi...

– Oui ?

Carter pivota sur sa droite. Sa tête entra en collision avec un objet non identifié et une douleur fulgurante lui enflamma le cerveau.

– O'Brien !

C'était une deuxième voix, sur la gauche cette fois. Les mains sur les tempes, le regard brouillé, Carter fit un bond en arrière, cherchant par réflexe à éviter ce qui l'avait frappé. Une ombre massive s'approcha et lui assena un nouveau coup au visage, puis au ventre.

– Arrête, O'Brien, arrête !

Une troisième voix.

– Quoi ?

Il était tombé à quatre pattes dans l'herbe. Il vit une silhouette se précipiter vers lui. Il savait que ce n'était pas pour lui venir en aide, qu'il devait bouger au plus vite, mais son corps refusait de réagir. L'abdomen enfoncé, il n'arrivait plus à respirer, ni même à pousser un cri. Il sentit la lanière d'un masque sur son visage. Quand il put enfin esquisser un geste, il s'obstina à tenter de voir ce qui se passait dans son dos, alors que les étoiles qui dansaient devant ses yeux l'empêchaient de rien discerner.

– Attache-le derrière l'oreille ! Attends, je vais le mettre !

Des mains palpèrent son visage.

– Il ne respire pas.

– Abruti, tu l'as cogné au ventre !

– Tu m'as dit de l'allonger.

– Je t'ai demandé de le distraire.

Samuelson leva les bras au ciel. Stutz était accroupi dans l'herbe, ses mains s'activaient avec fébrilité sur le masque, comme pour empêcher un vase de tomber. Carter tenta de s'asseoir sur ses talons, mais bascula sur le flanc. Dans sa chute, le masque glissa et Stutz le remit en place.

– Il est dans les pommes ?

– Stutz ! Quand est-ce que tu vas lui enlever ce truc ?

Stutz n'avait encore jamais vu un homme endormi au chloroforme, mais le résultat le décevait. Carter semblait détendu, comme s'il piquait un roupillon, alors que l'agent avait espéré le voir s'effondrer « tel un pantin désarticulé » ou s'agiter « tel un poisson pris dans la nasse », selon les expressions fétiches de sa bande dessinée préférée.

Stutz ôta le masque et pinça la joue de Carter, assez fort pour y laisser l'empreinte de ses doigts.

– Il est dans le cirage, constata O'Brien.

– Alors chargeons-le dans la camionnette, grommela Hollis en regardant nerveusement autour de lui.

– Attendez, il fait peut-être semblant, intervint Stutz.

Il sortit l'aiguille qu'il rangeait dans une trousse de cuir, à côté du flacon de chloroforme.

– Qu'est-ce que tu fais ? demanda Samuelson.

Il surveillait les passants du coin de l'œil. Deux gamins roulaient à bicyclette sur un sentier à quelque distance.

– Je le teste, répondit Stutz.

Il releva la manche de Carter, enfonça l'aiguille dans la chair et la retira. Il n'y eut aucune réaction, hormis l'apparition d'une goutte de sang.

– Il est K-O ?

– Je crois.

Stutz secoua l'épaule du magicien. Sa tête roula sur le côté, son bras retomba lourdement et le verre de sa montre se cassa.

– Je ferais peut-être mieux de lui remettre le masque.

Le reste de l'équipe, perdant patience, souleva le magicien et le jeta à l'arrière du fourgon.

Hollis se jucha au volant et prit la direction du centre-ville puis de l'estuaire. Stutz se tenait prêt à administrer une nouvelle dose de chloroforme (par deux fois, il appliqua un chiffon imbibé sur le nez de sa victime, « au cas où »), pendant que Samuelson et O'Brien commençaient à ficeler le magicien, en s'invectivant sur la marche à suivre.

La première pomme de discorde concernait les quatre paires de menottes – trois normales et un modèle plus rare que Samuelson avait rapporté d'un voyage en Angleterre. Stutz était d'avis qu'il fallait les passer tout de suite mais, depuis le siège avant, Hollis cria qu'il valait mieux d'abord déshabiller le magicien, au cas où il aurait des clés ou autres instruments cachés sur lui.

Cette idée paraissait sensée, mais comme Hollis était le plus jeune des quatre, on lui ordonna sèchement de la boucler et de regarder la route. On ôta la chemise et la ceinture de Carter, on vida les poches de son pantalon, on le délesta des outils les plus évidents (un trousseau de clés) comme d'objets apparemment plus anodins (un tube de cigares, par exemple). On ne trouva aucune trousse de secours dissimulée dans les doublures de ses vêtements.

À un carrefour de la Quatorzième Rue, une nouvelle querelle vit le jour : fallait-il ou non lui ôter ses bottes avant de lui menotter les chevilles ? La rumeur courant qu'il était capable de défaire des liens avec ses orteils, on lui laissa les bottes, sur lesquelles on fixa les menottes anglaises. On lui passa deux autres paires sur les poignets, et la dernière servit à relier les chaînes des mains à celles des pieds, de sorte que le prisonnier était plié en deux.

Puis on en vint aux vingt-cinq mètres de corde. Samuelson avait ouï dire qu'Houdini avait déjà réussi à se libérer de vingt-cinq mètres de corde, ce qui lui paraissait chose impossible, et il voulait tenter l'expérience dans les formes, avec une équipe de vrais professionnels. Mais les difficultés surgirent. Les coups de frein et les démarrages brusques du fourgon, pris dans la circulation dense de Broadway, déséquilibraient constamment les agents à l'arrière. Sans compter que le poids mort de Carter était difficile à manœuvrer dans cet espace réduit. Ils avaient néanmoins réussi à l'entortiller dans plusieurs lacets de corde lorsqu'il vint à l'esprit de Samuelson, puis d'O'Brien, qu'une fois saucissonné, le magicien n'entrerait plus dans le sac de jute, qui constituait l'étape suivante des opérations.

– Il faut le détacher, dit Samuelson.

– On n'a qu'à laisser tomber le sac, grogna O'Brien, qui avait déjà investi beaucoup de sueur sur ce cordage.

– Non, le sac ! cria Hollis. Je vote pour le sac : ça, ce serait un vrai tour de force.

Cette opinion souleva un autre débat de fond : quelle était l'épreuve la plus impressionnante, le sac ou la corde ? Au plus fort de la dispute, O'Brien sortit son couteau de chasse et trancha les cinq ou six mètres de corde qu'ils avaient réussi à enrouler autour de Carter. Ils venaient de franchir les colonnes ioniennes qui marquaient l'entrée du port d'Oakland.

La pluie avait commencé à tomber. Les essuie-glaces de la camionnette se mirent en action et, à l'intérieur, Stutz tint ouvert le grand sac postal pendant que Samuelson et O'Brien tâchaient d'y faire entrer Carter, au milieu des cris et de la bousculade. D'abord ce furent les talons qui butaient sur la bordure, puis les menottes, et ils eurent enfin toutes les peines du monde à faire disparaître la tête.

– Ferme bien, dit Samuelson.

La gueule du sac, froide et rigide, comportait une barre en acier dans sa partie inférieure et une plaque perforée dans sa partie supérieure. Lorsque Samuelson les eut réunies, O'Brien passa une lanière de cuir par les œillets, et scella le tout avec le cadenas rond réglementaire de la Poste américaine.

– Hé, dit Stutz, il a bougé !

– Qu'est-ce que tu fabriques ? maugréa Samuelson en lui donnant une bourrade. Pourquoi il a sursauté ?

– J'en sais rien... Il a remué, c'est tout.

Samuelson soupçonnait Stutz d'être à l'origine de la légère ruade donnée par leur prisonnier, mais il n'avait pas le temps de mener l'enquête. Ils étaient arrivés sur les quais.

– Dans la caisse, vite.

C'était une caisse en bois cubique, aux normes des douanes américaines, qui faisait aussi les beaux jours de la contrebande de whisky canadien. Elle reposait sur deux chaînes croisées en son centre. Lorsque les agents eurent hissé le sac à l'intérieur, ils clouèrent les trois planches du couvercle, à grands coups de marteau qui résonnaient comme des coups de fusil dans l'habitacle du fourgon.

Hollis recula vers le dernier quai d'amarrage, le plus en retrait de la baie. Ils ouvrirent en grand les portes du véhicule et Hollis attacha les chaînes qui entouraient la caisse au crochet d'un treuil.

La pluie leur compliquait la tâche mais, en dirigeant la manœuvre à grands cris, ils ne tardèrent pas à soulever la caisse au-dessus des eaux verdâtres et houleuses. En amont, il n'y avait que le marécage, et en aval, une enfilade de quais où s'affairaient les dockers. La caisse pivota sur ses chaînes, déjà couvertes de gouttes de pluie.

– Lâchez tout ! ordonna Samuelson.

Les mâchoires du treuil s'écartèrent et la caisse plongea dans les flots en soulevant une gerbe d'écume. Elle dansa un moment comme un bouchon, puis s'inclina légèrement sur le côté.

Sur le quai, un large sourire aux lèvres, les quatre agents attendirent la suite. Samuelson avait ouvert son parapluie mais ses compagnons paraissaient ignorer les trombes d'eau.

– Je croyais qu'elle devait couler, remarqua Hollis.

– Les caisses de la douane, répondit Stutz. Elles sont peut-être étanches ?

Samuelson sortit son revolver, visa un angle de la caisse et tira un coup qui fit voler le bois en éclats.

– Sam ! cria O'Brien en se bouchant les oreilles.

– Bordel, Sam ! s'exclama Stutz, les yeux exorbités.

– Quoi ? Maintenant, elle coule.

– Et si tu l'avais touché, lui ?

– Eh bien, quoi ?

Des rires montèrent, d'abord incrédules, puis goguenards.

Carter n'avait pas été touché. La balle n'avait fait qu'arracher deux ou trois centimètres de bois dans un angle. Le port ayant été récemment dragué, l'eau était profonde mais boueuse à cet endroit. La marée se retirait, l'estuaire se vidait et, tandis que les pélicans pêchaient le poisson en piqué, la caisse emportée par le courant se mit à dériver lentement vers le chenal, au rythme de trois mètres par minute. Les hommes la suivirent le long du quai.

Comme il ne se passait rien et qu'ils commençaient à trouver le temps long, O'Brien se rappela opportunément qu'ils étaient tous membres de la chorale du Trésor, les Ténors du Barreau. Ils entonnèrent un canon :

Oh, qu'allons-nous faire d'un marin ivre
Oui, qu'allons-nous faire d'un marin ivre
Oh, qu'allons-nous faire d'un marin ivre
Le matin de si bonne heure ?

CHAPITRE 22

Jusqu'à midi, le campus de l'université de Berkeley resta désert, pour cause de vacances d'été. Les cours intensifs de langues s'étaient achevés une semaine plus tôt et le seul signe d'activité matinale avait pour théâtre le département des études agronomiques, où chèvres, agneaux et vaches recevaient leur pitance avant de transhumer vers les frais pâturages d'Oxford Street.

Alors que le campanile sonnait les douze coups de midi, plusieurs fourgons remontèrent Telegraph Avenue, s'engagèrent sous la porte Sather et vinrent se garer derrière Wheeler Hall. Des manutentionnaires en déchargèrent de nombreuses caisses qu'ils transportèrent à l'intérieur du bâtiment, dans les salles de cours, où elles étaient déballées par les locataires des lieux.

Depuis la guerre, l'été était en effet devenu une période lucrative pour l'université de Californie, qui organisait des rencontres entre inventeurs et investisseurs dans ses amphithéâtres. L'université ne se prononçait pas sur le mérite des premiers, pas plus qu'elle ne sollicitait leurs réservations (au tarif de vingt-cinq dollars) : elle se contentait de demander une brève description de l'invention qui serait présentée. De temps à autre, les organisateurs éprouvaient une compassion sincère pour le énième candidat proposant une machine à mouvement perpétuel, mais les brochures de 1922 proclamaient que « l'université de Californie se donnait pour vocation de promouvoir l'excellence de la pensée, fût-elle hétérodoxe ». Cette phrase ayant fait pleuvoir les chèques comme une manne céleste, la brochure de 1923 la réimprima, en caractères gras. Par ailleurs, les inventeurs étant de nature paranoïaque, l'université ne publiait pas de programme, ne distribuait aucune publicité et le courrier était estampillé « confidentiel » à l'encre rouge, ce qui semblait ravir l'ensemble des participants.

De telles précautions comportaient le risque de restreindre l'affluence des éventuels mécènes, mais cela ne semblait pas gêner les inventeurs, qui se fiaient à l'originalité de leurs invitations personnalisées pour attirer les investisseurs. « Cher William Randolph Hearst, lisait-on par exemple, grâce à moi, vous allez gagner une fortune. Comment, me direz-vous ? Je ne vous répondrai que d'un mot : Euphonix ! »

Ce jour-là, les salles de classe de Wheeler Hall accueillaient un moteur à l'eau de mer, une moissonneuse-batteuse, un nouveau modèle de rotative de presse, divers accessoires pour automobiles, et quelques machines-outils dont la plupart avaient déjà été présentées à l'été 1922, voire l'année précédente.

Durant la pause, entre seize et dix-sept heures, les inventeurs se rassemblaient sur le grand escalier de pierre, à l'entrée du bâtiment, où ils fumaient une cigarette et feignaient des débordements de joie à la vue de leurs confrères. Ils cherchaient surtout à savoir si on ne leur avait pas volé la liste de leurs généreux donateurs – veuves ou cousins éloignés – et s'ils n'étaient pas eux-mêmes soupçonnés d'un pareil forfait.

Tout en discutant, ils suivaient du regard les employés de l'université qui emportaient à l'intérieur un long chapelet de caisses en provenance d'Ogden, dans l'Utah. Cette caravane causait un certain amusement parmi eux, car elle signalait sans conteste l'arrivée d'un « bleu » qui commettait les erreurs qu'ils avaient commises autrefois : il avait apporté beaucoup trop de matériel, ce qui l'exposait à un supplément de manutention ; plus tôt dans la journée, il avait benoîtement tenté un geste confraternel en s'enquérant de l'avancée de leurs travaux ; lui-même ne s'était pas fait prier pour expliquer à tout va que sa petite merveille s'appelait la télévision ; et, comble des réjouissances, il avait loué le grand amphithéâtre, sans doute persuadé que les industriels allaient le remplir jusqu'au dernier gradin, prêts à le noyer sous les subventions.

L'homme à la moissonneuse-batteuse, qui ne manquait pas d'érudition, souffla un anneau de fumée et lâcha :

– La télévision ? Quel nom atroce : moitié grec, moitié latin !

Mais soudain il blêmit, au milieu des éclats de rire :

– Bigre ! N'est-ce pas là James Carter ?

Les inventeurs se retournèrent comme une seule tête et découvrirent en effet James Carter, le ventre saillant, montant les marches au petit trot, en compagnie de son acolyte Tom Crandall. Les deux hommes étaient suivis d'un Juif à lunettes qui n'eut pas un signe de salut à leur intention.

– Lequel d'entre vous a fait venir James Carter ? Et regardez... Voilà Grossman.

Aggie Grossman, bras droit d'A. P. Giannini, de la Banque d'Italie, approchait en agitant une enveloppe en guise d'éventail devant son visage en sueur.

Dire que le silence s'abattit sur le groupe des inventeurs donnerait une image assez imparfaite du tourbillon spéculatif soulevé sous chaque crâne : qui avait réussi à déplacer Grossman et Carter ? Et n'apercevait-on pas là-bas James Fagan de W. W. Crocker, suivi par une armada de représentants de Borax Smith ? Qui étaient tous ces hommes d'affaires en train d'escalader les marches ? L'inventeur du moteur à l'eau de mer reconnut plusieurs experts des laboratoires RCA de San Francisco. Mais que venait faire là le colonel French, du Presidio, flanqué de deux lieutenants en uniforme ?

Des gouttes de pluie se mirent à parsemer l'escalier de taches brunes. Les inventeurs écrasèrent leur cigarette et, avant la tombée de l'averse, suivirent le mouvement à l'intérieur du bâtiment. Ils découvrirent avec une stupeur mêlée d'effroi que le grand amphithéâtre ne comportait déjà plus une seule place assise. Autrement dit, Farnsworth avait loué une salle aux dimensions adaptées à ses besoins.

Lorsque le campanile sonna cinq heures, Pem compta jusqu'à cent dix personnes. Elle en sautilla d'aise derrière le rideau qui masquait la petite pièce adjacente à l'amphithéâtre, puis reprit son sang-froid. Philo, quant à lui, avait un teint de papier mâché. Les rares personnes qui avaient eu l'occasion de l'entendre exposer ses théories étaient toutes d'accord : de prime abord, il avait l'air indéniablement intelligent, mais nerveux, mal préparé et peu sûr de lui.

Farnsworth avait posé la première pierre de cette conférence un an auparavant, dans une bibliothèque publique où, en consultant des numéros de *Forbes* ou du *Wall Street Journal*, il avait recopié les noms et adresses de riches mécènes qui venaient en aide aux inventeurs. Au cours d'un voyage en famille à Washington, il s'était excusé après la messe dominicale et s'était rendu à la Maison-Blanche : tous les dimanches après-midi le Président Harding ouvrait ses portes aux citoyens anonymes. Philo aurait voulu se souvenir de cette visite jusque dans ses moindres détails, mais il ne gardait que l'image de ce bouquet de marguerites fanées posé sur la table basse, en face du canapé où Harding l'avait fait asseoir. Philo s'était peu à peu identifié à ces fleurs. D'abord tout fringant, il avait révélé son invention au Président, lequel avait réagi curieusement, en insistant pour que le jeune garçon gardât la plus grande discrétion. Mais dans ce cas, où était la gloire ? Philo avait quitté la Maison-Blanche la tête basse, après avoir accepté stoïquement un rendez-vous discret avec Borax Smith, alors qu'il aurait voulu lancer la télévision devant un public aussi large que possible. La mort de Harding, survenue brutalement, avait libéré sa conscience et c'était sans scrupule qu'il avait décidé de faire usage de cet amphithéâtre, réservé depuis belle lurette. Pourtant, il n'avait envoyé ses invitations que le matin même, de peur qu'on ne le prît de vitesse dans ses recherches.

Le plus difficile serait de défendre ses théories face aux représentants de RCA, installés au premier rang, la mine sévère. L'armée aurait sans doute autant de mal à accepter ses conceptions peu orthodoxes sur le développement de la télévision.

Il ne se doutait pas qu'un danger bien plus grand l'attendait. Un homme vêtu d'une blouse blanche, aux yeux mobiles, s'était assis longtemps à l'avance dans le fond de la salle. Ce n'était pas un savant mais un anarchiste russe, à qui l'on avait remis une instruction toute simple : à un signal donné, au cours de l'exposé de Farnsworth, il devait lui tirer une balle dans le front.

La nouvelle de sa présence eût constitué un choc pour l'armée, car les anarchistes étrangers étaient, comme les gorilles en captivité, plus un objet de débats théoriques qu'un fait avéré. Son nom véritable restait obscur mais il se faisait couramment appeler « l'Araignée ». Partisan acharné du luddisme depuis que le chlore avait causé la mort de ses quatre frères lors de l'offensive Broussilov, il avait débarqué en 1920 aux États-Unis, foyer d'un nouvel essor industriel où l'on érigeait en idéal de bonheur un consumérisme effréné, notion particulièrement odieuse à ses yeux.

Il s'attendait à être arrêté et jugé pour les lettres vipérines qu'il adressa au cours de l'été 1921, en prenant pour cible Westinghouse, General Electric et le Président Harding (pour lequel il éprouvait une certaine affection, mais qui n'en demeurait pas moins un symbole honni). Mais l'unique retombée fut la visite d'un monsieur bien mis, qui lui parla philosophie avec un drôle d'accent traînant, originaire du Kentucky, apprit ensuite l'Araignée. L'homme lui assura qu'ils étaient nombreux à penser comme lui et qu'ils devaient se tenir les coudes.

Ils étaient restés en contact et soudain l'homme du Kentucky l'avait fait venir à San Francisco, car un fou dangereux devait bientôt rencontrer le Président Harding. Quand on lui décrivit la télévision, l'Araignée prit aussitôt sa plume pour rédiger une lettre incendiaire, mais l'homme du Kentucky lui avait mis sous les yeux toutes sortes de projets effrayants : des avions équipés de caméras survoleraient les champs de bataille, enverraient des images au quartier général, où les officiers les examineraient à tête reposée, un verre de whisky à la main.

L'Araignée était donc présent au rendez-vous. Le genou tressautant, il attendait un seul signe de tête de son contact, à l'autre bout de la pièce, pour exécuter l'inventeur. Autour de lui, plusieurs industriels, accourus dès réception de la lettre de Philo, consultaient leur montre avec impatience. Toute la salle bruissait de conversations. James, Tom et Ledocq étaient assis au centre de l'amphithéâtre, et le Belge n'arrêtait pas de changer de lunettes pour regarder ses voisins ou l'estrade en contrebas.

– Vous connaissez du monde ici ? demanda-t-il.

– La plupart, oui, répondit James. Il est rare de les voir tous réunis dans la même pièce.

– Comparés à eux, nous faisons figure de poids plume, dit Tom.

À quelques rangs de là, quelqu'un leur adressa un signe. Tom répondit, sourire aux lèvres.

– C'est John Cannell, non ? Je hais ce type, c'est un abruti fini.

Il continuait d'agiter la main et de sourire.

– J'ai bien peur que Charles ne vienne pas.

– Il est peut-être déjà là, sourit James. Derrière un pilier ou sous une fausse moustache.

À cinq ans, Carter avait accompagné son père à un spectacle de music-hall. Un quatuor de malabars chantait a cappella *Un mousse à la mer* et choisissait un garçon dans le public, qu'ils se jetaient de l'un à l'autre en mimant les paroles de cet hymne marin. Ce jour-là, leur jeune victime en avait souillé son pantalon de peur. Carter n'avait pas gardé un souvenir précis de cet épisode, mais il se montrait toujours très respectueux à l'égard des enfants qu'il faisait monter sur scène. Par ailleurs, il lui en était resté une aversion prononcée pour les chants de marins.

Quand il se réveilla dans la caisse, ses oreilles lui sifflaient, et il eut la vague sensation qu'on venait de tirer un coup de feu à proximité. Il entendit les sons étouffés d'un quatuor qui chantait « Attachez-le à la lisse... » et il voulut leur intimer l'ordre de se taire, mais sa langue était trop sèche. Il n'y voyait rien et cligna plusieurs fois des paupières, avant de comprendre qu'il était plongé dans le noir complet. Plié en quatre, perclus de crampes, il tenta de se redresser.

En sentant les menottes qui lui liaient les poignets, il se souvint d'avoir été frappé à la tête, puis sonné par une forte odeur de térébenthine. Sa joue frottait contre du tissu. Une toile de jute. Il tendit le cou, jusqu'à trouver la langue de métal qu'il attendait. Un sac postal. Il inspira profondément par le nez. Cela sentait l'eau de mer, la poussière et la sueur. Il était en nage.

Il prêta de nouveau l'oreille au quatuor. Quels membres de la Société des magiciens américains étaient capables de telles harmonies ?

– Dante, espèce de salaud, marmonna-t-il.

Dante était le seul illusionniste à posséder un réel talent de chanteur, et entre confrères, on aimait à se tendre des embuscades.

Mais on l'avait endormi avec du chloroforme, ou peut-être de l'éther, et à sa connaissance, aucun magicien n'aurait accepté de recourir à un tel procédé. Il se rappelait vaguement s'être retrouvé à quatre pattes entre plusieurs hommes vêtus d'un costume sombre et de chaussures bien cirées, toutes identiques. Une tenue qui lui était familière. Quand l'avait-il vue pour la dernière fois... ? Bien sûr ! Le soir où le Président Harding avait assisté à son spectacle.

Le Service secret.

Le sac sur l'épaule et la pipe au chapeau,
Tiens bon, oh, matelot !
Faut monter à bord pour se remettre à flot
Sur la route de San Francisco.

Des éclats de rire saluèrent la fin du couplet. Au même moment, Carter prit conscience que la toile enflait contre sa joue. Il la repoussa, mais elle revint aussitôt. De l'eau. Il tenta de se retourner, mais le sac tout entier suivit, ce qui le déséquilibra. Il croyait entendre encore l'écho de coups de marteau, qui fermaient... une caisse ?

Les chants reprirent. Ces types se payaient ouvertement sa fiole. Contrairement à certains magiciens, Carter n'appréciait pas ces défis impromptus, lui qui n'avait jamais pardonné à Jenks de lui avoir infligé les fers et le masque d'infamie. Il détestait les numéros d'évasion et, les rares fois où il avait accueilli sur scène des spectateurs armés de chaînes ou de cadenas, il ne s'était plié à cet exercice qu'à contrecœur.

Il avait pourtant planché sur les menottes et les caisses à double fond, de la même manière qu'il aimait à étudier les croquis en coupe de certains automates. Outre les crochets qu'il gardait au fond de ses poches – là où on pouvait facilement les trouver –, il ne se déplaçait jamais sans une trousse de secours, fidèle en cela aux recommandations d'Ottawa Keyes. Fil de fer, passes, aimants, petits instruments fabriqués par ses soins, qui n'avaient pas de dénominations mais des fonctions bien précises, tous habilement dissimulés. Il se cassa le poignet pour atteindre sa manche droite... et ne sentit que la peau.

Tous ses précieux accessoires étaient cousus dans le blouson qu'il avait laissé sur les épaules de Phoebe Kyle.

Il poussa un juron.

Le drap de toile pressait de plus en plus contre sa joue. Il se rendit compte qu'il était en train de couler.

« J'ai la gorge sèche, mon pouls bat à quatre-vingt-cinq, je ne sens plus mes pieds, je suis ankylosé, mais à part ça, tout va bien. Tout va bien. »

En fait, il ressentait une douleur lancinante au mollet droit, mais ligoté comme il l'était, il ne pouvait pas en déterminer la cause.

Autour de ses poignets, les menottes ressemblaient au modèle classique dont se servait la police, les plus faciles à forcer. Il lui suffisait de les frapper d'un coup sec, contre un sol en dur, en les bloquant sous le tibia, et elles s'ouvriraient d'elles-mêmes. « Un jeu d'enfant », avait déclaré un jeune homme lors d'un pique-nique annuel de la Société des magiciens. Comment s'appelait-il déjà ? Lotharini ! Un béjaune qui bavassait autour d'un barbecue, en cherchant à épater la galerie : « Il faudrait être demeuré pour ne pas arriver à s'en débarrasser. »

Mais les pieds attachés aux poignets, Carter ne pouvait pas se mettre en position pour faire levier de son corps. Cette méthode ne lui était d'aucun secours.

Heureusement, il y en avait une autre. Ses chaussures habituelles – qui reposaient en ce moment sur le tapis de son salon – étaient munies de faux talons dans lesquels il cachait quelques outils. Celles qu'ils portaient ce jour-là étaient de simples bottes à lacets, achetées dans le commerce. Il tendit les bras, main gauche sur le pied droit, main droite sur le pied gauche, et entreprit de défaire ses lacets.

Ses mains étaient engourdies, mais trente ans de pratique lui permettaient des mouvements qui auraient semblé impossibles au commun des mortels. Le premier ruban sorti, Carter fit un nœud à une extrémité et le poussa dans la serrure des menottes. Il respirait à l'économie, par le nez, attentif aux battements de son cœur, en tournant le lacet dans le sens contraire des aiguilles d'une montre, le plus délicatement possible afin de ne pas déchirer le coton. Cette pression régulière finit par payer : il entendit un déclic qui le soulagea au-delà de toute attente.

Carter se défit rapidement des trois premières paires de menottes, ragaillardi à l'idée d'avoir vaincu le métal avec un lacet souple. *Prends-en de la graine, Lotharini.* Mais la dernière paire, sur les chevilles, lui résista. Il s'agissait d'un modèle différent, non homologué, et il n'avait pas le temps de s'en occuper car l'eau emplissait peu à peu la caisse. Pour le moment, l'enveloppe de toile le protégeait, mais dès qu'il en serait sorti – s'il y parvenait – il lui faudrait encore trouver le moyen de s'échapper de cette caisse, et pour cela, il avait besoin de tout l'air dont il pouvait disposer.

Il se mit en position assise, les genoux ramenés contre la poitrine. S'extirper d'un sac postal exigeait beaucoup d'adresse, et une patience déjà largement entamée. Il tâtonna à la recherche du cadenas. S'il avait eu un couteau, il lui aurait suffi de déchirer la toile, mais le sien était resté dans son blouson. Heureusement, le jute était assez souple pour lui permettre de tenir fermement le cadenas d'une main. Il ne lui manquait plus que la clé. Et l'air commençait à se raréfier.

Une pluie fine tombait sur le quai, et les quatre agents venaient de finir *Blow the Man Down* et *Sugar in the Hold.* Hollis demanda s'ils connaissaient une chanson intitulée *The Dead Horse* mais comme personne ne le suivit, ils entonnèrent *Good-bye Fare Thee Well.* De l'autre côté du chenal, un bateau de pêche rentrait d'une virée au large et Stutz fut le premier à pressentir que son sillage allait noyer la caisse.

La jambe de Carter lui faisait toujours mal. Agacé, il toucha l'endroit sensible et eut la surprise de trouver une aiguille plantée de deux bons centimètres dans son mollet. Il y avait plusieurs autres points douloureux dans la même zone et il comprit qu'on avait dû le piquer pendant sa perte de conscience. Il tira l'aiguille et la tordit en tâchant de se représenter le mécanisme du cadenas. Dans un méandre de sa mémoire, il gardait le souvenir d'avoir été jeté aux fers, la tête en bas, la cuisse meurtrie par une rose en fil de fer à laquelle il avait dû son salut.

Soudain, sans raison apparente, la caisse s'enfonça d'une vingtaine de centimètres, puis rebondit du double, avant de s'incliner sur le flanc. Carter roula en arrière, dans un tourbillon d'eau. Un moteur de bateau s'éloigna en ronronnant.

Il avait lâché l'aiguille.

Elle était tombée quelque part au fond du sac. Impossible de la retrouver dans l'obscurité totale. Sa nuque se raidit sous l'effet de la colère et, malgré les ténèbres, il vit rouge. Il avait absolument besoin d'un fil recourbé.

Sa montre ! À tâtons, il constata que le verre était cassé. Il eut d'autant moins de mal à en extraire le ressort principal. Il le pinça à la base, entre le pouce et l'index, puis lui fit traverser la toile par un mouvement de rotation, comme s'il s'agissait d'un tire-bouchon. De la main gauche, il maintenait le cadenas, en tâchant de le positionner en face du ressort. Il sentait une curieuse résistance, qui ralentissait chaque manipulation : ses mains travaillaient à présent sous l'eau, ce qui signifiait que la caisse ne contenait presque plus d'air. Bientôt, la pointe du ressort ripa sur la surface métallique du cadenas. Il essaya à gauche, à droite, en haut, en bas, il n'arrivait pas à trouver le trou de la serrure. L'espace d'un éclair, il imagina une pièce remplie d'aveugles qui enfilaient des perles multicolores selon un dessin complexe, sans jamais commettre la moindre erreur.

Les spirales du ressort s'engagèrent enfin dans la serrure. Carter plissa les paupières, s'efforçant de percevoir les résistances du mécanisme. Son visage était couvert de sueur, mais ses mains restaient sèches.

La caisse tangua légèrement. Carter entendit les pulsations d'une hélice. Non, pas une autre vague, pas maintenant ! Il s'accrocha au cadenas et au ressort comme si sa vie en dépendait, mais il fut renversé, ballotté, et sa tête heurta les montants de la caisse. Lorsque le calme revint, ses mains étaient vides. Plus de cadenas ni de ressort. Il les chercha désespérément, en balayant la toile de ses mains. En vain. Grâce aux empreintes qu'avaient laissées ses ongles dans le tissu, il retrouva l'endroit où il avait tenu le sac. Le cadenas devait être là, à portée de main. Rien. Ce qui n'avait aucun sens, à moins que... Mû par un faible espoir, il leva les mains vers la partie supérieure du sac, qui s'ouvrit en grand. La dernière rotation du ressort avait forcé la serrure, il avait réussi ! Il n'eut guère le temps de célébrer sa victoire car un flot d'eau saumâtre se déversa sur lui et inonda ses yeux et sa bouche.

Il s'extirpa du sac, la gorge brûlée par le sel. Il restait environ trente centimètres d'air. La caisse n'étant pas assez grande pour lui permettre de se tenir debout, il s'accroupit pour explorer à tâtons le couvercle. Il ne tarda pas à comprendre qu'elle n'était en rien truquée. Plusieurs échardes vinrent se loger sous ses ongles, ce qui ne fit qu'accroître sa fureur.

Il existait des procédés formidables, comme un cric ou une paroi coulissante, qui permettaient de s'échapper facilement d'une caisse. Malheureusement, le cric de Carter était resté sur son bureau, dans sa maison de Washington Street. Et à la différence des menottes et des sacs postaux, il n'y avait pas moyen de s'échapper d'une caisse non truquée.

Samuelson eut bientôt épuisé tout son répertoire de chants de marin. À sa grande surprise, Hollis en connaissait plus que lui et les braillait seul, pendant qu'ils regardaient couler la caisse. Elle avait dérivé entre les arches d'un ponton et se balançait doucement, mais ne risquait plus d'être emportée vers le large.

– Il va s'en sortir, hein ? demanda O'Brien.

– C'est son problème, répondit Samuelson en haussant les épaules.

– Sinon, il va falloir aller le chercher, murmura Stutz. Pas vrai ?

Ils se tenaient sur le ponton, à environ trois mètres au-dessus de l'eau, qui clapotait doucement sous leurs pieds. À intervalles réguliers, une planche manquait, afin de décourager (sans succès d'ailleurs) les ivrognes qui venaient pêcher la nuit. La caisse était à présent dans la cale, entre deux pontons.

– Je devrais peut-être aller chercher les pieds-de-biche dans le fourgon, suggéra Hollis.

Samuelson regarda la caisse, puis l'horizon. Un bateau approchait, mais les chances qu'il vînt s'amarrer précisément à ce ponton étaient infimes.

– Si tu veux.

Carter était à genoux, de l'eau jusqu'au menton, le pantalon bouffant, les chevilles encore attachées. Il estima qu'il lui restait deux minutes d'air tout au plus. Il s'arc-bouta, les pieds solidement plantés sur le plancher, les épaules et la nuque adossées contre le couvercle, et se mit à pousser, persuadé que le passage en force était l'unique solution. Il se raidit plusieurs secondes, en visualisant des clous qui déchiraient les fibres du bois. Sans résultat.

Son souffle s'accéléra, la tête lui tournait. L'eau n'avait pas encore atteint le sommet de la caisse, mais l'air restant était de plus en plus vicié par sa propre respiration : peu d'oxygène, trop de gaz carbonique. Il prit une nouvelle inspiration et poussa de toutes ses forces.

Houdini, qui n'avait jamais révélé ses trucs avant de les avoir usés jusqu'à la corde, était intarissable sur les principes généraux de l'évasion : « Si un jour j'étais en danger, avait-il expliqué à Carter, je penserais aux êtres qui me sont chers et je me sentirais porté par leur énergie. » À la connaissance de Carter, Houdini n'avait jamais réellement mis sa vie en péril, mais cette idée semblait beaucoup le travailler. « Si j'étais enseveli vivant, par exemple, privé d'air, je penserais à ma mère. Et à Bess, bien sûr. »

Pris de vertige, au bout du rouleau, Carter songea à ceux qu'il aimait. À sa femme, Sarah. Le remords le saisit, doublé d'un profond sentiment d'échec. Il pensa à ses animaux, à Tug et à Baby, qui allaient tant lui manquer. Il imagina ses parents et son frère qui lui adressaient de grands gestes, debout sur le quai, et sa gorge se noua. Ses genoux ployèrent. Il passa une main sur son visage ruisselant et défait. Adieu, chers parents, adieu, James. Le cœur humain était une drôle de mécanique. Sa famille le pleurerait un temps, puis elle surmonterait sa disparition. La prise de conscience de cet instinct de survie le bouleversa. Là, prisonnier de cette caisse, il s'avoua une vérité qu'il avait toujours niée : il avait cessé de porter le deuil de Sarah. Mais l'idée qu'il pût lui aussi oublier, comme tout le monde, ne lui en était pas moins odieuse.

Une secousse lui fit boire la tasse. L'eau dépassait à présent son menton. Dehors, un grincement de machines annonça l'approche d'un navire.

L'image de Phoebe s'imposa à lui.

Elle le surprit tellement qu'il rejeta la tête en arrière, se cognant violemment. Il se frotta le crâne. Phoebe, auprès de laquelle il avait passé en tout et pour tout une poignée d'heures.

Et pourtant, elle le connaissait. N'était-ce pas déjà une forme de miracle ? De son côté, il la connaissait à peine, si ce n'est d'instinct. Elle aussi, sans doute, se remettrait de sa mort. Paradoxalement, cette idée, loin de l'affaiblir, fit briller une lueur au bout du tunnel. Il refusait de lui imposer cette épreuve.

Le bruit de moteur devenait assourdissant. La caisse heurta quelque chose, puis s'immobilisa. Carter se boucha les oreilles. Il ne restait plus qu'une petite poche d'air. *Phoebe*, se répéta-t-il. Et ce seul nom suffit. Il inspira lentement, bloqua son souffle et disparut sous la surface. Il se remit en position, les pieds bien calés, les muscles des épaules, du dos et des cuisses tendus. Il n'avait plus qu'à obliger son corps à se relever, et le couvercle sauterait.

Quand Hollis revint du fourgon avec plusieurs pieds-de-biche, Samuelson lui ordonna de les laisser tomber sur le ponton. Depuis un moment déjà, il était resté muet, un œil sur le bateau dont la proue avançait dangereusement. Il éteignit sa pipe.

Les autres se taisaient, eux aussi. Puis O'Brien lança :

– Ce rafiot aurait pu choisir un autre endroit pour accoster. Tu ne crois pas que...

Le dos rond, prêt à renverser les colonnes du Temple, Carter retenait son souffle, sans se soucier de compter les secondes qui passaient, car cette fois, il n'avait plus de limite à respecter. Ses oreilles qui bourdonnaient, le roulis qui agitait la caisse, la poche d'air réduite à néant, tout cela, il n'avait plus le temps d'y penser. Ses talons étaient en acier, son dos formait le vérin d'un piston auquel les clous et les planches ne sauraient résister. Il croyait entendre les exhortations de Ledocq, et celles de James, flanqué de Tom, qui lui aussi le soutenait, allez, vieux, ne te laisse pas avoir par ces salopards, et Borax lui criait oh-hisse, la douleur dans les cuisses devenait intolérable, ce bruit, étaient-ce les clous qui cédaient enfin, sa tête allait exploser, il avait outrepassé ses limites, une odeur de poudre lui piquait les narines, il voyait des milliers de spectateurs, les uns rongés d'inquiétude, les autres tonnant « allez, allez », et à son côté, silencieuse, se tenait une silhouette de femme. D'une beauté éblouissante.

Je suis désolée de vous avoir fait du mal. Elle toucha sa cicatrice. *Respirez avec moi.*

Il articula quelques mots, sans plus savoir ce qu'il disait, et poussa avec une force qu'il ne se connaissait pas. Un horrible fracas de planches broyées lui déchira les oreilles.

CHAPITRE 23

La pluie fouettait les vitres du grand amphithéâtre de Wheeler Hall. Ledocq montra du doigt les draps blancs qui recouvraient une longue table dressée sur l'estrade.

– En tout cas, il n'a pas mégoté sur le matériel, dit-il en se grattant le menton. Je me demande si tout fonctionne ou si c'est juste pour l'épate.

Sous la pendule, qui indiquait cinq heures cinq, les tableaux noirs étaient aussi voilés. Une jeune femme sortit de la coulisse pour regarder l'heure et disparut aussi vite. Elle revint bientôt, avec une carafe d'eau et un verre, qu'elle posa sur la table de conférence.

– Vivement que ça commence, dit Tom.

La femme se posta à gauche des tableaux, armée d'une longue baguette pour retirer les draps lorsqu'on lui en donnerait le signal.

Un jeune blanc-bec vint la rejoindre et ils échangèrent quelques mots à voix basse. Il portait une blouse blanche, un peu trop large pour lui. Il chaussa une paire de lorgnons, gagna le centre de l'estrade et toussota dans son poing.

– Bonjour, dit-il avec une voix d'adolescent.

– Pas possible, chuchota Tom. C'est lui ?

– Merci à tous d'être venus. Mon nom est Philo Farnsworth.

Dans la salle, chacun se tourna vers son voisin, pour s'assurer qu'il avait bien entendu.

Philo se balança d'un pied sur l'autre.

– Oui, je sais. Veuillez excuser mon jeune âge, mais la valeur n'attend pas le nombre des années...

Il avait prononcé cette phrase avec précipitation, et sembla attendre une réaction.

Tom se pencha vers James.

– C'était censé être de l'humour.

– Je sais. Chut !

Farnsworth contempla l'assistance d'un air grave.

– Bon. Commençons par un point sur lequel nous serons tous d'accord. Pem, tableau numéro un, s'il te plaît.

La jeune femme tendit sa baguette et dévoila le tableau à l'extrême gauche de l'estrade. Une spirale y était dessinée, comme une coquille d'escargot. Aussitôt, la vingtaine de scientifiques présents dans l'assistance se mit à grommeler.

– Le disque de Nipkow, précisa Farnsworth, le doigt pointé sur le tableau.

On l'entendait à peine, car plusieurs représentants de RCA commençaient déjà à rassembler leurs notes. Le reste des spectateurs ne comprenait rien à cette scène. Le disque de Nipkow était le principe de base de la télévision mécanique, une piste explorée par l'Anglais John Logie Baird. Mais on avait beau varier la taille du disque ou de l'écran, on n'obtenait en fait d'images que de vagues silhouettes. Farnsworth fit face aux savants :

– Je n'aurai qu'un mot sur cette conception : ce n'est pas la mienne. Croyez-moi, je ne suis pas ici pour vous vendre la télévision mécanique. (Il se tourna vers Pem.) La seule solution viable, c'est l'électronique. Tableau numéro deux, s'il te plaît.

La surface noire était à moitié couverte de croquis et d'équations.

– Il y a douze ans, continua Farnsworth, Swinton a eu une intuition intéressante : en assemblant une mosaïque de cubes de rubidium, on devait pouvoir transformer la lumière en courant électrique. Il avait raison et aujourd'hui nous le savons, grâce à Zworykin.

Il pointa un diagramme constitué de sept ou huit formes géométriques reliées entre elles par des lignes brisées. James fronça les sourcils, car il n'y comprenait rien, mais le dessin retint l'attention de Ledocq.

– Zworykin s'est dit : bon, prenons une surface photoélectrique, comme ceci, puis ajoutons-y une couche d'oxyde d'aluminium, pour l'isolation. La lumière absorbe les électrons et on obtient des atomes à charge positive. Vous voyez, ils ont encore leurs protons. A priori, cela paraissait logique, mais d'après mes calculs, même si on avait un million – oui, disons un million – de gouttes d'hydrure de potassium, et que chacune de ces gouttes était isolée afin que la charge électrique ne soit pas perdue, eh bien, oui, quand bien même on réussirait cet exploit, ça ne marcherait pas.

– Et pourquoi donc ?

Philo s'exprimait avec une assurance croissante et cette interruption sembla lui faire perdre le fil. Son regard se promena sur l'amphithéâtre jusqu'à ce qu'il repérât une main levée. Elle appartenait au chef du laboratoire RCA pour la côte ouest, dont la grimace laissait à penser qu'il avait déjeuné d'un sandwich avarié.

– Vous ne seriez pas Zworykin, par hasard ? s'enquit Philo, éveillant quelques ricanements dans l'assistance.

– Non, je suis le Dr Talbot. Mais je connais bien ses travaux.

Philo retourna au tableau noir et pointa du doigt.

– Voici son système de balayage et son tube cathodique. Le rayon passe par ici, sur un écran fluorescent, je suppose, car il n'a rien publié de ses travaux, mais il n'y a pas d'autre solution. Le principe consiste à reproduire l'image ici. Comme je le disais à l'instant, ça peut marcher. En théorie, mais...

– Alors qu'est-ce que vous proposez à la place ? demanda Talbot, les mains ouvertes.

Philo avala une gorgée d'eau. Une rougeur apparut sur son visage.

– À moins que vous n'y ayez pas réfléchi, continua Talbot.

– Bien sûr, dit Philo, qui semblait rassembler ses esprits. Tableau numéro trois.

Pem dévoila de nouveaux graphiques, triangles ou ellipses, hérissés de fonctions, de lettres grecques et de symboles scientifiques.

Dans l'amphithéâtre, tous ceux qui prenaient des notes se figèrent. Que tirer de ce fouillis ? Philo reprit la parole en pointant avec précision les dessins, mais sans jamais quitter Talbot des yeux.

– Cela s'appelle une anode. Elle possède une petite ouverture et l'image électrique, émise à cette extrémité du tube cathodique, est envoyée à travers ce tube, vers l'anode. Pem, efface, s'il te plaît.

La jeune femme effaça le croquis.

– Hé ! s'exclama une voix.

– Désolé, dit Farnsworth, mais je suis sûr que vous comprendrez.

Il désigna une autre figure et s'exprima de façon claire, en savourant chaque mot, mais avec une certaine impatience, comme si le meilleur était encore à venir.

– Ces bobines magnétiques conduisent l'image électrique vers l'ouverture de l'anode, de gauche à droite, ligne après ligne. À la sortie, une image se forme, identique à l'originale. Pem, s'il te plaît.

Pem effaça le diagramme, et une dizaine de crayons claquèrent rageusement contre les pupitres. Talbot se tourna vers H. J. Peterson, le spécialiste en électronique du ministère de la Guerre, qui secouait la tête de dépit. Ni l'un ni l'autre n'avaient eu le temps de tout saisir.

Farnsworth enchaîna, d'une voix qui semblait à chaque phrase plus maîtrisée.

– Le courant de sortie génère un flux identique dans un deuxième tube cathodique. Un faisceau d'électrons est ainsi créé, qui éclaire une surface fluorescente à l'extrémité du tube. Efface, s'il te plaît.

Pem mania l'éponge de bon cœur et le tableau fut bientôt dégoulinant. Elle se retourna alors, en réprimant un sourire, tandis que dans la salle les spectateurs s'arrachaient les cheveux. Quelques blouses blanches tentaient encore de griffonner sur des feuilles de papier millimétré.

– Des questions ? demanda Philo.

Contrairement à Pem, il ne semblait prendre aucun plaisir aux réactions dépitées du public. Il restait prêt à affronter les critiques. Il avait reconnu un adversaire en la personne du Dr Talbot mais, en bon esprit rationnel, il se faisait fort de le rallier à ses positions.

Parmi les spectateurs, les uns affichaient leur incrédulité, les autres restaient perplexes. La majorité était constituée d'hommes d'affaires qui, faute de pouvoir juger l'invention de visu, s'intéressaient uniquement au répondant de Farnsworth face à un contradicteur éclairé. Aussi furent-ils satisfaits d'entendre Talbot relancer le débat :

– Et la focalisation magnétique ? Et quid de l'amplification du signal ?

– J'ai d'abord cru qu'il était possible d'utiliser un tube Audion, ou même plusieurs tubes placés en batterie afin d'amplifier le signal...

– Vous allez gonfler le système au point qu'il deviendra incontrôlable.

– Exactement ! Vous avez tout à fait raison ! J'ai donc fabriqué ce que j'appelle une tétrode, un tube équipé d'une grille écran, et j'ai remplacé le potassium par de l'oxyde de césium.

– Vous ne m'avez pas répondu à propos de la focalisation.

– J'utilise du silicate de zinc pour le revêtement du tube comme pour la surface photoélectrique, sur laquelle je dirige un faisceau oscillatoire, depuis un canon à électrons.

– Ça ne peut pas marcher ! lança Talbot, avec toutefois une légère inflexion dubitative.

– J'y travaille. Et je travaille aussi...

– À synchroniser le balayage ?

– Exactement.

Talbot se croisa les bras, visiblement peu convaincu. Du doigt, Philo s'assura que le tableau noir était suffisamment sec. Il se mit alors à dessiner un tube Multipactor, tout en répondant aux nouvelles questions de Talbot. Mais soudain, il sentit qu'il était en train de perdre son auditoire. Manquait-il de clarté dans ses explications ? Une voix s'écria :

– Hé, Farnsworth, quand est-ce qu'on voit la couleur de l'argent dans cette histoire ?

James enfonça la tête entre ses épaules : c'était bien sûr l'impatient Tom qui avait ainsi interpellé l'inventeur.

– Cinq minutes, ça ira ? répondit Philo, la craie entre le pouce et l'index.

Il y eut des éclats de rire et quelques grincements de sièges. Pour la dixième fois, l'Araignée regarda son contact afin de savoir si le moment était venu d'abattre Farnsworth, mais il reçut un signe négatif de la tête. Il se renfonça dans son fauteuil, boudeur.

– L'idée de la télévision électronique m'est venue il y a longtemps. J'avais treize ans et j'étais en train de labourer un champ. En regardant derrière moi, je me suis dit : si seulement j'arrivais à discipliner les électrons comme ces sillons grâce à la force magnétique... J'ai acheté la plus grande partie du matériel dont j'avais besoin pour construire un système viable, et j'ai fabriqué le reste moi-même, mais là où j'ai coincé, c'est pour le tube. Ce qui me manquait, c'était un tube à vide en Pyrex, sans déformation optique, et avec une extrémité absolument plate.

Cette description déclencha les ricanements des hommes en blouse blanche, accompagnés de sarcasmes condescendants : autant prétendre inverser le cours des chutes du Niagara.

– C'est rigoureusement impossible ! cria une voix qui n'était pas celle de Talbot.

– C'est ce qu'on m'a dit, en effet, répliqua Farnsworth sur le ton banal de la conversation. Mais j'en avais besoin, alors j'ai foncé tête baissée et je l'ai fabriqué. Regardez.

Il sortit l'objet en question de derrière le pupitre : un tube à vide muni d'une extrémité plate.

Les savants en eurent le souffle coupé. Ledocq ouvrait des yeux en ronds de chapeau.

– Qu'est-ce qu'il y a ? demanda James.

– Comment a-t-il réussi une chose pareille ?

– Est-ce que ça sent l'entourloupe ?

– Non, mais comment a-t-il fait ? répéta Ledocq, le buste penché en avant, le menton dans la main.

Sur l'estrade, Pem donna un coup de main à son mari pour découvrir les différents composants de sa machine. Philo les énumérait au fur et à mesure en prenant bien soin de ne pas donner trop de détails. Il parla de fils en nichrome, de résistances, de transformateurs, de cristaux fournissant une lumière polarisée...

Le dispositif dévoilé, on pouvait espérer passer enfin aux choses sérieuses. Philo vérifia les raccordements et actionna les interrupteurs, en soufflant à l'oreille de Pem qu'en principe, les fusibles de l'université devaient tenir le choc.

– Mais il y a une possibilité pour que tout saute.

– Oui, sourit-elle, finalement, tu n'es peut-être qu'un vulgaire charlatan...

Il lui sourit en retour, lui effleura le poignet. L'Araignée, qui surprit ce geste tendre, ne put s'empêcher de le trouver touchant, à son corps défendant. Il caressa le canon de son revolver.

Philo tourna face au public le meuble en bois qui contenait son poste de télévision. L'écran était d'un blanc mat.

– Ça va demander un moment, le temps de chauffer, dit-il. Vous pouvez éteindre les lumières.

L'Araignée sursauta à cette annonce, car il ne pourrait plus distinguer ni son contact, ni sa cible. Ses doigts se refermèrent sur la crosse de son arme, toujours glissée dans son étui en cuir.

Les lumières éteintes, les spectateurs se calèrent dans leur fauteuil. Ledocq ferma un instant les yeux, tandis que James écoutait la pluie tambouriner sur les lucarnes.

– Monsieur Farnsworth ? lança le cadet du magicien.

– Oui.

– Quelles applications envisagez-vous pour la télévision ?

– Bonne question, dit l'inventeur tandis que, dans la pénombre de l'amphithéâtre, l'écran virait au bleu nuit. Tout d'abord, ce sera un formidable vecteur d'éducation. Elle peut aussi avoir un rôle de divertissement, mais surtout, je crois qu'elle va contribuer à rapprocher le monde.

– Merci, dit James.

Il n'y eut pas d'autres questions. L'écran devenait de plus en plus lumineux, et comme Philo reprenait la parole, James crut qu'il allait décrire les opérations en cours. Il n'en fut rien. À la faveur de l'obscurité, conforté par cette pluie qui semblait les envelopper, peut-être aussi galvanisé par le public nombreux, Philo osa livrer le fond de sa pensée.

– La télévision mettra fin à la guerre, annonça-t-il d'une voix timide.

Il n'y eut d'abord aucune réaction, puis une voix rauque s'éleva dans les premiers rangs :

– Vous pouvez nous répéter ça ?

– Est-ce que quelqu'un m'a demandé de répéter ? dit Philo en clignant des yeux.

– Oui, fit l'Araignée, qui n'en croyait pas ses oreilles.

– L'objectif final est l'instauration de la paix mondiale. Une paix éternelle. Nous hisserons des ballons captifs pour envoyer les signaux de transmission sur l'ensemble du globe. Si un habitant de Berkeley pouvait, depuis son salon, voir un Berlinois prendre son petit déjeuner, comment imaginer ensuite qu'ils puissent s'entre-tuer ?

Cette tirade enflammée fut suivie d'un silence gêné, comme si Farnsworth avait interrompu une présentation séduisante pour prononcer un discours vibrant sur les vertus de la tempérance. Ledocq se pencha vers James :

– L'écran s'éclaircit, souffla-t-il.

– Combien comptez-vous faire payer les utilisateurs ? cria une voix.

– C'est précisément la beauté de cette invention. Elle sera gratuite.

On aurait entendu une mouche voler.

– Vous avez dit gratuite ?

– Oui, absolument. Je ne compte pas vendre la télévision. Une invention de cette importance doit être gratuite, comme l'enseignement.

Les spectateurs échangèrent des regards consternés.

– Mais si vous ne la vendez pas...

– Il faut qu'elle entre dans le domaine public. Je sollicite votre aide, afin que les grandes compagnies se partagent les coûts de développement. Ce sera un pas en avant pour l'humanité...

Après un moment de stupéfaction, la salle sembla se réveiller. Un grondement désapprobateur se transforma bientôt en éclats de rire. James entendit circuler « œuvre de bienfaisance ».

– De plus en plus clair, souffla Ledocq à son oreille.

James hocha la tête. Un jeune idéaliste qui espérait mettre un terme définitif à la guerre ? Avec une invention qu'il préférait donner plutôt que vendre ? Ce Farnsworth aurait mérité le peloton d'exécution. Cependant, dix rangs plus bas, un autre idéaliste était prêt à jeter son revolver aux orties. Furieux, l'Araignée cherchait des yeux son contact, à qui il avait deux mots à dire.

– Les peuples régleront leurs différends autour d'une table de conférence, au lieu de...

Mais Philo fut interrompu par des hoquets de surprise. Il se retourna vers l'écran de télévision, sur lequel apparaissait la première image figée qu'il avait préparée, celle du cheval. Depuis l'autre soir avec Pem, il n'avait pas réussi à reproduire une image animée, car le délicat réglage de sa machine laissait encore à désirer, mais un cheval immobile valait mieux que rien. Il n'avait pas terminé sa phrase, mais nul ne songea à le relancer.

Un instant, il craignit que ce fût un signe de désintérêt de la part des spectateurs, mais en observant leurs visages, il sentit sur sa peau un phénomène merveilleux : il avait la chair de poule. L'ironie et le scepticisme avaient soudain fait place à la fascination.

Était-ce suffisant pour obtenir des crédits ? La télévision serait-elle capable de mobiliser les capitalistes en faveur des plus démunis ? Devant lui, plusieurs rangées de silhouettes, éclaboussées de lumière bleutée, formaient un sorte de clan primitif, venu dans une caverne se réchauffer autour d'une lueur, tandis que la tempête faisait rage dehors. Il se souvint de Pem, si heureuse qu'elle aurait voulu arrêter le temps, et des objections platement rationnelles qu'il lui avait opposées. À présent, il comprenait ce qu'elle ressentait.

Deux secondes, trois secondes.

Il gardait en réserve un bon gag pour le spectateur qui s'impatientait de voir « la couleur de l'argent ». C'était une diapositive représentant un billet d'un dollar.

– Pem ? (Il décida de la présenter au public.) Mon assistante est en fait Mme Farnsworth. Pem, tu veux bien changer l'image, s'il te plaît ?

Cinq secondes, six.

Le cheval disparut, l'écran devint vierge.

– Philo, qu'est-ce que... Oh !

Il se retourna, un peu agacé à l'idée de manquer la réaction du public devant la diapo suivante. Il vit un arc électrique bleu s'élever en zigzag de l'anode, suivi d'un éclair si violent qu'il en fut un instant aveuglé. Pem fut saisie de convulsions, ses cheveux se dressèrent sur sa tête, puis il y eut un bruit sourd, comme un gros sac de farine qui tombe sur le sol. Les yeux de Philo le piquaient. Tout s'était passé aussi vite qu'un flash de photographe, laissant la même odeur de résine brûlée. Son appareil de télévision était en feu.

– Pem ?

Soudain, il avait l'impression que le monde évoluait au ralenti, et il se demanda s'il ne rêvait pas. Des cris retentirent. Philo se courba en deux pour chercher sa femme dans l'obscurité la plus totale.

– Pem ?

On ralluma les lumières, on se précipita à leur secours.

– Éteignez le feu ! cria quelqu'un.

Un spectateur se saisit de la carafe d'eau.

À genoux par terre, Philo tapotait la main de Pem, qui le regardait à travers des paupières mi-closes. Brusquement, il se retourna pour crier :

– Non !

Trop tard. Animé par d'excellentes intentions, le spectateur arrosa les gerbes d'étincelles, mais comme celles-ci se nourrissaient de potassium et de sodium, ce qui n'était qu'un faux circuit, un crépitement de fils et de caoutchoucs, se transforma aussitôt en déflagration qui consuma toute la machine. Les uns reculèrent d'un bond, pendant que les autres eurent le réflexe de s'emparer des draps de coton pour asphyxier les flammes. Il y eut un dernier bruit sec, puis un bris de verre lorsque le tube à vide céda. Ce tube réputé impossible à fabriquer, à présent réduit en miettes.

Autour de Philo, on s'affairait, on courait chercher de l'aide, on jeta une couverture sur Pem, des jambes anonymes faisaient cercle, on échangeait des regards consternés, des murmures. Il remarqua à peine cette agitation. Une image était gravée pour toujours dans sa mémoire : un éclair éblouissant, et Pem frappée par la foudre. Ce temps qu'il avait voulu arrêter s'était figé sur une vision d'horreur.

La démonstration de la télévision avait duré huit petites secondes, l'appareil en avait mis trente à brûler.

Le malheureux inventeur se pencha sur sa femme. Elle ouvrit enfin les lèvres.

– Philo...

Il hocha la tête et lui prit la main. Il resta ainsi, les jambes repliées sous lui, à répondre aux faibles pressions de ses doigts, sans ciller une seule fois jusqu'à l'arrivée de l'ambulance.

CHAPITRE 24

Les agents Hollis, O'Brien et Stutz avaient changé de registre. Fini les harmonies vocales. Ils criaient à tue-tête, en sautant sur place et en faisant de grands signes au bateau qui entrait à quai comme au bercail, indifférent à leurs appels. Samuelson, lui, se tenait légèrement en retrait : Carter allait être incessamment noyé ou broyé, et il ne savait qu'en penser. Le thonier à l'approche ralentit, deux marins sautèrent sur le ponton, cordages en main.

– Dégagez ! cria O'Brien.

– Dégage toi-même, mec ! répliqua un des marins.

La caisse heurta la proue du bateau puis tournoya paresseusement le long de son flanc.

– Il y a un homme là-dedans ! beugla Stutz.

– Va te faire foutre ! repartit le marin.

Sous le regard impuissant des agents, la caisse fut ballottée entre la coque du thonier et les piliers de ciment, comme une cacahuète prise entre des mâchoires qui se refermaient. Soudain, elle éclata sous la pression, en soulevant des éclats de bois et des paquets d'eau.

– Non ! cria Stutz.

– Il est sorti ? dit O'Brien en tendant le cou.

Samuelson secoua la tête en contemplant le bouillonnement provoqué par la destruction de la caisse.

– Le voilà ! s'exclama-t-il soudain en désignant, le cœur battant, quelque chose qui dérivait à la surface.

C'était le sac postal, qu'une poche d'air faisait flotter comme un cadavre de méduse. Samuelson était incapable de dire si Carter était toujours à l'intérieur et, dans ce cas, s'il était encore en vie. L'équipage du bateau déchargeant sa pêche sur l'autre quai, côté port, les agents purent se rassembler autour du sac sans risquer la bousculade.

Hollis suggéra de lui donner un coup avec le pied-de-biche, mais le ponton était à trois bons mètres au-dessus de la surface. Samuelson lui indiqua une échelle de corde.

– Va vérifier, lui ordonna-t-il.

Hollis resta un moment à grimacer sous la pluie, regardant tour à tour le sac de toile, l'échelle de corde et son chef à l'abri d'un parapluie. Puis il avança sur le bord du quai, trouva le premier échelon et se mit à descendre, le pied-de-biche passé sous la ceinture.

Les trois hommes restés sur le ponton s'accroupirent avec précaution, car les planches leur paraissaient traîtresses. Outre celles qui manquaient, plusieurs étaient cassées ou menaçaient de céder. La municipalité d'Oakland, lorsqu'elle réussissait à récolter quelques revenus douaniers, ne se donnait pas la peine de les réinvestir dans l'entretien du port.

Arrivé au bas de l'échelle, Hollis constata que le sac restait hors de portée de sa main. Il tira le pied-de-biche de sa ceinture.

– Qu'est-ce que tu vois ? lui cria Samuelson.

– Rien encore. Je vais essayer de l'attraper.

– Hollis ?

Épaule contre épaule, les trois agents se penchaient sur le bord du quai. Une rafale de vent força Samuelson à serrer le manche de son parapluie.

– Hollis, où tu es ? s'impatienta O'Brien.

– Lâche-moi, tu veux, grommela Stutz.

Mais il s'aperçut qu'aucun de ses compagnons ne l'avait touché. Son regard descendit jusqu'à sa chaussure, où une vision inattendue le fit tressaillir : une main avait surgi entre les planches.

– Hé !

Il tenta un bond en arrière, mais se trouva retenu sur place. Pris de panique, il sauta de nouveau et atterrit cette fois sur le coccyx, entraînant O'Brien dans sa chute, alors qu'il ne l'avait pas même heurté.

Des menottes en acier luisant reliaient son pied droit à la cheville gauche d'O'Brien.

– Sam ! cria-t-il, le doigt pointé sur sa jambe.

Les deux agents enchaînés se relevèrent péniblement.

– J'ai vu une main ! J'ai vu une main !

Carter se trouvait en effet juste sous eux, accroché aux poutrelles de bois qui soutenaient les piliers du ponton, les vêtements couverts de vase et d'algues. Avec ses pieds, il avait réussi à briser le fond de la caisse, quelques fractions de seconde seulement avant qu'elle ne fût écrasée et, insensible à la douleur, il se déplaçait à présent comme une bête fauve, mû par une colère à laquelle il comptait bien laisser libre cours.

Il n'avait jamais frappé quiconque de sa vie. Ses mains étaient trop précieuses pour qu'il les exposât ainsi. Mais à présent, il ne pensait qu'à tomber sur le premier venu, et à bras raccourcis. Les deux agents menottés voulurent prendre leurs jambes à leur cou, mais dans leur panique, ils perdirent plusieurs secondes à choisir une direction, et Carter vit briller la chaîne des menottes à portée de main, juste au-dessus de sa tête. S'il parvenait à s'en saisir, il pourrait l'attacher à l'un des anneaux de fer fixés au ponton. Les deux agents seraient ainsi livrés à la fureur de ses coups.

Il attrapa la chaîne et sauta de sa poutre, tirant de tout son poids sur les menottes. Mais son plan tourna court car Stutz et O'Brien se cognèrent l'un contre l'autre, la planche sur laquelle ils se trouvaient céda et ils passèrent à travers le ponton.

Surpris, Carter laissa échapper la chaîne, bascula à la renverse dans l'eau et disparut presque sans un remous. Les enchaînés eurent la malchance de tomber chacun d'un côté d'une poutre maîtresse qui tint bon : leur chute s'en trouva stoppée, mais leurs corps décrivirent un arc de cercle qui se termina par le choc violent de leurs deux crânes.

Samuelson s'éloigna à reculons du trou béant qui venait de happer deux de ses hommes. De crainte d'être surpris à tout instant par le magicien, il fit volte-face et marcha d'un pas décidé sous la pluie, en direction du fourgon. Il était seul. Hollis ? Quelque part sous le ponton. Face au vent, Samuelson abaissa son parapluie, mais comme il ne voyait plus rien devant lui, il le releva aussitôt sur son épaule, et continua à marcher vite, en allongeant le pas pour éviter les trous qui jalonnaient le quai. Il s'attendait à une attaque imminente de Carter, par le flanc ou par-derrière, aussi avançait-il en pirouettant.

Le parapluie le gênait. Il s'en débarrassa et se mit à courir, en tapotant ses poches à la recherche des clés. Il n'était plus qu'à quelques mètres de l'endroit où Hollis avait garé la camionnette. Hollis, disparu. Hollis, qui avait gardé les clés de contact.

Samuelson porta la main à sa poche revolver. N'avait-il pas vu un objet atterrir derrière le véhicule, avec un bruit métallique ? Un pied-de-biche. Ses doigts étaient sur la lanière de cuir boutonnée qui maintenait la crosse de son revolver lorsqu'on le tapa sur l'épaule. Il se retourna en dégainant son arme, mais une masse noire lui sauta au visage. Son parapluie, dont l'ouverture soudaine le fit tituber en arrière, se referma en un éclair. Déjà Carter lui avait assené un coup violent sur l'avant-bras. Il en lâcha son revolver, qui tomba sur le ponton, roula sur les planches et bascula dans la baie. Samuelson releva les yeux juste à temps pour voir la poignée du parapluie lui écraser le visage.

Dans la déferlante de coups qui s'abattirent sur lui, il perçut un cliquetis métallique. Remarquant que les pieds de Carter étaient encore menottés, il lui décocha un direct pour l'obliger à se décaler d'un pas sur le côté ou en arrière, et lui faire perdre ainsi l'équilibre. Carter jeta son buste en avant, esquivant le bras de Samuelson, et se retrouva dans le dos de son adversaire. Il rabattit rapidement la veste de l'agent sur ses épaules, pour lui immobiliser les bras, et fit sauter les boutons de son gilet. Il en noua les deux pans sur la veste, improvisant une camisole de force. Samuelson ne pouvait plus bouger. Il s'écroula lourdement sur le ponton.

Ses perspectives de salut, considérées depuis cette position horizontale, s'assombrissaient de seconde en seconde. Carter plaça ses pieds de chaque côté de son cou, et la chaîne vint écraser sa trachée. Samuelson se débattit en vain puis, du coin de l'œil, il aperçut un mouvement – Hollis avait repris pied sur le quai. Il était sauvé !

Hollis s'accroupit sur les planches, visiblement animé par des impulsions contradictoires. Carter l'observa d'un œil impassible, tout en ajustant le poids de son corps pour mieux étrangler sa victime.

– Oui ? dit-il enfin.

Hollis regarda le magicien, puis Samuelson. Et il se mit à cavaler jusqu'au fourgon. Son supérieur, sur le point de défaillir, eut encore le temps de voir le véhicule démarrer dans un hurlement de pneus.

Sa dernière vision fut celle de Carter, penché sur sa poche de gousset :

– Tiens, tiens, qu'est-ce que c'est que ça ?

Il tenait entre ses doigts le crâne en ivoire. Puis Samuelson sombra dans le néant.

– Agent Samuelson.

La pluie tombait, tiède et régulière. En des circonstances plus détendues, c'était un temps idéal pour une promenade rafraîchissante. Mais Samuelson n'irait nulle part. Il était allongé sur une pile de pneus que maintenaient d'épais cordages, les bras attachés quelque part derrière la tête. Il pouvait bouger les jambes, mais chacun de ses mouvements était accompagné d'un cliquetis métallique. À quelque distance, il entendit un appel étouffé, comme un écho. Stutz ?

À sa gauche, Carter était assis sur une borne en forme de champignon. Son visage portait des estafilades et la pluie ruisselait de ses cheveux noirs sur sa chemise et son pantalon déchirés. Il croisait les jambes, une cheville nue posée sur un genou. Malgré les gouttes, il parvenait à garder une cigarette allumée entre les lèvres.

– Qu'est-ce que vous fabriquez ? demanda Samuelson.

– Je m'amuse comme un petit fou, dit Carter, inhalant par les narines avant de souffler des ronds de fumée. Regardez au-dessus de votre tête. Oh, pardon, vous ne pouvez pas... Alors écoutez-moi. Vos bras sont menottés à une bitte d'amarrage identique à celle sur laquelle je suis assis.

Il marqua une pause. Puis, avec sa cigarette, il pointa le bord du quai, dans le prolongement des jambes de Samuelson. Au bout d'un invraisemblable enchevêtrement de cordes et de chaînes étaient alignées trois ancres : deux Danforth et un modèle naval, conçu pour de plus gros navires. Samuelson les reconnut pour les avoir pratiquées dans son enfance, quand il était équipier sur le voilier de son père.

Carter pencha la tête de côté pour écouter des cris lointains – O'Brien cette fois – puis s'adressa à Samuelson :

– Au fait, vos collègues sont coincés sous le quai. J'avais une paire de menottes en rab, et j'ai emprunté des cordes sur ce ferry. Bon, vous connaissez le bonneteau ?

Samuelson n'esquissa pas la moindre réponse.

– Vous avez trois cartes, face cachée, et l'une d'entre elles est la bonne. C'est un jeu pour arnaquer les pigeons. Bref, une de ces trois ancres est reliée à la paire de menottes qui se trouve à vos chevilles. Les deux autres non. Vous me suivez ?

– Je ne vous dirai rien. Le code du Service...

– Bien sûr, l'interrompit Carter. Le code, je comprends.

Impossible de lire dans ses yeux bleus, qui semblaient aussi paisibles que les rues de San Francisco un jour férié.

– Je vais faire tomber à l'eau ces ancres l'une après l'autre. Je ne sais pas ce qui se passera quand celle qui est reliée à vos pieds basculera. Si vous n'étiez pas menotté à cette bitte, vous seriez sans doute simplement entraîné par le fond et noyé. Mais comme vous êtes menotté au quai...

– Je vous répète que je ne parlerai pas.

– Ou bien l'ancre va vous déboîter le bassin et les épaules, ou bien vous serez carrément sectionné en deux. (Il tira une bouffée de cigarette.) J'ai déjà vu un homme se faire écarteler. En Inde. Ils se servent d'éléphants. Alors...

Il tapota l'épaule de Samuelson et lui demanda sur le mode badin :

– Quelle ancre choisissez-vous en premier ?

Au loin, O'Brien appelait au secours.

– Je suis un agent du Service secret. Vous ne vous en sortirez pas comme ça.

– Que diriez-vous de la Danforth sur la gauche ?

Carter se leva et se dégourdit les jambes en bâillant généreusement, avant de se diriger vers la bordure du quai. Samuelson regarda à droite et à gauche. Un ferry était amarré tout près. Quelqu'un finirait bien par le voir. Et puisqu'il y avait trois ancres, Carter allait à coup sûr jeter en dernier celle qui était reliée à ses jambes. D'ici là, on le verrait, on lui porterait secours. Samuelson se raccrocha désespérément à cette idée.

Carter posa les mains sur la Danforth. Il regarda par-dessus son épaule, vers Samuelson.

– J'oubliais un détail. Je n'ai pas voulu tricher. Alors j'ai mélangé toutes ces cordes et ces chaînes : du coup, j'ignore totalement quelle ancre est la bonne.

– Quoi ?

– Allez, hop !

Il envoya la Danforth par-dessus bord et dix mètres de chaîne à grosses mailles se mirent à serpenter dans son sillage.

Samuelson laissa échapper un gémissement en sentant un léger tiraillement contre ses jambes, mais ce n'était que l'extrémité de la chaîne qui passait sous ses pieds avant de disparaître au fond de la baie.

Carter regarda par-dessus bord.

– Intéressant. Vous voulez rejouer ?

– On nous a demandé de vous enlever ! C'est tout ce que je sais !

Carter vint s'accroupir à côté de l'agent.

– Outre les clés des menottes, vos papiers et autres bricoles, j'ai trouvé une note dans votre poche. Vous étiez supposés m'enlever à telle heure. Me mettre hors circulation pour une durée indéterminée, ce qui me paraît limpide. Il y avait aussi douze dollars dans votre portefeuille. Quelle ancre dois-je jeter maintenant ?

– Mais qu'est-ce que vous voulez ?

– Pour être honnête, ce que je voudrais, c'est balancer les deux ancres qui restent et savourer le spectacle. Pourquoi m'avez-vous jeté à la baille, espèce de salopard ?

– Vous êtes magicien.

– Je suis magicien ?

– Je me suis dit que ça vous ferait les pieds.

– Vous vous êtes dit... Ah, vraiment ?

– Oui, quoi qu'il arrive, que vous en réchappiez ou pas, ça vous ferait les pieds.

– Pourquoi ?

Samuelson fronça les sourcils. Il ne savait pas expliquer ce qui lui paraissait si évident quelques heures plus tôt. Allez-y, mélangez bien les cartes... Vérifiez que cette boîte est parfaitement normale, sans double fond... Cette manière arrogante qu'avaient les magiciens de mettre le public au défi et de toujours s'en sortir.

– Lequel d'entre vous m'a drogué ?

Samuelson n'eut aucun scrupule à révéler cette information :

– Stutz.

– Celui qui s'est enfui ?

– Non, ça, c'était Hollis.

Un autre élément qu'il révélait sans peine. La prochaine fois qu'il verrait Hollis, il le massacrerait.

– Alors Stutz, c'est un des deux types suspendus là-bas ?

– Stutz est... Je ne suis pas censé vous répondre. Il vous a piqué avec une aiguille. Mais ça ne faisait pas partie du protocole...

Samuelson se mordit la lèvre, quêtant un signe de compréhension sur le visage de Carter.

– Autrement dit, c'est un pervers. Formidable.

Carter avait rêvé de représailles exemplaires, mais à mesure qu'il réalisait à quel genre d'individus il avait affaire, son humeur vengeresse s'amenuisait. Pour autant, il n'en avait pas fini avec Samuelson.

– Hé !

La voix venait de la gauche. Le capitaine du ferry était apparu sur le pont, en casquette et ciré jaune.

– À l'aide ! cria Samuelson. Je suis agent fédéral...

Carter essuya la pluie sur son visage.

– Capitaine Willow ?

– Ce vieux Charlie Carter ! Comment va ?

– En pleine forme.

– Tant mieux !

– Cet homme est en train d'agresser un agent fédéral, cria Samuelson. Appelez la police.

Le capitaine Willow croisa les bras.

– Sans blague ? (Il ricana et frappa la rambarde de ses mains.) C'est horrible ! Alors, Charlie, vous répétez un de vos numéros ?

– Non, répondit Carter d'une voix blanche. Il raconte la stricte vérité.

Le capitaine agita l'index en direction du magicien.

– Toujours le mot pour rire, pas vrai ? Envoyez-moi deux billets quand votre spectacle sera prêt. Et ne vous en faites pas, je tiendrai les passagers à distance.

Sur ce, il disparut.

Samuelson regarda le pont désert comme un banlieusard qui vient de rater son dernier train.

– Excusez-moi, souffla Carter.

Il gagna de nouveau le bord du quai et, sans crier gare, jeta la deuxième Danforth à l'eau.

Samuelson poussa un cri et se rétracta au maximum, tandis qu'un rouleau de corde se dévidait à ses pieds. Puis il y eut un bruit d'éclaboussure, doux à ses oreilles.

Il était sain et sauf. Carter se pencha au-dessus de son visage.

– Désolé de vous avoir menti, Samuelson. J'ai ça dans le sang. Je savais depuis le début à quelle ancre vous étiez attaché, alors cessons de tourner autour du pot. J'avais un étui à cigares dans la poche. Où est-il ?

– Je...

Carter plaqua une main sur la bouche de l'agent.

– Je sais ce que vous allez me répondre : « Je ne vois pas de quoi vous parlez. » Alors faisons comme si vous l'aviez déjà dit. Vous l'avez même répété plusieurs fois, avec une grande sincérité. Si vous n'en démordez pas, je flanque un coup de pied dans cette ancre et adieu la compagnie ! Vous me suivez ?

Samuelson hocha la tête et Carter retira sa main. À plusieurs reprises, l'agent fit mine d'ouvrir la bouche, puis son regard se perdit à l'horizon, comme s'il cherchait à se rappeler les différentes étapes pour assembler une mitrailleuse.

– Bon. D'accord. Tout ce qui était dans vos poches est resté dans le fourgon.

– Donc c'est l'agent Hollis qui l'a.

– Ça me paraît logique.

Il eut un sourire de soulagement, comme si, l'énigme une fois résolue, ils pouvaient être copains. Il se détendit encore plus lorsque Carter répondit à son sourire.

– J'imagine que je n'ai plus qu'à vous libérer. Il reste pourtant un détail... (Il montra le crâne d'ivoire, sur lequel était gravé le nombre 322.) Et le voici. (Il le fit apparaître et disparaître.) Je voudrais comprendre ce que ça signifie.

– C'est un porte-bonheur.

– Et vous en êtes satisfait ?

Samuelson fixa le pendentif. Sa loyauté s'étageait sur plusieurs niveaux et ce crâne, ou ce qu'il représentait, avait tant de valeur à ses yeux qu'il aurait préféré mourir plutôt que de livrer la moindre information à Carter. Il se raidit.

Le magicien entonna :

– *Wer war der Thor, wer Weiser, Bettler oder Kaiser ?*

Le cœur de Samuelson fit un bond dans sa poitrine.

– *Ob Arm, ob Reich, im Tode gleich*, finit-il.

Il fut pris d'un fou rire inextinguible. Le soulagement lui donnait le tournis.

– Vous êtes membre ! Un Skull & Bones !

– Loge 322, murmura Carter. Voici la dalle de pierre, les cloches, la sébile du mendiant, la couronne royale et les quatre crânes humains. Merveilleuse loge...

– Les plus beaux jours de ma vie, répondit Samuelson, qui mourait d'envie d'être détaché.

– Toutes ces années passées à l'université, à apprendre le commerce et les finances...

– Oui. Oui !

– Dommage que cette loge n'existe pas.

Le magicien lança le crâne en l'air et le rattrapa.

– Dommage que... Quoi ?

Le regard de Carter était vide – d'un bleu infini, comme l'horizon.

– Mon frère est allé à Yale, vous savez. Là-bas, on appelle ça un « crâne d'œuf ». Les membres de la confrérie ont pour instruction d'en perdre un de temps à autre au poker. C'est un moyen de régler leurs dettes auprès d'hommes qui rêvent d'intégrer leur société secrète, mais qui n'ont pas l'étoffe nécessaire.

– Attendez...

– Donc votre adversaire au poker, par exemple, vous a remis ceci, il en a fait tout un plat. Il vous a même appris un poème allemand – un vulgaire galimatias – en guise de mot de passe. Et voilà, vous pouviez prétendre appartenir au club.

– Mais vous, commença Samuelson, tout désemparé, vous êtes membre ?

– En fait, je ne suis jamais allé à l'université. Mais j'ai connu la dure école du music-hall.

Puis, d'un geste nonchalant, il donna un coup de pied à la dernière ancre.

– Non ! hurla Samuelson.

Les chaînes filèrent entre ses jambes.

– Non ! répéta-t-il, se préparant au choc.

Le choc ne vint pas. Il ouvrit les yeux. Il était toujours sur le quai. Rien ne lui était arrivé. Aucune des trois ancres n'était reliée à ses pieds. C'était une mauvaise plaisanterie, rien de plus. Il essaya d'en rire mais ne put contenir ses larmes.

Carter s'éloigna en boitillant, puis se ravisa. Il fit demi-tour, se baissa et prit la tête de Samuelson entre ses mains. L'agent fixa avec appréhension ce visage qui grimaçait de joie.

– Merci, murmura Carter. (Il déposa un baiser sonore sur le front de Samuelson.) Je ne me suis jamais autant amusé. Encore merci.

Le magicien jeta un dernier coup d'œil sur le ponton crevé, d'où s'élevaient encore de faibles appels à l'aide, puis sur l'homme attaché à une bitte d'amarrage. Il s'autorisa enfin à considérer son propre sort : il était contusionné, tailladé, délesté de ses outils et de ses chaussures, ainsi que de l'étui à cigares.

Il quitta la zone portuaire clopin-clopant. Dans quelques minutes, la douleur allait le rattraper, comme sa conscience. En attendant, il avait envie de dévorer une tarte et d'embrasser Phoebe Kyle, il rêvait de présenter cette fameuse télévision et une kyrielle d'autres illusions, il voulait gagner des sommes faramineuses et affronter de nouveaux ennemis. En un mot, il se sentait insatiable, traversé par un torrent d'appétits multiples.

Il trouva un arrêt de taxi à la sortie du port. Plusieurs personnes faisaient la queue, mais elles s'écartèrent devant cet homme sanguinolent, aux allures de fou, dont le visage alternait sourires et grimaces. Carter n'avait jamais envisagé la vie comme un bilan à partager entre pertes et profits, mais ce jour-là – après avoir embrassé une jolie femme, piloté une moto, acheté une guillotine, corrigé un blanc-bec de Yale et ses comparses, mais aussi après avoir été assommé, soumis à un contrôle drastique de ses dépenses et détroussé des plans de la télévision – il était tenté de se plier à cette vision comptable de l'existence.

Il tira de sa poche le « crâne d'œuf », qu'il avait l'intention de donner à James – cela lui rappellerait sans doute quelques bons moments, à lui comme à Tom. Il sortit aussi de l'argent pour le taxi. Quand il récupérerait son livre de comptes, il écrirait dans la colonne des recettes : « reçu de l'agent Samuelson douze dollars », ce qui le combla d'aise.

Le soir tombait sur Oakland. Il embrassa du regard la ligne de gratte-ciel, les nouvelles bâtisses en construction sur Adams Point, la tache sombre du lac – le collier de guirlandes s'alluma à cet instant précis. Comme un taxi arrivait, il regarda une dernière fois le gratte-ciel de la *Tribune*, pointa le doigt dans sa direction et imagina un dirigeable perché sur le mât.

♣ ♦ ♥ ♠

De l'autre côté de la baie, la pluie s'abattit par surprise sur San Francisco et, en cette fin d'après-midi, les employés qui quittaient leur bureau achetèrent l'*Examiner* dans le seul but de se protéger des gouttes.

Griffin se tenait sur le perron de la bibliothèque, qui avait fermé ses portes juste avant son arrivée. Olive White – munie d'un parapluie mauve assorti à ses bottes en caoutchouc – parut enfin. Elle fut pour le moins surprise de le trouver là.

– Monsieur Griffin, vous êtes trempé !

– Ce n'est rien. Écoutez, Olive, on m'envoie en mission à Albuquerque. Mon départ est imminent.

– Oh, monsieur Griffin !

Elle se couvrit la bouche comme s'il venait de lui annoncer qu'il avait reçu une balle dans le ventre.

– Rassurez-vous, rien de grave. Mais il y a une recherche que j'aimerais poursuivre, et je ne sais pas si je pourrai le faire là-bas. Si vous...

– Demandez-moi ce que vous voulez !

Il déballa la bouteille de vin et la lui remit. Elle la tint vers le ciel gris, tandis qu'il jetait un regard circulaire sur la rue : personne ne semblait les épier.

– C'est la première fois que je vois cette marque. (Et d'ajouter aussitôt, en rougissant :) J'ai une ordonnance de mon médecin pour mon hypertension...

– Bon, écoutez, essayez d'ouvrir l'œil. Si vous tombez sur quelque chose dans ce goût-là, prévenez-moi.

– Je peux garder la bouteille ?

– Pièce à conviction. Désolé.

– Il faudrait que je mémorise l'étiquette. Je pourrais la dessiner mais... elle est tellement bizarre.

Ce graphique presque impossible à décrire ou à reproduire – l'idéal pour un bootlegger malin – se présentait ainsi :

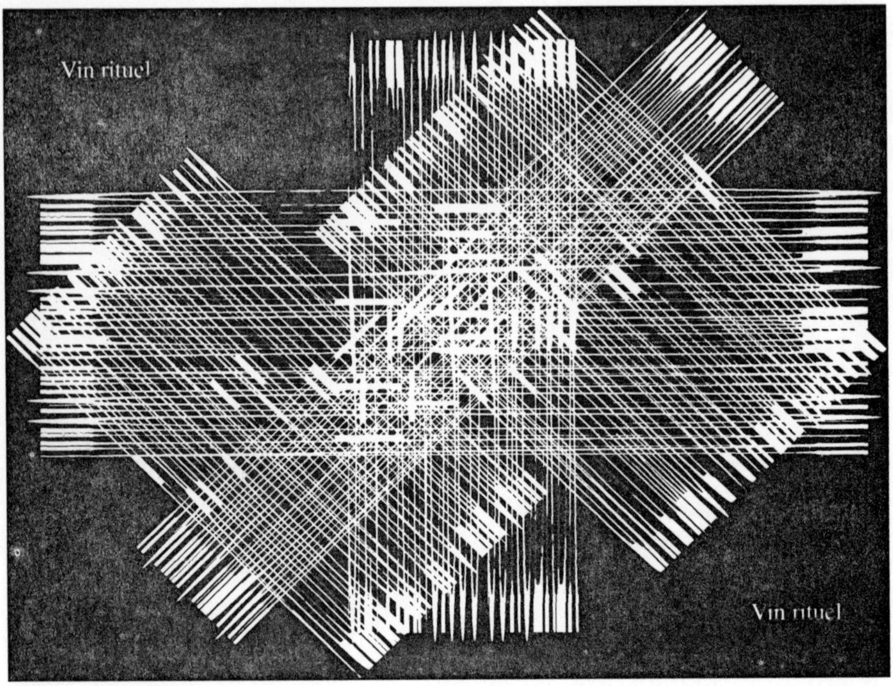

Griffin dut prendre congé. Il rangea la bouteille dans sa sacoche et tendit la main à Olive. Elle s'en saisit et ne sembla plus vouloir la lâcher. Elle lui demanda s'il n'allait pas l'embrasser. Griffin hocha la tête. Elle l'enlaça et il lui déposa un rapide baiser sur la joue.

Puis, obéissant à l'appel du devoir, Jack Griffin releva son col et s'engagea sous l'averse. Olive le suivit du regard, à l'abri sous son parapluie, et bien qu'il ne se retournât pas, elle garda un bras levé, prête à le saluer de la main, jusqu'à ce qu'il eût disparu au coin de la rue.

CHAPITRE 25

Une semaine plus tard, Carter entrait à Arbor Villa au volant de sa Pierce-Arrow. Il ne se servait plus beaucoup de sa BMW, à cause de son poignet foulé et de ses côtes entourées de bandages. Il traîna la patte jusqu'à la porte, plus lentement encore que ne l'y obligeaient ses blessures, car cette visite ne l'enchantait guère.

Borax lisait dans son fauteuil roulant. Sur la table voisine reposait un pichet de limonade.

– Salut, Charles. Comment va ?

Carter ne répondit pas. Il prit le livre des mains de son vieil ami, le ferma et le laissa tomber sur l'herbe.

Borax poussa un long soupir.

– Je suis désolé. Sincèrement.

– Il y a vingt ans, j'ai entendu dire que Dieu t'avait ordonné de faire le bien. Qui m'a raconté cette fable ?

– Coupable, plaida Borax en levant la main. Mais je ne vais pas te demander pardon, pour la bonne raison qu'il n'est pas en ton pouvoir de m'accorder l'absolution.

– Je n'ai pas l'intention de t'absoudre de quoi que ce soit. Tout ce que je veux, c'est récupérer les plans de la télévision.

Borax s'éventa avec son chapeau.

– Comment as-tu deviné que c'était moi ?

– Je suis sérieux.

Les yeux de Borax se perdirent dans la cime des arbres.

– Tu as mené ton enquête sur Hollis, j'imagine. Et comme tu as des relations à la banque, tu as découvert qu'il gagnait le double de ses collègues. Moi qui croyais que personne ne pourrait remonter la piste de ces virements !

– Je veux ces plans. Borax, ils m'ont drogué et jeté dans la baie.

– Je regrette, vraiment. Franchement, ça m'a fait de la peine.

Mais on m'a dit : « Tout ce qui est suspect et qui a un rapport avec Harding, apportez-le-nous. » Et voilà. Tu n'aurais pas dû t'en mêler.

– Je te rappelle que Harding m'a remis ces plans. À moi, pas à toi.

– Je te le répète, Charles : ça me fait beaucoup de peine. Mais c'est une affaire trop grosse pour que je passe à côté. Un seul investissement juteux suffirait à me remettre à flot. Tu n'as pas idée de ce qui est en jeu.

Carter ne répondit pas. Il se contenta de fixer Borax avec une telle rage contenue que le vieil homme finit par détourner le regard.

– Très bien, soupira Borax en croisant les bras. Je considère ça comme un échange.

– Un échange ?

– Exactement.

– Je ne suis pas un génie de la finance, mais dans un échange, je suis censé obtenir autre chose que d'être drogué et jeté à l'eau, non ?

– Bien sûr, dit Borax avec calme. Il faut que le marché soit régulier. Tu m'as donné la télévision, de gré ou de force, et je t'offre une chose que tu aimes plus encore.

Carter regarda à gauche et à droite, comme pour chercher où Borax voulait en venir.

– Et ?

– Tu l'auras.

– Pardon, est-ce qu'il s'agit d'une métaphore ? Tu m'offres la joie de faire faillite d'ici quelques saisons ?

– Non...

– Ou bien la tranquillité d'esprit ? La santé ? Dis-moi si je brûle.

– Rien de tout ça, Charlie. Ce sera un bien tangible. Fais-moi confiance.

Carter enfonça les mains dans les poches.

– À un moment donné de ta vie, Borax, tu es devenu un salaud.

Une semaine après ce face-à-face, Pem Farnsworth sortait de l'hôpital Cowell. Elle souffrait d'une paralysie partielle qui devait s'estomper avec du repos. On la renvoya par train spécial dans l'Utah. Le billet et les frais d'hospitalisation furent pris en charge par plusieurs personnes qui avaient assisté à la démonstration de Philo. Celui-ci se réjouit de cette largesse, pour découvrir ensuite que ces généreux donateurs lui avaient également acheté un billet en deuxième classe pour qu'il quittât la ville.

Son expérience ratée n'avait pas fait la une de la presse, mais plusieurs quotidiens l'évoquèrent dans leurs pages locales. Aux yeux des commentateurs, Philo Farnsworth apparaissait comme un apprenti sorcier qui avait voulu jouer avec des forces qu'il était incapable de maîtriser. Pour le Dr Talbot, de RCA, quand ce gamin précoce aurait appris les rudiments de la physique, il trouverait peut-être sa place dans la cour des grands. Pour l'heure, la télévision restait un rêve lointain, relevant de la seule utopie.

Philo monta à bord du train à la gare centrale de San Francisco, escorté par deux officiers du Presidio, et par un homme au feutre mou qui ne disait mot, venu s'assurer que l'inventeur ne mijotait pas un tour à sa manière.

A priori, il n'y avait pas d'inquiétude à ce sujet. Lorsque le train s'ébranla, Philo était immobile sur son siège, seul dans son compartiment, les yeux rivés sur le canotier posé sur ses genoux. Il examinait le dessin de la paille tissée : des zigzags ou, sous un autre angle, des flèches pointées en opposition, ou encore des arêtes de poisson. Lorsqu'il regarda par la fenêtre, il ne vit que la grisaille urbaine et baissa de nouveau les yeux.

À l'arrêt de Sacramento, un homme monta dans son compartiment. Il portait un costume quelconque, un chapeau enfoncé sur des lunettes noires, et semblait faire de gros efforts pour passer inaperçu. Mais comme ils n'étaient que deux dans le compartiment, Philo ne put retenir un éclat de rire.

– Plaît-il ? chuchota le nouveau venu.

– Ne vous en faites pas, dit Philo. Je suis bien décidé à rentrer chez moi.

L'homme ne répondit pas.

– Je sais que vous êtes avec eux, et que vous me surveillez.

Il marqua une brève hésitation, comme s'il craignait soudain de s'en être pris à un simple quidam.

Mais l'homme prit la parole :

– J'espère que vous ne m'en voulez pas de vous suivre.

– Franchement, monsieur, si.

Sûr de son fait, il pouvait à présent laisser éclater son indignation.

– Bavardons jusqu'à l'arrêt d'Auburn. C'est dans moins d'une heure. D'ici là, nous aurons peut-être trouvé un arrangement.

– Oh, j'ai compris la leçon. Je ne m'occuperai plus de télévision pour le moment. Fini. Ces deux dernières semaines... (Sa lèvre inférieure trembla et il baissa les yeux.) Ces deux dernières semaines ont été un calvaire. Un véritable calvaire. Vous ne savez pas ce que c'est.

– Peut-être bien que si.

– Non, vous ne pouvez pas savoir.

Philo se pencha, et avec la même intensité qu'il avait eue devant le tableau noir, il déclara :

– Je laisse tomber. Ce projet est mort et enterré. Ma vocation, ma passion, ce qui devait être ma carrière ont failli tuer ma femme. Personne ne peut savoir ce que j'endure.

L'homme fit la moue.

– Je crois que je peux.

Il ôta son chapeau et le posa sur le siège voisin. Puis il enleva ses lunettes noires, révélant des yeux bleu clair. Il tendit la main vers Philo.

– Mon nom est Charles Carter. Je suis passionné par vos théories sur la télévision. Et je crois savoir ce que vous endurez.

TROISIÈME ACTE

CARTER CONTRE LE DIABLE

4 novembre 1923

La magie est un art sur le déclin. Le public s'en est détourné, les directeurs de théâtre lèvent les bras au ciel quand on leur demande d'inscrire à leur programme des spectacles de magie. Tous les grands illusionnistes sont morts ou à la retraite. Je ne sais pas ce que nous allons devenir.

MARTINKA,
célèbre fabricant d'accessoires de magie (1913)

Ni peur ni sensation de danger. C'est une expérience merveilleuse.

HOUDINI,
après un vol en solitaire au-dessus de l'Australie (1910)

CHAPITRE 1

À San Francisco, où par ailleurs on se montrait volontiers clément à l'égard de certaines infractions, l'amende encourue pour affichage sauvage s'élevait au montant astronomique de trente dollars. Un colleur d'affiches ne pouvait acquitter une telle somme, et ses employeurs n'avaient aucune intention de la payer à sa place. Pourtant, dans une ville qui comptait huit grands théâtres et des dizaines de salles plus modestes, sans parler des cinémas et des expositions temporaires, il fallait bien coller les affiches. Aussi, de minuit à l'aube, des gamins parcouraient-ils Market Street, le Tenderloin et North Beach, en misant sur leur audace et leur rapidité d'exécution. Ils travaillaient en trio – l'un portait le pot de colle, un autre les rouleaux de papier et le troisième maniait la brosse –, et ils pouvaient ainsi tapisser un pâté d'immeubles en quelques minutes.

Mais comme une affiche collée à minuit était invariablement recouverte d'une autre à trois heures du matin, le jeu consistait à attendre le plus tard possible, sans toutefois se laisser surprendre par le lever du soleil ni par la première ronde de police.

Ce début d'octobre 1923 marquait l'ouverture de la saison d'automne. On donnait *Rigoletto* et *Carmen*, le cirque des frères Sells montait son chapiteau dans le parc du Golden Gate, *I'll Say She Is*, des Marx Brothers, serait bientôt à l'affiche du Tower, et tous les studios mettaient les bouchées doubles pour concurrencer le nouveau Chaplin. L'Orpheum, condamné à une certaine désuétude par le succès du cinéma, était lui-même réservé pour la première fois depuis trois ans, bien qu'on ne sût pas encore quel spectacle il devait accueillir.

Quoi qu'il en fût, les colleurs d'affiches ne manquaient pas de travail. Mais ils étaient sans cesse sur le qui-vive, car la police effectuait des rondes toutes les nuits. La première était programmée aux alentours de quatre heures du matin, soit peu avant l'ouverture des boulangeries du quartier. Malheur au gamin qui officiait encore dans les rues après quatre heures moins le quart !

Le jeudi soir, le célèbre ténor Cavelli chantait *Rigoletto* pour la dernière fois. Le spectacle se termina à vingt-trois heures, mais les rappels furent nombreux, et quand l'Opéra ferma enfin ses portes, le trottoir était encore encombré d'admirateurs qui voulaient à tout prix entraîner les membres de la troupe dans les bars clandestins, pour prolonger la fête. Les gamins placardant les murs avec des dompteurs de lions côtoyaient des élégantes en robe longue et des messieurs en smoking, attroupés autour d'artistes italiens qui, confus mais ravis, acceptèrent de prendre le chemin du Café des quatre péchés, en roucoulant comme des tourterelles.

Peu avant quatre heures, les colleurs d'affiches se firent plus discrets, tandis que les derniers amateurs d'opéra, la gorge enrouée, roulaient sous la table ou regagnaient leur lit. L'espace de quelques minutes, le quartier des théâtres fut absolument silencieux.

À quatre heures précises, une dizaine de policiers, menés par leur chef, le capitaine Morgan, entassés dans un fourgon flambant neuf, passèrent en trombe devant le chantier à l'angle de Geary et de Hyde, le long du mur de brique de l'immeuble Edison, devant les échafaudages et les palissades qui entouraient la bibliothèque municipale – bref, les endroits les plus attrayants pour les colleurs d'affiches. Et partout, des trios au travail les saluèrent de la main. On ne procéda à aucune arrestation.

À quatre heures dix, les fourgons s'immobilisèrent devant les colonnes doriques de l'Olympic Club, où les policiers en cravate noire firent une entrée groupée. On leur servit un repas léger et, après un bref message de félicitations prononcé par leur hôte, M. James Carter, ils eurent droit à un concert privé donné par M. Cavelli.

Il débuta son récital par *Oh, Lola*, un air appartenant au répertoire de Caruso, plongea ensuite les policiers dans le ravissement avec *Lunge da lei... De' miei Bollenti spiriti*, avant d'attaquer un *Celeste Aida* plein de passion, qui leur arracha des larmes et fit sortir bien des mouchoirs. Le torse bombé, il entonna sous les applaudissements *Evviva ! Beviam ! Beviam !* et enchaîna avec un pot-pourri qu'il conclut par une chanson tirée de la dernière comédie musicale de Broadway, *J'aime ma femme, mais, poupée, je t'adore !*

Au lever du soleil, les policiers se répandirent sur le perron du club, enthousiastes, éperdus de reconnaissance pour Cavelli. Le capitaine Morgan alluma un cigare et déclama :

– Ah, la vie est belle !

Ils convinrent d'aller prendre le petit déjeuner dans une crêperie voisine et, chemin faisant, remarquèrent que leurs pas battaient en rythme sur le trottoir. Deux agents se mirent à chanter, car ils reconnurent sans hésiter le tempo qui se répercutait le long des rues, dans la moite tiédeur de cette fin d'été : c'était le chœur des forgerons, extrait du *Trouvère*.

Bientôt, leurs compagnons donnèrent aussi de la voix, bien que ne sachant pas toujours les paroles. Cet air chanté à l'aube par des Bohémiens au travail recelait une ferveur communicative. Un lampadaire fit office d'enclume : un policier ôta les balles de son revolver et se servit de la crosse comme d'un marteau.

Chi del gitano i giorni abbella
Chi del gitano i giorni abbella
Chi ? Chi i giorni abbella ?

Ils arrivèrent devant l'immeuble Edison, dont l'immense mur de brique était à présent recouvert d'affiches de tailles diverses, mais au sujet identique : sur un fond bleu nuit qui paraissait presque noir, un homme en turban et queue-de-pie, le sourire étincelant, tenait dans la main un globe futuriste, entouré d'un halo de flammes dorées. En haut de chaque affiche, on pouvait lire : « Carter le Grand », et au bas « PARTOUT ! ».

Les policiers, qui marchaient bras dessus bras dessous, tombèrent en arrêt devant ces énormes placards. Modifiant aussitôt les paroles de leur chanson, ils l'offrirent avec force courbettes à la silhouette géante de Carter, devenu leur meilleur public et leur ange tutélaire : « Carter le Grand est partout, Carter le Grand est partout. »

Sur le trottoir d'en face, un gobelet de café à la main, Charles Carter était venu constater l'effet visuel de ses nouvelles affiches. Incognito, il observa avec une certaine satisfaction le groupe de policiers qui beuglaient face à son portrait : cette première réaction positive était d'excellent augure.

Les policiers finirent par repérer sa présence et, agitant leur matraque, lui intimèrent l'ordre de circuler. Carter porta la main à la bordure de son chapeau et passa son chemin, en sifflotant à son tour le refrain des Bohémiens. Il ne lui restait plus beaucoup de temps et il avait un spectacle à monter.

Les affiches de Carter ne passèrent pas inaperçues. Les billets se vendirent à une vitesse remarquable pour un spectacle présenté en ville seulement trois mois plus tôt. Par ailleurs, plusieurs officiers de l'armée crurent reconnaître sur ces publicités un objet d'apparence insolite, mais que des rapports internes avaient signalé à leur vigilance. Cela donna lieu à des échanges de télégrammes et, peu après, le colonel Edmund Starling reçut dans son bureau un homme qu'il gardait en réserve depuis quelques semaines, comme il l'avait fait auparavant avec l'Araignée. Mais cette nouvelle recrue possédait des talents plus variés que l'anarchiste, et elle était toute disposée à les exercer aux États-Unis, après un séjour prolongé sur le continent africain.

CHAPITRE 2

STIPULATIONS POUR LE SPECTACLE DE CARTER

M. Carter et sa troupe fourniront le matériel et le personnel ; ils seront chargés de la sécurité et de la promotion, selon les clauses du contrat. De son côté, le théâtre Orpheum se chargera des éléments suivants :

SECTION SCÉNIQUE

Cinq herses de projecteurs, une au-dessus de chaque trappe. Un rideau à la grecque. Trois machinistes pour les décors.

SECTION ÉLECTRIQUE

Ampoules rouges et blanches pour la rampe et les éclairages latéraux. Remplacer toutes les ampoules bleues par des blanches. Aucun projecteur rasant. Fournir le permis municipal pour la nouvelle installation électrique. Un éclairagiste.

SECTION DES ACCESSOIRES

Une rampe sur la fosse – un mètre de large, avec des marches peintes en blanc ou tendues de tissu blanc.

Une plate-forme sous la scène, un mètre cinquante de large, quatre mètres de long. Elle sera placée sous les trappes centrales, qui seront renforcées pour supporter le poids d'un éléphant et du matériel.

Un sac de sciure.

Pour un réservoir de deux mille litres : une canalisation d'écoule-

ment reliant la scène au réseau d'égout. Trois balais-éponges et un seau. Un balayeur.
Deux accessoiristes.

SECTION DE L'ORCHESTRE

Un piano aussi près que possible de la fosse, le clavier tourné vers le public. Les percussions et les cuivres sont indispensables.

CONFORT DE LA TROUPE

Trois longues tables réservées aux accessoires.
Une loge de chaque côté de la scène.
Sept patères portemanteaux et trois fauteuils pour les loges.
De l'eau minérale dans la loge de M. Carter.
(Un coussin ?)

James CARTER
Directeur général de la compagnie

En ce matin du 4 novembre, James Carter se tenait dans la coulisse de l'Orpheum, une liasse de feuillets à la main. Son stylo resta un instant suspendu au-dessus du mot « coussin », qu'il venait d'ajouter. Charles avait-il besoin d'un coussin pour le fauteuil de sa loge, et le cas échéant, quelle sorte de coussin ?

Malgré les draperies de velours qui étouffaient en partie les sons, James pouvait entendre le monologue d'ouverture. Il le connaissait par cœur. Il avait mémorisé le descriptif complet du spectacle, tel qu'il avait été communiqué à la presse et à certains membres de la troupe auxquels on faisait une confiance limitée : en d'autres termes, il s'agissait d'un simple écran de fumée, où il était difficile de démêler le vrai du faux.

Un observateur aurait pu juger de la fatigue de James en le voyant contempler d'un air épuisé la scène où débutaient les tours de cartes.

– Tu es sûr que tu veux un coussin ? murmura-t-il.

L'organisation de ce spectacle tournait au cauchemar. James poussa les portes battantes donnant sur la salle. On avait passé l'aspirateur dans les allées, les deux mille fauteuils en velours avaient été nettoyés et des cônes d'encens parfumés à la cannelle se consumaient dans des urnes disséminées un peu partout. Les frais continuaient de s'accumuler : en plus des programmes et des affiches, il avait fallu imprimer des centaines de jeux de cartes, à des fins promotionnelles. Carter s'était donné du mal pour créer de nouvelles illusions avec des moyens limités – du moins, James espérait qu'il n'avait pas dépassé le budget alloué mais il se préparait à lui sonner les cloches dès réception des factures. Il croisa les doigts, car chaque dollar comptait. Pour éviter la banqueroute, il fallait absolument vendre toutes les places pour les deux semaines à venir.

Pour l'heure, il n'y avait pas plus de douze fauteuils occupés. C'eût été catastrophique s'il ne s'était agi d'une simple répétition en matinée. L'homme sur les planches n'était pas Carter mais sa doublure, Carlo, qui débitait le boniment de manière exécrable, à son habitude. James fit la grimace en l'entendant buter sur la fin de sa tirade. Autour de Carlo, des ouvriers s'adonnaient aux réparations de dernière minute : on recousait le rideau rouge, la frise au-dessus de la scène et les pendillons de chaque côté.

James monta jusqu'au troisième balcon. Ce seul effort fit apparaître une pellicule de sueur à son front.

– Je comprends mieux, haleta-t-il en se laissant tomber sur le fauteuil à côté de son frère, pourquoi tu as autant de respect pour les spectateurs du poulailler.

Carter porta un index sur ses lèvres. Il se pencha vers la scène, les bras croisés, le visage concentré.

– Carlo projette mal sa voix.

– C'est parce que Carlo est un imbécile.

– Oui, il est probablement en train d'apprendre par cœur le texte pour le revendre demain au plus offrant.

– Au moins, tu ne te fais pas d'illusions.

– Je me mets à la place du type qui sera assis ce soir sur ce fauteuil 3C42, qui a payé son billet et qui veut se distraire. J'espère que le pantin qui s'agitera sur scène sera capable de le captiver. En tout cas plus que le pantin que je vois en ce moment.

– Nous en sommes aux derniers préparatifs... Tu veux un coussin pour ta loge ?

– Un coussin ? répéta Carter en se tournant vers son frère.

– Thurston en exige un sur son contrat.

– Tâche de savoir de quelle taille, et réclames-en un plus gros.

– Bien. Avec des pompons ?

– Écoute... *On ne bouge plus !*

Sur scène, Carlo se figea. Carter gagna l'autre bout du balcon, en tapotant sur la balustrade.

– Éclairagiste ! cria-t-il. Installez un projecteur sur scène. Pour balayer le public. Vous pouvez le faire pivoter jusqu'ici ? Les spectateurs du poulailler ont aussi le droit de se faire voir et d'agiter la main.

Ce point réglé, Carter revint s'asseoir à côté de James, qui inscrivait parmi les exigences de l'artiste un gros coussin à pompons, recouvert d'un tissu attrayant, non élimé, en velours ou peut-être en soie.

Il lui fallut un moment pour tout noter, sous le regard perplexe de son frère.

– James, tu deviens fou.

– À ton avis, pourquoi Thurston a-t-il tellement besoin d'un coussin, au point de le spécifier dans son contrat ?

– Est-ce que tu insinues qu'il pourrait souffrir d'une maladie mal placée, du genre qui nécessite l'application d'un onguent ?

Ils étouffèrent un fou rire comme deux gamins pendant un sermon.

– Je suis à bout de nerfs, soupira James en s'essuyant les yeux. Bon, maintenant que cette histoire de coussin est réglée, je crois qu'on est parés.

Carlo s'était tu. Fin de l'ouverture. Carter applaudit.

– Merci. Je descends. Messieurs, veuillez répéter les changements de décor pour le premier acte. Je suis à vous tout de suite.

Carter prit son frère par le bras.

– Viens avec moi. Il faut que je m'adresse à la troupe. Un dernier détail à mettre au point.

– Ah bon ?

James passa mentalement en revue la liste des points qu'il considérait comme verrouillés : les costumes, l'orchestre, le lion, l'éléphant, les divers permis pour la moto, le briefing des ouvreuses.

– Je croyais que tout était réglé, à part les répétitions générales.

– Oui et non. (Charles montra à son frère le chemin de l'escalier et se mit à descendre les marches deux à deux.) Il reste un détail.

– Le permis pour le réservoir d'eau ? On l'a reçu hier soir.

Carter avait déjà une dizaine de marches d'avance sur son frère, et il disparut à l'angle de la volée suivante. James s'arrêta, agacé. Le magicien repassa la tête :

– Les affiches. On m'y voit avec un poste de télévision à la main, n'est-ce pas ?

– Oui...

– Nous n'avons ni les plans ni le matériel nécessaires pour présenter cette illusion, dit-il sur un ton calme, comme s'il parlait du climat doux pour la saison.

James sentit monter une bouffée de chaleur.

– Nous n'avons pas...
– Pas exactement.
– L'illusion principale ?
– Exact, sourit Carter. Mais c'est un détail. Et merci pour le coussin.

Cinq minutes plus tard, vêtu d'une chemise fraîchement repassée, Carter monta sur scène d'un pas alerte. Il battit des mains pour réclamer l'attention de toutes les personnes rassemblées.

– Mesdames et messieurs, nous allons donner un spectacle ce soir, dit-il en arpentant les planches.

Derrière lui, James s'arrêta au rideau rouge, près d'une petite table sur laquelle reposait une carafe. Il se servit un verre d'eau glacée et attendit nerveusement. Quand il s'adressait ainsi à sa troupe, son frère n'avait pas besoin de fiches, il s'exprimait de manière fluide, comme s'il avait appris par cœur son discours (James ne l'avait jamais vu répéter), et il était capable d'aborder une trentaine de points différents sans oubli ni redite. Face à lui se tenait une assemblée hétéroclite d'environ quarante personnes. Au centre, allongé par terre, la tête relevée sur un coude, Carlo semblait attendre la dryade qui ferait tomber des grains de raisin dans sa bouche. À sa gauche se trouvait l'imperturbable Willie, qui jouait souvent les rôles de méchant, à cause de sa peau cuivrée et de son œil borgne.

Il y avait aussi Albert et Esperanza, un couple d'acrobates, aux corps souples et déliés ; Scott, un apprenti magicien à qui Carter espérait un jour confier les intermèdes. À l'arrière, on reconnaissait la silhouette de la sculpturale Cléo qui, pour une raison inconnue, enfilait toujours son costume de reine égyptienne plusieurs heures à l'avance. Étaient également présents les électriciens, les machinistes, le chef d'orchestre et les solistes en smoking, Ledocq (qui fit ses mots croisés pendant tout le temps de l'allocution), les accessoiristes, les menuisiers, les guichetiers, les ouvreurs, une poignée d'assistants dont le rôle était de se fondre parmi la foule.

Après les éloges traditionnels saluant tous les talents réunis sur le plateau, Carter annonça qu'il ne risquerait aucune prédiction sur le succès du spectacle. Les mots d'ordre étaient modestie et réserve : moins on ferait de promesses mirobolantes, plus le public aurait de chances d'être comblé. Il distribua ses instructions, et congédia les groupes visés au fur et à mesure, car les vendeuses de billets n'avaient pas à connaître les secrets de cuisine : il leur suffisait de savoir que la représentation allait commencer incessamment ; qu'on ne laisserait pas entrer les retardataires ; et qu'il fallait veiller à ce que nul n'arrachât les affiches dans le hall.

Bientôt, il ne resta que le cœur de la troupe, les membres qui apparaissaient sur scène ou actionnaient les effets spéciaux dans l'ombre. Carter parlait de moins en moins fort, obligeant ceux qui s'étaient postés sur les côtés à s'agglutiner pour mieux entendre ses consignes. Un sentiment d'intimité les soudait, car tous nourrissaient le même espoir de triomphe, qu'accompagnait la perspective de toucher une prime. En les regardant, James ne put s'empêcher de les comparer aux rescapés d'un naufrage réunis autour d'un feu de camp.

– Mes amis, dit Carter en s'éclaircissant la voix, vous êtes les seules personnes au monde à connaître le spectacle dans sa totalité. Je suis certain que vous allez tous être formidables.

Son regard alla de visage en visage.

– Autant vous l'avouer franchement, j'ai besoin de votre aide. Afin de décourager mes concurrents les plus hardis, les plans de l'illusion intitulée *Partout* ont été entreposés dans un lieu où je dois me rendre... incessamment sous peu ! (Avec un sourire, il ajouta :) Et dans la plus grande discrétion.

Parmi la troupe, on échangea des regards, des murmures se firent entendre. Un parfum d'intrigue était toujours bienvenu les soirs de première.

– Ouverture du troisième acte.

Il dirigea l'attention de tous vers l'avant-scène gauche, où il entamerait la dernière partie du spectacle en clamant qu'il était le plus grand magicien du monde.

– D'habitude, nous faisons surgir le Diable dans un nuage de fumée. Ce soir, grâce à un nouveau procédé, je vais le faire apparaître dans une boule de cristal. Jusqu'à présent, je suis resté volontairement vague sur le fonctionnement de cette illusion. Eh bien, cet après-midi, je dois me rendre dans une chambre forte, et j'ai besoin d'un complice sur lequel je puisse compter. Sa mission consistera simplement à ouvrir l'œil et les deux oreilles. Des volontaires, je vous prie ?

Parce qu'ils aimaient leur patron et qu'ils avaient le goût de l'aventure, ou pour certains, l'esprit tordu, ils levèrent tous la main, de Madame Cléo au taciturne Willie.

– Merci. Je suis très touché. Carlo, je n'en attendais pas moins de toi. Tu vas m'accompagner.

Il y eut un grand fracas au bord de la scène. Tous les regards se tournèrent, Ledocq en lâcha même ses mots croisés. James venait de renverser la table, et la carafe s'était brisée sur le sol.

– Tout va bien, James ?

– Très bien, Charles. Et toi ?

Il se baissa pour ramasser les morceaux de verre.

Carlo, rayonnant d'aise, vint se placer à côté de son patron, qui lui tapota l'épaule.

– Parfait. Quant à vous, restez sur la brèche. Nous aurons juste le temps de répéter les points délicats avant le lever de rideau.

Il leur fit une révérence digne d'un sultan et le groupe se dispersa. Le dernier à s'éclipser fut Ledocq, qui marchait le journal sous les yeux, le crayon à la bouche. James essaya de croiser son regard, mais le Belge disparut dans la coulisse en s'exclamant :

– Ah, b-a-b-i-o-l-e ! En sept lettres !

Carter, James et Carlo restèrent seuls.

– Carlo, dit le magicien en le regardant droit dans les yeux, tu as une voiture ?

– Oui. Enfin, je peux emprunter celle de ma poule.

– Alors va la chercher, et enfile des vêtements de ville. Je vais préparer mes affaires. Rejoins-moi ici dans une demi-heure. Ciao !

Il lui administra une robuste claque dans le dos.

Lorsque les portes battantes se refermèrent sur sa doublure, l'écho se répéta dans toute la salle. Les deux frères étaient seuls.

– Alors, James, souper chez toi à quatre heures ?

– Tu as perdu la tête ?

– Viens avec moi, j'ai les cordes vocales fatiguées.

Ils se rendirent dans la loge de Carter, où le magicien remplit tranquillement une bouilloire.

– Quelle idée d'impliquer Carlo ! s'impatienta James. Je croyais que Ledocq et toi planchiez avec Philo depuis des semaines. Il vous a tout dit, non ?

Carter s'amusait à passer le doigt à travers la flamme, sous la bouilloire.

– Philo ne nous a pas révélé grand-chose.

– Il veut garder ses secrets ?

– Non, pire. Il vient à l'atelier, nous parlons de la pluie et du beau temps, ou bien il discute physique avec Ledocq. Bref, on le met à l'aise, mais dès qu'on lui demande de se concentrer sur son invention, il perd le nord. C'est triste de le voir dans cet état. Quant à moi, je me sens en pleine forme, j'ai des idées de nouvelles illusions à ne plus savoir qu'en faire, et j'espérais que ce bouillonnement créatif déteindrait un peu sur lui...

James se représenta la machine complexe que Philo avait présentée à l'université de Berkeley :

– Vu que tout a été détruit...

– Oh, les choses ne sont pas aussi noires. Ledocq a eu l'occasion d'examiner les plans le soir où nous sommes allés chez lui. Et il a assisté à la démonstration. À partir de là, il a pu reconstituer l'essentiel. Ce qui nous manque, c'est ce fameux tube à vide, à bout plat, par lequel transite l'image. Et cette information se trouve sur les plans enfermés dans le coffre de Borax.

James consulta sa montre : il ne restait plus qu'une poignée d'heures avant la représentation.

– Pourquoi les laisser là-bas tout ce temps ?

– S'il y a des mouchards dans la troupe, nous aurions à peine subtilisé les plans que des malfrats viendraient nous les reprendre. Quant à Borax, il n'en fait aucun usage, il est capable d'attendre comme ça pendant des années. Où les plans seraient-ils plus en sécurité que dans son coffre ?

Il sortit deux tasses et y trempa des sachets de thé.

James dut reconnaître que l'idée de garder l'illusion à l'abri en territoire ennemi ne manquait pas d'élégance. Mais la raison de sa colère initiale lui revint subitement :

– Est-ce qu'on ne soupçonne pas Carlo d'être un traître ? Tes adversaires seront fatalement informés.

– Il y a deux semaines, j'ai fait coller à travers la ville des affiches qui me représentent avec un poste de télévision dans la main. J'imagine que cela n'aura pas manqué d'attirer l'attention des autorités compétentes. Du thé ?

– Mon Dieu, Charles ! Ce n'est pas un cerveau que tu as sous le crâne, mais une toile d'araignée, avec des tas de petites chambres obscures où des singes jouent de l'orgue de Barbarie !

Carter se laissa tomber dans son fauteuil.

– Je suis désolé, soupira-t-il. Je m'occupe de mille choses à la fois en ce moment et... Tu es sûr que tu ne veux pas de thé ? J'ai préparé deux tasses. Nous soupons ensemble à quatre heures, n'est-ce pas ? À la bonne franquette, j'espère ?

James hocha la tête. Il prit la tasse et souffla sur le thé brûlant.

– Ce fauteuil est un vrai supplice, grimaça Carter. (Il se leva pour donner des coups de poing sur le siège.) Il a dû être dessiné par des Allemands. Il me faut un coussin.

– Continue ton histoire, s'il te plaît.

James s'assit sur la table de maquillage.

– Ledocq prétend que, avec les plans, il aura besoin d'à peine quelques minutes pour fabriquer ce fameux tube. Après la cuisson, il faut le laisser refroidir une heure environ avant de s'en servir, sinon... il risque de prendre feu.

– Et donc...

– Au début, je pensais utiliser la télévision comme une sorte de cabinet des esprits, mais j'ai changé d'avis. J'en ai plein les bottes de ces numéros de spiritisme. La télévision mérite mieux que ça. Ensuite, j'ai envisagé de la mettre à contribution tout le long du spectacle. Mais c'est pousser le bouchon un peu loin. Ce serait la banaliser. Et puis tout à coup, l'inspiration m'est venue... (Il ajouta en claquant des doigts :) Les illusions de ce soir sont nées comme ça, l'une après l'autre.

– Oui, il y a des effets intéressants.

– Et la télévision sera le point culminant. On va s'en servir pour invoquer le Diable. Je ne vois pas de meilleur moyen de rendre justice à Philo.

James, qui s'inquiétait surtout du moyen d'échapper aux malfrats, eut l'impression d'avoir manqué un épisode.

– Rendre justice à Philo, répéta-t-il.

– Oui, ça devrait lui remonter le moral.

– Une démonstration publique ! dit James, comprenant soudain. C'est ça, oui : une démonstration réussie. Mais tu oublies que Carlo va te doubler : l'armée enverra ses petits soldats.

– Tant mieux.

– Tant mieux ?

– James, tu n'as jamais été drogué et balancé dans l'estuaire. Laissons Carlo leur faire un compte-rendu détaillé. Je suis chez moi, dans mon théâtre. Ici, je peux les affronter.

Carter enveloppa sa tasse fumante de ses mains. Quand il les rouvrit, elle avait disparu, remplacée par une colombe, qui s'envola et se mit à voleter autour de la loge, avant de se percher sur un portemanteau. James la suivit du regard et, quand il se retourna vers son frère, celui-ci sirotait sa tasse de thé comme si elle n'avait jamais quitté ses mains.

Inutile d'essayer de le raisonner. James s'était depuis longtemps résigné aux frasques de son frère, à ses tours de magie, à sa part de mystère aussi.

– Très bien. Mais sois prudent quand tu seras seul avec Carlo.

Il reposa sa tasse sur la soucoupe.

– J'ai des projets très précis pour ce cher Carlo, murmura Carter. N'oublie pas ton chapeau en partant.

– Merci.

James prit son feutre en veillant à ne pas effrayer la colombe perchée sur le portemanteau. Puis il contempla son frère comme s'il essayait de le voir pour la première fois. Quand il avait sept ans, Charles faisait figure de héros à ses yeux. Les souvenirs s'étaient estompés, ou perdus, mais il éprouvait toujours un sentiment de respect qu'il ne pouvait entièrement s'expliquer.

– Je suis sûr que tu vas t'en sortir. Fais attention quand même.

Les guichets de l'Orpheum ouvrirent à midi pile. L'ancien bureau de Murdoch avait été transformé en salle des accessoires et la célèbre fenêtre d'où il surveillait l'affluence était clouée aux montants, ses vitres aveuglées.

La première de Carter attira les foules, mais sans grands débordements. Les passants s'arrêtaient pour lire les publicités sur le trottoir, se joignaient à la queue. Comme les journaux du soir avaient publié un article vantant les nouveaux numéros mis au point par l'enfant du pays, James, qui comptait les têtes en fumant cigarette sur cigarette, croisa les doigts dans l'espoir de voir bientôt arriver une deuxième vague de spectateurs.

Lorsque la file d'attente se fut résorbée, il resta un moment sur le trottoir, à regarder de droite à gauche. Ne voulant pas donner l'impression de guetter le client – posture fatale pour le manager d'un artiste –, il écrasa son dernier mégot et rentra dans le théâtre.

La guichetière, qui, de sa cabine, jouissait d'une vision périphérique, prit bonne note de son départ et se replongea dans son magazine de cinéma, où Rod La Rocque distillait quelques propos venimeux à propos de Valentino.

La lumière lui fut soudain masquée, et elle leva les yeux. Un homme de haute taille, chauve, se dressait devant elle. Il considéra les affiches, le programme et la guichetière elle-même comme s'il découvrait un pays sous-développé.

– Un billet d'orchestre, s'il vous plaît, pour le... *spectacle de magie*, termina-t-il avec morgue.

– Huit dollars, je vous prie.

– Huit... dollars ? Fichtre, ça doit être un sacré spectacle de magie. Ma chère, épargnez-moi huit dollars et regardez donc sur la liste des billets de faveur. Je devrais y figurer.

– À quel nom ?

– M. Carlo Roody.

La fille feuilleta quelques pages en bâillant :

– Il n'y a pas de liste d'invités. Un autre nom ?

Il la dévisagea si longuement qu'elle crut qu'il ne partirait jamais et qu'elle serait obligée de reprendre sa lecture sous son regard perçant.

– Le billet le moins cher, alors.

– Troisième balcon. Cinquante cents.

– Vous parlez d'une affaire.

Il lui jeta cinq pièces de dix.

Elle sortit le rouleau de billets 3C et lui en tendit un.

– Les portes ouvrent à sept heures et demie et le spectacle commence à huit heures précises. Et... les animaux sont interdits, vous savez ?

– Pardon ?

Un instant, elle avait cru voir dans ses bras un chien minuscule, mais il n'y avait rien. D'une voix monocorde, elle récita sa réplique :

– Vous êtes prié de ne rien divulguer du troisième acte, quand Carter affronte le Diable.

Le grand chauve claqua des talons.

– À votre service.

CHAPITRE 3

La maîtresse de Carlo – ou plus exactement le mari de sa maîtresse – possédait une rutilante Cadillac Speedster de 1923. Les domestiques ne rechignaient pas trop à briquer la carrosserie bleu pétrole, parce que le propriétaire s'absentait souvent, que le compteur kilométrique était facile à bloquer et qu'une petite virée à Sunset Beach ne mangeait pas de pain.

Sur le chemin d'Arbor Villa, Carter fit des compliments sur la souplesse de la suspension et sur la maniabilité de la direction. Chaque fois, Carlo répondait :

– Ouais, elle file comme le vent.

En fait, il passa tout le trajet à se demander ce que savait ou soupçonnait Carter. Le magicien faisait de l'artifice et de la tromperie son pain quotidien : trahir sa confiance, c'était somme toute jouer le jeu, ni plus ni moins. Cela ne lui inspirait pas davantage de scrupules que la manière dont il avait « emprunté » la Cadillac. Cette morale élastique devait plutôt lui réussir, durant les quelques heures qui lui restaient à vivre.

Arrivés au bout de la Quatrième Avenue, ils se rangèrent sur le bas-côté. Carter tapota sa sacoche en cuir :

– C'est notre porte-bonheur.

Le reste du trajet se fit à pied. La demeure de Borax, dont ils s'approchaient, n'était jamais tout à fait silencieuse ; outre les cris d'oiseaux nocturnes et les hurlements de chiens, on aurait juré entendre les gémissements d'une maison qui menaçait ruine.

– C'est sa baraque ? murmura Carlo. Je la voyais plus grande.

Ils étaient à une centaine de mètres environ, sur une ancienne allée de service.

– Il est deux heures. Borax est à la messe, avec toutes ses pensionnaires. En principe, nous sommes tranquilles pendant au moins quarante-cinq minutes. Mais nous allons approcher hors de vue des pavillons. On ne sait jamais, quelqu'un a pu rester en arrière. Regarde...

Carter s'appuya contre un palmier et fouilla dans sa poche.

– Qu'est-ce que tu en dis ?

Carlo prit les feuillets en pelure d'oignon que lui tendait le magicien. Ils étaient couverts de croquis et d'équations.

– Hé, il y a marqué « télévision ». Tu as déjà les plans !

– Merci, j'ai ma réponse, sourit Carter en les rangeant dans son sac.

Carlo disposait d'une seule mimique pour exprimer l'admiration : elle consistait à retrousser la lèvre supérieure tout en fronçant les sourcils, comme sous l'effet d'une intense réflexion. Cette grimace éclaira un instant son visage. De faux plans pour les substituer aux vrais. Malin, très malin.

Sous la conduite de Carter, ils sortirent du sentier battu et enjambèrent les racines des tecks importés de Kalimantan. Le magicien traversait les fourrés sans bruit. Après avoir contourné un tapis de feuilles mortes, il sourit en voyant Carlo suivre ses pas.

En coupant à travers bois, ils parvinrent ainsi sur l'aile ouest d'Arbor Villa, à un endroit où les dattiers jetaient la façade dans une ombre perpétuelle. Ici, les enfants du quartier avaient depuis longtemps cassé les carreaux. Carter chercha le meilleur accès et repéra au rez-de-chaussée une fenêtre masquée par une couverture navajo. Celle-ci tenait en place grâce à quelques punaises qui cédèrent au premier coup sec.

Une fois à l'intérieur, le temps de s'adapter à la pénombre – Borax n'avait pas les moyens de laisser la lumière allumée quand il sortait –, ils tendirent l'oreille, à l'affût du moindre bruit. Mais seuls les cris lointains de faisans venaient troubler le silence. Ils se trouvaient dans un salon laissé à l'abandon, au plancher couvert d'un tapis persan élimé, aux murs décorés de vieux livres et de paysages marins. Il y régnait une forte odeur de moisi.

Carlo secoua la tête.

– Un milliardaire devrait mieux se protéger.

– Chut.

– Où est le coffre ?

Carter porta un doigt sur ses lèvres, puis fit signe à Carlo de le suivre. Ils quittèrent la pièce – la porte était entrebâillée – pour s'engager dans un couloir vétuste, flanqué de renfoncements où se dressaient des armures moyenâgeuses. Carlo avança en se méfiant de leurs hallebardes dangereusement inclinées. Ils traversèrent un si grand nombre de pièces et de couloirs, tous à peu près identiques, qu'il finit par se demander si Carter cherchait réellement un coffre-fort. Et s'il nourrissait de plus noirs desseins ? Peut-être projetait-il de le confondre ici même, voire de l'éliminer. Chaque fois que la main du magicien s'enfonçait dans sa poche, Carlo sentait sa gorge se nouer, puis il poussait un soupir en le voyant simplement consulter sa montre de gousset.

Ils arrivèrent enfin dans un salon mal éclairé – n'était-ce pas la pièce par laquelle ils étaient entrés ? – et Carter se dirigea vers la bibliothèque. Il tendit la main, puis jeta un œil par-dessus son épaule, inquiet :

– Carlo, vérifie qu'il n'y a personne dehors, tu veux ?

Carlo alla jusqu'à la fenêtre, qui était masquée par une couverture indienne au motif différent. Il ne vit rien. Il se retourna vers Carter.

– Non, il y a une couverture qui...

Carter avait déjà écarté un pan de la bibliothèque, révélant une petite pièce aux murs gris.

– Oh, j'ai tout raté ! grommela Carlo. Je n'ai pas vu comment tu as fait.

– Dommage... Approche.

À l'intérieur, les murs de ciment étaient éclairés par deux hautes lucarnes, et par les nombreux souvenirs que Borax y avait accrochés : photographies d'amis, plaques en cuivre de la Ville d'Oakland, pour services rendus, natures mortes ou portraits d'enfants.

– Il nous reste environ vingt-cinq minutes, dit Carter.

À l'abri de cette chambre forte, il s'autorisait à parler d'une voix presque normale.

– Je m'occupe du coffre. Toi, tu ouvres les oreilles, au cas où quelqu'un rentrerait plus tôt que prévu.

Ils repoussèrent le panneau de la bibliothèque, sans le fermer complètement. Carlo se posta tout contre, l'oreille aux aguets, un œil sur l'interstice, mais l'autre sur Carter, car il n'avait encore jamais vu quiconque ouvrir un coffre-fort.

Le magicien fit courir ses doigts sur la porte métallique :

– *Puerorum spectatorum operatque studio...* Une incantation, précisa-t-il alors qu'il venait de réciter l'un des préceptes de Thacher.

Le coffre de Borax, un modèle Schlage de 1917, était encastré dans le mur et coulé dans le ciment. Carter approcha deux tabourets, un pour sa sacoche de travail, l'autre pour s'asseoir. Puis il tira de sa besace non pas un stéthoscope, comme s'y attendait Carlo, mais une bouteille de vin.

– Comment peut-on ouvrir un coffre avec une bouteille de vin ?

Carter prit un tire-bouchon, déboucha la bouteille et la posa sur le tabouret. Puis il déchira une boule de papier journal, dont il sortit un verre à vin, qu'il plaça délicatement à côté de la bouteille.

– Un bon vin rouge a besoin de huit minutes pour respirer, annonça-t-il en contemplant ses ongles. Borax m'a montré plusieurs fois cette cachette. Il en était très fier.

Il tendit la main droite et, les yeux toujours fixés sur Carlo, actionna le cadran du coffre comme un enfant fait tourner une toupie.

– Mais il ne me laissait jamais approcher assez près pour que je puisse voir la combinaison. Il devait se dire qu'ainsi il ne risquait rien.

Le dernier mot prononcé, Carter abaissa la poignée et la porte s'ouvrit avec un long gémissement. Carlo le regarda, la lèvre supérieure retroussée.

Le magicien se servit un verre de vin et consulta sa montre, le sourcil froncé.

– J'espérais que ça prendrait encore six bonnes minutes, mais...

Il leva son verre, comme pour porter un toast ; il s'apprêtait à boire quand ses yeux tombèrent sur l'intérieur du coffre.

– Ah, le salaud !

– Quoi ?

Carter fixait toujours le coffre béant. Il posa son verre.

– Qu'est-ce qu'il y a ? fit Carlo, quittant son poste de guet pour jeter un œil par-dessus l'épaule du magicien. Oh... Un deuxième coffre.

Le Schlage renfermait en effet un autre coffre-fort, plus petit, fixé au premier par un magma de mortier.

– Sacré Borax, murmura Carter. Où as-tu déniché un Olson Failsafe ?

– Un problème ?

Carter retenait son souffle, littéralement, les mains en suspens, pendant que les yeux de Carlo allaient de son patron à l'intérieur du coffre. À vrai dire, il n'y avait pas grand-chose à voir : une porte métallique, frappée d'une petite plaque en bronze représentant un rameau de chêne. À droite du cadran, la poignée, et au-dessus, sur toute la largeur, une bannière sur laquelle on pouvait lire le mot « Failsafe », flanqué de deux chandeliers.

– Bon, dit Carter en buvant d'un trait son verre de vin. On n'est pas sortis de l'auberge.

– On n'entend pas les déclics du mécanisme, sur celui-là ?

– S'il n'y avait que ça.

– Tu as oublié ton stéthoscope, c'est ça ?

– Les stéthoscopes sont les baguettes magiques des perceurs de coffres-forts.

Il tira un carnet de sa poche et se mit à feuilleter des pages entières couvertes de chiffres. Le doigt courant sur les lignes, il expliqua la situation à son comparse. Les perceurs de coffres-forts étaient en fait de vulgaires imposteurs : quand ils ne les faisaient pas sauter à la dynamite, toute leur science reposait sur une analyse des probabilités et sur la patience.

– Les coffres sont très tolérants. Si tu entres une combinaison fausse à un ou deux chiffres près, la porte s'ouvrira quand même. Et le plus souvent, tu n'as même pas à te creuser la tête : les gens dépensent une fortune pour leurs coffres et la plupart ne se donnent même pas la peine de changer la combinaison préréglée en usine. (Il agita son carnet.) Et voici une liste de préréglages. Olson est une marque norvégienne. Nous y voilà. D'après le numéro de série, on peut déterminer la progression arithmétique utilisée par l'usine, puis on se reporte sur cette table-ci... Donc, pour ce modèle, le préréglage est cinq, quinze, vingt.

Mais il n'esquissa pas le moindre geste, les yeux toujours fixés sur le cadran.

– Le Schlage était vraisemblablement resté sur le réglage d'usine. Alors il y a des chances pour que...

Il se tourna vers Carlo, qui affichait le même sourire patient que pendant les répétitions. Dans un premier temps, il s'était intéressé au problème, mais dès que les explications étaient devenues un peu techniques, son esprit s'était mis à vagabonder dans la pièce, puis par la fenêtre.

Carter alla donc droit au but :

– Ce coffre a été conçu pour décourager les cambrioleurs : tu n'as que trois chances d'entrer la bonne combinaison.

– Et si on essaie une fois de plus ?

Carter ne répondit pas. Si un idiot s'amusait à entrer trois mauvaises combinaisons dans un Failsafe, la porte s'ouvrait d'elle-même, et un flacon d'acide sulfurique tombait directement sur une surface couverte de chlorate de potasse et de sucre. L'explosion résultante détruisait au minimum le contenu du coffre. Ce modèle de chez Olson, conçu à l'origine pour la noblesse russe qui vivait dans la terreur de voir tomber ses documents ancestraux entre les mains de paysans en révolte, connaissait encore une certaine vogue auprès de diplomates appartenant à des nations où l'on préférait le suicide à la capture par l'ennemi. Ces modèles étaient illégaux aux États-Unis ; même les bootleggers s'en méfiaient, car ils avaient souvent besoin d'ouvrir leur coffre en état d'ébriété avancée.

– N'y pensons pas. Restons positifs. (Carter se pencha et mit le cadran sur cinq.) Et misons sur la paresse de Borax.

Il tourna le cadran à gauche, sur quinze, puis à droite sur vingt. Quelque part sur les immenses pelouses, un faisan poussa un cri. Carter appuya sur la poignée.

Il ne se passa rien.

– La poisse !

Il se versa un autre verre de vin et en but une gorgée.

– Borax ne connaît pas sa date de naissance, donc c'est exclu.

– Ses chiffres porte-bonheur ?

– Possible, mais Borax n'est pas superstitieux. Il aura plutôt choisi une date clé dans sa vie. (Il claqua des doigts.) Le Marais de Teel. 16 mars 1875, le jour où Dieu lui a parlé.

– Hein ?

– Tais-toi !

Il fit pivoter le bouton cranté entre le pouce et l'index, s'arrêta sur le 16, puis sur le 3, puis, après une rotation de plus de cent quatre-vingts degrés, sur le 75. Sa main saisit la poignée. Il l'actionna avec fermeté.

Il y eut un clic à peine audible. Encore raté. Il se leva, se dégourdit les jambes, et poussa un long soupir. Les bras croisés, il se mit à arpenter le réduit, passant en revue les souvenirs accrochés aux murs, comme s'il visitait une galerie d'art.

– Je suis ouvert aux suggestions pour la troisième combinaison.

– Sa date de naissance ? dit Carlo.

Carter le fixa froidement.

– Ou l'anniversaire de sa femme.

– Il a été marié deux fois. Il les a aimées toutes les deux.

– Plus que seize minutes.

– Ça n'a plus aucune importance. D'une manière ou d'une autre, nous serons sortis d'ici.

Carlo s'affaissa contre le mur et entreprit de déloger un grain de maïs coincé entre deux de ses molaires. Il sentit que l'attention de Carter retombait sur lui, comme s'il avait commis une bourde.

– Je peux me rendre utile ? dit-il en se redressant.

– Oui. Écoute. Il y a deux allées, une devant et l'autre derrière la maison. En général, Borax emprunte la seconde mais parfois, quand les filles poussent son fauteuil, ils passent par-devant.

Il donna à Carlo des directives précises : il devait se rendre dans le vestibule, tourner à droite, monter une volée de marches, et il trouverait une galerie étroite d'où l'on pouvait surveiller les deux allées, jusqu'à la route principale.

– Va vite, et reviens aussitôt.

Carlo fit coulisser le panneau de la bibliothèque et bondit dans la pièce avec la grâce d'un danseur. Comme les marches avaient tendance à grincer en leur centre, il monta l'escalier en rasant le mur. Au premier étage, les fenêtres du palier donnaient en effet sur les deux côtés de la maison. Au loin, entre les rideaux de feuilles jaunies, les voitures filaient sur le boulevard.

Carlo aperçut un groupe de personnes sur l'allée principale. De son œil prompt, il en compta dix-neuf : un homme en fauteuil roulant, un prêtre et des femmes voilées qui formaient un demi-cercle. Le prêtre levait le doigt au ciel. Ils étaient à environ deux cents mètres.

Il courut rejoindre Carter, qui s'était rassis, son catalogue de préréglages ouvert sur les genoux.

– On a de la compagnie.

Carlo décrivit ce qu'il venait de voir.

– Un sermon au beau milieu de l'allée principale ? Ça doit être celui sur la vanité. Je crois qu'il dure moins de cinq minutes. Aide-moi à trouver une date. Ou alors cache-toi.

– Me cacher ? Pourquoi ?

Carter hésita.

– Pas de panique, surtout. Mais si on se trompe de combinaison, le coffre va exploser.

– Exploser ? répéta Carlo, pétrifié.

– Oui. Une idée ?

– Pas sa date de naissance ? ânonna Carlo.

Il songea au vieil homme assis dans son fauteuil roulant, en train d'écouter le sermon.

– Un psaume, peut-être, ou un verset. Comme 3 : 16, ou bien...

– Un verset de la Bible, approuva Carter. Est-ce qu'il y a un endroit où Dieu demande aux hommes de faire le bien ?

– Oui, à toutes les pages ! ricana Carlo.

Mais comme Carter le fixait sans broncher, il baissa les yeux sur le bout de ses chaussures.

Il mit un pied derrière l'autre, orteil contre talon, comme un funambule qui marcherait à reculons. Puis il contempla les murs.

Ici, une photo des anciens cours de tennis d'Arbor Villa. Là, le dessin d'un petit chien blanc qui menait par la laisse un énorme bouledogue. Carlo cligna des paupières pour lire la légende : « Ce n'est pas la taille du chien qui compte ! »

Carter, les sourcils froncés, fixait le coffre.

– Saleté !

Carlo aperçut quelque mots écrits à même le mur, à l'encre rouge : « Elle n'est pas morte. »

Le magicien tourna lentement la tête vers sa doublure.

– Pardon ?

– Là, fit Carlo en tendant le bras. Qu'est-ce que ça veut dire ?

– Oh, c'est une longue histoire, commença Carter. Il y a quelques années... (Un sourire apparut sur son visage.) Carlo, tu es génial !

– Euh, merci.

– Pour un peu, je t'embrasserais !

– Hé !

– C'est du Borax tout craché, dit-il en s'approchant du coffre. Le Noël noir, en 1917. Une date repère pour lui. Vingt-cinq, douze... (Il manipula le cadran. Puis il jeta un œil vers Carlo, penché par-dessus son épaule.) Et dix-sept.

Il posa la main sur la poignée.

Silence absolu.

Il fit signe à Carlo de reculer.

– Va là-bas, dans le coin.

Carlo s'exécuta, fasciné.

– Le moment de vérité, murmura Carter. Victoire ou défaite, on va le savoir tout de suite.

Il actionna la poignée. Il y eut un merveilleux soupir, puis un cliquetis de rouages qui se désengrènent.

Après un moment de forte tension, l'atmosphère devint plus respirable. Mais soudain, un détail intrigua Carlo : Carter ne touchait pas le coffre, et pourtant la porte s'ouvrait toute seule, sans effort.

– Couche-toi ! cria le magicien.

Il bondit en arrière, se prit les pieds dans le tabouret et tomba les bras en croix tandis que Carlo se plaquait contre le mur. Il entendit un bruit curieux, comme une bille qui roule le long d'un conduit. Un léger bris de verre, puis un nuage de fumée noire de la taille d'un chou-fleur émergea du coffre et s'éleva vers le plafond. Le tout avait duré moins d'une seconde.

Tremblant comme une feuille, Carlo vit le magicien s'approcher de la gueule noire du coffre-fort.

– Oh, non...

À l'intérieur, il n'y avait plus que des bouts de papier carbonisés, sur lesquels on pouvait parfois lire un mot ou deux. Carter fouilla dans les cendres. Puis il contempla ses doigts noircis.

– Ça alors... Ça alors ! s'exclama Carlo, qui pensait à ces gags de music-hall où un clochard offre à un bourgeois un cigare qui lui explose à la figure. Incroyable... C'était... Tout est détruit ! Les plans sont détruits ! Tu n'as rien ?

– Non, répondit Carter.

Au centre de ses yeux bleus, ses pupilles n'étaient pas plus grosses que des têtes d'épingle.

– Qu'est-ce que j'ai fait ? se lamenta-t-il, le menton dans la main. Mon Dieu, qu'est-ce que j'ai fait ?

Il baissa les bras, laissant une trace de suie sur son visage.

– Patron ? fit Carlo, un moment distrait par cette tache. Il faut qu'on sorte d'ici.

Mais Carter n'esquissa pas un geste.

– Quel idiot !

Ses yeux s'emplirent de larmes.

– Patron, faut qu'on se tire en vitesse. Les autres vont rappliquer.

– C'est juste que...

Carter contemplait encore le coffre, le regard embué comme celui d'un gamin dont la balle de base-ball vient de disparaître entre les grilles d'un égout.

– Je n'arrive pas à y croire...

Carlo ramassa la sacoche.

– Voilà le vin, les faux plans, dépêche-toi...

Et il la fourra dans les bras de Carter.

– Merci. Qu'est-ce que j'ai fait ?

Il se laissa entraîner hors de la pièce, puis hâta le pas quand des bruits leur parvinrent dans l'escalier. Ils regagnèrent le salon avec la couverture navajo à la fenêtre, et Carter, toujours se maudissant, prit la fuite comme un voleur.

Vingt-quatre heures plus tôt, Mlle Olive White vaquait à ses occupations à la bibliothèque municipale. La première du spectacle de Carter avait attiré plusieurs journalistes, venus consulter des livres sur la magie. Elle les feuilletait rapidement pour s'assurer qu'ils n'avaient pas été annotés au crayon puis elle les remettait en rayon.

Elle parcourut ainsi un livre de Robert-Houdin, au dos abîmé. Il s'ouvrit sur une illustration qui reproduisait la carte de visite du célèbre magicien, en frontispice de ses *Mémoires*, avec pour légende ces deux mots : « Macédoine calligraphique ». C'était une sorte de toile d'araignée, indéchiffrable, mais dont l'aspect parut très familier à Mlle White. Pourtant, elle était incapable de dire ce que cela lui évoquait. Elle n'aurait même jamais deviné qu'il s'agissait d'une carte de visite si elle n'avait lu les instructions fournies par l'éditeur. « Approchez ce livre de votre nez, inclinez le livre à l'horizontale et regardez la page en fermant un œil (comme si vous regardiez dans la lunette d'un télescope), et en commençant par le bas. Que voyez-vous ? Tournez le livre de quarante-cinq degrés. Que voyez-vous ? Continuez de tourner. Et que voyez-vous ? »

Piquée par la curiosité, elle suivit les instructions et, tout à coup, elle sursauta si vivement que l'ouvrage lui échappa. Elle plaqua une main sur sa bouche.

– Une folle hypothèse, Olive, une folle hypothèse, murmura-t-elle.

Elle gagna son bureau, ouvrit une lettre qu'elle gardait dans un tiroir fermé à clé, puis lança un appel téléphonique. Une petite minute plus tard, elle était en liaison avec la standardiste d'un hôtel de Denver.

Ce jour-là fut un journée d'intense activité au Département du Trésor. Après des mois d'efforts, les agents avaient finalement réussi à capturer le *Billie Dove*, un hors-bord au moteur trafiqué qui, même chargé de tonneaux d'alcool, était capable de laisser dans son sillage tous les bateaux des douanes.

On se frotta les mains à l'Hôtel des Monnaies et dans les antennes locales à travers le pays, car une bonne prise faisait plaisir à tous les agents, même ceux qui restaient bredouilles. En fin d'après-midi, pourtant, un télégramme envoyé de Denver aux bureaux de Washington vint refroidir l'atmosphère. C'était un message urgent, dont le libellé n'avait rien à voir avec la magie : un agent avait disparu.

Rien ne laissait supposer un assassinat, mais le bureau central était très divisé sur la question de savoir si cet agent était du genre à s'absenter sans autorisation. Tout en soulignant qu'il n'y avait pas encore de raison réelle de s'inquiéter, par précaution on transmit l'information à travers le pays : l'agent Jack Griffin ne répondait plus à l'appel.

CHAPITRE 4

Le souper chez James devait débuter à seize heures, soit quatre heures avant le lever de rideau. En temps normal, James éprouvait pour ce genre d'occasions ce que son frère ressentait à chaque représentation : une véritable jubilation. Pourtant, cet après-midi-là, l'humeur était plutôt à la nervosité. Il avait consulté sa montre toutes les cinq minutes jusqu'à l'arrivée de Charles. Quand celui-ci eut enfin franchi la porte et lui eut raconté le fiasco de sa tentative de cambriolage, James rangea sa montre et s'allongea sur le canapé, un linge humide sur les yeux.

– Il n'est plus l'heure de se faire du mouron, dit le magicien.

À son grand regret, James ne répondit pas. Une petite dispute entre frères suffisait souvent à soulager la tension.

– Tout va bien se passer, tu vas voir.

James poussa un soupir sous sa serviette et fit un geste de la main, comme pour appeler de nouvelles catastrophes sur sa tête.

Carter ressentit une pointe d'agacement. À force d'imagination, il avait mis au point de nouveaux numéros qui lui paraissaient surclasser même la télévision, et il aurait bien voulu qu'on lui tressât quelques couronnes.

– Le spectacle n'est pas obligé de reposer uniquement sur la télévision.

– Il y a deux cents places invendues ce soir, nota James d'une voix lasse. Malgré les billets de faveur qu'on a distribués à la pelle. Toutes les bonnes sœurs et les handicapés de cette ville ont dû avoir un billet gratuit pour la première et il reste encore deux cents places vides...

Il se leva en se massant les tempes.

– Et je ne te parle même pas des prochains jours.

– Le bouche-à-oreille...

– Si tu mets un éléphant sur une affiche, le public veut voir un éléphant. Si tu mets une télévision, les gens viennent voir la télévision, même s'ils ne savent pas ce que c'est. Tu es peut-être un grand magicien, Charles, mais tu n'es ni un éléphant, ni une télévision !

– J'ai d'autres nouveautés.

– D'accord, mais rien d'important !

James se figea, comme s'il venait de se rendre compte de la portée de ses paroles.

Carter se croisa les bras.

– Tu sais...

– Je suis désolé, soupira James. (Il quitta la pièce en lançant :) Je m'inquiète pour toi, c'est tout.

Quelques secondes plus tard, Carter entendit le bruit de la douche. Il resta seul dans l'immense salle de séjour, pris d'un léger vertige. Il concentra son regard sur des points précis – le vase de lis, le buste romain en marbre – puis s'aperçut que, comme par hasard, il choisissait des objets fragiles, qu'il pouvait casser d'un revers de main. Mais ce genre de satisfactions mesquines était à proscrire absolument. Il devait bientôt se préparer à affronter le public, et donc se fermer à toutes les émotions parasites.

La table était mise pour huit et une grosse marmite palpitait doucement dans la cuisine. De nombreux bouquets de fleurs reçus pour la première s'entassaient autour de la maquette originale de l'affiche *Partout*. James avait allumé des bougies, bien qu'il fît encore jour, et les bouteilles de vin respiraient sur une desserte. Malgré toutes ses jérémiades, l'hôte avait mis les petits plats dans les grands.

Carter ignorait le nom des invités et il savait qu'il était inutile de cuisiner Tom. Celui-ci ne manquerait pas de lui lancer, avec ce regard de compassion feinte qu'il connaissait bien : « Désolé, c'est un secret. »

Il espérait que Phoebe serait de la fête. Ces dernières semaines, il ne l'avait pas assez vue, car elle habitait Oakland et les préparatifs du spectacle l'avaient contraint à passer des journées, parfois des nuits entières à l'Orpheum. Il s'imagina la présentant à James. Il se pencherait vers elle pour lui confier combien son frère l'agaçait parfois, et cette seule promesse d'intimité suffit à le troubler. Il avait le plus grand mal à se concentrer sur la représentation de ce soir. Il songea qu'il pourrait bientôt contempler son visage, lui dire simplement « bonjour », et il prit peur : s'il commençait à lui parler, aurait-il la force de s'arrêter ?

Le premier arrivé, à quatre heures sonnantes, fut Max Friz. Son haleine sentait la menthe et ses vêtements amidonnés semblaient avoir été bouillis dans une marmite, sur les quais. Il tenait un bouquet de glaïeuls à la main. Quand il vit que James en avait déjà disposé sur la table, il resta pétrifié et s'enferma dans un silence boudeur. Quelques minutes plus tard, Philo se présenta en compagnie des Ledocq, chez qui il logeait. Carter l'accueillit avec chaleur, et remarqua que le jeune inventeur avait le sourire, mais que son regard était perdu dans le vide, comme toutes ces dernières semaines.

On échangea des politesses et James accepta le panier de fruits que lui apportaient les Ledocq. Carter et son responsable des effets spéciaux se postèrent à l'écart, devant la cheminée.

Le Belge suçait une pastille au miel pour calmer son mal de gorge.

– Carlo a déballé toute une histoire à la troupe, commença-t-il. « Une énorme explosion, on a bien failli y rester tous les deux... »

– S'il avait été tué, les cocus du monde entier me devraient une fière chandelle. Comment vont les préparatifs ?

– Eh bien, nous serions dans les temps si la première était dans trois semaines. Le vernis n'est pas encore sec, j'ai dû mettre des gars pour sécher la peinture à coups d'éventail. Bref, on est dans le pétrin.

Ledocq fut pris d'un long accès de toux, au point que Carter finit par s'inquiéter de sa santé.

– Ce n'est rien, murmura Ledocq. J'ai la gorge en feu...

Philo s'approcha, la mine basse, les mains dans les poches. Carter lui passa un bras sur l'épaule.

– Bonjour, Philo.

– Salut.

– Comment va Pem ?

– Elle se rétablit vite, dit-il. J'aimerais aller auprès d'elle, mais elle insiste pour que je reste ici.

– C'est un sacré bout de femme, commenta Carter.

– Oui, murmura Philo en levant les yeux. James m'a dit... les plans sont détruits.

Ces derniers temps, ses phrases avaient tendance à ployer au milieu, comme si leur poids lui paraissait insurmontable. À chacune de leurs conversations, Carter hésitait entre détourner le regard ou lui assurer que tout allait s'arranger.

– C'est un coup dur. Mais rien n'est perdu. Je me disais : nous avons le matériel nécessaire, sauf le tube à vide. Nous sommes tout près du but, non ?

Philo fixa les chenets.

– Tout près, et très loin.

– Mais ce tube, vous savez le fabriquer.

– Je crois que le pauvre est fatigué, intervint Ledocq.

Carter s'efforça de croiser le regard de Philo, qui resta rivé sur l'âtre.

– Il n'est pas trop tard pour nous aider, dit-il. J'aurais voulu que mon spectacle vous inspire des prouesses.

Philo leva les yeux, avec sur le visage une expression que Carter ne connaissait que trop : un demi-sourire poli, simple masque qui cachait mal un gouffre sans fond.

– Vous pouvez encore...

Mais Philo s'était déjà mis à tapoter du bout du pied les briques de la cheminée.

– Je comprends, monsieur Carter. Vous et M. Ledocq avez été très gentils. Mais je ne peux pas fabriquer ce que vous me demandez. Désolé.

Son pied décrivait des mouvements sans but ni logique, qui rappelèrent à Carter cette période sombre, après la mort de Sarah, où il passait son temps à tailler des morceaux de bois. Philo s'était claquemuré dans un lieu où n'entrait aucune lumière.

Ledocq ouvrit la bouche pour ajouter quelques mots d'encouragement mais Carter, d'un signe de la tête, l'arrêta.

– Ce n'est pas grave, Philo.

Les deux hommes s'écartèrent du jeune inventeur. Lorsqu'il fut certain de ne pouvoir être entendu, Carter chuchota :

– J'aimerais pouvoir le réconforter, lui dire qu'en fin de compte tout va bien se passer.

– Moi aussi, j'aimerais te l'entendre dire, souffla Ledocq.

Quelques minutes plus tard, James prononça un discours de bienvenue à ses invités. Ses devoirs de maître de maison l'avaient visiblement ragaillardi et il remplit les verres d'un poignet ferme et généreux.

– C'est la soirée des inventeurs ! Je suis sûr que vous avez des tas de choses à vous raconter.

– Moi, j'ai une idée à leur soumettre, lança Tom, debout au centre du salon.

Il brandit une brochure.

– Oh, non, pas ça ! soupira James.

Tom lui jeta un regard qui signifiait « tu ne me feras pas taire » et il profita d'une coupure dans la conversation pour lire à voix haute :

– « Cher et heureux possesseur d'une Victrola, le monde de la musique s'offre à vous. Les splendeurs de l'opéra ou le swing endiablé d'un orchestre de jazz : toutes ces merveilles vont faire irruption dans votre salon. »

Il marqua une pause. L'assemblée restait perplexe (à l'exception de James, qui enrageait).

– La semaine dernière, nous avons acheté une Victrola, expliqua Tom. Je l'ai sortie de sa boîte, elle est en pièces détachées et j'ai le mode d'emploi...

Ledocq se mit à glousser.

– Mais je n'arrive pas à monter cette saleté. Comme nous avons réuni ici les plus brillants esprits inventifs du monde, je disais à James que ce serait amusant si tout le monde...

– Donnez-moi ça, coupa Ledocq. Venez, Max. Philo, vous n'êtes pas obligé, si vous n'en avez pas envie...

– Je vais vous aider, acquiesça Philo en quittant sans entrain son poste près de la cheminée.

Mme Ledocq fit la moue.

– Alors vous invitez à dîner un homme qui souffre d'une angine et vous le mettez de corvée ?

Tandis que Philo lisait les instructions à voix haute (« Détachez le tube conique en desserrant la broche à une extrémité du haut-parleur »), Ledocq et Max tentaient de déterminer ce que pouvait être le tube conique parmi cet amas de pièces.

Carter alla voir à la cuisine s'il pouvait se rendre utile, mais il reçut l'ordre de débarrasser le plancher. Quand il tendit la main pour soulever le couvercle d'un plat, James lui assena un coup sur les doigts avec une cuiller en bois.

– Ce sont des pommes de terre au four nappées de fromage, et ce n'est pas pour toi, mais pour Baby.

Comme son frère insistait pour participer aux préparatifs du dîner, James lui répondit qu'il avait cassé suffisamment de vaisselle au fil des ans, et il l'invita à aller plutôt ouvrir la porte lorsqu'on sonnerait. Carter quitta la cuisine, l'esprit curieusement plus léger : James avait recommencé à lui chercher des poux et c'était plutôt bon signe.

Il retourna au salon, où le trio se disputait avec Mme Ledocq, qui, ayant arraché la notice des mains de Philo, dirigeait à présent les opérations avec une autorité bonasse.

– Messieurs, elle a raison ! trancha Philo. Voici le tube conique.
– Comme c'est amusant ! s'exclama Mme Ledocq. À la maison, je n'ai jamais le droit de rien toucher. Mon mari ferme toujours la porte à clé. Bon, maintenant « quand le pivot est en place, serrez les vis ». Allez, messieurs, du nerf, serrez-moi ces boulons...
Carter sourit, un verre de vin à la main. Il jeta un œil sur sa montre : il avait encore largement le temps avant de regagner le théâtre. Il se sentait partagé entre son envie de savourer cette réunion entre amis et son impatience presque absurde de voir les portes du théâtre se fermer, les lumières s'éteindre et le spectacle commencer. On sonna à la porte, ce qui lui donna enfin quelque chose à faire. Il ouvrit le battant, prêt à formuler les politesses d'usage.
Phoebe se tenait sur le seuil.
– Il y a quelqu'un ?
– Je suis là ! s'exclama-t-il, transporté de joie.
– Oh, c'est vous. Bonjour.
La jeune femme lui tendit une main qu'il saisit avec ferveur, et l'attira à l'intérieur de l'appartement. Sa tenue offrait un merveilleux contraste entre audace et simplicité : elle était à peine maquillée, sans fard sur les joues, mais portait le rouge à lèvres Angélus – « osez l'incarnat » – et ses cheveux étaient tirés en arrière en un chignon maintenu par des baguettes. Sa robe de soie noire présentait un décolleté à la fois élégant et hardi.
– Je suis tellement content de vous voir...
– Eh bien, ça en fait au moins un !
Elle inclina la tête à gauche puis à droite, se laissant admirer sous tous les angles.
– Vous êtes magnifique.
– J'ai tout fait moi-même, et les filles du foyer n'ont rien remarqué. J'aimerais pouvoir leur pardonner, mais...
– Comment êtes-vous venue ?
– Un coup de baguette magique.
James sortit de la cuisine, tout en se séchant les mains dans un torchon.
– J'imagine que vous êtes Phoebe.
– Et vous devez être James ?
Il la contempla des pieds à la tête et émit un sifflement admiratif :
– Bigre, mais vous êtes une vraie beauté !
– Merci, rit-elle.
– Charles, tu m'avais caché qu'elle avait des lèvres aussi appétissantes !
– Oui, il a tendance à oublier l'essentiel.

– Et ce sourire ! Le taxi que je vous ai envoyé était à l'heure, j'espère.

– Chut... J'ai raconté à votre frère que j'étais arrivée sur un coup de baguette magique.

– Tenez, j'ai envie de vous embrasser.

James se pencha pour déposer un baiser sur les lèvres de Phoebe. Il s'empressa d'ajouter, en la voyant frappée de stupeur :

– Pardonnez-moi, je reviens tout juste d'un voyage à Paris.

– Celle-là, on ne me l'avait encore jamais sortie ! bredouilla Phoebe.

Carter éclata de rire, ravi de voir la jeune femme aussi décontenancée.

– Chers amis ! appela James en claquant des mains. Je vous présente Phoebe Kyle. Est-ce qu'elle n'est pas magnifique ?

Elle esquissa un petit salut timide en direction du groupe d'invités.

– Je vous apporte un verre, proposa James.

Quand il fut parti, Phoebe chuchota :

– Voilà un accueil plutôt inattendu.

– Vous vous ressemblez, tous les deux.

– Il faut que je vous parle. On peut aller quelque part ?

– Bien sûr. Mais si on attendait après le dîner ?

– Oh, non, voilà que vous devenez raisonnable !

– Quelle horreur, n'est-ce pas ?

– Vous pourriez me montrer la vue.

L'idée le séduisit.

– Avec plaisir.

Elle accepta son bras et ils traversèrent le salon. Il ouvrit les portes-fenêtres donnant sur le balcon qui courait sur trois côtés de l'appartement. Derrière eux, les gratte-ciel du centre-ville, à l'est la colline boisée de Telegraph Hill, puis le quartier italien de North Beach, qui se déversait en terrasses successives jusqu'à la baie, offrant à l'œil un enchevêtrement de toits, de murs blanchis, de linge étendu et d'escaliers peints en vert. En ce dimanche, tout le quartier embaumait l'origan et l'huile d'olive, et l'on entendait les éclats de rire des hommes qui jouaient aux cartes sur les vérandas, en attendant l'heure du dîner. Au loin, des nappes de brouillard tendre s'étiraient sur la baie.

Carter se tourna vers l'intérieur de l'appartement. À en juger par les sourires et les clins d'œil complices, les commentaires allaient bon train entre son frère et les Ledocq. Accroupi devant la Victrola à moitié montée, Philo secouait la tête en avouant sa perplexité à Tom.

– J'aime ce parfum d'automne, dit Phoebe.

– Oui, la lumière est différente depuis quelques jours.

– Autrefois, je le remarquais aussi.

– Vous m'avez manqué.

Elle esquissa un sourire.

– Vraiment ?

– Oui. J'ai beaucoup travaillé, mais je n'arrêtais pas de penser à vous. J'ai retrouvé l'inspiration.

Il lui parla un peu du spectacle, de ce tour de cartes qui, en ouverture, lui permettait de faire participer toute la salle. À plusieurs moments, elle éclata de rire, parfois à contretemps. Elle semblait nerveuse, et cette nervosité le rendait plus bavard que de coutume.

– Je vais faire monter sur scène plus de volontaires que dans mes précédents spectacles. Un enfant va me lancer des couteaux... (Comme elle ne dit rien, il ajouta :) Ça devrait être amusant.

– Est-ce qu'il y a des numéros dangereux ?

– Non, pas vraiment.

– Vous êtes sûr ?

– Certain.

Il lui caressa la joue. Il aurait voulu qu'elle appuyât la tête contre sa paume, mais elle semblait le fixer à travers ses lunettes noires. Gêné, il reprit la parole :

– Depuis des années, je note des idées dans de vieux calepins que je garde à la maison... Mais rien de très convaincant. À vrai dire, ces illusions étaient si mauvaises que je n'ai jamais osé les présenter en public. Cela tenait moins de la magie que du dialogue philosophique avec Dieu, sur le mode « le monde est pourri ». Vous voyez le tableau ?

– J'ai cette discussion presque tous les jours. Et surtout en ce moment. Quand je n'ai pas envie de détruire la terre entière, c'est que je suis d'excellente humeur.

– C'était aussi mon état d'esprit. Par exemple, j'avais une idée de numéro, avec des foulards de soie que je mettais littéralement en charpie. Mais le public n'y aurait jamais trouvé son compte. En somme, j'avais oublié que les spectateurs veulent avant tout voir le magicien réaliser un miracle. Il faut une part de drame, sans doute, mais avec un *happy end*.

Phoebe s'appuya contre la balustrade.

– C'était après la mort de votre femme ?

– Oui. Je ne vous ai pas parlé d'elle, n'est-ce pas ?

– Non.

– Mais vous êtes au courant ?

Elle hocha la tête.

– Est-ce que je devrais m'en étonner ?

– Oh, ça n'a rien d'extraordinaire.

Elle était tendue, comme si elle se préparait à recevoir un coup. Lors d'un voyage en Extrême-Orient, il avait appris que les Chinois connaissaient les points du corps où il fallait appuyer pour soulager la douleur, et il regrettait de ne pas s'être initié à cette pratique. Son regard se porta vers Telegraph Hill, juste derrière Phoebe, là où, un matin de printemps 1911, il était tombé amoureux de Sarah. Un kilomètre seulement à vol d'oiseau – mais une longue décennie – le séparait de cet endroit. Comme le monde était étrange. Il songea à ces jeunes gens qui venaient chercher l'âme sœur au cimetière de Mountain View, aux danseuses qui retrouvaient leurs amants, aux amours de bureau qui fleurissaient sur Market Street, et il eut l'impression de voir s'allumer ici et là des petites lumières, dans les alcôves, sous les portes cochères ou même sur le balcon de cet immeuble, balayé par une brise légère. À travers toute la ville, ces lucioles signalaient un endroit où deux cœurs avaient battu à l'unisson.

– Peu importe comment vous me connaissez, murmura Carter. Je trouve ça merveilleux.

– Je ne suis pas médium, Charles.

Elle avait la chair de poule. Elle se frotta les bras.

– D'habitude, je ne suis pas comme ça. Je suis plutôt insouciante, j'aime les balades à moto et, un jour, j'aimerais danser avec vous.

Les barrettes qui retenaient sa coiffure commençaient déjà à se relâcher, ses cheveux retrouvaient leur ondulation naturelle. Carter était amoureux, un sentiment qu'il avait cru à jamais banni de son cœur.

– Je...

– J'ai été l'une des pensionnaires de Borax Smith.

Elle avait articulé chaque mot avec soin, comme pour en tester la résistance.

Ce fut d'abord comme si elle avait annoncé qu'elle venait de Kenosha, et Carter s'apprêtait à répondre : « Ah, oui, je connais, j'y ai donné un spectacle. »

Puis il prit toute la mesure de la révélation.

– Je me suis dit que je n'avais pas le droit, commença-t-elle. Que vous deviez savoir.

Derrière eux, un poing puis des ongles tambourinèrent au carreau.

James les invitait à passer à table. En se retournant vers Phoebe, Carter vit qu'elle avait les lèvres fermées et que ses mains agrippaient la balustrade. D'un trait, car elle avait préparé sa tirade depuis un moment déjà, elle déclara :

– J'étais chez Borax à l'époque où vous portiez le deuil. Vous lui avez confié toutes vos peines. Je me trouvais dans la pièce, ou bien les autres filles me racontaient ce qu'elles avaient entendu. Vous avez fait forte impression sur la plupart d'entre nous.

Carter essayait de se rappeler la jeune femme, mais c'était impossible, à cause de la voilette et du vœu de silence qu'elles s'imposaient.

– Voilà pourquoi je vous connais si bien. À l'époque, j'avais un faible pour vous, et encore aujourd'hui. Ces derniers temps, j'ai été une vraie peste au foyer : je suis rongée de remords chaque fois que vous vous imaginez que je possède un don.

– Vous êtes si belle...

Il posa les mains sur sa taille. Elle se raidit.

– Vous ne le pensez pas vraiment.

Ses mains finirent par lâcher la rambarde pour se poser sur les épaules de Carter. Il sentit la tension quitter le corps de la jeune femme – l'image lui vint d'une nappe de pique-nique soulevée par la brise et retombant mollement sur l'herbe fraîche.

– Vous êtes sincère ? Je ne peux pas voir votre visage, alors... Si vous me le redisiez, peut-être que cette fois je l'entendrais...

– Vous êtes très belle.

Elle l'enlaça et appuya la tête contre son épaule. James frappa de nouveau au carreau. Carter le fusilla du regard jusqu'à ce qu'il s'éloigne.

– Votre frère est en colère ? demanda Phoebe.

– Il est persuadé que je cours à la ruine.

– Et il y a du vrai ?

– C'est très possible.

– Tant mieux ! Je n'ai jamais eu de chance avec les hommes à l'avenir radieux.

– Pardon, mais je suis obligé de vous poser la question : est-ce que Borax vous a envoyée m'espionner ?

– Vous êtes sérieux ? Non. Je ne lui ai pas parlé depuis notre rencontre.

– J'ai forcé son coffre cet après-midi.

– Vous menez une vie trépidante.

– Je suis sûr que la vôtre n'est pas mal non plus.

Il lui caressa la nuque et elle l'étreignit davantage, pressant ses lèvres contre son cou, puis son oreille.

– J'ai peur de ne pas vous mériter.

– Phoebe...

Il ferma les yeux.

– Charles, je ne peux pas voir ce que vous aimez faire le plus au monde.

– Je sais. Mais justement, ça m'oblige à changer mon approche.

– J'ai peur que vous me fassiez souffrir.

Il hésita.

– Vous savez que... je suis responsable de la mort de ma femme.

– C'était un accident.

Elle le dit avec la même conviction qu'elle avait nié être médium. À l'aune de son soulagement, Carter s'aperçut qu'il attendait cette réponse depuis plus longtemps qu'il ne le croyait. Leurs lèvres s'effleurèrent, puis se soudèrent.

Au bout de quelques instants, ils prirent conscience que le vacarme qui retentissait à leurs oreilles venait de l'intérieur de l'appartement, où une pleine tablée s'était levée pour siffler et applaudir à tout rompre.

Le repas fut excellent et la conversation animée parvint même à arracher deux ou trois sourires à Max Friz. On leva son verre à Carter et à son nouveau spectacle, on lut les télégrammes d'amitié que lui adressaient Houdini, Thurston, Goldin ou Raymond. Ledocq quitta la table le premier – il ressentait le besoin impérieux de se rendre au théâtre, persuadé qu'en son absence la terre allait s'ouvrir et une main géante tirer le spectacle dans l'abîme. Avant son départ, Carter lui lut un bref télégramme :

– « À M. LEDOCQ JE CROISE LES DOIGTS ET LES POINGS SINCÈREMENT VÔTRE BENNY LEONARD. »

Ému aux larmes, Ledocq prit le télégramme, le glissa dans la poche intérieure de sa veste et partit sans un mot.

Il y avait aussi un long message en français d'un certain Leonetto Cappiello, dont le nom n'évoqua rien à Carter. Cela donna à James l'occasion de sermonner son frère pour son mépris des mondanités, car ce M. Cappiello n'était autre que l'auteur de l'affiche *Partout*. Le magicien s'apprêtait à répliquer – ses taquineries incessantes le fatiguaient – quand James termina son intervention par ce qui ressemblait à des excuses.

– Mon frère a consacré tout son temps à mettre au point de nouvelles illusions qui vont nous éblouir, j'en suis persuadé. Et je considère comme un honneur d'avoir pu le soulager des détails matériels.

La conversation dévia ensuite sur la mine épanouie du magicien, que l'on ne manqua pas de relier aux charmes de Phoebe. Mme Ledocq en particulier affirma qu'elle n'avait jamais vu Charles Carter aussi rayonnant de bonheur. Philo demanda à être excusé et alla s'asseoir seul dans le salon, tandis que l'on servait le plat de résistance.

Pendant un moment, ils ne furent que six à table, à raconter des anecdotes et à faire plus ample connaissance. Max voulut savoir si Phoebe avait un chien, ce qui laissa d'abord la jeune femme sans voix. Tom lui expliqua que les anciens combattants aveuglés par les gaz dans les tranchées pouvaient désormais se promener sur les trottoirs les plus encombrés, guidés par un chien dressé.

En mangeant la salade, on se demanda si cette innovation était prudente ou même convenable. Quand Max lui apprit qu'en Allemagne les aveugles pouvaient emmener leur compagnon à quatre pattes dans les transports en commun, Phoebe annonça qu'elle allait faire l'acquisition d'un chien, et elle espérait bien qu'il serait imprudent et sans gêne, avec un nom comme Brutus ou Dingo, car elle n'aimait que ce genre-là.

Les éclats de rire furent soutenus par les chœurs du *Messie* de Haendel, qui provenaient du salon. Philo reprit sa place à table comme si de rien n'était, Tom cria « Alléluia ! » et passa une main dans les cheveux du jeune inventeur.

Carter resta encore une heure assis avec ses amis. Un verre de vin, la musique en fond sonore, une femme dont il prenait de temps à autre la main sous la table : c'étaient là les derniers instants de détente qu'il s'autorisait ce soir. Selon une règle bien connue dans le métier, tout magicien qui s'ouvrait à l'amour s'exposait à commettre des erreurs fatales.

♣ ♦ ♥ ♠

Juste avant de quitter Denver, Griffin envoya un paquet recommandé à son avocat à Bethesda, avec instruction de l'ouvrir s'il ne donnait pas signe de vie pendant plus d'une semaine. Ce colis contenait toutes ses notes sur l'enquête Carter, y compris la mise en cause de ses supérieurs, qu'il soupçonnait de protéger le magicien. Il avait griffonné au bas de la dernière page : « La bouteille de vin ci-jointe apparaît sur les photos non retouchées de l'*Examiner*. Son étiquette est un puzzle visuel cabalistique qui, sous un certain angle, révèle le nom du négociant (Charles Carter), sa profession (magicien), ses domiciles (San Francisco, Oakland) et autres éléments sans rapport avec l'enquête. Mes recherches confirment qu'il est devenu propriétaire d'un vignoble dans le comté de Napa en décembre 1897, au cours d'une vente aux enchères. Le témoin Alhino a vu un homme (probablement Carter) livrer ladite bouteille à Harding le soir de sa mort. »

Griffin était obligé de concéder qu'il s'agissait d'une bouteille de vin tout à fait ordinaire. Aucune trace de poison. Néanmoins elle semblait prouver la présence de Carter dans la suite présidentielle, chose que le magicien s'était bien gardé de mentionner. Certes, cela ne suffisait pas à le faire condamner, mais Griffin était persuadé que, confronté au suspect, il pourrait lui arracher des aveux.

Il était censé se présenter au rapport à six heures du matin. Il téléphona à la gare de Northern Line pour réserver un aller simple sur l'express de neuf heures quinze, au nom de Jack Griffin. Quand les agents se présentèrent à la gare, ils surveillèrent en vain le guichet : Jack Griffin ne vint jamais réclamer son billet. Toutefois, un porteur de Pullman leur apprit qu'un certain Jack Griffin était monté à bord du train de sept heures vingt-cinq, muni d'un billet pour La Nouvelle-Orléans.

Les autorités de chaque arrêt furent mises en alerte, des agents mobilisés, mais peine perdue. Jack Griffin avait pris récemment quelques leçons en matière de fausses pistes : il débarqua du train de sept heures vingt-cinq au premier arrêt et fit deux kilomètres à pied jusqu'à un aérodrome sur lequel il n'y avait qu'un petit avion à moteur, un Jenny. Il entra dans les locaux, réveilla le pilote qui dormait sur un lit de camp et lui demanda combien de temps il lui fallait pour rallier San Francisco. Dans un demi-sommeil, le pilote se lança dans un discours sur la sécurité des vols aériens et sur les nombreuses missions de combat qu'il avait effectuées en France – tous les pilotes de Jenny débitaient la même histoire, qui n'avait d'autre objectif que d'extorquer une plus forte somme à leurs passagers. Il ne s'interrompit qu'en voyant Griffin compter les billets de dix dollars.

– On y sera en début de soirée.

CHAPITRE 5

Le chauffeur de Carter le déposa devant l'entrée des artistes de l'Orpheum à dix-huit heures trente. Il commença par expédier les affaires courantes, car un groom l'attendait sur le trottoir avec une longue liste de récriminations. Les filtres rouges dont on se servait sur la rampe ne projetaient pas les mêmes ombres que pendant les répétitions. Un tuyau qui passait au-dessus de la scène avait choisi ce moment pour se mettre à fuir. Le lion montrait des signes de nervosité. Cléo avait des doutes sur son rôle dans l'illusion égyptienne : pouvait-elle essayer la méthode dite de Stanislavski ?

Intrigué par cette dernière requête, Carter demanda à l'intéressée des explications, tout en supervisant le bourrage de fleurs en papier dans un cône :

– C'est simple, dit-elle, avec un accent exotique plus marqué que quelques heures auparavant. Je ne joue pas une princesse égyptienne – je *suis* une princesse égyptienne.

– Je vois. Je n'ai aucune objection.

– C'est une question de crédibilité.

– Parfait.

Cléo s'éloigna d'une démarche altière. Le régisseur s'approcha :

– Monsieur Carter. Le lion...

Le magicien alla trouver Baby, qui en effet semblait plus agité que d'habitude. Il lui dispensa des paroles de réconfort et quelques pommes de terre au four préparées par James.

On colmata la fuite au-dessus de la scène, on changea les filtres et, malgré les nouveaux pépins qui ne cessaient de surgir, Carter commença à se retirer mentalement dans un lieu paisible où rien ne pouvait l'atteindre.

Il convoqua Albert et Esperanza pour leur dire que la troupe allait devoir improviser l'entrée du Diable sans la télévision, au tout début du troisième acte. L'interlude suivant le deuxième acte serait donc plus long que d'habitude. Accepteraient-ils de présenter leur numéro de jonglage *Nuit de Chine* sur l'avant-scène ? Ils se montrèrent ravis. Mais Carter avait-il du papier flash ? Il leur dit d'aller en demander à Ledocq.

Celui-ci vint ensuite se plaindre de ce changement de dernière minute : le papier flash dont il disposait était très volatil, il avait tendance à s'enflammer tout seul. Voulait-on réellement courir le risque qu'Albert prît feu ? Tout en prêtant attention à la conversation, Carter écoutait les musiciens de l'orchestre – qu'il payait soixante-dix dollars de l'heure – en train d'accorder leurs instruments et de feuilleter leur partition.

Dehors, des gamins agitaient des cloches et faisaient les cent pas devant le théâtre, les épaules chargées de panneaux publicitaires sur lesquels était collée l'affiche de *Partout*. Massé sur le trottoir, le public de la première trépignait en attendant l'ouverture des portes. Parmi les quelques centaines de personnes arrivées en avance, se trouvaient des messieurs qui portaient un diamant à la boutonnière, accompagnés de leurs femmes, la main sur leur collier de perles pour décourager les éventuels voleurs à l'arraché.

Plusieurs amuseurs publics avaient posé leur chapeau sur le trottoir : Nessie, l'accordéoniste aveugle qui ne manquait jamais une première, et un jeune vagabond, qui se proclamait prince de la Cloche et déclamait des tirades de Shakespeare.

Les billets de faveur de Carter avaient fait beaucoup d'heureux : le capitaine Willow, qui tanguait sur le trottoir au bras de sa femme ; Max Friz, qui arriva en compagnie de Philo Farnsworth et de Mme Ledocq ; Jossie Dover, éblouissante dans son smoking ; M. et Mme Chong, dont les jumelles devaient jouer un petit rôle dans le spectacle. MM. Davie et Rolph, respectivement maires d'Oakland et de San Francisco, prirent soin de ne se saluer que de loin et, après quelques simagrées de politesse, essayèrent chacun de déterminer qui des deux était le mieux placé.

Au coin de la rue, dans l'allée voisine du théâtre, que l'on avait maintenue dégagée pour l'arrivée du matériel et des animaux, les jeunes pompistes de la station Shell fumaient des cigarettes et buvaient du gin avec leurs cavalières rencontrées dans le cimetière, des élèves de Mills, en collants plissés et chapeau cloche.

– Pour sûr que je connais M. Carter, leur disait Jimmy. C'est un type réglo : il me raconte comment il fait ses tours.

– Arrête ! firent les filles en chœur.

Une double file de taxis déposaient leurs passagers sous la lumière de la marquise. Parmi eux se trouvaient des représentants du ministère de la Guerre, qui jetaient un œil noir aux cadres de RCA et de Westinghouse. Le bruit avait déjà couru que les plans de la télévision étaient détruits, mais on avait chargé des sous-fifres de vérifier que Carter était bien bredouille. D'un côté de l'entrée, il y avait une file d'enfants malades accompagnés de leur infirmière, et de l'autre, les possesseurs de billets à cinquante cents, qui évoquaient entre eux les spectacles des saisons précédentes, comparaient Carter aux stars du cinéma et se demandaient s'il avait vraiment tué le Président, ou si c'était un coup de la veuve Harding, des affairistes ou des communistes. Un débat vieux comme *Le Canon de la Guerre fantôme* ne manqua pas de surgir : Carter était-il une figure plutôt flamboyante ou tragique ? Était-il toujours aussi bon magicien depuis la mort de sa femme ?

À sept heures et demie, Carter effectua une dernière tournée d'inspection, sur scène et en coulisse, puis il alla s'enfermer dans sa loge. La routine était bien en place depuis des années et les ultimes préparatifs devaient l'occuper jusque deux minutes avant le spectacle.

Il se déshabilla et enfila son costume de scène, suspendu à une patère au-dessus de la coiffeuse. Il voulut s'asseoir mais se redressa aussitôt, surpris par le moelleux du fauteuil. Il eut une exclamation de joie en découvrant un grand coussin de soie, s'extasia un moment sur les menus plaisirs de la célébrité, puis se rassit, la trousse de maquillage ouverte devant lui. Ombre à paupières, crayon à sourcils. Il dessina des points rouges aux coins de ses yeux, afin que ceux-ci ne disparaissent pas complètement sous l'éclairage, et appliqua le fard gras, sans forcer la dose. Vint ensuite son arme secrète, la crème Société de chez Max Factor, quasiment invisible, qui n'avait pas été conçue spécialement pour la scène et dont la plupart des magiciens ignoraient l'existence. Le public ne verrait même pas qu'il était maquillé.

Il vérifia les poches de sa veste, prêt à recoudre ou à couper le moindre fil qui dépassait. Mais tout était en place, il ne manquait pas un bouton de guêtre. Il noua sa cravate, sans trop la serrer, puis ajusta son turban. Ses mains tâtèrent les plis de damas, pour s'assurer que les trésors qui y étaient cachés ne risquaient pas de tomber inopportunément.

Il allongea les bras d'un coup sec pour remonter ses manches et contempla son reflet dans le miroir : un homme d'allure tout à fait ordinaire, dont on ne pouvait attendre des miracles.

La pendule indiquait à peine huit heures moins le quart. Carter s'était préparé trop vite, il n'avait plus qu'à se tourner les pouces pendant un quart d'heure. Aussitôt, une bouffée d'angoisse enfla sa poitrine. En guise de remède, il laissa échapper un long soupir et posa les talons sur la table de maquillage, dans une attitude qui se voulait désinvolte. Il s'abandonna un moment à la nostalgie : depuis quand n'avait-il pas revu cette loge ? Cela devait remonter à quatre ou cinq ans. Il avait tenu deux fois la tête d'affiche avec la tournée du Keith-Orpheum. Et en 1911, quelle représentation mémorable ! Il se souvint que ses parents étaient venus l'embrasser avant l'illusion *Chantage*.

Ils n'étaient pas là ce soir. En fait, il aurait été incapable de dire quand ils avaient assisté à son spectacle pour la dernière fois. Voilà neuf mois, ils avaient failli se croiser lorsqu'il était de passage à Rio. Carter haussa les épaules : il fut un temps, très lointain, où il désirait impressionner ses parents. À présent, il pouvait toujours compter sur James et sur Ledocq, et une histoire d'amour naissante occupait toutes ses pensées : avait-on moins besoin de ses parents en vieillissant, ou apprenait-on simplement à les remplacer ?

La scène devait être déserte à présent. Il pouvait y aller. Il fit un brin de rangement, éteignit la lumière et ferma la porte de la loge. Il croisa plusieurs machinistes en longeant le couloir et garda la tête baissée. Puis il tomba sur Ledocq.

– C'est l'heure de se mettre au boulot.

– Tu as ton portefeuille ?

Carter tâta sa poche de pantalon.

– Oui.

– Bien. Il faut toujours emporter son portefeuille sur scène.

Après cet échange rituel, Ledocq l'encouragea d'une tape dans le dos.

En traversant la scène, Carter sentit l'emplacement des trappes, qui cédaient légèrement sous son poids, et les endroits qui avaient été au contraire renforcés. Il se plaça pile au centre, sur une croix dessinée au ruban adhésif. Il sourit en découvrant qu'Albert avait inscrit à côté : « Ici se tient le Grand Patron. » Dans son dos, il n'y avait que le rideau de fond et, devant lui, deux pans de velours rouge qui allaient s'ouvrir incessamment.

Le magicien profita de ces derniers instants de solitude, tandis que l'orchestre jouait un pot-pourri de valses et de mélodies populaires, auquel se mêlait la rumeur du public. Il résista à l'envie de faire craquer ses doigts.

– Charles.

C'était la voix de Phoebe. Il lui fallut un moment pour la localiser – elle se tenait en coulisse, côté cour. Dans la salle, les musiciens venaient de conclure une valse. Des applaudissements retentirent, qui provenaient sans doute des deuxième et troisième balcons, où les spectateurs ne craignaient jamais d'exprimer leur enthousiasme.

En quelques enjambées, il fut auprès de la jeune femme.

– Je vous embrasserais bien pour vous souhaiter bonne chance, dit-elle, mais votre maquillage est repoussant. C'est bien Société de Max Factor que je sens ?

– Chut.

– Vous avez essayé Helena Rubinstein ?

Il l'écoutait d'une oreille distraite, se demandant s'il avait bien pris un jeu de cartes. Il tâta sa poche de veste et fut aussitôt rassuré.

– Il y a un numéro dangereux dans votre spectacle ?

– Vous m'avez déjà posé la question. Ils sont tous dangereux.

– Non, je veux dire, vraiment dangereux.

Il regarda par-dessus son épaule. Depuis quand l'orchestre avait-il entamé l'ouverture ? Il ne lui restait qu'un court instant avant le lever du rideau.

– À huit heures et quart, on tente de me poignarder et à huit heures vingt-cinq...

– S'il vous plaît, taisez-vous ! Je n'aime pas vous entendre parler ainsi.

– Voyons... Le numéro le plus dangereux, c'est sans doute celui où j'attrape une balle avec les dents.

– Pourquoi ?

L'ouverture atteignait son point culminant. Plus que trente secondes.

– Plusieurs hommes sont déjà morts en scène. Il y a un revolver chargé, mais on lui substitue une arme qui tire des balles à blanc. La méthode est sûre à cent pour cent.

– S'il vous plaît, renoncez à ce numéro.

– Il n'y a aucun risque, Phoebe.

Il lui toucha le bras.

– Je vous assure, je ne cours aucun danger.

Elle l'enlaça.

– Je ne vous lâche pas tant que vous n'aurez pas au moins reconsidéré votre décision.

Les yeux de Carter allèrent de Phoebe au rideau rouge. Le numéro en question durait à peine deux minutes, en fin de troisième acte. À vrai dire, c'était un tour qui sentait le réchauffé, simple reprise de la saison précédente.

– Je peux le laisser tomber.
Phoebe le relâcha.
– Merci. Je vous revaudrai ça.
– Ah oui ? Et comment ?
– La musique s'est arrêtée, sourit-elle.

CHAPITRE 6

La salle fut plongée dans les ténèbres et un projecteur unique se concentra sur le rideau rouge. Le cercle de lumière se rétrécit peu à peu, dans un frémissement de cymbales, puis, pour la première fois depuis le début de la décennie, le grand rideau rouge du théâtre Orpheum s'ouvrit.

Le halo tomba sur des planches vides. Carter le Grand vint en catastrophe se placer sur sa marque, avec de légères courbettes en direction du public, tandis que l'orchestre jouait les traditionnelles mesures de *Pomp and Circumstance*.

Avant de prendre la parole, le magicien embrassa la salle du regard. Rarement il avait éprouvé des sensations aussi fortes lors d'une première. *Est-ce que j'ai trop chaud ? Non. Trop froid ? Non plus*... Il s'efforça de mettre un nom sur le trouble qui le déstabilisait puis il s'aperçut que le plus étonnant, c'était précisément cet afflux de sensations. La proximité de Phoebe y était pour beaucoup : cela faisait des années que personne ne l'avait ainsi guetté en coulisse. Et puis là, au fond de la salle, il aperçut des fauteuils vides. Cette vision qui aurait dû l'inquiéter lui donna un étrange coup de fouet, comme si son devoir de distraire le public s'en trouvait décuplé.

Les applaudissements se turent.

– Mesdames et messieurs, merci d'être ici ce soir.

Le rideau rouge se referma derrière lui, l'isolant sur l'avant-scène.

– Ce théâtre est immense, et il mérite les attractions les plus spectaculaires, des illusions dont la mise au point a coûté des milliers de dollars. Je vous invite donc tous à admirer un numéro extraordinaire, inouï, qui va littéralement vous stupéfier. Mesdames et messieurs, je vous présente... un jeu de cartes !

Il brandit dans sa main droite un paquet de cartes vertes, de marque Bicycle. Cet effet de manche disproportionné fut accueilli par un silence perplexe.

– Y a-t-il un volontaire parmi vous ?

Carter choisit un homme au quatrième rang, sur l'aile gauche, qui monta sur scène avec l'assurance du propriétaire.

– Bonsoir, monsieur. Comment vous appelez-vous ?

– Patrick Smyth, avec un y.

– Monsieur Smyth avec un y, veuillez choisir une carte. N'importe laquelle, bien sûr. Ne me la montrez pas. Merci. Maintenant, veuillez la remettre dans le paquet. Parfait.

Une seconde plus tard, Carter exhiba un neuf de pique.

– Est-ce bien votre carte ?

– Oui.

– Merci beaucoup, dit Carter.

Il exécuta une profonde révérence, sans commune mesure avec la difficulté du tour. Les applaudissements firent à peine plus de bruit que le froissement d'un journal dans la brise. Carter se redressa et contempla la salle, le sourcil froncé.

– Les spectateurs n'ont pas l'air emballé, dit-il à M. Smyth.

Celui-ci secoua la tête.

– Et pourtant, c'est mon métier de les épater, reprit le magicien, feignant la perplexité.

– En effet.

– Ce tour était trop simple, c'est ça ?

– Il ne cassait pas trois pattes à un canard...

Carter se félicita de son choix : le volontaire avait la critique facile. Il entreprit alors de battre les cartes, songeur.

– Le public s'imagine peut-être que nous sommes de mèche. Il paraît que les magiciens ont recours à des complices. Monsieur Smyth, nous sommes-nous déjà rencontrés ?

– Non.

– Est-ce que je vous ai payé ?

– Non.

– M'avez-vous déjà croisé dans la rue ? Regardez, voilà de quoi j'ai l'air.

Il se tourna de profil.

– Jamais.

– Je ne suis pas tout à fait convaincu. J'aurais pu vous payer pour dire ça.

– Je suis un homme de parole.

– C'est bien le problème. Si je devais choisir un acolyte, ce serait forcément un homme de parole. Comment être sûr que vous ne mentez pas ? Je peux difficilement espérer séduire le public exigeant de San Francisco tant qu'il ne sera pas fixé sur la présence d'éventuels complices dans la salle.

Puis, se caressant le menton :

– Il faut absolument faire le tri.

Il claqua des doigts.

– Monsieur Smyth, vous pouvez partir, merci. Veuillez applaudir l'homme qui prétend ne pas être de mèche avec moi.

M. Smyth regagna sa place à contrecœur.

– Mesdames et messieurs, veuillez avoir l'obligeance de regarder sous vos sièges. Et cela vaut pour tout le monde. L'un de vous va trouver cinq mille dollars en or.

Cette dernière phrase était improvisée. Il imagina son frère James, quelque part en coulisse, en train de feuilleter avec angoisse son livre de comptes. Dans le public, des murmures s'élevèrent, suivis de quelques cris de surprise lorsque les doigts rencontrèrent en effet un objet caché sous les fauteuils.

– Pardonnez-moi. Est-ce que j'ai parlé de cinq mille dollars ? Je voulais dire un paquet de cartes.

Il y eut un grondement général et quelques éclats de rire. Carter revint alors à son boniment :

– Vous remarquerez que ce paquet est moins épais que d'ordinaire. Tenez-le à bout de bras. Merci.

C'était un spectacle plutôt réjouissant, de voir ces deux mille mains qui brandissaient un jeu de cartes. Il pria ensuite les spectateurs d'ouvrir le paquet et d'en sortir les vingt et une cartes qui s'y trouvaient.

– Ce sont des cartes parfaitement normales, à part le portrait de magicien au turban qui figure au dos. Il a été dessiné par M. Leonetto Cappiello, de Paris.

Quand tous les spectateurs lui eurent obéi, il leur demanda de choisir une carte.

– Et surtout ne me la montrez pas. Vous, monsieur, rangée S, cinquième fauteuil, je vois votre carte ! Bon, très bien, je vais fermer les yeux.

Carter se noua un bandeau noir derrière la tête.

– Maintenant, remettez la carte dans le paquet, exactement au milieu. Autrement dit, sous la dixième carte. Merci. Ce soir, je vais vous obliger à faire un peu de mathématiques. Rassurez-vous, rien de trop difficile. Coupez le jeu en deux.

Il tendit deux doigts.

– Deux piles. Voilà pour le calcul.

À travers la salle, les spectateurs baissèrent la tête et suivirent ses instructions. Ils eurent bientôt deux piles en main ou sur les genoux.

– En fait, nous n'en avons pas tout à fait fini avec l'algèbre : enlevez trois cartes du dessous... et maintenant cinq cartes du dessus.

Il continua ainsi à diriger la manœuvre. La salle bruissait de spectateurs en train de compter, d'écarter et de mélanger les cartes. Mais au troisième balcon, un homme chauve accueillait chaque nouvelle consigne comme s'il s'agissait d'un ordre aboyé par un garde-chiourme. On l'entendit grommeler « oh, la barbe... » et ses voisins finirent par le prier de se taire.

– Et maintenant, voici le moment de vérité. Retournez la première carte. Regardez-la. Est-ce bien la vôtre ?

Un peu partout, des exclamations de surprise se firent entendre, comme des pépiements d'oiseaux dans une clairière. Carter venait de mener par le bout du nez tous les spectateurs, à une exception près. Il ôta son bandeau. Quelque deux mille cartes s'agitèrent en l'air, formant un parterre de fleurs blanches, rouges et noires, tandis que le public échangeait des regards incrédules : « Comment est-ce possible ? »

– J'ai bien trouvé la carte de chacun d'entre vous ? sourit Carter. Alors c'est ce que je pensais. La preuve est faite : vous êtes tous mes complices.

Au balcon, le grand chauve donna un coup de coude à sa voisine de droite.

– Quel crâneur !

– Chut !

– Vous ne trouvez pas que c'est un crâneur ?

– Excusez-moi, monsieur.

Un ouvreur en livrée braqua sa torche électrique sur le visage de l'inconnu.

– Vous pouvez me suivre, je vous prie ?

– J'ai payé ma place. Cinquante cents.

– Veuillez me suivre, je vous prie.

L'ouvreur écarta le pan de sa veste, révélant un nerf de bœuf.

L'homme se leva, et constata que l'ouvreur faisait exactement sa taille, soit largement au-dessus du mètre quatre-vingts.

– Très bien, je vous suis.

Il remonta toute la rangée en écrasant au passage les pieds des spectateurs. L'ouvreur lui saisit le bras. L'homme le toisa du regard.

– Je vous conseille d'ôter votre sale patte.

L'ouvreur ne répondit pas, entraînant le gêneur dans la coursive, qui était sombre et séparée de la salle par un rideau. Sur la droite, un escalier conduisait au foyer, ou sur le toit.

– Qui dans la salle aimerait apprendre un tour de magie ? demanda Carter.

Il se tourna vers les enfants malades. Avant le spectacle, les infirmières lui avaient signalé lesquels étaient assez robustes et mobiles pour monter sur scène. Beaucoup levèrent la main en poussant des cris enthousiastes. Il s'efforça de repérer les voix qui porteraient le plus loin.

À sa grande joie, il entendit un gamin qui avait un timbre rocailleux – comme celui d'un gangster. Il lui fit signe de le rejoindre sur les planches.

– Comment t'appelles-tu ?

– Jack.

C'était un petit dur à cuire d'environ sept ans, les poings enfoncés dans les poches de son pantalon, qui jaugea Carter d'un œil averti : on aurait dit qu'il s'apprêtait à miser sur un combat de chiens.

– Jack, à ton accent, je parierais que tu viens de New York.

– Faux. De Brooklyn.

Le public éclata de rire. Jack leur jeta un regard noir, comme s'il mémorisait leurs visages en vue de se venger.

– Quel bon vent t'amène à San Francisco, Jack ?

– C'est rapport à mon asthme.

Nouveaux éclats de rire, que Carter jugea cette fois indésirables. Il avait créé ce numéro pour apporter du bonheur à un enfant et il lui fallait inverser la tendance en faveur de Jack.

– Je vais te montrer un tour de magie pour te faire oublier un peu cet asthme. D'accord ?

Phoebe Kyle écoutait, debout en coulisse. Sur scène, Carter apprenait au petit garçon à tenir un jeu de cartes « comme un vrai magicien ». Mais Jack avait beau essayer, il n'arrivait pas à faire surgir une carte du paquet. Au moment où il allait s'énerver, Carter le consola en lui disant que la magie exigeait beaucoup de pratique et de persévérance.

– J'ai confiance en toi. Il faut t'entraîner et t'entraîner encore, jusqu'à en avoir des crampes dans les doigts.

Phoebe entendit des pas légers approcher dans son dos. Comme il y avait eu beaucoup de mouvements en coulisse toute la soirée, elle n'y prêta pas grande attention, jusqu'à ce qu'une main lui touchât le coude.

– Vous êtes Phoebe Kyle ? souffla un jeune homme. Western Union. Un télégramme pour vous.

– Un télégramme ? Pour moi ?

– C'est M. Ledocq qui m'a dit où vous trouver.

Il lui remit un papier entre les mains.

– Que dit ce télégramme ?

Il haussa les épaules.

– Je n'ai pas le droit de le lire, m'dame.

– Désolée, mais je suis aveugle. Tenez, vous pouvez me le lire ?

Un bruissement de papier.

– Euh... Il doit y avoir une erreur, m'dame. La page est blanche.

Il lui rendit le télégramme.

– Désolé, m'dame.

Il pivota sur ses talons et s'éloigna.

– Jack, dit Carter sur scène, je crois que tu es prêt pour l'étape suivante.

De nature volontiers superstitieuse, Phoebe était profondément troublée à l'idée qu'on lui eût envoyé un télégramme vierge. Elle le tenait comme une enveloppe pleine de scorpions puis, avec hésitation, elle toucha le papier du bout des doigts. Ce qu'elle découvrit l'effraya encore plus : la page n'était pas blanche. Elle était rédigée en braille.

– Tu sais, Jack, les tours de cartes sont sans doute les plus difficiles à maîtriser. Passons à un numéro que tu peux réaliser tout de suite, et à la perfection. Qu'en dis-tu, fiston ?

Jack hocha la tête. Son visage fermé n'avait pas encore esquissé le moindre sourire. En préparant de nouvelles illusions pour ce spectacle, Carter avait d'abord pensé à un scénario où deux garçons isolés par une tempête de neige trompaient leur angoisse en apprenant des tours de magie, mais l'inspiration autobiographique, même maquillée en divertissement, ne donnait jamais de résultats très probants. Il n'avait donc gardé que l'essentiel, c'est-à-dire son désir, étant petit, de réaliser des tours extraordinaires, le plus rapidement possible. Il avait alors conçu un numéro capable de transformer instantanément tout enfant en magicien.

Un assistant coiffé d'un fez – Albert – apporta une table sur laquelle se trouvait un sac en velours.

– C'est le tour de magie le plus facile à réaliser pour un débutant.

Carter ouvrit le sac puis en brandit le contenu à deux mains.

– Le lancer de couteaux sur une cible vivante.

Le rideau se leva sur un décor censé représenter le bureau de Carter : des rayonnages de livres, l'armure qui figurait déjà dans son spectacle précédent, des gravures anciennes et des trophées de chasse accrochés aux murs. À l'extrême gauche, sur un secrétaire, se dressait une chouette empaillée. Derrière le secrétaire, on reconnaissait les portraits de plusieurs confrères magiciens.

Carter ôta sa veste et la suspendit à un portemanteau, pendant que Willie roulait sur scène un panneau sur lequel étaient peints des lutins et des diables.

– Jack, voici tes couteaux. Je vais me tenir ici et tu vas les lancer sur moi.

Il se plaça devant le panneau, les jambes écartées et les poings sur les hanches. Au centre de la scène, Jack semblait ne pas savoir ce qu'on attendait de lui. La table où étaient alignés les couteaux se trouvait juste derrière lui. Il prit une longue inspiration, avec un terrible sifflement d'asthmatique.

Tout à coup, Carter s'exclama :

– Mais où avais-je la tête ? Désolé, Jack, je ne t'ai pas assez préparé à cette épreuve, n'est-ce pas ?

Il vint s'agenouiller devant le jeune garçon.

– Ce numéro aurait pu devenir dangereux si j'avais oublié ceci.

Il tira de sa poche un bandeau qu'il montra au public. Celui-ci gronda, hésitant entre le rire et l'effroi. Carter en profita pour souffler à l'oreille de son jeune associé :

– Tu ne me feras aucun mal. Quoi qu'il arrive, c'est de la magie. Tu as ma promesse.

– D'accord.

Jack lui adressa un regard empreint de confiance. Pour un peu, Carter l'aurait pris dans ses bras. Il se contenta de lui nouer le bandeau noir sur les yeux. Puis il alla reprendre la pose et, semblant s'apercevoir que Jack ne pouvait plus trouver les couteaux, il claqua deux fois dans les mains. L'assistant coiffé d'un fez vint se poster à gauche du jeune garçon.

– Laisse Albert guider ton bras, cria Carter.

La main d'Albert enveloppa celle de Jack, qui tenait le manche du couteau. L'enfant arma le bras une fois, deux fois, puis, avec la vivacité d'un joueur de base-ball, il lança le poignard en direction de Carter. On entendit un bruit mat. Un projecteur balaya la scène... et on constata que le premier couteau de Jack avait largement manqué sa cible, pour venir frapper la photo de Thurston, en plein front. Un grand éclat de rire secoua les premières travées.

– Albert, rassure-moi, ce sont bien les couteaux magiques ? appela Carter.

On donna une nouvelle chance à Jack. Toujours guidé par Albert, le deuxième lancer atteignit cette fois le panneau contre lequel se tenait Carter, entre le coude et le torse. Le magicien fut le premier à applaudir.

– Très bien. Continue !

Les quatre lancers suivants se fichèrent à l'extérieur du genou, entre les deux jambes, au-dessus de l'épaule gauche, et le dernier creva un ballon que Carter tenait entre les dents. Chaque impact était ponctué de clameurs dans la salle. Elles s'apaisaient peu à peu, à l'exception d'un spectateur dans les fauteuils à sept dollars qui riait à s'en décrocher la mâchoire, les joues écarlates, au point que Carter finit par l'apostropher :

– Monsieur, j'ignore qui vous êtes, mais à partir d'aujourd'hui, vous êtes invité à toutes les représentions.

À la fin du numéro, Jack ne semblait pas disposé à quitter la scène. Sachant que ce genre de facétie plaisait toujours aux enfants, Carter lui fit confectionner un gâteau dans le chapeau d'un spectateur. Un nuage de farine se répandit sur le public, à la plus grande joie des amis de Jack.

Pour le final du premier acte, on roula sur scène un piano droit. Ce numéro avait vu le jour grâce à l'entêtement de Carter, Ledocq considérant pour sa part que c'était pure folie. « Si tu mets un piano sur scène, il faut le faire disparaître ! s'obstinait-il. Et pas le... » Il levait les bras en l'air comme pour décrire une explosion de pop-corn. « C'est la catastrophe ! »

Le piano une fois en place, Carter demanda à Jack s'il savait en jouer.

– Non.

– Tu es sûr ? Tu n'as jamais pris de cours ?

Jack secoua la tête.

– Mais as-tu jamais joué d'un piano magique ? Non ? Viens, assieds-toi sur ce banc. Tu peux atteindre les pédales ?

Ses pieds se balançaient à au moins trente centimètres du sol.

– Contente-toi de poser les mains sur le clavier. Vas-y, essaie.

Jack enfonça quelques touches avec hésitation. Le résultat n'avait rien de magique.

– Merci. Maintenant, sois gentil, joue-nous quelque chose. Disons un morceau lent. Vas-y, je t'en prie.

Jack appuya sur les touches et leva des yeux stupéfaits lorsque le piano fit entendre les sons les plus mélodieux. Un nocturne.

– Hé ! s'exclama-t-il, le visage rayonnant.

– Très bien. C'est du Chopin, je me trompe ?

– Ah bon ?

– Continue.

Carter lui demanda une valse puis un ragtime, qu'il joua à la perfection. Alors que le public commençait à entrevoir la fraude, Carter ouvrit le panneau pour montrer qu'il n'y avait pas de rouleau perforé : il ne s'agissait pas d'un piano mécanique.

– Une requête dans la salle ?

On sollicita un air d'Irving Berlin, une marche militaire et une sérénade, puis un spectateur proposa du Liszt. Quand le piano se mit à jouer cette *Bénédiction* que Sarah avait interprétée pour lui voilà bien longtemps, Carter se trouva soudain immergé dans le passé. Il vit deux jolies filles qui montaient l'escalier au pas de course, main dans la main, il sentit un chien poser sa tête sur ses genoux... De retour au présent, il jugea que la démonstration avait assez duré.

– Jack, tu es devenu un virtuose en l'espace de vingt minutes, alors qu'il faut compter vingt ans normalement.

Willie lui apporta une cape en velours violet.

– Tu vas bientôt rejoindre tes camarades, et le monde de la magie n'aura pratiquement plus de secrets pour toi. Mais il te reste un talent à développer avant de songer à me détrôner...

– Je peux relancer les couteaux ?

– Sache qu'un bon magicien ne répète jamais le même tour. Non, il faut toujours créer la surprise. Tiens, par exemple...

Il agita la cape d'un coup sec, faisant tomber une pluie de pétales sur les planches, puis il la tint sur le côté, dans la posture du toréador. Quand il l'écarta, le public découvrit une jolie jeune femme vêtue d'une robe bleue à paillettes qui s'arrêtait sous le genou – pas au-dessus du genou, car Carter ne mangeait pas de ce pain-là. Elle salua le public, un large sourire aux lèvres.

– Tu vois, Jack, c'était inattendu. Je suis sorti de l'ordinaire. Voici mon assistante, Madame Esperanza.

Carter lui prit la main et la fit parader sur l'avant-scène.

– Maintenant, jeune homme, retourne au piano, ouvre le banc et rapporte-moi ce qu'il y a dedans.

Jack s'exécuta sous le regard du public. Il dut s'y prendre à deux mains mais finit par retirer une énorme scie presque aussi haute que lui, un de ces passe-partout que les bûcherons manient à deux.

Lorsqu'il la brandit à bout de bras face au public, l'une des poignées touchait encore le sol.

Carter la lui prit des mains et la mit debout. Ils formaient une brochette disparate sous les feux de la rampe : Jack, Carter, la scie et Esperanza.

– Jack, que ferait un magicien ordinaire avec cette scie ?

– Il couperait la dame en deux.

– Exactement ! Souviens-toi qu'il faut toujours sortir des sentiers battus. C'est la règle.

Carter eut une pensée reconnaissante pour sa mère, qui lui avait toujours interdit de scier une femme en deux : cela l'avait contraint à imaginer un numéro beaucoup plus intéressant. Il expliqua au public que de nombreux magiciens s'amusaient à faire disparaître des pianos, au point que c'en était devenu parfaitement banal, là aussi. Mais tronçonner un piano en deux, voilà qui était original !

– Premièrement, confions la scie à Willie.

L'assistant entra sur scène et s'empara du passe-partout.

– Deuxièmement, nous allons nous assurer que Madame Esperanza ne risque rien. Dis au revoir, Esperanza.

Toujours souriante, la jeune femme salua le public. Carter la couvrit de sa cape, qu'il retira aussitôt. Le mouvement n'avait pas duré une demi-seconde, mais Esperanza s'était envolée. La salle applaudit le tour de force, tout en se réservant pour la suite.

Willie se mit en position à gauche du piano.

– À présent, Jack, j'ai besoin de ton aide. Tu vas tenir cette baguette magique. Mets-toi là. Recule de quelques pas. Parfait. Maintenant, regarde-moi bien. À mon signal, tu donneras un coup de baguette, compris ?

Jack hocha la tête, très concentré. Carter sentit qu'il venait d'éveiller une vocation de magicien. Willie hissa la lame dentée en travers du piano.

Devant un public haletant – allait-il réellement scier en deux cet instrument ? – Carter prit place en face de son acolyte et tous deux attaquèrent avec ardeur la caisse en bois. Des gerbes de copeaux jaillirent aussitôt sous la lumière des projecteurs.

C'était un spectacle si saugrenu, de voir ces bûcherons maladroits s'échiner ainsi, en se balançant d'avant en arrière, que le public éclata de rire. Le doux bourdonnement de la scie se transforma en grincements stridents lorsque les dents grignotèrent le cadre métallique et les chevalets. Le vacarme devint bientôt infernal : claquement aigre des cordes cisaillées, effondrement des rampes de marteaux, puis ce fut le tour du clavier, avec le jaillissement de débris en ivoire. Quand la lame atteignit les pédales, les rires s'étaient déjà mués en applaudissements et en vivats frénétiques. Et lorsque le piano fut entièrement séparé en deux, ses entrailles exposées à la lumière des projecteurs, l'Orpheum explosa.

Carter se tourna vers la salle, en résistant à l'envie de s'essuyer le front, que cet exercice avait couvert de sueur. Vue du public, cette mise en coupe réglée apparaissait aussi destructrice que jubilatoire. Sous les sifflets et les acclamations, le visage du magicien s'éclaira soudain. Ledocq s'était trompé, faute d'avoir pris en compte un élément tout simple : si Charles Carter avait tant détesté les leçons de piano de son enfance, il y avait de fortes chances pour que ce sentiment fût partagé par la majorité de ses compatriotes.

Il jeta un grand drap sur le piano, une pièce de soie qu'il avait choisie tout spécialement car elle tombait en place avec mollesse, sensible au moindre courant d'air.

– Jack, vite, ta baguette magique !

L'enfant agita sa baguette et Carter retira le drap d'un coup sec : assise sur un piano comme neuf, Esperanza plongeait à pleines mains dans un panier rempli de pétales de rose, qu'elle lança en direction de la salle enthousiaste. Les spectateurs se levèrent pour applaudir, tandis que l'orchestre entamait le refrain de *Roses, Glorious Roses*.

Le rideau tomba sur le premier acte.

Au même moment, un avion de type JN-4 décrivait de larges cercles à mille pieds au-dessus du sol. Le pilote se grattait le menton, pendant que son unique passager donnait des coups de poing contre le fuselage. Pour avoir volé plusieurs fois en compagnie de sa fille, Griffin n'ignorait rien des désagréments inhérents à ce genre d'expédition – les bourrasques, les trous d'air, ces lunettes qui coupaient le visage, et, par-dessus tout, la bêtise vertigineuse des pilotes. Il n'avait rien trouvé de mieux pour expulser sa rage que de marteler le flanc de l'appareil.

– Hé ! cria le capitaine Berger, assez fort pour couvrir le vrombissement du moteur. Arrêtez, j'essaie de réfléchir.

Le crépuscule les avait surpris au-dessus de la baie. À plusieurs reprises, Berger avait hurlé à son passager que, plutôt que de s'inquiéter du retard, il devait admirer les reflets du soleil couchant sur l'eau, semblable à de l'argent en fusion, ou à un miroir de Bohême.

– Hein ? Quoi ? Conduisez-moi à San Francisco.

Berger était resté un long moment sans rien dire. Puis, lorsque le soleil eut disparu derrière l'horizon, il recouvra la parole :

– Vous savez que j'écris des poèmes ?

– Oh, non, pitié...

– Vous savez quel est mon thème préféré ?

Griffin ne se donna pas la peine de répondre.

– Les avions.

Et le capitaine Berger s'était mis à déclamer ses vers de mirliton. Il ne s'arrêta qu'une fois au-dessus de San Francisco, pour chercher la piste d'atterrissage qui devait se trouver à côté de la marina, mais apparemment on avait dû oublier de la baliser ce soir-là ; d'ailleurs il ne manquerait pas d'en toucher deux mots au capitaine Stuart. Puis il reprit où il l'avait laissée son *Ode à la Voie lactée.*

Le premier acte durait quarante-six minutes. Mlle White pouvait le certifier avec exactitude, car elle avait passé tout ce temps à attendre devant le théâtre. Sans instructions précises de M. Griffin, elle avait pris l'initiative d'acheter deux billets d'orchestre, au fond de la salle, en pensant qu'il voudrait suivre le spectacle incognito.

Elle lui avait aussi préparé une petite surprise.

Mlle White n'était pas du genre à faire longtemps le pied de grue – elle détestait ces romans à l'eau de rose où les héroïnes se languissaient d'amour – et après quelques minutes passées à arpenter le trottoir, elle s'apprêtait à gagner sa place, seule. Mais, la direction interdisant toute entrée en cours de représentation, on l'obligea à attendre l'entracte. Et elle préféra tuer le temps dehors.

Elle écouta le clochard beugler une chanson de Gilbert et Sullivan, puis le regarda de travers lorsqu'il commença à s'emmêler dans les paroles. Gêné, il préféra se taire.

Le silence tomba sur la rue. Du théâtre lui parvenaient des clameurs étouffées, des salves d'applaudissements ou de brefs interludes musicaux. En entendant jouer *Roses, Glorious Roses*, elle eut le sentiment d'avoir manqué quelque chose. Que faisait donc M. Griffin ?

Elle finit par laisser au guichet le billet – et sa surprise. La préposée leva à peine les yeux de son magazine pour écouter les recommandations de Mlle White, dont la diction pointilleuse lui rappela désagréablement une institutrice de son enfance.

Mlle White entra dans le théâtre et se laissa conduire jusqu'aux portes à l'orchestre. Elle qui avait eu très envie de revoir le grand hall de l'Orpheum, dans toute sa splendeur retrouvée, y prêta à peine attention ce soir-là. Elle n'eut pas un regard pour les imposantes statues grecques, ni pour les fresques d'inspiration pseudo-mythologique, ni même pour l'aquarium géant, une nouveauté d'après-guerre, où évoluaient des poissons tropicaux.

Comme elle ne parvenait pas à calmer son inquiétude, elle alla trouver un ouvreur.

– S'il vous plaît ?

– Oui, madame ?

L'homme, de haute taille, inclina le buste de manière presque obséquieuse.

– J'ai laissé un billet au guichet pour mon ami Jack Griffin, mais la dame n'a pas semblé très attentive à ce que je lui disais. J'ai peur qu'elle oublie de le lui remettre.

– Ne vous inquiétez pas, dit-il en prenant son billet, comme pour écourter leur dialogue.

– Voyez-vous, murmura-t-elle en se penchant, avec le billet, il y a un passe pour les coulisses. Je voudrais être bien sûre qu'il lui sera remis.

À ces mots, l'ouvreur la fixa avec une intensité qui la mit mal à l'aise.

– Un passe ?

– Oh, je l'ai obtenu de façon tout à fait légitime, s'empressa-t-elle d'ajouter, car les boutons cuivrés de son uniforme la rendaient nerveuse. Après le spectacle, le régisseur a pour coutume de faire don de quelques babioles à la bibliothèque...

– C'est tout à fait normal.

L'ouvreur ouvrit une main calleuse et Mlle White hésita encore une fraction de seconde avant de lui remettre son billet.

– Ne vous inquiétez pas. Je veillerai personnellement à ce que votre ami soit accueilli comme il se doit.

CHAPITRE 7

Carter prit le chemin de sa loge au petit trot, un œil sur sa montre – l'entracte durait huit minutes. Il remit son turban à l'habilleuse, qui en échange lui tendit une serviette et un verre d'eau fraîche. Ledocq l'attendait dans le couloir, bras croisés sur la poitrine.

– Alors, je suis viré ? demanda Carter après une longue rasade d'eau.

– Tu peux revenir en deuxième semaine, souffla le Belge.

– J'avais raison, non ?

– Comment aurais-je pu deviner que ça aurait un tel impact, vu de la salle ? Je te dois un dollar.

– Dis au pianiste que, la prochaine fois, si on lui demande du Liszt, il devra jouer *La Valse de Méphisto*.

Carter poussa la porte de sa loge. Phoebe s'y trouvait. Par-dessus son épaule, il lança à Ledocq :

– On réglera l'entrée du Diable pendant le prochain entracte.

Puis, fermant la porte, il s'adressa à Phoebe :

– Vous allez bien ?

Assise dans un coin sur une vieille chaise qui avait dû être un accessoire, elle serrait entre ses bras le coussin de soie.

– Vous êtes en danger.

– J'ai supprimé le numéro où j'attrape les balles avec les dents. (Il se posta devant le miroir pour vérifier que son maquillage n'avait pas bougé.) Vous avez suivi le premier acte ? Ça vous a plu ?

– Je viens de recevoir un télégramme, dit-elle en agitant le feuillet jaune. Signé Borax. Il prétend qu'on a envoyé quelqu'un pour vous tuer.

– Je peux le voir ?

Il prit le télégramme, l'ouvrit, et haussa les sourcils.

– C'est un gag ? Il n'y a rien écrit.

– C'est en braille.
– Pourquoi vous a-t-il adressé ce message à vous, et pas à moi ?
– Parce qu'il a l'esprit de l'escalier.
– Lisez-le-moi.
Elle fit courir ses doigts sur les bosselures du papier.
– « Préviens Carter que le Service secret a envoyé un homme au théâtre pour le tuer. »
– À mon avis, c'est un avertissement à prendre au sérieux : ça fait quinze mots et les tarifs augmentent après dix.
– Je vous en prie, ne plaisantez pas.
Carter regarda la pendule.
– Je vais changer de chemise. J'espère que ça ne vous dérange pas.
Il ôta sa veste, son nœud papillon, puis son faux col et défit les bandes adhésives qui retenaient ses poignets. Quand il fut en maillot de corps, il roula les épaules pour décontracter ses muscles.
– Vous ne m'avez pas lu le télégramme en entier.
Elle inspira profondément puis laissa échapper un long soupir.
– J'espérais que vous ne vous en apercevriez pas. Le plus grave, c'est que ce salopard de Borax est dans le coup.
Elle porta la main à sa bouche, comme choquée par le mot qu'elle venait de prononcer, tandis que les doigts de Carter se figeaient un instant sur les boutons de sa chemise. Quand il eut fini de s'habiller, il ouvrit la porte et siffla. Un jeune groom accourut.
– Tu as une bonne mémoire des noms ?
– Oui, m'sieur.
– Note-les au besoin : Hollis, Stutz, Samuelson, O'Brien, Starling. Si l'un d'eux se présente ce soir, ne le laisse pas entrer, même s'il montre un badge ou s'il fait tout un ramdam. Et arrange-toi pour me le faire savoir.
Le garçon s'était déjà élancé dans le couloir lorsque Carter lui cria :
– Ajoute un nom à ta liste : Griffin.
Il regagna sa table de maquillage et avala un verre d'eau. Dans le miroir entouré d'ampoules, dont l'une était grillée, il pouvait voir le reflet de la jeune femme.
– D'après mes informations, les quatre agents qui m'ont jeté dans la baie sont aujourd'hui de corvée de patates. Quant à Griffin, s'il s'est transformé en assassin, je n'ai pas beaucoup à m'inquiéter.
Une autre gorgée d'eau.
– Alors... Borax vous a demandé de me trahir, d'une manière ou d'une autre ?

– Je ne sais pas ce que vous lui avez fait. C'est la première fois qu'il me demande une faveur.

– Qu'entendez-vous exactement par « faveur » ?

– Je suis censée découvrir si vous avez volontairement détruit les plans de la télévision.

– Pardon ?

Il fut si surpris qu'il en oublia de répondre au coup frappé à la porte.

– Apparemment, il s'est mis en tête que... Vous ne répondez pas ?

Ledocq apparut et tapota le verre de sa montre, sans un mot. Carter hocha la tête, referma la porte et s'adossa au battant.

– Continuez.

– C'est tout : il veut savoir si vous avez fait exprès de détruire les plans.

– Rien d'autre ?

Silence. Phoebe croisa les mains sur ses genoux. Ledocq se mit à tambouriner sur la porte.

– Supposons... murmura Phoebe, supposons que j'aie commis autrefois un crime horrible et que Borax soit au courant ? Il essaierait de s'en servir pour faire pression sur moi, non ?

– Je n'aime pas les secrets.

Elle eut un bref éclat de rire.

– Vous adorez les secrets ! Vous voulez bien approcher, que je puisse vous toucher ?

Carter s'agenouilla devant la jeune femme, qui lui caressa les cheveux puis, délicatement, le visage.

– Vous êtes en nage.

Elle laissa retomber ses mains le long du corps.

– Vous ne me faites pas confiance.

– Comment réagiriez-vous à ma place ?

– Je ferais la cour à une certaine femme, mais en prenant mes précautions. (Ne réussissant pas à le dérider, elle ajouta sur un ton plus grave :) Il essaie de me manipuler.

– Qu'a-t-il contre vous ? Autre chose que...

Elle posa un doigt sur ses lèvres. Carter resta accroupi, sans bouger : il serait si simple de la caresser, de poser une main sur les siennes. Il se leva, finit de s'habiller et quitta la loge, en refermant la porte derrière lui.

En coulisse, un assistant lui remit une pleine brassée de chapeaux. Tout autour, les machinistes et les membres de la troupe s'affairaient, mais Carter ne pensait qu'à Phoebe. Chaque fois qu'elle levait le voile sur un mystère, deux autres points d'interrogation surgissaient. Qu'avait-elle omis de ce télégramme ? Quant à la destruction préméditée des plans de Farnsworth... Il réfléchit, en écoutant distraitement la musique de scène. Pourquoi Borax se posait-il cette étrange question ? En ce début de deuxième acte, le magicien avait demandé à l'orchestre un mouvement decrescendo. Il ne reconnaissait pas cette marche turque que jouaient les musiciens.

Une main s'abattit sur son épaule. James.

– Je t'évitais, dit Carter.

Son frère hocha la tête, puis agita une liasse de feuillets. Reconnaissant plusieurs bons de commande qu'il avait signés ces jours derniers, Carter se prépara à affronter une rafale de questions. Mais James lui décocha un regard plein de tendresse et, d'une voix si basse que l'orchestre la couvrit presque, il murmura :

– Mon frère...

Ces deux mots firent plus d'effet sur le magicien que n'importe quel sermon. Il posa les chapeaux sur la table des accessoires.

– Oui ?

– C'est une vraie joie de t'avoir comme frère aîné. Je suis fier de toi et je t'aime.

Ils se collèrent contre le mur pour laisser passer Cléo, qui allait rejoindre sa marque sur scène.

– Mais ?

– Il n'y a pas de « mais », Charles. Ce soir, le spectacle est étourdissant.

Il trébucha sur la question suivante :

– Est-ce que tu as réussi à... à tenir ton livre de comptes ?

– Tu sais que je l'ai égaré, mais je m'en suis procuré un autre et il est... quelque part. Écoute, l'entracte touche à sa fin...

James consulta sa montre.

– Nous avons encore le temps. J'aimerais revenir sur un ou deux points avec toi.

Il déplia une feuille divisée en deux colonnes et son doigt se promena de gauche à droite.

– Étant donné les frais de lancement...

– Je n'ai pas fait de folies.

– Tu as laissé ton chéquier chez moi, et j'ai trouvé ces bons de commande chez Ledocq. Regarde, voilà le total de ce que tu as dépensé. Et voilà ce qu'il va falloir sortir de ta poche chaque semaine, uniquement pour continuer le spectacle. Si tu pars en tournée, voici le coût hebdomadaire minimum, qui comprend les salaires, l'entretien, le transport et la location des salles.

– Je sais, il faut que je frappe un grand coup ce soir. Pour faire un tabac ensuite. J'en suis conscient.

– Non, Charles, on n'en est plus là.

James le regarda avec tristesse, comme s'il expliquait les règles d'un jeu que son frère n'avait jamais compris.

– Tu viens de faire faillite.

Carter secoua la tête. Ces mots n'avaient aucun sens pour lui.

– Même si tu faisais salle comble, comme Goldin par exemple, tu ne réussirais pas à rentrer dans tes frais.

– Je partirai en tournée pour quatre ans s'il le faut. James, je me sens bien, j'ai retrouvé l'inspiration, le plaisir des planches : ça peut marcher.

– Je te le répète, Charles, je suis fier de toi. Mais il faut penser à ce que tu vas faire demain.

– Partir en tournée ! Dès qu'on aura fini les représentations ici.

– D'accord. Écoute, je veux simplement que tu profites au mieux de cette soirée. Parce qu'il est fort possible que tu te résignes à fermer boutique une fois qu'on aura regardé ces chiffres de près.

Carter dévisagea longuement son frère. Avec les ménagements nécessaires, cet oracle de la finance, qui comprenait l'argent de manière quasi intuitive, prédisait à son spectacle un avenir bref et funeste. Mais il lui faisait par la même occasion un cadeau formidable : James l'invitait ce soir à être entièrement *lui-même.*

Carter reprit sa pile de chapeaux. Il ferma les yeux.

– Autrement dit, ce pourrait être mon chant du cygne ?

– Tu sais, des tas de gens n'ont jamais l'occasion d'exercer le métier dont ils rêvent. Toi, tu as eu la chance de pouvoir vivre de ta passion, et au nom des travailleurs, je peux t'assurer qu'il y a des façons bien pires de tirer sa révérence que par un feu d'artifice.

James donna l'accolade à son frère.

– Tu n'as plus rien à prouver à personne. Alors profites-en.

Quand le rideau se leva sur le deuxième acte, le public découvrit le même décor que précédemment – le bureau de Carter. Le couteau était toujours fiché dans le portrait de Thurston, mais on avait ajouté plusieurs portemanteaux. L'entrée en scène de Carter, côté jardin, fut accueillie par quelques gloussements, car le magicien disparaissait presque sous une pyramide de chapeaux.

– Mesdames et messieurs, dit-il en déposant son fardeau, la magie est un dur métier.

Après sa conversation avec James, ces mots prenaient une étrange résonance. Il les prononça machinalement, comme s'il était à Macao et qu'il récitait un texte appris en phonétique. Il envoya un chapeau melon sur un portemanteau placé derrière lui, à une distance d'environ deux mètres. Il avait écrit ce numéro comme une simple fantaisie mais soudain son boniment le frappait comme un coup de poing dans le ventre. La réalité s'imposait brutalement à lui : il était ruiné.

– Au fil des ans, les choses ne font qu'empirer...

Il prit un chapeau de femme, orné d'une plume, le soupesa, puis le lança sur une autre patère.

– Et je n'ai aucun talent particulier, à part la magie !

Un Stetson noir jaillit de ses mains et atterrit sur le chapeau melon. Il ne s'était pas encore immobilisé que Carter le surmonta d'un béret. Le public apprécia.

– Je sais bien, lanceur de chapeaux, voilà au moins un talent à exploiter...

Et sans regarder, il jeta par-dessus son épaule une casquette de marin qui alla se ficher droit sur une patère. En succession rapide, toujours à l'aveugle, Carter lança un képi, un chapeau cloche, un sombrero et enfin une mantille qui changea deux fois de direction avant de choisir son point de chute.

Carter interrompit son boniment, pour savourer une salve d'applaudissements plus généreuse que prévu.

– Comme vous voyez, ce serait encore recourir à la magie et de toute façon, ce n'est pas avec ça que je vais trouver un emploi bien payé. Bien sûr, j'ai souvent pensé à prendre ma retraite...

Depuis des semaines, il répétait ces phrases, a priori aussi impersonnelles que tout ce qu'il avait pu dire sur scène dans le passé, mais leur pertinence le frappait pour la première fois. À croire qu'il était devin. Ou peut-être avait-il toujours eu la prescience qu'il courait au désastre.

– Si par malheur je ne pouvais plus exercer mon métier... (Il ôta son turban.) Je serais... (Il se coiffa d'une casquette en toile bleue.) Facteur !

Rires dans la salle. Il invita plusieurs spectateurs à monter sur scène, en les priant de mémoriser, avant de le rejoindre, les numéros de place des personnes à qui ils souhaiteraient adresser un message. Il promit une « livraison express », partout dans le théâtre. Le service, assura-t-il, serait gratuit la première fois. Il leur distribua des Waterman à deux dollars quarante la pièce, tout en débitant ses dernières instructions : ils devaient adresser leur courrier à qui bon leur semblait – par exemple, à la jeune femme blonde avec une toque dans la rangée H, ou bien à l'heureux occupant du siège R16, voire à un ami dont ils ignoraient le numéro de place. Carter glissa les messages dans différentes enveloppes, qu'il scella, avant de les faire disparaître.

– Vous, monsieur, dit-il au premier volontaire, regardez-moi dans les yeux... Ah, vous avez écrit à un certain William... William Harcourt, assis dans l'orchestre, rangée R. Place 6... Non, 9 !

Le volontaire battit des mains en secouant la tête d'un air médusé, pendant que son ami, rangée R, place 9, tirait une lettre de sous son fauteuil.

– Monsieur Harcourt, si vous êtes bien monsieur Harcourt, veuillez vous lever et nous lire le message de votre ami.

Harcourt était un homme petit et rondouillard, au visage en partie mangé par des favoris.

– « Mon cher William, je suis sur scène ! Salutations, Jim. »

Un murmure admiratif parcourut l'assistance, puis Carter procéda de même avec le volontaire suivant, qui avait adressé sa lettre au maire de San Francisco, M. Davie, rangée F (juste devant Rolph, l'édile d'Oakland, qui enragea de ce coup de projecteur donné à son homologue). Davie en profita pour saluer les quatre coins de la salle, plus longtemps que nécessaire. Carter finit par solliciter une salve d'applaudissements en l'honneur de M. le Maire. Une seule pensée l'occupait : *Ceci est mon chant du cygne !*

Prenant le troisième volontaire par la manche, il l'entraîna sous les feux de la rampe et le fixa droit dans les yeux.

– Votre missive était destinée à une personne au premier balcon, rangée AA, place 10.

Il dirigea sa baguette magique vers la corbeille.

– La jeune femme devrait la trouver sous son accoudoir.

Le projecteur balaya la salle et l'on entendit un cri étonné au premier balcon.

– Que dit votre lettre, mademoiselle ?

La jeune femme se leva, visiblement confuse, prit connaissance du contenu en silence, le sourcil froncé, puis s'écria soudain :

– Oui ! Oh, Billy, oui, bien sûr, j'accepte de t'épouser !

Ovation dans le public, tandis que sur scène, le jeune homme acceptait les félicitations et les poignées de main des autres volontaires. Un instant, Carter s'imagina en train d'enlacer Phoebe, mais il pensa aussitôt au télégramme de Borax, au mystère qui enveloppait la jeune femme, au soupçon qui pesait sur elle. De quelque côté qu'il se tournât, professionnel ou sentimental, il lui était difficile de trouver un réconfort.

Les volontaires regagnèrent leur place et le magicien se retrouva brièvement seul sur les planches, car un groom vint lui apporter un verre d'eau. Cette intervention n'était pas prévue au programme, mais comme il avait soif, il l'accueillit avec plaisir. Le garçon lui murmura alors :

– Entrée des artistes, passe de la bibliothèque, un certain Griffin.

Carter se détendit. Ce n'était que Griffin. Pas de quoi se mettre martel en tête. Bien que face au public, il n'hésita pas à discuter à voix basse avec le groom. Les spectateurs y verraient le prélude à un nouveau tour.

– Genre gros bouledogue en costume fripé, c'est ça ?

– Non. Chauve. Mais on lui a refusé l'accès.

Carter vida son verre. Alors Griffin devait opérer sous un déguisement. Il tendit le bras, comme pour redemander de l'eau. Le groom eut un haussement d'épaules impuissant, car il n'avait pas apporté de carafe, se trouvant déjà bien malin d'avoir imaginé ce moyen de paraître sur scène.

– Bah, tant pis, dit Carter, assez fort cette fois pour être entendu du public. On n'est jamais mieux servi que par soi-même.

Il passa une main sur le verre, qui fut de nouveau à moitié rempli.

– Un nouveau métier, dit-il, en faisant mine de porter un toast. Optimiste invétéré.

Il jeta le verre en direction du groom, qui voulut l'attraper, mais la traînée d'eau se transforma en une pluie de paillettes. Le public applaudit. *Joli tour*, songea Carter, *il faudra le ressortir*. Mais il lui revint à l'esprit qu'il n'en aurait peut-être plus l'occasion. *Profites-en au mieux, profites-en maintenant.*

Quand il fut de nouveau seul sur l'avant-scène, il expédia sa casquette de facteur sur un portemanteau pour se coiffer d'un casque colonial.

– La vie d'égyptologue me conviendrait peut-être mieux.

À ce signal, l'orchestre entama un thème oriental, pendant qu'en coulisse les machinistes actionnaient des filins, faisaient monter ou descendre les panneaux. Ces manœuvres étaient exécutées par des malabars qui consacraient la morte-saison à s'entraîner en soulevant des haltères.

Les six hommes qui œuvraient ce soir-là prenaient un plaisir tout particulier à travailler pour Carter. Chaque élément du décor était relié à une poulie et contrebalancé par des sacs de sable de vingt-cinq kilos, réunis en grappes. Un machiniste qui voulait jouer les d'Artagnan pouvait s'accrocher à une drisse, détacher quelques sacs et s'élever ainsi jusqu'aux cintres, tandis que le décor s'abaissait.

Ces acrobaties étaient facultatives, mais comme Carter ne les interdisait pas, les machinistes ne se privaient pas de cette petite fantaisie. Et alors que le décor égyptien se mettait en place, le public fut privé de l'étrange ballet de ces hommes qui s'élevaient avec grâce jusqu'à la passerelle et redescendaient aussi vite sur le plateau.

Le trottoir devant l'Orpheum était pratiquement désert. La foule avait disparu et l'on avait remisé les panneaux publicitaires dans le hall. Le clochard était occupé à ramasser les pièces de monnaie qu'on lui avait lancées, de ses mains couvertes de mitaines. Un homme de haute taille, chauve, sortit de l'allée latérale d'un pas vif et se campa, les poings sur les hanches, pour jeter une dernière bordée d'injures à l'abruti qui lui avait barré l'entrée des artistes.

Un bruit de course se fit entendre dans la rue.

Jack Griffin, la cravate de travers, arriva au galop sous la marquise du théâtre. Il ralentit, posa une main sur le rebord métallique du guichet et tâcha de reprendre son souffle. Il ne sentait plus ses jambes. Au bout du dixième survol, le capitaine Berger avait finalement identifié un rectangle en contrebas comme la piste d'atterrissage de la marina. De là, Griffin avait sauté dans un taxi et piqué un sprint sur Market Street.

Il savait qu'il ne pouvait pas montrer son badge, ni même prendre le risque de donner son nom. Et il n'était pas question de forcer le passage. Le moyen le plus simple d'entrer était d'acheter un billet.

Malheureusement, le guichet était vide. La caissière avait fermé tôt.

– Alors là, bravo ! (Il jeta un regard à la ronde.) Hé, vous !

– Oui ? répondit le grand chauve, piqué par la curiosité.

– Vous n'auriez pas un billet, par hasard ?

Le visage de l'interpellé sembla s'épanouir d'aise.

– Mais oui, c'est vrai, j'ai un billet. Merci de me le rappeler.

Sur ce, il franchit les portes en saluant l'agent au passage, et tendit son coupon à un ouvreur. Une fois dans le hall, il adressa un dernier salut à l'intention de Griffin, qui eut une grimace de dégoût.

– Je hais San Francisco.

Toujours ricanant, le grand chauve se présenta à la porte de l'orchestre, mais il fut refoulé par le même ouvreur qui venait de déchirer son billet.

– Vous allez devoir attendre l'entracte, monsieur.

– Je sais, soupira-t-il.

Tout à coup, l'ouvreur étouffa un juron. À l'entrée, Griffin tentait le passage en force. Une escouade d'employés en livrée se précipita des quatre coins du hall pour le repousser. Après un bref pugilat, Griffin battit en retraite, en rajustant sa veste.

– D'accord, compris, pas la peine de s'énerver.

Et il plongea dans la nuit.

Quand l'ouvreur en faction devant les portes de l'orchestre revint à son poste, il regarda autour de lui avec étonnement, car le hall était vide. Le grand chauve avait disparu.

Munie d'une torche embrasée, Carter arpentait la scène au rythme d'un hautbois qui déroulait une mélodie sinueuse, digne d'un charmeur de serpents, sur un discret tapis de percussion.

– Cette année, on a beaucoup parlé de mon homonyme, Howard Carter. Je signale au passage que nous ne sommes pas parents, à mon grand regret d'ailleurs, car il aurait pu m'embaucher. Le découvreur de Bani Hassan. D'El-Amarna, capitale fastueuse d'Akhenaton. Mais aussi de Deir el-Bahari, sépulture de la reine Hatshepsout.

Autour de lui, le plateau était plongé dans l'obscurité, mais à la lueur de sa torche, on distinguait la silhouette de plusieurs statues et des obélisques frappés d'inscriptions dorées. Les violons vinrent soutenir le hautbois de leurs attaques menaçantes.

– Il a sillonné la Vallée des Rois en tous sens, à la recherche de la tombe maudite de l'enfant roi, Toutankhamon, pharaon de la XVIIIe dynastie. Le jour, il travaillait d'arrache-pied, et, la nuit, pour décourager les voleurs, il dormait dans les grottes, avec les chauves-souris. Il y a un an, il a découvert une tombe, mais nous n'avons jamais su exactement ce qui s'était passé au moment où il en a franchi le seuil. Jusqu'à ce soir.

La torche de Carter s'éteignit. Les ténèbres et le silence tombèrent sur le théâtre. On n'entendit pas même un spectateur tousser. Puis la voix de Carter résonna à nouveau :

– Les équipiers de Howard Carter lui ont crié : « Tu vois quelque chose ? » Et il a répondu : « Oui, je vois de pures merveilles. »

Soudain, dans un éclair aveuglant, les projecteurs s'allumèrent tous en même temps. Le public découvrit une muraille de pierre frappée de hiéroglyphes dorés, qui s'élevait presque jusqu'aux cintres. D'imposantes statues d'Isis et de Ramsès encadraient un sarcophage incrusté de pierres précieuses et surmonté d'une tête de chat au sourire narquois. Des chauves-souris voletaient ici et là, dans un claquement d'ailes.

Carter prononça quelques incantations mystiques. Aussitôt, des momies se réveillèrent en poussant des râles, mais une deuxième salve de formules magiques les réduisit en poussière.

Carter fit faire un demi-tour au sarcophage. À voix haute, il s'inquiéta des mystères sacrés qui pouvaient protéger cette momie vieille de trois mille ans puis, avec l'aide de deux assistants, il souleva le couvercle. Tous trois bondirent en arrière et les spectateurs sursautèrent dans leur fauteuil, car l'occupant du tombeau n'était autre qu'un lion rugissant.

– Refermons vite, dit Carter.

Les assistants s'exécutèrent, pour rouvrir le couvercle une demi-seconde plus tard. Le fauve avait laissé place à une sculpturale jeune femme, vêtue d'une robe sertie de pierreries. Elle descendit du sarcophage, droite et hiératique, et traversa la scène « à l'égyptienne », de profil et les mains à l'horizontale (une innovation de dernière minute que Carter mit sur le compte de la méthode Stanislavski).

Elle se présenta comme la réincarnation de la princesse Akhanothep, de la XVIIIe dynastie, celle que les Grecs nommaient Théa Philopater. Carter ayant troublé son sommeil, elle se disposait à le maudire pour l'éternité, à moins qu'il ne fût capable de libérer son âme.

Carter releva le défi et demanda à ses acolytes d'envelopper la princesse de bandelettes. Lorsqu'elle fut entièrement momifiée (une musique de derviches tourneurs accompagnait ses déhanchements), Carter la plaça au centre de la scène. La retenant de ses mains, il l'inclina en arrière et la fit léviter.

Le magicien passa un cerceau de cuivre le long de son corps, en la fixant d'un regard intense, comme si elle était maintenue en l'air par la seule force de sa concentration. Il claqua des doigts et, emportée par un invisible courant aérien, la princesse Akhanothep erra de-ci de-là, paisible, tandis que l'orchestre entamait *Le Cygne* de Saint-Saëns.

Carter étendit les bras et elle flotta au-dessus des premiers rangs, juste assez longtemps pour confondre les spectateurs. Puis, par gestes lents, il attira à lui la jeune femme.

– Vous êtes libre ! s'exclama-t-il.

Il ôta les bandelettes, qui tombèrent sur les planches. Sous la gaze, il n'y avait que le vide. Akhanothep s'était volatilisée !

L'ovation du public s'interrompit brutalement, quand deux projecteurs braqués sur le fond de la salle révélèrent la princesse, vêtue d'une robe de soie extravagante, dont elle tenait les pans à bout de bras, telles des ailes.

– Me voici, et je suis libre !

Elle rit aux éclats, la tête rejetée en arrière, avant d'esquisser un pas de danse le long de l'allée centrale, pour remonter sur scène sous les acclamations.

Le public ne la quittait pas des yeux : non seulement elle dansait avec beaucoup de grâce, mais elle était belle à se damner. Le chauve assis au dernier rang se faufila parmi les spectateurs qui s'étaient levés pour saluer la performance de Cléo, et s'efforça de situer l'endroit exact d'où la princesse égyptienne avait surgi. Il ne tarda pas à trouver ce qu'il cherchait : une trappe découpée dans la moquette, au fond de la salle, dans le parterre normalement réservé aux spectateurs sans place assise. L'attention étant mobilisée ailleurs, il n'eut aucun mal à soulever la trappe et à se laisser glisser par l'ouverture. Il se retrouva dans un tunnel étroit, où il devait avancer à quatre pattes, mais des bandes adhésives fluorescentes balisaient clairement le chemin jusqu'à la scène.

Le rideau s'était refermé. Carter écarta les pans et s'adressa aux spectateurs en train de se rasseoir.

– Mesdames et messieurs, je trouverais plutôt fastidieux de passer mon temps à éviter les malédictions. Je suis d'un naturel paresseux. (Il ôta son casque colonial et lissa ses cheveux.) J'aspire à une existence plus paisible, poursuivit-il, en faisant apparaître un casque de cuir et des lunettes de motocycliste. Celle d'un cascadeur, par exemple.

Il noua une écharpe autour de son cou et salua en fouettant l'air avec une cravache.

À la réouverture du rideau, la tombe égyptienne avait disparu, remplacée par un décor dépouillé. Devant un panorama représentant un paysage urbain stylisé, à la manière du Bauhaus, on ne voyait qu'une rampe en bois et un réservoir d'eau peu profond, au-dessus duquel était suspendue une plate-forme métallique, à environ cinq mètres du sol. Carter traversa la scène et fit le tour du réservoir, qui lui arrivait à hauteur du genou.

– Mesdames et messieurs, voici un chaudron magique, qui vient tout droit du Vieux Continent. Il mesure trois mètres de diamètre, pour une profondeur de quarante-cinq centimètres seulement. Mais quarante-cinq centimètres d'eau magique ! Qu'a-t-elle donc de magique, me demanderez-vous ? Un peu de patience, je vous prie... Veuillez accueillir Mlle Amanda Chong.

Carter fit un geste ample en direction de la plate-forme, sur laquelle apparut Amanda, ceinte d'un peignoir. Elle portait un bonnet de bain, et elle agita la main à l'adresse du public.

– Ici ! Bonjour !

– Mademoiselle Chong, nous sommes-nous déjà rencontrés ?

– Nous sommes voisins ! cria la petite fille, déclenchant un vaste éclat de rire.

– Est-ce que je vous ai payée ?

Elle hocha la tête avec enthousiasme.

– Ah, voilà une jeune fille honnête. Et je vous paie pour quoi faire ?

Elle mima un plongeon dans le réservoir.

– Je vous paie pour sauter d'une nacelle située à cinq mètres de hauteur dans quarante-cinq centimètres d'eau ?

– Oui, cinq dollars, sourit-elle.

– Eh bien, qu'attendez-vous ? Oh, l'incantation ! J'oubliais.

Tandis que l'orchestre attaquait un mouvement vif de la *Water Music* de Haendel, Carter agita les bras au-dessus du réservoir :

– *Ergo jubilatio, vivat floreatque media, media !* Mademoiselle Chong... sautez !

Elle laissa tomber son peignoir, découvrant un élégant maillot rouge et noir. Elle plia les genoux une fois, deux fois, trois fois, les bras tendus dans l'alignement de la nuque, et piqua tête la première dans le réservoir.

Le frisson qui parcourut le public exprimait plus d'appréhension que d'enthousiasme, car la réception s'annonçait brutale : Amanda n'allait-elle pas se fracasser sur le fond du réservoir ? Pourtant il n'y eut pas trace d'elle, pas la moindre éclaboussure. Alors que les spectateurs se tordaient le cou pour voir ce qu'il était advenu de la petite fille – elle n'avait pas même brisé la surface – Carter tendit brusquement les deux bras en direction de la plate-forme, qui disparut un instant sous un nuage de fumée. Bientôt quelques spectateurs applaudirent, les premiers à apercevoir là-haut, saluant avec grâce, la jeune Amanda Chong, toujours en maillot de bain, visiblement sec.

– Ici, Carter !

La salle acclama avec soulagement cette réapparition.

– Merci. Nous nous reverrons plus tard, à Oakland.

Mlle Chong grimpa de la nacelle sur la passerelle et quitta la scène du théâtre.

– De l'eau magique, donc, poursuivit Carter, avec un haussement d'épaules. Capable de provoquer une transportation instantanée. Ce qui ne me sert à rien puisque je ne suis plus magicien, mais cascadeur.

Il s'amusait énormément. Il se sentait détendu, serein, comme si rien ne pouvait aller de travers. On roula la motocyclette sur scène.

– Mesdames et messieurs, je vous présente un bijou de la technologie européenne. La BMW R32, une machine extraordinaire, d'une solidité à toute épreuve, capable de réaliser des pointes à cent trente kilomètres/heure. La monture idéale pour ceux qui, comme moi, ne sont plus magiciens mais cascadeurs. (Il fit le tour de l'engin, actionna l'arrivée de carburant.) Une précision que je me dois d'apporter : ceci est la seule BMW dans tout le pays. Ces machines font leurs débuts en ce moment même à Paris, et nos riches concitoyens pourront bientôt s'en offrir. Mais pour l'heure, je suis l'heureux propriétaire de la seule BMW de tous les États-Unis !

Il fendit l'air de sa cravache.

– Aux commandes de cette moto, je vais tourner en rond sur la scène, en accélérant régulièrement. Lorsque j'atteindrai la vitesse de cent trente kilomètres à l'heure, je vais m'élancer le long de la rampe que vous voyez ici, et atterrir sur cette nacelle de quatre mètres carrés suspendue aux cintres. Et je vais m'y arrêter net. Du moins, ce serait plus prudent...

Dans la salle, au septième rang, Max Friz se tortilla entre Philo et Mme Ledocq.

– Cent trente kilomètres/heure ? dit-il en secouant la tête. Il ne peut pas rouler aussi vite dans un espace aussi réduit.

Mme Ledocq mit un doigt sur ses lèvres, et Max se tourna vers ses voisins de derrière :

– Il ne peut pas rouler à cent trente sur une scène aussi petite.

Cependant, Carter enfourcha la moto, chaussa ses lunettes, démarra d'un coup de kick et fit rugir le moteur. Avant de relâcher les gaz, il eut un hochement de tête en direction du chef d'orchestre, qui transmit ce signal à la section de cuivres. Avec les premières notes de l'ouverture de *Guillaume Tell*, Carter commença ses ellipses lentes et régulières.

Les projecteurs dansaient sur le plateau à la poursuite du motocycliste. Tous les regards étaient braqués sur lui, et seuls les observateurs les plus attentifs remarquèrent avec étonnement que des rideaux se levaient autour de la nacelle. Si le magicien devait bondir là-haut, ne risquait-il pas de s'empêtrer dans ces draperies ?

Carter élargit ses cercles jusqu'à raser la fosse d'orchestre puis soudain il fit une embardée et, moteur rugissant, s'élança sur la rampe, au milieu de gerbes d'étincelles rouges, vertes et bleues. La moto s'éleva dans les airs, décrivit une courbe parfaite en direction de la plate-forme. Les spectateurs retinrent leur souffle, certains se préparaient déjà à applaudir, les cuivres de l'orchestre soufflaient crescendo... mais le pilote et sa machine redescendirent, Carter avait visé trop juste, il rata complètement la plate-forme et alla s'écraser dans le réservoir. Cette chute souleva des paquets d'eau qui se répandirent sur les planches. Les spectateurs assis aux trois premiers rangs reçurent des embruns comme s'ils se tenaient à la proue d'un navire.

La surface du réservoir bouillonna pendant de longues secondes. Alors que l'ampleur de l'accident s'imposait à tous – Max Friz était pétrifié, la tête entre les mains – les draperies qui entouraient la plate-forme tombèrent brusquement, dans un nuage de fumée, découvrant Charles Carter et sa moto.

– De l'eau magique ! cria-t-il, la main levée.

Il inclina le buste pour saluer la foule, et sur les dernières mesures de Rossini, le public applaudit à tout rompre, debout pour la deuxième fois de la soirée.

La voix du magicien put enfin se faire entendre par-dessus la clameur :

– Vous m'avez convaincu : tout bien considéré, je suis magicien !

Griffin faisait les cent pas devant le théâtre. Il ne pouvait même pas réfléchir dans le calme car le clochard, croyant avoir flairé un pigeon, s'était mis à marmonner le monologue de Marc Antoine. Mais pris d'un trou de mémoire au bout de quelques vers, il râla :

– J'ai joué dans ce théâtre. C'était avant le cinéma, à l'époque où un homme pouvait faire carrière sur sa voix. J'avais une diction formidable. Sans blague, les femmes tombaient comme des mouches, les filles de Tessie Wall et même celles de Jessie Hayman. Murdoch, je détestais ce type-là. Une vraie teigne. Avec son pot de miel... Murdoch, c'était... Iago.

Il marqua une pause et battit des paupières comme pour se rappeler une tirade appropriée d'*Othello*. Puis il regarda Griffin avec des yeux de chien battu.

– T'as pas une pièce ?

– Je te donne vingt-cinq cents si tu la boucles.

Le clochard opina du bonnet. Quand Griffin tira une pièce de sa poche, il ouvrit la bouche pour le remercier, puis se ravisa, se rappelant son vœu de silence. Il alla s'asseoir sur le bord du trottoir et posa le menton sur ses mains, songeur.

Griffin se tourna vers l'allée. Un escalier de secours. Qui s'élevait jusqu'au toit. Autrement dit, il devait y avoir une porte d'incendie là-haut. Il édifia une pyramide de poubelles – plus difficile à équilibrer qu'il ne l'avait imaginé – et se jucha sur la plus haute, ce qui lui permit tout juste de se hisser sur l'escalier de secours.

Pendant l'ascension, il se félicita de l'assiduité avec laquelle il avait fait des pompes et des abdos ces dernières semaines. Il était à peine essoufflé en arrivant au sommet. L'immense enseigne de l'Orpheum, avec ses milliers d'ampoules blanches, bourdonnait. D'un même coup d'œil, Griffin avisa la guérite menant à l'escalier intérieur et, devant, ce qu'il prit pour un paquet de linge.

Les chaussures collant au goudron, il traversa rapidement le toit puis ralentit en constatant que ce paquet de linge avait des jambes et des bras.

Il glissa une main sous sa veste pour libérer la lanière de cuir qui retenait la crosse de son colt. L'enseigne du théâtre s'éteignit brusquement puis les lettres se remirent à scintiller, l'une après l'autre, selon un cycle perpétuel qui jetait tour à tour dans la lumière ou l'obscurité les structures du toit – des bouches d'aération pour la plupart.

Griffin découvrit le corps d'un individu, en maillot de corps, caleçon, chaussettes et fixe-chaussettes. La tête reposait à un angle insolite. Nuque brisée. Les yeux étaient ouverts. Non, pas ouverts. L'enseigne s'alluma, O-R-P-H-E-U-M, et Griffin vit que les orbites du mort étaient obstruées par des pièces de monnaie.

Celles-ci lui parurent bizarres. Il en prit une. C'était en fait un jeton en cuivre, de la taille d'une pièce de vingt-cinq cents. Côté pile, il y avait un lion, avec cette inscription : « Acceptez-vous de la prendre pour épouse ? » Côté face, le portrait d'un homme qui bombait le torse, un petit chien dans les bras. La légende disait : « Plus je connais les hommes, plus j'aime mon chien. »

Griffin en eut l'estomac retourné. Quelle sorte de maniaque avait pu commettre un tel crime ? Il essaya d'ouvrir la porte d'incendie. Avec sa veine habituelle, elle était fermée de l'intérieur.

Il fit lentement le tour du toit ; en montant l'escalier de secours, il avait vu des fenêtres.

Ses yeux tombèrent sur une structure qu'il avait prise tout d'abord pour une bouche d'aération. Il crut ensuite s'être trompé mais, à la réflexion, il se dit que c'était forcément une bouche d'aération, car il ne pouvait pas y avoir autre chose sur le faîte de ce théâtre.

Pourtant, c'était trop grand pour une gaine de ventilation.

– Au point où j'en suis, grommela-t-il.

Il approcha en secouant la tête. Lorsqu'il fut à trois mètres, il sut avec certitude de quoi il s'agissait.

– Oh, non. C'est reparti !

En cette soirée de première, les coulisses grouillaient d'accessoiristes aux bras chargés. Carter, en chemise (il avait déchiré l'épaulette de sa veste, qu'une habilleuse recousait à la hâte), dirigeait son équipe avec ferveur. N'en déplaise à James, il ne pouvait accepter que ceci fût sa dernière représentation, d'autant qu'il s'amusait comme un fou.

– Bon, mes amis, il nous faut une discipline quasi militaire. Esperanza, Albert. Le public restera patient environ huit à neuf minutes, donc attendez jusque-là, puis allez sur l'avant-scène et commencez votre numéro.

– D'accord, dit Esperanza.

Albert esquissa une révérence mi-sérieuse mi-comique à l'intention de son patron. Il s'éloignait déjà, en prenant Esperanza par la main, quand Carter le rappela :

– Non, attendez, j'ai encore besoin de vous. Nous devons régler l'entrée du Diable.

– Hé, c'est moi ! dit Albert en revenant au galop.

Il répéta ses répliques et Carter, les mains posées sur ses épaules, lui indiqua où il devait se placer. Ils étaient entourés d'électriciens, de la scripte et du régisseur, prêts à prendre note des nouveaux accessoires nécessaires. Ledocq se tenait en retrait, mais il n'intervint pas, absorbé par son verre d'eau.

– Si nous introduisons le Diable par des procédés traditionnels, il faut au moins utiliser un éclairage particulier. Nous reprendrons le dispositif de la saison dernière. Nous avons encore le plan d'accrochage ? Excellent. Dites-moi, où en est-on avec l'installation électrique ?

Carter se tourna vers ses éclairagistes qui, d'une seule voix, lui répondirent qu'il n'y avait aucun risque de court-circuit, car l'Orpheum venait d'être équipé de fils conducteurs dernier cri.

– Très bien, je vous crois sur parole, dit-il en se tournant vers Ledocq, qui confirma d'un hochement de tête. Parfait. Quoi d'autre ?

Le régisseur lui rappela qu'il fallait vider le réservoir ce soir. Ledocq toussota avant d'expliquer, en rougissant légèrement, que cela représentait une quantité d'eau considérable, et que les plombiers avaient conseillé de l'écouler vers la canalisation d'égout après le départ du public, quand les chasses d'eau des toilettes ne risqueraient pas de provoquer un engorgement.

– Très ragoûtant, grimaça Carter. Bon, il y a un autre changement. Qu'est-ce que c'était déjà ? Ah oui, le numéro où j'attrape une balle avec les dents. On le supprime.

À ces mots, Ledocq fronça les sourcils, mais derrière lui, quelqu'un se mit à battre des mains et une voix familière poussa un « hourrah ! ». Phoebe était assise sur une chaise, en partie cachée dans les plis d'un rideau.

– Merci, vous avez tenu votre promesse.

Un accessoiriste alla jusqu'à la table où reposaient les fleurs, les foulards, les cages à oiseaux et le reste, il prit les pistolets et les rangea à l'écart sur une étagère.

– Rien d'autre ?

– Le final, rappela Ledocq.

– Ah, oui. Ma veste est prête ?

L'habilleuse secoua la tête.

– Je peux y aller, patron ? dit Albert. Il me tarde d'utiliser ce papier flash.

– Attention, Albert, soupira Ledocq. Ce papier est très inflammable. Je t'aurai assez prévenu. Tu vas jongler avec les torches ?

L'intéressé hocha la tête avec enthousiasme.

– Albert, tu es cinglé. Mais vas-y, je t'en prie, amuse-toi bien.

Carter le congédia. Puis il se frotta les mains.

– Alors... De qui avons-nous besoin pour la suite ? Carlo, Scott et Willie... et... C'est tout : Carlo, Scott et Willie ?

La scripte acquiesça. Les trois hommes firent cercle autour de leur patron. James s'approcha aussi, en donnant le bras à Phoebe. Il y avait une dernière chose qui le tracassait, mais son attention fut détournée par un drôle de panier en fer que Scott tenait à bout de bras.

– Excusez-moi, mais qu'est-ce que c'est ?

Scott s'y prit à deux mains pour soulever l'objet en question.

– Ça s'appelle un masque d'infamie.

James étrécit les paupières, comme s'il tentait d'identifier une musique lointaine.

– Charles, papa n'avait pas autrefois des gravures de cet engin ?

– Si. Pourquoi ? Tu n'en as pas de souvenirs plus précis ?

– Non, ça ne me dit rien. À quoi ça va servir ce soir ?

– J'ai la tête prise dans ce masque juste avant que Willie me tranche la tête.

Carter donna une tape sur la joue rouge de son partenaire.

– Je te souhaite bien du plaisir, dit James. Écoute, jusqu'à présent, le spectacle a été superbe...

– Vous allez avoir la tête tranchée ? s'écria Phoebe, comme s'il s'agissait d'une horrible recette exotique.

– Ne vous inquiétez pas, c'est un véritable jeu d'enfant, dit Carter.

D'un grand geste accompagné d'un sifflement, Carlo fit mine de couper la gorge du magicien.

– Pour être franc, intervint James en feuilletant les dernières pages du script, j'ai un doute à propos du final.

– Pourquoi ? Carlo, Scott, Willie, vous pouvez y aller, il ne vous reste plus beaucoup de temps.

Lorsqu'ils furent partis, James reprit :

– C'est le dénouement qui m'inquiète. Les spectateurs aiment les énigmes résolues.

– On me coupe la tête, et je réapparais sur scène.

– Pardon, intervint Phoebe, mais vous pouvez m'expliquer en quoi une décapitation n'est pas dangereuse ?

– Beaucoup moins que d'attraper une balle avec les dents.

Il faillit lui dire qu'il ne courait aucun risque ce soir, que l'on avait refoulé à la porte un agent du Service secret, et que c'était seulement Jack Griffin, mais elle avait l'air si remontée qu'il préféra tenir sa langue.

– James, je ne vois pas où tu veux en venir.

– Je suis très impressionné par le spectacle jusqu'à présent, je le trouve excellent. Mais à mon avis, tel qu'il est conçu, il manque de punch dans le final. Les spectateurs vont grimacer quand ils te verront mourir et ensuite... Tu n'as pas vraiment travaillé ta réapparition, je me trompe ? C'est plat.

Carter prit la main de Phoebe :

– Laissons mon frère à ses noires pensées. Venez, je vais vous expliquer le numéro.

Mais James les arrêta :

– Je t'assure, cette illusion me rappelle tes initiatives les moins heureuses. Un peu sur le modèle de *Chantage* : ça a la couleur et le goût de la magie, mais le public reste sur sa faim.

– Oh, encore cette querelle métaphysique avec Dieu, soupira Phoebe. Je connais... (Puis soudain, serrant le bras de Carter :)

Dites-moi la vérité : avez-vous sciemment détruit les plans de la télévision ?

James porta une main à sa bouche :

– Chère Phoebe ! Vous avez peut-être raison !

Carter écarquilla les yeux :

– Tu plaisantes ?

– Mais oui ! enchaîna James. Puisque le cinéma cause du tort à la magie, tu as peur que la télévision en fasse autant, ou peut-être pire.

– Je ne raisonne pas ainsi. C'est absurde !

– Précisément, répliqua Phoebe. (Puis, à James :) À mon avis, ce n'est pas conscient de sa part.

– Je l'ai prévenu que ça risquait d'être son apothéose ce soir, mais je ne mesurais pas à quel point j'avais vu juste.

– Il se complaît dans l'autodestruction et il est très sujet à la mélancolie, vous avez remarqué ?

– Pourquoi faut-il que tout le monde parle comme ma mère ? intervint Carter. Mes mobiles sont parfaitement transparents. Est-ce que je dois me tirer une balle dans la tête pour qu'on m'écoute ?

James lui donna une bourrade dans le ventre.

– Ah, ne t'avise pas de nous faire le coup du « je me suicide pour vous punir ».

– Ça n'a rien d'un coup, c'est une illusion de magie, dit Carter en prenant la main de Phoebe. Venez, je vais vous expliquer ce qui va se passer, et je vais même vous montrer le mécanisme de sécurité, pour que vous soyez pleinement rassurée sur mon sort.

Phoebe hésita :

– D'accord.

Ils abandonnèrent James sur place.

Dans les cintres, sur la passerelle, une silhouette les suivit à distance. Phoebe n'était pas la seule à s'intéresser aux mécanismes de sécurité.

CHAPITRE 8

Albert et Esperanza arrivaient au terme de leur numéro. Emporté par l'élan, Albert avait grillé tout son papier flash ou presque en quelques minutes et il dut se passer de cet artifice pour le final, un morceau de bravoure au cours duquel le couple jonglait avec six couteaux et une torche. Chaque fois qu'Esperanza attrapait la torche, elle enflammait un cierge et la renvoyait aussitôt à Albert, qui tentait alors en vain d'allumer le cigare coincé entre ses dents. Il approchait dangereusement la flamme de son visage, arrachant des cris aux âmes sensibles, qui laissèrent place à des acclamations quand son cigare rougeoya enfin.

Après avoir esquissé quelques pas de tango à la lueur des chandelles, le couple s'inclina devant le public.

– Mesdames et messieurs, annonça Albert en se redressant, vous allez maintenant assister au troisième acte du spectacle de Carter le Grand !

– Afin de laisser la surprise à nos prochains spectateurs, enchaîna Esperanza, la direction vous prie de ne rien révéler du numéro qui va suivre.

Les lumières s'éteignirent et, au même moment, le rideau s'ouvrit en grand. La scène était vide. Carter émergea côté cour, les mains dans les poches, d'un pas nonchalant. Le sourire qui éclairait ses traits n'avait rien de forcé, il émanait de son âme. En ce moment précis, il éprouvait un bonheur inouï et inexplicable, au regard de ses déboires financiers, à l'idée de fouler les planches et de pratiquer son art.

– Mesdames et messieurs, annonça-t-il d'une voix onctueuse, cette soirée s'est déroulée à merveille. Le moment est venu de nous dire au revoir...

Il esquissa un pas en avant. Un silence patient régnait dans la salle : les spectateurs savaient bien que la représentation n'était pas encore terminée, que jamais Carter ne les frustrerait ainsi. Il prit soudain conscience de la nature du pacte qui le liait à eux : alors que la vie, volontiers traîtresse, leur réservait leur lot de désillusions, il se devait quant à lui de toujours combler leurs attentes.

– Nous nous sommes bien divertis et je crois avoir fait la preuve que je suis le plus grand magicien de tous les temps. Je vais donc vous renvoyer à vos pénates... à moins qu'un rival ne me conteste cette supériorité !

Un éclair déchira le plateau, plus aveuglant que celui de la saison précédente, accompagné d'une nuée de soufre, et Carter recula en plissant les yeux : le Diable en personne venait de s'inviter sur scène.

Ainsi débuta le final du spectacle de Carter le Grand, une cascade d'illusions extraordinaires, trois actes truffés de magie, de chaos et de mystère, du jamais vu, jamais tenté, réalisé grâce à des quintaux de matériel et d'effets scéniques. En coulisse et sous la scène, les accessoiristes lisaient le journal ou jouaient aux cartes en attendant le moment d'intervenir ; Cléo rassemblait ses longs cheveux sous une perruque blonde, avant de se jucher sur le siège éjectable et Esperanza, qui lui servait de doublure, se coiffait d'un postiche. Les machinistes se balançaient, accrochés à des filins, Scott et Willie achevaient de se déguiser en fakirs, on avançait les canons, flanqués de caisses gorgées de fleurs. Des cintres aux passerelles, on avait mobilisé la moindre parcelle soustraite au champ de vision du public : ici la cage des colombes, là l'écran, le projecteur et les diapositives pour le numéro d'ombres chinoises, là encore une cage tapissée de paille où des chèvres, des cochons et des moutons attendaient d'être lâchés pour donner vie à ces ombres. Et dans un recoin, attentive au moindre son, se tenait Phoebe Kyle.

L'orchestre jouait avec fougue, à grand renfort de cymbales, enlevé par un premier violon qui accumulait les quadruples croches à la Paganini. On remit à Carter la canne et le moulinet grâce auxquels il allait ferrer un poisson au-dessus des spectateurs, pendant que des cintres s'abaissaient les instruments de musique convoqués par le Diable pour son interprétation d'*Une nuit sur le mont Chauve*.

– C'est à vous ! cria la scripte.

Scott et Willie, les deux fakirs, bondirent sur la scène enfumée, où ils se firent bientôt transpercer de part en part, à la stupeur générale. Après avoir joué les hommes obus, ils regagnèrent les coulisses pour se préparer à leur prochain rôle. Les loges, fermées par un rideau, étaient si exiguës qu'on ne pouvait y tenir à deux, aussi

Scott, qui devait entrer en scène le premier, fut-il le premier à se changer. Il réapparut bientôt tout de noir vêtu et demanda à Willie :

– Alors ? J'ai l'air d'un suppôt de Satan ?

Willie opina, puis se faufila dans la loge et tira le rideau derrière lui. Il considéra l'enfilade de costumes suspendus à la tringle en une masse si compacte qu'il semblait difficile d'en extraire un. Il tendit le bras vers sa cape et son masque de bourreau, qui offrirent une certaine résistance. Il vérifia que sa tenue n'avait pas d'accroc, puis la dégagea sans trop de peine. Le nerf de bœuf qui jaillit de la penderie à la vitesse de l'éclair le prit totalement au dépourvu.

Sur scène, les morceaux de bravoure se succédèrent. Il y eut d'abord le numéro baptisé *Envolée !* : Carter jucha Cléo sur un fauteuil qui s'éleva dans les airs, et à l'instant où il fit feu sur elle avec son pistolet, la jeune femme disparut. Le Diable leva le doigt, pour signifier qu'il avait un tour en réserve, et il branla du chef avec arrogance, convaincu qu'il allait une fois pour toutes clouer le bec à son rival. Carter ne put s'empêcher de rire sous cape, tant la pantomime d'Albert rendait expressif le masque du Diable, tantôt grimaçant ou furibond.

– Un dernier tour ? dit Carter. Et vous me mettez au défi de faire mieux ?

Hochement de tête.

– Sinon...

Nouveau hochement de tête, plus appuyé, qui déclencha des rires nerveux dans la salle.

– Très bien.

Le Diable retira de sa poche un mouchoir de soie, dont il présenta les deux faces au public pour montrer qu'il n'y avait aucun trucage. Puis il recouvrit du carré de tissu son index tendu. Carter haussa les épaules :

– Jusqu'ici, je suis sûr de vous battre à plate couture.

De son doigt levé, le Diable décrivit des cercles de plus en plus amples. Il se produisit alors une chose incroyable : à mesure qu'il tournoyait, le mouchoir ne cessait de grandir, imperceptiblement d'abord, mais peu à peu, la salle entière, impressionnée, retint son souffle comme un seul homme. Le mouchoir virevoltant prit l'ampleur d'une serviette de table, d'un drap de bain, d'un couvre-lit... Carter recula : la soie avait atteint les dimensions d'un tipi sous lequel le Diable disparaissait presque. Les bords rasèrent bientôt les planches, mais peu à peu, l'étoffe se souleva, centimètre après centimètre, et les spectateurs médusés découvrirent sous ce chapiteau multicolore un manège à quatre places, deux zèbres et deux ours, chevauchés par de ravissantes danseuses en robe à paillettes, qui, coupe de champagne à la main, faisaient gonfler leurs cheveux, en arborant une moue sensuelle ou un sourire aguicheur.

Le manège s'arrêta en grinçant. Les jeunes femmes descendirent et vinrent se placer à côté du Diable, en se tenant bras dessus bras dessous. On emporta le manège et la scène fut alors plongée dans l'obscurité, à l'exception des personnages qui l'occupaient.

Le Diable esquissa un geste magnanime. À Carter de s'exécuter à présent.

– Si je comprends bien, il m'incombe de faire apparaître quelque chose de plus extravagant qu'un manège à deux zèbres et deux ours, chevauchés par quatre jolies filles en train de siroter du champagne ?

Le Diable se frotta les mains.

Carter fit claquer ses doigts, d'un geste dénué de toute emphase théâtrale, qui ne fut pas même ponctué d'une explosion de cuivres ou de lumière. Pourtant, en un dixième de seconde, un éléphant surgit sur scène.

L'effet était si inattendu que des cris fusèrent de l'orchestre et que les acteurs eux-mêmes en restèrent stupéfaits. Jamais l'illusion n'avait été aussi réussie lors des répétitions. La scène vide, et une seconde plus tard, un éléphant !

Dans les profondeurs de la salle, Ledocq, immobile, les bras croisés sur le poitrail, poussa un soupir soulagé en entendant retentir les applaudissements. Il y eut des sifflets, des vociférations, des trépignements, des éclats de rire. Car on avait déjà vu un éléphant *disparaître* de scène mais jamais *apparaître* de manière aussi subite !

– Alors ? lança Carter au public. Combien parmi vous ont apprécié le manège ?

Les applaudissements ne faiblirent pas.

– Combien ont préféré mon ami Tug ?

L'ovation redoubla, et la foule hurla à tout rompre. Aussitôt, les quatre danseuses délaissèrent le Diable pour aller se blottir contre le pachyderme.

– La victoire revient à l'éléphant, annonça Carter à son rival. Je vous souhaite le bonsoir !

Et il sortit accompagné des jeunes femmes et de Tug.

Resté seul, le Diable fulmina, tandis que l'orchestre entamait un extrait de *Don Juan en enfer*.

Carter, au pas de course, arriva le premier en coulisse. Au moment où Tug passait devant Phoebe, elle tendit la main pour lui caresser le flanc.

– Restez donc avec vos danseuses, lança-t-elle à Carter. Cette nuit, c'est Tug qui me tiendra compagnie.

Le magicien vida un verre d'eau et répondit :

– Ce soir, c'est un désastre, je suis en train de me couvrir de dettes jusqu'à la fin de mes jours, mais... je m'amuse comme un fou. J'ai trouvé mon rythme, tout se passe au mieux. Dans un instant, je retourne en scène, et on aura bouclé le spectacle. Ai-je déjà dit à quel point je m'amusais ? Bon sang, je suis un véritable moulin à paroles ! Quel bonheur... Mais, nom d'une pipe, coupez-moi le sifflet, dites quelque chose !

– Je vous aime bien, fit-elle en souriant.

– Je vous aime.

Les mots étaient sortis tout seuls, telle une colombe surgie de sa manche. Comme il était trop tard pour les retenir, il poussa un soupir, en priant pour que le silence de Phoebe lui soit favorable.

– Phoebe ? Vous m'avez entendu... ?

– Oui.

Elle se massait les doigts comme s'il venait de les lui pincer dans un battant de fenêtre.

– Si vous êtes en manque de reparties, dit-il, j'en ai à la pelle. Par exemple : « Allez vous passer la tête sous un robinet d'eau froide... » Vous en voulez une autre ?

– Discutons-en plus tard, voulez-vous ?

– Bien sûr.

Il ne restait qu'un numéro, une illusion dont tout San Francisco devait reparler les jours suivants. Les spectateurs présents ce soir-là décriraient le final en long et en large à leurs proches, lesquels, des années plus tard, soutiendraient y avoir assisté. L'abondance des témoignages imprécis et contradictoires se traduirait, dans les rapports de police relatifs à cette soirée, par des bordées d'expressions outrancières et des points d'exclamation à foison.

En réplique à l'apparition de l'éléphant, le Diable se déchaîna. Il jongla avec trois crânes humains qui prirent feu. Lorsque l'orchestre attaqua la *Valse de Méphisto*, on tamisa l'éclairage et, tout en lançant les crânes de plus en plus haut, le Diable se permit une série de gestes injurieux ponctués d'étincelles fusant de ses doigts.

Les crânes montèrent si haut que l'apogée de leur trajectoire fut masqué par le manteau d'Arlequin. Soudain, ô stupeur, le Diable n'eut plus que deux crânes entre les mains, puis un seul, puis aucun. James, tenant un verre de cognac, observait depuis les cintres, sur la passerelle, à côté du machiniste chargé de récupérer les crânes à l'aide d'une longue épuisette et de les jeter ensuite dans un bac tapissé de sable humide.

Cléo et Esperanza se mirent alors à courir de long en large en brandissant des cierges magiques. Pendant que ces jeux pyrotechniques distrayaient la salle, les machinistes poussèrent au centre de la scène un élément de décor monumental, haut de près de dix mètres, qui consistait en un escalier en bois menant à une guillotine recouverte d'une draperie de velours noir.

Carter prit sa position en coulisse, en inspirant profondément. Son maquillage lui brûlait les yeux. Il leva la tête vers les cintres pour adresser un salut à son frère, chuchota même son nom, espérant un signe en réponse, mais James ne regardait pas de son côté, trop absorbé par le dernier accès de rage du Diable, qui venait de mettre le feu à un jeu de cartes à l'effigie de Carter. Puis, avec des déhanchements si outrés que la salle en fut secouée de rire, le mauvais perdant fit mine de scier un piano en deux, avant d'écarter les paumes, comme pour demander ce qu'il y avait là de si extraordinaire !

Carter le rejoignit au milieu de la scène. Le Diable l'empoigna par les épaules et le secoua comme un prunier. Par un effet de pure sorcellerie, Carter se retrouva les poignets menottés dans le dos. Le Diable leva un poing rageur, sûr de son triomphe, avant de pointer l'index vers l'ombre qui n'avait cessé de grandir derrière eux : une draperie tomba sur un claquement de doigts et le public découvrit une guillotine montée sur un échafaud.

À droite, un homme en robe noire, coiffé d'une capuche ajourée à l'emplacement des yeux, attendait le condamné, mains sur les hanches et jambes écartées.

Ledocq, qui arpentait le parterre au fond de la salle, fronça les sourcils. Lors de la prochaine représentation, il faudrait allumer d'abord les projecteurs blancs, puis les rouges, dès que le public se serait accoutumé à l'éclairage. Quant au bourreau, il aurait dû porter une corde blanche en bandoulière. Par ailleurs, Willie n'était éclairé que de la gorge aux pieds. Ou bien il n'avait pas respecté sa marque, ou bien il avait subitement grandi de quinze centimètres.

Il y avait à présent trois personnes sur scène : Carter et le Diable à l'avant, et, à côté de la guillotine, le bourreau.

– Bigre, lâcha Carter d'une voix lugubre, une authentique guillotine, signée Tobias Schmidt. Bah, s'il faut partir, autant que ce soit en beauté.

Quand les rires nerveux des spectateurs furent retombés, il se tourna vers son rival.

– Je peux monter pour m'assurer que...

Le Diable secoua la tête, bras croisés.

– Il faudrait quand même vérifier qu'il n'y a aucun danger, dit Carter, en faisant un pas vers l'orchestre. L'homme le plus intelligent de la salle aurait-il l'amabilité de monter sur scène ?

C'était une réplique éculée, que Carter avait jugé bon de remettre au goût du jour. Les projecteurs de poursuite balayèrent le public et convergèrent au milieu du rang G, sur Philo Farnsworth, qui plissa les paupières et pointa un doigt surpris sur sa poitrine.

– Oui, mesdames et messieurs, nous avons la chance d'avoir parmi nous un invité exceptionnel ! M. Philo Farnsworth. Un jeune marié originaire de Beaver City, dans l'Utah !

Mme Ledocq extirpa Philo de son siège – il ne se fit pas peu prier – et le poussa vers l'allée.

– M. Farnsworth est inventeur, poursuivit Carter. Et c'est pour moi un immense honneur de l'accueillir ici.

Quand Philo arriva sur scène, Carter l'invita à gravir l'escalier de l'estrade menant à la guillotine.

– Comme vous pouvez le constater, mesdames et messieurs, l'échafaud est séparé de la scène par trois mètres de vide. Ce qui exclut toute cachette, tout compartiment secret, toute issue. Qu'en dites-vous, monsieur Farnsworth ?

D'un geste ample, le bourreau invita Philo à examiner son matériel. Le jeune inventeur ajusta ses lunettes, frappa du poing les montants et la traverse de la guillotine et fit courir un doigt circonspect sur la lame.

– Elle a l'air vrai.

– Je veux ! s'écria Carter. Elle m'a coûté sept cent cinquante dollars ! Descendez, je vous prie. Je ne voudrais pas que mon sang vous éclabousse.

Quelques rires coururent parmi la foule, tandis que Philo rejoignait l'avant-scène.

– Mon cher Philo, déclara Carter, soyez mes yeux et mes oreilles.

– Bien, monsieur Carter.

– Si quelque chose devait mal tourner, j'aimerais que vous repreniez le flambeau de la magie, vous qui incarnez la génération montante.

Le feu aux joues, Philo semblait ne plus trop savoir où porter le regard – sur Carter, sur la guillotine, ou sur le public, qui frémissait d'impatience. Le Diable fit un signe de la main, et deux de ses sbires entrèrent en scène, traînant derrière eux le masque d'infamie.

Carter fixa froidement le Diable.

– Quant à vous, monsieur, sachez que ma magie surpasse de loin la vôtre. Vous pouvez bien me couper la tête, vous ne réussirez qu'à me mettre de mauvaise humeur. Et je reviendrai hanter vos nuits !

Il devina la silhouette de Phoebe en coulisse, sans parvenir à distinguer l'expression de son visage. Si seulement il avait pu lui adresser un clin d'œil rassurant. Comme il était étrange de tomber amoureux d'une femme qui ne pourrait jamais le voir ! Sa déclaration d'amour l'avait laissée de glace, et malgré le sentiment de solitude qui lui pinçait le cœur, il ne pouvait lui faire grief de cette retenue.

Sur ces entrefaites, les suppôts du Diable se mirent à l'ouvrage. Ils jetèrent un sac de grosse toile sur la tête de Carter – sans trou pour les yeux, ni même pour respirer – et recouvrirent le tout du masque d'infamie.

Les spectateurs s'agitèrent dans leur fauteuil, mal à l'aise, en échangeant des murmures inquiets. Les deux rustres conduisirent le magicien, aveugle et ligoté, sous les feux de la rampe, malgré ses efforts de résistance qui parurent aussi réels que vigoureux. Ils lui firent faire ainsi le tour de la scène, avant de l'escorter en haut de l'escalier. L'orchestre, qui depuis quelques minutes jouait staccato, attaqua le *Requiem* de Mozart. Ledocq, au fond du théâtre, avait les yeux rivés sur le bourreau : quelque chose ne collait pas dans ce tableau, mais quoi ?

Marche après marche, les suppôts du Diable hissèrent leur captif jusqu'à la guillotine. De force, ils l'agenouillèrent sur le chevalet et ouvrirent la lunette, dans laquelle le masque s'inséra de justesse. Puis ils rabaissèrent la partie mobile et la refermèrent au moyen d'un énorme verrou.

Les suppôts s'éloignèrent au trot. Il ne restait plus que deux silhouettes debout sur l'échafaud : le bourreau et la guillotine elle-même, la victime étant incapable de se redresser. L'orchestre s'en tenait aux huit mêmes mesures, qu'il répétait constamment, de plus en plus fort. Le bourreau laissa choir son regard sur les mains entravées du condamné, son dos étroit, sa nuque prise au piège, puis releva la tête pour savourer l'instant. Cela faisait des années qu'il n'avait pas joué devant un public aussi nombreux et il tenait là de loin son meilleur rôle. Taillé à sa mesure.

– Une fois séparé de la moelle épinière, chuchota-t-il, le cerveau continue à fonctionner plusieurs secondes. Du moins c'est ce qu'on prétend.

Le condamné sursauta. Son masque heurta le châssis de la guillotine.

– Qui êtes-vous ?

Le bourreau répondit à mi-voix :

– Mystérioso.

L'orchestre se tut, puis un roulement de tambour amplifia l'attente du couperet. Philo, toujours sur les planches, se demandait comment Carter allait se tirer de ce mauvais pas. Sur la passerelle, son frère ne perdait rien du numéro, tandis qu'à côté de lui, Tom lisait son journal. James eut soudain une étrange vision, où revenaient le narguer un masque et un pilori. Une sensation désagréable s'empara de lui, comme s'il était lui-même prisonnier de ce carcan. En coulisse, Phoebe comptait les secondes qui la séparaient du baisser de rideau, parce qu'elle brûlait de dire à Carter les mots que, par bêtise ou par orgueil, elle n'avait pas osé prononcer. Max Friz avait saisi la main de Mme Ledocq et la pressait convulsivement. Olive White, qui jusqu'ici avait passé son temps à guetter Jack Griffin, était entièrement absorbée par le spectacle. Et d'un bout à l'autre de la salle, les dignitaires, les amis de Carter, les voisins, les critiques, tous avaient les yeux rivés sur la guillotine. Même ces messieurs de RCA et du ministère de la Guerre interrompirent leurs conciliabules pour se pencher en avant sur leur siège. James tenta de percevoir ce qui se passait au-delà de la barrière des projecteurs, dans le public, il prit le pouls du théâtre, mesura l'anticipation palpable et la sensation d'enfermement le quitta, remplacée par une fierté presque oubliée, car il avait conscience de participer ici à une grande aventure, peut-être pour la dernière fois. L'Orpheum tout entier s'abandonnait à la magie de l'instant – à l'exception de Ledocq.

Le Belge, qui observait le déroulement du spectacle d'un œil critique, vit soudain le bourreau s'adresser à sa victime. Or celui-ci n'était pas censé prononcer un mot. Ce numéro reposait sur une telle précision d'horloge qu'il avait plusieurs fois menacé Willie de le renvoyer s'il prenait ne fût-ce que cinq secondes de retard. Soudain, au moment où retentissait le roulement de tambour, Ledocq vit une chose affreuse, si affreuse qu'un jet de bile lui remonta dans la gorge : Willie était en train de retirer la sûreté de la guillotine !

– Non ! s'écria-t-il à haute voix, en frappant dans les mains.

Mais autour de lui, dans le public, plusieurs personnes réagirent de même, emportées par l'émotion. Ledocq s'élança vers la scène. Il avait à peine eu le temps de faire quelques pas que le bourreau leva sa main gantée et tira sur le cordon.

Un sifflement froid et métallique se fit entendre, tel un crissement de patins à glace, et un poids roula dans le panier d'osier.

Le public poussa un cri d'effroi, car ce simulacre d'exécution semblait on ne peut plus réel. Ledocq allait devoir fendre la foule qui s'était levée. Il se mit à jouer des coudes, tout en s'efforçant de suivre ce qui se passait sur scène. Willie – mais il ne pouvait s'agir de Willie –, ayant plongé les bras dans le panier, brandissait le masque d'infamie à bout de bras, et l'on devinait à l'intérieur de cette cage de fer une forme sombre et inerte.

– Voyez ! s'écria le bourreau.

Cette exclamation faisait partie de son texte, détail auquel Ledocq s'accrocha comme à une bouée. Pourtant, ce n'était pas la voix de Willie, il le savait de toute la force de son âme. Il bouscula plusieurs spectateurs. Le brouhaha retomba quelque peu, et l'on put enfin entendre les cymbales. Les draperies noires qui entouraient la scène descendirent lentement.

– Carter... ! cria le bourreau. Le Grand... !

Un halo bleuté irréel envahit le théâtre.

– Est... !

Une pause.

– Mort !

Les draperies tombèrent au sol, aussi mollement que des plumes, et découvrirent une vingtaine de globes lumineux, d'aspect insolite, qui encadraient le plateau comme de grosses ampoules accrochées à la marquise d'un théâtre et brillaient d'une lueur bleue opalescente. Le bourreau, son trophée toujours brandi en direction du public, se retrouva soudain plongé dans l'ombre, ce qui parut le déconcerter.

Philo, intimidé, était seul sur l'avant-scène. Son regard alla d'un globe à l'autre. Tout à coup, il eut la chair de poule car il venait de comprendre ce qui se passait.

Les globes s'illuminèrent, leur lumière bleue s'intensifia, barrée de stries horizontales, et l'image qu'ils contenaient se précisa peu à peu jusqu'à révéler le visage spectral de Charles Carter, en deux douzaines d'exemplaires disposés autour de la scène. Tout à coup, ce mage revenu de l'au-delà ouvrit la bouche et psalmodia :

– Carter... le Grand... Est... Partout !

C'était bien lui. La diction était parfaite, aussi fidèle qu'un enregistrement de gramophone. Une voix d'outre-tombe.

Le fantôme tourna la tête de gauche à droite, sur tous les disques à la fois, et déclencha des hurlements dans la salle. Puis il adressa un clin d'œil appuyé aux spectateurs terrorisés. Un éclair et toutes les images s'évanouirent.

La scène se retrouva plongée dans le noir. Philo regarda les points bleus se rétracter au fond de chacun des écrans, et, pour la première fois de sa vie, son esprit connut un moment de vide absolu. Il considéra le public, qui était debout, mais suffoqué, drapé dans un silence de mort, les enfants des premiers rangs terrifiés et accrochés aux jupons de leur infirmière. Peu à peu, des voix s'élevèrent, d'abord des voix d'hommes, qui lançaient des « Impossible », « Jamais rien vu de pareil » ou « Qu'est-ce que c'était que ce numéro ? », couvertes bientôt par les piaillements des femmes et des enfants, questionnant les adultes à tout va.

Et le rideau se referma derrière Philo ; ce fut tout juste s'il y prêta attention. Enfin, après un silence qui lui parut durer des heures, les applaudissements éclatèrent, différents de tous ceux qu'il avait entendus. Ils n'étaient pas seulement nourris, ni exubérants, ils semblaient gagner sans cesse en intensité, par un effet boule de neige, comme si ce théâtre n'était pas en mesure de contenir le flot d'émotions qui venait d'y naître, comme si cette lame de fond s'apprêtait à déborder sur la rue et à inonder la ville.

– Encore ! Encore !

L'ovation continuait d'enfler. Philo se prit à croire qu'elle ne s'arrêterait jamais. Que dix ans plus tard, il serait toujours là, debout sous les feux de la rampe.

L'acteur qui avait incarné le Diable se retrouva soudain à son côté. Quand avait-il quitté la scène ? Quand était-il revenu ? Philo scruta longuement son masque impénétrable.

– Bonsoir, finit-il par dire timidement.

Le Diable mit un doigt en travers de ses lèvres et, d'un ample mouvement du bras, l'invita à savourer le triomphe du public.

Philo hocha la tête. Le Diable lui posa un bras autour des épaules. Quelques secondes plus tard, il dénoua la bride de son masque et le retira. C'était Carter.

Une nouvelle vague d'acclamations explosa. De grosses larmes roulèrent sur le visage de Philo. Pouvant à peine parler, il se contenta de désigner les globes éteints.

– Comment avez-vous fait ? réussit-il à articuler. C'est impossible !

– C'est ce que vous disiez, en effet, mais nous avons décidé de tenter le coup.

À la façon dont Philo le fixait, Carter comprit qu'il ne l'avait peut-être pas entendu. Les vivats et les piétinements de la foule emportaient tout.

Il regarda l'inventeur dans le blanc des yeux et ajouta :

– C'est de la magie.

CHAPITRE 9

De la magie. L'explication, quoique poétique, était un peu courte pour James, qui avait une kyrielle de questions à poser. Rongeant son frein, il se joignit à la petite foule qui assiégea Carter à la seconde où le rideau se fut refermé. Albert, Esperanza, Cléo, Scott, Max Friz, Mme Ledocq, tous se bousculaient pour lui serrer la main ou lui frictionner les cheveux, et Phoebe se retrouva tout à coup happée par ce tourbillon.

Carter, un sourire jusqu'aux oreilles, adressa un signe du pouce à Ledocq qui, sourcils froncés, contourna l'attroupement et disparut derrière le rideau dissimulant la guillotine. En temps normal, Carter lui aurait emboîté le pas, toujours à l'affût du moindre défaut dans l'exécution de son numéro, mais il était au centre d'un tel carnaval qu'il se laissa aller à jouir de l'instant.

James réussit enfin à se frayer un chemin jusqu'à lui.

– Qu'est-ce que c'est que cette histoire que tu nous as servie à propos du coffre de Borax ?

– Ah, James ! Tu as vu le final ?

– Oui, et...

– Plutôt réussi, non ? Et pas franchement suicidaire, hein ?

– Je te l'accorde. Et maintenant, si tu m'expliquais cette énigme ?

– Il n'y a pas d'énigme. J'ai ouvert le coffre en l'absence de Carlo et j'y ai glissé des faux. Ce sont eux qui ont brûlé. Je voulais faire croire que les plans avaient été détruits. J'espère que Philo appréciera, qu'en dis-tu ? Au fait, où est Carlo ? J'aimerais m'excuser pour le subterfuge – et le renvoyer par la même occasion.

À l'orée de la foule, Tom posa une main sur l'épaule de Philo.

– Il y a là-bas plusieurs personnes qui souhaiteraient vous rencontrer. Des messieurs en costume.

Philo écarquilla les yeux.

– Je vous accompagne, lâcha Tom, laconique.

Quand la situation l'exigeait, il retrouvait son instinct protecteur de champion de football.

James invita tout le monde à se retrouver au premier étage du Coppa, afin de fêter dignement l'événement. Sur ce, quelques accessoiristes firent mine de remballer le décor, mais Carter mit le holà.

– Venez tous boire un coup avant que James se ravise ! lança-t-il à la cantonade.

Les membres de la troupe se pressèrent vers la sortie, sans prendre le temps de se démaquiller, car il était du dernier chic de se montrer tard le soir au premier étage du Coppa, en tenue de scène. Les machinistes redescendirent en hâte des passerelles, les costumières, les assistantes émergèrent de l'ombre des coulisses, piaillant et prêtes à faire la noce. Albert ne lâcha pas Carter d'une semelle et lui demanda à plusieurs reprises s'il avait *réellement* envisagé de remplacer son entrée sur scène, en costume de Diable, par cette batterie de globes vitreux. Carter lui avoua que non, qu'il avait simplement voulu donner le change : depuis le début, son intention était de les utiliser dans le numéro de la guillotine.

– Ne t'inquiète pas, ton emploi n'est pas menacé, conclut-il. Et maintenant, emmène vite Esperanza au Coppa. Vous pourrez danser le tango et faire scandale si nécessaire. Mais d'abord...

Il lui barra le passage et vrilla sur lui un regard sévère. À contrecœur, Albert lui remit ce qui lui restait de papier flash – trois feuilles.

– Connaissant tes tendances pyromanes, lui dit le magicien, je préfère te les confisquer...

Le dernier à quitter les lieux fut Max Friz, qui avait pris le temps d'effectuer un tour complet de la nacelle où reposait la R32, en lui envoyant des baisers. Après son départ, Carter rejoignit Phoebe, qui se tenait immobile depuis un moment.

– Il paraît que vous avez été magnifique.

– Ma foi... oui.

– J'ai eu du mal à tout suivre, mais bravo.

– Merci.

Il n'était pas encore remis de son « je vous aime » resté sans réponse.

– Charles, je me fais l'effet d'un monstre. Je voudrais tant vous expliquer...

– Il faut d'abord que je mette la main sur Ledocq. Laissez-moi vous installer... Voyons, où ça ? Ah, ici !

Il la fit asseoir sur la chaise du numéro *Envolée !*. Phoebe toucha les câbles enchevêtrés derrière le dossier.

– Vous avez l'intention de m'escamoter ?

– Vous ne risquez rien. Attendez-moi ici.

Carter se mit en quête de son ami, qui devait l'aider à ranger les appareils de télévision. Mais il pensait si fort à Phoebe – allait-elle lui dire « Je vous aime » ? – qu'il se contenta de tourner en rond sur la scène, jusqu'à la réapparition du Belge.

– Suis-moi, dit celui-ci.

Il précéda Carter sur l'escalier de bois qui menait à l'échafaud. Une fois en haut, il lui expliqua ce qu'il avait vu pendant le numéro : quelqu'un s'était substitué à Willie et avait retiré la sûreté de la guillotine.

– Bizarre, fit Carter.

– Attends, ce n'est pas tout !

La draperie de velours noir qui entourait la guillotine avait disparu. Le panier également. Des taches rouges étaient visibles à la base de l'échafaud.

– On demandera à Willie ce qui s'est passé.

– Ce n'est pas Willie qui m'intéresse, marmonna Ledocq. Où est Carlo ?

– À l'horizontale sur la première danseuse venue. Il ne traîne jamais après le spectacle, de peur qu'on lui demande un coup de main pour soulever des caisses.

Mais le sourire de Carter s'évanouit quand il remarqua la gravité de Ledocq.

– Tu... tu ne crois tout de même pas que quelqu'un aurait décapité Carlo ?

– Si. En le prenant pour toi.

– Qu'est-ce que c'est que ce conte de bonne femme ? Cet amateur de Griffin s'est fait refouler à l'entrée des artistes. Et c'était lui, l'assassin dont parlait Borax !

– Réfléchis : qui se serait donné la peine d'embarquer le panier et le velours noir s'ils n'étaient pas tachés de sang ?

– Tu as vraiment des idées macabres.

Carter avait la tête ailleurs : il mourait d'envie d'entendre Phoebe lui dire « Je vous aime ». Tant qu'elle ne l'aurait pas fait, le monde lui semblerait marcher de guingois.

– Allons au Coppa, proposa-t-il. *Lé Chaïm.*

– On ferait mieux de retrouver d'abord Carlo et Willie.

– Willie est probablement chez lui à l'heure qu'il est. Il n'a rien d'un noceur. Rangeons plutôt les appareils de télévision.

Dehors, la foule jaillie de l'entrée des artistes se fondait avec celle des spectateurs qui s'attardaient sous la marquise, vibrante de rires et de propos enthousiastes sur les illusions présentées par Carter. Comment avait-il réussi un tel final, avec ces étranges boules de cristal ? Mystère... Des enfants examinaient le jeu de cartes qu'on leur avait offert, rêvant d'une vocation de magicien. Les infirmières firent monter les jeunes malades dans les autocars, tandis que partout on prenait d'assaut les taxis et les tramways.

Olive White arpentait le trottoir à pas lents et scrutait la foule en quête d'un certain visage. Elle s'efforçait de surmonter son dépit en se disant que l'agent Griffin aurait sans doute quelque aventure à lui raconter. Bientôt, il ne resta plus guère qu'un clochard pour lui tenir compagnie. Elle le reconnut. Il avait été acteur autrefois. Chase... Quelque chose.

– J'ai joué dans ce théâtre, grommela-t-il. J'avais une superbe diction. Tout ça, c'est la faute à Murdoch.

Olive allait et venait, pivotant sèchement sur ses talons, se tapotant l'épaule de son programme roulé. Elle finit par s'avouer qu'il ne viendrait plus. Mais l'agent Griffin n'était pas une brute insensible. Il téléphonerait, s'expliquerait.

– Avant le cinématographe, lâcha le clochard, un homme pouvait faire carrière sur sa voix. Ce Murdoch, je l'ai toujours détesté.

Olive lui tendit une pièce de vingt-cinq cents. Elle ne pouvait plus attendre comme une amoureuse transie. Elle traversa donc la rue au carrefour, poursuivie par les lugubres ânonnements de Chase :

– Il vous déguisait un type en Père Noël, et le faisait descendre par la cheminée. De toute façon, depuis l'arrivée du cinématographe...

Alors que Carter et Ledocq finissaient de ranger le matériel de télévision dans une caisse métallique, un choc formidable se fit entendre au-dessus de leur tête.

– Qu'est-ce que c'était ? s'enquit Ledocq.

– Sûrement Carlo en train de mettre les voiles. Et maintenant, déguerpis, toi aussi. On vous retrouve là-bas.

– Il faut que je...

Carter fit claquer les bretelles de Ledocq et lui fourra son manteau dans les bras.

– Au revoir !

Ledocq protesta.

– Si je pars, Phoebe et toi, vous resterez tout seuls dans...

Il haussa soudain les sourcils :

– Ah ah ! Je comprends...

– On ne peut rien te cacher. Allez, file !

À peine Ledocq fut-il parti que Philo réapparut en coulisse, flanqué de James et Tom. Ce dernier brandissait fièrement une liasse de cartes de visite remises au jeune inventeur, qui, pour sa part, avait l'œil hagard d'un naufragé rescapé d'un cyclone.

– Charles, s'enquit James, tu as vu Albee ?

Carter se demanda s'il avait bien entendu. La question semblait tout droit sortie d'une autre époque.

– Non.

– Deux de ses agents étaient dans la salle. Ils viennent au Coppa.

– Albee ? Du music-hall ?

Ne sachant que penser de cette nouvelle, il réitéra sa question.

– Ils sont toujours en quête d'une tête d'affiche capable de tailler des croupières au cinéma, dit James. Et la télévision pourrait intéresser le public.

– Ils ont de l'argent ?

– Apparemment. Et ils ont l'air très pressé.

James expliqua : une avance réduite, mais du travail garanti pour neuf mois, aucun problème de location de salles. Cette offre n'était certes pas une planche de salut, et Charles ne devait pas la prendre comme telle, car elle ne résoudrait pas tous ses problèmes, mais du moins l'échéance serait-elle repoussée un certain temps. Carter ressentit un frisson d'excitation : il n'allait pas quitter le monde du spectacle.

– Comme quoi il y a des tragédies qui finissent bien, dit-il.

– Tu m'en vois le premier surpris.

– Le chiffre d'affaires est meilleur que prévu ?

James opina du chef.

– Mieux que Thurston ?

Son frère secoua la tête. On échangea encore quelques plaisanteries et claques dans le dos pendant que Carter reconduisait tout le monde vers l'entrée des artistes. Il promit de les rejoindre bientôt, demanda qu'on réserve deux sièges, un pour Phoebe, un pour lui, et les mit gentiment à la porte. Après quoi, il poussa le verrou pour empêcher quiconque de venir récupérer une écharpe oubliée.

La scène – *sa* scène – offrait un panorama saisissant, entre Baby qui arpentait nerveusement sa cage, les châssis du décor, les rideaux affaissés tout autour, et, trônant au milieu de ce capharnaüm, Phoebe, assise sur la chaise du numéro *Envolée !*.

– Dommage que je ne sois pas photographe, lui lança-t-il. J'aurais fait un magnifique portrait de vous.

– Vraiment ?

– Oui.

Il aurait aimé lui décrire ce qu'il voyait, mais il n'était pas doué pour ce genre d'exercice. Il se pencha sur elle pour la gratifier d'un baiser.

De la main, Phoebe l'invita à s'agenouiller.

– Écoutez, murmura-t-elle.

Comme elle n'ajoutait rien, il tendit l'oreille pour écouter les bruits du théâtre. Les craquements, le lion, l'éléphant enchaîné à l'abri des regards, mais surtout, les battements de son cœur.

– Je m'étais juré, reprit-elle enfin, de ne plus jamais déclarer mes sentiments à un homme. Pas avant d'être sûre et certaine. Je vous aime, Charles.

Ils s'embrassèrent, lui en tenue de soirée, à genoux à ses pieds, elle penchée en avant sur son fauteuil. Leurs mains se cherchèrent, fébriles. Celle de Carter se posa sur le mollet de Phoebe, puis sur son genou, remonta le long de sa cuisse et le temps s'accéléra, prodigieusement.

Elle lui baisa la paume.

– Vous avez de belles mains.

Il tendit de nouveau l'oreille.

– Quel silence ! fit-il. Vous avez remarqué ?

– J'entends quelque chose. L'électricité.

– Vraiment ?

Elle acquiesça.

– Je l'entends qui murmure le long des câbles.

– C'est fascinant. Vous avez beaucoup d'autres dons comme ça ?

– Un seul, mais il est exceptionnel.

– Approchez, et montrez-moi.

Mais Phoebe s'écarta soudain.

– Ce bruit ? Qu'est-ce que c'était ?

– Baby. Il est nerveux.

– Pourquoi ?

– Je ne sais pas, il est comme ça depuis le début de la soirée.

– Je peux le caresser ?

Carter se redressa, s'épousseta les genoux, et la guida vers la cage.

– Il est gentil, dit-il en s'immobilisant devant les barreaux, mais il se fait vieux.

Baby, qui tournait en rond, lâcha un grognement courroucé.

– Je ne lui plais pas ? interrogea Phoebe.

– Si, mais il a tendance à jouer les prima donna. Tenez. Mon arme secrète.

Il tendit à Phoebe une pomme de terre gratinée de fromage, lui fit signe de la passer entre les barreaux. Elle la garda un moment entre les doigts, comme s'il lui avait remis un poulet en caoutchouc.

– Une pomme de terre ? Avec du fromage ?

– Je sais, c'est bizarre. J'imagine que les patates au four ont le goût du zèbre cru. Ou alors Baby devient gâteux.

Elle déposa la friandise sur le plancher de la cage.

– Baby, appela-t-elle avec prudence, tu me reconnais ? La dame qui t'a donné du rosbif ?

Le fauve l'ignora et continua d'arpenter sa cage en faisant crisser ses griffes. Carter était déçu : en général, Baby se montrait d'excellente compagnie avec la gent féminine.

– Sarah vous manque ? demanda soudain Phoebe, les mains sur les barreaux.

– Oui. Mais pas autant qu'avant. Quand j'étais prisonnier de cette caisse, en train de couler dans la baie...

– Une histoire qui commence ainsi ne peut être que bonne, pouffa-t-elle.

– Décidément, Baby n'est pas dans son assiette. Ça lui arrive parfois après un spectacle. Mais allons au Coppa. Nous reviendrons quand il sera mieux disposé.

Phoebe reprit le bras de Carter, et ils s'éloignèrent de la cage. L'entrée des artistes n'était qu'à une vingtaine de pas.

– Donc, vous étiez dans cette caisse et... ?

– C'est là que j'ai commencé à comprendre qu'on peut surmonter son chagrin...

– Vous avez compris ça sous l'eau ?

– C'est difficile à expliquer.

Ils n'étaient plus qu'à trois foulées de la porte. Phoebe, sur sa gauche, le tenait par la taille, tandis qu'une des mains de Carter reposait sur sa hanche.

– Essayez quand même, ça m'intéresse beaucoup.

Il inclina légèrement la tête, le temps d'organiser son récit. Soudain, quelque chose dégringola des cintres dans un cliquetis de métal. Phoebe eut un mouvement de recul. L'objet rebondit sur le plancher, alla rouler contre la porte.

– Qu'est-ce que c'était ? souffla-t-elle.

C'était le masque d'infamie. Il fallut à Carter une bonne seconde pour comprendre ce qu'il contenait. Son premier réflexe fut de se dire que cette tête était mal imitée : pour être vraiment effrayante, elle aurait dû ressembler davantage à celle de Harding, avec des yeux plus brillants et une gorge tranchée plus sanguinolente.

– Rien, un accessoire vient de tomber, répondit-il, comme s'il s'agissait d'un simple pot de fleurs.

Il lui restait une chose à faire : déverrouiller la porte, pousser Phoebe à l'extérieur.

– Alors pourquoi...

Une masse sombre vint s'écraser à leurs pieds, comme un sac de linge mouillé. Des bottes rebondirent sur le plancher, deux jambes se replièrent selon un angle absurde. Carter prit Phoebe par les épaules et la tira en arrière, ce qui la fit crier.

Il décela un mouvement sur la passerelle, et une silhouette descendit prestement l'échelle, une main sur les barreaux, un pistolet dans l'autre. Entre la porte et eux, il y avait à présent une tête, un corps décapité, et un homme armé.

– Restez bien derrière moi, murmura Carter de son ton le plus rassurant. C'est un agent du Service secret, il a une dent contre moi. Tâchez de me suivre comme mon ombre.

Il se retourna pour vérifier que son corps faisait bien écran devant la jeune femme.

– Charles ?

– Venez.

Carter avait sous-estimé son adversaire. Griffin était devenu violent. Le magicien se voulait sûr de lui, aussi solide qu'une pierre angulaire, mais une pensée soudaine, comme un séisme, vint ébranler cette stabilité apparente et jeter un trouble abyssal dans son esprit : pour la deuxième fois, la femme qu'il aimait était en danger. Il s'efforça de ralentir son pouls, inspirant par le nez, expirant par la bouche. Il n'avait pas d'arme. Y avait-il un lieu sûr où dissimuler Phoebe ? Il la sentait se raidir dans son dos.

L'homme bondit sur les planches. Sa silhouette était encore dans l'ombre, mais elle ne ressemblait en rien à celle de Griffin. Il tira un second pistolet de sa ceinture. Carter reconnut alors les armes dont il se servait au cours du numéro supprimé. Elles étaient affreusement imprécises, difficiles à manier, et une seule d'entre elles contenait une balle réelle. D'une certaine façon, c'était une chance. Une chance toute relative.

– Bonsoir, Carter.

L'homme enjamba le cadavre et s'approcha, pistolets aux poings.

Aucun doute, ce n'était pas Griffin. L'inconnu prenait son temps. Il portait un pantalon d'ouvrier, une chemise en coton épais, et un blouson de motocycliste beaucoup trop étriqué pour lui, que Carter n'eut aucune peine à reconnaître, car il provenait de sa propre garde-robe. Entièrement chauve, il arborait un bouc taillé en pointe et teint en noir. Sa peau était plus tannée qu'un cadran solaire.

Il balaya la scène du regard, souriant presque.

– Tu as dû souvent te demander ce que j'étais devenu.

Carter compara ce visage à celui de tous les agents du Service secret qu'il connaissait, en vain. Il s'apprêtait à rétorquer qu'il n'avait pas la moindre idée de ce dont il était question, réplique qui lui aurait sans doute été fatale : l'inconnu l'aurait abattu sur-le-champ pour lui rafraîchir la mémoire. Mais au même instant, Baby fit entendre un geignement étouffé, et le chauve tourna la tête.

– Salut, Baby.

Carter tressaillit. Ce visage émergea soudain des brumes du passé et un frisson d'angoisse lui parcourut l'échine. Cela remontait à une bonne dizaine d'années. Ici même, sur cette scène. Mystérioso ! Vil, obtus, il représentait aux yeux de Carter la face la plus sombre et la plus méprisable de la magie. Depuis leur dernière rencontre, les traits s'étaient creusés, comme le flanc d'une montagne battu par les vents, l'homme semblait s'être endurci avec les ans. Pourtant, Carter se sentait de taille à l'affronter.

– Tu ne me présentes pas la demoiselle ?

– Je ne connais pas son nom. C'est une aveugle qui s'est perdue dans le théâtre, et je l'aidais à trouver la sortie.

– Elle aurait pu sortir beaucoup plus vite si tu n'avais pas montré tant d'empressement à l'embrasser.

Carter ne sut que répondre : il lui revint à l'esprit que ce n'était pas lui, mais Houdini, qui avait jadis réglé son compte à Mystérioso.

– Il me semble qu'il vous a appelée Phoebe, mademoiselle. Phoebe, auriez-vous l'amabilité de vous écarter de votre chevalier servant ?

La jeune femme fit un pas de côté. Calme, les lèvres plissées, les bras croisés sur la poitrine, elle semblait ne pas vouloir céder à la panique.

– Merci, dit Mystérioso. Vous êtes ravissante.

Une sensation atroce se répandit dans la poitrine de Carter.

– Alors ? Qui vous envoie ?

Mystérioso se contenta de promener son regard sur la scène. Il esquissa une moue dédaigneuse.

– Cet appareil de lévitation, là, c'est un Kellar ?

– Non. C'est moi qui l'ai inventé.

– Oh, Carter, de grâce ! C'est un Kellar. Tu l'as volé, ça crève les yeux.

– Non !

Carter se retrouvait plongé dix ans en arrière, quand il n'était qu'un débutant cherchant à se tailler une place au soleil. Il fit un effort pour se maîtriser.

– C'est un Kellar, conclut Mystérioso, visiblement satisfait, en levant les pistolets. Et maintenant, lequel est chargé ?

– Ni l'un, ni l'autre.

Le revenant secoua la tête.

– Impossible. Si tu les avais utilisés pendant le spectacle, aucun ne serait chargé. Or tu n'en as rien fait, et il y a donc dans la chambre de l'un d'eux une balle prête à jaillir.

Phoebe laissa échapper un juron étouffé.

– Pardon ? fit Mystérioso, haussant les sourcils.

– Ils sont tous les deux déchargés, insista Carter.

– Dans ce cas, tu ne verras pas d'inconvénient à ce que je m'en serve sur vous. Mademoiselle Phoebe, puisque votre ami affirme qu'il n'y a aucun risque, je vais vous prendre pour cible.

– Non ! s'écria Carter.

Cet élan de panique parut ravir Mystérioso, qui porta à ses lèvres le canon d'un pistolet.

– Ha ha, je vois qu'on est amoureux. Alors, Carter, quel pistolet ? Phoebe, votre ami sait-il mentir ?

Un souvenir ancien glaça tout à coup l'esprit de Carter. Le magicien aigri était en train de rejouer *Chantage*, à balles réelles cette fois.

– Vous voyez celui dont le pontet est en forme de trèfle ?

Tout en parlant, Carter s'efforçait de réfléchir rapidement, mais il n'avait qu'une idée en tête : éviter que ce fou dangereux ne mette sa menace à exécution.

– L'un représente un cœur, l'autre un trèfle. Vous voyez ?

Si Mystérioso le prenait pour cible à la place de la jeune femme, il avait une chance de survivre à la balle de calibre 22 et de se ruer vers la table des accessoires, où étaient alignés une dizaine de couteaux de lancer.

– C'est le pistolet avec le trèfle qui contient la balle réelle.

– Mon Dieu ! souffla Phoebe.

– Merci, dit Mystérioso. Mais je préfère en rester à mon plan initial.

Il pointa les deux canons sur l'aveugle. Carter se posta devant elle. Mystérioso arma les chiens. Carter serra les mâchoires.

– Lâchez vos armes ! s'écria une voix.

Une silhouette émergea peu à peu des ténèbres, d'un pas incertain. Carter ouvrit des yeux comme des soucoupes.

C'était l'agent Griffin, barbouillé de suie de la tête aux pieds, les vêtements en lambeaux. Chacun de ses pas laissait une empreinte de cendre sur les planches. Il tenait son colt 45 d'une main ferme. Mystérioso, qui savait d'expérience ce qu'était une rage sourde, reconnut cette lueur dans les yeux de l'intrus.

– Tiens, tiens, fit-il. Comme on se retrouve...

Il semblait impressionné. Prenant ses deux pistolets par la crosse, il les déposa prudemment au sol. Griffin les chassa d'un coup de pied.

– Nous sommes sauvés ? demanda Phoebe.

– Oui, répondit Carter en saluant le nouveau venu de la main. Bonsoir, agent Griffin !

– Charles Carter, au nom de la loi, je vous arrête pour le meurtre du Président Warren Gamaliel Harding. Mettez les mains derrière la nuque !

Carter ne bougea pas. La stupeur l'empêchait d'obéir.

– Je vous demande pardon ?

– Qu'est-ce que vous nous chantez là ? aboya Mystérioso, dévisageant son rival avec un mélange de jalousie et de respect. Carter, est-il possible que tu aies vraiment tué le...

– Dites donc, le grand escogriffe, interrompit Griffin en dardant sur lui un regard chauffé à blanc, je ne sais pas qui vous êtes, mais un mot de plus, et je vous fais dans le ventre un trou si gros qu'on pourra lire l'annuaire du téléphone à travers.

Mystérioso s'apprêtait à riposter, le torse bombé, quand Griffin braqua le colt sur son plexus solaire.

– Allez-y ! Rien qu'un mot. Un seul.

Fermant les yeux, Mystérioso lâcha un soupir. Carter joignit les mains derrière la nuque.

– Agent Griffin, puis-je prendre la parole ?

– Pour dire quoi ?

– Phoebe, ici présente, est aveugle. Verriez-vous un inconvénient à ce qu'elle s'assoie ?

Griffin haussa les épaules. Carter conduisit la jeune femme au siège d'*Envolée !* et l'aida à prendre place. Il lui posa les mains sur les accoudoirs. Quand elle fit mine de les ramener sur ses genoux, il les remit à leur place initiale et lui fit comprendre d'une pression insistante qu'elle ne devait plus les bouger.

Ensuite, il reprit la pose, les mains derrière la nuque.

– Pourquoi m'arrêtez-vous ?

Griffin cracha un jet noirâtre sur le plancher.

– La bouteille de vin, pardi !

À peine l'eut-il prononcée que cette accusation lui parut dérisoire. Une bouteille de vin. Tant pis, il allait faire avouer Carter, même s'il devait y passer la nuit. Celui-ci eut une réaction inattendue.

– La bouteille de vin ? C'est stupéfiant. Je suis stupéfait.

– Mais qu'est-ce qu'il raconte ? s'écria Phoebe.

Mystérioso ouvrit la bouche, puis se ravisa.

– Silence ! ordonna Griffin.

– Charles, je crois que c'est le moment de lui dire que vous n'y êtes pour rien.

Carter resta coi. Griffin lui trouva un petit air satisfait, comme s'il jubilait d'être enfin pris. Mais lui attendait toujours des aveux. La bouteille était son unique pièce à conviction. Il décida donc de bluffer.

– Le seul point qui m'échappe encore, dit-il, c'est de savoir pour le compte de qui vous avez agi : la Duchesse ou un politicard véreux ?

– Ah, ça... grimaça Carter. Que puis-je répondre ?

– « Je ne suis pas coupable », par exemple, lança Phoebe.

– Ce n'est pas aussi simple. Il faut que je réfléchisse.

Carter fit tomber quelque chose au creux de sa main. Une pastille. Mystérioso fronça les sourcils.

– Qu'est-ce que c'est que ça ? dit Griffin, agitant son arme.

– Une pastille à la menthe PEZ.

Il secoua la boîte de plus belle.

– Vous en voulez une, agent Griffin ?

– PEZ ! s'exclama ce dernier. Bon sang, mais...

Il émit un grognement, comme frappé d'une illumination.

– Les Allemands ! Bien sûr !

– Pardon ? Non, je...

Furieux de se trouver exclu de ce dialogue, Mystérioso n'y tint plus :

– Carter, allons, tu n'as tout de même pas...

– Dites donc, le cabotin, j'ai dit plus un mot ! coupa Griffin en plongeant une main dans sa poche. Vous aussi, vous êtes en état d'arrestation. Enfilez-moi ça.

Il lança une paire de menottes à Mystérioso, qui l'attrapa d'une main désinvolte.

– Qu'est-ce que vous faites ? demanda Carter.

– Je lui passe les bracelets. Allez-y, mettez-les.

– Vous plaisantez !

– Vous êtes le suivant sur ma liste, Carter, alors, je vous conseille de fermer votre clapet !

– Il va s'en débarrasser en un clin d'œil !

– Ce sont des menottes certifiées conformes par le gouvernement. Impossible de les enlever, même pour des gars comme vous !

Confronté à un tel mur d'ignorance, Carter garda le silence. S'il survivait à cette soirée, l'agent du Service secret pourrait devenir un volontaire idéal pour ses spectacles.

Les traits figés par la concentration, comme s'il cherchait à apporter la preuve de son zèle, Mystérioso ferma une menotte, puis l'autre, autour de ses poignets. Baissant la tête comme un écolier honteux, il tendit les bras en avant.

Griffin sortit de sa poche une seconde paire de menottes, dont il se servit pour attacher Mystérioso à une tuyauterie en hauteur. Puis il rengaina son arme.

– Griffin, surtout ne vous approchez pas de lui.

L'agent s'apprêtait à répondre, mais soudain Mystérioso lui saisit les avant-bras et leur imprima une rapide secousse. Griffin en resta interloqué, ce simple mouvement ayant suffi à lui passer les menottes aux poignets. Tandis qu'il considérait d'un air hébété ses mains entravées, Mystérioso plongea dans sa poche de veston et en extirpa le pistolet.

– Veuillez m'excuser.

Et il tira froidement une balle dans le ventre de Griffin.

Carter sursauta. La détonation résonna d'un bout à l'autre de la salle. Aussitôt, Baby tomba sur le flanc. L'agent dévisageait Mystérioso avec une expression accusatrice. *Pauvre vieux*, songea Carter. Il eut le temps de lire dans ses yeux, juste avant qu'ils se referment, une amère déception. Puis Griffin s'effondra. Son assassin ne lui prêta pas la moindre attention : il s'était déjà tourné vers la cage du lion.

Phoebe ! Carter fit un pas en arrière et appuya sur le bouton du fauteuil. Avec un cri étouffé, la jeune femme se volatilisa, catapultée vers les cintres à la vitesse d'une pierre jaillie d'une fronde.

Mystérioso, dans un premier temps, ne s'en aperçut pas. Il était trop absorbé par le spectacle de Baby étendu sur la paille.

Carter aurait pu saisir cette occasion pour lui sauter dessus. Mais à la vue de Griffin, qui se tordait sur le plancher, dans un flot de sang, il sentit sa détermination vaciller. C'était la première fois qu'il voyait un homme blessé par balle. Soudain, les règles de conduite auxquelles il avait cru jusque-là lui apparurent fragiles, dérisoires.

Mystérioso s'était engagé sur un terrain où il ne le suivrait jamais. Comment alors le combattre ?

De toute façon, il était trop tard. Déjà, le revolver se pointait sur lui.

– Je n'avais qu'une balle, maintenant j'en ai cinq, déclara Mystérioso, presque distrait. Tu as dressé Baby à se coucher quand il entend un coup de feu ?

– Oui. Ou un claquement de mains.

– Comment se relève-t-il ?

– Quand je claque deux fois des mains.

– Et si quelqu'un d'autre bat des mains ?

– Essayez donc, vous verrez bien.

– Non. Il faudrait que je pose mon arme. Vas-y, tape.

– Il y a ici un homme en train de mourir.

– J'espère bien. Allez, plus vite !

Sans conviction, Carter frappa deux fois dans ses mains. Baby se rassit péniblement, sous l'œil curieux de son ancien maître.

– Très intéressant. Oh, mais je vois que ton amie a disparu. Elle était assise sur une de Kolta ?

– Oui.

Mystérioso gratifia Carter d'un regard oblique.

– Sauf que je ne vois aucune trappe. En revanche, il me semble deviner un élévateur... Je vais devoir retrouver une aveugle sur une passerelle. Vous ne m'aurez épargné aucune corvée. (Il jeta un coup de menton vers la scène.) Ton plagiat de Kellar m'intrigue beaucoup.

Carter faillit mordre à l'hameçon, mais il se ravisa. *Ce type n'est qu'une brute épaisse*. Une brute armée, certes, mais l'idée lui apporta un léger réconfort.

– Ne comptez pas sur moi pour vous en révéler le secret.

Tout en parlant, il vit que les lèvres de Griffin se tordaient en une grimace. Dans la pénombre, il lui était difficile d'évaluer la gravité de sa blessure, même si la couche de suie qui recouvrait ses vêtements était à présent luisante de sang. Il gisait sur le côté, et ses genoux repliés retenaient comme une digue la flaque rouge sombre qui grandissait contre son corps.

Mystérioso s'approcha de Carter, s'immobilisa à quelques pas.

– Toi, tu mijotes quelque chose.

De sa main libre, il déboutonna sa chemise jusqu'à la taille et dégagea une sorte de ventrière qui contenait un petit chien.

– Oh, misère ! murmura Carter.

Mystérioso extirpa l'animal de cette poche ventrale et le posa au sol. Il étira les pattes antérieures et bâilla.

– Narcisse ? fit Carter.

– Narcisse III. Mon joli toutou... Assis, Narcisse. Gentil chien-chien !

Quand Narcisse eut posé son séant à distance respectable de l'imprévisible Carter, son maître explora les poches de Griffin et y trouva une seconde paire de menottes. Comme l'agent tentait de le mordre au passage, Mystérioso fronça les sourcils.

– Allons, allons ! fit-il sur le ton de la réprimande.

Et il expédia un violent coup de pied dans le dos du blessé. Griffin grogna, ce qui parut soulager son tortionnaire.

– Narcisse ! Il est où, le bon miam-miam ? Viens !

Le petit chien bondit en avant, s'installa avec gourmandise à la lisière de la flaque de sang, et se mit à laper bruyamment.

Carter sentit son estomac se soulever. Mystérioso lui lança les menottes.

– Mets-en une à ton poignet gauche.

Puis, sous la menace du colt, il mena son prisonnier vers le panneau de décor qui avait servi pour le lancer de couteaux. Carter fut assailli par son odeur, une eau de Cologne bon marché, mélangée à un relent de terre humide – l'odeur d'un homme qui dormait dans les granges ou les fossés.

– Douze ans, marmonna Mystérioso. Douze ans que tu exploites mon spectacle et que tu mènes la grande vie.

– Vous êtes loin du compte.

– Oh, j'imagine que tu as eu ta part de soucis.

Avec un bâillement, il darda ses yeux noirs sur Carter. Douze ans auparavant, ils regorgeaient de mépris et d'égoïsme, mais à présent, curieusement, Carter avait l'impression d'être face au vide. Ce regard n'exprimait rien.

– Tu sais ce que j'ai fait ? J'ai quitté le pays. Et pour aller où ? Allons, devine !

– Aucune idée.

Carter déglutit avec peine. Il se sentait perdu, comme si le néant avait débordé des pupilles de Mystérioso et menaçait d'absorber toutes ses certitudes.

– Allons... Quel est le premier pays qui te viendrait en tête ?

Mystérioso attrapa la menotte libre et l'attacha à une épaisse barre métallique en forme de U qui émergeait de la paroi, à hauteur de hanche.

– Tu donnes ta langue au chat ?

– L'Inde, lâcha Carter d'une voix blanche.

– Exactement. J'ai effectué le fameux pèlerinage dont se targuent tous les magiciens. Je suis allé en Inde pour apprendre la magie auprès des saints hommes. J'y ai passé des années, Carter, pendant que tu menais une vie de patachon, à cinq mille dollars la semaine...

– Je n'ai jamais...

– Tais-toi !

Mystérioso pointa son colt sur la gorge de son rival, qui le sentit capable de presser la détente à tout moment. Carter avait une main libre, mais le cerveau embrumé : il revoyait les images de cartes anciennes, aux teintes fanées, qui promettaient des contrées peuplées de dragons aux téméraires explorateurs de l'inconnu. Mystérioso était de ceux-là. Il avait franchi les limites du monde, qu'elles soient géographiques ou psychiques.

– J'ai voyagé à dos d'âne jusqu'aux plus obscurs cloaques, j'ai fréquenté les grottes et les taudis infestés de vermine, et tu sais ce que m'ont enseigné les sages de l'Inde ? À ton avis ? La *paix intérieure* ! La lumière. Tu te rends compte ? Je voulais juste qu'on m'apprenne un tour que personne ne savait faire, comme tailler un gamin en morceaux et le reconstituer, ou bien le secret de ce numéro indien avec la corde, mais non ! Ces imbéciles m'ont appris le yoga ! Foutaises !

Le canon descendit vers le plexus de Carter. De sa main gauche, Mystérioso lui saisit le poignet droit, l'éleva au-dessus de sa tête, et l'appuya contre le décor. Cette immonde eau de Cologne donna un haut-le-cœur à Carter.

– Allez ! Tiens-toi bien droit, sur la pointe des pieds ! Plus haut !

Il n'existait aucun moyen infaillible pour un magicien d'en entraver durablement un autre. Aussi Carter obtempéra-t-il sans résistance. Il colla le dos contre le décor, se hissa sur la pointe des pieds, la main droite au-dessus de sa tête, et, du coin de l'œil, il vit Griffin redresser légèrement le cou, puis s'affaisser de plus belle. L'agent avait sur lui une seconde paire de menottes. Peut-être aussi un second revolver ? Carter chercha un signe de vie à l'endroit où Phoebe était assise quelques instants plus tôt, mais ne décela rien. Il effectua ces menues observations tout en réfléchissant au meilleur moyen de se libérer.

Mystérioso lui enfonça le canon au creux de l'estomac.

– Tu sais à quoi me sert ce pistolet ?

– Non.

– À créer une diversion.

Par réflexe, Carter baissa les yeux.

Ce n'était plus le revolver qui lui comprimait le ventre – mais le manche d'un de ses couteaux. À la seconde où il enregistrait la substitution, Mystérioso leva le bras, lui fit décrire un fulgurant arc de cercle, et lui planta la lame dans la paume, avant de reculer pour admirer son œuvre.

Carter n'entendit pas le son qui aurait normalement dû accompagner le coup. Une légère vibration remonta à partir de son poignet, et l'oscillation ne fit qu'augmenter jusqu'à atteindre ses lèvres tétanisées de surprise. Il avait la main droite clouée au-dessus de la tête, dans la position du bon élève qui veut à tout prix répondre au professeur. Il la contempla fixement, l'esprit vide. Le monde devint brusquement flou, comme sous le faisceau d'un projecteur mal réglé.

Tout son être allait se déverser hors de son corps. Un souvenir, simple fragment, le traversa : une soirée d'hiver à la bibliothèque de Thacher, les branches des arbres nus qui s'agitaient au-dehors, la pluie qui éclaboussait les fenêtres, le vent qui sifflait autour du bâtiment, et lui, penché sur l'*Anatomie* de Gray, les ampoules électriques qui clignotaient, une fois, deux fois, avant de s'éteindre complètement, plongeant dans l'obscurité cet écorché de la paume qu'il était en train d'étudier. Jusque-là, il avait parfaitement distingué l'organisation subtile de la peau, des tendons, des vaisseaux et des nerfs, des ligaments, des fléchisseurs, des muscles, des os, et tout à coup, ce miracle anatomique s'était évanoui, absorbé par les ténèbres.

Il attendit une douleur qui ne vint pas. Une crainte sourde s'insinua en lui : quand la souffrance éclaterait, elle serait intolérable. Le pouvoir de l'esprit sur le corps physique trouvait là sa limite, sa main était broyée, sa force de volonté peu à peu laminée par des assauts lancinants.

Carter n'ayant toujours pas émis le moindre son, Mystérioso posa les mains sur ses hanches.

– Allons, ça doit bien faire un peu mal ?

Oui, la douleur était bien là, et avec elle un message viscéral, transmis par le corps au cerveau, et vice versa, la peur vertigineuse d'une souffrance encore accrue. Mais il y avait aussi un défi à relever, auquel Carter se raccrocha par réflexe : surtout ne pas donner à ce monstre la satisfaction de la victoire.

Inspirer par le nez, expirer par la bouche. Quoi qu'il en coûtât. S'obliger à desserrer les mâchoires.

– Mes commanditaires, déclara Mystérioso, croisant les bras et s'adossant à un poteau, me permettront certainement de garder tes appareils. Enfin, ceux que je n'aurai pas détruits, ajouta-t-il en s'examinant les ongles.

– Vous comptez aussi vous venger d'Houdini ? demanda Carter d'une voix rauque.

Mystérioso fit mine de réfléchir. Son regard balaya la scène, s'arrêtant un instant sur Griffin, qui ne bougeait plus.

– Tu essaies de gagner du temps dans l'espoir qu'on vienne à ton secours, ou tu dis ça pour le simple plaisir de la conversation ? Houdini n'a fait que son devoir, et je le respecte. Mais toi, tu n'étais qu'un sous-fifre, un escamoteur minable, pétri d'opportunisme, qui a hérité par hasard d'une couronne toute provisoire. Et moi, grâce au talent et à la détermination que tu n'as pas, je la reprends. Audacieux, non ?

Carter tiqua. Ce mot. Trois syllabes. Trois syllabes qui le ramenèrent tout droit à un passé lointain. *Ne jamais confondre audace et sotte arrogance.* Au moment où Mystérioso se détournait, Carter lança, les paupières closes :

– Vous confondez audace et arrogance !

Mystérioso s'éloignait déjà.

– Je sais, je sais, lança-t-il par-dessus son épaule. J'ai déjà entendu ça quelque part... (Ayant atteint le mur de brique, il entreprit de le longer.) De qui est-ce, déjà ? Du Pr Hoffman ?

Non. D'Ottawa Keyes. Les yeux de Carter se rouvrirent d'un seul coup.

Il observa Mystérioso, qui mesurait la distance en pas entre le boîtier à fusibles et le mur, puis examina la façon dont il était attaché, en allant d'abord au plus facile : sa main gauche, menottée à une barre en fer à cheval. Pour cela, pas besoin d'instrument particulier, et tant mieux car ses outils se trouvaient dans sa manche droite, hors d'atteinte. Il avait une petite chance de se libérer en cognant le bracelet métallique contre une surface dure, malheureusement il était trop loin du sol. Avec un peu de souplesse, il devait cependant pouvoir prendre appui sur la barre elle-même.

Il se souvint de son inquiétude constante à propos d'Annabelle, qui aurait pu si facilement se fracturer les poignets lors de ses scènes de combat. Il revit son rituel matinal, le lait et l'huile d'olive. Cette main transpercée, c'était une partie de lui-même qu'on lui ôtait, son outil de travail. Pour mesurer l'ampleur des dégâts, il tenta de remuer le pouce. Il pouvait encore remuer le pouce.

Mystérioso s'était emparé d'une hache de pompier. Carter inspira longuement. Dès que son ennemi se serait suffisamment approché, il lui expédierait un coup de pied, de toutes ses forces. Mais cela suffirait-il ?

Mystérioso repassa devant lui avec sa hache, puis retourna au boîtier à fusibles, dont il força l'ouverture. Il abaissa un levier. Tout le côté jardin fut plongé dans l'obscurité. Il le releva, répéta l'opération pour le côté cour, puis pour les cintres, abaissa d'autres leviers qui paraissaient ne servir à rien, qui peut-être commandaient l'éclairage extérieur, et pour finir, il alluma et éteignit les lumières de la salle.

– Ah, fit-il, nous y voilà !

Il longea le mur sur une dizaine de mètres, brandit la hache au-dessus de sa tête et l'abattit d'un coup sec. Le choc de la lame contre les boulons métalliques provoqua des étincelles. Il abandonna son outil et tira sur la ligne électrique qu'il venait de sectionner, en faisant sauter les rivets comme les boutons d'une chemise. Puis, revenant vers la boîte à fusibles, il abaissa le levier d'alimentation. Il tenait à présent à la main, comme une sorte de tuyau d'arrosage, douze ou treize mètres de fil électrique – deux lignes de cent vingt volts en opposition de phase qui, enroulées autour d'un neutre, généraient un courant de deux cent quarante volts.

Carter se mordit la lèvre inférieure. Il n'allait pas périr d'un coup de hache, mais électrocuté.

– Hé, Carter, hurla Mystérioso, comment fais-tu rugir le lion ?

Griffin n'avait encore jamais essuyé un coup de feu, même si, dans sa jeunesse, il en avait parfois rêvé. Le choc initial passé, il ne pensait plus qu'à une chose, sa propre stupidité. Tombé pour rien. Jack Griffin, le crétin. Voilà une belle épitaphe à graver sur sa pierre tombale. Il ne souffrait pas trop, mais se sentait très affaibli. Il était peut-être capable de bouger, mais à quoi bon ?

À quelques mètres de là, les deux magiciens discutaient. Et un petit chien pelé était en train de boire son sang.

L'univers de Griffin se résuma tout entier à ce chien, avec lequel il entretenait une relation complexe. Il se disait que toute sa vie avait peut-être tendu vers cet instant précis, à mille lieues de la mort glorieuse dont il avait rêvé, et que ce chien, de son côté, avait traversé l'existence sans aucun but ni ambition. Et ils étaient là tous deux, lui, l'homme qui s'était toujours trompé, gisant à la merci de cet animal grotesque. *Et voilà que je sers de quatre-heures à un chien vampire*, se dit-il, ce qui lui parut une fin digne de sa lamentable carrière. Quand Narcisse, enhardi, osa patauger dans son sang, Griffin remarqua les touffes de poils blancs qui recouvraient par endroits sa peau rose et grise. Il distingua sur le flanc de l'animal une tache qui avait la forme de la Floride. Le monde était décidément rempli de merveilles ! Dans ses desseins aussi infinis qu'impénétrables, le Seigneur n'avait pas oublié de reproduire l'État de Floride sur la croupe d'un cabot !

Narcisse, aiguillonné par l'appétit, décida de prendre son repas directement à sa source : sur la plaie qui trouait le ventre de Griffin. En sentant de petits crocs aigus se planter dans sa chair, celui-ci sursauta. Ce simple réflexe suffit à faire reculer Narcisse, qui décrivit un cercle complet autour de sa proie, la jaugeant à distance, mesurant les risques.

La truffe luisante du chien renifla l'air, et ses babines se retroussèrent. Sans autre préambule, il s'éloigna au trot.

Griffin sentit un rire naître dans les profondeurs de sa gorge. Il n'était pas encore tout à fait réduit à l'état de chair à saucisse.

– Griffin ! Griffin ? Vous m'entendez ?

Cloué au décor à quelques pas sur la gauche, Carter lui décochait des regards furtifs et appuyés, pendant que Mystérioso, dans l'ombre, approchait de nouveau du boîtier à fusibles.

– Vous êtes capable de vous relever ? Est-ce que vous avez un autre revolver ? Vous pouvez m'aider à retirer ce couteau ?

La réponse à toutes ces questions était négative. Mais le seul fait de les examiner procura à l'agent un léger regain d'énergie.

– Griffin, insista Carter, je vous en conjure, rampez jusqu'à la cage du lion. Le loquet est au bas de la porte. Tirez-le.

Mystérioso, apparemment satisfait de son câblage, jeta un coup d'œil vers la cage. Baby s'était réfugié dans un angle et lui tournait le dos, assis sur son séant. Or il tenait à voir la tête du fauve au moment de lui envoyer une décharge électrique.

– Par ici, Baby. Viens me voir.

– Vite, Griffin, souffla Carter, si bas que l'agent l'entendit à peine. Libérez le lion !

Lui, membre du Service secret, blessé de surcroît, libérer un fauve dangereux ? Et sur injonction du meurtrier de William Harding ? Griffin le foudroya du regard avec tout le mépris qu'il put rassembler.

Carter fixa la cage, puis Griffin. D'un air suppliant.

– J'avouerai le meurtre du Président. Mais libérez le lion !

Mystérioso passa un bras entre les barreaux et fit rouler la pomme de terre nappée de fromage, qui portait quelques traces de crocs.

– Manger, Baby. Viens manger.

Il entendit un bref jappement, tout proche. Suivi d'un gémissement aigu.

– Mon joli toutou ? appela-t-il, inquiet. Où te caches-tu ?

Ce n'était pas l'aboiement habituel de Narcisse.

Il se leva et chercha parmi les dizaines de caisses, de châssis et d'accessoires entre lesquels Narcisse pouvait s'être perdu, puis revint vers la cage. Ce fut alors qu'il repéra sur le plancher une traînée de minuscules empreintes rougies par le sang de Griffin. Elles menaient droit à l'intérieur de la cage, et plus précisément à la patate cuite. Celle-ci avait été amputée d'une bouchée correspondant à la gueule de son chien.

– Joli toutou ? fit Mystérioso, de plus en plus anxieux.

Baby se retourna lentement. Les lions ne sourient pas, pourtant on eût dit que Baby souriait jusqu'aux oreilles. En tout cas, sa gueule entrouverte laissait apercevoir Narcisse, tout pantelant, pris entre les immenses crocs.

– Non ! s'écria Mystérioso, lâchant son câble électrique. Oh, non ! Non !

Il agita les bras, en signe de reddition. Sans lâcher le chien, Baby prit la position du sphinx.

Mystérioso n'osait plus faire un geste. Au bout de quelques secondes, saisi d'une soudaine inspiration, il frappa dans ses mains. Baby se mit à mastiquer.

Mystérioso poussa un cri d'animal blessé. Ses genoux le trahirent, il bascula vers l'avant, sa tête heurta le plancher. Le temps d'enfler ses poumons, et il se mit à hurler de plus belle.

Carter, qui avait essayé plusieurs fois sans succès de cogner sa menotte contre la barre en fer à cheval, interrompit ses efforts. L'attitude de Baby et les lamentations de Mystérioso l'éclairèrent sur ce qui venait de se passer. Lui qui adorait les animaux aurait pu compatir avec la perte subie par Mystérioso. *Bien fait*, songea-t-il au contraire, avant de reporter son attention sur sa main clouée, exsangue. Il avait l'impression d'avoir une palette en bois fixée au poignet.

Au-dessus de la scène, Phoebe tentait de s'orienter. Son siège s'était immobilisé net au terme d'une ascension fulgurante et elle était restée un moment assise sans bouger, les mains crispées sur les accoudoirs, à écouter ce qui se disait en contrebas.

Elle avait entendu Mystérioso s'informer sur Baby, puis Carter frapper dans ses mains. Elle avait tendu l'oreille pour mieux se repérer dans l'espace. Enfant, du temps où elle y voyait encore, elle s'était découvert une aptitude à *entendre* les objets. Quand elle s'amusait à marcher dans sa chambre les yeux clos, elle savait d'instinct où se trouvaient les murs et les meubles.

Plus tard, devenue aveugle, elle avait appris que tous les non-voyants espéraient retrouver cette faculté de l'enfance – en vain, dans la majorité des cas. Il y avait certes quelques rares élus, touchés par la grâce, qui étaient capables de trouver sans mal leur chemin autour du lac Merritt. Elle enviait ceux-là. Pour elle, se déplacer dans un environnement inconnu relevait de la gageure, et elle commença donc par avancer un pied avec mille précautions.

Son siège pouvait être simplement suspendu au-dessus du vide, à pcine retenu par un câble. En effet, elle ne rencontra d'abord que le vide sous ses pieds. Un léger picotement lui irradia les voûtes plantaires. Elle étira les orteils, au hasard, dans une direction puis l'autre. Ils finirent par rencontrer du dur.

Elle ôta ses souliers et les posa sur ses genoux. Puis elle retira ses bas et les mit en boule dans ses souliers. Pieds nus, elle explora la bordure qu'elle venait de toucher. C'était une plate-forme en bois, qui semblait se prolonger indéfiniment. Si Carter était capable de sang-froid, pourquoi pas elle ? Se levant, elle posa les deux pieds sur le bois. Puis elle se mit à genoux et tâta le sol de ses mains. Elle avait bien fait de se garder d'une grande enjambée : ce qu'elle avait pris pour une plate-forme n'était en réalité qu'une planche large d'une trentaine de centimètres.

Elle laissa ses souliers sur le fauteuil et releva sa robe sur ses hanches de manière à progresser sans peine. Elle se mit à ramper lentement, sans cesser de prêter attention aux sons qui montaient de la scène. En entendant Carter crier « Vous confondez audace et arrogance ! », elle sentit un sourire naître sur ses lèvres. Il avait gardé du répondant.

Au bout de la planche, Phoebe trouva une nacelle plus large, munie d'un garde-corps. Elle se releva. Il flottait une forte odeur d'essence et de gaz d'échappement. Quand ses mains touchèrent du caoutchouc, puis du métal, elle comprit très précisément où elle se trouvait. En bas, à la verticale ou presque, Mystérioso hurla :

– Mon joli toutou, où es-tu ?

Ses mains fébriles se mirent en quête du premier objet susceptible de lui servir d'arme. Ici les phares, là le guidon, la selle, le moteur, les pneus... Que contenaient les sacoches ? Vides ! Pourquoi cette motocyclette n'était-elle pas équipée d'une mitrailleuse et d'un lance-flammes ?

Mystérioso hurla. On eût dit une complainte funèbre. Il était tout près. Mais où exactement ?

Démarrer la motocyclette. La faire basculer de la nacelle pour l'écraser comme un cafard.

C'était un plan absurde. Comment s'assurer que l'engin tomberait pile sur Mystérioso ? Hélas, elle n'avait pas d'autre idée. Trouver la manette des gaz lui fut facile. Ne restait plus qu'à localiser le robinet d'arrivée d'essence et la pédale de démarrage.

Mystérioso se tenait face à la cage, muet de douleur. Carter ne le perdait pas des yeux, tout en pensant à sa main, que son esprit s'obstinait à se représenter comme un morceau de bois.

Baby continuait de mâcher de façon sporadique. Lorsque Mystérioso ramassa son fil électrique, Carter secoua la tête avec véhémence.

– Ne faites pas ça ! lança-t-il, attirant sur lui le regard noyé de Mystérioso.

Avec un cri furibond, celui-ci accola sa ligne de deux cent quarante volts à un barreau de métal. Baby cessa de mastiquer pour se lécher une patte et la frotter contre son museau. Mystérioso hurla de dépit en agitant son câble inutile. La cage n'étant pas reliée à la terre, le courant l'avait traversée sans le moindre effet.

À l'instant où il lâchait le câble d'un geste rageur, il perçut un mouvement à l'autre bout de la cage, côté porte. Il s'approcha de quelques pas et découvrit l'agent Griffin, toujours couché par terre. Les mains jointes, il gisait sur le flanc, les bras tendus au-dessus de la tête, comme un plongeur pétrifié en plein mouvement.

Mystérioso braqua son arme sur le blessé, puis se figea. L'agent tenait quelque chose à la main. Un loquet de serrure.

Le magicien fit volte-face, mais trop tard : Baby s'était déjà précipité contre la porte de la cage, qui bascula sur ses gonds et le renversa.

Carter poussa des cris d'encouragement en voyant le lion s'échapper. Au-dessus de la scène, Phoebe, qui avait enfin trouvé le robinet d'arrivée d'essence et la manette des gaz, venait d'enfourcher la motocyclette et de poser un pied nu sur la pédale de démarrage. Elle appuya timidement dessus. Il y eut un ronronnement, suivi d'un cliquetis mécanique. Et ce fut tout.

Mystérioso réussit miraculeusement à ramasser son arme et, tout en se redressant, chercha le lion du regard, mais quand il le repéra, Baby était déjà sur lui. Une patte de la taille d'une poêle à frire, aux griffes acérées, le frappa en pleine figure. Le revolver glissa sur les planches. Avec un rugissement, le fauve prit le torse de son maître indigne entre ses mâchoires, prêt à le broyer.

Phoebe donna un coup plus appuyé sur la pédale de démarrage. Le moteur toussota et, au moment où le carburateur se remplissait, lâcha une violente pétarade.

Aussitôt, Baby se coucha.

Carter n'en croyait pas ses yeux. Le lion tenait son ennemi à sa merci et voilà qu'il se laissait choir, inerte. Par réflexe, il tenta de frapper dans ses mains – et n'y parvint pas, bien entendu. Gorgé d'adrénaline, Mystérioso se mit à ramper à reculons, sans quitter la bête des yeux. Ses paupières étaient closes, son ventre se soulevait et s'abaissait régulièrement.

Mystérioso se releva et s'inspecta de pied en cap, recensant un certain nombre de plaies et d'égratignures. Mais tous ses membres fonctionnaient. Il finit par éclater de rire. Quelques touffes de poils de Narcisse se mêlaient à son bouc de jais. Il jeta un coup d'œil sournois en direction de Carter, puis chercha d'où venait ce grondement de motocyclette. Carter tira encore une fois sur sa main clouée, tandis que son ennemi arpentait la scène à pas lents, la tête rejetée en arrière, une main en visière.

Le moteur empêchait Phoebe d'entendre grand-chose. Et pourtant, quelqu'un lui parlait, tout proche.

– Vous pouvez descendre, Phoebe, lança Mystérioso. Je ne vous ferai pas de mal.

Elle frémit de colère : on aurait cru qu'il s'adressait à une fillette. Cela lui donna une idée. Puisqu'il la prenait pour une idiote...

– Avancez-vous dans la lumière, cria-t-elle. Que je puisse vous voir !

– Vous me voyez, là ?

– Hé ! cria Carter.

Il n'avait rien saisi de leur bref échange, car le moteur couvrait tout, mais la seule idée que Phoebe puisse converser avec Mystérioso le terrifiait.

– Et maintenant, vous me voyez ? lança ce dernier, en secouant la tête. D'ailleurs, y a-t-il un seul endroit en ce bas monde où vous pourriez me voir ?

– Ce n'est pas très gentil.

C'est ça, continuez à me sous-estimer.

– Mille excuses.

Au son de sa voix, elle devina qu'il tournait en rond sous la nacelle, cherchant un moyen de monter, ou simplement de repérer sa silhouette. Et malgré la distance, elle sentait l'odeur de son eau de Cologne.

– Restez devant la plate-forme, dit-elle.

– Comment avez-vous démarré cette motocyclette ?

– S'il vous plaît, j'ai très peur. Il faut que je sache si je peux vous faire confiance.

Mystérioso avança, hésitant. Rester planté devant une motocyclette en marche ? Absurde. Il fit un pas de côté et croisa les bras.

– Je suis là.

– Où ça ?

– Ici, dit-il, la tête renversée.

Phoebe, la main sur l'arrivée de carburant, visa à l'oreille et déversa sur Mystérioso les quatorze litres de kérosène du réservoir. Celui-ci prit la première giclée en pleine figure, le reste sur la tête et les épaules.

Elle coupa le moteur et put entendre le magicien chauve s'écarter en crachant et en titubant.

– Phoebe ! cria Carter.

– Je l'ai aspergé d'essence, lança-t-elle. Vous pourrez lui régler son compte ?

– Oui ! répondit Carter. Bien joué !

Il n'avait pas envie de lui expliquer qu'il était cloué à un décor comme un vulgaire scarabée. Tout à coup, il vit une forme sombre s'élever par saccades sur l'échelle fixée au mur opposé.

– Phoebe, éloignez-vous de la plate-forme ! Grimpez sur l'échelle de corde !

Il se tut. Il ne serait d'aucun secours à Phoebe en restant là où il était. Soudain, il comprit qu'il ne pourrait jamais s'échapper en se fiant à la seule magie. Car un illusionniste, pour se tirer d'une telle situation, aurait recours à un artifice quelconque, ou bien ferait appel à un complice. Or Baby resterait allongé tant qu'il n'aurait pas frappé dans ses mains. Quant à Griffin, il était évanoui, mort peut-être. Mais après tout, Carter n'était plus magicien, rien ne l'empêchait de chercher une autre voie de salut.

Quitte à employer les grands moyens... Il s'efforça de parvenir à une sorte de détachement en se concentrant sur des réalités froidement anatomiques. Mystérioso avait planté le couteau à la verticale, entre son majeur et son index, dans la zone palmaire interosseuse, ce qui avait probablement broyé les deuxième et troisième métacarpes. Sa main était un subtil ensemble de leviers et de poulies, dont les mouvements précis l'avaient aidé à trouver un semblant de paix ici-bas. Il lui adressa un adieu muet.

Il souleva les talons, ramena ses genoux contre sa poitrine, puis resta un moment pendu dans cette position. Sous le poids de son corps, la plaie s'allongea d'un demi-centimètre, ce qui provoqua une nouvelle giclée de sang. Un demi-centimètre, ce n'était pas encore assez. Il insista, tira de toutes ses forces, indifférent à la douleur atroce qui lui irradiait le bras. Et soudain, il tomba au sol.

Peu à peu, le sang se remit à circuler, et à mesure que les sensations revenaient, il se rendit compte à quel point son engourdissement lui avait été salutaire. Sa paume était éventrée verticalement et ses doigts pendaient comme des excroissances grotesques. Tirant un foulard de soie de sa poche, il improvisa un bandage, aussitôt maculé de sang. Avec des gestes mécaniques, il puisa dans sa manche droite un fil de fer qu'il introduisit dans la serrure de ses menottes. Celles-ci ne tardèrent pas à céder.

Il leva les yeux sur le couteau toujours fiché dans le décor et envisagea de l'arracher. Trop compliqué. Dans les cintres, il vit Mystérioso sauter de l'échelle et atterrir sur le faîte d'un élément du décor égyptien.

La table des accessoires. Pas d'allumettes. Pas de chandelles auto-inflammables. Les cinq couteaux de lancer restants avaient disparu. Albert les avait tous utilisés pendant le spectacle. Albert et sa passion pour le feu...

Carter tâta sa poche. Le papier flash. Les trois feuilles que lui avait remises Albert. Il les avait gardées. Un procédé aléatoire, qui ne fonctionnait que si la friction était parfaite, et tout cela pour produire une flamme plus faible que celle d'une allumette. Juste de quoi jeter un peu de poudre aux yeux des spectateurs. Soudain, une pensée le traversa : où étaient passés les deux pistolets de son numéro ?

Il leva la tête. Mystérioso, telle une araignée, gravissait une seconde échelle à pas feutrés. Ne voyant pas Phoebe, Carter songea qu'elle avait peut-être trouvé une cachette sûre. Il revint au centre de la scène, où Mystérioso, tout à l'heure, avait posé les pistolets. Il scruta le plancher éclairé par une rampe de trois projecteurs, mais impossible de mettre la main dessus. Sur la passerelle, un bruit de pas se fit entendre – non, deux, un léger, un pesant. Toujours sanguinolent, et armé de ses trois feuilles de papier flash, il voulut se hisser à la force d'un seul poignet vers les hauteurs du théâtre, pour y livrer son dernier combat.

Il dut rapidement y renoncer. Il finit par décrire un ample cercle sur la scène, bientôt gagné par le vertige. Comment gravir une échelle avec une seule main valide ? Il y avait bien un élévateur, mais il se trouvait là-haut, dans les cintres.

Carter leva les yeux. Plusieurs niveaux de passerelles s'entrecroisaient comme des branches d'arbres. Il y avait aussi des rampes de projecteurs. Son regard s'arrêta sur les statues de l'illusion égyptienne, suspendues au-dessus de la scène. Il les fixa longuement. Brillantes, dorées, lourdes...

Phoebe avait trouvé une échelle de corde haute de plusieurs mètres menant à une passerelle métallique qui lui parut glacée sous ses pieds nus. Elle la longea à tâtons, les mains courant sur le garde-corps, attentive aux moindres frémissements du métal. En percevant de discrètes résonances caverneuses, aquatiques, elle comprit qu'elle se trouvait au-dessus du réservoir d'eau. Qu'y avait-il à sa portée ? De quelle arme pouvait-elle faire usage ?

Soudain, un bruit de bottes fit vibrer la passerelle, accompagné d'une forte odeur d'essence. Phoebe agrippa la balustrade. Elle se trouvait à treize mètres au-dessus du sol.

– Je ne suis pas armée, dit-elle d'une petite voix.

– Vous m'en voyez ravi, répondit Mystérioso, le poing dressé.

Un grondement de turbine s'éleva à cet instant : la statue de Ramsès dégringola au bout de son filin, et il ne put s'empêcher de tourner la tête, dans l'attente de la voir se briser sur le plateau.

S'ensuivit une cascade d'actions, aussi mécaniques et inéluctables qu'un ballet d'automates. Tandis que Mystérioso se penchait vers la scène, Charles Carter, accroché au filin du contrepoids de Ramsès, fut propulsé vers les cintres. Mystérioso, prêt à en découdre, fit un pas en direction de Phoebe, qui trébucha, poussa un cri, et tomba de tout son long sur l'étroite passerelle. Mystérioso empoigna le garde-fou, au cas où Carter tenterait de le faire basculer dans le vide. Entraîné par l'oscillation naturelle du câble, celui-ci décrivit une ample parabole avant d'atterrir sur l'extrême bord de la passerelle. Là, il prit Mystérioso à bras-le-corps et, rassemblant toutes ses forces, l'entraîna avec lui par-dessus la rambarde.

La statue de plâtre s'écrasa sur scène, instantanément réduite à un amas de poudre et de grillage métallique. Phoebe se retrouva seule, fermement agrippée à la passerelle qui tremblait encore. Elle n'avait aucune idée de ce qui s'était passé. Elle n'entendit aucun impact de corps sur les planches.

– Charles ?

Sous la passerelle, en un vaste réseau de câbles et de filaments aussi complexe qu'une toile d'araignée, se déployait l'appareil de lévitation inventé par Carter – et non Kellar. Malgré sa délicatesse (de la salle, sous les projecteurs allumés, le tout était évidemment invisible), cette structure tendue par des ressorts avait la résistance d'un filet de pêche. Carter et Mystérioso avaient atterri là, en rebondissant légèrement sur les filins, à quelque huit mètres au-dessus du sol. Mais l'un comme l'autre étaient à présent empêtrés dans une forêt de mailles invisibles. Deux hommes ensanglantés, qui se débattaient dans les airs comme s'ils redoutaient l'arrivée d'un arachnide géant.

Mystérioso glissa une main au fond de sa poche ; malgré les câbles qui lui entaillaient la peau du poignet, il parvint à en extraire son couteau. Face à lui, Carter était immobilisé en position quasi fœtale, le cou et les pieds tout juste hors de portée de la lame que maniait à présent son adversaire.

– Sacré nom de...

Au moment d'assener un nouveau coup, Mystérioso fut victime d'une secousse et d'un rebond imprévus : involontairement, il avait tranché quelques-uns des câbles qui l'empêchaient de basculer dans le vide. Il se figea au milieu de son mouvement.

Carter était ballotté de haut en bas, une sensation presque apaisante. Quelques secondes plus tôt, il avait connu une flambée d'adrénaline, mais son ascension puis sa chute avaient redoublé l'hémorragie ; le sang coulait à flots de sa main, dégoulinant à l'intérieur de sa manche, et la douleur se faisait de moins en moins sensible. Ce n'était pas bon signe. Mais il lui devenait difficile de lutter contre cette léthargie croissante. À la périphérie de son champ de vision, les objets n'étaient plus guère que des points et des traits indistincts. Ces particules dansantes lui semblaient porteuses d'une promesse d'éternité, de chaleur et de silence.

– Phoebe ? appela-t-il avec une étrange sérénité.

Il avait bien un plan. Mais il lui fallait agir vite.

– Avancez jusqu'au bout de la passerelle. Vous trouverez un élévateur. Redescendez sur scène, et allez chercher de l'aide.

Cependant, il surveillait du coin de l'œil les coups que tentait de lui porter Mystérioso, comme au ralenti. Malgré ses précautions, la lame sectionna un autre câble, et le filet baissa d'un cran. L'ensemble de la structure menaçait à présent de céder, pourtant Carter continuait de se laisser bercer par cette sensation bienfaisante de chaleur, de sécurité, et d'amollissement. Dans ses derniers éclairs de conscience, il comprit que tout ce qu'il avait connu jusqu'ici n'était que faux décors et toiles peintes, et que la réalité ne se définissait pas par un jeu dynamique d'action et de réaction, mais par une inexorable déperdition d'énergie. Une entropie – la preuve, selon Ledocq, de l'existence du Créateur. Carter voyait à présent tout cela, et s'en accommodait. Il fixa l'homme emmêlé en sa compagnie et tenta de lui communiquer sa conception du monde. Les yeux de Mystérioso s'étrécirent et, soudain, violemment, il se rua sur Carter, indifférent aux conséquences que ce geste pouvait avoir sur son équilibre déjà précaire. Carter se sentit projeté en tous sens, à chaque nouveau câble qui cédait, et un rideau voila soudain ses pensées. L'envie le prit de rentrer chez lui et de dormir. Il serait tellement plus facile de renoncer. De lâcher prise. Puis il se souvint confusément que c'était là un conseil du Diable. Et si cette lente dégradation, cette spirale du déclin était le moyen imaginé par Satan pour tuer l'émerveillement ? L'émerveillement était l'élan vital. Le couteau plongea de nouveau sur lui. Il lui restait une dernière carte à abattre. Il glissa la main gauche dans sa poche au moment où le bras de Mystérioso passait à sa hauteur. La lame lui frôla le menton. Alors Carter frotta énergiquement une feuille de papier flash sur la manche de son adversaire.

La petite gerbe d'étincelles de magnésium mourut aussitôt, mais elle laissa derrière elle une flammèche bleue. L'essence qui imbibait les vêtements de Mystérioso s'embrasa comme un jet de gaz. Hurlement... L'odeur du coton et du caoutchouc brûlés réveilla Carter : après l'empoignade sur la passerelle, il devait être lui aussi couvert d'essence. Il se débattit dans le filet pour s'éloigner de Mystérioso, lequel faisait des bonds de cabri. Soudain, à son grand effroi, Carter se rendit compte de son erreur : les derniers câbles prenaient feu comme des mèches de chandelle et des flammes minuscules couraient le long des supports. Une dernière secousse vers la gauche et il fut catapulté en l'air. Ses bras et ses jambes s'agitèrent furieusement, cherchant à s'agripper au vide. Sa tête heurta un mur, il s'effondra sur la scène.

Mystérioso, quant à lui, tomba comme une masse dans le réservoir. Le kérosène brûle à la surface de l'eau, mais pas quand il est immergé. Ce plongeon ragaillardit le magicien. Il avala une goulée d'air, se réfugia au fond du bassin et se dépouilla de ses vêtements enflammés. Il resterait sous l'eau aussi longtemps que possible, sa formation d'illusionniste lui permettant des apnées prolongées.

Quand il émergea enfin, il ne restait plus que quelques haillons en feu à la surface. Il fit l'inventaire : il était crasseux, écorché, griffé, et légèrement brûlé, mais sain et sauf. Le réservoir, profond d'une quarantaine de centimètres sur ses bords, se creusait en son centre, de sorte que Mystérioso pataugeait dans un mètre d'eau environ. Du pied, il tâta le fond jusqu'à retrouver le couteau qui l'avait accompagné dans sa chute. Des bruits lui parvinrent – des pas, des claquements de mains, comme de timides applaudissements. Il jeta un œil par-dessus le réservoir : des nuages de fumée s'élevaient à différents points de la scène, impénétrables au regard.

– Ohé ?

Mystérioso reconnut la voix de Phoebe. Elle était tout près. Il se garda de lui répondre. De son côté, Carter, qui gisait sur les planches, inconscient et prostré, n'était pas en état de parler.

– Charles ? s'écria la jeune femme d'une voix au bord de la panique. Vous êtes tombé dans le réservoir ?

Mystérioso se retourna avec force éclaboussures. Où était-elle donc ?

– Je suis ici, dit-elle. Donnez-moi la main.

Il l'aperçut enfin à travers le rideau de fumée – elle était là, en train d'explorer à tâtons le bord du réservoir. Et elle souriait.

– Je vais vous sortir de là, Charles.

Mystérioso s'approcha en clapotant, la main droite prête à saisir celle de Phoebe, la gauche fermée sur le manche du couteau. Mais au lieu de rencontrer une main tendue, les doigts du magicien trouvèrent le câble électrique à deux cent quarante volts, que Phoebe avait localisé grâce à son léger bourdonnement.

Si les barreaux d'une cage ne sont pas forcément conducteurs, il en va autrement d'une citerne remplie d'eau. Les sourcils de Mystérioso grimpèrent au sommet de son front, ses mâchoires claquèrent violemment sur sa langue, et tous les muscles de son corps se contractèrent jusqu'au point de rupture. Pendant ses cinq dernières secondes de conscience, il sentit ses tympans éclater et ses cornées rôtir. Puis, quoique déjà mort au sens clinique du terme, il resta un long moment debout, la main crispée sur le câble, jusqu'à ce que la gravité le fasse basculer en arrière, dans une eau qui bouillonnait déjà.

Carter s'éveilla sans trop savoir où il était. Dans une caisse ? Les lumières l'éblouissaient. Ah, sur scène. Une voix lui murmurait que tout allait bien. Il avait l'impression que son crâne était broyé et n'osait bouger la tête, ce qui lui rappela sa peur ancienne d'être accidentellement piétiné par Tug.

– Charles, c'est fini, tout va bien.

– Phoebe ?

– Oui. C'est fini. Nous sommes sauvés.

– Vous n'êtes pas blessée ?

– Non.

– Comment m'avez-vous retrouvé ?

– J'ai frappé dans mes mains, et Baby m'a plus ou moins remorquée jusqu'à vous.

Carter reposait sur le dos, la tête sur les genoux de la jeune femme. Le lion s'était tranquillement couché derrière eux, comme repu après un pique-nique.

– Puis j'ai entendu quelqu'un bouger dans le réservoir...

Il se souvint de sa main.

– Je suis en train de me vider de mon sang.

– Je ne crois pas. On va vous soigner.

Il cligna des paupières pour tenter d'éclaircir sa vision.

– Vous avez frappé dans vos mains, et Baby s'est levé ?

– Oui.

– Alors vous lui plaisez certainement.

Il perçut un gargouillement et des effluves doucereux.

– C'est quoi, cette odeur ?

– Mystérioso en train de bouillir.

Il tenta de lire sur le visage de Phoebe, mais avec sa vue brouillée, ce n'était pas facile.

– Et vous ? Vous n'avez rien ?

– Rien. Vous vous êtes fait mal à la main.

– Il est mort ?

– Je l'ai tué.

Il sentit le trouble dans sa voix.

– Et ça va ?

Elle haussa les épaules.

– Où est Griffin ? s'enquit-il.

– J'ai couru à l'entrée des artistes. Il y avait là un clochard, un certain Chase, je crois. Il est allé chercher une ambulance.

Carter se redressa, les mains sur le crâne, traversé d'élancements. Soutenu par Phoebe, il réussit à se traîner sur quatre mètres jusqu'à Griffin et s'agenouilla. Livide, l'agent leva sur lui un regard vitreux. Il essaya de bouger, mais il était toujours menotté. Il se sentait faible. Il voulut ensuite lever un bras. Carter remarqua qu'il serrait un de ses pistolets de scène, sans parvenir à l'ajuster.

– Au nom de la loi... je vous arrête...

En constatant que Griffin tenait le pistolet chargé à blanc, Carter sentit l'attendrissement lui nouer la gorge. Il mit les mains en l'air.

– Je vous suis sans résistance.

CHAPITRE 10

Le lendemain, les manchettes de la presse auraient dû s'en donner à cœur joie. Quand on retrouve un illusionniste récemment mêlé à l'assassinat du Président avec sur les bras un rival électrocuté, une doublure décapitée, un assistant bâillonné (Willie, assommé dans la loge), un ouvreur à demi nu, la nuque brisée, et enfin un agent du Service secret blessé par balle, une telle accumulation finit par laisser pantois. Si l'on ajoute à cela une pointe de dépravation – sous forme d'une jeune aveugle à la robe du soir lacérée et relevée jusqu'aux hanches – on comprendra qu'un silence quasi religieux se soit abattu sur les rédactions du *Call-Telegram*, du *Chronicle*, et de l'*Examiner*.

Aussi les gros titres du 5 novembre 1923 furent-ils surtout éloquents par leur mutisme. La une du *Chronicle* s'indigna du nouveau plan fiscal du ministre Mellon. Elle proposait aussi un article scientifique sur les effets mirifiques du phosphate d'hydroxyde de sodium, le « Peppo », une boisson énergétique servie aux troupes de choc allemandes avant l'assaut, un fantassin imbibé de « Peppo » ayant apparemment réussi à stopper un char. Le *Call-Telegram*, quant à lui, s'intéressait à la réunion annuelle de l'Association britannique pour le progrès de la science, pendant laquelle sir Ernest Rutherford avait réduit à néant l'espoir de réussir un jour à désintégrer l'atome, ce qui aurait pu produire une vaste source d'énergie. L'*Examiner*, dans un dossier hardi, révélait qu'un magasin ayant pignon sur la Cinquième Avenue à New York n'était que la façade d'une clinique pratiquant le « contrôle des naissances ».

Carter n'était cité nulle part. Le *San Francisco Law Journal*, dans sa chronique policière bimensuelle, faisait allusion à un homicide, peut-être en état de légitime défense, au théâtre de l'Orpheum, sans autre précision. Ce qui, bien entendu, n'empêcha pas les rumeurs de circuler...

Saint Mary était l'hôpital le plus proche du théâtre, mais la réputation de ses médecins était médiocre. Carter demanda donc à être transporté en ambulance, en compagnie de Griffin, dans une minuscule clinique perchée au sommet de Lone Mountain – la plus sauvages des collines de San Francisco, et aussi celle qui offrait le plus beau panorama. Bâti en croix espagnole, l'établissement ne disposait que de trente-deux chambres, réparties sur deux étages. Le sol des quatre ailes était carrelé de tomettes, à l'exception du patio central, revêtu d'une mosaïque représentant sainte Agathe, patronne des infirmières. Ce patio accueillait aussi un piano à queue car, pendant la guerre, la clinique avait expérimenté un programme thérapeutique original supposé accélérer la convalescence : on y mettait l'accent sur les bienfaits de la musique, du soleil, d'une belle vue sur l'océan et d'une antique gymnastique chinoise nommée *tai-chi.*

On radiographia Carter de la tête aux pieds. Aucune fracture du crâne ne fut détectée, mais on lui enjoignit toutefois de rester éveillé pendant vingt-quatre heures afin d'éviter tout risque de commotion. On lui prescrivit de la morphine, et sa blessure reçut un traitement à base de cocaïne, après avoir été désinfectée à la flavine par un médecin qui, tout en recousant sa main et, en fixant son attelle, n'eut de cesse de répéter : « Le Bon Dieu a repris une partie de ce qu'il vous avait donné. » Deux minutes après sa dernière injection, Carter trouva que ce médecin était d'une beauté, d'une dextérité et d'une profondeur spirituelle tout à fait fascinantes.

Griffin fut expédié en chirurgie. La balle l'avait frappé sous le nombril et s'était logée dans l'intestin. Avant la guerre, il aurait sans doute succombé : on n'opérait pas les boyaux, œuvre divine jugée aussi énigmatique que les circonvolutions cérébrales. Heureusement pour lui, le Dr Boone s'était fait la main sur les champs de bataille des Flandres.

Boone débrida la plaie et l'arrosa de solution de Dakin, composée d'hypochlorite de sodium et d'acide borique. Il eut ensuite toute latitude pour opérer l'intestin, extraire la balle et effectuer une première suture des tissus endommagés. Pour finir, le chirurgien immobilisa la région atteinte avec une couche d'emplâtre et croisa les doigts, car on n'était jamais sûr à l'avance qu'un patient survivrait à une telle intervention.

À cinq heures du matin, l'état de Griffin fut déclaré stationnaire. On l'installa dans une chambre avec une perfusion de solution saline. Boone, après avoir pris sa douche, rejoignit ses confrères – Wilbur et Cooper – à la chapelle, où ils se mirent en prière pour saluer l'arrivée du jour.

Au même moment, éclairé par les premiers feux de l'aube, Carter était assis sur le banc de pianiste du patio. Il portait des vêtements propres qu'il avait réclamés mais, ayant oublié de demander des souliers de rechange, il avait chaussé ses bottes sales de la veille. Les yeux sur la porte de la chapelle, il faisait courir ses doigts sur les touches sans les enfoncer. Elle finit par s'ouvrir sur les Drs Boone, Wilbur, et Cooper.

– Messieurs, lança-t-il en les hélant de son bras bandé, maintenu par une attelle, un mot, s'il vous plaît.

Carter se présenta, puis émit le vœu que les meilleurs soins possibles soient prodigués à Jack Griffin. Les trois médecins accueillirent sa demande du bout des lèvres, car tous les patients recevaient des soins excellents et étaient traités sur un pied d'égalité.

– C'est un agent du Service secret, expliqua Carter. Il a été blessé dans l'exercice de son devoir.

Cette précision fut saluée par des interjections approbatrices, car ils avaient tous la fibre patriotique.

– Ses supérieurs sont informés. Ils savent qu'ils peuvent compter sur un rétablissement complet, ajouta Carter en insistant si fort sur l'expression « rétablissement complet » qu'elle en devint presque insultante.

– Et comment l'agent Griffin a-t-il été blessé ? demanda le Dr Boone, dont le visage étroit et le collier de barbe évoquaient Lincoln.

– En procédant à une arrestation, rétorqua Carter avec un large sourire. La mienne.

Ses trois interlocuteurs se dandinèrent d'un pied sur l'autre, avec un embarras qui l'amusa.

– Il m'arrêtait pour le meurtre du Président Harding.

Les Drs Boone, Wilbur et Cooper échangèrent des regards perplexes. Wilbur, qui souffrait de reflux gastriques à la moindre contrariété, laissa échapper un hoquet.

– J'y suis ! s'exclama Carter, frappé d'une illumination. C'est vous qui avez signé l'acte de décès de feu le Président !

– Monsieur, dit Cooper en étirant indéfiniment chaque syllabe, vous semez le doute dans mon esprit. Ne devrions-nous pas vous faire arrêter ?

– Oh, si, absolument ! fit Carter, hilare. Je suis impatient de révéler ce que je sais de l'affaire. Mais peut-être serait-il plus sage de laisser Griffin présenter ses pièces à conviction à sa hiérarchie. La justice suivra lentement son cours.

Il leur laissa le temps de méditer là-dessus. Les médecins finirent par comprendre que Carter était en train de leur assurer, en termes voilés mais convaincants, qu'ils n'auraient rien à craindre de Griffin, à un bémol près : si l'agent quittait l'hôpital entre quatre planches, les pièces à charge qu'il avait remises à plusieurs personnes de confiance risquaient de faire surface. Les médecins déclarèrent alors au magicien qu'il était libre de sortir quand bon lui semblerait. Pourtant, au lieu de s'éclipser illico, Carter suivit Boone dans un couloir (il se sentait étrangement attiré par ce collier à la Lincoln) et, au bord des larmes, lui répéta une dernière fois :

– Prenez grand soin de Griffin. C'est mon meilleur public.

Quelques minutes plus tard, il frappait doucement à la porte d'une chambre de la clinique. Phoebe était étendue sur un édredon de plumes, sans dormir tout à fait. Elle portait encore sa robe du soir mais s'était débarbouillé le visage. Ses lunettes étaient posées sur la table de chevet.

– Vous pouvez sortir ? demanda-t-elle d'une voix ensommeillée, en se hissant sur un coude.

– Vous allez devoir me maintenir éveillé vingt-quatre heures.

– J'en fais mon affaire, dit-elle en s'asseyant.

La promenade sur la plage était une idée de Carter. Phoebe, en rappelant qu'il avait déjà tenté de l'entraîner à Neptune Beach, lui demanda s'il n'était pas obsédé par les bords de mer.

– C'est vrai, j'aime le rivage.

Ocean Beach en plein novembre, une heure après l'aube, était un vaste terrain de jeux dépeuplé. Deux silhouettes allaient pieds nus sur le sable. Sur la jetée, une nature morte : une paire de chaussettes, des bas de soie, deux paires de chaussures abîmées et noires de suie. Malgré le vent tiède, Phoebe s'emmitoufla dans la veste de Carter tandis qu'ils marchaient vers la lisière des vagues.

– La dernière fois que j'ai emprunté votre veste...

– Si vous essayez encore de fuir, je me jette sur vous et je vous aplatis comme un sandwich.

Elle se mordit la lèvre.

– Charles, avez-vous tué le Président ?

– C'est une question compliquée.

– Non. Au contraire.
– Vous tenez vraiment à le savoir ?
– Absolument !

La marée était basse. La plage se divisait en une large bande de sable sec et une autre de sable humide et souple, jonché d'algues et de coquillages. Carter se surprit à penser que la jeune femme percevait aussi distinctement que lui les contrastes du terrain sous ses pieds. Des mouettes transportaient dans leur bec les mollusques qu'elles venaient de pêcher et les lâchaient au-dessus de la promenade bétonnée afin d'en briser la coquille.

– Tout me paraît stupéfiant, lâcha-t-il.

– Normal, vous avez pris de la cocaïne et de la morphine. Il ne vous manque plus qu'un peu de marijuana, et vous pourrez jouer dans un jazz-band !

Sa main, sa tête lui faisaient mal. On lui avait remis un flacon plein de cachets, mais il ne voulait pas y toucher.

Phoebe s'approcha des vagues, puis battit en retraite.

– Au fait, à quoi ressemble ma robe ? demanda-t-elle.

– Je vous en dois une neuve. Vous pouvez vous baigner si vous en avez envie.

– Vous avez encore les moyens de m'offrir une robe neuve ?

– Je crois. Même avec cette main, ajouta-t-il en soulevant son attelle.

– Quel est le diagnostic ?

– La médecine réalise des miracles de nos jours. On parle de rattacher les tendons arrachés à d'autres muscles, et de rééduquer les doigts... mais...

Il s'interrompit : les projets des chirurgiens lui paraissaient insignifiants.

– Il y a un magicien du siècle dernier – j'ai passé la nuit à chercher son nom – qui a parcouru l'Europe en tournée malgré ses deux doigts en moins. J'espère qu'il a laissé des écrits. Mais...

De nouveau, il laissa sa phrase en suspens.

Phoebe, face à l'océan, la jupe relevée de quelques centimètres, tourna la tête vers lui, attendant la suite, quand tout à coup l'écume lui cerna les chevilles. Elle poussa un petit cri et lâcha sa robe, dont l'ourlet s'épanouit en corolle à la surface des flots.

– Bah, tant pis, fit-elle, en reprenant lentement sa marche au bord des vagues, tandis que des rigoles d'eau tourbillonnante s'écoulaient entre ses orteils.

Carter retroussa son pantalon au niveau des genoux.

– Vous alliez dire quelque chose ? reprit-elle.

À quoi bon lui cacher le fond de sa pensée ?

C'était la première fois qu'il voyait une radiographie de son corps. Il avait été très surpris de constater que ses rouages internes ressemblaient à ceux de n'importe quel autre homme. Et cette découverte l'avait rendu curieusement optimiste.

– J'adore la magie. C'est un art merveilleux, mais hier soir, j'ai compris que vous m'importiez plus encore.

Il pensa que la vie n'était que mouvement et transformation. D'enfant à magicien, de mari à veuf – sans espoir de revenir jamais en arrière. Son cœur avait longtemps subi le joug d'une douleur qui s'était brusquement évaporée, sans qu'il sût comment. Il se retrouvait aujourd'hui avec une main valide, l'autre en miettes. Ce qui lui donnait le sentiment qu'il pouvait être à la fois magicien *et* homme.

Phoebe lui prit le bras. Ils firent quelques pas, et Carter s'arrêta pour l'embrasser. En lui posant la main sur le sein.

– C'est si bon, soupira Phoebe, troublée.

Elle se déroba à son étreinte.

– J'ai besoin de réfléchir, murmura-t-elle.

– Surtout pas.

Et la main de Carter retrouva son sein.

– S'il vous plaît, Charles, dites-moi qu'il n'y a pas quarante marines et un autocar rempli d'enfants caché dans les parages. Si nous couchons ensemble, vous risquez de vous endormir aussitôt après : je ne pourrais pas vivre avec un tel poids sur la conscience, j'aurais l'impression d'être une mante religieuse.

– Je suis prêt à courir le risque.

– Vous avez pris un coup sur la tête.

– Pas assez fort.

Elle lui saisit le bras, tout en lui conseillant de se représenter les vagues qui dansaient autour de leurs chevilles comme une douche froide envoyée par le Seigneur pour le maintenir éveillé. Puis elle lui demanda de décrire l'horizon : voyait-on des navires au large ? Des vapeurs, des yachts, des paquebots ? À son avis, où ces bateaux allaient-ils ?

Le soleil faisait luire les galets et les coquillages. Même les mottes d'algues échouées sur le sable semblaient riches et suaves comme des grappes de raisin. Phoebe gardait le silence. Tout à coup, elle se raidit.

– Excusez-moi, murmura-t-elle.

Elle s'éloigna du rivage. Il la suivit.

Une fois qu'elle eut atteint le sable sec, elle s'assit, plia les genoux et posa le front dessus. Il ne voyait plus son visage. Sa masse de cheveux noirs flottait aux quatre vents.

Carter s'assit à sa droite, au cas où il aurait besoin de la prendre par les épaules. Combien de temps restèrent-ils ainsi ? Carter, à qui le temps paraissait de plus en plus élastique, finit par l'enlacer. Elle replia ses lunettes et les rangea dans leur étui de cuir.

– J'ai tué un homme, lâcha-t-elle d'une voix blanche.

Il hocha la tête.

– Je m'étonnais de votre absence de réaction.

– Quoi ? Mystérioso ? Non, il ne s'agit pas de lui.

– Vous voulez dire que vous n'en étiez pas à votre coup d'essai ? pouffa-t-il.

Ces drogues devaient lui brouiller l'entendement.

– C'est la première fois que j'en parle à quiconque, reprit-elle.

Non, il ne s'était pas mépris. Toutes sortes d'hypothèses défilèrent dans son esprit : homicide involontaire, légitime défense, accident de la circulation, coup de sang...

– Moi qui croyais m'en tirer à bon compte en vous avouant que j'avais trente et un ans... Parfois, je m'imagine dictant mes mémoires, à la fin de ma vie, à une jeune fille envoyée au foyer pour s'occuper de cette vieille folle de Phoebe. Oui, je me vois lui raconter comment j'ai tué un homme, et ses yeux s'écarquillent de peur...

Elle secoua la tête.

– Vous n'êtes pas responsable de la mort de Sarah, Charles. C'était un simple accident. Moi, j'ai tué un homme de mes mains.

– Avec vous, je ne suis jamais au bout de mes surprises.

– Vous n'êtes pas obligé d'entendre la suite. Nous pouvons reprendre notre marche.

Carter hésita, partagé entre son envie de savoir et son désir de rester dans l'ignorance.

– Qui était-ce ?

– C'était à l'époque où j'y voyais encore. Il s'appelait...

Elle marqua une pause. Carter se sentait prêt à entendre ce nom. Il savait, au plus profond de lui-même, que Phoebe et lui étaient faits pour les plus incroyables coïncidences.

– John Osborn, soupira-t-elle. Dr John Osborn.

Carter fronça les sourcils. Ce nom ne lui disait rien.

– Mon Johnnie.

Elle raconta la suite : elle était tombée amoureuse de lui, corps et âme, et il lui avait promis de l'épouser envers et contre sa famille, qui l'obligeait à se fiancer à une autre.

– Une trame classique, poursuivit-elle en traçant des arabesques sur le sable, qui n'intéressait pas grand monde quand j'ai échoué chez Borax. « Ah, toi aussi », me disait-on. Toutes les filles avaient connu une mésaventure de ce type. Et je m'obstinais à leur expliquer que c'était différent, parce que ça m'était arrivé à moi. À moi !

Elle demanda à Carter s'il se souvenait du joli ruisseau qui coulait derrière les pavillons de Borax. Quand on le suivait assez loin, on débouchait au bord d'un étang sauvage, où des canards nageaient parfois en couples. Sur la berge, à l'ombre des branchages, les aiguilles de pin et les feuilles de chêne offraient un havre délicieux. Elle avait trouvé là son refuge secret, où elle s'imaginait présider à la naissance d'un monde neuf. Mais un après-midi, tout avait disparu, les oiseaux, les feuilles emportées par le courant... Et elle avait fondu en larmes, comprenant que son existence n'avait aucun sens.

– Bien sûr, murmura-t-elle, il y avait ce mahatma au regard triste, qui venait de temps à autre. J'aurais voulu qu'il fasse un miracle, qui nous aurait à tous deux remonté le moral.

Carter entendit au loin un aboiement et leva la tête. Venant du sud, au trot rapide, deux chiens approchaient le long des vagues. Aucun signe de leur propriétaire, ce qui n'avait rien d'étonnant, car les chiens errants abondaient dans la région.

– Vous étiez encore là-bas quand j'ai donné un spectacle ?

– Vous vous êtes produit chez Borax ?

Les chiens arrivaient à leur hauteur. L'un d'eux était grand et efflanqué, l'autre blanc et court sur pattes. Ils flairèrent un paquet d'algues, puis se disputèrent un bout de bois jusqu'au moment où le plus grand tendit l'oreille, apparemment intrigué par un son venu du nord. Il aboya et s'élança, talonné par l'autre, et ils eurent tôt fait de disparaître au creux des dunes. Carter s'éclaircit la gorge.

– Oui, juste après le Noël noir. Peut-être une semaine après. Quelque chose m'avait touché dans l'histoire de cette pauvre femme... La vie est une série de renaissances, mais on ne sait jamais quand la prochaine va se manifester. La mort de cette malheureuse m'a poussé à revenir à la magie, et j'ai décidé d'effectuer mon retour au music-hall devant les pensionnaires de Borax.

Phoebe pinça les lèvres. Ses yeux verts, semblables à des émeraudes, semblables à l'océan, scintillaient de larmes.

– Oh, mon ange... Oh, Charles... murmura-t-elle. Je ne suis pas morte.

Il ouvrit la bouche pour la corriger : « Non, *elle* n'est pas morte. »

Un peu comme si, en entonnant une chanson populaire, elle s'était trompée dans les paroles. Mais soudain son esprit se figea.

– C'est vrai, Charles ? J'ai été votre inspiratrice ?

Carter déglutit péniblement.

– Vous voulez dire que... cette femme qui...

– Oui. C'était moi.

– Mais... on m'a dit qu'elle... que vous étiez morte.

– C'est ce que tout le monde croit.

– Je ne comprends pas.

Les éléments de ce drame se bousculèrent dans la mémoire de Carter : un homme feint de revenir chercher sa belle, l'enferme dans un chalet, et y met le feu pour la brûler vive. Comment Borax avait-il osé lui raconter une histoire aussi pathétique ?

– Tout ce que vous a dit Borax est vrai, expliqua Phoebe, à un détail près. Johnnie ne s'est pas enfui au Mexique. (Sa voix vacilla.) Je vais essayer d'aller au bout... Johnnie m'a poignardée. Dans le ventre. Mais le couteau lui a échappé des mains. Je m'en suis saisie, et je le lui ai planté dans la gorge. Le chalet était en feu. Je perdais beaucoup de sang. Les flammes m'empêchaient de passer, il fallait pourtant les traverser, alors je me suis mise à ramper, malgré cette fumée qui m'asphyxiait. J'étais presque sauvée, il ne me restait plus que quelques mètres à parcourir pour échapper au feu, et je me répétais avec horreur : « Mon amour a essayé de me tuer... » C'est là que j'ai couru à travers le sumac vénéneux.

Les yeux de Phoebe semblaient contempler les dunes, au-delà desquelles les deux chiens aboyaient toujours. De temps en temps, l'un d'eux reparaissait brièvement, pour disparaître presque aussitôt. Carter admira son profil. Elle lui parut distante, hiératique, une effigie de pièce de monnaie.

Elle n'en dit pas plus, mais il n'eut aucune peine à s'imaginer la suite. Borax faisant le nécessaire pour lui épargner le châtiment réservé aux filles immorales qui poignardaient des jeunes gens de bonne famille. La vie au foyer, où l'on avait le choix entre la piété et l'amertume. Le gin. Il se sentit tout à coup minuscule, tel un enfant qui joue avec des coquillages tandis qu'à quelques pas gronde l'océan, immense, insondable et mystérieux.

– La monnaie d'échange, lâcha-t-il enfin. C'était vous.

– Quoi ?

– Borax m'a promis quelque chose en échange de la télévision. Il parlait de vous.

– Être l'objet d'un troc, quel honneur ! fit-elle. Il m'a aidée à échapper à la prison, c'est vrai. Et il a pris soin de me le rappeler dans son télégramme. Ce n'était pas très élégant de sa part.

– C'est la partie du texte que vous m'aviez cachée, n'est-ce pas ?

Phoebe acquiesça.

– Le plus drôle, c'est la façon dont la vie nous joue des tours à notre insu. Je me voyais sur le point d'épouser un médecin, puis j'ai bien cru que j'allais porter le voile chez Borax, mais je me suis retrouvée alcoolique et aveugle, et au moment où je me résignais enfin à la solitude, je rencontre un magicien. Et je vous aime, Charles. Je ne croyais plus en être capable.

– Attendez, souffla Carter, en fixant ses yeux pour la regarder. Si vous... Une minute...

– J'attends.

– Si j'ai bien compris votre histoire, vous ne pouvez pas vous appeler Phoebe Kyle.

– Effectivement. Ce n'est pas mon vrai nom.

Il observa un pélican qui pataugeait au bord de l'océan. Puis il se raidit, renversa la tête en arrière, et scruta le ciel. Il voulait savoir. Et il ne voulait pas savoir.

– Est-ce que votre prénom...

– Non.

Elle sourit. Elle laissa même échapper un petit rire. Il insista.

– Vous ne vous appelez tout de même pas...

– Non, rassurez-vous. Mais ce serait extraordinaire, non, si je m'appelais Sarah ? Au diable les prophéties !

– Au diable les prophéties, approuva Carter.

Il ramassa un peu de sable et ferma le poing. Laissa le sable s'écouler tout doucement, comme à l'intérieur d'un sablier. En reprit une poignée, et recommença.

Assis sur la plage, ils évoquèrent leurs vieilles blessures. Phoebe lui raconta qu'en Chine, les femmes aux petits pieds étaient capables de se reconnaître les unes les autres au premier coup d'œil, même au milieu de la foule d'un marché. Leur démarche saccadée trahissait une vie de souffrance – ou de beauté, selon le point de vue adopté.

– C'est pareil pour vous, ajouta-t-elle. Je vous ai reconnu au premier regard.

Carter sentit son cœur se serrer. Il eut envie de la protéger, de la couvrir de baisers, et de lui rendre à la fois la vue et tout ce qu'elle avait perdu, même si c'était impossible.

– Nous avons cela en commun.

– C'est ce qui nous rapproche.

Restait à tenir vingt-quatre heures sans dormir. Un peu plus au sud, Carter connaissait un bistrot où l'on servait un excellent café italien. Pour la suite, ses projets étaient flous.

Dans la vie, on n'a jamais conscience qu'un cycle s'achève, car à peine se referme-t-il qu'un autre naît déjà. Rien ne se perd, tout se transforme.

Dans sa jeunesse, Carter avait cru que le monde lui appartenait. Puis, confronté à la souffrance, il avait cru que tout lui échappait. Et soudain, tandis qu'il se relevait et aidait Phoebe à faire de même, il sut qu'il fallait avoir suffisamment vécu pour comprendre que c'étaient là les étapes d'un même processus.

RIDEAU

Quand on veut présenter ses adieux au public, mieux vaut ne pas attendre qu'il n'y ait plus personne pour les recevoir.

ROBERT-HOUDIN

Le *San Francisco Chronicle* du 27 août 1924 titrait à la une UN INGÉNIEUR INVENTE UNE RADIO À IMAGES QU'IL BAPTISE TÉLÉVISION. Le corps de l'article, émaillé de propos rapportés de financiers et de scientifiques éminents de l'université de Californie, présentait et saluait son exploit. Il était fait brièvement allusion à une démonstration qui devait se dérouler le jour même au palais de la Légion d'honneur. Philo avait corrigé le dispositif défaillant qui rendait jusque-là son invention peu fiable, et il ne s'agissait plus maintenant que d'améliorer la fidélité de la transmission.

L'exhibition était ouverte au public. Comme il s'agissait moins de science que de grand spectacle, les amis de Philo avaient recruté un certain nombre d'artistes, chargés chacun de présenter un numéro de quelques minutes face à la caméra. L'auditorium où trônait l'appareil de télévision affichait une capacité maximale de cinquante spectateurs. Plus de mille personnes s'étant déplacées, une longue file ne tarda pas à se former le long de l'édifice, et jusque dans le parc voisin, où des marchands ambulants vendaient des hot-dogs et des pommes d'amour.

Tous les quarts d'heure, un groupe ressortait sous le soleil, tandis qu'un autre entrait. On retirait son canotier, on attendait que ses pupilles se soient accoutumées à l'obscurité, et on fixait en plissant les yeux la succession de petites images bleutées, barrées de rides horizontales, qui tremblotaient sur l'écran. Ensuite, à la fin du mini-spectacle, on cédait la place à une nouvelle fournée de curieux.

Ce va-et-vient dura de midi au crépuscule. Il y eut des ventriloques, des danseuses à paillettes, des comédiens barbouillés de cirage noir, des discours politiques prononcés par les maires de San Francisco et d'Oakland, des duels au fleuret, deux boxeurs qui échangèrent quelques coups sans conviction, et, naturellement, un magicien.

Comme les autres artistes invités, Carter fut surpris par l'exiguïté de la pièce où il devait exécuter son numéro – à peine plus spacieuse qu'une cabine téléphonique – et par le maquillage de rigueur : pour être visible à l'écran, il fallait en effet se peinturlurer le visage en violet. Quant à la chaleur sous les projecteurs, elle était insoutenable, mais Carter eut tout de même plus de chance que le ventriloque, qui, ayant eu la mauvaise idée de laisser cinq minutes sa poupée de cire sur le tabouret, l'avait retrouvée fondue.

Carter effectua des tours de passe-passe à une main, avec des pièces de monnaie et des cartes, en tâchant de sourire à son public invisible de ses belles dents grimées en rouge. Pour finir, il salua en silence, quitta le studio et s'approcha de la porte de l'auditorium pour jeter un coup d'œil aux spectateurs. Ils étaient pétrifiés devant l'écran de dix centimètres sur lequel s'agitaient à présent des poupées de chiffon.

Il se démaquilla rapidement, pressé d'en finir. Une fois dehors, il rejoignit James et Philo à l'ombre d'un saule, en compagnie d'un petit groupe d'individus qui bavardaient amicalement, cigarette à la main. À son arrivée, James se chargea des présentations : quelques-uns de ces messieurs étaient des représentants de RCA. Les autres travaillaient pour des laboratoires militaires. Carter les gratifia d'un hochement de tête courtois. L'un d'eux lui offrit une cigarette et le félicita pour sa prestation, précisant aussitôt qu'il n'y avait pas assisté personnellement.

Depuis que Philo avait recruté des avocats, ses relations avec le monde des affaires s'étaient améliorées. Ces messieurs insistaient beaucoup pour financer ses recherches sur la transmission du son et des couleurs. Par ailleurs, les militaires semblaient avoir aplani leurs divergences avec leurs concurrents de l'industrie civile, et tous se montraient à présent pleins de bienveillance les uns envers les autres. En fait, ils étaient parvenus à un accord. Une clause précisait qu'ils verseraient de l'argent à Carter pour qu'il renonce à utiliser la télévision sur scène. Cette manne, ajoutée à ses apparitions au music-hall (où il avait présenté quatre nouvelles illusions en autant de mois), lui apportait un semblant de stabilité que James avait qualifiée de « confortable ». Carter écouta donc un certain temps les jeunes gens tirés à quatre épingles qui échangeaient des vues avec Philo. Il se surprit à se masser la main droite.

Il s'excusa. Il y avait un point de vue à proximité, un superbe panorama sur les collines, vers lequel il se dirigea en faisant crisser ses semelles sur les graviers. Quelques instants plus tard, James siffla dans son dos.

– Tu n'es pas satisfait, lança-t-il à son frère.

– Je n'ai rien dit de tel.

– Tu as d'autres façons de l'exprimer.

Ils atteignirent le point de vue : un pré en pente douce et, au loin, un moutonnement de collines piquetées de maisonnettes. Carter resta un moment silencieux, puis demanda à James ce que l'avenir réservait à Philo.

– Ma foi, il a déposé un certain nombre de brevets. Et il est en contact avec les gens qui l'aideront à développer ses projets.

– Ils vont le manger tout cru.

– Tu as fait ce que tu pouvais. Il est le seul détenteur des droits de ses inventions pendant dix-sept ans. Il sera peut-être milliardaire, dit James en regardant son aîné puis le bout de ses chaussures. Oui, peut-être.

– Tu as suivi le spectacle à la télévision ?

– Plus ou moins. Mais ça m'a épuisé les yeux. (Il se frotta les paupières comme pour attester ses dires et, sentant venir la question suivante, ajouta :) J'ai vu une partie de ton numéro.

– Une partie seulement ?

– Je viens de te dire que j'avais eu mal aux yeux, non ?

– Je crois que le public a détesté.

– Pas du tout. Mais je ne prétendrai pas non plus qu'il a adoré. J'ai trouvé tous ces gens... apathiques, je suppose que c'est le mot.

Au même instant, un nouveau groupe de spectateurs quitta l'auditorium. Quelques garçons en culotte courte se hâtèrent de reprendre place à l'extrémité de la queue, mais leurs parents les rappelèrent en criant que c'était la dernière fois.

– James ?

– Oui ?

– En 1941, dit Carter, les brevets de Philo tomberont dans le domaine public, exact ?

James ayant hoché la tête, Carter reprit :

– RCA attendra donc 1941 pour lancer la production de masse.

– Je vois que tu commences à comprendre comment marchent les affaires.

– D'ici à 1941. Voilà le temps qu'il me reste.

– Tu sais, pour Philo, c'est... (James s'interrompit :) Le temps qu'il te reste ?

Carter plissa les yeux. Les mains enfoncées au fond des poches, il se remit en marche, regardant sans les voir les Durant, les Packard et autres Ford T stationnées au bord de la route. James lui passa un bras autour des épaules. Ils terminèrent la promenade côte à côte.

Tout bien considéré, dix-sept années constituaient un laps de temps bien assez long pour vivre une belle aventure. Celle-ci commença au parc de Lakeside, qui fut en septembre 1924 le théâtre d'une noce.

Carter envisageait une cérémonie dans la plus stricte intimité. Phoebe l'écouta soigneusement, en lui arrachant quelques précisions – il finit par suggérer un quatuor à cordes et une dizaine d'invités –, puis elle déclara sans équivoque qu'il n'en était pas question.

Le parc de Lakeside, lieu de leur première rencontre, subit une métamorphose pour l'occasion. On tapissa le hangar à bateaux de treillages où s'enroulaient les jasmins et les lis, on joncha de pétales de rose le sentier qui serpentait entre les chênes, et il flottait dans l'air une double musique, celle des rires à gorge déployée et celle des instruments de l'orchestre de jazz de Sid LeProtti, engagé par Phoebe.

Quelques jours avant la noce, Carter s'était retiré dans son atelier dans un état de panique muette. Il aurait voulu n'inviter que des amis extérieurs à la confrérie des magiciens, ceux-ci étant réputés pour leurs extravagances peu propices à la solennité du moment. Un simple coup de sonnette à sa porte suffit à anéantir cet espoir : le visiteur qui attendait sur le seuil, dans le soleil matinal, n'était autre que Howard Thurston. Thurston souriait à belles dents – à vrai dire, il souriait presque en permanence, car il s'était récemment fait retendre les joues – et agitait dans sa main une invitation au mariage. Phoebe la lui avait envoyée en le priant de mobiliser tous les confrères disponibles.

De ce fait, les préparatifs se révélèrent un véritable sac de nœuds. Thurston se battit comme un lion pour être le témoin de Carter, non parce qu'il se sentait proche de lui, mais par pure malice. Il aimait tellement l'institution du mariage, plaida-t-il, qu'il n'avait pas hésité à convoler trois fois. L'explication était probablement tout autre : à chacune de ses tournées, il emportait avec lui une malle qu'il emplissait progressivement de dessous féminins, sur lesquels il inscrivait le nom de la demoiselle et la note personnelle qu'il lui attribuait.

– Howard, je suis navré, répondit Carter, mais James sera mon témoin.

Aussi Thurston fut-il chargé en contrepartie d'organiser la soirée où Carter devait enterrer sa vie de garçon. Elle se tint à San Francisco et eut ceci de mémorable que le futur marié, qui n'avait pas changé d'un iota depuis la soirée au bordel de Jessie Hayman, n'y participa pas.

Carter avait conservé des photographies de son premier mariage, rangées dans un album chez ses parents. Il ne les avait jamais regardées. Il était d'abord parti en tournée, et ensuite, l'idée de s'y plonger lui avait paru trop douloureuse. Sarah et lui s'étaient unis à Lawrenceville, Kansas, dans l'intimité familiale. La cérémonie religieuse avait été suivie d'un pique-nique. Il osa enfin feuilleter l'album. Les traits de sa première épouse portaient l'espoir d'un avenir radieux.

Il avait craint jusque-là que ces images n'embrasent en lui un incendie de tristesse qui ne s'éteindrait plus. Mais deux jours avant son mariage avec Phoebe, il rouvrit l'album et regretta simplement de ne pouvoir crier à ce jeune couple qui souriait sous ses yeux : « Ce sera bref mais intense. » Il avait changé. Son cœur débordait de bons sentiments. Depuis sa rencontre avec Phoebe, il avait retrouvé foi en l'avenir.

Par un splendide matin d'automne, il eut l'impression d'émerger d'une sorte de léthargie au pied de l'autel, devant cent cinquante-cinq convives, au son d'une version particulièrement poignante du *Canon* de Pachelbel, exécutée à la trompette, au trombone, au banjo, à la clarinette, au saxophone alto, et à la planche à laver.

Phoebe, la tête ceinte de roses blanches, serrait un bouquet de fleurs exotiques contre sa robe de soie toute simple, brodée de perles, sans voile. Son visage était d'une pâleur marmoréenne quand elle s'avança dans l'allée centrale, menée à l'autel par un nouveau compagnon, un berger allemand baptisé Lili Marlène.

À sa vue, Carter laissa échapper un sifflement admiratif qui déclencha dans l'assistance une cascade de rires. James devait plus tard raconter que son frère avait abrégé la récitation des vœux, trop impatient d'échanger le baiser final.

Singulière collision entre le passé, le présent et l'avenir : Carter présenta Thurston à Lee Duncan, le dresseur de Lili Marlène, et son père à Philo et à Pem, venus d'Hollywood, où ils avaient inauguré un nouveau laboratoire. Il y avait aussi un parterre d'aveugles, le visage tourné vers le soleil pour mieux savourer la prestation de l'orchestre, qui alternait les morceaux dansants et les prouesses vocales de Lottie Brown.

À un moment donné, Phoebe disparut, au grand dam de Carter. Ledocq semblait être le dernier à l'avoir aperçue ; elle lui avait confié la garde de Lili Marlène et il s'amusait à lui inculquer des ordres en yiddish. D'abord incrédule, Mme Ledocq constata émerveillée que son mari n'avait eu besoin que de deux morceaux de fromage pour apprendre à la chienne à donner la patte chaque fois qu'elle entendait le mot *schmooze*.

Carter finit par repérer le sac à main de Phoebe sur une table, sous le coude de son père.

– Tu n'aurais pas vu ma femme ? demanda-t-il.

Son père lui décocha un sourire malicieux.

– Elle est partie faire un tour avec ta mère.

Carter soupira, tira une chaise.

– Dieu seul sait ce que...

– Avec Lilian, je ne suis même pas sûr qu'Il sache.

Le père et le fils rirent à l'unisson. Au bout d'un moment, n'ayant plus rien à se dire, chacun d'eux se retrouva réduit à sourire sans motif. Carter tira sa montre de gousset, l'ouvrit, enfonça le poussoir pour interrompre la sonnerie. Cinq heures trente-sept.

– D'où sors-tu cette montre ? s'enquit M. Carter.

– Celle-ci ? Je te l'ai déjà montrée.

– Non, jamais.

Carter réfléchit. Son père avait raison.

– Ça remonte à 1911. Un cadeau d'Albee.

– C'est une Edward Koehn ?

– Comment le sais-tu ?

– Facile. On croirait entendre des anges chanter. Passe-la-moi, veux-tu ?

– Tu en as une ?

– Trois, déclara M. Carter en examinant d'un air connaisseur les masques gravés sur le couvercle. Mais aucune n'est aussi belle.

Il ouvrit la montre et l'inclina pour déchiffrer l'inscription du cadran.

– Tiens, ce n'est pas un nom d'horloger, on dirait... Oh ! (Il dévisagea son fils, les lèvres pincées.) Maintenant je suis certain que tu ne m'as jamais raconté cette histoire. Mais je ne t'interrogerai pas là-dessus le jour de ton mariage.

Carter récupéra sa montre.

– Maman et toi m'avez beaucoup manqué. Je suis ravi de vous voir.

– Nous sommes fiers de toi, s'empressa de répondre son père. Il paraît que tu viens de toucher une coquette somme. As-tu réfléchi à la manière dont tu allais l'investir ?

Carter secoua la tête.

– J'aurai besoin de conseils.

– Nous en reparlerons.

Quelques minutes plus tard, Carter repéra Phoebe, donnant le bras à sa mère, qui revenait du hangar à bateaux. Alors qu'elles se dirigeaient vers la table, elles furent interceptées par Ledocq, qui apprenait à Lili Marlène à se rouler sur le dos au mot *plotz*.

– Qu'êtes-vous en train de faire à ma chienne ? s'enquit Phoebe, méfiante.

– C'est une bête intelligente que vous avez là, répondit Ledocq, penaud. Une seconde langue lui fera du bien.

Il rendit la laisse de cuir à Phoebe, qui, feignant de prendre la mouche, s'éloigna avec Mme Carter vers leurs époux respectifs.

Carter baissa la tête en voyant approcher sa mère – à croire qu'elle avait encore la capacité de le mettre dans la peau d'un enfant de sept ans.

– Phoebe est ravissante, lui dit-elle en souriant.

Elle énuméra ensuite les qualités de la mariée et prédit au jeune couple tous les bonheurs possibles. Carter attendit le moment où elle sombrerait dans la théâtralité ou se lancerait dans une fastidieuse analyse psychologique, mais sa mère le surprit en se contentant de rayonner de joie.

Il y eut ensuite une arrivée tardive mais spectaculaire : celle d'Houdini. Ou plutôt, celle d'un messager apportant un cadeau dont le célèbre illusionniste précisait par écrit, dans le billet joint, qu'il devait être ouvert sans tarder. Le jeune couple s'éloigna un instant des hôtes pour défaire l'emballage et découvrir... une photographie du grand homme soi-même ! Avec l'inscription : « Aux heureux époux, puisse ce gage d'affection vous accompagner de nombreuses années ! »

– Sacrée surprise ! soupira Carter en reposant le portrait sur la table réservée aux cadeaux.

James le ramassa.

– Le plus surprenant, c'est qu'il ait payé pour le faire encadrer. Et... bonté divine ! (Il écarquilla les yeux.) Tom, viens voir !

Tom s'approcha pour examiner la photographie :

– Non ! s'écria-t-il.

Houdini arborait une cravate rouge vif.

Ce détail vestimentaire, jusqu'à la fin de l'après-midi, fut un sujet de discussion de tous les instants. Il suffisait qu'un groupe de deux ou trois convives retombe dans le silence pour que James ou Tom s'en approche aussitôt et leur demande s'ils avaient vu la cravate rouge d'Houdini. Peu d'entre eux saisirent la signification de ce détail, mais les plus avisés en la matière, en particulier les membres de l'orchestre de Sid LeProtti, convinrent qu'il fallait s'attendre à tout de la part d'un homme qui aimait à se faire enfermer nu dans une cellule de prison.

Heureusement pour Carter, que ce sujet agaçait, Phoebe ne tarda pas à lancer son bouquet. Elle tourna le dos à la foule et deux épouses de magiciens l'aidèrent à diriger ses bras. La jeune mariée compta « Un, deux, trois ! », jeta son bouquet en l'air de toutes ses forces et, à l'apogée de son ascension, il se transforma en une pluie de petits bouquets, si bien que chacune des demoiselles présentes put en attraper au moins un.

Un jeune homme découpa le gâteau, le recouvrit d'un foulard, qu'il ôta d'un coup sec : le gâteau se retrouva entier. Il y eut un tonnerre de rires, suivi d'une nouvelle tentative de découpe, puis d'un nouveau coup de foulard – et tout fut à refaire. D'un air solennel, Phoebe s'avança pour couper elle-même une tranche. Au moment où elle la retirait, un bruissement d'ailes la frôla : une colombe blanche venait de s'échapper de la pièce montée.

Carter en resta pantois :

– J'ai épousé une magicienne, balbutia-t-il.

Ce qui lui valut un sourire ravageur de sa femme.

On but à profusion, et notamment du champagne français, dont le maire Davie cacha une bouteille dans un buisson, comme « pièce à conviction ». À la nuit tombante, des guirlandes de lampions s'illuminèrent entre les arbres du parc, et la musique s'échappa sur le lac, vers East Oakland, et ce fut comme si des signaux de fumée avaient été envoyés dans le ciel. Des amis de Sid LeProtti, saxophone ou baguettes de batterie sous le bras, surgirent de nulle part en disant :

– Hé, Sid, on t'a reconnu, on t'entend jusqu'à la Quatrième Avenue.

Et ils prirent en marche le train des valses lentes, des grands classiques comme *Pique-Dame*, ou des compositions originales de Sid, comme *Canadian Papers*. Lottie Brown initia la foule aux danses nées à San Francisco : le Texas Tommy, le Turkey Trot, le Bunny Hug ou le Two-Fist Stomp.

Quand il fut tout à fait las, Carter confia sa femme – pour qui il n'était pas question d'arrêter de danser une seule minute le jour de son mariage – aux bons soins de son frère James. Il remarqua alors un invité qui se tenait à l'écart et qui, malgré sa double ration de rosbif et de dessert, semblait moins participer à la fête que remplir un pénible devoir.

Carter s'approcha de la table où il était assis seul, à titiller une part de gâteau à la framboise.

– Monsieur Griffin ?

L'agent leva les yeux sur lui.

– Comment allez-vous ? On ne vous a guère entendu.

– Vous n'avez pas envie d'entendre ce que j'ai à dire.

– Mais si.

Griffin lui décocha un regard oblique.

– Soit. Pourquoi n'êtes-vous pas en prison ?

– Ha ha... Vous oubliez que c'est le jour de mon mariage ! Avez-vous seulement salué la mariée ?

– Je ne suis pas un goujat. De plus, je...

– Votre amie a fait en sorte que vous y pensiez ?

Avec un haussement d'épaules, Griffin planta sa fourchette dans le nappage de son gâteau, qui se craquela.

– Dites-moi, monsieur Griffin, insista Carter, n'avez-vous pas été récemment promu ? J'ignore comment fonctionnent vos services, mais j'ai cru comprendre que vous étiez monté en grade.

– Chef de bureau. Un petit bureau. Los Angeles, ce n'est pas grand-chose.

– Mais on reconnaît enfin vos mérites.

L'orchestre venait d'attaquer *Gin Bottle Blues* sur un tempo rapide, et la piste de danse était pleine à craquer.

– Promotion ou pas, ça ne change rien à ce que je sais, lâcha l'agent.

– Vous permettez ?

Carter sortit un dollar en argent et le plaça au creux de sa paume. Il ferma le poing, frappa deux fois la table, et rouvrit la main, qui contenait à présent... un dollar en argent.

Griffin fixa le magicien, comme pour s'assurer que le tour était bien fini. Sans lui laisser le temps de réagir, Carter reprit la parole :

– Regardez bien.

Cette fois, Griffin comprit l'astuce : le dollar en argent était frappé à San Francisco et, après la manipulation, à Denver.

– C'est tout, conclut le magicien.

– Vous êtes complètement siphonné.

Carter éclata de rire.

– Allons, allons... Je voulais juste vous montrer que certains tours sont très subtils. Trop subtils. Je suis un homme de spectacle : je ne peux me satisfaire d'un numéro dont l'effet passerait inaperçu. D'une certaine manière, je suis votre débiteur. Quand j'ai apporté mon vin dans la suite présidentielle, j'étais sûr que tout le monde verrait la bouteille dans le journal et que les commentaires iraient bon train. Un crime impossible à prouver, par quel bout qu'on le prenne. Manque de chance, on a coupé les bords de la photo, et personne n'a réclamé une enquête. J'étais affreusement déçu. Vous êtes le seul à avoir deviné qu'il y avait eu mystification.

Griffin abattit sa main sur la table et fit tinter l'argenterie.

– Une mystification, je vous en ficherai ! Je devrais vous abattre sur-le-champ !

– Oh... Mais, monsieur Griffin, je n'ai pas tué le Président.

– Si ce n'est vous, vous êtes complice.

– Personne ne l'a tué.

– Quoi, un suicide ? C'est ça ?

Griffin fixait la piste de danse. Olive White s'était lancée dans un fox-trot effréné avec Max Friz.

– Vous voyez cet homme aux moustaches tombantes ?

– Un Boche, lâcha Griffin, méprisant.

– Ce n'est peut-être pas ce que vous appelleriez un danseur né, mais il est sur la piste. Sa motocyclette se vend bien.

– Et alors ?

– Alors il danse avec votre amie. À votre place.

Cette observation dégela imperceptiblement Griffin. Carter laissa les deux dollars d'argent sur la table et posa un pied sur une chaise.

– Je vais vous raconter ce qui s'est passé. Le Président Harding était très soucieux le soir où je l'ai rencontré. Il passait son temps à me demander ce que je ferais si j'étais informé...

– D'un terrible secret, oui, je sais.

– Vous savez, sourit Carter. Plusieurs scandales menaçaient d'éclater autour de lui. Il mourait d'envie de me les révéler et, à vrai dire, il aurait voulu les révéler au monde entier. Mais il craignait d'être assassiné par son entourage. Il allait jusqu'à soupçonner sa femme. Vous savez qu'il avait des aventures, j'imagine ?

– Continuez.

– J'ai pour règle de ne pas frayer avec les grands de ce monde. Trop de problèmes. Mais le Président n'acceptait de me remettre les plans de la télévision que si je l'aidais à sortir de cet imbroglio. Il n'arrêtait pas de me répéter : « Monsieur Carter, je suis sûr que vous êtes capable de faire disparaître un Président. » (Carter frotta sa main blessée avant d'ajouter à mi-voix :) « Il faut que j'en parle à Thurston, je parie qu'il saura comment faire. » Plutôt roublard, ce Harding, quand il voulait.

– Je ne crois pas un mot de ce salmigondis.

– Aucune importance. Ce soir-là, donc, j'y ai réfléchi pendant le spectacle. Comment faire disparaître de la surface de la terre un homme aussi universellement apprécié, mais exposé à autant de dangers ? Et j'ai trouvé une solution merveilleuse : il fallait d'abord dresser les camps les uns contre les autres. À force de demander à tout le monde : « Que feriez-vous à ma place ? », le Président avait fini par exaspérer son cabinet. S'il venait à mourir, ces gens-là ne poseraient pas de questions.

– C'est moi qu'ils ont chargé de les poser.

Le regard bleu de Carter se voila de compassion.

– Tout à fait exact, monsieur Griffin. À leurs yeux, vous étiez sans nul doute l'agent le plus qualifié pour enquêter.

– Oh.

Griffin parut vouloir ajouter quelque chose, mais les mots lui restèrent dans la gorge.

– Après le spectacle, poursuivit Carter, je me suis rendu à son hôtel. Pour que mon plan fonctionne, Harding devait tout avouer à sa femme. Bien entendu, elle savait déjà tout, la Duchesse n'est pas sotte. Le Président tenait un journal, je lui ai donc demandé d'ajouter quelques phrases sur... Vous l'avez lu ? Bah, peu importe. À minuit passé, sa femme a prévenu ce Starling, et... Tenez-vous le colonel Starling en haute estime ?

– Ça ne vous regarde pas.

– C'est un homme dangereux. J'ai du mal à le cerner, mais il faut s'en méfier. Enfin, là n'est pas la question. La Duchesse s'est contentée d'annoncer à Starling, d'un ton assez froid, que Warren avait cessé de respirer, et elle lui a demandé d'envoyer un médecin dès qu'il en aurait le loisir. Oui, c'est bien ça. « Dès qu'il en aurait le loisir. » Magnifique. Accroché à son téléphone, Starling s'est aussitôt imaginé qu'elle l'avait empoisonné. Et vous savez ce qu'il a fait ? Il n'a envoyé les médecins que vingt minutes plus tard ! Quand ils sont arrivés, elle ne les a pas laissés approcher le corps. Elle leur a annoncé que son Warren était mort, qu'elle souhaitait le pleurer, et elle a refermé la porte.

– Allons, Carter, vous voulez me faire croire qu'aucun des médecins n'a examiné le corps du Président ? Ils ont fait une déclaration sous serment qui...

– Quand ils ont timidement suggéré d'enlever le corps, elle a répondu qu'elle avait déjà tout organisé en vue de sa crémation. Et elle leur a claqué la porte au nez ! Ils n'ont pas insisté. Comment n'en auraient-ils pas déduit qu'elle l'avait empoisonné ? Il s'agissait d'une affaire de famille, et du couple présidentiel. Mieux valait garder ses distances et ne pas trop poser de questions. J'ai tout vu depuis le placard où j'étais caché.

– Vous prétendez que tout le monde, y compris mon patron, souhaitait la mort du Président ?

– Pour qu'il n'étale pas les scandales de son gouvernement sur la place publique, oui.

– Dans ce cas, pourquoi toutes les polices du pays se sont-elles jetées à vos trousses ?

– Parce que j'ai pris la fuite.

– Mais puisque vous n'avez pas tué le Président, pourquoi avoir pris la fuite ?

Sourire éclatant du magicien, un sourire de jour de paie.

– Simple diversion.

Griffin n'ajouta rien. Il ne voyait rien à ajouter à cette délirante histoire. L'orchestre avait fini son morceau et recevait des applaudissements généreux. Puis :

– Ce sont des aveux ?

– Le lendemain matin, j'ai conduit le Président Harding chez moi, où il a attendu la suite des opérations. Je connaissais un endroit où il pouvait se réfugier sans risque d'être retrouvé. Vous savez, il aimait profondément sa femme. Et c'était réciproque. La Duchesse a accepté de retourner à Washington, puis à Marion, pour brûler tous les documents qui auraient pu incriminer son mari. Les gens croiront toujours qu'elle l'a empoisonné, mais elle a pris tous ces risques uniquement pour pouvoir le rejoindre plus tard.

– Plus tard ?

– La Duchesse ne va pas tarder à mourir. Elle choisira un jour à l'actualité particulièrement chargée, quand tout le monde aura les yeux ailleurs. Puis elle le rejoindra en catimini, et ils finiront leur vie ensemble. C'était le moins que je puisse faire pour un homme qui m'a permis de réaliser une illusion aussi mirobolante. Et même deux illusions, si on compte sa mort.

Carter sortit une enveloppe qu'il tapota plusieurs fois contre ses lèvres.

– Ceci était ma dernière carte. Entre le moment où j'ai consenti à faire disparaître le Président et celui où j'ai acquis la certitude que personne ne chercherait plus à me nuire, j'ai confié cette enveloppe à un ami. Un homme qui se fait passer pour un fleuriste et qui me rend parfois de menus services. S'il m'était arrivé quoi que ce soit, il l'aurait expédiée directement chez Randolph Hearst, qui aurait été libre d'en faire usage. Vous voulez voir ce qu'elle contient ?

Griffin secoua la tête. Non, il ne voulait pas voir.

– Je vous la donne quand même, dit Carter en se levant. Starling m'a raconté un jour que vous aviez essayé de toutes vos forces de protéger le Président McKinley, et que vous aviez échoué. J'imagine ce que vous avez enduré.

– Vous ne...

– Si nous nous étions croisés en d'autres circonstances, j'aurais sûrement eu des histoires à vous raconter. Mais c'est le jour de mon mariage. Je vous laisse ce pli. Peut-être voudrez-vous l'utiliser pour la protection du Président ? À vous de juger.

Carter laissa tomber l'enveloppe sur la table, à côté du bouquet de roses blanches au centre duquel se dressait une chandelle. Griffin le regarda s'éloigner vers la pelouse, où il retrouva sa femme.

L'enveloppe était scellée. Tandis que les couples dansaient sous les lampions, Griffin en déchira un côté et sortit un jeu de négatifs et un tirage photographique. Sur la terrasse d'une maison qu'il reconnaissait, avec le lac Merritt en arrière-plan, Warren Gamaliel Harding posait debout, vêtu d'une salopette et d'une veste d'ouvrier. Il tenait un exemplaire de l'*Examiner* du vendredi 3 août, barré d'une gigantesque manchette annonçant sa mort. Son visage était celui d'un homme sorti indemne d'un accident et qui n'en revient pas de sa chance.

Griffin leva les yeux. Carter dansait avec Phoebe, l'orchestre jouait à perdre haleine, les invités faisaient la queue au buffet pour remplir leur verre. Il ne savait plus que faire.

Il aperçut Olive. Une fois de plus, elle l'invita d'un geste, car elle était persuadée qu'il était excellent danseur et il avait promis de se montrer galant. Griffin considéra de nouveau le cliché du Président. Puis il se leva, hocha la tête à l'intention d'Olive, qui s'écria, à travers la foule :

– À la bonne heure !

Avant de quitter la table, il remit les négatifs et le tirage dans l'enveloppe, qu'il approcha de la flamme. Elle s'embrasa presque aussitôt. L'émulsion photographique fit jaillir une gerbe d'étincelles violettes et vertes. Une fois que le film fut tout entier consumé, Jack Griffin tomba la veste et la disposa sur le dossier de sa chaise. La nuit ne faisait que commencer.

À huit heures précises, Howard Thurston vint murmurer à l'oreille de Carter et de Phoebe qu'il était temps pour eux de partir.

– Moi qui espérais mener une existence digne et tranquille ! s'insurgea Carter.

– C'est raté pour aujourd'hui, interrompit Phoebe. Prends la vie comme elle vient !

Au son d'une fanfare de trompettes et de trombones, les jeunes mariés furent menés sur une estrade en bordure de la pelouse, où Thurston et plusieurs membres de la Société des magiciens américains les ligotèrent dos à dos.

– Le mariage ! beugla Thurston. Le seul piège dont on ne s'échappe pas !

Le couple se retrouva bientôt saucissonné au moyen d'un assortiment complet de chaînes et d'entraves. On les fit entrer dans une armoire laquée rouge et noire, décorée de dragons et de mandarins, puis, cerise sur le gâteau, un énorme boulet de fer fut roulé à leurs pieds et attaché aux chaînes qui les immobilisaient.

– Maestro ! s'écria Thurston.

Un roulement de tambour se fit entendre. Thurston referma et verrouilla la porte de l'armoire. Une bouffée de fumée monta dans l'air et, quand il rouvrit la porte, les chaînes s'écroulèrent sur le plancher de l'armoire dans un fracas métallique : Carter et Phoebe avaient disparu !

Thurston retroussa ses manches et tendit sa baguette magique vers la route qui longeait l'extrémité de la pelouse. Avec un grondement de moteur et un entrechoquement de casseroles, un cabriolet Willits-Overland flambant neuf et couvert de décorations nuptiales fila sur la chaussée, conduit par un chauffeur en livrée. Il s'éloigna à vive allure, avec trois passagers sur la banquette : Lili Marlène, la truffe au vent, entre Charles et Phoebe Carter qui, tournés vers la lunette arrière, adressaient de grands signes à leurs proches, prêts à tenter le plus fou des tours de magie : vivre heureux jusqu'à la fin de leurs jours.

Ici s'achève l'histoire de Charles Carter, à un détail près.

Le 20 novembre 1924, alors que les journaux ne parlaient que de la victoire de Calvin Coolidge aux élections présidentielles, Florence Harding, dite la Duchesse, mourut.

On ne s'appesantit guère sur son décès. C'était à tous points de vue une femme difficile à cerner, et n'ayant pas assez d'éléments à se mettre sous la dent, les spécialistes de la nécrologie préférèrent réserver leur jugement et leurs commentaires. D'une certaine manière, sa mort marquait la seconde fin du règne troublé du Président Harding, que l'on souhaitait oublier au plus vite. Il n'y eut donc pas de convoi funéraire ni de chorale. Le service fut bref et intime.

Comme son défunt mari, elle fut incinérée et, comme lui, elle échappa à l'autopsie ; selon l'acte de décès, elle avait succombé à une myocardite associée à une néphrite chronique. Ses cendres furent déposées dans une crypte à Marion, Ohio, à côté d'une crypte jumelle portant l'inscription « Harding, Warren Gamaliel », devant laquelle montait la garde un soldat du dixième détachement d'infanterie.

Peu après, des ouvriers gravèrent son nom sur une stèle de marbre, et ainsi s'éteignit silencieusement la triste dynastie des Harding.

L'Histoire rapporte qu'en 1925 l'archipel de Mergui, à l'est de la mer d'Andaman, fut le refuge crépusculaire du pirate Tulang. Ce n'était plus l'homme qui avait capturé Charles Carter. Rongé par la syphilis, avec une peau qui se ratatinait si vite qu'on eût dit qu'il vieillissait chaque année d'une décennie, Tulang connaissait des hauts et des bas. Son équipage commençait à se lasser.

À la fin du mois de janvier 1925, un cargo faiblement armé s'apprêtait à mouiller dans une anse sous le vent d'une petite île au large de la péninsule thaïlandaise, quand il fut attaqué par Tulang et ses hommes. Le pirate mit la pointe de son épée sous le menton du capitaine, et, en cet instant, il donna l'impression d'avoir retrouvé son ardeur d'antan, mais un brouillard s'abattit brutalement sur son esprit enfiévré, et il dut se faire relire deux fois le manifeste du cargo avant de se rappeler pourquoi il était monté à son bord.

– Votre cargaison ! s'écria Tulang. Nous allons faire notre marché !

Ce navire arrivant des États-Unis, ses hommes étaient tout excités à l'idée de découvrir les trésors qu'il transportait dans ses cales. Ils rassemblèrent l'équipage sur le pont, ainsi qu'une dame âgée et seule, partie d'Amérique pour rejoindre de lointains parents.

Le second de Tulang, Samuel, un Thaï récemment converti au christianisme et lié à son chef par une affection profonde, prit le commandement des opérations, saisissant le capitaine par la peau du cou et le faisant descendre sans ménagement dans l'entrepont, puis, après avoir traversé la chaleur accablante de la salle des machines, jusqu'aux compartiments nauséabonds de la cale. À contrecœur, le capitaine le mena aux caisses qui contenaient l'essentiel de sa cargaison : sept mille deux cents têtes de râteau.

Samuel força le couvercle de la première caisse avec une pince à levier. Il ignorait ce qu'était un râteau. Le capitaine lui fit la démonstration de son usage : une fois les manches sortis des manufactures thaïlandaises, on les fixerait sur cet embout et quand on avait besoin d'amasser les feuilles mortes, voilà comment on s'y prenait.

– C'est tout ? Et ces râteaux ne sont même pas complets ? Vous n'avez que les têtes ?

– Que les têtes.

– Dieu ! Qu'avez-vous d'autre ? Des fusils ?

Le capitaine haussa les épaules.

– On devait transporter aussi sept mille deux cents têtes de binette. Mais elles ont été livrées trop tard.

– Et qu'est-ce qu'il y a là-dedans ? fit Samuel en désignant un autre compartiment, dont la porte était cadenassée.

Le capitaine fit tinter son trousseau de clés. Dès que la porte métallique fut ouverte, une puissante odeur de purin fit grimacer Samuel. À l'intérieur de la cale, il découvrit un éléphant.

– Vous importez un éléphant en Thaïlande ?

Le capitaine hocha la tête avec solennité.

– Qui voudrait importer des éléphants en Thaïlande ? Il y a déjà tout ce qu'il faut !

Le capitaine expliqua qu'il s'agissait d'un animal retraité dont le propriétaire, un magicien, n'avait plus besoin pour son spectacle. Et que pour tout dire, ils avaient jeté l'ancre au large de cette île à seule fin d'y déposer le pachyderme. Enfin, lui et la vieille dame.

Samuel s'avança de quelques pas, en prenant soin de garder ses distances, et constata que l'animal était dépourvu de défenses. Pas d'ivoire, donc. Et puisqu'il partait à la retraite, il devait être trop vieux pour travailler. Alors, à quoi servait-il ?

Il posa une main sur son pistolet. Il allait l'abattre, pour apprendre aux capitaines de cargo à transporter des cargaisons plus intéressantes que des têtes de râteau et de vieux éléphants.

L'éléphant leva une patte enchaînée et l'abattit sur le plancher. Si le pirate le tuait ici, comment l'équipage du cargo s'y prendrait-il pour l'extraire de cette cale ? Il faudrait déployer d'immenses efforts. Les marins seraient furieux. Et la prochaine fois, ce navire risquait de voyager armé.

L'idée de faire feu restait néanmoins séduisante, car Samuel ne se rappelait pas quand il s'était servi pour la dernière fois de son pistolet. En outre, Tulang serait sûrement ravi de l'entendre raconter ce genre d'exploit.

– Il y a aussi du vin, lâcha le capitaine, de mauvaise grâce.

– Quoi ?

– Une caisse. Mais c'est du vin d'Amérique, pas de France.

– Quel genre de vin ? demanda Samuel après une seconde de réflexion.

Le capitaine entraîna Samuel vers le fond de la cale, où une caisse de bois portait l'inscription commune à tous les vins d'Amérique : « À usage sacramentel. »

– Quoi ? Du vin de messe ?

– Je n'en sais rien. Il appartient aussi au magicien.

– Il y a écrit « sacramentel ». C'est du vin de messe !

Samuel sentit une lumière jaillir dans son cœur. Il força le dessus de la caisse aussi délicatement que possible avec sa pince à levier, écarta une couche de paille, et découvrit un reflet de verre. En sortant une bouteille dont l'étiquette comportait d'étranges signes cabalistiques, il sentit sur son épaule une main qui ne pouvait être que divine. Le pillage existait dans son monde, mais il existait aussi un autre monde, au-delà du sien. Quelle signification devait-il attacher à cette découverte ? L'air de la cale lui parut tout à coup aussi doux qu'un parfum. Ce n'était pas de la chance – c'était une bénédiction à partager. Il fallait épargner la vie de l'éléphant, épargner autant de vies que possible.

– Aidez-moi, dit-il au capitaine en s'accroupissant pour trouver une meilleure prise en bas de la caisse.

Sur le pont, Tulang somnolait en plein soleil. Son équipage et celui du cargo attendaient en petits groupes, en se racontant des histoires de marins, pendant que la vieille dame, qui avait trouvé un coin d'ombre, épluchait une pomme.

Quand Samuel remonta avec le vin, tout le monde lui fit fête, car les pirates n'avaient guère eu l'occasion de boire d'alcool ces derniers temps. Samuel tenta d'expliquer à ses compagnons que ce vin était différent de l'ordinaire, qu'ils ne devaient pas s'enivrer, mais en les voyant sortir bouteille sur bouteille de la paille, briser les goulots au fur et à mesure, et brailler de vieilles chansons entre deux gorgées, il dut admettre que les desseins du Seigneur étaient infiniment mystérieux – et que l'élément le plus mystérieux de tous, la joie, pouvait parfois se manifester ici-bas sous des dehors profanes.

Bientôt, les pirates furent suffisamment attendris pour partager leur vin avec les marins du cargo, et à l'heure où le soleil épousa l'horizon à l'ouest, les deux équipages circulaient librement d'un navire à l'autre. Des bandes de nouveaux amis luttaient pour s'amuser sur les ponts des deux navires, on jouait aux cartes dans les deux postes d'équipage, et quelqu'un, sur le navire pirate, apporta des guitares, des accordéons et des tambourins. Les vaisseaux étaient ancrés bord à bord et, du fait de la marée descendante, l'eau de la baie sous leur coque devenait à chaque instant un peu plus pâle. L'île de Koh Pheung Thawng connut ce jour-là la plus grande liesse de son histoire.

Au départ, les seuls spectateurs furent les quelques chèvres et chiens émergés de l'enchevêtrement de palmiers et de hautes herbes du rivage pour observer en se grattant toute cette agitation d'un œil stupéfait. Arrivèrent ensuite sur la plage les seuls résidents humains de l'île, un couple marié et un homme seul, tous trois d'un âge respectable, blancs à l'origine mais fortement brunis par le soleil.

Quand la chaleur du jour eut cédé la place à une brise plus douce, et que des flambeaux eurent été allumés sur la plage, les pirates et les marins du cargo décidèrent tous ensemble, mus par un nouvel esprit de coopération, que c'était le moment idéal pour rendre l'éléphant à son habitat naturel.

Le transfert du pachyderme du cargo à la plage s'avéra étonnamment aisé. Le pilote du navire, qui avait été cornac dans sa jeunesse, guida l'éléphant hors de la cale et jusqu'à la proue du navire, où il lui monta sur le dos et attendit le passage de la première vague adéquate. Quand elle arriva, il aiguillonna l'animal, qui sauta pardessus bord. L'homme et l'éléphant plongèrent ensemble dans l'océan dans une formidable gerbe d'éclaboussures qui aspergea tous les marins et arracha une ovation aux trois personnes qui attendaient sur la plage.

L'éléphant nagea sur une centaine de mètres. Au même moment, une chaloupe fut descendue du cargo pour que les marins puissent transporter la vieille dame à terre. Une course joyeuse commença alors : qui toucherait le sable en premier ? La plage fourmillait d'activité, les chiens et les cochons étaient en pleine frénésie de jeu. Un feu de camp fut allumé, et l'homme marié se mit à jouer de la guitare pendant que sa femme frappait dans ses mains au rythme d'une mélodie toute simple, *Three Blind Mice*, qui résonna jusqu'à l'autre bout de la baie. Quant à l'homme seul, celui qui avait la panse haute et une crinière d'épais cheveux gris, il semblait tout heureux et se mit à agiter les bras en souriant à belles dents. S'enfonçant dans l'écume, qui lui dansa bientôt sur les hanches, il salua les pirates et les marins du cargo, l'éléphant et la dame de la chaloupe, il salua tout ce qui bougeait.

À cet instant, sur son navire, Tulang dormait. Épuisé de délire, il avait été transporté dans sa cabine personnelle, et ses hommes avaient pris soin de laisser une bouteille de vin à son chevet.

Le bourdonnement familier des moteurs le réveilla : sa clairvoyance lui fut rendue, tout entière, avec une acuité que l'alcool lui avait parfois fournie dans sa jeunesse. Il n'était pas sûr de savoir en quelle année on était. Son regard s'arrêta sur la bouteille de vin et, de sa position sur sa couchette, il lut distinctement les mots : « Charles Carter, Magicien ».

Carter le Grand, songea-t-il, quittant peu à peu la clarté du temps présent pour rejoindre le passé.

– Faites monter le colis, dit-il à haute voix. (Et, souriant jusqu'aux oreilles :) La vie à Djakarta serait trop dure pour elle.

Avec un ultime gloussement, Tulang sombra de nouveau dans son rêve, un rêve qu'il faisait presque chaque nuit, celui d'un spectacle auquel il avait assisté bien des années auparavant : le plus grand spectacle de magie qu'il eût jamais vu.

NOTES DE PROGRAMME

Tous les numéros de magie rapportés dans ce livre ont été présentés (ou du moins tentés) pendant l'âge d'or de cet art, entre les années 1890 et 1920. Certains détails ont pu être poétisés. Par exemple, si le lecteur utilise la méthode de Carter pour s'échapper d'une caisse en bois, il risque de connaître un sort moins favorable.

En outre, j'ai fait subir à l'Histoire quelques escamotages et autres tours de passe-passe. Mais on serait surpris de constater à quel point cette Histoire est souvent plus passionnante que tout ce que j'ai pu imaginer. Ceux qui souhaiteraient découvrir une version moins romancée des aventures de Philo Farnsworth pourront se reporter au rayon biographies de leur librairie.

Un artiste ne doit jamais révéler ses ficelles, mais il me faut lever un coin de rideau pour saluer comme elle le mérite l'extraordinaire biographie que Mike Caveney a consacrée au véritable Charles J. Carter (*Carter le Grand*). Mike est non seulement un excellent historien, mais aussi un collectionneur et un gentleman. Tous les livres qui figurent au catalogue de sa maison d'édition, Magic Words, sont un régal.

Ces cinq dernières années ont été une longue succession de microfiches, de bouquinistes, de librairies spécialisées et d'enchères sur le site eBay, dans le but de mieux cerner l'univers de Charles Carter. Parmi les magiciens consultés, citons Nevil Maskelyne, David Devant, Robert-Houdin, Howard Thurston, F.B. Nightingale, Augustus Rapp, T. Nelson Downs, James Randi, Harry Kellar, Ottawa Keyes, Ricky Jay et Walter Gibson. Il faudrait un livre entier pour recenser toutes les sources passées au peigne fin, ou scrupuleusement ignorées. J'aimerais mettre en lumière quelques ouvrages qui m'ont particulièrement influencé.

Milbourne Christopher, *The Illustrated History of Magic* ; Alice Morse Earle, *Curious Punishments of Bygone Days* ; Curt Gentry, *The Madams of San Francisco* ; Rachel P. Maines, *The Technology of Orgasm* ; Harpo Marx, *Harpo Speaks* ; David Price, *Magic : A Pictorial History of Conjurers in the Theater* ; Kenneth Silvermann, *Houdini ! ! !* ; Edmund Starling, *Starling of the White House* ; Herbert Yardley, *American Black Chamber*.

Depuis que j'ai débuté ce roman, en février 1996, j'ai tenté plusieurs fois de rédiger des remerciements aux personnes qui m'ont soutenu, et pourtant je ne sais toujours pas comment leur exprimer mon immense gratitude. Je commence donc par les plus abjectes flagorneries à l'égard de Bill Sturm, directeur des Archives historiques d'Oakland, qui m'a guidé à travers les périodiques, les cartes, les annuaires et les photographies (parmi lesquelles un cliché de Joe Sullivan).

Merci à Irv Seaver Motorcycles, propriétaires éclairés d'une BMW R32, numéro de série 41.

Carolyn Birnbaum m'a été très utile. Merci à elle.

Michael Edwards, Norm et Lupe Nielsen m'ont initié à l'histoire de la magie. Ken Trombly a répondu à mes innombrables questions. Charles Greene III est le prince des collectionneurs de magie. Larry Finkler m'a apporté ses lumières dans le domaine électrique.

L'inspiration m'est venue d'une troïka de conteurs hors pair : Stan Lee, Jack Kirby et Steve Ditko.

Aimee Bender, magicienne du traitement de texte, et Teal Minton comptent parmi mes amis les plus chers. J'espère que nous aurons bien d'autres dîners et de fous rires autour d'une grande table en bois. Histoire de fumer quelques-uns de ces délicieux cigares.

Grands mercis à Melanie Clayton, Mike Sears, Cy Voris et Rob Stolzer ; à East Bay Express ; à l'association des écrivains de Squaw Valley et à l'atelier d'écriture Irvine de l'université de Californie. Richard Kyle m'a apporté enthousiasme et inspiration mais aussi (de manière tout à fait inattendue) une aide financière qui m'a permis de mener ce projet à son terme. Kathryn Chetkovitch m'a fourni un lieu tranquille pour les semaines cruciales consacrées à l'écriture et à la relecture. J'adresse aussi ma reconnaissance à Jonathan Franzen, Susan Golomb et Leigh Haber. Merci à Cassie, Phil, Jane, Casey et à tous ceux qui, chez Hyperion, ont donné forme à ce manuscrit.

L'atelier d'écriture Irvine de l'université de Californie constitue l'apprentissage le plus enrichissant de ma vie. Merci à tous ceux qui ont assisté aux lectures et qui m'ont glissé un mot d'encouragement. Merci en particulier à Phil Hay et Danzy Senna (Los Torritos Diablos) ; à Judith Grossman, Wilton Barnhardt, Margot Livesey, Michelle Latiolais et Geoffrey Wolff, ce magicien à barbe blanche qui m'a poussé au dépassement de soi. Arielle Read mérite un biscuit au chocolat pour chaque étudiant qui s'inscrit à cet atelier.

Quand j'avais trois ans, mon père m'asseyait sur le bord du lavabo et, tout en me coupant les ongles des orteils, me racontait des histoires de génies enfermés dans une bouteille et d'illusionnistes. À peu près à la même époque, ma mère m'installait sur ses genoux et me laissait taper des bêtises sur sa vieille Olivetti. Puis elle entourait les mots que j'avais mal orthographiés. Je vous aime tous les deux.

Merci aussi à mes amis qui ne savent pas lire : Ernie, Batgirl, le fantôme d'Other Kitty, Lilly Marlène, Basel le beagle, Henry le tyran de Flintshire Road et Damned Spot. Nous sommes tous frères !

Enfin : Sebold. Médium, papillon, modèle, diva, funambule, reine du déguisement, exploratrice du monde des esprits, critique, oracle, maîtresse de l'évasion, déesse du mystère, complice. Amie, sœur, arme secrète, amante. Épouse ! Je t'aime. Emparons-nous de ce monde cruel et transformons-le en un vaste terrain de jeux.

Composition P.C.A.
44400 – Rezé

Impression réalisée sur CAMERON par

BRODARD & TAUPIN
GROUPE CPI

La Flèche

pour le compte des Éditions Michel Lafon
en septembre 2002

Imprimé en France
Dépôt légal : septembre 2002
N° d'impression : 14642
ISBN : 2-84098-862-3
LAF 279